莎士比亚研究丛书

世界莎士比亚研究选编

杨林贵 乔雪瑛 主编

2020年·北京

图书在版编目（CIP）数据

世界莎士比亚研究选编 / 杨林贵, 乔雪瑛主编. —北京：商务印书馆, 2020
（莎士比亚研究丛书）
ISBN 978-7-100-17273-8

Ⅰ.①世… Ⅱ.①杨… ②乔… Ⅲ.①莎士比亚(Shakespeare, William 1564-1616) — 文学研究 Ⅳ.①I561.063

中国版本图书馆 CIP 数据核字（2019）第061637号

权利保留，侵权必究。

世 界 莎 士 比 亚 研 究 选 编
杨林贵 乔雪瑛 主编

商 务 印 书 馆 出 版
（北京王府井大街36号 邮政编码 100710）
商 务 印 书 馆 发 行
山东临沂新华印刷物流
集团有限责任公司印刷
ISBN 978-7-100-17273-8

2020年4月第1版	开本 640×960 1/16
2020年4月第1次印刷	印张 29½
	定价：88.00元

"莎士比亚研究丛书"为

"东华大学莎士比亚研究所特色建设资助项目(2016—2019)"

莎士比亚研究丛书

编委会顾问

陆谷孙

屠　岸

辜正坤

斯蒂芬·格林布拉特

彼得·霍尔布鲁克

总主编

杨林贵

文集主编

聂珍钊　杜　娟

张　冲

李伟民

李伟民　杨林贵

杨林贵　乔雪瑛

"莎士比亚研究丛书"序

今年（2016年）是英国伟大的诗人剧作家威廉·莎士比亚逝世四百周年，世界各地隆重举行纪念活动。今年也是中国伟大的诗人戏剧家汤显祖逝世四百周年，世界各地也隆重举行纪念活动。莎士比亚是英国的骄傲，他同时属于全世界，因此莎士比亚与汤显祖一样，是中国广大受众所尊崇的艺坛骄子。

莎士比亚于19世纪进入中国，莎剧和莎诗的演出和吟赏，成为中国广大群众文化生活的重要组成部分。20世纪八十年代，具体地说是1986年，北京和上海两地同时举行莎士比亚戏剧节，一举演出莎剧二十五部，同时召开莎翁作品研究论坛。国际莎士比亚协会主席、英国伯明翰大学莎士比亚研究院院长菲利浦·布劳克班克（Philip Brockbank）惊呼："莎士比亚的春天在中国！"

中国的莎士比亚作品翻译、戏剧上演、改编演出、作品研究，几十年不衰，形成热潮。最近，商务印书馆将出版"莎士比亚研究丛书"，包括五本文集：《世界莎士比亚研究选编》《中国莎士比亚悲剧研究》《中国莎士比亚喜剧研究》《莎士比亚与外国文学研究》和《中国莎士比亚演出及改编研究》。其中除个别文集反映外国学者的莎翁研究成果外，大部分文集体现了中国学者和译家对莎翁作品的研究成果，充分表达了这项研究的中国特色和中国品位。收入这些文集的文章作者有卞之琳、孙家琇、方平、阮珅、陆谷孙、余上沅、黄佐临、梁实秋、李赋宁、曹未风等。这些人都是中国的一流莎学研究家和译家，他们是中国莎学专家的代表群体。

  莎学在世界上是一门显学。中国学者们的莎学研究成果与英国和其他国家的莎学成果相比，水平相当，可以相互颉颃，东西媲美，一同汇入世界莎学的洪流。

  "莎士比亚研究丛书"的总主编邀笔者为它作序。本人不揣浅陋，写了以上文字。请读者批评。

  是为序。

屠　岸

2016年11月21日

于北京寓所，萱荫阁

Foreword to the "Series of Shakespeare Studies"

Reading the titles of the essays collected in these very welcome volumes of Western and Chinese Shakespeare criticism, one of the most striking things is how deeply historicist—or, to put it otherwise, political—the Western selections are. Of course, the choice of Western critics might have been made differently. But the line-up of critics here is a reliable guide to dominant trends in literary criticism and scholarship over the last few decades, and shows how profoundly ideological criticism in the Anglo-American academy has been since at least the 1970s and 1980s. It is a remarkably consistent story: the most influential and prestigious critics of the last three or four decades have been overwhelmingly preoccupied with issues of race, power, sexual identity or sexual difference, colonialism and imperialism (interestingly, they have not been concerned so much with the issue of class). And I daresay this turn towards politics is reflected in university curricula in the United States, Great Britain, and elsewhere. So, because at least some of one's students become the professors of the future, there is little reason to suppose that this political emphasis will completely disappear, even as new modes of criticism emerge.

There can be no question that this preoccupation with politics, broadly construed, has been salutary and important. It has shown us aspects of the plays that hardly registered on critical consciousness before. (The position of women in the plays—

indeed Shakespeare's very live interest in that topic—seems barely to have been noticed by critics prior to the emergence of radical cultural criticism in the sixties.) Nevertheless, numerous commentators have noted that it has come at a cost. There has been a tendency to think about the plays in a somewhat cold, suspicious manner—as if the main thing is not to be taken in by them. Culture itself has become an object of "interrogation" (a vogue word of much critical writing in the recent past, and one that speaks volumes). There has been a downbeat, disenchanted, grumpy tone to much critical writing. The unstated assumption has sometimes been that literature from the past cannot speak to us in any significant way, or rather any helpful way. Instead it is an object to be spoken to, about, or for. There is no requirement for us to listen to it.

My admittedly sketchy impression is that, in other countries, this particular mode of disenchantment has not occurred, or not to the same extent. In other places, there is still an idea that older literature might play a positive, emancipating role in the present. Canonical literature in non-Anglophone countries is still spoken about with a certain respect, even reverence. Humanistic or non-political kinds of criticism are still practised. It seems sometimes to be felt that the Judgment of Time is a meaningful or defensible concept—that significant works from the past survive because they deserve to (not just because certain institutions or groups have a particular ideological interest in ensuring that they survive). I don't find the same suspiciousness about towards high culture that has become almost de rigueur in the Western academy. My own feeling is that this attitude of openness towards the literature and art of the past is one we in the Anglophone academy need to reconnect with—but of course so much in our world now militates against this position.

What else can we Anglophone Shakespeareans learn from our Chinese colleagues? Perhaps the most important thing we need to learn is that Shakespeare is only a part of the literary culture of the planet. We still know very little about the ways in which

Shakespeare's plays and poems might be illuminated by the study of non-Western literary forms. We think of Shakespeare as part of "English Literature" (however broadly we want to define that), but is that really the best way to think of him? He was in touch with, and formed by, the literary traditions (medieval and Renaissance) of non-English-speaking lands—not to mention of course the enormous impact on his imagination of the works of classical antiquity. Shakespeare grew up reading, writing, and speaking a foreign tongue, Latin. His mental universe was in large part non-anglophone. All this suggests that a willingness to explore how Shakespeare's works might be understood as part of world literature—with affinities to some of the most unlikely literary and artistic traditions—will be one of the most important avenues of Shakespearean inquiry in the future. So it is very gratifying to see these volumes, bringing together some of the best Western and Chinese Shakespeare criticism, in print.

Peter Holbrook

Chair, Executive Committee, International Shakespeare Association

6th July, 2016

──写在"莎士比亚研究丛书"之前(译文)──

中西莎士比亚批评汇集成卷可喜可贺,有幸一睹各文集的论文题目,感觉一个最突出的特点是西方莎士比亚研究的历史主义或者说政治色彩相当浓厚。当然,选录西方批评家的成果还可能做出别样的选择。但是,就最近几十年的文学批评及学术研究领域的主导趋势而言,"莎士比亚研究丛书"选入的批评家阵容给了我们一个可靠的指南,指明了至少自20世纪七八十年代以来英美学术界的意识形态批评的深入程度。几乎毫无疑义的是,最近三四十年最有影响、最有名望的批评家都势不可挡地专注于种族、权力、性别身份或者性差异、殖民主义以及帝国主义等问题(耐人寻味的是,他们对阶级问题的关注不那么多)。我敢说这种政治转向也都反映在美国、英国及其他地方的大学课程中。所以,即使新的批评模式涌现了,也没有理由设想这种对政治的重视会彻底消失,因为至少某学派的某些弟子会成为未来的教授。

毫无疑问,这种对于政治的专注,如果广义上理解的话,还是有益并且重要的。这种方法给我们展示了莎士比亚戏剧的某些此前的批评几乎不关注的方面。例如,莎士比亚戏剧中妇女的地位——的确莎士比亚对这个话题兴味盎然——在20世纪六十年代激进的文化批评出现之前似乎很少有批评家注意到。然而,很多评论者注意到,这种批评不无代价。以冷峻、怀疑的态度来思考莎士比亚戏剧已经成了一种趋势——似乎不要被莎剧所蒙骗才是关键。文化本身成了"质询"的目标("质询"这个词最近成了批评写作的意味深长的流行语)。很多批评写作中带着某种悲观、幻灭、乖戾的腔调。有时还透着这样的潜台词：过往的文学无法有效地或者更无法以某种有益的方式与我们对话。相反，它是个听从言说的客体，任凭人们谈说或代为言说。而我们没有必要听信于它。

本人有这样一个粗浅的印象，即在其他国家这类幻灭的批评模式还未曾发生，起码没有达到这种程度。在其他地方，人们仍然认为过往的文学还能在现今起到正面的、解放性的作用。经典文学在非英语国家还是得到相当的尊重甚至崇敬的。那里，人文主义的或者非政治的批评方法仍然行之有效。从这样的批评中你能时常感到，时间的仲裁是个有意义并值得守护的概念——过去的重要著作流传至今是因为它们实至名归（不只是因为某些社会机构或者群体对于确保它们的幸存而持有特定的意识形态偏好）。在这些国家，我没有发现西方学界几乎当成时髦的对于高雅文化的怀疑。我个人的感觉是，这种对于过往的文学艺术的开放态度，是我们英语国家的学界需要重新找回的东西——然而，当然现在我们的批评世界里阻挠这个立场的东西太多。

我们英语世界的莎士比亚学者还能从中国同行那里学到些什么呢？大概最重要的一点就是，莎士比亚只是这个星球的文学文化的一部分。对于莎士比亚戏剧和诗歌如何用非西方文学形式来研究阐发，我们仍然所知甚少。我们把莎士比亚当成是"英语文学"的一部分来思考（不管我们如何宽泛地限定英语文学），但是那真的就是思考的最佳方式吗？他写作过程中接触了非英语国家的文学传统（中世纪的以及文艺复兴时代的）——当然更不用说古典文学著作对他的想象的巨大影响。莎士比亚成长过程中读过、写过、说过一种外语，即拉丁语。他的精神宇宙很大程度上是非英语的。所有这些都提示我们，主动考察如何将莎士比亚著作理解为世界文学的一部分——令其与最不可能匹配的文学艺术传统发生某些联系——将是未来莎士比亚研究的最重要途径之一。所以，看到荟萃了中西莎士比亚研究杰作的中国"莎士比亚研究丛书"的出版付梓，是令人欢欣鼓舞的事情。

彼得·霍尔布鲁克

国际莎士比亚学会主席

2016年7月6日

致莎翁四百周年

——莎士比亚研究综述

1616年4月23日，一位名叫莎士比亚的戏剧家在他的故乡、英国的斯特拉福逝世，但他的不朽杰作已经成了世界文学的经典，传播至今。四百年后，全世界的莎士比亚爱好者和研究者仍然隆重纪念这个重要的日子。商务印书馆出版"莎士比亚研究丛书"适逢其时。这套由外国文学学者及莎士比亚研究专家主编的文论汇编，荟萃了世界莎学以及中国莎学的代表性成果。

以死亡为主题的作文往往带着某种沉重，但是对于纪念莎士比亚来说，我们大可不必垂头丧气。莎士比亚的名字还应该被不断提起，虽然在"作者之死"的论调下，作者不再是独立自为的主体，而是多变的社会历史环境的构成部分。然而，笔者认为这个说法反倒提高了他成为我们中的一分子的可能性，因为我们成了莎士比亚作品意义构造的参与者。在这个意义上说，作者叫什么似乎不那么重要了，他的文本的生命力和可供续写的兼容性才是让他继续拥有活力的源泉。事实上，四百年来人们都称莎士比亚为"同时代人"，都不断赋予他的作品以新的内涵。这样说的话，这位叫莎士比亚的作者之死有了新的意义，他在与我们互为创造的活动中实现了不朽："莎士比亚创造了现代文化；现代文化造就了莎士比亚。"因此，2016年4月23日仍然是值得热烈庆祝的日子。

全世界也都在2016年举办各种重要活动，以纪念莎士比亚给四个多世纪以来的人类文化生活贡献的不朽作品。最为盛大的是"世界莎士比亚大会"（World Shakespeare Congress），恰在这一年举办第十届盛会，按照计划于7月31日至8月6日在斯特拉福和伦敦两地举办，吸引了一千余位来自世界各地的莎士比亚学者参加。每五年一届的世界莎士比亚大会由国际莎士比亚学会主办，世界各国竞争承办，前九届分别在加拿大温哥华、美国华盛顿、英国斯特拉福、德国柏林、日本东京、美国洛杉矶、西班牙瓦伦西亚、澳大利亚布里斯班、捷克布拉格举办。国际莎士比亚学会投票决定在英国举办第十届大会，不无考虑天时地利的因素，让莎翁在这个重要的年份"回家"——斯特拉福是他的故乡、他生长和安息的地方；伦敦是他事业发展的舞台。然而，这样的安排并不只是满足"朝圣"的热情，更重要的是让更多的人能够有机会到他的剧场去体验一下他的戏剧的魅力，比如在重建的环球剧场观看莎剧表演。

重要的是，来自全世界的莎士比亚学者能够在莎翁故乡汇聚一堂，充分阐发"莎士比亚的创造与再创造"（Creating and Recreating of Shakespeare）这个核心议题。莎士比亚既是创造的天才又是再创造的天才；他的作品体现出非凡的创造性、创造力、创新性。要对他的作品做出有创见的再创造，同样需要创造力和创新精神。这样的精神已经渗透到四百余年来的莎士比亚在世界各地传播和接受的实践中——在舞台上、影院里、课堂中；这些围绕莎士比亚的活动也让他的作品的创造性得以延伸。虽然莎士比亚的创造内涵不是这样简单的概括能够穷尽的，但是现代生活确实见证了他的艺术的活力，也部分地说明了我们今天为什么还需要莎士比亚。西方马克思主义文学理论家特里·伊格尔顿（Terry Eagleton）预言的我们不再需要莎士比亚的时代，在资本全球化的今天离我们不是更近，而是更远了。事实证明，我们还需要莎士比亚，因为他的创造性的光芒能够穿越时空，照射到不同时代的人生社会。他的作品探析了人类迄今为止仍然无法解决的人性困惑和社会问题。莎士比亚和那个时代其他巨人一起开启了现代文明，他们的作品注重人文精神，制造了近现代与中世纪文化的分野。从20世纪开始，现代主义和后现代思潮都纠结于如何看待人文理性。似乎从哲学上分别现代和后现代的关键，还是在于如何对待人文主义的问题。后现代主义论者对人文主义的内涵表示怀疑，分析能指和所指之间的裂痕，借以挑战传统的人文观。这时，他们也从蕴含了深层矛盾的莎士比亚文本中找到例证。这就更证明了莎氏创造内涵的灵活性、复杂性和多面性。

上述几个方面中涉及了曾是莎士比亚接受史和批评史中的一些热点话题，有些仍然是热点。这些话题在第十届世界莎学大会上，围绕莎士比亚的创新、创造主题更深入地展开。总之，莎士比亚是创造的载体和媒介，是创造的成果和源泉，既承继又开启，既是经典又是流行。我们应当将他置于不断创新的过程当中，才能充分体验他的兼容性、创新性、多元性、时代性、历时性与共时性。著名莎剧演员、导演布拉纳在2012年伦敦奥运会上朗诵《暴风雨》中的台词，又给追求生态文明的21世纪生活注入了莎士比亚元素。凯列班的与自然和谐相处的梦想与我们的生态梦想相吻合。莎士比亚的亚登森林里不仅住着超自然的精灵，那里也是戏剧人物回归自然的避难所，那里更有地球村远景规划中必不可少的那片绿草地。

作为中国学者，我们也关注绿色的莎士比亚，更关注莎士比亚在中国的学术生态以及中国莎学作为整体对于世界莎士比亚大会等国际莎学活动的参与。中国学者最早有规模地参与世界莎学大会，是1996年在美国洛杉矶召开的第六届。在原"中莎会"会长曹禺先生的关照下，文化部及教育部联合委派了以方平为团长的中国莎学代表团，成员包括孙福良、孟宪强、曹树钧、刘炳善、何其莘、辜正坤、张冲、杨林贵（兼任代表团秘书）等。其后孟宪强、张冲、杨林贵、罗益民、吴辉等先后出席了第七至第九届大会。笔者应邀在第九届大会上主持一个特别研讨会，并被选为国际莎士比亚执行委员会委员。由此可见，中国莎学前辈一贯重视中国莎学界和世界同行的交流，特别是鼓励年轻学者积极参与国际学术活动。可喜可贺的是，中国学者在第十届大会上有更出色的表现。据笔者了解，有空前规模的中国学者群体参加了本届盛会。辜正坤教授得到特别邀请，与一位英国学者共同主持关于莎士比亚十四行诗的研讨会。笔者作为国际莎士比亚学会执委，参与本届大会委员会的工作。郝田虎和刘昊与其他学者合作，分别担任两个小组研讨会的主持人。经过他们的积极努力以及有关方面的密切合作，他们提交的研讨会提案得到了高度认可。另外还有十余位中青年学者参加大会交流和小组讨论，极大地提高了中国莎学在国际学术圈的可见度。中国学者在此次大会上有无愧于前辈、无愧于中国莎学的出色表现。

中国莎士比亚研究的进步，离不开一批学贯中西的前辈学者的引领，他们不仅通过翻译和著述为莎士比亚在中国的传播和研究做出了杰出贡献，而且积极组织学术活动，奖掖并带动后进，推进中国莎士比亚研究的发展。他们创建的"中莎会"，在组织中国莎学工作以及国际交流活动上起了重要的促进作用，在中国莎学史上具有独特的意义。原中国莎士比亚研究会（后更名为"中国莎士比亚学会"），简称"中莎会"，在文化部的领导和支持下成立于1984年12月，首任会长为曹禺，副会长为卞之琳、王佐良、孙家琇、李赋宁、张君川、杨周翰、陆谷孙（1989年增补）等。从1998年9月起，中国莎士比亚研究会组织机构发生重大变化，会长为方平，副会长为荣广润、孙福良、孟宪强、曹树钧、辜正坤。2003年6月因未按期进行重新登记被民政部宣布取消活动资格。2012年10月经民政部批准，"中莎会"重新登记成立，隶属于中国外国文学学会。2013年4月"中莎会"正式恢复成立并在北京大学召开会议。辜正坤当选新"中莎会"会长，副会长为张冲、李伟民、杨林贵、罗益民，秘书长为刘昊、北塔。

在原"中莎会"的领导下，我国曾经成功举办过两届莎士比亚戏剧节，出版会刊《莎士比亚研究》，联合一些省级莎士比亚学会或者协会，主办了一系列重要的国内莎士比亚研讨会，也组织了一些和国际莎学界的学术交流活动，促进了中国莎学的发展。在推进中国莎学研究以及"中国莎学走向世界"方面，新的"中莎会"肩负了更重要的使命。在祝贺"中莎会"恢复成立的信中，中国社会科学院外国文学研究所所长陈众议希望学会"在传承、借鉴、团结、创新中为中国莎学、中国学术、中国文化的繁荣进步做出巨大贡献"。国际莎士比亚学会主席彼得·霍尔布鲁克（Peter Holbrook）在贺信中也期待"中莎会"促进和提高中国莎士比亚研究以及与国际同行的交流。中国莎学同仁应该相互支撑协作，共同努力以取得丰硕成果，同时积极参与国际莎学活动。希望通过当今的外国文学工作者和莎士比亚研究者的努力，更好地完成前辈学者提出的"中国莎学走向世界"的光荣任务。"中莎会"未来的另外一个重要目标应该是促进中外文化的交流和对话。我们还有一个梦想，就是将来争办一届世界莎士比亚大会。这将有利于宣传中国莎学，有利于扩展中国学者和国际莎学界交流的机会。

这套"莎士比亚研究丛书"的出版既是为了纪念莎士比亚、为世界莎士比亚盛会献礼，也是为了让对莎士比亚研究感兴趣的年轻一代更多了解世界莎士比亚研究的发展趋势以及中国莎学所取得的成就，为中国莎学向更广阔的空间拓展做好准备。"莎士比亚研究丛书"包括如下五本文集：

《世界莎士比亚研究选编》：本文集延续《莎士比亚评论汇编》（杨周翰选编）的重要工作。该汇编自1979年出版以来一直是中国莎学研究的重要参考书；但遗憾的是由于出版较早而且主编过世，该汇编收录成果截止于20世纪六十年代，没能跟踪其后的莎学研究的研究成果。实际上，西方莎学自七十年代以来发生了重大变革，后现代研究如新历史主义、文化唯物主义等，已逐渐取代了"新批评"等传统流派的重要性，成了新的主流研究。所以，本文集在考虑早期传统研究的同时，力争弥补汇编的缺憾，材料更新，理论探讨更深入，收入六十年代以来的主要研究成果。其中选录的一些名家名作是某些文学批评流派或者研究方法的开山之作，例如斯蒂芬·格林布拉特（Stephen Greenblatt）等大家的经典研究成果。

《中国莎士比亚悲剧研究》：莎士比亚的悲剧是世界戏剧艺术的精华，对莎氏悲剧的研究汗牛充栋，其中不乏莎学研究的经典之作。本文集精选20世纪以来中国在莎士比亚悲剧研究方面最有代表性的研究成果，分悲剧研究总论、四大悲剧以及罗马悲剧研究等部分。本文集选文既有出自中国莎学名家的经典论述又有莎学新秀的新观点的阐发。选文囊括了方平、张天翼、孙家琇、张泗洋、盛宁、张隆溪等名家的研究力作。

《中国莎士比亚喜剧研究》：莎士比亚的喜剧这个精彩的世界，给人带来的不仅仅是笑声，也常常在给人愉悦的同时，以喜剧形式深刻讽刺社会人生中的种种丑恶和不公，对后世的喜剧创作影响深远。因此，莎士比亚喜剧研究分量不亚于悲剧研究。我国莎士比亚喜剧研究涌现了成就显著的学者。本文集收录了几代著名莎士比亚喜剧研究名家的代表成果。作者有颜元叔、曹未风、吴兴华、孟宪强、裘克安、陆谷孙、彭镜禧等。

《莎士比亚与外国文学研究》：把莎士比亚放在外国文学研究这个大的背景下研究是《外国文学研究》对于莎学研究的一大贡献。该刊的"莎士比亚专栏"发表的中英文研究成果在国内外影响很大，而且代表了国内莎学研究的最高成就，为外国文学和莎士比亚研究树立了学术质量的榜样。本文集精选莎学专栏中最有影响的论文，覆盖了中国莎学研究的各个方面，分三个部分：莎士比亚总论，悲剧研究，历史剧、喜剧、传奇剧研究。著名作者包括杨周翰、戚叔含、陈嘉、朱维之、王忠祥、阮珅、顾绶昌等。

《中国莎士比亚演出及改编研究》：本文集探讨莎剧演出和改编的各

种重要问题，分如下几个部分：1. 综合研究：收入莎剧演出、改编所涉及的理论问题以及关于跨剧目、跨媒体、跨界演出实践的研究；2. 莎士比亚话剧演出研究和评论；3. 莎士比亚戏曲及歌剧改编的理论和实践研究；4. 莎剧影视改编以及演绎等方面问题的研究。本文集既有中国戏剧史上的著名戏剧大师关于莎士比亚演出的经典论述，也有新时期杰出研究专家的代表性成就。收入的文章作者包括中国戏剧教育家、理论家余上沅；著名戏剧、电影艺术家、导演黄佐临；外国语言文学专家、莎士比亚学者陆谷孙等。此外，还包括戏剧及外国文学研究领域的中青年学者宫宝荣、程朝翔、张冲、李伟民、杨林贵等。

可以说，这套"莎士比亚研究丛书"在内容方面有如下特点：兼收国际国内莎学研究的精华；把莎士比亚研究放在文学文化批评的大背景下审视；重视理论研究和教学应用的结合；考察文学批评和演出改编实践的互动和相互影响；提倡跨学科和跨领域交叉研究（所收入的研究成果吸收了文艺美学、哲学、社会学、语言学、历史学、心理学、文化人类学等学科的优势）。另外，本套丛书的出版从中国视角为世界莎学的重大事件做出贡献，让世界更加了解中国莎学。因为丛书的上述特色和学术价值，也因为莎学的重要性和丛书的跨文化和跨学科方法，希望这套丛书为我国外国文学研究的发展提供借鉴，为文学文化研究领域的学者和师生群体提供参考，在人文教育课堂以及人文素质方面发挥积极作用。希望外国语言文学研究、文化人文研究、戏剧艺术研究的专家学者，以及在上述领域求学的从本科学生到博士研究生的群体，能够从丛书中获益。

当然，这些题目不能完全展现中外莎士比亚研究的全貌，我们原来设计的丛书方案还包括其他很多重要选题，但因为种种原因无法在本套丛书中体现，例如"莎士比亚诗歌研究"以及莎士比亚主要戏剧作品的专题研究等，我们希望条件成熟的时候继续出版下一个系列。

还需要说明的是，由于"莎士比亚研究丛书"所收录的文章选自不同的期刊和书籍，发表或出版的年代不同，其注释方法有一定的差异。各集主编和出版社编辑做了大量工作，尽量保证全丛书在总体上的统一；然而，依然有个别文章，其所引用文献的信息无法补全。

＊　＊　＊

组织出版这样一套丛书离不开来自各个方面的支持和帮助，借此序文向他们表示深深的谢意。首先，感谢编委会及其顾问的积极配合和有效工作。一贯支持中国莎学事业的本届"中莎会"理事会的几位顾问——屠岸、陆谷孙、斯蒂芬·格林布拉特、彼得·霍尔布鲁克等——也是丛书编委会顾问，他们以不同方式关注了丛书的编辑出版并肯定了编委会的工作。辜正坤会长就顾问委员会构成以及编辑工作做了重要指示，提出了中肯的建议，并奉献了墨宝。最重要的是，各个文集负责人通力合作，特别是聂珍钊、张冲、李伟民等几位主编，他们愿意和总主编分担责任。他们在确定选文的过程中与总主编密切沟通，认真讨论选文以及编辑标准等问题，保证了选文和编辑的质量。同时，编辑工作还得到了其他人员的得力辅助。这里应该特别提到两位优秀的青年学者杜娟和乔雪瑛，她们参与了有关文集的繁杂的编辑工作。

必须感谢选入文集的论文作者以及发表原文的学术期刊及出版机构，他们不仅为莎士比亚研究贡献了重要成果，而且授权让我们共享这些成果。其中涉及大量的外文论文的翻译和审校工作。感谢所有参与翻译工作的署名和未署名的译者。原文中的理论内容和复杂的文字结构，给理解和翻译造成很大的挑战，译者们不畏困难，出色地完成了翻译工作。乔雪瑛除了翻译，还对部分译文做了认真细致的初步审校，付出了大量时间和精力，为译文的进一步完善做出了杰出贡献。

感谢商务印书馆的领导，感谢栾奇博士对选题的大力支持、对丛书结构的指导性建议以及对全部书稿的认真审读和缜密考证；同时感谢出版社的编审、版式及封面设计和校对人员的精细工作，他们为丛书文字的准确性提供了可靠保障。

感谢东华大学党政领导以及科研处和外语学院对莎学研究的重视，特别是对于莎士比亚研究所的政策和经费支持！

最后要对其他所有关心和鼓励莎士比亚研究以及丛书编辑出版的各方人士致以衷心的感谢！

杨林贵

"莎士比亚研究丛书"总主编

2016年9月29日初稿

2017年10月28日修订

鸣 谢

原文作者及中文译者的授权
（按英文姓名的首字母顺序及中文姓氏的汉语拼音顺序）：

Catherine Belsey

Lynda Boose

Jonathan Dollimore

Stephen Greenblatt

Gayle Greene

Jean Howard

Ania Loomba

Stephen Orgel

Alan Sinfield

Meredith Anne Skura

Valerie Wayne

戴丹妮

胡继华

黄必康

李 盛

乔雪瑛

杨秀波

吴亚蓉

目 录

序言一
"莎士比亚研究丛书"序　　　　　　　　　　　　　　　　　　　/ 屠　岸 / 001

序言二
Foreword to the "Series of Shakespeare Studies" / Peter Holbrook / 003
写在"莎士比亚研究丛书"之前（译文）　　　　　　　/ 彼得·霍尔布鲁克 / 007

总主编前言
致莎翁四百周年
　　——莎士比亚研究综述　　　　　　　　　　　　　　　　/ 杨林贵 / 011

本集主编前言
莎士比亚研究与文学批评的转向　　　　　　　　　　　　　　/ 杨林贵 / 001

含沙射影，暗箭伤人
　　——论莎士比亚历史剧《亨利四世》及《亨利五世》

　　　　　　　　　　　　　　　　　　　　　　　/ 斯蒂芬·格林布拉特 / 001
文艺复兴研究中的新历史主义　　　　　　　　　　　　　/ 吉恩·霍华德 / 077
莎士比亚，文化唯物主义与新历史主义　　　　　　　/ 乔纳森·多利莫尔 / 115
《麦克白》：历史、意识形态与知识分子　　　　　　　/ 艾伦·辛菲尔德 / 139
瓦解性别差异
　　——莎士比亚喜剧中的意义与性别　　　　　　　　/ 凯瑟琳·拜尔西 / 162

历史差异
　　——厌女症与《奥赛罗》　　　　　　　　　　　/ 薇拉莉·韦恩 / 192

莎士比亚研究中的家庭；或莎士比亚研究者对家庭的研究；或政治的政治

　　　　　　　　　　　　　　　　　　　　　　　/ 琳达·布斯 / 233

"你所谓的爱情"
　　——《奥赛罗》中的欲爱悲歌与社会悲剧　　　/ 盖尔·格林 / 276

欲望之表演　　　　　　　　　　　　　　　　　/ 斯蒂芬·奥格尔 / 305

话语与个体
　　——《暴风雨》中的殖民主义案例　　/ 梅瑞狄斯·安妮·斯库拉 / 331

抓住书本，为我所用　　　　　　　　　　　　　/ 阿妮娅·鲁姆巴 / 379

莎士比亚研究与文学批评的转向

文艺作品的产生及其传播离不开三个核心要素:作者、作品、读者(观众之于戏剧及影视作品)。如何认识这三者的关系,对于如何理解作品的意义至关重要。鉴于文学和人类生活的紧密关系,批评不仅包含关于作品意义的阐述,而且应该探讨作品意义是如何产生的并如何在受众中得到接受的。任何写作及其评论都是一种语言交流形式,也是一种话语形式,承载着各种社会、历史、文化的内涵,也渗透着这些内涵所代表的生动多样的观念和认识。要了解作品对于人类文化生活的作用,批评阐释的第四个维度更加重要。这个维度就是三个要素之外的真实世界,也就是说,三个要素都处于某种背景或者语境(context)[1]之中,而各个要素后面的大大小小的背景又是紧密相连的。因此,文学批评始终围绕作

---

[1] "Context"的拉丁语(*con-textus*)词源意思是"编织到一起",因此作品(text)的意义是和其他形式的"text"(不仅仅指书写作品,也指其他"编织"而成的东西,如社会文化风习)紧密编织在一起的。英语的"text"虽然直接来源于法语,但法语的"*texte*"也来自拉丁语"*textus*",也是编织的意思。中文的"背景"和"语境"作为"context"的对等词,也潜在地反映了近年来两种文学观的交替。我们常说的作家和作品的"背景"(社会背景、政治背景等)对应的是旧历史主义的静态的文学观,认为作品只被动地反映其创作的历史环境,而且背景的意义仅限于此。而"语境"(话语环境)似乎反映的是西方后结构主义影响之后的互动的文学观,认为作品是语境的一部分,既反映其赖以产生的话语背景,也参与话语环境的构建;语境的范围更包括受众认识作品的时代环境,不仅仅是理解作品的参考,也是不同时代的受众参与作品意义持续构建的重要场所。关于"text"(作品的文本)的认识,本文后面还将讨论。

者—作品—读者(观众)¹这些核心要素以及连接这些要素的语境而展开，探讨各要素之间以及要素与语境之间层次交错的关系。对于这个复杂系统中各种关系的认识差异，很大程度上造成了各个文学批评流派的理论分野。其中尤其是对于语境或者背景的认识和重视程度，对20世纪中叶以后的文学批评转向有直接影响。

因为莎士比亚在世界文学上的重要地位，20世纪七十年代以来的莎士比亚研究直接反映了这种认识观的变化以及文学批评的总体转变趋势，甚至可以说某些批评流派的兴起首先就是从莎士比亚研究开始的，比如，格林布拉特关于莎士比亚及其时代文化的研究开创了新历史主义文学批评流派。这里，笔者重点概述莎士比亚研究从20世纪七十年代到21世纪初期的变化情况，讨论本文集选入的研究成果的批评理论和实践的背景。

说到底，莎士比亚研究以及总体的文学批评方法的转变，首先根源

---

1 文学理论史家亚布拉姆斯(Meyer H. Abrams)在对西方浪漫批评传统的精辟论述中，把文学批评归结为四个等同的坐标轴：宇宙、作品、艺术家、受众(读者、观众)。参见迈耶·H·业布拉姆斯：《镜与灯：浪漫理论与批评传统》，牛津：牛津大学出版社，1953年，第6页。其中"宇宙"听起来虽用词大气，但其内涵范围却局限于模仿论所称的外部世界，是虚构的艺术作品模仿的对象而已。本文要论述的"背景"，包含了亚布拉姆斯称之为"宇宙"的作为文艺作品模仿对象的外部世界，同时它还涵盖艺术家、各个时代的受众以及批评者所处的不同的社会文化环境及其话语世界。另外，"背景"(context)在20世纪后期以来的文学认识论中，与上面提到的三个要素也不是等轴关系，而是都包含在各自的背景之内。在意义的产生和传播过程中，三个要素之间存在微妙的关系，同时它们都和历史文化背景紧密相连，成为其一部分，这种关系可以用下图表示：

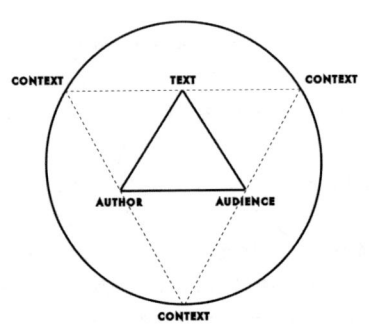

在于历史观的变化。第二次世界大战结束以后，特别是自20世纪六十年代以来，西方马克思主义在学术界得到非同寻常的重视，唯物史观挑战了并几乎取代了以基督教神学为基础的历史观；当人从上帝的子民变成"社会动物"时，人类历史便不再是整一的叙述。同时法国的后结构主义思想在人类学、心理学、语言学等学科得到应用，进一步动摇了语言以及传统史观的意义稳定性。伴随社会、经济决定论导致的"上帝之死"（尼采语）而来的，是文学的"作者之死"（巴特语）。这个死亡论影响深远，因为它直接挑战了20世纪以来文学作为一门学科走向兴盛所依赖的传统文学观。这种传统文学观只重视前面提到的三个要素中的作者和作品，批评家的任务就是寻找最接近作者创作意图的"唯一正确"的文本意义。因此即使是这两个元素，最后也只归结为作者的一元独尊，而作品的重要性只在于里面蕴藏了作者天才的构想。读者则在少数精英批评家的指导下，通过"细读"来领悟作者早就设计好的文本意义。至于时代背景，那是个清晰透明的景象，除非需要用来说明作者的超人身份的来龙去脉，否则无须深入探讨其所处的时代文化及其个人的政治观点、宗教倾向、种族特性等等。也就是说，这些与作品无关。这就是五十年代前后在西方文化和学术界占统治地位的文学流派（如新批评）所秉持的主导观点，也是当时莎士比亚研究的主导原则。以此看来，莎翁创作的丰富性和多样性证明他成为超时代的文化偶像具有必然性；此公只配天上有，参透本义靠精英。就这样，20世纪上半叶的文学批评延续了自浪漫主义时代开始盛行的莎翁崇拜传统。[1]

把莎士比亚拉回凡间的动因潜藏在欧美自20世纪六十年代开始的新

---

[1] 本文只是总结文学批评的发展过程，无意否定形式主义或者新批评等学派对于莎士比亚研究的贡献。其实，人物心理分析、意象分析等方法对于我们认识莎士比亚文本细节大有裨益。这一点，转向之后的很多学者也是认同的。美国的婴儿潮一代学者在反叛之前，在新批评的严格训练下培养出来的细读能力，对于他们找到文本中的矛盾，从而挑战保守的解读不可或缺。虽然我们反对传统批评的认识观，但是不能把它留给我们的好的方法一起抛掉，那种撇开文本的所谓批评也是理应避免的另外一个极端做法。

左派文化运动中。让莎翁降下神坛是挑战统治文化教育精英圈的必经之道，因此，以关于文学和历史的全新认识来颠覆批评现状就要从莎士比亚这门显学入手。可以这样讲，文学批评领域的辩论几乎成了意识形态领域的左右之争的反映，最终关涉到文化教育领域的权力争夺。文学领域在"文化革命"的战斗号角中攻陷了新批评、形式主义等保守阵营的学术前沿，迎来了以新的历史观为支点的批评理论的空前繁荣，[1]也带来了七十年代末开始的文学批评实践的转向。文学批评从以文本为中心转向对于文本内外的历史、政治、文化等因素的剖析，这些方面的转向集中体现在莎士比亚研究上。就是说，批评者不仅把莎士比亚及其作品放到历史背景中去理解，更试图使用莎士比亚与时代文化谈判采取的策略来去除其神秘性与和谐性，分析文本内外的矛盾话语，找出文本参与具体历史意义构建的可能性。到八十年代，随着理论以及批评实践的深入，某些学派（如新历史主义）的代表人物开始占据学术权威地位，这些学派及其方法也取代了新批评，成了文学研究和文化教育领域的新的主流。

下面将结合选文，讨论莎士比亚批评转向的代表成果，并具体阐述转向之后的莎士比亚研究是如何看待作者、作品、读者三要素以及三要素与语境之间的辩证关系的。

---

[1] 耐人寻味的是，20世纪文学理论的繁荣无法挽救文学作为学科的衰落，甚至有人把这种现象归咎于批评转向带来的自挖墙脚的做法。因为转向后经典文学与其他文学文本、文学与非文学文本界限的打破，似乎减弱了文学文本的重要性。有这种抱怨的人只看到了文学地位下降与悲观现实的某种巧合。其实，文学地位下降的根本原因还是与人类物质和精神文化发展有密切关系。经济、科技、政治、文化等的发展，特别是新技术的出现，给阅读和写作方式、以及生活和娱乐方式带来了深刻的转变，这种转变很大程度上是不可逆转的。那么，难道说我们到了不需要莎士比亚的时代了吗？这个问题几乎等同于在问未来我们是否还需要文学。文学理论家特里·伊格尔顿在1983年出版的《文学理论：引论》（明尼波利斯：明尼苏达大学出版社）中提出，在某个未来社会或许人类会发现莎士比亚派不上用场了，实际上他是想说明那样的时代离我们还太远（第10页）；他在1986年出版的《威廉·莎士比亚》（牛津：布莱克威尔出版社）中进一步说：虽然我们不需要那个保守的父权人物，但我们"在其他方面和他还有一段距离"（《前言》，第x页）。莎士比亚对社会人生的洞见仍然给我们以教益，人性的弱点不是所谓物质文明高度发达就能克服的，在这方面他比我们看得深、看得远。

一、文本与读者反应：本文观的嬗变[1]

早在20世纪中叶，新批评在文学批评领域如日中天并开始一统天下的时候，已经有不同声音在挑战其权威，这就是文学的读者反应论，其攻击的突破口就是对于作品文本的认识。反应论者重视读者对于作品意义的参与，打破了文本意义的作家决定论和作品独立论，把关注作家—作品的二元批评延伸到了读者（第三个要素）。接受了浪漫派影响的文学观认为，艺术家个人的创作天赋完全体现在封闭的、自在自为的作品中，有赖同样有天分的批评家去发现，因此批评家的工作就是解剖作品这个麻雀，找到形式与内容之间的和谐统一关系，从而接近作者的本来

---

[1] 这里借用文化人类学的术语"本文"与"文本"的对比意义，来讨论文学上的"text"。笔者饶有兴趣地发现，中文的"文本"与"本文"在人类学上的区分几乎可以对应西方对于"text"的认识的变化。前面在讨论"context"一词时，提到了关于英文的"text"的语法以及拉丁语词源，这个词在中文翻译上容易造成歧义，即应该译成"文本"还是"本文"。根据我国人类学家的说法，虽然两个词都是出于英文"text"，但意义差别很大，不能互相替代："中文的'本文'一词已不能完全同等于西文的'text'，其中的'文'有着事物表象、'本体之文'的意思，不能完全等同于对象，而只是对象本身在观察者眼中呈现出来的式样和图形……而'文本'一词则是指将这些被观察到的式样与图形记下和发表的文章、著述。说到底，现实对象是难以被人为认知的，在对象与文本（文章、著述）之间，本文充当了'天人对话'（人与自然、人与世界）的中介。"参见徐新建：《"本文"与"文本"之关系》，《黔东南民族师范高等专科学校学报》，4（1998），第40—44页。虽然人类学的阐述有些抽象，但这种定义颇似文学上对于"text"意义的认识的变化。所谓"本体之文"类似受亚里士多德模仿说影响的认识作品（text）的方法，认为它介于模仿对象与作者（"观察者"）之间；"眼中的式样"相当于出于作者的创作意图的作品，是相对稳定的独立的存在。作为独立自在的系统的作品，其意义相对固定，不受其产生以及接受环境的制约。这是转向之前的传统文论的认知，文学作品即是"本体之文"或者"本文"。至于"本体之文"在哪里，只能问上帝或者超时空的天才的作者本人了。而那些受后结构主义思想，特别是后结构主义文化人类学影响（如克利福德·格尔茨对于新历史主义）的文学观认为，任何的"text"都是构成其语境的一部分，不能独立于语境而存在；"text"的意义不是固定的，而且形态也可以是多样的，是"文本"。因此，"text"（"作品"或者"文本"）不再是本身独立的"本体之文"，而只是若干类似"人工制品"中的一个；和任何"人工制品"一样，作品不能脱离背景而存在并产生意义。总之，以"text"（文本）形式出现的文学作品应该被看成知识文化产品的一种，它的意义受到语境影响，反过来它也是其背景的一个构件，参与语境意义的构造。本文这个部分以莎士比亚研究文章为例，论述在文学作品认识上从"本文观"到"文本观"的变化。

意图，揭示作者潜藏在作品中的主题及其意义。人物分析、意象分析等手段也都是为了找到这个意义而服务的。形式主义批评家不考虑文本之外的任何影响因素，只关注文本的形式细节，分析其内在结构特征，把文学当成一门"科学"来研究；文化历史背景、读者，甚至作者都被认为与文本自在的本意毫不相干。虽然他们也分析文本之内的矛盾与对立，但分析的目的是要找出一个统一的意义，所有不和谐因素最后都整合为单一的"正确"理解。盛行于美国的新批评更是把这种方法用到了极致，采用"文本细读"的策略，完全无视文本与读者之间的关系。结构主义批评虽然在限定文本意义时把注意力从词语的字面意义转移到了文本的"深层结构"，把文本内潜藏的结构模式看成所有文学共有的金钥匙，认为文本语汇只有和这些内在模式相关联才能有意义，但同样没有走出文本决定论的圈子。

读者反应论则与上述所有方法都不同，它将注意力从文本转移到读者，分析对象从文本内容转向接受者的反应，讨论作品在受众方面产生的效果，认为一个作品如果没有读者或者观众的接受，那么就无法称其意义为完整的。耐人寻味的是，来自保守阵营的斯坦利·费什在读者反应论的理论构建上也起了重要作用，虽然左派并不认同费什的右倾意识形态（比如，费什曾受到马克思主义文学理论家伊格尔顿的猛烈抨击）。费什认为，根本不存在所谓客观的文本，读者对作品的独特反应就是"文本"，这样就模糊了读者与文本之间的界线。当然，读者反应论的主线理论在其他方面要比费什走得更远，不仅关注文本与读者接触可能生成的意义，而且关注文本意义产生的过程，考察文本意义是如何产生、被颠覆，甚至被取代的。读者反应论者认为，作品是作家与读者互动的媒介，他们提倡把戏剧"当成艺术家与观众之间的互动"[1]来考虑，因此读者或者观众对于莎士比亚戏剧的参与是不可忽视的。拉布金的《兔子、

1　N·拉布金：《莎士比亚与意义问题》，芝加哥：芝加哥大学出版社，1981年，第27页。

鸭子与亨利五世》是这个方面的代表研究。文章认为《亨利五世》这部作品的魅力在于，它可以有两种截然相反的阐释，批评家无论朝相反两个方向的任何一个方向走，都可以做出合理分析。拉布金把莎士比亚的实验比作格式塔心理学图形，在观众眼中造成模棱两可的解读，和冈布里奇在《艺术与幻象》中描述的兔子/鸭子的怪物图像一样，观众看到的可能是鸭子，但心里还记着的却是兔子。《亨利五世》关于主人公的描绘及其带给观众的就是这种两可的观感。这部格式塔式的戏剧所刻画的亨利王，可以被理解为一个发动了给英法两国人民带来灾难的不义战争的奸雄，也可以理解为能力超凡的贤明君主，正如"序幕"中所赞颂的"基督教国王的典范"。

本文观的变化在莎士比亚版本研究方面得到更集中体现。因为莎士比亚文本的特殊性，版本研究一直就是莎士比亚研究中的一个重要方面。莎士比亚作品版本繁多，有他的朋友本·琼生在他逝世后编辑的第一对开本（1623年）及那个订正后的版本（1632年），还有若干早已存在的四开本以及另外一些署名的与未署名的归在莎士比亚名下的手稿。这些版本的存在，使莎士比亚文本研究充满了无限的复杂性和争议。文本研究之所以在20世纪最后30年重新火热起来，成为莎士比亚研究的热门话题，是因为本文观发生了巨大变化。传统的文本编撰和批评习惯，是把莎士比亚1623年的对开本与之前的多种四开本比较，根据所谓的作者"创作意图"加以甄别，然后汇编成一个权威的版本，把作者的创作意图传达给读者。这是以W·W·格雷戈为代表的书目编纂家在20世纪早期确立的"科学的"方法，他们自称为"新编目学"。这种做法秉承的文本观与当时的文史观一脉相承，和即将盛行的新批评看法一样，认为文本意义是稳定的统一整体。"科学"的编撰就是为了找到唯一最符合"作者意图"的正确的文本解读。

但问题是，莎士比亚剧本的多个版本产生于各种不同条件下，可能都符合"作者意图"。因此，所谓"科学"的版本学从七十年代开始受到挑战。后结构主义文本观下的版本研究从根本上质疑"创作意图"的权威性,更质疑传统的本文观。后结构主义接受了索绪尔符号学的术语,把语言能指与所指之间的存在巨大差异的论断应用到文本分析,认为意义不是符号内固有的,而是依赖于语言网络而存在。受后结构主义影响的学者在字里行间找寻潜文本,这样定义的文本实际上超越了作品,延伸到了背景或者语境领域——包括了世界、艺术家、读者等大小背景。这个背景还包括作品在流通过程中的技术、商务等方面的实践环节。就作品的版本来说,不仅存在多个版本都有符合作者意图的可能性,更存在作品在演出、印刷过程中有他人参与文本修改的可能性。基于这样的认识,以保罗·威尔斯汀和加里·泰勒为代表的新一代文学编撰家开始挑战格雷戈的权威。

自20世纪八十年代以来,威尔斯汀发表一系列有影响的版本学研究论文。在《莎士比亚印刷文本版本叙述研究:"糙稿"与"四开劣本"》中,他对四开本所谓的"善本"、"劣本"之分提出质疑。一般认为"善本"是莎士比亚的真作,"劣本"是根据演出整理的演员使用的台本。这种区分是格雷戈等版本权威自20世纪早期开始就奠定的传统,威尔斯汀认为这种区分方法严重压抑了版本批评的发展,对于莎士比亚研究也造成桎梏。他以《李尔王》、《罗密欧与朱丽叶》和《温莎的风流娘们儿》为例,质疑了对于四开本"善本"与"劣本"的二分法逻辑,指出"糙稿"和"四开劣本"划分的主观性。他进而提出唯一权威版本的讹误,因为文本在特定历史条件下的变化都是存在合理性的。

莎剧早期印刷版本的不稳定,原因可能有很多。其中一个重要的原因是,印刷文本成型过程中的经手人介入文本的变动。威尔斯汀称这些人为"中间人",他们包括:莎士比亚本人、剧团的演员、剧团内外的文书、改编人、审查官、排字工、校对员,等等。威尔斯汀在文章结论中明确反对把某些版本认定为未经授权的重构作品,而把另外一些文本认定为唯一符合作者意图的版本，赞同后结构主义对多重文本的肯定和差异解读，提倡剧本的多重解读和多重版本的编辑实践。应该讲，威尔斯汀等人的版本理论对于此后的莎士比亚版本编辑起到了巨大的影响作用。他本人在编辑莎剧版本时推行平行的作品版本，如他曾经参与的亚登版莎士比亚全集版本以及单行本以及新版福尔杰图书馆莎士比亚系列，都包括多个版本，如《李尔王》的三个版本同时出现在全集中。其他莎士比亚文本编者，如格林布拉特等主编的诺顿版，也都采取多个版本并置的做法。

二、意识与语言：文学的精神结构及话语解构

文学文本通过文字媒介得以在作者、读者间交流。而文字之所以能成为交流的工具，是因为它作为语言的一种符号形式承载了表意的功能。意义是如何产生的？受哪些因素影响？它在作者与读者间通过文字传递过程中是否保持相同的形态？这些都是文学研究要回答的问题。很多批评流派都想通过语言分析进入文学作品的表层和深层结构，从而深入认识人类意识世界的奥秘；但进入的角度和途径各有差异，关注的范围和重点不尽相同。比如，如何理解语言和文学的社会属性，是否重视个体的内在世界与群体意识的关系，这些方面的差异都很大程度上将传统阐释学和其他当代批评方法区分开来。这个部分以精神分析和解构分析为例，讨论20世纪中期以后的莎士比亚研究是如何探讨语言与意识领域的问题、如何从这个方面认识莎士比亚作品的。

首先，作为一个现代心理学的重要分支，弗洛伊德的精神分析法在20世纪初的出现极大震动并影响了文学创作和文学批评，而拉康于五十年代末对弗洛伊德理论的结构主义修订，再一次震惊了文坛。精神分析专注于作品人物心理研究，往往忽视对作品艺术形式的研究，所以遭到

形式主义批评家的诟病。拉康的后弗洛伊德精神分析，借鉴了索绪尔符号学和结构主义理论，特别是能指与所指的概念，开始重视语言对于精神分析的作用，深入阐述了无意识和语言的关系。拉康的核心论点是：无意识是像语言那样被结构起来的，应该从语言的角度认识无意识，因此注重文本中象征意义的解析。拉康反对弗洛伊德的早期心理的性本能决定论，更重视心理发展的镜像阶段，认为在这个阶段外部因素以样板形式投射到主体上。在修正弗洛伊德的同时，拉康接受了弗氏关于人类精神渐变的思想，认为在这个渐变过程中，人格的形成和发展受到外界因素的影响，特别是文化环境的制约。但他强调，主体通过语言的象征意义来接受社会秩序，因此他的文化决定论搁置了性生理决定论。拉康的无意识理论动摇了意义的稳定性和主体的完整性，打破了理性和非理性的界限，因此在后现代主义者中有很多拥护者[1]。除了对于语言的关注，拉康还把弗洛伊德对文本与作者的关注推进了一步，将读者纳入分析范围，因此得到读者反应批评者的借鉴。

　　拉康理论最重要的影响还在于其后的女性主义批评。虽然很多女性主义者反感精神分析的男性中心话语，但这并不妨碍他们对拉康关于无意识与语言的核心论断，他们以法国女性主义为代表，在反对其中的男权意识的同时，将其修改，为我所用。从弗洛伊德开始，大家都以莎士比亚的《哈姆莱特》为例，用精神分析的方法分析文艺作品。弗洛伊德指出的哈姆莱特的俄狄浦斯情结得到厄内斯特·琼斯的深入阐释，这种以性本能为核心的解释让母亲成了王子欲望的目标。拉康在《哈姆莱特的欲望及其阐释》中认为，王子问题的根源不在于他对母亲的欲望，而在于母亲针对其他男人的欲望。母亲不是他的欲望目标，而母亲对菲勒斯的欲望是他的想象目标，这种想象造成了行动的延宕。以克瑞斯蒂瓦

---

[1] 比如某些当代女性主义者分支；关于这一点将在后面关于女性主义批评部分深入展开。

为代表的女性主义者借鉴并修订了拉康的后精神分析的方法，让女性欲望得以回归，用以回击弗洛伊德与拉康论述中的父权制以及厌女症倾向。

女性主义精神分析将这些认识应用到文学批评当中，关注作品中女性欲望的回归。例如，美国学者简内特·阿朵曼强调母性回归莎士比亚作品的重要性。母亲形象在莎士比亚历史剧和前期戏剧中是缺位的，这种缺失从《哈姆莱特》开始得到纠正。阿朵曼认为，作为对于父权和厌女话语的反动，母亲在《哈姆莱特》中得以回归，这可以"一雪前耻"[1]。阿朵曼从女性主义视角来理解并应用拉康的精神分析理论，这种应用颇耐人寻味，因为回归的母体对于男性主体来说，是充满危险的"荒草丛生的花园"。这个核心意象象征着哈姆莱特对于母性身体的想象。在《令人窒息的母亲》一书的《哈姆莱特》专章中，阿朵曼聚焦乔特鲁德和儿子哈姆莱特之间的关系。在阿朵曼的探讨中，《哈姆莱特》成了一部关于儿子为母亲的纯洁而战的作品。这个儿子试图让被玷污了的母亲的身体恢复清白，所以拯救母体这个荒芜不治的花园构成了本剧的悲剧结构。如此看来，英美女性主义和法国同行一样，也从拉康的精神分析方法中得到启发，深入莎士比亚文本以寻找挑战男权话语的机会。

除了拉康的精神分析理论对于语言之作用的强调，前面还谈到了后结构主义对于语言的重视，即文本是一个语言网络。德里达更认为："语言之外别无他物。"[2] 德里达因为反对结构主义语言以及意义的客观性，因此在转向后结构主义之后，他对拉康的精神分析并不以为然。但他的解构方法和拉康一样，也是借用索绪尔的符号学术语，认为语言和意识都是一种社会建构。不同的是，德里达抛弃了结构主义的用来诠释所有文本的"元语言"。因此，解构主义更注重语言中的差异和对立面，对于

---

[1] 简内特·阿朵曼：《令人窒息的母亲》，伦敦：劳特利奇出版社，1992年，第10页。
[2] 雅克·德里达：《文字学》，司彼瓦克英译本，巴尔的摩和马里兰：约翰·霍普金斯大学出版社，1976年，第158—159页。

作品的解构分析也从语言入手,寻找对文本颠覆性阅读的可能性,考察文本如何制造了模棱两可的意义,揭示一种思想系统依赖于其对立面的方式。[1]乔埃尔·费恩曼在《悍妇的时机》中能够结合拉康、德里达的话语理论,试图找到颠覆性的"女性话语",但《驯悍记》剧中的女性话语最终却支撑了父权权威,文章围绕这个核心问题探讨这种现象是如何发生的。费恩曼从两位大师的论战中找到切入点,并具体分析剧中的语言,指出双关用法的模糊修辞特性等戏剧手法与母题之间的关系,进而从"男性、女性、语言"这些一般性语言的寓言特征中找到内部的矛盾逻辑。

三、文学与历史:新历史主义语境还原

上述的哲学与文学批评的语言学转向的影响是深远的,它进一步导致了另外一个转向——人文学科的历史转向。历史转向在文学批评实践中最突出地体现在新历史主义的研究。从20世纪七十年代末、八十年代初开始异军突起的新历史主义可以说起始于莎士比亚研究,而且以其"文化诗学"的界说很快扩展至文学文化研究的其他领域,在美国学术界占领了优势地位。格林布拉特在八十年代初以《文艺复兴时期的自我塑造:从莫尔到莎士比亚》奠定了新历史主义研究的理论基础和实践模式,并在之后的一系列研究中做了深入阐发,同时影响并带动了一批将注意力转向历史的文学研究学者。

新历史主义者称自己的理论为"文化诗学",在这个理论框架下,他们在处理文学的几大要素之间的关系时,遵循的关键原则是将批评重心从文本转向背景。格林布拉特提出了历史性和文本性相互交错、相互作

---

1 参见特里·伊格尔顿:《文学理论:引论》,第132—134页。

用的概念，这个概念在蒙特罗斯那里得到进一步阐述，被概括为"文本的历史性，历史的文本性"[1]。这样，新历史主义模糊了文本和背景之间、文学文本和非文学文本之间的界限。如此界定的背景不仅包括文本创作时期的历史文化，而且包括文本接受以及评价时期的历史文化。新历史主义者批判蒂利亚德式的旧的历史观中的所谓"伊丽莎白的世界图景"，认为历史是独白式的出自单一视角的叙事。新历史主义认为旧历史观是迎合统治者意识形态的和谐幻想，社会现实要复杂得多，充满了矛盾的声音，而且认为文学不应是简单的对于外部世界的模仿，而是嵌入了多种差异性的历史文化意识。历史与文化的外部世界本身就是人为构建的产物，主体性更是个虚构物。这些认识的获得得益于新历史主义者对阿尔杜赛、巴赫金等的西方马克思主义理论的借鉴，还得益于福柯等的后现代知识——权力学说。

因此，新历史主义重视具体权力话语在主体构成中的作用。[2] 人的社会存在受权力系统的影响，主体的形成无不受到系统的制约。戏剧等文艺形式作为文化的产品，同样既是社会关系的产物，也参与社会关系的生成过程，与权力结构形成一种"谈判"关系。格林布拉特在《看

---

[1] 路易斯·阿德里安·蒙特罗斯在《文化诗学与政策》中论述了文本的不稳定性以及历史的偶然性。他说，所谓的"文本的历史性"，是指"所有书写模式的文化具体性，社会嵌入性——不仅指批评家研究的文本而且指我们在其当中研究的文本"。而"历史的文本性"有两层含义。首先，"我们无法进入一个完整、权威的过去，这是个生动的物质存在，未曾受到某个社会现存的文本痕迹的影响，而这些痕迹的幸存我们不能认为仅仅是偶然的，而是至少部分地由保护与抹杀的复杂微妙的社会过程所造成的"。第二，"这些文本痕迹本身受到后来的文本调整的影响，这时它们被诠释为史学家赖以写作他自己的文本的'文件'，即被称为'历史'的东西"。文章出自阿布拉姆·韦塞尔主编的《新历史主义》，伦敦：劳特利奇出版社，1989年，第15—36页，引文出自第20页。

[2] 就这点来说，新历史主义者（比如格林布拉特等）反对精神分析方法在认识主体形成中对于历史和文化具体性的忽视，是不无缘由的。弗洛伊德将主体动因归结为性本能，而拉康的结构主义精神分析则过分强调主体生成的共性方面，这就往往掩盖了主体形成的具体历史文化背景以及个体与时代权力话语之间的关系。

不见的子弹:文艺复兴时期的权威及其颠覆》[1]一书中提出了"颠覆"(subversion)、"抑制"(containment)等概念,不仅指出意识形态对颠覆思想的抑制,而且指出"颠覆的制造……正是权力赖以维持的条件"[2]。作者将文学文本与非文学文本放在一起阅读,分析往往从趣闻轶事开始,并将这些轶事与作品中的权力话语联系起来讨论。格林布拉特以关于伊丽莎白时代的托马斯·哈里奥特事件的讨论开始,并以《亨利四世》中的颠覆势力及其被抑制为例,来阐述这个文化谈判过程,深入说明,都铎王朝权力赖以维持的一个方式,就是"制造"各种形式的抵抗甚至颠覆势力,目的是为了将这些势力最终抑制。也就是说,激进或者颠覆力量不仅被权力所抑制,而且本身就是权力的产物。[3]

新历史主义不是从社会历史背景中寻找文艺作品与历史事件之间的因果联系,而是探讨作品与社会文化话语之间的谈判关系。作品既是历史与文化的产物,同时也参与文化意义的构建和传播,把历史与文化也看成是动态的文本,因此倾向于考察文学作品的具体的社会政治时刻,分析作品如何参与了主导话语的构成。关于新历史主义在文艺复兴文学以及莎士比亚研究中的总体原则,吉恩·霍华德在《文艺复兴研究中的新历史主义》中做了概括。首先,霍华德对比了旧历史主义与新历史主义。对于旧历史主义来讲,历史是可知的,史学家以及批评家都可以客

---

[1] 斯蒂芬·格林布拉特:《看不见的子弹:文艺复兴时期的权威及其颠覆》(*Invisible Bullet: Renaissance Authority and Its Subversion*),最初发表于《象形文字》,8(1981),第40—61页。修改后收入乔纳森·多利莫尔和艾伦·辛菲尔德主编:《政治的莎士比亚》,曼彻斯特:曼彻斯特大学出版社,1985年,第18—47页。格林布拉特文章中的观点被当成新历史主义的代表,这篇文章被当成新历史主义方法开篇之作之一,但他本人并不认为他的新历史主义观点具有概括性,他也从来没有给新历史主义提出过系统的理论或者批评原则。但这不妨碍新历史主义文学批评运动以这篇文章为样板。该文章在本文集中的译名为《含沙射影,暗箭伤人》,体现了译者的翻译整体风格。为方便理解,这里的篇名采取了直译方法。——编者注

[2] 斯蒂芬·格林布拉特:《看不见的子弹》,《政治的莎士比亚》,第45页。

[3] 斯蒂芬·格林布拉特:《看不见的子弹》,《政治的莎士比亚》,第23—24页。

观地看到历史事实。而新历史主义者则认为历史并非客观、透明、整一的，也不是轻易可知的。霍华德在讨论了新历史主义的原则之后，结论认为，把文本"看作是许多文化声音和许多可理解的事物的体系相互作用的场所，可能会更加富有成效"[1]。霍华德文章的主要部分总结并比较了格林布拉特和蒙特罗斯的新历史主义研究。

蒙特罗斯的论文《"塑造幻想"：伊丽莎白时期文化中性别和权力的成形》聚焦《仲夏夜之梦》，考察了伊丽莎白时代及近代文化中的权力关系。文章特别围绕伊丽莎白女王当政的时代，分析了这位女统治者的文化形象，认为虽然伊丽莎白时期的社会结构创造了一种由男性主导的文化，但是伊丽莎白女王拥有多种角色。伊丽莎白是主宰一切的君王，是保护性的女家长，也是理想化了的性征服的目标。蒙特罗斯考察了《仲夏夜之梦》如何参与伊丽莎白时代文化意义的创造，并指出了围绕女王的意识形态话语的辩证逻辑：戏剧文本所构筑的幻想本身也是幻想的产物。从这个意义上说，该剧"决定了把女王作为虚构对象的可能性"[2]。通过比较莎士比亚的戏剧和其他伊丽莎白时期文本，蒙特罗斯考察了伊丽莎白时期性别系统及女王在这个系统中的地位。在这样一个等级社会中，性别和权力呈现出相互作用的关系；在这个社会的各个层面，虽然位于权力结构顶端的是个女性统治者，但一切权威都赋予到了男人身上，赋予到了男权系统上。

蒙特罗斯和格林布拉特是新历史主义文学批评的两个代表人物，虽然在讨论文本（文学与非文学的）时都聚焦文艺作品如何参与意识形态的传播，但观察的视角和侧重点有所不同。蒙特罗斯更多受到威廉姆斯

---

1 吉恩·霍华德：《文艺复兴研究中的新历史主义》，《英国文学的文艺复兴》16.1（1986），第30页。

2 路易斯·阿德里安·蒙特罗斯：《"塑造幻想"：伊丽莎白时期文化中性别和权力的成形》，《表现》，2（1983），第61—94页，引文出自第62页。

的新马克思主义思想影响，似乎更注重文化产品的相对独立性。[1]这种相对独立性认识也被应用到主体构成上，认为主体在被文化话语塑造的同时也保持着相对的独立性。在这一点上，格林布拉特似乎相对悲观保守一些。但是，不管怎样，新历史主义从一开始就受到更为激进的学派的批评，如文化唯物主义者和某些女性主义学者，他们主要质疑其看似非政治的方法，因为早期的新历史主义者忽视了戏剧的政治作用，格林布拉特尤其如此。首先对格林布拉特观点提出不同意见的是乔纳森·多利莫尔。他不认同格氏的颠覆—抑制模式。这样，美国的新历史主义与英国的文化唯物主义在认识上的矛盾就摆在了桌面上。

四、政治与意识形态：唯物主义的激进抗辩

文化唯物主义与新历史主义出现的时间大致相当，从20世纪八十年代开始在英国学术界风生水起，并主导了文学批评的政治转向。西方新左派代表人物雷蒙德·威廉姆斯在关于马克思主义与文学的论述中首先提出了"文化唯物主义"的命题，得到文学界的广泛重视，并导致文学批评开始探讨文本内外以及文化生产过程中的文化政治。理论上，这个批评方法的形成自然离不开马克思主义经典作者关于文学与社会的论述、阿尔杜塞对上层建筑反作用的补充，以及福柯的权力政治学说的影响。在这些理论的支撑下，文化唯物论者把社会看成了文本，因此剧场的演出实践甚至图书交易都和社会的建构有着千丝万缕的联系。在批评实践中，唯物主义者关注莎士比亚作品及其历史背景中的宫廷、教会、学校等等政治的、宗教的以及经济的机构，关注权力结构在阶级系统中的体

---

1 吉恩·霍华德总结了蒙特罗斯新历史主义发展的三个主要特点，首要的就是对于文本的相对独立性的重视。参见吉恩·霍华德:《文艺复兴研究中的新历史主义》，第34页。

现，同时也考察这些机构在现代社会中的演变[1]。因此，他们在考察近代文本及社会的同时，关注的是当今社会。英国马克思主义者把批评活动看作一种政治的以及意识形态的抵抗形式，因此也坚持把这种抵抗贯穿到文本阅读上。

这些做法都集中体现在多利莫尔与艾伦·辛菲尔德合编的《政治的莎士比亚》的文章中。虽然统称文化唯物主义，但里面收入的论文范围超出了上述提到的英国为主的狭义的文化唯物研究学派，还包括其他方法的代表性研究，如格林布拉特的新历史主义代表作、女性主义莎士比亚批评成果、后殖民主义莎士比亚作品分析等。当然，从历史观和文学观来说，广义的唯物主义在这里是适用的，因为多数研究都受了唯物主义哲学的影响，在看待文学文本与社会文化背景的关系上总的来说都认为，文学是社会关系的产物，同时也参与这些关系的生产。正如康普斯所总结的，这些唯物方法有共同的任务：考察文化美学形式与社会生产关系之间的模式化关系；承认文学有相对的自主性；注重历史研究；进行意识形态批判。[2]

在《政治的莎士比亚》的《引论》中，多利莫尔总结的新历史主义以及文化唯物主义是对于旧历史观以及新批评方法的否定，强调莎士比亚时代的意识形态和社会秩序的关系。文化唯物主义者把文学看成一种社会实践，把戏剧看成一种社会政治机构。在谈到格林布拉特关于颠覆——抑制关系的观点时，多利莫尔认可格氏关于颠覆的产生的论述，但是不认同抑制对于颠覆力量的作用的看法，认为意识形态控制的有效性不宜夸大，并呼吁重新解读文化，张扬被边缘化了的声音。这种关于颠覆与抑制关系的讨论双方各执一词，是不会有定论的。虽然实际上格林

---

[1] 参见鲁斯·麦克唐纳德主编：《莎士比亚批评与理论选集，1945—2000》，牛津：布莱克威尔出版社，2004年，第511—513页。

[2] 参见伊沃·康普斯：《唯物主义莎学：一种历史》，伦敦：维尔索出版社，1995年，第3—4页。

布拉特在多利莫尔文集中的文章已经对1981年最初的观点稍微做了变通，但文化唯物主义者以及女性主义者仍然认为格林布拉特的观点过于保守，过于悲观。这是因为，他们的文艺复兴以及莎士比亚研究着眼的是研究者的当代文化政治生活，因此采取的是更激进的文化策略，认为只是历史研究还不够，还要进行政治化的研究。只有用政治的眼光去看历史和文学文本，才符合激进派的文化纲领和批判议程。

辛菲尔德的《〈麦克白〉：历史、意识形态与知识分子》就是政治化文本分析的典型。作者将《麦克白》的分析和莎士比亚创作时代的意识形态以及研究者时代的政治结合起来考察，分析《麦克白》及同时代的其他戏剧作品如何蕴含了"对于极权意识庇护下的暴力的焦虑"，认为此剧关注的是权力与权威的分裂、暴君与合法统治者的区分以及推翻暴君的合理性。辛菲尔德区分了两种暴力。第一种是为国家权力服务的暴力；另外一种是破坏权威的暴力。前者是合法的，而后者是非法的。因此也是不能接受的。麦克白镇压叛军属于第一种，麦克白谋杀邓肯属于第二种。极权的国家政权需要使用暴力来维护统治，为此目的，极权主义意识形态的传播起了重要作用。辛菲尔德认为，《麦克白》以两种方式反映了关于极权国家暴力及其合法性的辩论。首先，本剧表现了权威与合法性分离的恶果，折射了1601年埃塞克斯伯爵对于伊丽莎白女王的反叛。女王握有王权，但英俊的伯爵却有决断的魄力。在《麦克白》中，邓肯有统治的合法性，但是国家却依赖于大将军麦克白来维护，因此合法性与权力在剧中处于分裂状态。其次，《麦克白》可能参与了关于极权与暴政的讨论，并且关联到1605年针对詹姆斯一世的爆炸阴谋。辛菲尔德不仅在文本的意识形态价值与历史事件之间建立起了联系，而且联系到当代反抗极权的事例，比如1984年爱尔兰共和军制造的爆炸事件。文章认为，《麦克白》揭示的是极权意识形态的不稳定及不和谐的方面。

这种文本内外的文史关联，以及借古论今的政治化的作品解读方式，颇似我国"文革"前后的文艺批评，主要体现在我国20世纪五十年代与八十年代初的莎士比亚研究中。[1] 西方文学批评的"左转"似乎来得迟了一些,但似乎影响却更为深远,在当今盛行的各种后现代思潮中,无不渗透了政治批评注入的反叛的冲动,也蕴含在"晚期资本主义的文化逻辑"[2]中。反叛的目标最初是共同的敌人,即形式主义和新批评对于文学批评的垄断,现在的目标已经转移到了新历史主义和文化唯物主义这样的新权威。很多文化唯物主义者也是女性主义者,开创了唯物主义的女性主义批评,关注文艺复兴时期有关婚姻、医学以及神学的话语中的女性经历及文学对于女性的再现。女性主义得益于西方新左派的兴起和"文化革命"的深入,同时也开始在左派阵营独树一帜,在关于两性关系的问题上与其他派别分道扬镳。唯物主义的女性主义分支比其他文化唯物论者更为激进,她们针对的矛头不仅是作品时代的男权政治和文化霸权,而且还包括当代的既得利益者以及在文学批评界占统治地位的男性权威。

五、妇女问题与男权话语:女性主义的权力策略

女性主义莎士比亚批评从20世纪七十年代酝酿,到八十年代中后期

---

[1] 中华人民共和国成立后到"文革"前夕,涌现出一批主动运用马克思主义辩证唯物主义理论进行文学批评的莎士比亚学者,如卞之琳、李赋宁、杨周翰、陈嘉等。有的学者(如卞之琳)还在"文革"结束后对以前的批评进行了反思。学者的批评观点在大的环境下受到时代政治的影响,本来就是文艺批评这个领域的一个不可否认的特征,也反映了莎士比亚研究的时代性。本人认为,抛却一些影响因素,有些对于文本的政治分析以及得出的认识还是非常独到的,我们大可不必一概否定政治批评的认识价值。另外,中西政治批评的区别还是十分明显的,原因也更加复杂。比如,影响西方政治批评的,不仅有辩证唯物主义,还有前面提到的当代语言学、心理学、社会学、人类学等等学科的发展,而且西方马克思主义与中国化的马克思主义也不可同日而语。不过,这些并不是本文讨论的重点,故不展开,感兴趣的读者可参见孟宪强、李伟民等关于中国莎学历史的著作。

[2] 参见弗雷德里克·詹姆逊:《后现代主义,或者晚期资本主义的文化逻辑》,伦敦:维尔索出版社,1991年。这里借用这位后现代理论家、西方马克思主义文学理论家的这部后现代理论著作的题目。

迅猛发展,开始冲击一直被男性权威占领的大学讲坛。女性主义的理论和实践打破了传统的两性关系认识的二元对立,改变的不仅仅是女性的地位,而且是整个人类对于自身的认识。女性主义理论上借鉴了精神分析、解构主义、社会学等理论,在文学研究中聚焦作品中的两性关系。女性主义批评根据实践者学术背景的差异和参照的理论体系的不同,在文学批评中表现出两种明显的文学解读方法。一种是从作品内部挖掘语言上的性别差异,解构作品中的男权话语。法国女性主义思想家爱莲·西苏、露丝·伊利格瑞等借鉴了拉康和德里达的理论,认为文本和主体(包括作者和读者)都是语言的产物,但反对弗洛伊德和拉康理论中的男权中心主义。因此,受这些思想影响的女性主义者从语言入手解构男权话语,分析男性主体意识及其社会结构的渊源。另一种方法从作品的外部环境入手,挑战男权主导的价值体系,质疑围绕作品的文化历史(包括文学批评史中)的男性中心论的合理性。美国的女性主义者,不仅力图颠覆长期在大学文学课堂里盛行的西方文学典籍并推翻男性权威建构的文学史,而且提倡女性主义的阅读方法,即研究文学作品中的女性形象,从而进一步指出文学批评中对女性的忽视、压抑甚至歪曲。

在莎士比亚研究上,这两种研究方法都有充分表现,并且体现了女性主义者看待莎士比亚及其作品的认识的转变。早期女性主义者虽然也指出莎士比亚的历史局限性,抨击他那个时代社会中存在的男性沙文主义,但是主导的认识仍然维护莎士比亚在西方文学典籍中的核心位置。[1]大多女性主义者承认,莎士比亚能够在一个不平等的社会中平等看待男女人物,他对女性人物的刻画能够反映现实生活中女性特征的多样性和丰富性,超越了其时代文化中的父权意识形态。[2]然而,20世纪八十

---

[1] 丽莎·贾汀总结了20世纪八十年代之前几乎对立的两派女性主义莎士比亚批评。参见丽莎·贾汀:《还在闲扯女儿的事:莎士比亚时代的女性与戏剧》,布赖顿:哈维斯特出版社,1983年,第1—3页。

[2] 参见朱丽叶·杜辛贝尔:《莎士比亚与妇女的本质》,伦敦:麦克米伦出版社,1975年,第308页。

年代起,女性主义者开始"修正"对待莎士比亚这个"逝去的白人男性"作家的认识。激进的女性主义者觉得早期女性主义的莎士比亚批评过于天真幼稚。有的女性主义者甚至呼吁完全摒弃男性建立的感受莎士比亚戏剧提供的愉悦的方式,这种方式本身也和莎士比亚戏剧中的厌女症一样,是女性主义的天敌。[1]到九十年代女性主义批评更加不客气,针对莎剧中的父权观点以及厌女话语强力抨击,认为作品无意中帮助了厌女意识形态的制造和传播。当然,也有较温和的女性主义者,认为莎士比亚作品中的厌女症大多出于戏剧人物之口,作者是借此揭露时代生活中的对女性看法的偏颇,虽然也不免流露出守旧刻板的看法甚至偏见。

在这样的认识背景的转变中,英国的唯物主义女性主义者凯瑟琳·拜尔西的莎士比亚研究很有代表性。她早期的女性主义文学研究主要借鉴马克思主义及唯物主义方法,倾向于分析悲剧(如《哈姆莱特》)中的主体性问题及女性人物的作用。她从八十年代中期开始用解构方法分析莎士比亚戏剧,后来又提出:"唯物主义女性主义莎士比亚批评一定要关注莎剧中的性别问题,也要关注女性的阶级地位。"[2]她的论文《瓦解性别差异:莎士比亚喜剧中的意义与性别》用解构方法分析莎士比亚喜剧中的性别差异,认为男女换装在戏剧中以及莎士比亚时代的表演实践中扰乱了男女的性别界限。拜尔西使用德里达的解构理论破除了保守的二元对立观点。

拜尔西考察了16世纪及17世纪初的家庭的两种不同含义:它既是个政治场所,又是个温情场所。在莎士比亚创作《第十二夜》等喜剧的时代,两种意义间充满矛盾,妇女的地位就是在这样的环境下得以界定,因此男女二元对立关系也处于不稳定状态。

---

[1] 参见凯瑟琳·麦克卢斯基:《父权诗人:女性主义批评与莎士比亚:〈李尔王〉和〈一报还一报〉》,《政治的莎士比亚》,第88—108页。

[2] 凯瑟琳·拜尔西:《后记》,薇拉莉·韦恩主编:《差异问题:唯物主义女性主义莎士比亚批评》,伊萨卡,纽约州:康奈尔大学出版社,1991年,第258页。

如果说拜尔西的对于性别差异的话语解构目标还限制在文本及其社会环境的话,那么她的美国女性主义同行则把矛头对准了身边的文化政治,借助关于对莎士比亚文本的讨论,挑战现实生活中的学术权威。美国女性主义莎士比亚研究的代表人物之一薇拉莉·韦恩在《历史差异:厌女症与奥赛罗》[1]中质疑新历史主义的研究,指出了这种研究中以偏概全的问题,即用主导意识形态话语概括并替代差异性的历史现实。她抓住格林布拉特论著《文艺复兴时期的自我塑造:从莫尔到莎士比亚》中的关于《奥赛罗》的章节大做文章,指出了格林布拉特的缺失:没能区分天主教的参与话语与新教的主导话语在婚姻中的性的原则上的差异。韦恩进一步提出,文艺复兴文化里面关于妇女、婚姻以及性的话语有多种。有关性的话语在《奥赛罗》中就有三种:1. 经伊阿古之口说出的残存的中世纪厌女症话语,这种思想被他灌输给了奥赛罗;2. 经由苔丝德蒙娜说出的人文主义及新教主导话语;3. 经艾米利亚之口说出的新兴话语,她以男女的相似之处为根据来为女性情欲辩护。这些实质上矛盾的话语互相提醒,互为补充;该剧的主宰话语可能在摒弃残存的厌女症话语的同时宣扬了这种思想。[2]

韦恩不仅向新历史主义者叫板,而且在文集的引论中还质疑某些女性主义批评家将妇女理性化的倾向。[3]就这样,女性主义和其他后结构主义学派既联合又斗争,而且以攻击新的学术权威为己任,锋芒毕露。

韦恩在这个战线上并不孤独。比如,她的另外一位美国同行,琳达·布斯也敢于直面新历史主义的统治地位,表达女性主义的不满,充满火药味。布斯等女性主义者认为,讨论学术问题关乎政治,因此她不

---

[1] 薇拉莉·韦恩:《历史差异:厌女症与奥赛罗》,该文章是作者主编的《差异问题:唯物主义女性主义莎士比亚批评》(1991年)论文集中的一篇,曾在1986年柏林承办的"第三届世界莎士比亚大会"(国际莎士比亚学会主办)上,以会议论文形式参加了"唯物主义女性主义莎士比亚批评"专题研讨组的讨论。在这次会议上以韦恩为代表的女性主义者公然向新历史主义叫板。这本文集就是在该研讨会成果的基础上修改补充的。

[2] 薇拉莉·韦恩:《历史差异:厌女症与奥赛罗》,第159页。

[3] 薇拉莉·韦恩:《历史差异:厌女症与奥赛罗》,第4页。

满新历史主义的非政治的历史研究,质问道:忽视政治的历史研究真正做到位了吗?她以文艺复兴研究中的关于家庭、婚姻、性的不同派别的研究为例说明文学研究的政治性,承认从旧历史主义的伊丽莎白时代的秩序到新历史主义的修正已经取得了进步,但是认为这种进步还不够全面,因为新历史主义研究没能关注妇女问题以及其他历史上被主导意识形态压制的声音,对国家权力及权力结构的强调忽略了女性历史。布斯指出,这种研究无视妇女,并将女性主义学者边缘化或者排挤到最顶尖的学术俱乐部之外。

同时,布斯也批判了走极端的女性主义批评。比如她认为,英国学者麦克卢斯基的"极左"批评把莎士比亚连同他作品中反映的父权制一并摒弃,布斯认为这种做法不仅抛弃了莎士比亚作品及其时代的厌女症,同时也放弃了莎士比亚研究这个阵地。女性主义者应该从家庭、婚姻和性这些核心议题进入这个阵地,展开深入探讨。布斯在总结女性主义研究在这些方面的发展的同时,也关注女性主义研究者在学术界的地位问题。事实是,到了九十年代中期,很多美国大学都成立了妇女研究中心或者类似的研究机构,雇用了一大批女性主义学者。在英文系的女性主义者开始把研究成果广泛应用到教学中。

六、性别与性关系:身份建构的文化差异

对于性、性别、性取向等问题的关注是女性主义文学研究的另外一个重要发展。九十年代女性主义批评主力转向了性别理论及文学作品中的性别研究,开始质疑基于两性对立的性学认识以及支撑这种认识的异性恋模式,从而深入揭示了性别身份政治。这样,当时文学研究的文化转向又增加了一个新的领域,即性文化的研究。性学不仅仅是社会学、心理学的课题,也不仅仅是生物学等其他科学意义上的研究领域,也是一个政治领域。在后现代文化中,性别身份与文化差异成为一个重要课

题。女性主义的这个分支从后现代视角反观莎士比亚作品及其时代的性文化与性别政治。莎士比亚戏剧中的男扮女装,以及莎士比亚时代男童扮演女性角色的舞台实践,成了性和性别研究所关注的话题,比如关于男性身份特征(masculinity)、女性身份特征(femininity)等的文化话语之类。莎士比亚时代对于性和性别与当代认知的差异,不影响研究者从当代的性别理论出发研究莎士比亚,他们不仅从那个时代中的有关性别的文化话语中得到启发,而且把后现代理论应用到对于作品的阐释中。不同时代认知上的差异并未妨碍学者从那个时代同性关系中理解性、性别、性取向等身份因素与政治权力在主体构成上的作用。

盖尔·格林的《"你所谓的爱情":〈奥赛罗〉中的欲爱悲歌与社会悲剧》是较早探讨男性、女性身份构建的研究,为九十年代开始的从性别身份角度切入莎士比亚戏剧研究奠定了基础。该文从性别的社会意义和性关系角度分析《奥赛罗》,聚焦男性特征与女性特征。苔丝德蒙娜一向被当成理想女性的代表,她温柔贤淑,顺从夫命,无怨无悔,被正直却轻信、嫉妒的丈夫杀死时仍深爱着他,谱就了一曲爱情悲歌。这似乎是该部戏剧的内涵,也是被长期接受的解读。然而,格林指出,造成悲剧的深层原因是文化中对于男女性别身份的错误构建,对本剧的理解也常常是误读。女人的身份完全是男人构建出来的,要么是女神要么是娼妓,不被当成独立的人看待,甚至只是男人的拥有物——她的感情她的身体不能有任何背叛。正是在这种二元逻辑下,男人为荣誉而战,女人为贞操而死,所以奥赛罗杀死苔丝德蒙娜的行为变成了正当行为。这是十足的社会悲剧。格林认为莎士比亚通过这个悲剧告诉人们,"有关男性及女性行为典范的成见是对人类现实的扭曲和破坏"[1]。

"酷儿理论"(Queer Theory)作为女性主义的分支,在女性主义文化研究的大背景下从九十年代后期开始几乎取得了独立地位。"酷儿理论"

---

1 盖尔·格林:《"你所谓的爱情":〈奥赛罗〉中的欲爱悲歌与社会悲剧》,吴亚蓉译,《妇女文学研究期刊》1.1(1979),第16—32页;参见原文第32页。

应用到文学研究的一个重要的方面是考察作品中的同性关系。同性间的欲望以及同性关系的性质在莎士比亚时代的界定,在莎士比亚十四行诗涉及的同性关系、男童扮演女角以及《威尼斯商人》等戏剧作品及其时代的文化中都有具体形象的反映。斯蒂芬·奥格尔的著作《扮演:莎士比亚英国的性别表演》讨论的是伊丽莎白时代英国职业剧场全部是男演员的现象。虽然所有女角都由男童扮演只是个偶然安排,但这种做法所引起的社会焦虑不容小觑。文化成见对男人女性化以及对女人性欲望的焦虑都集中表现在对于换装和性别身份表演的看法上。其中的《欲望之表演》一章聚焦舞台上下的同性关系。文艺复兴时代流行的生理学认识是,男女生理上在胚胎期是一样的,男女都有相同的生殖器官,只不过一个外伸一个内收,而决定是否发育成男性的关键是看胚胎是否有足够的力量将生殖器向外推出。性别区别更多靠后天的表演。在两性关系上,男人接触女性对男人而言是危险的,因为性欲望使男人变得女气。奥格尔指出,当时反对戏剧活动的势力最大的恐惧就是舞台演出的戏剧中的无差别的性欲,这种性欲不区分男人与女人,还包括了同性性欲望,会将男人降为女人。在这种担心中,"异性装扮的男孩其实只是偶然因素;真正有问题的是整个模仿艺术概念,即这种让男人变女气的艺术"[1]。

七、种族、性别与霸权:后殖民主义的他者声音

如上所述,"酷儿理论"视角的莎士比亚研究聚焦在性别方面,是对受后结构主义思想影响的"后学"的一个延伸,和其他"后学"门派一样,关注文本之外的社会关系,寻找文学文本与非文学文本之间、文本与非文本之间的联系,常常围绕三大核心问题展开论述:阶级、种族、

---

[1] 斯蒂芬·奥戈尔:《扮演:莎士比亚时代英国的性别表演》,剑桥:剑桥大学出版社,1996年,第30页。

性别,只不过突出的方面有所偏重。这些也都在后殖民主义研究[1]中得到体现,而且自然首要关注的是文学的种族元素。值得注意的是,后殖民主义莎士比亚研究不仅仅关注种族问题,还考察种族关系与阶级关系及性别关系如何在作品中发生关联。

莎士比亚时代,特别是詹姆斯一世时期,正是英国殖民事业的起步期,殖民在莎士比亚作品中自然会留有蛛丝马迹,因此,莎士比亚戏剧是否参与了"殖民计划"以及以何种方式参与了殖民话语,自然就成为后殖民研究关注的话题。《暴风雨》因其讲述一位来自欧洲的大公征服岛民的故事,成为后殖民研究关注最多的莎剧;其次是《奥赛罗》,讲述的是一位被威尼斯雇来保护城邦的黑人将军娶了白人女子并因嫉妒而将其杀害的故事。《威尼斯商人》则反映了基督教世界对于生活在他们中间的异族人、非基督教徒的态度。关于欧洲之内的异族人或者他者的存在在其他剧目中也有零散涉及。发生在剧中的希腊、罗马或者欧洲其他地方的外族人故事,直接或者间接地反映了莎士比亚时代英国海外扩张开始以后人们对于不同种族、肤色、宗教身份的认识和焦虑。后殖民主义者还探讨莎士比亚作品如何被后来的殖民者挪用,用于大英帝国宣传帝国思想,用于促进帝国事业。弗朗西斯·巴克与彼得·休姆合写的《"水仙女与刘禾人一起隐去/众精灵一起隐去":论〈暴风雨〉的话语语境》就是这方面较早的研究。文章使用解构主义的话语分析方法来解读《暴风雨》的话语语境,即英国殖民主义的历史背景,分析剧中的殖民者普洛斯彼罗与以凯列班为代表的被殖民者之间的冲突。文章还揭示了殖民话

---

[1] 后殖民主义产生和发展的时间和后结构主义相当,理论基础以及批评任务有某些交叉,比如都解构二元对立的西方逻辑,早期都借鉴了马克思主义的政治学说以及戈尔茨的文化人类学成果,但后殖民主义之"后"不属于后结构主义"后学",在批判欧洲中心主义方面形成一套自己的学说。爱德华·萨义德的《东方主义》在20世纪七十年代末成为后殖民理论的滥觞;八十年代,斯皮瓦克还借鉴了解构主义以及女性主义等方法以充实后殖民主义理论,在解构殖民话语的同时提出了反话语;九十年代,霍米·巴巴的后殖民文化身份的"混杂性"学说成为后现代文化理论的重要部分。

语如何被同情殖民主义的批评话语所掩盖,并通过话语分析指出:"《暴风雨》是一部叠合在殖民主义话语之中的戏剧。"[1]

后殖民批评不仅揭露传统批评对于殖民意识的共谋,还要质疑新历史主义在分析殖民语境时的笼统化和过度政治化。梅雷迪斯·斯库拉的《话语与个体:〈暴风雨〉中的殖民主义案例》在展开个案分析之前,针对新历史主义以及之前的后殖民主义的分析方法提出了异议。斯库拉认为新历史主义的视角忽略了《暴风雨》文本与殖民主义历史事实之间的差异,把本剧政治化为殖民规划的一部分,政治结论过于简单化了。简单地指认或者批判殖民主义并没有说服力,应该进行更细致的个案分析。斯库拉认为应该具体说明殖民因素是如何被合理化为一种世界观的。她通过分析创作时代、人物关系、心理环境等多重语境,考察了这个复杂过程,并得出结论认为,莎士比亚"不仅复制了一个先前已存在的话语,他也使它与其他话语发生交叉、改变、放大、扭曲并质疑它"[2]。

后殖民研究在女性主义者以及文化唯物主义者中很容易找到同盟军,因为大家都出身于历史上或者现实中遭受了机构性压制或者边缘化的社会群体,很多人兼有这些方面的学术背景,可以集多个学派标签于一身,阿妮娅·卢穆巴就是后殖民主义女性主义者的代表之一。后殖民主义女性主义研究关注的除了种族这个核心议题之外,还有民族主义、性别、身份等问题,研究莎士比亚作品以何种形式参与了西方虚构的"他者"形象的建构以及解构。她的著作《性别、种族、文艺复兴戏剧》如其题目所示,把性别问题结合到文艺复兴戏剧中的种族问题上来分析,拓展了后殖民主义研究的视角。在《抓住书本,为我所用》一章中,卢穆巴

---

[1] 弗朗西斯·巴克和彼得·休姆:《水仙女与刈禾人一起隐去/众精灵一起隐去》:论〈暴风雨〉的话语语境》,乔雪瑛译,约翰·德拉卡吉斯主编:《莎士比亚别论》,伦敦:劳特利奇出版社,1985年,第205页。

[2] 梅雷迪斯·斯库拉:《话语与个体:〈暴风雨〉中的殖民主义案例》,《莎士比亚季刊》40.1(1989),第69页。

聚焦《暴风雨》，纠正了多数后殖民主义研究在分析该剧时对于性别问题的忽视。卢穆巴通过分析女性及黑人人物的塑造——凯列班、米兰达，还包括凯列班那个没有出场的母亲——来探讨《暴风雨》在这些问题上的矛盾纠结和复杂性。

比如，对凯列班的刻画中带有"黑人强奸犯"的脸谱化偏见，女性主义很容易对其被剥夺、被压迫的遭遇表示同情，但对他的强奸企图不能容忍。卢穆巴首先从种族主义话语中指出了把黑人男子丑化成强奸犯的偏见的根源，然后指出普洛斯彼罗的白人中心主义话语中同时带有种族偏见和性别偏见。这体现在他对原来的女岛主西考拉克斯的妖魔化中，他把她丑化成使用妖术的邪恶女巫，目的是为自己的男权中心的统治提供合法化依据。在妖魔化黑人的同时，这种偏见也通过把白人女子理想化为没有性欲望的贞女，把性歧视强加给了米兰达。然而，本剧的复杂性就在于，米兰达既是男性霸权的被压迫者，又是接受了其父殖民主义思想灌输的压迫者。卢穆巴的结论是：莎士比亚的文本张力在多种话语的交锋中尽显，贯穿了殖民话语在黑人与女性问题上的多重矛盾，批判了当时的主导思想，而非单纯复制了这些思想。

结语：莎士比亚研究与文化意义的建构

本文讨论的文学批评以及莎士比亚研究中历史观、文学观、文本观等等方面的转向，既反映了当代文化哲学的思想变迁，也是构筑这些思想不可分割的重要部分。莎士比亚研究作为文艺批评的重要领域，在过去的几个世纪，尤其是20世纪中期以来，一直是各派思想方法争夺的要塞，不断被插上各种色彩的旗帜。我们重点关注了20世纪七十年代以来西方莎士比亚研究领域的文学批评旗帜的变换。各个学术流派各自以挑战当前学术权威的姿态粉墨登场，也受到其他当前的和后来的学派的挑战。现在占统治地位的"后学"各门派之间也在互相争辩。同时，它们在互相借鉴、互相构建中，总体上促进了我们对于莎士比亚的理解，对于我们自身和我们周围世界的理解，以及对于地球村文化生态的理解。

当然，关注外界学术动向的目的还在于思考我们该如何参与莎士比亚领域的意义构建。笔者认为，参与莎士比亚意义的构建就是参与当代全球文化环境的建构，因此借鉴现有成果十分必要。而有批判地借鉴并形成我们自己的批评方法和体系，构造自己的话语空间，则尤为重要。希望我们这部选集以及"莎士比亚研究丛书"的其他各集能以这种方式参与当代全球文化的构建，并能有助于我们自己的话语空间和外界空间产生更多的交集和对话。

以上是编辑本书的总体思路，希望对于读者阅读本书和了解世界莎士比亚研究有所帮助。因为这种思路以及篇幅的限制，不能面面俱到，肯定漏掉了很多重要的学术方法和研究方面，恳请读者批评指正。编者知道，和同类文集相比，本书既有优势也存在明显的不足。这里必须提到两种给本书的编辑提供启示和借鉴的莎士比亚研究选集。一个是美国学者鲁斯·麦克唐纳主编的《莎士比亚批评与理论选集，1945—2000》，另一个是杨周翰主编的两卷本的《莎士比亚评论汇编》。前者的选文范围涵盖第二次世界大战以后到20世纪末的所有重要莎士比亚研究方法，包括被"后学"推翻的新批评，围绕文章所代表的文学理论，因此在时间和理论上的跨度都很大。后者以片段节选的形式囊括了从德莱登到杨·科特，即20世纪六十年代初以前的重要研究，尤为重要的是包括了世界文学大家的莎士比亚评论，如歌德、雨果、别林斯基、屠格涅夫等。我们把两本文集的选文范围限制在新批评之后，特别是七十年以来的主要批评成就，以反映莎士比亚研究的最新发展趋势。选文围绕几个核心议题进行选择、分类，同时考虑批评流派的分界和交叉，并尽量保持篇章的全貌（个别有删节）。篇章顺序的安排还考虑了文章所聚焦的莎士比亚作品，如《哈姆莱特》、《奥赛罗》、《暴风雨》等，以便于关注作品分析的读者集中参考。但是，即使是所谓转向之后的批评，本书也不敢妄称全面，由于篇幅所限，在编辑过程中不得不忍痛割爱，舍弃原计划收入的篇章，因此有些理论视角尚未涉及，比如属于唯物论文学批评一个分支的关于文本物质特性的研究，或者关注文本作为印刷品的历史与认识变迁的研究（以戴维·卡斯坦为代表）；又比如，近年兴起的绿色莎士比亚研究（生态学莎士比亚），从人类和地球的关系角度分析莎士比亚作品，考察文本内外的物质世界的政治性和社会性；再比如，从认知科学角度对莎士比亚进行的跨学科研究，新近日渐成形的利用高科技手段的数字人文方法的莎士比亚研究，以及新阅读理论、伦理学批评等视角的文本阐释。

这里，有几点必须说明。第一，虽然新批评的主导地位被历史、政治"转向"之后的各派所取代，但其研究方法的影响仍然存在。新阅读理论以及修辞学方法研究借鉴了新批评的某些传统。笔者认为，对于文本的重视是新批评及其他传统方法对于文学研究的最根本的贡献。政治转向之后的某些过激批评不无矫枉过正之虞。第二，本文没有更多论及其他研究方法，并不说明那些方法不重要。即使是反新批评的阵营中，也有反对过度将文学政治化的声音。比如，哈罗德·布鲁姆虽然也是反抗新批评立场的斗士，但他更反对某些试图动摇莎士比亚经典地位的激进的鼓噪，而且布卢姆的学术仍然影响重大，只是受到焦点的局限，文集没有收入他的重要研究，笔者承认这是个缺憾。第三，虽然本文以及文集的选文大多集中在转向之后的西方莎士比亚批评的主要流派，但并不表明笔者对于个别所谓批评的认同。转向之后的某些批评最令人失望的是对于背景和语境的重视走向极端，甚至达到排斥文本的地步，因此其研究成为无本之木。无本之文如同无本之木。文学之文，其根本还在于文本的文学性、可读性。从这个方面讲，莎士比亚的经典文本是经过了时间检验的，不容轻易否定，不是某些批评者能够轻易抹杀的。通过否定莎士比亚的经典地位达到某种"政治"目的，这样的批评可以逞一时之快，但游戏一结束剩下的是一地鸡毛。所以，我们的阅读和研究仍然离不开文本，不管这个文本的作者是否"死亡"。

本书在选文上的另外一个局限是没能收入更多欧美之外的研究。我们知道，英美或者欧美莎学并不能完全代表世界莎士比亚研究，所以我们计划继续编辑非英美专辑。这两本专辑主要集中在英美的莎士比亚研究，收录的非英美背景作者的成果极少。除了聚焦文学批评的转向这个主要因素之外，还有些其他原因，比如版权问题，成果是否达到了一定的学术重要性（是否代表某个有影响的方法）；成果发表的语言是否英语（非英文发表的论文往往在影响范围方面受到限制）；编者的学术视野不够宽广，等等。上述缺憾只好等到编辑续集时加以弥补。届时，我们不仅将提高选文代表的研究方法的多样性，还将着重考虑东欧以及亚非拉的莎士比亚研究，特别是近年来亚洲的莎学成果。同时，编者也期待更多的中国学者在国际学术期刊或者文集发表成果，得到更多国际认可，扩大中国莎士比亚研究在世界范围的影响。希望寄托在学术修养深厚、有国际视野的学者身上。

杨林贵

2015年12月28日

含沙射影,暗箭伤人
——论莎士比亚历史剧《亨利四世》及《亨利五世》

斯蒂芬·格林布拉特[1]

一

1953年,伊丽莎白时代的秘密警察拜尹斯(Richard Baines)草撰了一份遐迩闻名的管制报告,事涉戏剧艺术家马洛(Christopher Marlowe)。在这份文件里面,拜尹斯向上峰建言,马洛持论危言耸听,竟然认为:

> 摩西只不过是个大骗子而已,雷利的心腹之士赫里奥特之流的所作所为,可能有过之而无不及。[2]

---

[1] 斯蒂芬·格林布拉特(Stephen Greenblatt):哈佛大学教授,新历史主义文学批评创始人,出版学术著作十余部,20世纪八十年代出版的《文艺复兴时期的自我塑造:从莫尔到莎士比亚》、《莎士比亚的谈判》等奠定了新历史主义研究的基础。2005年出版的《俗世威尔:莎士比亚传》成为畅销书,《转向:世界是如何变现代的》获得2012年度普利策奖。本文的英文原文 "Invisible Bullets: Renaissance Authority and Its Subversion" 最初发表于《象形文字》,8(1981),第40—61页。此文后经作者本人修改,收入乔纳森·多利莫尔和艾伦·辛菲尔德主编的《政治的莎士比亚》,曼彻斯特:曼彻斯特大学出版社,1985年,第18—47页;也在1988年出版的《莎士比亚的谈判》中成为书中一章。中文翻译最初以上下两部分发表于《文化与诗学》2012年第1期和第2期。本次收录的中文题目为原文的意译,这里尊重译者的翻译风格。

[2] 约翰·贝克利斯:《马洛的悲情行传》(John Bakeless, *The Tragical History of Christopher Marlow*, 2 vols. Cambridge, Mass.: Harvard University Press, 1942, 1: 111)。"Juggler"一词,含义丰富,用法复杂,常常引起大范围的语义联想,可以指"犯人"、"低俗的逗乐者"、"巫师"、"魔术师"、"说书人"、"变戏法者"、"演员"、"剧作家",等等。

"哈里奥特之流"瞬息之间就笼罩在一片黯淡之光里,令人不知所云。其实,拜尹斯所指者,乃是托马斯·哈里奥特(Thomas Harriot)——伊丽莎白时代最深刻的数学思想家,地志学、光学以及航海学专家,坚定的原子论者,在英国历史上他第一次制作望远镜,观测天象,还撰写了一部书,以第一手原始资料报道英国在美洲开辟的第一个殖民地,终其一生都在支持无神论,因危言乱世而盛名昭著。[1] 通观哈里奥特的全部著作,无论是私人信件还是公开演讲,人们发现哈里奥特所表白的宗教信仰不仅最为可靠,而且极其正统,但也有怀疑之意贯穿其中,挥之不去。1612年,哈里奥特死于癌症,而其同辈之一却深信他挑战了无中生有的创世教义,并幸灾乐祸地说:

虚无最后要了他的命:起初只是在他的鼻尖上有一颗小得不能再小的红色斑点,后来却越来越大,越来越大,最后要了他的命。[2]

当时,不论是对哈里奥特,还是对其他人,只要是控告他笃信无神论,那他就是令人难以理喻了,因为这么一种罪名乃是恶意中伤的策略,可以毫无节制地用来谴责那些不讨控告者喜欢的人。1593年夏天一

---

[1] 关于哈里奥特,请特别参见约翰·W·雪利主编:《托马斯·哈里奥特:文艺复兴时代的科学家》(*Thomas Harriot, Renaissance Scientist*, ed., John W. Shirley. Oxford: Clarendon Press, 1974);穆里尔·鲁凯泽:《托马斯·哈里奥特行迹》(Muriel Rukeyser, *The Traces of Thomas Harriot*, New York: Randon House, 1970);让·杰奎特:《渎神者哈里奥特的声望》,《皇家学会论文与杂录》第九卷(Jean Jacquot, "Thomas Harriot's Reputation for Impiety," *Notes and Records of the Royal Society* 9, 1952),第164—187页。显然,哈里奥特本人也密切关注他自己的这份声望,请参见戴维·B·奎恩和约翰·W·雪利:《当代哈里奥特研究资料索引》,《文艺复兴研究季刊》第二十二卷(David B. Quinn and John W. Shirley, "A Contemporary List of Harriot References," *Renaissance Quarterly* 22, 1969),第9—26页。

[2] 约翰·奥布雷:《言行要略》(John Aubrey, *Brief Lives*, 2 vols., ed., Andrew Clark. Oxford: Clarendon Press, 1898, 1: 286)。

场晚宴上，瓦尔特·雷利爵士（Sir Walter Ralegh）当众奚落一位名叫拉尔夫·艾隆塞德（Ralph Ironside）的乡村牧师，后者脾气暴躁，动辄发怒，随后雷利发现自己深陷"牧师门事件"，而成为千夫所指、万人查访的对象。在社会结构的另一端，同样是在多塞特郡牧区，一名叫奥利弗的侍者酒后狂言，不停地数落主日聚会上牧师过分赞美摩西，却对摩西纳妾五十有二不置一词。随后，奥利弗也发现自己已经处在官方严密的监控之下。[1] 其实，举凡这些查访很少直接针对我们所说的无神论者，无论是故弄玄虚之士，还是浅薄无聊之辈。此等立场在笔者这样一些20世纪中期就读于美国常春藤大学的新生眼里是再自然不过的了。然而，即便对于16世纪晚期英格兰最具胆识的哲学心灵，这种立场简直是匪夷所思。

　　历史证据往往不甚可靠。即便没有社会压力，人们对于自己最深刻的信仰也往往言不由衷，假言妄语在所难免。在那种黑云压城万马齐喑的氛围之下，他们必须说出多少假言妄语啊！然而，在此也可能招致了更多的遮蔽，手法之精巧堪为观止。毕竟，叛国罪像无神论一样被严惩不贷。这一时期内虽然言行叛国之记载比比皆是，但事实上没有一个自称自命的无神论者。[2] 如果要找到一方净土来确认在某一既定的社会现实结构之中何以钦定了某些经验解释而排斥另一些经验解释，那么就非此莫属了：在这些抑制了16世纪怀疑论的边界之上。像马基雅维利和蒙田一样，托马斯·哈里奥特宣称信仰上帝，但是在这些情形之下，却

1　关于雷利的调查，参见G·B·哈里森主编：《阿维萨的威洛比》(*Willobie His Avisa* [1594], ed., G. B. Harrison. London: John Lane, 1926, app.5)，第255—271页；关于奥利弗的故事，参见欧内斯特·A·斯特拉特曼：《雷利爵士》(Ernest A. Strathmann, *Sir Walter Ralegh: A Study in Elizabethan Skepticism*. New York: Columbia University Press, 1951)，第50页。

2　当时，某些福音教会确实有人从事从无神论的蛊惑之下将信徒解救出来的告白。关于叛国罪，参见雷西·鲍德温·史密斯：《16世纪英国叛国罪审判和忏悔仪式》，《思想史杂志》，第十五卷 (Lacey Baldwin Smith, "English Treason Trials and Confessions in the Sixteenth Century," *Journal of the History of Ideas* 15, 1964)，第471—498页。

没有任何托词，名正言顺地将信仰的忠诚告白贬抑为纯粹的虚伪奸诈。

笔者并不认为，16世纪晚期的无神论在字面上匪夷所思；相反，仅就别立为宗，思及他类而言，它几乎总在情理之中。此乃它作为贬抑诽谤之辞而具有的魅力之一。无神论是"非我族类"（otherness）之特殊标识——故而大公教徒可以毫不含糊地把新教殉道者称之为无神论，而新教徒也总是轻松地以同样的罪名治之于大公教皇。[1]这些罪名漫天飞舞，频繁闪现，但这并不表明自由思想家秘密结社，结成了"黑夜学派"（School of Night），相反却记录下了一种宗教权威（不管是大公教还是新教权威）所产生的作用，即通过揭发无神论的危险而巩固了其统治权力。这种权威魔道双修，既是世俗的又是宗教的，因为他们总是举证无神论，将之作为滔天罪行的动机，好像人世间男男女女都必然认为："上帝不在，人人可以为所欲为。"1603年，雷利叛国罪受审，法官波法姆（Justice Popham）几乎就没有向被告人发出这样的警告：

> 勿让哈里奥特或诸如此类的医生迷惑了你的理智，而相信神国没有永恒，唯恐你找到永恒，而受到地狱般的折磨。[2]

---

[1] 比如，威廉·斯特拉齐（William Strachey）从亨利·埃斯帖讷（Henri Estienne）对希罗多德的注疏中借来一个故事："枢机主教班博宣称，福音对他启示良多，教皇利奥十世（Pope Leo the 10th）答曰：'主教大人，耶稣基督究竟给我等什么价值连城的真理？'"参见威廉·斯特拉齐：《英伦初游记》（1612）（William Strachey, *The Historie of Travell into Virginia Britania* [1612], ed., Louis B. Wright and Virginia Freund, *Hakluyt Society* 2nd ser., no. 103, London, 1953），第101页。

[2] 让·杰奎特：《渎神者哈里奥特的声望》，第167页。另一份官方记录也载，波法姆法官带着未卜先知的神气说："君知否，众人如何评议哈里奥特？"参见约翰·W·雪利主编：《托马斯·哈里奥特：文艺复兴时代的科学家》，第27页。在此，如果有一个确切的词语的话，那就是"逻辑"，其推论一望便知：因为上帝不言而喻地支持现存的秩序，用永恒的折磨来处罚那些犯上作乱者；所以，如果一个人愚蠢至极，轻易相信上帝不存在，那么，这个人必定就是罪犯。另一种理论也论证道，邪恶、意志的堕落是如此登峰造极，以至于引人误入歧途，背离那些良知与善道，而走上了犯罪的不归路。上述两种逻辑事实上总是混在一起的，因为无神论不仅是极端邪恶而且也是极端愚蠢的内在祸根。

同时，在哈里奥特的文字中也没有丝毫迹象表明他坚持此等立场，但莫须有之罪却无待证据：哈里奥特被当作堕落罪人的原型，像亚希多弗（Achitophel）勾引光彩照人的押沙龙（Absalom）。如果根本就没有一个无神论者，他也必须捏造一个出来。

然而，无神论并非表达颠覆性宗教怀疑的唯一方式。因而，我们不能点到为止，略微提一下哈里奥特公事公办的信仰告白，或者以约定俗成的方式对他提出指控，就对其异端邪说的持久传言不闻不问。笔者还想指出，如果仔细读一下哈里奥特平生公开发表的唯一著作《弗吉尼亚新大陆真相略述》（1588年），它也许是谨小慎微地写作的作品，我们就能发现某些蛛丝马迹，解释时人何以会将这样离经叛道的言论归在马洛名下："摩西只不过是个大骗子而已，雷利的心腹之士赫里奥特之流的所作所为，可能有过之而无不及。"笔者想进一步阐明，理解哈里奥特文本之中正统与颠覆的关系，我们就能建构一个解释模型，据以理解莎士比亚的历史剧所提出的更为复杂的难题。

以完美无瑕的智慧，人们将莎士比亚的历史剧描绘为深刻的保守之作。以同样完美无瑕的智慧，人们又把莎士比亚的历史剧描绘为深刻的激愤之作。用诺思洛普·弗莱的话说，莎翁本一"天生弄臣"，作为一个戏剧家，他以都铎王朝神话中霸气纵横的神秘主义为中心，组织他对于英国历史的描绘；莎士比亚又无情地破除神话，无情地质疑意识形态：

> ［他］演绎了政治实践与道德评价分离的全部后果，跻身于马基雅维利之列，而成为硕果仅存的戏剧家。（弗朗科·莫瑞蒂语）[1]

---

[1] 诺思洛普·弗莱：《莎士比亚论》（Northrop Frye, *On Shakespeare*, New Haven: Yale University Press, 1986），第10页（另见第60页："莎士比亚的社会观是深刻保守的。"）；弗朗哥·莫雷提：
（转下页注）

在此倏忽一现的冲突不妨以表演之表演为基础,置于接受的历史源流之中细察,但依笔者陋见,接受史之形成有赖于生产和消费的环境。意识形态策略体系塑造了莎翁的历史剧,反过来又塑造了互相冲突的历史剧解读方式。意识形态策略体系与其说是莎翁的发明创造,不如说是据以设计戏剧情节的历史叙述。从哈里奥特的《真相略述》之中我们将得知,权威话语里有一种强大的逻辑主导着正统与颠覆的关系。

关于摩西与哈里奥特的俏皮话十分平庸、无聊一望便知。可是,它曲径通幽,竟然融入了马洛的管制报告。原因在于,这样的俏皮话似乎泄露了一个关于宗教的马基雅维利式论断。这个论断的逻辑是:《旧约》宗教,以至犹太基督教全部传统,统统源自一系列诡诈的骗术,而摩西于古埃及法术训练有素,将这么一些骗人的幻想强加在"粗鄙庸俗而又容易轻信"的希伯来人身上。[1] 显然,这么一个论断让16世纪的当局极为恼火。其实,这个论断不曾见于马基雅维利的著作,也非源于16世纪,而在上古异教对基督教的争论之中早成定论了。不过,它作为一

(接上页注)

《巨大的暗影:悲剧形式与主权神圣仪式的败落》,《英国文艺复兴时代的形式力量》(Franco Moretti, "A Huge Eclipse: Tragic Form and the Deconsecration of Sovereignty," *The Power of Forms in the English Renaissance*, ed., Stephen Greenblatt Norman, Okla: Pilgrim Books, 1982),第31页。关于对意识形态的质疑是如何产生的这段历史,请参考乔纳森·多利莫尔和艾伦·辛菲尔德:《〈亨利五世〉中的历史与意识形态》,《莎士比亚的另类面目》(Jonathan Dollimore and Alan Sinfield, "History and Ideology: The Instance of *Henvy V*," John Drakakis, *Alternative Shakespeares*, London: Methuen, 1985),第205—227页。

1 拜因斯这样解释马洛的逻辑:"此君确然认定……宗教之初,唯一意图在于让人敬畏。深受埃及法术熏陶的摩西,就毫不费力地欺压犹太人,因为这个族群粗鄙而野蛮。"参见 C·F·塔克·布鲁克:《马洛生平》(C. F. Tucker Brooke, *The Life of Marlowe*, London: Methuen, 1930, app. 9),第98页。还有另一个版本,参见欧内斯特·A·斯特拉特曼:《雷利爵士》,第70—72页、第87页。

种强大的意识的一个侧面，之所以在文艺复兴时代势力显耀，并得以蔚然成风，主要还是因为时代危机的强力推动。当时，教义与教会牧领权力以及宗教信仰的社会功能都遭逢到了长时间的危机。

在此，马基雅维利的学说至关重要。在其《君主论》中，他茫然无措地论证说，如果细研摩西的特殊行为与方法，那么，它们同异教的伟大君主的南面之术几乎难分轩轾。马基雅维利的《李维史论》对宗教的论说使人们觉得宗教的基本功能不是拯救众生，而是文治公民，宗教的基本名分不是真理，而是权术。[1] 罗马缔造者罗慕洛斯的传人奴马·庞皮琉斯（Numa Pompilius）"发现了蛮夷一族，企图以安抚之道归而化

---

[1] 借着德性而非运气成为君主者，吾人尊之为九五至尊也，譬如摩西、居鲁士、罗慕洛斯、武修士之流也者。摩西者，仅遵神意天道而行事，故不足为训也，然唯其独享恩典而与上帝交言，故而仍然值得吾人敬畏也。然则自居鲁士暨建国立邦者言之，彼等尽得遵从，顶礼膜拜不为过也；若上述列王之特立独行之道与策得以细绎，则与摩西之道与策别无二致者也，虽其拜师伟大神主（che ebbe si gran precettore）亦然。

参见尼科洛·马基雅维利：《君主论》（Nicole Machiavelli, *The Prince*, trans., Luigi Ricci, revised, E. R. P. Vincent, New York: Random House），第20页。克里斯蒂安·德莫特（Christian Detmold）所译《李维史论》（*The Discources*）亦刊于同一册里。论及教会权力之时，反讽之意表述得如此微妙，而且十分强烈：

> 神职人员无分尊卑，均获职权，既凭能耐亦靠运气；然彼等既无能耐亦无运气，之所以如此位高权重，唯其古代传流宗教习俗使然。习俗传流如此强劲，品质如此显明，而使君主稳握权柄。任其颐指气使。安享至尊。列位君王独占王权而无须捍卫国家，霸占臣民而无御民之术，享有江山社稷，而无保护江山社稷之才，而万世拥有江山社稷；臣民未曾驾御，却从不奋起抗旨，既不想也乏能从王权主宰之下抽身而出。故而，仅有神职人员才安享福祉。然颠覆神权者自有崇高之道，凡夫俗子之心无从理喻，敝人不愿多言；上帝祝福，上帝持守，贸然议论神权，将是佞妄之人愚鲁之士所为之事。（《君主论》，第41—42页）

这段文字诡秘犀利，不仅因为它冷嘲热讽而不露痕迹，而且还因为它道出了"古代流传宗教习俗"事实上可能依然具有政治上的灵效。

之,让其成为驯服的公民,[他]遂诉诸宗教,认定对于一切公民社会,宗教之支持不仅必不可少,而且最为稳靠"[1]。"罗慕洛斯不借神圣权威之助,就能组织元老院,建立种种城邦制度和军事机构,然而,神圣权威对于奴马却必不可少;他谎称自己同林中仙子促膝交谈,林中仙子面授天机,告诉他必须说服臣民所做的一切"。马基雅维利继续写道:"事实上,若不祈求神圣权威,任何一个民族中间都绝无一言九鼎的立法者,不然的话,他的法律就不为人民所遵奉。"[2]在文艺复兴时代的权威当局心里,从马基雅维利的论断到马洛、哈里奥特之流的奇谈怪论,仅有一小步之遥。基德(Kyd)深陷牢狱之苦,不堪折磨,作证说:马洛断言:"据说为神圣当权者所行之事,同样也可能为臣服之民完成。"耶稣会士罗伯特·帕尔森斯(Robert Parsons)也声称:在雷利的"无神论学校","摩西与救主,《旧约》与《新约》,悉数在被嘲笑之列"。[3]在雷利案件审判前夕,某些"魔鬼诗篇"从十年前落墨的匿名悲剧之中被发掘出来,当作雷利无神论的自我告白而广为传颂。诗中写道,开天辟地,天下为公,然而黄金时代影息,战争、王权和财产莅临人间:

> 然后圣人出世,高瞻远瞩,超绝尘寰之智,
> 心知若无人遵从,绳墨尺度即难以
> 安谧贞定,故而首创圣名
> 分设神祇、宗教、天国、地狱

---

[1] 尼科洛·马基雅维利:《李维史论》,第146页。
[2] 尼科洛·马基雅维利:《君主论》,第147页。
[3] 关于基德(Kyd)见 C·F·塔克·布鲁克:《马洛生平》(app.12),第107页;关于罗伯特·帕尔森斯(Robert Parsons),参见欧内斯特·A·斯特拉特曼:《雷利爵士》,第25页。

>　……唯有妖魔鬼怪让人间充满恐惧。[1]

人们认为这些诗行出自雷利的手笔，此乃意味深长：子虚乌有的虚拟文本再次广为传颂，却道是不知涯际的真实生命之告白语言。凭空捏造无从再现"真实"世界的可观立场，但我们又不可完全排除这种可能性。相反，它演示了一种文化的离奇想象，徘徊不去的神秘幻影——无神论者罪大恶极、万恶不赦、恶贯满盈。雷利当时已经作为诗人和自由思想家功成名就。也许，树敌太多，其中必有一人出谋划策，将一道业已尘封的邪恶通过舞台表演出来，归之于他的名下，从而激起大众的强烈愤怒，使他成为千夫所指的罪人。[2]可是，这还不只是一场可能的密谋，雷利诗句之广为流传恰恰满足了一种强烈的文化期望。有如雷利，这么一个备受憎恨的宠儿，被控背叛国家与民族，其时为人所求者，绝非证据，而是表演，即以戏剧手法揭示动机，演绎绝望之情。如果说，通过这种表演而大白于天下的动机可能五花八门，野心、怨毒、贪婪、藐视，如此等等，不一而足，那么，让这些动机释放到行动之中的东西则永远如一——此非无神论莫属。不论对上帝是爱戴还是恐惧，任何人

---

[1] 转引自让·杰奎特：《雷利的"魔鬼诗篇"与"塞利莫斯悲剧时代"》，《现代语言学评论》第四十八卷（Jean Jacquot, "Ralegh's 'Hellish Verses'and the 'Tragicall Raigne of Selimus,'" *Modern Language Review* 48, 1953），第1页。

[2] 这一观点是受皮埃尔·勒弗朗（Pierre Lefranc）著作的启发，参见皮埃尔·勒弗朗：《作家瓦尔特·雷利爵士》（*Sir Walter Ralegh, Ecrivain*, Quebec: Armand Colin, 1968），第673—674页；勒弗朗所示出的诗篇文本略有不同（见该书的附录N，第673页）。
世称雷利为自由思想家，关于这一声望，请看一首当时流行的诗歌。诗中用这么一个叠句来谩骂他："该死的地狱之友！邪恶的马基雅维利。"参见皮埃尔·勒弗朗：《作家瓦尔特·雷利爵士》，第667页。笔者还应该补充指出，雷利的名望还来自于他的表演才能；因此，将一出戏中得来的诗句归在他名下，更加可以理解。

都不允许自己背叛一个神圣的君王;反之,只要笃信无神论,则必然背叛国家与民族。因为就笔者所见,无神论事实上总是非我族类的思想,若非在虚构之中,尤其在剧场之内,就很难找到第一人称的告白。一段独白从戏剧语境中被抠出来,被转化为"诗句韵文",而三部幸存手稿都声称:"据说,此乃无神论者和叛国者托马斯·雷利精心炮制而成。""据说"(it is said),这一措辞可能表示,这些诗句是否真的出自雷利的手笔还尚存疑问,不过这么一种谨慎的保留却不太作数:"恶鬼诗篇"必然是马洛、哈里奥特和雷利之流的真实心迹所在。

人们必须捏造出一种旨在惩罚的宗教,好让人保持敬畏;信仰之起源,就在于诡诈的骗子们强加在蒙昧者身上的虚幻妄念。类似此类假说的思想,完全不见于哈里奥特的言论。但他反反复复地联想到妖魔化的另类那些被禁锢的思想,这又可能同某些不只是恶意诽谤的东西密切相关。如果仔细研读哈里奥特关于第一个弗吉尼亚殖民地的报道,我们就能发现一种心系同样难题的情怀。不宁唯是,这样一种情怀似乎还实实在在地验证了马基雅维利的假说。受雷利派遣,哈里奥特记录殖民活动,编撰该地区资源与人口的细目。哈里奥特潜心学习北卡罗琳娜阿尔贡琴(Algoquian)方言,以致他自己都说:"同一些神职人员特别投缘,交流无碍。"(第375页)[1] 哈里奥特说,弗吉尼亚印第安人相信灵魂不灭,相信来世报应,相信善有善报恶有恶报:

---

[1] 托马斯·哈里奥特:《真相略述》(Thomas Harriot, *A brief and true report of the new found land of Virginia: of the commodities there found and to be raysed, as well merchantable, as others for victual, building and other necessarie uses for those that are and shal be the planters there; and of the nature and manners of the naturally inhabitants* [London, 1588], *The Roanoke Voyages, 1584–1590*, 2 vols., ed., David Beers Quinn, *Hakluyt Society* 2nd ser. no. 104, London, 1955)。此书引文只在文中标出页码。

(转下页注)

> 不论伟大君王（Wiroances）和神职人员是何等精明，这种思想还是为许多朴素单纯的人所接受，以至于他们对总督们恭敬有加，对他们的行为亦关怀备至，以便免于死后的折磨而享受天国的永福。（第341页）[1]

神职人员和普通俗众的分裂也浮现在献祭形象的描述中：

> 他们以为，一切神灵都显人形，因此他们就用人的形象来摹仿神灵，这些代表神灵的人形就叫作"科瓦苏瓦克"（Kewasowak）。普通俗众也认为自己与神灵无异。（第373页）

书中有一幅插图，呈现了神职人员小心翼翼地守护着前任酋长涂膏的尸体，哈里奥特在一条注释之中写道："这些可怜的灵魂无师自通，自然

（接上页注）

《真相略述》的插图版中，有一幅约翰·怀特（John White）给牧师及其主持的法事仪式绘制的图画，同时一幅题名为《男巫》的舞者图画更为吸引人的目光。哈里奥特在评注中解释说："彼处之民，概有巫师或法师，手势神奇，常反魔力之本：法师之流，与邪灵有染，琢磨敌人所作所为，及其他事端……土著人信奉巫师之言，因巫师之言常常应验。"（Thomas Harriot, *A Briefe and True Report*, facsimile of the 1590 Theodor De Bry［特奥多雷·德·布里］edition. New York: Dover, 1972, p. 54）笔者参照这个影印版本。

后一代人里，威廉·斯特拉齐可能断言：当殖民者当权，即"'履行'同样可行之事，以悦纳神明，以色列伊埃户王即为此事，聚聚巴力全体牧师，让其朝拜自己神庙之末人"。参见威廉·斯特拉齐《游记》（*Historie of Travell into Virginia Britania*），第94页。

关于新英格兰南部阿尔贡琴人的研究现状，参见布鲁斯·G·特里格主编：《北美印第安人手册》（Bruce G. Trigger, ed., *Handbook of North American Indians*, vol. 15. Northeast, Washington, DC: Smithsonian, 1978），其中有最好的引论。

1 哈里奥特还进一步指出：宗教恐惧的规训力量与世俗的惩罚力量双管齐下，互为补充。"虽然如此，还是有惩罚手段处置作奸犯科者，如偷鸡摸狗之徒、迷花恋柳之士，以及各种恶行者；罪大当诛者有之，罪及罚金者有之，作乱而至杖责者有之，恒依罪恶之大小罚之。"参见托马斯·哈里奥特：《真相略述》，特奥多雷·德·布里影印版，第26页。

却教会他们去膜拜死去的君王。"[1] 这样的文字已经含蓄地陈述了大众信仰的社会功能。

精明的神职人员为了强化对权威的顺服和尊崇而操控了一系列信仰。在这些信仰当中,正如在马基雅维利的学说之中一样,我们都能觉察到一种宗教意识。"普通单纯的俗众"、"总督们",哈里奥特笔下这么一些用于分门别类的词语,明显地借自类似于英格兰社会分析的语言。凯伦·奥达尔·库珀曼(Karen Ordahl Kuppermann)最近指出:16和17世纪英国人用来描述印第安人之特征的语言,几乎完全搬用了他们依据地位而对号入座的自我定位方式。[2] 一大批印第安人被视为国内"普通俗众"的翻版;同样,哈里奥特把阿尔贡琴语"weroan"翻译为"伟大的君王",还谈到"酋长夫人"、"家教有方的少女"、"年轻雅致的丽人",如此等等。在这个时期,对印第安人和欧洲人社会结构的描述之间,确实有一种一望便知的类似性,将二者予以对比也是一种难以抗拒的欲望,故而哈里奥特对阿尔贡琴社会内在机制的描述蕴含着对其自体文化之相似机制的描述。[3]

除此之外,我们还不妨略作补充,更加清楚地说明,不是土著宗教的内在功能而是欧洲文化影响了印第安人。哈里奥特写道:

> 彼等印第安人,与吾人所见,多数物事皆为数字器具、航海

---

[1] 参见托马斯·哈里奥特:《真相略述》(特奥多雷·德·布里影印版),第72页。

[2] 参见凯伦·奥达尔·库珀曼:《与印第安人共处:1580—1640年英国与美洲印第安文化的相遇》(Karen Ordahl Kupperman, *Settling with the Indians: The Meeting of English and Indian Cultures in America, 1580-1640*. Totowa, NJ: Rowman and Littlefield, 1975)。

[3] 笔者应该补充指出:这个描述很快就成为一个修辞比喻,用来形容欧洲人的群体,他们也许比美洲蛮夷略胜一筹,或者难分轩轾。

罗盘、磁引铁片之石头、收摄无数奇观异景的望远镜、取火镜、野火、枪支弹药、书本、识文断字以至于写写画画，彼等所制之弹簧钟，吾人所用之林林总总物件，于彼等无不奇异，难为其心智所解，故而无以知晓诸种物件制作之理及运用之方，终归以为诸物出自神力而非人工，或日至为不计，尽为神灵所赐，神灵所授。

哈里奥特假定，此乃欧洲人在技术上的巨大优势所在。其实，这是一种妄念，但它让蛮夷种族怀疑自己是否拥有上帝之道，是否拥有宗教纽带，进而感到大惑不解：此类正道"其源有自，当为吾人，上帝垂爱，恩泽他国，绝非天放朴质种族之子民。彼等梦寐初醒，顿觉己为吾人之类像者也"。

笔者当欣然默认，此乃马基雅维利人类学的要义所在：当一个文明开化而且精明老道的立法者将一系列社会强制的教条灌输给一个质朴天然的民族之时，宗教就诞生了。哈里奥特所列奇迹，从野火蔓生到识文断字，暗暗瓦解了印第安人对其质朴宇宙观的信念。这些纸上奇观，让我们理解了归在马洛名下断语的微言大义：摩西只不过是一个骗子，雷利的心腹之士哈里奥特有过之而无不及。我们不妨补充说，在新旧两个世界的遭遇处检验这个假说，乃是合情合理的。理由在于，流俗的马基雅维利主义模糊断言，举凡宗教无非一种老奸巨猾的秘密骗术，然而马基雅维利本人的观点是：仅仅是在本源的极端处，这种骗术方才情有可原。他写道：

如果人人都有意，欲在当下时刻建立一个圣贤王国，那么，他会觉得质朴的山野匹夫比如鱼得水的城里居民更容易共处，因为前者几乎就不知文明为何物，而后者所栖身的文明已经败坏。正如一名雕塑家很容易从一块粗糙的大理石上刻出一尊优美的雕像，而要从别的雕塑家不成功的雕像上翻工则十分费劲。[1]

哈里奥特又说，只有对这么一个民族——"彼等朴质纯真，觉已为吾人之类像"，我们才不妨贸然一试，去灌输一套强制的宗教信仰。

因此，在哈里奥特身上，我们发现了一种意味深长的现象，从中领悟了其诸种初始情形之一。那就是以非欧洲人，或统而言之，以蛮夷族类的肉体与心智，去验证欧洲文化信仰的本源性质。同阿尔贡琴印第安人遭遇之时，哈里奥特不仅认为他们乃是他自己文化的简约版，而且还不言而喻地相信，他遭遇到了自己过去的文明。[2] 他寻思道，最好将这种属于过去的故事放置在初始遭际的时刻加以探索，这个时刻在人类学上具有特殊地位，因为欧洲类似的情境已经由于先前的接触而被污染得面目全非。只有在茫茫森林里，同一个不知基督教为何物且惧怕传教士的技术能力的蛮夷族类生活在一起的人，才有望同那些充满活力的主体一道，精确地复现努曼提亚人与罗马原始人、摩西和希伯来人之间那种想象的关系。现实的验证只发生一次，因为这样的验证过程之结果并

---

[1] 尼科洛·马基雅维利：《李维史论》，第148页。这个论述的上下文脉络，乃是持续地讨论奴马的智慧：他成功地捏造了神圣的权威："奴马之世，确乎归属立宗传教之世代，奴马所治之人，皆为目不识丁之流，虚妄迷信之民，故而奴马无须费心劳神即可行其方略，以新异形象致使彼等心悦诚服……敌人一言以蔽之，奴马注入罗马之教宗教义，乃是罗马城昌盛之奥秘之一。"（第147—148页）

[2] 1590年，弗拉芒出版商特奥多雷·德·布里重版了《真相略述》，而使这种信仰更为显著：除了约翰·怀特的那些闪烁异彩的弗吉尼亚系列图画之外，布莱版还加上了五幅古代图画的木刻："资以见证，幽眇之世，大不列颠居民，同弗吉尼亚蛮夷何其相似。"（第75页）

非超然的观察,而是根本的剧变,哈里奥特在那些神职人员身上开始觉察到这种剧变。他们"根基不稳,对其道统暨行传将信将疑,同吾人交谈而对自体文化大惑不解"(第375页)[1]。笔者想强调一句,在此所言之事,尽是哈里奥特所述之事。由此以降,英国人与阿尔贡琴人的关系史给想当然的印第安信仰危机蒙上了阴影,其深度、广度和不可逆转的进程都备受怀疑。然而,《真相略述》表明,在阿尔贡琴传统卫士的心目中,部族的故事无可奈何花落去;而与此同时,欧洲信仰的强制权力几乎在印第安人的行止中显山露水了:

> 更兼罕见旱魁,异象频繁,谷物枯死,寸草不生。当值其时,彼等心生忧惧,唯恐老天因其所作所为而不悦,遂有众人求助于吾人,渴想吾人祈祷英人上帝,求我主保守其谷物,并许下大愿,言五谷丰登之日,果实与吾人共享。(第377页)

像侵入新世界的16世纪全部欧洲人一样,英国人也一样希望不劳而获,或者根本就没有能力养活自己,因而不得不依靠印第安人提供粮食。如果记住这一点,我们就可以理解,对于殖民主义者而言,意识萌动的印第安人对于基督教上帝的恐惧就具有了至关重要的意义。

---

[1] 哈里奥特还为怀特的木刻画提供了文字说明,同时还记录了他的一个愿望:他希望,广大的阿尔贡琴人皈依基督教:

> 敌人觉察,阿尔贡琴人求真知若渴,然其灵魂贫瘠,神性之知一片虚无。当值吾人跪拜而祷告于神之际,彼等亦步亦趋,仿效吾人。吾人口里念念有词,彼等也照样念念有词。故而,吾人或许可以不费力就让彼等接受福音。上帝注目彼等悲苦,而授予其恩惠。(托马斯·哈里奥特:《真相略述》,特奥多雷·德·布里影印版,第71页)

早在1504年，哥伦布第四次环球航行，土著居民唯恐西班牙人在他们那里定居和常访，因此拒绝继续为他们提供给养。西班牙人从他们的历法中得知，一次月全食即将发生；于是，哥伦布便警告印第安人说上帝不高兴了，便给他们发出一个信号。月食过后，惊魂未定的印第安人又承担了欧洲人的供给。但是，月食并不那么频繁发生，欧洲人感到这样的计谋并不方便。1564年至1565年间，斯帕克（John Sparke）与霍金斯爵士（Sir John Hawkins）携手出航。据载，佛罗里达的法国殖民者的生活状况是：

河从门前过，鱼在水中游，无需费工夫，不为口腹愁。[1]

印第安人厌倦争端，法国人就敲诈勒索，打家劫舍，不久之后就有了流血的冲突。同样的情形也出现在弗吉尼亚殖民地：那里野物丰饶，渔场甚多，可是愤怒的阿尔贡琴人拒绝建造鱼梁和种植谷物，英国人忍饥挨饿，气息奄奄。[2]

在别的方面如此争强好胜而且精力充沛的人们，却在养育自己这种致命的事情上显得如此笨拙，这一点确实颇费思量。毫无疑问，在运输粮食上他们遇到了严重的运筹难题，同样他们也十分难于让欧洲人的耕作方式和物质资源顺应新世界不同的水土，然而这么一些解释捉襟见

---

[1] 参见理查德·哈克卢伊特：《航海里程碑，以及英国民族的发现》（Richard Hakluyt, *The Principal Navigations, Voyages, Traffiques, and Discoveries of the English Nation*, 12 vols. Glasgow: James Maclehose and Sons, 1903–1905, 10: 54）。

[2] 在《暴风雨》中，醉醺醺的卡利班唱道："我再也不筑坝给你摸鱼不再听你的话，给你把柴打，不再给你刷盘洗碗了……"（第二幕第二场第180—183行）在这种反抗普罗斯帕罗的情景之中，同样的处境得到了滑稽的模仿。

肘，甚至也无法解释早期冒险家们的困境。斯帕克写道：

> 法国佬虽欲壑难填，但假使彼等倾力顺应，入乡随俗，则天无绝人之路，这块土地上亦自生长丰足食粮。然彼等皆为士卒，嗜血成性，总欲靠别人的血汗为生。[1]

这条评论值得细察：个中意蕴，并非指他们懒惰怠慢，而是指一种职业身份，一种基本定性，也就是说，必须靠那些更羸弱更无能的人挥汗如雨地养活他们。我们还不妨补充说，这种自我概念非军人莫属：16世纪权力与财富的丰碑必须由别人来为他们建造。"靠别人的血汗为生"，乃是儒雅绅士的幸运之签。果不其然，在英格兰正是这条标签框定了一名绅士身份。新世界向人类敞开了诱人远景，却毫不垂顾那"最可怜的温室之苗"[2]。

可是，这幅远景仅靠实施暴力却不可能变为现实，即便欧洲人独占鳌头也不过如此。因为无情实施暴力实际上可能减少食物供给。依马基雅维利之意，肉体强制虽为关键，但绝然不够，统治者要立于不败之地，还得辅之以强制信仰。他们必须让印第安人心服口服，相信基督教上帝法力无边，承诺让他的选民立于不败之地；如果蛮夷之族胆敢忤逆英国人，或者阴谋反对英国人，从而引起了上帝的不悦，那么，他就会让谷物枯死，毁掉他们的生活。这里有一个奇特的悖论：哈里奥特将自

---

1 参见理查德·哈克卢伊特：《航海里程碑》，1903—1905，10:56。
2 关于欧洲人冷漠无情的主要原因，还有另外一种解释，参见凯伦·奥达尔·库珀曼：《早期詹姆斯镇的冷酷与死亡》，《美国历史杂志》66（1979），第24—40页。库珀曼论证说：早期殖民者的死亡，越南战俘营中美国战俘的死亡，二者之间有着意味深长的类似性。

己的宗教强加在外族人身上，同时强烈地主张超验精神，宣称唯一真理，实施不可规避的强制力量，从而验证和不容置疑地确认他的文化当中关于宗教根源与功能的彻头彻尾的颠覆性假说。英国殖民地官方的意图及其立于不败的保证都取决于这种强制行为。险象环生的环境首先就赋予了异域验证以合法性；仅仅是作为英国殖民地的代理人，借着官方的意图，并许诺让它立于不败之地，哈里奥特就能够展示人类伟业的权力——读书、写作、透镜、火药，如此等等。像神民一样出现在愚昧者面前，他便可以怀柔远人，传播信仰，强制他人顺从。

因而，真正彻底的颠覆性，足以让人诚惶诚恐，以至于怀疑它的人势必身陷囹圄，历经磨难。然而，这种颠覆性同时也为可能受其威胁的权力所抑制了。毫无疑问，颠覆性乃是这种权力的产物，并使这种权力大功告成。我们不妨进一步指出，哈里奥特忠实地服役和实在地体现的权力，不仅造成了颠覆，而且还主动地以颠覆为基础建立起来：福音传道的殖民主义大业，并不禁止对宗教强制的怀疑批判，相反却靠肯定这种批判而壮大起来。在弗吉尼亚殖民地，对基督教秩序的釜底抽薪，不是确立秩序的否定界限，而是其肯定条件。而且这一悖论还在延伸，以至于可以解释哈里奥特文本的创作：《真相略述》之中，异端邪说隐含于字里行间，但它并不是弗吉尼亚殖民地的一面镜子，不是对殖民地的一份简单记录。换言之，他不是高高在上，隐退于天高皇帝远的批判领地，而是延续殖民的霸业。

直至1586年，英国谣言蜂起：弗吉尼亚盈利甚微，前景黯淡，殖民地路有饿殍，几近荒凉，印第安人充满敌意，蠢蠢欲动，云云。因此，哈里奥特在报告中开列一份细目，将大地的自然产物转换成社会产品，转化为"可供交换的商品"："雪松，一种质地甘美而且雅致的木材，其为木质可做棋盘,其为木材可做精美床架、桌子、书案、竖琴、钢琴,诸如此类……此物大有利润可图。"(第329—330页)[1] 在杜撰了这么一些商品之后,他又捏造了一些可以食用的动植物,以便向读者证明,人在殖民地无须挨饿,然后又通过描述印第安人,证明殖民者可以将自己的意志强加在他们身上。我们已经看到,强制意志,关键在于宗教信仰的强制权力,而这种权力又源自高度发达的技术给"落后"蛮夷所造成的印象。

故此,哈里奥特著书立说,以笔者所称的"为证实马基雅维利假说立此存照"为己任。故此,这种证实当中潜在的颠覆力量也同样是含沙射影,暗箭伤人。不独那些可能被强制地灌输了宗教信仰的人,而且大多数读者,甚至哈里奥特本人可能也不例外,都觉得这种颠覆力量如羚羊挂角,无迹可求。也许,哈里奥特乃非凡天才,对自己的所作所为心知肚明:他发现他自己的文化对于其本自根怀有一系列最为幽暗的恐惧之情,而他自己所置身之地,正好可以验证其中的一种恐惧;他将阿尔贡琴人当作工具,而毕尽异域求证之功;他还以一己之见闻为基础撰写了一份报告,一份秘密报告。他之所以如此神秘兮兮,理由就表述于数年之后,在致开普勒(Kepler)的信中,说那是因为"吾人身陷此境,遂不得自繇,无法求取智慧之道"[2]。我们可以猜想,这并非只有哈里奥特一个人所遭遇到的境遇。我们亦不妨想象,印第安土著人认为,英国人的技术工艺皆为上帝所赐,因而圣洁无瑕。而哈里奥特,一名16世纪晚期的科学家,可能是何等志得意满,确定无疑地看待这种观点

---

[1] 关于这份细目,参见韦恩·富兰克林:《发现者、探索者和居住者:早期美洲的勤勉文士》(Wayne Franklin, *Discoveries, Explorers, Settlers: The Diligent Writers of Early America*. Chicago: University of Chicago Press, 1979),第69—122页。

[2] 转引自爱德华·罗森(Edward Rosen):《哈里奥特的学问:思想背景》,约翰·W·雪利主编:《托马斯·哈里奥特:文艺复兴时代科学家》,第4页。

啊！笔者这番猜想受惠于一位同仁，此君有言在先：

> 像［哈里奥特］这么一位官方御用文人，质言之，一个位高权重的伊丽莎白时代中产阶级，他一定会心悦诚服地认为，他高高在上，享有道德、技术和文化的种种权力，而这些权力无疑都是神圣恩典的标志，所以迷信的土著人必须认识到，服从仁慈的征服者，乃是不错的选择。[1]

在此，哈里奥特事实上对其信仰体系的终极根源三缄其口，笔者还怀疑他欲盖弥彰，用这种形式扣押了真实意图。然而，意味深长的是，其下一代哲人培根也许受到了哈里奥特之流的熏陶，而追思怀想前人的学说。在《新工具》一书中，培根宣称，科学发现"素来无非唯新其制，效仿上帝之作"。故而，人们不妨理直气壮地认为，科学发现似乎不是人力技艺而是神圣权力的显现：

> 欧罗巴人文化成，已是登峰造极之地；新异之域印第亚，却属洪荒蛮夷。芸芸众生，谋生之道，楚越分明。只消关照二域之异，即足以名正言顺倡言："人之于人，其为神也！"不独关乎辞让得失，亦自关乎相似境遇。此等差异，源非土地、气象、人种，而源自谋生之道也。[2]

---

[1] 唐纳德·弗里曼（Donald Frieman）的亲笔信。他接下来写道："紧跟着的一个要点在于，哈里奥特意识到了'颠覆作用'，但这种意识却以另一种方式设置起来，好像问题在于：你究竟能指望异教徒做点别的什么？"

[2] 弗朗西斯·培根：《新工具》卷一，格言129（*Francis Bacon: A Selection of His Works*, ed., Sidney Warhaft. New York: Odyssey, 1965），第373页。笔者参考培根的文字，还得感谢詹姆斯·卡森（James Carson）的提醒。

由此观之，阿尔贡琴人对于英国工艺技术体系的误解，不能证明基督教权力以欺骗手法强行灌输于落后民族，相反却证明科学具有眩惑的权力，证明愚昧无知的土著人天真质朴，拘泥礼数，他们只能把这种权力当成活的众神所造就的业绩。[1]

哈里奥特精明老到，对异端邪说明察秋毫，所以他自己也许并没有充分地理解到他的文本之中那些妖言惑众的意涵。如果从文化上将哈里奥特孤立出来，无视其所作所为的颠覆性能量，那么，如此勾勒出来的人物肖像便似是而非了。当他在《真相略述》中记述其传道之方时，这种似是而非的恍惚之感显然更为强化了：

> 每当吾人抵达每一小镇，皆倾己所能传扬圣经之道，而独一无二之真神自在其中，其全能之功亦不出乎其外，基督救恩之至真教理，兼及众数独异神迹并宗教要义，亦含纳其内。吾人入其堂奥，道其真意，心中觉知自然合乎时宜。吾训导彼等，曰此经书素材平实，自非圣道，不若彼等心之所欲，有经意蕴涵其中。然众人欣然抚之、拥之、亲之，揽之于怀、举之过首，用之击打血肉之躯，仿佛非此即不可表示彼等对经书所述智慧之渴求。（第376—377页）

可见，异教徒无分物质客体和宗教精义，将二者混为一谈。但这显然并非怀疑圣经所传正道。相反，这种情形恰恰表明，阿尔贡琴人天真质朴，拘泥礼数，极易堕落为偶像崇拜者。他们看起来有点好笑，正

---

[1] "Juggler"在新大陆还常常用于技术学中，这方面可以进一步参见W·伍德（W. Wood）：《新英格兰前景》，第78页，转引自凯伦·奥达尔·库珀曼：《背叛之英国观1583—1640：美洲蛮夷案件》，《美国历史杂志》20（1977），第263—287页。

如斯宾塞在《仙后》之中看到的"野蛮乡民",他们拼命地对乌纳女神(Una)顶礼膜拜,却不相信女神所代表的真理:

  此时此刻,女神百变机微,高贵典雅
  布施神道而传教理,信徒却枉然敬拜
  奉她为偶像一尊
  女神禁令对她顶礼膜拜,驱散信众的无聊
  激情,他们又沮丧万分,拜倒在她的石榴裙下。[1]

  在哈里奥特那里,他是将阿尔贡琴人的经书拜物教理解为一个充满希望的意象,一个表示"对经书所述智慧之渴求"的比喻,从而有意淡化那种视蛮夷为偶像崇拜者的看法。我们可以补充指出,这么一种读法顺理成章地支撑了"英国人无须费力即可统治和驯化印第安人"的主张,从而弘扬《真相略述》的一般意图。

  宗教的确定性、文化的可信度,以及民族的自私自利之心,一切都大白于天下,毫无隐秘可言。是在这里,它们都绝对不能将笔者所谓

---

[1] 在斯宾塞的诗歌里,乡俗野民天然崇拜偶像的倾向被大公教会邪恶的手控制利用了。当偶像崇拜产生了更多的孤立绝缘境界,而反对一种激进的自我控告意识,那么在哈里奥特的文本中可能也回荡着这种全神贯注的迷狂。对宗教对象的顶礼膜拜,将灵性与物性混为一谈,此乃新教对大公教的寻常责难,正如人们常常指控那些精明透顶的神职人员,总是装疯作傻,煽动偶像崇拜而控制广大信众。在他给约翰·怀特的插图提供的文字说明中,他说阿尔贡琴人的神庙里"设偶像二三……置于幽暗之所而显得肃杀可惧";阿尔贡琴人守护着酋长的遗体,"口里念念有词,日夜祷告";他还描述印第安人围着跳舞的廊柱上面"雕琢人面,宛如戴着面纱的女神奴女的面孔"(托马斯·哈里奥特:《真相略述》,特奥多雷·德·布里影印版,第71—72页)。这是新教辩论中十分熟悉的语言,它可能含蓄地表示,英国人不仅要把阿尔贡琴人从虚假的崇拜中解救出来,还要把他们从大公教西班牙人和法兰西人所传播的虚假的崇拜中解放出来。两种虚假的崇拜,却有奇特的同源关系;然而,必须注意到,哈里奥特并没有费力地在印第安与大公教牧师之间建立类似性。

的"神魔意识"一笔勾销。对此,我们可能总是假定,哈里奥特自有更为圆滑的手法,将他居心叵测的沉思记录在案,同时又将之隐迹无形。本质的症结在于,无须这种生平行传,我们就可以解释这种明摆着的史实:它不仅验证了而且还确证了马基雅维利的假说。笔者已经指出,殖民权力依据其独特的偏好创造出颠覆力量,而正是尊敬的哈克卢伊特牧师(the Reverend Richard Hakluyt)——这位伟大的伊丽莎白时代福音传道殖民主义的拥趸者——合乎时宜地出版了《真相略述》。

基督教助纣为虐,支持了殖民主义当局的威权——这样一种想法不可能将哈克卢伊特及其大多数公众铸造为颠覆者。反之,宗教保护社会秩序的角色,仍然是各门各派争相宣告的老生常谈。然而,人们却不可能接受这么一种暗示:必须依据公然表现出来的控制信徒的能力,将宗教分为三教九流。不仅如此,更为糟糕的是,人们还暗示,文武兼用、软硬兼施、强制规训,乃是基督教的真实起源和终极目的。这些暗示可能说明了另类宗教——对于意识形态归因的怀疑论断常常同不为人遵奉的信仰背道而驰。然而,正如我们对初期关于无神论的讨论所预期的那样,将这种解释应用于基督教本身,则仅仅可能作为非我族类的思想而被传扬,而后被严肃地拒绝。不仅如此,那个时代的基督教神学家甚至也拒绝对虚假宗教进行一种严格的功能论解释。卡尔文写道:

> 些许同侪略有所忖,纯属徒劳:宗教者,乃为孤寡之士心术之所造也,意在借此计谋奴役陋俗之民也。为他者创制拜主仪轨者,却口是心非,心无上帝。[1]

---

[1] 卡尔文:《基督教秩序》(John Calvin, *Institutes of the Christian Religion*, 2 vols., ed., John T. McNeill, trans, Ford Lewis Battles, Library of Christian Classics, vols. 20—21. Philadelphia: Westminster Press, 1960, 1:1.3.2),第44—45页。感谢约翰·库利奇(John Coolidge)提醒我在此处和下文之中对卡尔文的参照。

卡尔文继续论述说：

意欲治人之心，令其俯首帖耳，睿智之士创设宗教，森罗万物，以谦恭感动俗众，以恐怖威慑俗众。若众人之心尚未浸润坚韧信念，沐浴上帝之光，睿智之士则难臻至境。渴慕宗教的企慕之意，源于上帝信念，一如草木生于种子。

智者所见略同，胡克（Hooker）也说：

请容众生如此思量：不信基督的邪教徒，土耳其之邦民，背教之徒，先将吾人归之于此的多数同等效果归因于宗教，皆无由增益吾人所思之宗教也。[1]

其中，虚假宗教的道德效果，就源自他们占有的宗教——基督教——的真理，这些真理"交织在"虚假的宗教之中。

这一论断，源自《罗马书》最初的几封书信，本来就同约翰·库利奇所称的"英格兰保罗教义的复兴"互为表里，难解难分，以致哈里奥特对于阿尔贡琴人的记述，即便是对于从中感到几分怪异的读者而言，显然也更接近于确证而非颠覆基督教道统。但笔者认为，毫无顾忌地得出结论，说哈里奥特的记述之中隐含的激进怀疑完全被包容被抑制了，那也就差之毫厘失之千里。哈里奥特毕竟终生背负着无神论的罪名；而且更加不容置疑的是，归在马洛名下的论断又给人一种暗示，一

---

[1] 胡克（Hooker）：《作品集》第三卷（ ed., John Keble. Oxford University Press, 1836, 2:5.1.3），第21页。

个同时代的人可能从弗吉尼亚殖民地报告中得出危险至极的结论。两种堕落的标记都因为同社会高度发达的压抑机制相联系而被抵消了：造谣生事，法庭指控，以及管制报告。如果我们谨小慎微，唯恐天真地接受秘密警察提供的现实记录，那么，也就不能同时完全不顾另外一种现实。在这么一种置之不顾的姿态中，人们决然认定颠覆性的怀疑完全由统治精英一手造成同时又是由他一手抑制；在这种决断里面，自有一种豁然明朗的感觉，它是如此有悖常理，充满魅力而又如此凄凉。然而，其中天地昏暗，真正的证据杳渺难求。至于哈里奥特在无言之中都想了些什么，写了些什么，又用心地烧掉了什么，用耳语向雷利传递了什么，我们一无所知。正如 J·G·A·波科克（J. G. A. Pocock）指出，不仅如此，"大西洲王制传统"（Atlantic Republican tradition），乃是在16世纪"马基雅维利的时刻"（Machiavellian moment）出现的，随着臣民被转化为公民，超验价值隶属于资本价值，这一传统袒护新生权力，最终摧毁了赋予英国在美洲首度霸业以合法性的宗教与世俗的权威。[1] 在同一阐释环节上，哈里奥特文本中道统与颠覆的关系，似乎既稳如泰山，又岌岌可危。

考虑一下哈里奥特文本之中颠覆与抑制的第二种方式，我们就可以更深刻地理解这个显而易见的悖论。除了验证对主导文化的颠覆性阐释之外，我们发现还有一种对相反声音的记录——更确切地说，对另类解释的记录。记载相反的声音，为另类阐释立此存照，这种机缘乃是英国人在新世界在场的另一种结果。部落宗教不至于马上被灭绝，部落实

---

[1] J·G·A·波科克：《马基雅维利时刻：佛罗伦萨政治思想与大西洲王制传统》（J. G. A. Pocock, *The Machiavellian Moment: Florentine Political Thought and the Atlantic Republican Tradition*. Princeton: Princeton University Press, 1975）。

体倒有烟消瓦灭之虞。哈里奥特写道：

> 所过之镇，不见刻意为伤害吾人而设机关陷阱。弃镇而走数日之后，土人罹病，不治而亡，弹丸之地，死者甚众：二十、四十、六十，一镇之内，死亡率依指数剧增。若从实算来，死者更众。此疾之诡异，前无先例，彼等不明其源，亦救生无术。乡间耆老亦云，此等顽疾从无先例，将来亦会发生，尽在情理之外。[1]
>
> （第378页）

哈里奥特所述，当然是指天花、麻疹的结果，也许只是某种传染病，而土著人对之束手无策。但要理解传染病的生物学基础，那还非常遥远，几乎只能等到未来。但是，英国人认为，死亡必定是道德现象。这么一种疾病概念，就像病毒概念一样，对我们来说是难以抗拒的。因此，客观自在地被观察到的"事实"就被赋予了道德含义：唯有"刻意为伤害吾人而设机关陷阱"之时，死亡才如期而至；也就是说，仅当印第安人密谋算计英国人时，死亡才会发生。同时，这种堪称神奇的自我确认的循环逻辑赋予了一切强大的实在结构以特征，故而印第安人密谋的证据恰恰就是他们死于非命。[2]

毫不奇怪，哈里奥特显然赞赏这么一种想法：上帝为了保护他的选民而把不值得信任的印第安人赶尽杀绝。奇怪的是，他兴味盎然，希

---

[1] 参见沃尔特·比格斯（Walter Bigges）对德雷克（Drake）在1586年访问佛罗里达州殖民地的记述："同吾人混居，野蛮人速殁者无数，彼等自言，英人之神让其速殁。"（Quinn, *The Roanoke Voyages* 1: 306）。

[2] 在查询无神论者的过程中，一种类似的循环论证建立起来了：无神论是叛国的原因，而叛国罪频频发生，本身又是无神论存在的证据。

望解释印第安人关于毫无生物意图的战争的忧虑，而这场战争将印第安人推向了毁灭的深渊。利用他同神职人员的特殊交往，他记录了一系列惊人的猜想。我们现在得知，这些猜想几乎都正确地假设，在印第安人的厄运与异邦人的在场之间，存在着一种关联。哈里奥特记载，有些人看到，当印第安人死于非命而英国人活得好好的，"便无法了悟吾人，神抑或人？"另一些人看到，英属第一个殖民地的成员皆为男丁，马上得出结论说，他们并非父精母血所造，而定为亡灵借尸还魂。某些熟知占星术的医生将突发疾病归罪于近发的日食和彗星的出现，而这正是哈里奥特认真考虑和严肃拒斥的想法。另一些人则服膺普遍流行的英国人的想法，说"[顽疾流行]乃是上帝的特殊事功"，为的是偏袒殖民主义者。一些人缺乏历史远见，神秘兮兮，求神问卜，预言"更多异邦人（英国人）之后裔将移居此地，屠戮居民，抢占地盘"。支持这种想法的人甚至还创制出一种同我们英国人庶几相似的疾病概念：

> 土著居民之间，遂有旋即仿效吾人者[首批英国殖民主义者]，自作臆想，仿佛己身形若清虚之体，无食人间烟火，隐形灭迹，无血无肉；彼等依吾人之恳求兼及吾人之慈爱……含沙射影，暗箭伤人，将族人送上黄泉无归路。（第380页）

不过，请稍待片刻。当哈里奥特为这些互不相容的假说立此存照时，我们似有一种感觉：好像根本就没有绝对的保障，维护上帝的民族利益；好像那种取他者而代之、化他者而用之的欲望开辟了平等对话的道路；好像一切意义都是暂时的，转眼间烟消云散；好像众多事件的含义一片澄明而远离权力。这么一种感觉愈来愈强烈，因为我们知道，在对话之中，至少在隐喻的意义上已经存在着一种学说，它最终战胜了流行传染病的道德概念而立于不败之地。[1] 当道德概念匆匆忙忙地赋予自己以权威，它就预示着其被摧毁的可能性。从我们的优势地位看来，它的毁灭是必然的。

但是，我们必须追问，权力何以必须记录另类声音，让颠覆性的探问畅行无阻，以及将终究会犯上作乱的僭越行为铭刻在它的核心？一部分人回答说，即便在殖民的境遇下，权力也非独占鳌头。因而，在其一种运作功能上它不仅遭遇而且记载着可能有损于另一功能的素材。另一部分人回答说，权力的存在，导致普遍的警觉；当人觉察到威胁，他就瞻前顾后。还有一部分人回答说，权力的自我规定总是依存于威胁之物，简单地说，依赖于非其所属之物。哈里奥特的文本含蓄地强化了这样一些持之有据的意见：英国人在弗吉尼亚第一个殖民地所享有的权利，依赖于记载和创造一些具有潜在颠覆力量的观物方式。哈里奥特的报告之读者对象，是那些"冒险家、宠臣和幸运者"。他向他们进言：

> 异邦之见，诸家之识，在下一一备录在册，呈请阁下明鉴：或许前景看好，借着谨慎调教与小心治理，异邦之众终归握灵蛇之珠，终究对吾人顶礼膜拜，言听计从，畏惧而又爱戴。（第381行）

为异域的声音立此存照，另类意见就被保存在哈里奥特的文本之中，这本身就是印第安文化作为一种文化而被构成之过程的一部分，因此这种

---

[1] 但是，我们必须注意到，"含沙射影"这个概念隐含这一意图以及道德含义。

文化就被带向了天庭光众之下，被研究和规训，被矫正和转型。异域声音之存在，通过独断的权力而产生了暂时的动荡或者短暂的自足，而这种自足的可能性最终却为独断权力所否定。同样，关于欧洲宗教的颠覆性假说也只有通过强行灌注的行为才得以验证和确证。

不妨补充说，我们在此讨论的权力事实上乃是一种分配方式，也就是厚此薄彼，将那些生死攸关的生活资源（这里主要是指粮食和野物）分给一些人，而不分给另一些人。卡拉布雷西（Guido Calabresi）和波比特（Phlip Bobitt）对社会在分配稀少资源（例如人造肾）或决定高危风险（例如军事技术）方面的"悲剧性选择"做了一项杰出的研究。二位学者指出：通过复杂的程序混合运作，社会在进行选择时，应力求避免那些"悲剧性结果"，"这些结果隐秘地拒绝那些据称是最为根本的价值"。这些方法程序可能一时奏效，然而终归人所共知，它势必牺牲那些基本的价值。"由于缺乏可供置换的方法程序，人们又会尝试新的程序混合，形成新的程序结构……"这些选择也及时地为其他选择大开方便之门，而形成了一套"前后相续的运动策略"，展开了一种"内在的博弈"，反映了人们同时察觉到一种内在缺陷，又决意以一种幻想的决断来"忘却"这种觉察。[1] 因此，一切系统秩序的简单运行，一切分配方式，都不可避免地遭遇风险，暴露其内在的局限，即便（或许特别当其）肯定它的基本道德原则之时，亦复如此。

当一种稳如泰山的意识形态遭遇到罕见的环境，当人们不仅假设了而且解释了一种特殊权力的道德价值，这种体系秩序就空前地暴露出

---

[1] 圭多·卡拉布雷西和菲利普·波比特：《悲剧性选择》（Guido Calabresi and Phlip Bobitt, *Tragic Choices*. New York: W. W. Norton, 1978），第195页。但是，依笔者所见，"悲剧"一语易于误解，因为同样的策略在那些丝毫唤不起一般的悲剧期待或悲剧约束的场合下也存在。

脆弱性。这种情形，我们从哈里奥特的一项记录中即可略知一二。他一度造访殖民者的印第安总督助理温奇纳酋长（Chief Wingina）。温奇纳受到说服，相信蹂躏土著人的恶疾确实是基督教上帝的作为。于是，他就恳求英国人祈祷上帝用这种致命的法术来对付他们的敌对部落。殖民者则尝试向他解释说，这么一种祷告可能是"亵渎神圣"，英国人的上帝确实对疾病负有责任，但在这件事情上同一切事情一样，上帝仅仅是"谨遵天命，论功行赏，善意布施预定福祉"（第379行）。毋庸置疑，如果有人祈求上帝布施瘟疫，他也许难以顺人所愿。只有虔诚祷告，"为仇家祈福"，即以真理和公义之名而祈祷和谐与和睦，英国人就可能寄望天道佐人，福满人间。

这么一些论断疑难百出，令人费解，但并不是说它们像理查三世或伊阿古一样，明知邪恶，却不肯收敛，而是说它们理直气壮，不无道德含义，而且合乎逻辑，因而令人沮丧；不如干脆说，令人不安的恰恰是人们对它们的体验，那种十分让人恶心的感受。一方面，它们是一些逻辑严谨不可反驳的伦理命题，另一方面又是一些拙劣的骗术，英国人拿来文过饰非，掩盖他们的贪欲之意和进犯之心，或者一言以蔽之，掩盖那种隐含在他们的特殊身份之中的可怕义务。这种昭告幽微的举措显示了文艺复兴政治神学自我申辩的整体化品格——这种政治神学几乎完全有能力说明一切事由，甚至首先能够说明那些一望便觉乖谬和差强人意的反面事由；同时它又让我们确信，从马基雅维利到休谟、伏尔泰，一种极端的幻灭情绪得到了明确的表达。温奇纳用自己的方式清楚地认为，他从基督教伦理之中汲取的教训，是体面典雅的荒唐之言。不久，当可怕的传染病波及温奇纳的敌对部族，他便回访英国人，以表谢意。笔者猜想，他一定带着阿尔贡琴人普遍带有的那种诡秘的微笑，挤眉弄眼地说，感谢你们善意的帮助。哈里奥特写道：

> 这是因为，吾人并非有求必应，然吾人有行必果，应了彼等所求。（第379行）

这里，哈里奥特认为，这一"妙不可言的偶然事件"再一次表明，殖民事业大有可为，前程似锦。

在新世界展露出来的那道眩惑的景观，几乎是昙花一现，随即望断天涯了。也就是说，新世界那场对基督教道德功能的质疑批判开了头就煞了尾。而且，此时此刻我们还觉得，颠覆几乎从来就不曾存在。因而，我们还可以合法地追问，我们对于颠覆与道统的意识究竟缘何而来。笔者以为，答案在于：对我们而言，"颠覆"一词，是指文艺复兴文化之中那些特殊要素，其同代公众希望抑制它们，如果抑制不成，则试图摧毁它们；然而，现在它们却反过来确认了我们独特的真理和实在意识。也就是说，我们发现，过去具有"颠覆性"的东西，对我们恰恰没有颠覆性，对我们所生活和为我们分配资源的秩序丝毫没有威胁。在哈里奥特的文本《真相略述》中，这种秩序包括：宗教体制的欺骗功能、用聚焦于"暗箭伤人"的疾病概念取代"天道靡常"的疾病概念、某种神权概念所保护的心理/物质的利益之呈现。反过来，如果严肃以待，我们亦能发现对自己构成颠覆的东西：宗教绝对主义、政治专制主义、世袭贵族制度、恶魔天才论、幽默心理学，如此等等。然而，我们也会将这一切当作文艺复兴文本之中的秩序原则和权威原则。事实上，我们并没有发现这样的颠覆概念，我们志得意满地将它们当作审美或政治秩序的原则。这样的想法复制了抑制过程，这一过程赋予了所谓文艺复兴文本中颠覆要素以合法性。质言之,我们自己的价值观足够强大,几乎可以毫不费力地抑制异己的力量。我们在哈里奥特的《真相略述》中所得,可以用卡夫卡的一句名言表达得淋漓尽致。在致布罗德(Max Brod)的信中,卡夫卡(Kafka)谈到希望的可能性:颠覆永远存在,永无止境,只不过是同我们毫不相关。

二

莎士比亚戏剧的核心旨趣,反复地纠结于颠覆与无序之产生,以及对它们的抑制。笔者从哈里奥特文本之中辨识出来的三种策略——异域求证(testifying)、立此存照(recording)和昭告幽微(explaining)——都反复地出现在戏剧之中,化为剧场对应物。首先,它们出现在那些基于巩固国家权力而构思的戏剧之中。

应该说,这些对应物并非莎士比亚所独创。反之,它们表明一种大规模的制度性挪用,乃是戏剧生命力的源头活水之一。伊丽莎白时代的梨园弟子千方百计,一心要吸收、重构和征用一种政治权威的基本潜能。而这种政治权威本身就承诺了戏剧表演的义务,并随时准备为戏剧所用。但是,尽管莎翁并非孤军奋战,但他在努力将这些政治潜能融入其戏剧方面,其同侪实在无出其右者。他之所以硕果犹存,是因为早在其戏剧生涯之初他就对权力的本质了然于心。在他看来,权力不仅在于令人炫目的表演,比如伊丽莎白时代的安邦治国之术,总是表现为壮观的盛典、游行的队伍、称帝登基的礼仪,以及前呼后拥的出巡。权力还表现在一种系统的关系结构,即那些彼此相关的策略体系。笔者尝试在先,希望从都铎王朝边缘那种殖民话语之中将这些策略体系分离出来,加以确认。不言而喻，莎翁执握住了这些策略，不过他执握之方并非是对英国文化之于遥远的弗吉尼亚的影响展开沉思默想，而是全神贯注地审察当下周围的世界，凝神观照女王及其权倾一时的朋友和敌人，充满想象地阅读英国伟大的史家之著作。关键并不在于他再现了那种幽暗密谋暗自摧毁权威合法性的悖论策略，而在于他以戏剧为鹄的，挪用了这些策略所释放和组织的巨大潜能。

再现一种自毁墙脚的权威构成了《理查二世》的首要旨趣，此剧标志着《亨利六世》三联剧类似再现的辉煌进展；然而，这种权威及其权力在舞台上的充分挪用却要到《亨利四世》（上部）之中才大功告成。当然，我们可以认为，此剧当中"自毁墙脚"的因素极少，甚至根本就不存在。《亨利四世》（上部）中风雨飘飘摇的权威，却以哈利王子为中心开始臻于稳固，而这显然有别于亨利六世有气无力的主权，或理查二世自戕自残的赫赫声名。18世纪中叶，学者尤普顿（Upton）问道：

> 当哈利王子称帝登基，他就实至名归，享有那种只有他才配的尊严，这一点谁人不知？哪个不晓？[1]

笔者之意，并非反对将哈利王子解释为"英国潜在国民性的理想形象"（梅纳德·麦克语），而是想表明：作为其肯定前提，这个理想形象必然永恒产生激进的颠覆以及对颠覆的强权抑制。

---

[1] 约翰·尤普顿：《莎士比亚的批判性观察》（John Upton, *Critical Observations on Shakespeare*, [1748], *Shakespeare: The Critical Heritage*, ed., Brian Vickers, vol. 3, 1733-1752. London: Routledge and Kegan Paul, 1975），第297页；梅纳德·麦克：《〈亨利四世〉经典版导言》（Maynard Mack, "Introduction to the Signet Classic edition of *Henry IV* ". New York: New American Library, 1965），第 xxxv 页。

警示之言不绝于耳：哈利是个"骗子"、一个两面三刀的伪君子，他所行使和体现的权力将巧取豪夺与偷鸡摸狗之举美化了。[1] 还有，当哈利的道德权威得以肯定之时，神秘感烟消云散，一望便知。比如，在酒馆的第一场结束时，哈利在独白中小心翼翼地制订了救赎方案，但是，就像我们在哈里奥特那里发现的昭告幽微一样，哈利的自我辩解每每事与愿违，终归转向反题。哈利宣告说：

> 我将挫败众人的愿望，我将证明自身的价值远在平日的言行之上。（第一幕第二场第210—211行）[2]

挫败众人的愿望，就是超越众人的期待，同时也是让他们的期待落空，欺骗他们，将他们的愿望化为乌有之物，同他们的希望背道而驰。

歧义纷纭，不仅是剧中以哈利为中心形成了互相抵触的愿望与期待，其中就有他的父王和他的酒馆朋友互不相容彼此竞争的愿望，而且还有我们自己的愿望——这些愿望是一些幻想，随着内在恩典的演示、无限游戏、绝对友爱、宽宏大度以及无条件信托而展开。"当你称帝为王"，"我们应该慈悲为怀么？""一千英镑"，这么一些余音绕梁、镇邪避恶的词句，将这些幻想符号化了，同整个剧场策略联系起来，而显示出活力、强度和丰盈。诗人叶芝（Yeats）说，莎士比亚戏剧的本质效果在于"万种情怀"（emotion of multitude）。这一说法似乎尤其适合于《亨

---

[1] 在这些台词里，"我们"究竟指谁？笔者参考了这部戏剧的表演传统和批评传统。这并不是说，演出这部戏剧不可能是对亨利的犀利抨击，但毕竟这样的表演将会逆潮流而动。在该剧问世以来，以及哈利王子的整个意识形态神话被构想出来以后，那种思潮占据了主导地位。

[2] 本文所引莎剧，其中文为本文译者所译。

利四世》（上部），因为此剧描写了众多的杰出人物，展现了千姿百态的环境，语言上的机巧令人咋舌，将成熟的戏剧、滑稽的闹剧、史诗英雄风格以及悲剧融为一体。此剧唤醒了一种含无限之情见于言外的梦想（a dream of superabundance），而这种梦想不可抵御地体现在福斯塔夫身上。

但是，这种梦想恰恰就是哈利的背叛之举。或者用他自己更确切的话说，是他"挫败了众人的愿望"。他完成如此壮举，不是靠《亨利四世》（下部）结束处那种决然的拒绝行为，而是以一种更精巧的手法持久地消耗丰富的生命力量。福斯塔夫宣告：

> 这把椅子作为我的宝座，这把刀作为我的御杖，这垫子作为我的皇冠。

哈利冷冰冰的回答既伤及他自己真正的父亲，也伤及他的代理父亲：

> 你的宝座只是一把折椅，你的金杖只是一口破刀，你的价值连城的皇冠只是一个可怜的秃脑壳。（第二幕第四场第378—382行）

哈利是指鹿为马之王、颠倒黑白之主，欺骗是他的原则；他本人就是一个伪装的良友，揭示他周围的世界简直是一派虚空。警长和福斯塔夫一起出现在门口，福斯塔夫充满哀怨地说：

> 你听见没有？哈利。永远不要把一块金币唤作假币，你实际上疯了，虽然表面上不像。（第二幕第四场第491—493行）

这些话语如此有悖常理、颠倒黑白，建议人们有意识地以假乱真，但它们却同福斯塔夫和哈利生死攸关，难以分离：不要向我炫耀什么人生信条啦！因为我，福斯塔夫，才真正是值得你尊敬的良师益友，而不只是一条寄生虫；同时，哈利，你也不要自视为一个纯粹的王位凯觎者，不要一厢情愿地相信你的本事在于指鹿为马、颠倒黑白。

人们难拒"那块真金"的诱惑而趋之若鹜，因为，一种广为传播的信念是：真金有一种内在价值，这种价值不以是否打上权威印记为转移，因而不可以随意地复制或者武断地被贬值，它与环境格格不入，毫不相关，而它的价值是无法被剥夺的。此乃福斯塔夫向哈利灌输的身份同一之幻想，但是，哈利立即将这种幻想化为虚空，正如他将福斯塔夫的钱包洗劫一空。

你搜到了些什么？
除了纸单什么都没有，殿下。(第二幕第四场第532—533行)[1]

哈利是一个化神奇为腐朽的术士：他所染指之物无不化为废物。但这种贬低恰恰是其独特价值的源泉，这种价值不是内在固有的，而是偶然附随的；它不仅取决于伪币的流通，而且还取决于精明地控制好外表形象：

---

[1] 在什鲁斯伯里战役（Battle of Shrewsbury）中，福斯塔夫诈死，哈利王子看到了朋友的躯体，却一边寻思、一边突发奇想，认为在字面意义上掏空这副血肉之躯，而在象征意义上却十分合适，占有了他的整个躯体。当哈利下场后，福斯塔夫站起来反抗。如果说福斯塔夫是一座血肉大山，那哈利在本质上就是一个无比羸弱的人：" 福斯塔夫叫道，你营养不良，手无缚鸡之力！"（第二幕第四场第224行）从哈利的角度看，福斯塔夫的肥胖却让他毫无价值："在你的心里，装不下信仰、真理和真诚，装在其中的只有狗肚鸡肠。"（第三幕第三场第153行，第155行）

> 我改邪归正，就像是一块亮晶晶的金条
>
> 衬托在黑暗的底色上一般，被过去的过失衬托
>
> 而格外耀人眼目，比毫无衬托更显得美丽动人。
>
> 我要利用我的放荡行为作为一种技巧，
>
> 在人们意料不到的时刻，赎回我过去的时辰。（第一幕第二场第212—217行）

燕朴生（Empson）指出：这些诗句"若无对皇亲国戚的怨尤之情，那是绝对不能写出的"。然而，这种对王侯的怨尤之情同一种"接受王侯权威的反讽之意"[1]，二者之间却不乏相容之处。丰盈之梦并没有完全烟消云散，特别是福斯塔夫仍然过着想象的生活，这种想象溢出了戏剧本身的狭小空间，可是《亨利四世》（上部）所描述的那个朗如白日的世界却越来越像一枚伪币，被诡计多端的波林布洛克（他将自己众多的替身遣往战场）和工于心计的哈利玩弄于股掌之间。用脑满肠肥的福斯塔夫描述哈利的语言，那就是一个骨瘦如柴的人在一穷二白的世界上得势了。我们自己事无常主，见异思迁，在每一个环节上都不难觉察到权力结构风雨飘摇，亨利四世父子位于社会顶层，而"大麦涨价后从来就没快活过"（第二幕第一场第12—13行）的马夫位于社会底层；然而，哈利的"救赎之举"便是那个轻狂王子嗜好如命的低俗玩笑的结果，不仅不可绕行，而且势在必行。不仅如此，该剧一直表明，救赎并非行动趋附之目标，而是戏剧再现过程的每一个环节上实在发生的事件。

对这种不稳定性和必然性的同等压制可能也出现在该剧的"立此

---

[1] 燕朴生：《田园景象》（Empson, *Some Versions of Pastoral*. London: Chatto and Windus, 1968），第103页。

存照"之中。在这么一些时刻,我们听到了那些帝王所辖领土之外的声音:

> 这些声音事实上是存在的,并在福斯塔夫身上得以人格化,但这些声音之存在显然同哈利王子相关,他用政治意图抑制了它们,同时用美学干预而为之正名。这种抑制的完美象征就是福斯塔夫控制之下正在开赴士鲁斯伯里的士兵:他们从来就没有行过军打过仗,只是因过犯而被辞退的仆人、偏房庶出的小儿子、逃亡的酒店伙计、失业的马夫,他们都是和平世界安详时光的终结者。(第四幕第二场第27—30行)

像习以为常的布道词所告诫的那样,这些人都是伊丽莎白时代典型的颠覆者——一些无法无天的人,周期揭竿而起,绝望地反抗高高在上地压迫他们的人。五十年后,他们将扩充为"新模范军",被训练为一支革命的力量。但是,在这里他们是被迫服役,去保卫现存的秩序,正如福斯塔夫对哈利所言:

> 将他们叉在枪尖之上,充当炮灰,充当炮灰。(第四幕第二场第65—66行)

权力的牺牲、火药的食物,都是一样。我们还可以补充说,食物或者牺牲,既为帝王所生产,亦为帝王所消费。总之,帝王自作自受。

莎翁在剧中一场古怪的小景之中让这种权力生产偶露真容。在这场戏景中,哈利王子和波音斯串通一气,合伙作弄人格卑微的酒保佛兰西斯，让这个可怜的人儿只能机械地重复一句话——"就来"。

  哈利王子：不，你听我说，佛兰西斯。你给我的那包糖，那值一个便士，是不是？

  佛兰西斯：哎呀，殿下，我真愿意它值两个便士呢！

  哈利王子：为这包糖，我愿意给你一千磅，你想要的时候，便尽管来要，我就给你。

  波音斯（在屋内喊叫）：佛兰西斯！

  佛兰西斯：就来，就来。

  哈利王子：就来，佛兰西斯？不，佛兰西斯；明天吧，佛兰西斯；或是，佛兰西斯，星期四吧；或是，真的，佛兰西斯，随便你愿意什么时候来都行。（第二幕第四场第58—67行）

在这么一个时刻，柏格森式的滑稽效果正在于，哈利王子出色地演示了人性可能性的极端萎缩。

  这家伙会说的话比一只鹦鹉还要少，亏他还是一个妈养的呢！
（第二幕第四场第98—99行）

但我们最感兴趣的在于，哈利王子如何创造了他所表演出来的人性萎缩。这种创造的事实，及其戏剧呈现，不仅让哈利王子陷于词不达意的语言匮乏之中，而且还表现了佛兰西斯即将熬过的五年学徒生涯的贫困状态。哈利王子感叹道：

五年！我的妈呀。专门端盘送盏，这可真够长的。（第二幕第四场第45—46行）

当哈利王子全身心地投入这种压迫秩序的创造时，也有一种冲动油然而生：他要废黜这种压迫秩序。

但是，佛兰西斯，你敢那么大胆么，偷偷背弃你的合同，拔起双腿就逃跑么？（第二幕第四场第46—48行）

王子唤醒了酒店学徒的不满。人们会情不自禁地将这个特殊的时刻暗暗地同哈利王子自身的不安联系起来。哈利王子也许对他自己的学徒生涯感到不耐烦。[1]但是，对权威的叛逆之意灵光乍现，随即无迹可寻。哈利王子马上就说了一通含糊其辞的话，敦促佛兰西斯回到自己的岗位，而不让他理解何以必须恪守本分：

哈利王子：嗯嘻，你就只能喝那褐色劣酒了！你要注意，佛兰西斯，你的白布衣服早晚都是要脏的。在巴巴利，先生，这却值不了这么多。

佛兰西斯：你说什么呀，先生？

波音斯（在屋内喊叫）：佛兰西斯！

哈利王子：走开，你这笨伯！你没听到他们叫你吗？

---

[1] 参见S·P·齐特纳：《隐名埋姓，或长官之镜》(S. P. Zitner, "Anon, Anon; or, a Mirror for a Magistrate," *Shakespeare Quarterly* 19, 1968)，第63—70页。

莎士比亚暗示，如果佛兰西斯对哈利王子早先的暗示心领神会，洗劫了酒店老板，拔腿逃亡，那么，他就能为自己找到一席之地，仅仅成为福斯塔夫军团里面的"逃亡酒保"之一，早先被遣往战场，为帝王保驾，尸骨无还。亦同那些亡灵一样，他也享受同样的命运。他最好听从哈利王子故作高深的飘忽言辞，继续端盘送盏。在佛兰西斯上场前，哈利王子向波音斯夸口：

> 我礼贤下士，屈身在庶民中间，身份降到最低调子了。先生，我和三个酒保称兄道弟，可以直呼其名，汤姆、狄克、佛兰西斯。
> （第二幕第四场第5—8行）

这种讲法表明，王子所作所为大大超出了我们的预料，其意图只不过是偶尔换个地位而已。如果王子真想演奏人世间一切和弦，因而成为乐器之宗师，那他就必须屈身庶民之间，把身份降到最低的调子。而他掩盖自己意图以及故意含糊其辞的能力则保证他自己不至于被别人愚弄。

笔者有言在先，说《亨利四世》（上部）当中，诸如此类的戏景类似于哈里奥特文本之中被笔者称之为"立此存照"的策略方式。这种方式在哈里奥特的一套术语释义当中臻于完善，那是在一部英语——阿尔贡琴语词典——的开篇，他运用这项策略方式进一步强化立此存照的行为，据以巩固英国人在弗吉尼亚的权力。类似的情形也许清楚不过地发生在哈利本人对酒馆俚语的释义之中。哈利说：

> 他们把纵酒叫作"染红色"，当你喝酒停住喘气的时候，他们就叫声"嗯？"催你干杯。总之，一刻钟之间我已变得很内行了，

我这一辈子可以和三教九流的人物用同样引车卖浆之言一起豪饮。（第二幕第四场第15—20行）

这些习得知识的潜在价值，这种为"下里巴人"及其同类的言语立此存照从而确认权力的功能意旨，也可能闪现在哈利王子令人忍俊不禁地回想的臣民之忠的表达当中：

他们已经敢拿死后的生活来打赌……又说我做英格兰王的时候，东市的好小子都会听从我的指挥。（第二幕第四场第9—15行）

也许有人反诘：将戏剧中这么一些时刻同哈里奥特文本之某些方面进行类比，似乎有些荒唐，令人费解。《亨利四世》（上部）是一出戏，而不是为殖民计划的潜在支持者撰写的一本手册。这种反论会继续辩驳说，我们能够肯定，莎翁一心所系的唯一价值，乃是戏剧价值。可是，戏剧价值并不存在于一个曲高和寡的文学性王国，文本或制度的自我指涉性绝非它的栖身之所。莎翁的剧场不在与世隔绝的世外桃源，也不只是全然外在的社会意识形态力量的一面镜子。相反，伊丽莎白时代也好，詹姆斯一世时代也好，戏剧本身就是一种社会事件，同其他社会事件相互影响。

我们可以补充指出，《亨利四世》（上部）本身就一以贯之地表明，根本就不可能将戏剧旨趣与权力旨趣判然隔离开来。哈利王子卓尔不凡的活动就是表演，确切地说，是戏剧的即兴表演。他的戏份范围极广，包括他的父王、霹雳火将军、将军的妻子、身着布衣的小偷以及他本人——既是浪荡子又是悔罪人。他通过许多逢场作戏的表演，而充分理解了他只不过是一个正在扮演的角色而已。我们心怀一念，那就是希望他所扮演的角色终归让他获得其真实身份。他答应父王：

> 从今往后，我要更本色地做人。（第三幕第二场第92—93行）

然而，在诛杀霹雳火将军之时，他显然没有拒绝戏剧面具，而是以一种面具置换另一种面具。

> 时间就要来到，我就要让这个北方小伙子以他的荣耀之举换取我的屈辱。（第三幕第二场第144—146行）

在戏剧结尾，时间果真来到，哈利用他的围巾（"favors"，围巾或者其他饰物，在16世纪英语中"favors"亦有面孔的意思）遮住殒命沙场的霹雳火将军血肉模糊的面孔（第五幕第四场第96行），就好像这就标志着交易已经完成。

因而，戏剧性并不决然对立于权力，而是权力的本质运作方式。在哈利王子做出允诺之前的一段台词之中，愤怒的亨利四世对沃尔切斯特说：

> 从今往后，我要还我本色，超越我的自然天性，威猛有力，人人畏惧。（第一幕第三场第5—6行）

"还我本色"，意思是说要在权力格局之中扮演自己的角色，而非顺其自然，随波逐流，或者说展示出我们一般叫作"自我的内核"的东西。人们确实不是十分清楚：如果不是一种戏剧虚构，像自然天性这样的东西是否真的存在于戏剧中。我们记得，在福斯塔夫手中，"天性"（instinct）一语成为一个戏剧表演的修辞法，一种即兴构想出来的理由，来辩护自己对于乔装打扮的王子的背叛之举。

> 注意啊，人不能没有天性——即使是一头狮子也不会伤害一位真正的王子。天性是件了不起的杰作啊！在天性上我是一名懦夫。因此，我对自己，还有你，都会格外良善。我是一头威猛的狮子，而你是一位真正的王子。（第二幕第四场第271—275行）

这段台词暗示，福斯塔夫的自然威猛，哈利的合法霸气，两种诉求旗鼓相当，难分轩轾。

  逃离戏剧，再逃离即兴表演权力的永恒压力。这种可能性每每让我们在观看《亨利四世》（上部）的过程之中备受煎熬。然而，我们毕竟是在看戏，我们总是从这种毫无出路的处境中获得快感，欢声笑语认可了对我们的完美禁锢。剧情以核心人物为中心发展，气势恢宏而自成一体，博大而又统一的幻象令人梦系魂牵，最终通过挫败我们的愿望而"自我救赎"，通过这种背叛而赢得我们略带忧患的赞美。在此，戏剧达到了一种奇特的平衡：一方面，气势恢宏，海阔天空，独立不依的王国，层出不穷，活力奔涌；另一方面，刀光剑影，气象肃杀，令人顿生幽闭恐惧症，那种既真力弥漫又一贫如洗的权力将这些独立的王国吞噬得一干二净。这种平衡近乎完美，仿佛莎翁通过创作《亨利四世》（上部），而进入了那一体系的核心，这一体系由互相对立而彼此勾连的力量支撑，将都铎时代的英国社会凝为一体。

三

然而，一旦转向记述哈利权力行传的后续联剧《亨利四世》(下部)和《亨利五世》，我们首先发现，较早戏剧之中平衡的力量现在已经充满了紧张：《亨利四世》(下部)是幽闭恐惧获胜，而《亨利五世》则是气势磅礴、凯旋而归。[1] 其次我们发现，从这个新角度来看，《亨利四世》(上部)里那种屡见不鲜的完美平衡必须被颠倒。近观其质，细察其檄，表面上的"平衡"就像是风雨欲来的情势被乔装打扮，俨然成为道德的秩序或审美的和谐。表面上的"澄澈"现在就像是魔术师实施的法术，掩盖混乱无序，施行缓兵之计，抵御时间的压力，避免一种幻觉的烟消云散。[2] 不见波涛汹涌，唯有洪水滔天。

同上部不一样，《亨利四世》(下部)中，权力之独特运作不那么令人费解；甚至也没有了那些邦国林立、苟延残喘的幻觉，好像每一个王国都有其独特的价值体系、飘飘欲飞的丰盈幻境，以及风雨交加的噩梦。现在，只有一个单一的体系，天下无不明鉴，它建基于谋权篡位和众叛亲离。霹雳火将军万分陶醉的荣誉之梦而今已经随之入墓，代之而起的，乃是诡诈而羸弱的阴谋家阴沉冷酷的犯上作乱。酒馆里无意听到的火热言谈，斗志昂扬的喧闹之声，显然标志着不同于造反的另一种颠

---

[1] 更精确地说，比例被重新分配了。比如，《亨利五世》序曲之中就有剧情说明人坚持，展现在剧中的世界极端宏大，千姿百态，以及变动不居；而舞台本身拥挤逼仄而又狭小局促："这个小小斗鸡场能容得下法兰西宏大的战场吗？我们能把当年阿金谷风声鹤唳的战袍塞在这么一个木制的圆圈里面么？"（开场白第11—14行）剧情说明人确实注意到了这个矛盾，劝说他的观众"在想象力的迅速制炼中"（第五幕序曲第23行）超越这些局限："请你们用想象来弥补我们的不足，把一个人分为千万分身，想象盛大的军威。"（开场白第23—25行）

[2] 我们认为是"中心"的，可能是最遥远边缘的一部分。对剧院和权力的地志学描述可能是个幻觉，这一点让人格外困惑。也许，我们无法准确地参照他者来自我定位。

覆策略，而今这种喧闹之声却变成了婊子和皮条殴打嫖客致死的凄厉之声。福斯塔夫早些时候劫来的赃物，被镀上金色，俨然是天赋恩典的梦想，而今他在高谈阔论，说要把疾病变成财产。（第一幕第二场第248行）

在该剧之中，唯有哈利王子不显得那么卑微猥琐，斤斤计较；而今，他既疲惫又困惑，身受双重折磨；但是，这种变化并没有让他活得像个人样（奥尔巴赫在一篇著名的论文之中有所论述），相反却清楚地表明：背叛来自整个体系。背叛无不降临到他身上，无不以他为目标。他再也无须自言自语地表明隐秘的意图：出卖放浪形骸的朋友而"挫败众人的愿望"。这场交易是由事情本身的结构决定的，这种结构在戏剧之中是以时间和必然两个名字来把握和命名的。因此，没有一个像霹雳火将军一样棋逢对手的危险敌人，他也无须慷慨悲歌，决一死战（剧中唯一能让人想起这种声音的，乃是皮斯托尔对趾高气扬的马尔洛温的滑稽模仿）。兰卡斯特的约翰，拘泥礼数，恪守道德，这位哈利王子的弟弟所做出的虚假允诺，轻松而有失尊严地完成了叛乱之举。为了保守谎言，兰卡斯特一本正经地"以我血的荣誉"发誓（第四幕第二场第55行）。一如福斯塔夫评说哈利王子，兰卡斯特从他父王那里因袭了"冷血"。

莎翁在该剧当中继续为异域的声音立此存照。这些声音无权无势，丝毫没有留下文字，其存在的证据石沉大海。该剧记录了它们，然而竟然没有皇室钩心斗角的戏剧幻象。帝王仍然认为，他的儿子放荡成性，当他撒手尘寰，他的王国也会化为废墟——也许，当他这么想的时候，他还得到了一种匪夷所思的慰藉。然而，公然表里不一，宣称要秘密地颠覆上下尊卑权威的人，却不是哈利王子独自一人。瓦尔维克向亨利王打保票说，太子殿下一心寄系东市好小子们，完全理所当然，毫无不妥之处：

> 太子殿下不过是在琢磨他的良友一群，
> 像为了精通一门语言一般去琢磨一门外语，
> 便是最粗鄙下流的言辞也需要
> 仔细研读并烂熟于心，一旦习得
> 陛下尽知，就再也没有什么用处了，
> 但必须熟知而善避其害。只等时机成熟，
> 太子殿下就会像抛弃这些淫词粗话一样
> 撇下他的那些狐朋狗友，而对他们的记忆
> 将成为规矩方圆，成为生活的圭臬
> 供阁下衡准他人的生活之道，
> 往昔的罪恶将转化为处事的高谋。（第四幕第四场第68—78行）

首先，瓦尔维克以语言设喻，将王子放浪形骸的低俗生活比作追求卓越的行为：完美的语言资质，"精通"一门语言，必须尽最大可能地把握最丰富的词汇。瓦尔维克措辞晦涩——"必须熟知而善避其害"，但这种措辞马上强化了哈利的语言学探索的目标，他不只是追求卓越。《亨利四世》（上部）中，哈利吹嘘他精通酒馆黑话，而现在至少可以想象，我们正在见证一种社会纽带的存在：社会最顶端的王子和社会最下层的酒保，开怀畅饮，不拘仪轨，俨然人与人之间壁垒全无，自呼良友。笔者已经设论在前，该剧清楚地表明，界定明朗的政治利益蕴涵其

中,但这些利益可能暂时被存而不论,哪怕是在一瞬间存而不论也好,让我们快乐地想象"万民齐乐"(communitas),那是一种暂时打破上下尊卑秩序而获得的一种快乐灵交(union)。不过,那种上下尊秩序总是庄严肃穆,笼罩着英国人的共同体。[1] 即便从这种气势宏大的快乐灵交之中返回到现实,莎翁的大多数戏剧至少还是容许我们从哈利王子的惊人才智之中,从他自吹自擂的卓越才能之中,获取快感。

学习一门外语,就必须首先承认另一群人的存在,修炼一种在另类世界谋生的能力,不管这个世界是多么凶险残暴。哈利王子说着自己的语言,论断他和三教九流一起开怀畅饮的事,尽管有几分滑稽可笑,但毕竟说明他坦然承认,这些庶民确然存在,构成了他王国之内的一个另类群体,一个陌生的部落,在人数上远远大于他那些皇亲国戚。有证据表明,在新世界定居的中上层英国人并未将美洲印第安人视为另一个种族,而是将他们视为另一个版本的庶民。由此推知,哈利王子的认识逾越了莎翁戏剧的囿限而延伸到了国族之外:一个人眼里的下里巴人同是一个人眼里的印第安人。[2]

如果说,最初,哈利王子的俚语释义十分类似于罗列在哈里奥特《真相略述》之中的实用语词,比如在阿尔贡琴语中能找到"火"、"粮"、"遮拦"等等的对应词,那么,瓦尔维克对于哈利所做的差强人意之猜测,则暗示了它更深刻地类似于一种完全不同的术语释义,这种释义同理解以及控制下层人民的努力紧密相连,关系非常特殊。笔者是指那些被附加在16世纪罪犯和氓流概念之上的邪恶词汇。托马斯·哈曼

---

1 参见维克多·特纳:《戏剧、战场和隐喻:人类社会的象征行为》(Victor Turner, *Drama, Fields, and Metaphors: Symbolic Action in Human Society*. Ithaca: Cornell University Press, 1974)。
2 凯伦·奥达尔·库珀曼记录了丰富的证据,参见凯伦·奥达尔·库珀曼:《与印第安人共处》。

（Thomas Harman）举一己之力编纂出一套据称是原汁原味的词汇表，并且用一种滑稽的夸饰之词予以广而告之，刻意显示他的修辞天赋。[1] 他写道：

> 而今敝人当着体面善良看官之面，展示污秽下流之言，它们出自游逛浪子和慵懒歌手之口舌。

他宣称自己写作的小册子《正告案牍文士》(*A Caveat for Common Cursetors*) 乃是个人明察暗访的结果，所得来之不易，因为他的那些告密者"精明透顶"、"诡计多端"。但是，哈曼从这些告密者为人之道所学甚多阿谀奉承之语：

> 暗送钱财之贿，开怀畅饮之乐，甚而至于对告密者许下千金一诺，亦难求其名，难知其事。（第82页）

哈曼随后欣然将告密者之言撰述成书，公示于众，其著作之结尾不仅附加了一套"贩夫法语"词汇，而且还附加了以字母为序的名单，以便有法可依，有法必依，让这些无恶不作的懒汉受到"极端的惩罚"。

哈曼所说的正直之人、邪恶之人、犹太人以及各色人等，是否比莎翁笔下的朵儿或桂嫂更多地同社会现实相关？这一点不得而知。[2]《正

1　托马斯·哈曼：《正告案牍文士》(Thomas Harman, *A Caueat or Warening, for Commen Cursetors Vulgarely Called Vagabones* [1566], *Cony—Catchers and Bawdy Baskets*, ed., Gamini Salgado. Middlesex: Penguin, 1972)，第146页。

2　关于伊丽莎白时代地下王国的呈现，参见A·L·贝尔：《无法无天之徒：1560—1640年英国氓流问题》(A. L. Beier, *Masterless Men: The Vagrancy Problem in England, 1560–1640*. London: Methuen, 1985)。

告案牍文士》大半就像当时其他一些氓流之书一样，有插科打诨的味道：骗子和无赖的传说历久弥新，被挑拣出来当作现实主义的范本。令人不快的是，哈曼认为，那些无赖用来描述自己因之而被治罪的缘由的词语，恰恰就是哈曼所造。但是，至少可以说，哈曼的意图是传递精确观察和仔细记录的印象。不言而喻，这构成了此书的卖点之一。而且，他用来达到这个效果的主要修辞策略是制造泄露秘密的气味：他一再让人注意他的罕见诺言——绝对不吐露他打听而来的秘密，但他的背信弃义却保证了他所泄露的秘密的精确性与重要性。

哈利王子俨然位居社会中层。哈曼声称，他是靠瞒和骗而认知一个按常规是他这号人无法认知的世界。因而，他将帮助公众认出并剪除那些欺骗者，转而利用他自己垂范天下的优先权利。哈曼记录（或者杜撰）了这些让他引以为豪的侦探与拘捕行为，但这些行为所构成的个人干预往往无济于事。唯有他的书充分揭露了那些氓流的诡诈机巧，据此，他提醒法官和郡长们格外警觉和加倍严厉。在《亨利四世》联剧当中，戏剧性作为王权的重要动力之一而成为主题。同样，在《正告案牍文士》（以及同一时期英国和法国大多数氓流文学）之中，白纸黑字的文本也成为一种社会秩序和查证诈骗罪的力量之再现。书被印刷出来，广泛传播，而且容易修改，因此在那些氓流闯入诚实公民的家门之前，他们的名气和计谋就广为人知。仿佛这种流动不易察觉一样，哈曼宣称，他的论著只印了一半的时候，印刷工人帮他拘捕了一个言行怪异的"假疯子"——一个自称疯癫病患者的人。哈曼叙述道，这个印刷工人立马成为侦探，首先是沿街追捕那个骗子，随后"巧设妙局"将其制服（第116页），出乎恻隐之心，把他交给警长。哈曼用这么一些恐怖的故事，以文学的形式呈现了书本的力量——追捕氓流，使其伏法。

这种记述方式的危险性在于，道德指控将自我颠转，秩序的力量（总是阅读此书的人民）本身显得就好像离不开假装与背叛，而社会氓流显得就好像时运不济、保护不周，亦步亦趋地仿效他们的那些上流统治者；或者反过来说，他们就好像是一群野蛮的原始人，同一个残忍社会的虚伪狡诈势不两立，绝命抗争。确切地说，这么一种颠转似乎一再出现在同一时期的氓流文学、奸夫淫妇和不孝之子文学之中。他们充满不败的匹夫尊严，以更加明确的方式辩护生活在别处的邪恶之徒，而回敬哈曼的责难之词，坚持认为他们的生活是模仿大人先生们，糟糕透顶，无以复加。

骗子打赌，如此告白：君生于世，阅历不及敝人之伟博，然敝人料定君心自明。若不走旁门左道，以不可告人之方自助，天下之众，遂无人能做正人君子。君当自思：若显贵者生当危世，离乱之下仍立于不败，彼等则实至名归，为所欲为，果乎？君当自思：若抗辩答诉之词简约乏力，举凡全凭判断、公义及良知，刑科责罚之士岂不成为沽名钓誉、利欲熏心之徒？官职可买卖，令人垂青，买主殷实富足，讨价还价之余竟然对巧取豪夺寐然无觉，可乎？若无妄语，漫天要价，于半明半暗之际出售货物，以条纹色彩欺骗买主，商贾岂能富可敌国？子子孙孙永为显贵？[1]

这些颠转乃是氓流文学的要旨所在。然而，如果以同样的光辉去

---

[1] 吉尔博特·沃克：《最下流卑鄙的骰子游戏之明查》（Gilbert Walker, *A manifest detection of the moste vyle and detestable use of Diceplay*, c.1552, Salgado, *Cony—Catchers and Bawdy Baskets*），第42—43页。

烛照莎士比亚历史剧之中类似的剧段（通常是出自福斯塔夫的口吻），认为这些颠转乃是有意为之的颠覆效果，那么，这也可能大谬不然。这些颠覆的声音不仅源自对秩序的肯定，而且还是从肯定的秩序之中产生出来的。它们被强权立此存照，而丝毫无损于这种秩序。哈曼的个案虽然比莎翁戏剧更加粗糙，然而却是堪为殷鉴，说明如果没有背叛以及对背叛的觉察，这种秩序就不仅子虚乌有，而且也难以让人心悦诚服。

哈曼同背叛相依为命，须臾不离，而这一点也不妨碍他痛斥氓流的虚伪狡诈和深刻伪装，一点也不妨碍他刺激读者蔑视和迫害氓流。反之，自相矛盾的是，他陷入自己所痛斥的欺瞒之中，但这却提高了他的道德义愤，仿佛以修辞学的暴力谴责氓流就洗刷了他本人的罪孽。他出尔反尔，背信弃义，仿佛是开化之道与文明之举，乃是确保社会幸福的必要策略。"那些下里巴人气焰嚣张的犯上作乱之举"，自然不在知书识礼的交流范围之内。正义，恰恰就在于不择手段地剪除他们。哈曼立假誓，目的是为了指认那些传播假誓的人，以便将他们驱逐到共同体之外。少数害群之马，"满心忧伤，怒火中烧，信誓旦旦，对拙作横眉冷对"，因为他们先被许诺，秘密将被保守，但他们的所作所为立即被公之于世，然而在正义的谴责之中，大多数人还是同心合一：

  高贵者厌恶，尊贵者拒斥，文人墨客犀利嘲讽，男子汉大丈夫公然蔑视，劳力者猛力责罚，妇人击掌，厉声呵斥。（第84页）

对氓流之书，嗜之如命，简直就是怨恨与赞许交织，对他们自身怨气不绝，而对他们的冷酷无情的背叛又赞不绝口。

一位颇有天赋的批评家在谈到《亨利四世》（下部）时指出：

君子与更大的秩序打成一片，而小人不是抵制就是滥用更大的秩序。[1]

诚哉斯言！但是，像哈曼所述那个氓流仇视者共同体那样，剧中兰卡斯特的王权之所以壮大，全靠背信弃义。莎翁将君子与小人分开，而一点也不畏惧其中所隐含的一切可感的厌恶之情。他将可能从哈曼以及上百种文本之中所发现的不成体统的方式化为己有，予以强化，以致揭示出现代国家之建立，恰如现代君主的自我塑造一样，都离不开精心算计，威胁恫吓，自欺欺人。不过，这些行为一概通过剧场娱乐来完成，而那些公众，即现代国家的臣民，不断地为此掏钱、喝彩。

有一种压抑感自始至终地贯穿在《亨利四世》（下部）。仅靠事无巨细地罗列细节，这种压抑感就被强化了：

> 你曾指着那一只半镀金的银杯发誓，是在海豚厅里行走，在那圆桌边，在那炉煤火前，在"降临节的那个星期的礼拜三"。
> （第二幕第一场第86—89行）

在莎洛法官的花园里，在一些阴暗朦胧的时分，我们也许能找到一息安宁，暂时摆脱这种万马齐喑的环境压力和策略压抑。然而，福斯塔夫无情地让这些安宁瞬间烟消云散，其恶意破坏之举高超无比，妙趣横生，以致我们接受挫败而满心欢喜：

---

[1] Norman N. Holland, in the Signet Classic edition of *Henry IV*. New York: New American Library, 1965, p.xxxvi.

我忘不了,在克莱门特客栈那会儿,他就像是饭后用酪饼屑捏出来的人形一般;他赤裸的时候,真活像一根两条腿的萝卜,上面用刀刻着一个怪模怪样的头。(第三幕第二场第308—309行)

弱肉强食,成王败寇,此乃永存的自然法则。然而,莎翁言下之意,绝非让观众拍手称快而肯定这条自然法则。像哈曼一样,莎翁拒不认同这么一种露骨的犬儒主义社会秩序观。相反,那些本来应该彻底颠覆权威的行为,最后却成了权威的支柱。《亨利四世》下部比上部更加残忍,正义、秩序、礼节,诸如此类的道德价值,只能由反面的颠覆性价值之朗然生成而得以保证。肮脏的背叛行为保护了王权,"帝王的赫赫威仪"于焉浮现,哈利王子最后通过彻底的、致命的背叛,公然拒绝了福斯塔夫,从而与王权合而为一。

这么一些时刻也出现在《理查二世》之中。其中,治人者皆为父精母血,血肉凡胎,血气涌动,这一发现明白无误地表明王权的没落衰微。

> 丢开你的尊严面目,
> 道统,繁文缛节以及斯文隆礼,
> 因为你此时此刻完全没有待我以善,
> 像你一样,我也有口腹之欲,
> 尝遍悲苦,渴望友爱:因而低声下气
> 你怎么能对我以陛下相称?(第三幕第二场第172—177行)

到了《亨利四世》(下部)结尾,这种血肉之躯的局限已经融入意识形态结构,因而让王权名正言顺。正是因为哈利王子亦有口腹之欲,我们才懂得他与乃父为此付出的代价。与理查二世不一样,亨利四世不

是把这种牺牲展示为戏剧的修辞,而是表现为一种私密的沉思。一个穷途末路、满面倦意的人,说出了其最隐秘的思想:

> 睡神啊,你为何愿意躺在烟雾弥漫的茅屋里,
> 卧在不舒适的草垫上,
> 任由夜晚嗡嗡鸣叫的苍蝇催你入眠,
> 而不肯来到贵人的熏香内室,
> 躺在华美的幔帐里,由美妙的乐曲引入梦乡?(第三幕第一场第9—14行)

谁知其妙?也许,这是千真万确的。也许,当绝大多数男人和女人都一无所有,在这么一个社会里面,唯有少数富人和强人夜不能寐。但是,我们应该了解,夜不能寐是一个公开的秘密:达官显贵的痛苦在16世纪统治阶级的文献中是一个屡见不鲜的主题。[1] 亨利四世自言自语,然而在莎翁的戏剧之中总是这样,形单影只的君王只不过是强化了他向广大观众——戏院观众——所倾诉的感受而已。我们应邀去测度他的痛苦,去理解该剧及其他戏剧之中所表现的权力的代价。我们还应邀去理解这些代价,以便赋予权力以合理性,去理解这种怪异而又残酷总之不平等的财产分配:居有万物者寡,身无一名者众。通过痛苦,治人者赢得了高人一等的地位,或者说起码也因此而遭到了报应。这种痛苦如不彻底消除谎言与背叛,它就抬高了谎言与背叛。而那种高高在上的地位,就建立在谎言与背叛之上。

一如寻常,福斯塔夫滑稽地模仿这种意识形态;而且更为重要的

---

[1] 参见Frank Whigham, *Ambition and Privilege: The Social Tropes of Elizabethan Courtesy Theory.* Berkeley: University of California Press, 1984。

是，在这种意识形态显示为官方认可的真理之前，他就将它作为谎言戳穿。从酒馆被传唤到宫廷，福斯塔夫转向朵儿和桂嫂，以格言警句的语音语调宣告：

> 你们看，我的好姑娘们，优秀的男人是何等忙碌！百无一用的人可以睡大觉，而会做事的人被唤走了。（第二幕第四场第374—377行）

这段雄辩之词，是用来凸显某些意味，给那些妓女和店主造成更深刻的印象，有人欠他们的钱，却又不想掏腰包。稍后一点点，同样雄辩的言辞再现在国王的讲话里，并以自言自语的方式出现在国王最幽深的思想中。

在舞台上表演这种不妨称之为未卜先知的滑稽模仿，构成了莎翁戏剧的一项主要结构原则。与直截了当的滑稽模仿不一样，这种结构原则的效果不是嘲讽那些一本正经的主张，而是给它们做出标记，以示其多少有些可疑，并鼓励人们对此加以警觉的怀疑。因而，先是福斯塔夫尽情地嘲笑德性的萎靡不振，随后是彻夜不眠的国王血气涌动，动摇在一派空虚和满腔痛苦之间。在这么一些时刻，《亨利四世》（下部）显然不仅验证而且确认了一条关于英国君权本质的假设，这条假设幽玄而又惶惑：君权的道德权威如此深刻地依赖于一种虚伪，以致只有伪君子自己才信以为真：

> 那么，安睡吧，幸福的穷人！头顶王冠的人反而睡不安稳。
> （第三幕第一场第30—31行）

老骗子对小骗子如是说。然而，老骗子事实上似乎对自己的言辞信以为真，同样他也可能相信，他真的不会追逐王冠。

> 只是环境的压力使王权如此低头俯就，我被迫得不能不和王位亲吻。（第三幕第一场第73—74行）

对于王权背叛者的网络体系，我们有特许的认识。对于福斯塔夫的犬儒智慧，我们有特许的接触。而这一切将使这种阴阳怪气的虚伪大白于天下。但是，甚至随着《亨利四世》（下部）的情节进展，谎言和损人利己的动机畅行无阻，合法权威的非法性反复被演示在目前，（用摩尔的话说）整个王国都是达官显贵的一场阴谋，打着天下为公的旗号谋取和保护私利，甚至在这时国家虽然也对舞台上的叛乱信号投以警觉，可就是麻木迟钝，毫无反应，遑论干预！我们满可以将这种路人皆知的昏庸归结为无能或者腐败，但是笔者在历史剧与哈里奥特和哈曼之流所代表的话语实践之间所勾勒的关联却暗示出另一种解释。然而，我们再一次看到，《亨利四世》（下部）比上部结尾更富于铁器时代精神，此剧显然赋予既成秩序以合法性。其中，亨利五世称帝登基，将血肉之躯融入"吾国之伟大躯体"，古斯塔夫惨遭蔑视和无情放逐，冷血的兰卡斯特背叛了叛乱者，而倾心赞美更冷血的兄弟：

> 我喜欢国王陛下如此公道的裁断。（第五幕第五场第97行）[1]

---

[1] 对背叛行为的公开反应，是难以估量的。劳伦斯·斯通（Lawrence Stone）指出：17世纪早期发生了一场转折。"到16世纪末，人们偶尔看到以高高在上的权力行伤害他人之事时，却不觉得有什么不体面之处，当一个人地位低下而伤害一个人，也没有什么可羞耻的。但是，在17世纪三四十年代，这么一些行为则成为人人得而羞之的现象，而且几乎很少被碰到。"参见劳伦斯·斯通：《贵族的危机》（Lawrence Stone, *The Crisis of the Aristocracy, 1558–1641*, abridged edition, New York: Oxford University Press, 1967），第109页。

这种结局之情致确实令人不悦。放逐福斯塔夫，乃是莎剧批评家深感苦恼而喋喋不休的难题之一。然而，此等不悦只不过是证实了哈利王子弃旧从新、脱胎换骨的誓言。如果说，此剧严酷的结局中有一种破灭感，那么这种破灭感确认了一种精心谋划的官方策略。据此，颠覆意识被激发出来，随即又被抑制下去了。

  我的父王狂放地进了他的坟墓，
  因为我的狂放之情也一起葬送其中。
  怀着他的精气神，我要悲情地活下去，
  去嘲笑世人对我的期待，
  让预言破灭，扫荡
  那些恶意的诽谤……（第五幕第二场第123—128行）

四

《亨利四世》（上部）在这么一些时刻让我们感到，自己就像哈里奥特一样，眼观一个复杂的新大陆，用它来验证那些幽暗的思想，而又不摧毁那些思想所危及的秩序。《亨利四世》（下部）则暗示，我们自己更像印第安人，迫不得已向一套信仰表示敬意，而这套信仰的欺骗性仅仅是确认了他们的权力、权威与真理。《亨利五世》是这套联剧的最后一出，它一以贯之地提醒，我们既是殖民者又是被殖民者，既是君王也是臣民。此剧技法娴熟，为帝国体制下的虚伪、残暴以及欺骗之策立此存照，呈现其每一种细微的差异。事实上，它验证了这么一个命题：文治武功与君权神授（sacredness）无关，倒是取决于邪灵暴力（demonic violence)。此剧验证这一命题的语境是一场政治盛典，一曲集体赞歌，献给了"英格兰之星"，献给了那位具有神奇个人魅力的统治者，是他将那些不可救药的逆子贰臣驱逐在国家之外，净化了江山社稷，铸造出威猛神勇的民族国家。

此剧之中，有威尔士人弗鲁哀伦、爱尔兰人马克毛利斯、苏格兰人翟米，他们在法兰西阿金谷与英国皇家军队并肩作战。通过将各色人等绑在一起，哈利王子（亨利五世）象征性地收服了不列颠诸岛上最后几块蛮荒之地。在这几块蛮荒之地上，在16世纪有比新世界各民族更加强悍的人居住，代表着一个正在没落的蛮夷部落之命定前哨。[1] 我们心中可能期望，在《亨利五世》当中，笔者称之为"立此存照"的写史方式臻于极境，而且在某种程度上确实做到了。英国联军各自被赋予的语音语调，贵贱分明，一听便知："他在桥那边说了许多动听的话，那是你难得一听的。""基督作证！哼，做得不好。工作是放弃了。""这太好了，老实说，两位都是好营长，而且我也要伺机贡献一点意见来报答你们。"这么一种台上的拉腔作调，有助于人们决定以文学方式再现威尔士、爱尔兰和苏格兰人所属的血统，这种方式将延续到未来几百年。但是，这些种族的独特性却显得是那么工于形式，着实令人称奇，聚集了那些呆板的标志，令人不禁想起约翰生以幽默怪诞之笔描写的那种个性，崇高体面但木讷无为。

我们觉得这些人物言语的痉挛妙趣横生。因为，他们并不代表异邦人，而是代表那些情理之中并且自生自灭的存在。他们让人开心快

---

[1] 剧情说明人指出：英国先遣部队在戏剧的关键时刻试图征服爱尔兰人，因此在英国联军中出现爱尔兰士兵乃是意味深长的。征服爱尔兰人的努力，延续了四百多年，在戏剧之中却成为一种时代误置，这不啻一种辛辣的历史嘲讽。

乐。因为他们让一个观众意识到自己不仅变幻无常,而且玄妙莫测。一个观众面对戏剧场面,目瞪口呆,无所作为,完全为戏剧修辞所慑服,但他比那些为自己荒唐言辞所维系而任其摆布的木偶更加悠闲自得。大多数时间里,弗鲁哀伦都是一个夸夸其谈之士,恃强凌弱之徒。似乎唯有他,在某一片刻之间清楚地表达那些不为官方阵线所束缚的意识,然而这些意识之产生并非因为他置身世外,而是因为他顽固地寻求古典的比喻。在亨利五世和"肥猪亚历山大"之间玩弄那种普鲁塔克风格的类比,弗鲁哀伦调侃道:"马其顿有一条河,蒙矛兹也有一条河",云云。此时此刻,他便观察到:"请你留意",亚历山大"在酒气和怒气之中,杀死了他最好的朋友克赖特斯"。高渥将军旋即插嘴辩护:"在这一点上,我们的陛下不像他,我们的王从来就不诛杀自己的朋友。"但是,弗鲁哀伦得理不饶人:

亚历山大是在醉酒和狂怒之中诛杀了他的朋友克赖特斯,哈利蒙矛兹是在他神志清醒和判断良好的心境下赶走了那个大腹便便的胖爵士。他最爱说笑话,揶揄他人,恶作剧,嘲笑别人——我忘了他的名字。(第四幕第五场第71行)

高渥脱口答曰:"约翰·福斯塔夫爵士。"

危情时刻,大有一触即发之势。将哈利王子同酗酒的亚历山大相提并论,强化了我们对他的认识。从放逐福斯塔夫,到处死他早先的好友良伴巴尔多夫,无不表明他冷静清醒,六亲不认。

当今圣上对爵士大动肝火,把他给气坏了。(第二幕第一场第88行)

而处死巴尔多夫，哈利也难辞其咎。早期戏剧之中那些卑鄙小人已经成为哈利语言修习的焦点，可是瓦尔维克断言，太子殿下只是将他们当作"粗鄙淫词"来琢磨，一旦习得就弃之如敝屣。

　　修习之后弃之如敝屣，这在《亨利五世》中并不是一种引人注目的光景，可就是同哈曼的《正告案牍文士》之中所述实践完全一致，吻合无间。对此，我们已经分析在先。当即回忆起阿伽门农的勇气，想起氓流文学，弗鲁哀伦说那个"像马克·安东尼一样豪爽骁勇"（第三幕第六场第13—14行）的皮斯托尔，

> ［事实上，是］一只呆鸟，一个傻瓜，一个流氓，他们说不定在什么时候到战场上去转悠一圈，等回到伦敦，就自称是身历其境的战士了。（第三幕第六场第78—81行）

高渥将军表示："当今时日，玩些什么花样，你必须心明眼亮才好，要不然你可不免要大大地上当了。"这句台词，即可作为哈曼氓流之书的题词。一代枭雄，氓流无数，弗鲁哀伦凭什么说皮斯托尔就是其中之一？皮斯托尔无意之中又泄露了什么？做了何等坏事？巴尔多夫偷窃教堂里那尊低廉的圣像，即将被处以绞刑，皮斯托尔却慷慨激昂地请求弗鲁哀伦介入，救巴尔多夫一命。皮斯托尔狂吼道：

> 让绞刑架张开大口吞掉狗吧！饶恕这个人吧！不要让麻绳让他的喉咙窒息吧！（第三幕第六场第42—43行）

弗鲁哀伦拒不饶恕，因此巴尔多夫命丧黄泉。皮斯托尔救朋友之命的努力恰恰表明：

[他是]下流肮脏，卑鄙龌龊，饶舌不休的奴隶。(第五幕第一场第5—6行)

相反，哈利放逐福斯塔夫，就是一次象征性的杀戮，不妨视之为对他的一场犀利的控告。而弗鲁哀伦借题发挥，认为此举乃是帝王德性的最高境界之呈现。刚提及此事之际，国王陛下就引领着法国战俘凯旋登场。先是"军角之声"，接着是皇家"鼓乐之声"，这个进场仪式完美地象征着一场神力四射的盛典消融了一场蠢蠢欲动的反叛。背信弃义之举没有颠覆反而强固了道德权威以及令人倾倒的权势魔力。莎士比亚的戏剧告知人们，这种权威恰恰就是那种背信弃义而不落痕迹的能力。

如果说，英国联军也好，卑鄙小人也罢，显然都没有合适地充当异邦人的角色，其声音并没有在戏剧之中被"立此存照"，那么，《亨利五世》就是在法国人的对话之中为我们提供了这项实践的一个版本，它是这么强固而且登峰造极。法国人的对话在表演当中基本上是原汁原味的，没有翻译成英文。这场对话甚至包含了一种语言修习，集中体现了早期戏剧中的"立此存照"实践。然而，像英国联军一样，敌对的法国士兵也很少说那些异邦人的声音，或者对戏剧中居于中心地位的权威构成威胁。毫无疑问，那些法国纨绔子弟心高气傲。他们鄙视哈利，说：

[他是]一位虚空无聊，幼稚无比，肤浅浮躁，脾气粗暴的年轻人。(第二幕第四场第8行)

但这些滥用的措辞却不合时宜。显然，《亨利四世》下部结尾及其后续的消息尚未传过英吉利海峡。

> 我们的祖先一时荒唐，在那些野生的树干上插上一些枝条。（第三幕第五场第6—7行）

同样，这些轻浮的法国士兵假设，他们在文化上和社会上比英国人享有优势。这种话说出来仅仅是为了让英国人几近神奇的胜利来映衬其内心虚脱，不堪一击。法国贵族文化曾经一度辉煌，这一点也没有被否定，第三幕第五场第40行台词之中，那些法国贵族官名的冗长故事即为明证。然而，这正好表明他们自信力衰微，军事上软弱。在戏剧之中，军事上软弱显然被刻画为性力萎靡。法国士兵像"挂在屋檐下"的冰凌，而英国士兵则"在我们的沃野上挥洒着豪迈青春的汗珠"（第三幕第五场第23—25行）。法国太子最后哀怨不已：

> 老实讲，我们的女人看不起我们
> 直说我们的勇气被泄光了，她们要委身于
> 英国青年，任其发泄无边的欲望。（第三幕第五场第28—30行）

因此，肯定法国的文化优越性，立即反过来激发了英国人的潜能。戏到终局，一反喜剧结尾的惯例，带着一种自觉的姿态，莎翁描述了哈利对凯萨琳公主的求婚，从而将入侵的性暴力转型和驯化了：

> 因为我爱法兰西，所以连一个小村庄我也舍不得放弃；凯特，

当法兰西属于我,我属于你,那时候法兰西就是你的,你也是我的了。(第五幕第二场第73—176行)

而今,肯认他者,也就完全表现在对他者的完美消融之中。

就语言修习而论之,现在做学生的是法兰西公主而非哈利王子了。当人们听到别人笨拙地说自己的语言之时,总有一丝轻微的快意掠过心头,或者说,因为自己不费吹灰之力就达到了别人殚精竭虑才能达到的境界,总是有一种满足感。这种感觉有时混杂着对一个懒惰的学生幼稚的努力所做出的嘉奖,屈尊而低就。有时还混杂着由一个学生的漫不经心造成的荒诞笑话而引起的快乐。比如,笔者曾经在意大利北部贝加莫向路人惶惶不安地打听去科里奥尼教堂(Colleone Chapel)的路,而耗去了好长一段时间。直到许久以后,笔者才发现自己把"Colleone Chapel"念成了"Co-glioni-Balls-Chapel",让人捧腹大笑。在《亨利五世》中,这样一种混杂的情感被强化了。因为,法兰西公主学英语,在深层含义上,乃是英国人成功入侵的结果,这种入侵被栩栩如生地形容为性强暴。法兰西公主漫不经心,少不更事,从而遭到猥亵侵凌,这种滑稽的场面将那种民族的尤其是男性的优越性所产生的快意推到了无以复加的境界。[1]

---

[1] 学习法语的英国绅士和淑女,比学习英语的法国人可能要多,这一点逃不过伊丽莎白时代公众群体的注意。斯蒂文·穆拉尼(Steven Mullaney)指出:语言课乃是"莎士比亚对于那些不体面行迹的蔑视之见,而哈利王子放浪形骸,不务正业,就模糊地集中体现了这些不体面的行为"。在《亨利四世》中,记录异国语言似乎还有悲剧意味,而在《亨利五世》的对应部分之中,语言学习却只有法国闹剧意味了。参见斯蒂文·穆拉尼:《陌生事、粗鄙词、奇装异服:晚期文艺复兴文化彩排》,《表现》(Steven Mullaney, "Strange Things, Gross Terms, Curious Customs: The Rehearsal of Cultures in the Late Renaissance," *Representations*, 3 [1983]),第63—64页。

如果说，在《亨利五世》中，"立此存照"的颠覆力量事实上被削弱了，那么，恰恰相反，笔者称之为"昭告幽微"的写史方式却在其危言乱世的权力之中被强化了。亨利五世对法兰西发动的侵略战争，在戏剧之中得到了谨慎的再现，被认为是建基于"昭告幽微"的解释行为。该剧开场，即有一段著名的叙述，精心地述说帝王的谱系，宣称他对法兰西王权具有优先地位。就像哈里奥特文本之中类似的情形一样，为了让英国朝贡体制的意识形态名正言顺，就必须将"无懈可击的逻辑推理"（而这种推理的前提曾经是心照不宣的）与"不加掩饰的自私之心"混合起来，尽管这种混合十分令人不安。[1]对专制主义进行意识形态的辩护中，君主的自私之心和民族的利益之系合而为一，二者反过来又受到了上帝高高在上的神命之护佑。因此，哈利个人在阿金谷战场上所取得的胜利，代表了民族的胜利，而民族的胜利又代表了上帝的胜利。阿金谷之战，一万名法兰西士兵阵亡，二十九名英国士兵阵亡。[2]当传令官将这份令人欣喜的阵亡情况报告给亨利王时，合唱队唱道：他立即"将全部战利品，标识与仪式"奉献给上帝：

　　接受这战果吧，上帝，因为它完全是你的，而不是我的。（第

---

[1] "这话听起来不像老谋深算，也没有犬儒意味，大主教忠实地放弃了自己的责任，而当他即位之时，推理的逻辑却无可辩驳……至于恶意攻击，亨利绝非创始之人。" (J. H. Walter, in the Arden edition of *King Henry V*. London: Methuen, 1954)，第xxv页。

[2] 在全部历史记录中，阿金谷战役之中的阵亡人数非常合乎英国人的心愿，但莎翁从霍林斯赫德（Holinshed）采纳了最大限度的数字。霍林斯赫德补充指出："另一些作家则具有更大的信誉，他们肯定在这场战争中，至少有五百至六百英国人阵亡。"参见霍林斯赫德：《牛津版莎士比亚·〈亨利五世〉》，加里·泰勒编（Holinshed, in the Oxford Shakespeare edition of *Henry V*, ed., Gary Taylor. Oxford: Oxford University Press, 1984)，第308页。同样，对于英国人采用了何等战略战术取得了胜利，莎翁也只字不提。战争之胜利，在戏剧之中被呈现为神迹一般。

四幕第八场第11—12行）

英国人胜利了,哈利将这种胜利的原因和意义从人性转移到神性。但不言而喻,他认为这种昭告幽微的解释还有待于加强:

向全军通告:
凡是夸耀这场胜仗,或者是从上帝那里夺取赞美的人
一律处死
因为唯有上帝才配赞美。(第四幕第八场第114—116行)

借着这么一纸赦令,亨利就强化了上帝对于屠戮法兰西人的责任。以此为据,人们相信神圣的赞许之光烛照了整个战事:从复杂的王权谱系,到处决叛徒;从对良民造成的威胁,到屠杀战俘。上帝备受信赖,而确定这种信赖的方式既苛刻而又残酷:策略的循环既不可抗拒,又令人疑惑,上帝对于生灵涂炭所负的责任只能由更大规模的杀戮之危险来担保。但在这么一种确信方式之中,总有某些东西令人忧虑,但又无法抗拒。如果公众自己的生存处境危在旦夕,这些不可抗拒的因素无疑就居于主导地位。维多利亚时代,只有为数不多的人敢于挑战那些忧患深广的帝王将相们的神学主张。然而,在戏剧之中,这些危险系数非常高吗?在剧场之内有没有可能质疑那些在其他地方无法质疑的主张?

数年前,马洛在其《马耳他的犹太人》之结尾,也对胜者的虔诚投去了马基雅维利意味的一瞥,枯寒萧瑟,讽意盎然。剧中人费尔内兹(Ferneze)成功地背叛了巴拉巴斯(Barabes),而将"全部战利品,标

识和仪式"献给了上帝。这是对一部讽刺戏的极端嘲讽,其讽刺无以复加。莎士比亚没有走这么远。但是,他殚精竭虑地提示人们注意一个难题,那就是如何去向一个战场上的上帝祈祷,而没有通过执行极刑来强化这样的祈祷。在阿金谷战斗打响的前夕,亨利王犹抱琵琶半遮面,说开战的理由是正大光明的。对于这样一种表白,战士威廉冷冷地回答说:

> 但是,如果理由并不光明正大,国王本人就要负沉重的责任;在战场上被砍掉的手脚与头颅,在稍后的审判日都将聚集起来呼喊:"我们死于这么一个地方。"有人发誓诅咒,有人哭喊着要外科医生,有人为他们贫苦不堪的妻室而哀号,有些为了他们的欠债而啜泣,有些为了他们遗下的无依无靠的子女而唏嘘。我害怕死在战场的人很少有人死得心安理得。他们干的是流血的勾当,如何能心平气和地安排一切?(第四幕第一场第134—143行)

对于这种申诉,国王答之以一串令人难堪的"解释",意在昭告幽微,表明"国王不会对每个士兵的个别结局负责"(第四幕第一场第155—156行),就好像战场上死人完全是不可预测的偶然,好像阵亡的每一个士兵都因为犯下了隐秘之罪而遭到了上帝的惩罚,就好像战争是一场宗教仪式,一种给予士兵的"福祉",让他得以"洗刷良心上的一切污点"(第四幕第一场第179—180行)。这些昭告幽微的解释之道不仅矛盾百出,而且也让国王本人的命运蒙上了阴影。因而,在这一场戏之后,天在破晓,哈利神经兮兮地恳求上帝,不要思量(至少今天不要思量)给他带来福祉的犯罪行径——他的父亲扣押和处死了理查二世。国王关注一切开支昂贵而投其所好的仪式行为,他建立这种仪式,意在为谋杀神授权能的帝王而赎罪:重新安葬理查的遗体,"每年雇用"五百穷人,每日两度向天举起他们的枯手,祷告上苍祈求饶恕这些流血的罪行,建造两座宗教祭坛,延有神职人员不断地为理查的亡魂诵经祈祷。而且,他还许诺要做得更多。克劳迪乌斯谋杀了老哈姆莱特,但在忏悔的时刻却拒绝忏悔。他之所以拒绝忏悔,是因为:

[他]仍然占有让他动犯罪之念的那些动机,王冠、野心和王后。(《哈姆莱特》,第三幕第三场第53—54行)

同样,哈利也承认,这些挽回祭仪式以及那些"忏悔的泪水"一文不值:

虽然我所做的一切并没有什么价值,
因为我感觉到忏悔之心于赎罪之后仍不断地发生,
来祈求上苍的饶恕。(第四幕第一场第303—305行)[1]

如果说,夜幕降临时分,哈利可能就要大开杀戒,处决一切欢庆

---

[1] 在《牛津版莎士比亚:〈亨利五世〉》的编辑附录中,加里·泰勒努力为他的一条版本考订辩护,他要把这句台词中的"一切"(all)读作"病态"(ill),理由在于:"克劳迪乌斯忏悔失败,对这段台词的任何一种解释,乃是演员难以传递给观众的,如果成功地传递给了观众,这样的解释就让人觉得阿金谷凯旋在道德上和戏剧上都是难以理喻的。"(第298页)笔者在本文中所勾勒的解释框架可能让人充分地理解"Folio"的读法。依笔者所见,戏剧的道德难题反而强化了这场胜仗的效果。

英国胜利而并不完全托信于上帝的人,那么,前几场戏显然就充分展示了,在这些强制行为之后隐含着意识形态和心理学的机制,而其根源在于暴力,在于巫术的慰藉,在于险恶的良心。展示于此的模式,我们并不陌生,在《亨利四世》(下部)中就已经显山露水。在那里,我们见证了一种神性的预言,它颠覆了戏剧之中每一个核心命意。坎特伯雷大主教拉腔作调,发表长篇讲演,当着公众的面,无休无止地为侵略辩护,因为他私下认为,入侵行为将会缓解教会的经济压力。哈利也正告他的受害者说,正是他们自己抢掠奸淫,无恶不作。但他是作为侵略军的头领说这番话的,而他的手下马上就要抢掠奸淫。高渥将军宣称,国王下令大开杀戒,屠戮俘虏,目的是报复敌人对辎重车的袭击,可是我们已经知道,屠杀令在先,而袭击在后。[1]同样,哈利也沉思帝王将相的痛苦:

> 平民无限心安,而帝王偏偏不得安宁!(第四幕第一场第236—237行)

这种痛苦源自他必须单方面地担待一场战争的责任。按照他早先的描述和敌人的描述,这场战争让生灵涂炭,民不聊生。心情沉重而且

---

[1] 高渥将军说:"尊敬的国王陛下,命令你的战士去斩首战俘吧!这是名正言顺的。"(第四幕第七场第8—10行)泰勒尝试以灵巧的手法去淡化其中的反讽意味,在笔者看来,这简直是弄巧成拙,难以置信:"任何一位版本学家和考据学家都能理解,高渥将军并不是说'这些战俘袭击了辎重车,国王就让他们被处决',而是说'因为法国人接下来的残暴行径,国王就可以名正言顺地要这些战俘的命'。"(加里·泰勒:《牛津版莎士比亚:〈亨利五世〉》,第243页)即便我们依据泰勒之意,它就可能提出一个道德难题。同已解决的政治难题相比,道德难题更为严峻。

担心害怕的士兵夜不能寐,等待破晓时分。只消看看如此戏景,哈利就很难让我们心服口服:在他的幻觉高潮时,他看到"贱民"和"农夫"安然入梦,而几乎不知道:

> 帝王要废掉多少睡眠时间来维持和平。(第四幕第一场第283行)

自赫兹利特以来,这种对君主威权的公然颠覆诱使一些批评家将这种歌功颂德之词理解为辛辣的嘲讽之词,或者更其花言巧语地断言,莎翁笔下的亨利五世形象晦涩至极,无以复加。[1]然而,按照哈里奥特《真相略述》的暗示,我们不妨提示其微言大义:戏剧持续唤起的颠覆性怀疑之情,源自一种强化帝王权力及其战争根由的努力,这就是吊诡的逻辑所在。其结果同我们多次所论的颠覆结果完全一致:伟大事件和宏大言辞都要出现两次,第一次是谎言,而第二次是真理。欺骗的暗示一望便知,然而真相却被延宕了,一直要等到埃克塞斯征战爱尔兰之后,等到伊丽莎白王朝之后,等到君主制本身成为一种重要的政治秩序之后。甚至一直延宕到了当今,因为即使是完全以反讽的方式来解读这出戏,即使在它所呈现的一切再也无关宏旨的时代,《亨利五世》是否能成功地完成颠覆使命,依然不甚了了。

诸如此类的努力也困难重重,因为剧中主角总是赖其所激发的怀疑而生。因为,王权的巩固不仅是延宕怀疑,而且莎翁戏剧所激发的怀

---

[1] N·拉布金曾对此做出了杰出的讨论,参见N·拉布金:《莎士比亚与意义问题》(N. Rabkin, *Shakespeare and the Problem of Meaning*, Chicago: University of Chicago Press, 1981),第33—62页。

疑不仅没有剥去帝王神奇的个人魅力,而且使之更加迷人,恰如他们使该剧的剧场效果魅力四射。对王权的赞美,在这个时代屡见不鲜,赞颂之词异口同声,一点也不含糊。然而,它没有戏剧效果,随即就被世人遗忘。帝王的神奇权威,一如戏台上的神奇权威一样,完全依赖于欺世盗名,指鹿为马。

因而,观众心弦绷紧,神情凝重,用心专一。现实与理想,判若云泥,时刻提醒观众二者不可同日而语,刺激观众分清戏里戏外,纵情于豪华壮美的幻象,在想象里认同于征服者,从而心醉神迷。理想的帝王大多必为观众一厢情愿的虚拟,乃是一种征服意志的产物。在看戏的时分,这种意志显示出来,而与一种心甘情愿服从的需要相等同。帝王形象依赖于观众虚拟发明的权力,对此等情形《亨利五世》洞若观火,相当自觉。此剧序曲开篇诗句烘托出一种戏剧形式,同随后展开的戏段迥然异趣:

> 以王国为舞台,由王储来出演,让君主来观看这华美壮丽的戏景。(开场白第3—4行)

在这梨园国度,舞台乾坤,帝王与观众,演员与公众之间的藩篱将不复存在。全体都处庙堂之高,而无草根之贱,粉墨登场者不会将演员变成帝王,而是将帝王变为神祇。

> 而后,骁勇善战的哈利,将不失历史上的英雄本色,以战神马尔斯的面目出场。(开场白第5—6行)

事实上，这出戏是带着皇家的尊严面具演出的奇幻剧；但莎士比亚心知肚明，他的戏剧绝非宫廷插科打诨之作，他的演员都是一些"低俗无能之辈"，而他的观众都不是君王。故此，他对这些观众极尽阿谀奉承之能事，称他们为"尊贵的诸位"[1]。序幕里的剧情说明人请求观众说：

> 让我们来激发您的想象力吧……因为现在一定要凭诸位的想象力来装点我们的列王。（开场白第17—18行、第28行）

因为"舞台简陋"，"演员低微"，限制重重，可堪卑微，故而台词之中便用了"一定要"（must）这么一个字眼，既是恳求，也是辩解。然而，笔者还是要说，这个"一定要"，不啻一种"必然"，甚至在舞台之外也同样如此：全体列王都是由观众的想象力装点出来的；同时，一旦察觉到帝王或剧院的局限性，仅仅会添油加醋，导致一场更其紧迫的权势运演。

权力属于一切能够发号施令的人，属于一切从想象力的使用之中受惠的人，因而属于一切赞美具有神奇魄力的统治者的人。戏剧恳请我们为这些远不完美的统治者"立此存照"，同时也"补缺填漏"（pieceout）（序曲第23行）。因此，我们还看到，王储与剧作家之间的秘密合谋最为根本，贯穿在这些历史剧的始终。认同福斯塔夫，构成了一道强劲的逆流，不过这道逆流使这种秘密的合谋更其复杂，而绝对没有消除这种狼狈为奸的关系。莎翁在哈利王子身上铸造了一个强有力的象

---

[1] "不管他多么卑微，今天都要把他变成绅士。"（第四幕第三场第62—63行）这是阿金谷战役前夕，哈利对他的部队所做的承诺，其中亦回荡着这种逢迎讨好之词。不过，在战斗结束之后，这样的许诺已经不再提及，而被人抛到九霄云外了。

征,将剧作家塑造为顶尖"骗子",一个伪币制造者,善用幻觉来策动颠覆和惯用背叛来完成救赎的天才大师。从流氓无赖到一国之君,这是哈利王子的行迹。为了理解莎翁所塑造的这个形象,我们紧迫需要建构一种诗学,来阐释伊丽莎白时代的权力,反过来这种学说在某些关键的方面又同戏剧诗学难解难分。异域求证、立此存照,以及昭告幽微,就构成了这种诗学的内涵,这些内涵又同伊丽莎白女王形象密不可分。这样一位君主治下的英国,却没有一支常备军,没有一套高度完善的官僚体制,没有一支管辖范围广大的警察部队。统治者的权力构建于对王者之尊的戏剧盛典,以及对其敌人实施的戏剧暴力。仰赖巨大警察机器的权力,由强大的中产阶级微观家庭支持的权力,为精心营造的教育体制维护的权力,梦想以全景监视而将最深层的隐秘暴露在隐形权威的注视之中的权力——这样一种权力将以现实主义的小说作为其合适的美学形式。[1]然而恰恰相反,伊丽莎白时代的权力仰赖于其可观可视的优势。正如在戏院中看戏,观众势必难以抗拒这种可观可视的存在强烈的魅力,同时又敬而远之,对之保持得体的距离。1586年,在会见领主与平民代表时,伊丽莎白对其中一位指出:

> 我们王公贵族被搬上戏台,以便观光世界,阅尽人间。[2]

---

[1] D·A·米勒(D. A. Miller)对这个假设有独到的研究,参见D·A·米勒:《小说与管制体系》("The Novel and the Police," *Glyph* 8, [1981])第127—147页。

[2] 转引自J·E·尼尔:《伊丽莎白和她的议会1584—1601》(J. E. Neale, *Elizabeth I and Her Parliaments, 1584–1601*, 2 vols. London: Cape, 1965, 2:119)。关于戏剧与专制主义的复杂关系,参见斯蒂芬·奥格尔:《权力的幻觉:英国文艺复兴时代的政治戏剧》(Stephen Orgel, *The Illusion of Power: Political Theater in the English Renaissance*. Berkeley: University of California Press, 1975);

(转下页注)

如同在戏院里那样,王者之赫赫威仪呈献给他的臣民,同时他的臣民为那些说教的娱乐的或恐怖的场景所慑服,而被禁止了犯上作乱之举和深层隐秘之意。权威的戏剧仰赖于看客——"现在一定要凭诸位的想象力来装点我们的列王"。然而,戏台上的表演远远控制不了观众,他们的"想象力"实际上赋予了戏剧以意蕴和力量。托马斯·摩尔想象,当一个常人说到这样的场景时,所感所触尽是:

> 帝王之戏法,形同戏台之上,你方唱罢我登场,贫贱者只是看客,无论如何他们掺和无多。[1]

在戏剧场景之内,权威充满了吊诡,朦胧晦涩,而扣人心弦,这一切都挥之不去,引人深思。但是,我们已经看到,颠覆实实在在地发生了,可是颠覆却成为权力的条件。笔者必须补充说,这种条件并非一般的戏剧权力在理论上的必要预设,而是一种历史现象,是特殊文化的特殊样

(接上页注)

乔纳森·戈德伯格:《詹姆斯一世与文学政治学:琼生、莎士比亚、多恩及其同侪》(Jonathan Goldberg, *James I and the Politics of Literature: Jonson, Shakespeare, Donne, and Their Contemporaries*. Baltimore: Johns Hopkins University Press, 1983);乔纳森·多利莫尔:《激进的悲剧:莎士比亚及其同时代人戏剧中的宗教,意识形态和权力》(Jonathan Dollimore, *Radical Tragedy: Religion, Ideology, and Power in the Drama of Shakespeare and His Contemporaries*, Brighton: Harvester, 1983);斯蒂芬·格林布拉特:《英国文艺复兴时期形式的力量》(Stephen Greenblatt, *The Power of Forms in the English Renaissance*);斯蒂芬·穆拉尼:《谎言如真:文艺复兴时代英国的谜团、表征和叛国罪》(Steven Mullaney, "Lying like Truth: Riddle, Representation, and Treason in Renaissance England," *ELH* 47, 1980),第32—47页;Paola Colaiacomo (保拉·克拉亚科莫), "Il teatro del principe," *Calibano* 4 (1979): 53-98;克里斯托弗·派伊:《主权、戏剧和幽暗王国:霍布斯与权力景观》,《表征》第八卷 (Christopher Pye, "The Sovereign, the Theater, and the Kingdom of Darkness: Hobbes and the Spectacle of Power," *Representations* 8, 1984),第85—106页。

1 *The History of King Richard III* (《理查三世传》), ed., R. S. Sylvester, *The Complete Works of St. Thomas More* (《莫尔全集》), vol.3. New Haven: Yale University Press, 1963, p.80.

式。克利福德·格尔茨（Clifford Geertz）将伊丽莎白王朝和马加帕西特（Majaphahit）盛典仪式予以对比，然后指出：

> 16世纪英格兰，社会政治的中心集中在一点上，权力唤起的激情和宣誓服务的理想之间的张力被上了发条，紧张到了顶点……14世纪的爪哇国，社会政治中心集中之点上，和谐对称的耀眼光辉中，张力烟消云散。[1]

也许，正是因为这种英国式的专制主义戏剧特性，莎翁才为剧院臣民写作，以便接受王权的督查，他的戏剧才具有如此奔放无羁的颠覆力量。作为文艺复兴时期权力的最初表达，这种戏剧形式倒是有助于抑制它所持久地挑起的激进怀疑。当然，对王权而言是一种被抑制的颠覆，对剧院而言可能就是一种被颠覆的抑制。在莎翁的戏剧生涯中，这样的时刻多的是——《李尔王》堪称最伟大的典范。[2] 在该剧之中，权力抑制的过程被拉紧到了一触即发的破裂点。可是，历史不断地从这种极端的压力中退回。像哈里奥特在新大陆一样，亨利历史联剧印证了马基雅维利的假说：王权即便是在驱使观众服膺权力之时，也发源于暴力与欺诈。只是由于王权不再构成威胁，我们才大大方方地探测戏剧的怀

---

[1] 克利福德·格尔茨：《中心、帝王与神奇个人魅力：权力象征学反思》，约翰·本·戴维和特里·尼克尔斯·克拉克主编：《文化及其创造者：献给希尔斯的文章》（Clifford Geertz, "Centers, Kings, and Charisma: Reflections on the Symbolics of Power," *Culture and Its Creators: Essays in Honor of Edward Shils*, eds., Joseph Ben David and Terry Nichols Clark. Chicago: University of Chicago Press, 1977），第160页。

[2] 《李尔王》剧中的无名奴隶，再也忍受不了自己所见场景，而大胆地背叛他的主人考恩瓦尔，一位大半个英格兰的合法统治者。他栖居在一个完全不同的世界，一个由莎翁刻画为悲剧的世界。

疑，并无拘无束地向它表示敬意。[1] 颠覆永远存在，永无止境，只不过是同我们毫不相关。

（胡继华译）

---

[1] 也许，我们应该想象，莎翁是在一个特殊的时代写作：对于响亮的政治承诺没有任何一种比较完美的选择；人们必须毫不含糊地表示自己是某个党派的支持者，这种压力心境褊狭，在道德上粗鄙，在政治上愚笨；保持选择的开放性和处境的流动性，显然是一种令人仰慕的政治解决方案。

文艺复兴研究中的新历史主义

吉恩·霍华德[1]

目前，在文艺复兴研究中有一种新思路正在兴起：即不断尝试阅读16—17世纪早期与社会形态中其他方面相关的英国文艺复兴时期的文学文本。这一发展态势，通常称之为"新历史"，在欧洲和美洲均十分盛行，与此相关的人物有史蒂芬·格林布拉特、乔纳森·多利莫尔、艾伦·辛菲尔德、基尔南·瑞安、丽莎·雅丹、利亚·马库斯、路易斯·孟酬士、乔纳森·戈德伯格、斯蒂芬·奥格尔、史蒂文·马拉尼、唐·E·韦恩、伦纳德·坦宁豪斯、亚瑟·玛洛迪以及其他人。[2]诸

---

[1] 吉恩·霍华德（Jean Howard）：美国哥伦比亚大学英文及比较文学教授，出版《莎士比亚的管弦乐编曲艺术》、《莎士比亚之再造：历史与意识形态中的文本》等学术著作及编著十余部，本文最初发表于《英国文学的文艺复兴》（*English Literary Renaissance*, 16.1, 1986），第13—43页。文中黑体出自本文作者。

[2] 斯蒂芬·格林布拉特也许是这场运动在美洲地区的核心人物；参见斯蒂芬·格林布拉特：《文艺复兴时期的自我塑造：从莫尔到莎士比亚》（Stephen Greenblatt, *Renaissance Self-Fashioning: From More to Shakespeare*. Chicago, 1980）。在他为《文艺复兴中的力量形式与形式力量》（*The Forms of Power and the Power of Forms in the Renaissance*, in Genre 15, 1982: 3-6）所写的引言中，他概括了他眼中"新历史主义"的几个显著特征。本文中，笔者将详细论述格林布拉特和孟酬士的作品以及他们对新历史批评所做的贡献。本文主要关注的是什么驱动了人们对历史的研究趋势，这项运动又提出了什么理论问题，而不是要廓清当今的历史批评研究者提出的不同观点。

如《英国文学历史》(*ELH*)、《英国文学的文艺复兴》(*English Literary Renaissance*)、《表现》(*Representations*)以及《LTP：文学教学法则》(*LTP: Journal of Literature Teaching Politics*)之类的期刊会定期发表"新历史"类的文章。简言之，一股重要的思潮正在兴起，在这篇文章中，我想审视这种新历史主义，一方面是要解释它为何如此盛行，另一方面则是试图定义文本的历史研究途径有何创新之处，接下来再分析一些新历史批评的实例。

一

尽管在过去的三十年里，形式主义的研究方法在某些文艺复兴研究领域里处于支配地位，但是历史研究将文艺复兴时期的文学作品与各种非文学历史文本联系起来的现象本身却并不新鲜。这其中一部分原因是因为抒情诗的重要性，另一部分原因则是因为沙士比亚在英语课程里的重要性。出于很不相同的原因，形式主义主导了这两方面的研究。在美国，文艺复兴时期的抒情诗提供了很多设定文本和语象，新批评者用它们去展示其批评方法。几代在新批评主义中曾经受到过培训的学生现在已经成为教师。在英国和美国，莎士比亚戏剧通常并未被视作某个特定时刻的产物，而是属于所有时代的作品：永恒的巨著。[1]因此，到近期为止，有关主题、类型和结构的形式主义研究，在这些文本批评中占

---

[1] 有关在20世纪英国文化中，将莎士比亚打造成最好地展现了人类生活的永恒因素的煽动性讨论，参见德里克·朗赫斯特：《不属于所有时代，而只属于一个时代：莎士比亚研究方法》(Derek Longhurst, "Not for all time, but for an Age: an approach to Shakespeare studies," *Re-Reading English*, ed., Peter Widdowson. New York, 1982)，第150—163页。

据了主导地位。历史，即便有人提及的话，也通常意味着某些思想的历史，E·M·W·蒂里亚德在其极大地影响了文艺复兴文学研究的《伊丽莎白时期的世界图景》一文中提到的就是这样的历史。那么，在某种程度上，新历史主义其实是形式主义的对立面，尽管我们必须注意到某些当代的形式主义思潮——尤其是结构主义和解构主义——仍未在文艺复兴研究中产生深远影响。新潮的、浪漫的、现代的各个时期往往能为这些思潮提供范本。对比之下，新历史主义则受到文艺复兴学者的高度关注，某种程度上讲是文艺复兴学者发明的。[1]

为什么会这样呢？我相信，在某种程度上，许多讲授文艺复兴文学的教师也跟我一样只是厌倦了将文本当作漂浮在历史的紧要关头和矛盾时刻之上的虚无缥缈的个体来教学，厌倦了在那些文本中去寻找某个一致的、真相的公正表达，而不是强调真相构造的某种不连贯的表述。然而，一个纯粹形式主义的教学法应该是对教授**任何**文学的人都会产生不利影响，而不仅仅只是针对教授文艺复兴时期文学的人。那么，为什么偏偏是文艺复兴文本的批评家们在新历史主义中给自己的不满找到了答案呢？

我相信，答案部分地在于新历史主义的秘而不宣的研究方式，即在**当今**历史时刻，对文艺复兴文化的分析可以用来指涉20世纪晚期的文

---

[1] 我并非暗示说，**只有**文艺复兴学者对文本的历史研究途径感兴趣。在1983年的现代语言学会（MLA）大会上，乔纳森·卡勒（Jonathan Culler）以特里·伊格尔顿（Terry Eagleton）的方式对多数当代批评中的历史具体化的攻击做了一个主题演讲。我把卡勒对此事的关注看作关键和专业的空间历史研究，如今他的论述正在许多学科领域有所体现。这方面的批评家有很多，如伊格尔顿在《文学理论：引论》（Terry Eagleton, *Literary Theory: An Introduction*. Minneapolis, MN, 1983）中、弗兰克·伦特里契亚在《新批评主义之后》（Frank Lentricchia, *After the New Criticism*. Chicago, 1980）中均带头指出：在过去的几十年里，主要的批评运动中最严重的瑕疵就是他们未能承认历史，而这个错误现在正在得到修正。

化。在很长一段时间里，文艺复兴作为文化意义上的时代是根据雅各布·伯克哈特学说而构建起来的；这是人类个体发现的时代，是古典文化复活的时代，是生活世俗化的时代。这一认识已经嵌入19世纪意识形态的深处，这点如今已经很清楚了；然而，不甚明了的是，**当前**对文艺复兴的研究热潮与20世纪所要关注的问题会有何种关联。例如，多利莫尔在其著作中就特别关注他称之为本质论的人文主义是如何主宰了20世纪的英国文学研究。不仅如此，这种论调还阻碍了人们对于真相的认识——人类所拥有的本性更多的是被社会文化势力构筑起来的。多利莫尔回看17世纪，认为那是某种介于中世纪的基督教本质论（把人看作从上帝那里获取本质的统一个体）和启蒙人文主义（率先宣称人类个体这一思想：统一、独立和完整的个体存在，从内部散发出一种身份的本质）之间的特殊的时代。在多利莫尔看来，文艺复兴晚期是怀疑主义的时代。人们发现，戏剧里特别记录了对人类身份的不连续性本质及其社会建构的认识。不难看出，文艺复兴的这幅画面与将我们自己的历史时刻视为后人文主义时代（在这个时代里，自我的本质论观念不再可行）的某些当代理解有着密切联系。

稍后我将回到这些理论问题上，这些问题都是由一个事实而引发的，那就是，当一位新历史学家回首过去的时候，他或她会像一个旧历史学家一样，看到的是一个自我审视的自身形象，而不是一个他者的形象。但是此刻，我想继续进一步探寻"文艺复兴"是如何在一个关于历史阶段的特定思考框架下得以重新理解的，文学史家正是通过这个框架让过去为人所知。在这一框架里，文艺复兴通常被置于一个过渡的位置，位于中世纪（充斥着单一的基督教思想及其自身静止的几乎非历史的观点）和现代（其特点是资本主义的崛起所带来的关于人文主义、进步以及个体的至高无上的内在性与自我存在等资产阶级意识形态）之间。几乎不可避免的是,对于过去的这种建构带来一个疑问:这一过渡时期到底有**多少**现代成分,又有**多少**中世纪特征呢?[1] 伯克哈特从19世纪中期的德国回首文艺复兴时期的意大利,强调了文艺复兴时期的现代性,其自身意识与之前的历史阶段截然不同。[2] 其他人则坚信文艺复兴时期与中世纪之间有着根本的持续性。然而现在,当批评家和历史学家们感到现代时期正在溜走,新的认识正开始出现之时,文艺复兴却正在以略为不同的形式被挪用:它**既非**现代亦非中世纪,而是介于这两个自成体系的历史时期之间的边界或中间区域。在这里,人们可以看到各种思维范式以及意识形态的碰撞,能指系统的游戏性,自我反思以及对人类身份的脆弱性的自我意识,这些特征与后现代文化的一些主要因素产生了共鸣。

简言之,我要提出,后工业时代的学者们之所以对文艺复兴这个被视为工业化之前人类最后的避难所有着极大的兴趣,是因为这些学者所理解的这个时期反映了他们对于自身生活在历史的一个间隙中感到的愉悦和恐惧的自我意识。此时构筑了过去的思维范式看上去轻率浅薄,而新的范式尚无定型。很明显,这种新兴的对文艺复兴时期的解读的可能性是建立在传统上的把文艺复兴作为过渡时期的强调基础上。以前主要强调的是其连续性——这一时期连接了过去或憧憬了未来。现在则强调其不连续性,也许最清楚的论述可以在多利莫尔的观点中找到。他坚

---

[1] 例如,可参见围绕托马斯·莫尔爵士所展开的冗长辩论以及他的**乌托邦**是否大体反映了一个中世纪僧侣的生活概念,参见R·W·钱伯斯:《托马斯·莫尔》(R. W. Chambers, *Thomas More*. London, 1953);或者,对现代社会主义的启蒙式期盼,参见卡尔·考茨基:《托马斯·莫尔及其乌托邦》(Kark Kautsky, *Thomas More and His Utopia*, trans, H. J. Stenning, 1888; rpt. New York, 1927)。

[2] 雅各布·伯克哈特:《意大利文艺复兴之文明》(Jacob Burckhardt, *The Civilization of the Renaissance in Italy*. New York, 1958)。

信，17世纪早期是一个跨时期的阶段，摆脱了中世纪和启蒙时期的正统观念。不过，文艺复兴之前和过去的概念之间的差别也同样清晰，新历史的批评者们经常通过有关断裂、张力和矛盾的描述来识别这一时期。例如，格林布拉特探讨文艺复兴时期人类自由的思想意识和作为决定力量关系的主体的文艺复兴时期的人的真实性之间的裂隙；抑或正如我们将会看到的那样，孟酬士强调，文艺复兴文学试图斡旋的社会构成中存在着巨大的矛盾。正如我一直所暗示的那样，这些有关不连续性和矛盾的描述在很大程度上要归功于20世纪晚期人们分析其自身历史条件的方式。

　　说了这么多，我希望很清楚的是，新历史批评主义将文艺复兴当作其研究的一个主要对象这一观点不会令我感到怪异或武断。我希望同样清楚的是，发现"新历史"与历史研讨的老形式至少在一个方面有相似之处，那就是，它们都至少在一定程度上根据现在的条框来看待过去。这一观察进一步提出了一个更为基本的问题："新"历史批评主义到底在哪些方面有新颖之处？它的创新之处只是在于其早已在文艺复兴文学研究中表现颇为显著的与形式主义的决裂上吗？它的新颖之处主要归功于其描绘的文艺复兴的画面与伯克哈特所描绘的画面有所不同吗？抑或其方法和对文本的历史探究的理解在某种基本方式上与早期的历史批评主义有所不同吗？

　　要回答这些问题，我想很有必要大致勾勒一下蒂里亚德之类人物所做的历史批评的背后的一些假设。这些假设包括以下内容：历史是可知的；文学反映了或者至少间接体现了历史真相；历史学家和批评家们可以客观看待历史事实。（最后这个假设尤为矛盾，因为它所依据的前提是文学牵涉历史，而历史学家和批评家们则与历史无干。）由这些前提所产生的批评往往导致了对文学的琐碎化：将文学降低为仅仅是某些外在特质的反映；还导致对批评的琐碎化：把批评降低为一种从特定的条框关系来解释（而非阅读）文本的模式。例如从詹姆斯一世的君主体制、英国的帝国主义或是清教徒的宗教体系等条框来解读。最糟糕的是，这种批评使得文学研究沦为时事参考资料；最好的情况是阐明个别文本与某一时期的伟人、事件或思想之间的关系，但是其显著标志则始终是文学是反映比其本身更为真实和重要的事物的一面镜子这一假设。[1]

在我看来，当代的理论研究已经对不少这种假设提出了严重质疑。例如，不少接受批评理论和读者反应批评理论已经直接挑战了这一观点：一个读者/译者可以逃离他或她自己的史实，目的是为了能客观地遇见文本中所显现的历史差异。因此，人们必须要质疑那些有关过去的"知识"的可靠性。这些信息要么是历史学家本人发布的，要么就是从历史的角度去思考的批评家所创造的。同样的情形，索绪尔式语言学家也已经挑战了语言的指涉功能。历史批评的一种模式提出，文学与历史相关，是因为文学的表现都是历史真相的直接反映；但是让人存疑的是，如果语言自身的所指遭到了质疑，那么那种假设又该何去何从呢？如果文学不涉及外在表象，那么它与历史语境或物质现实的关系的本质又是怎样的呢？事实上，如果人们接受了后结构主义思潮的某些倾向，那么，历史批评还有存在的可能吗？

只有通过提出这些和许多其他同样迫切的理论，新的历史批评才可以跟旧的更为实证主义的批评方式区分开来。新历史主义可能会变成

---

[1] 说到评论家将一个文艺复兴时期的文本沦为其假定的历史参照物的概要，也许最为臭名昭著的例子要算是约瑟芬·沃特思·班尼特的《作为皇室娱乐活动的〈一报还一报〉》（Josephine Waters Bennett, *Measure for Measure as Royal Entertainment*. New York, 1966）。然而，即便是在如菲利普·爱德华兹的《一个民族的门槛：英国和爱尔兰戏剧研究》（Philip Edwards, *Threshold of a Nation: A Study in English and Irish Drama*, Cambridge, 1979）这般近期有趣的作品中，人们依然能看到这样的观点，那就是文学是反映社会领域的镜子，对文学的历史研究方法意味着对其社会根基的恢复。

过去二十年来理论扩张运动的一个重要延伸，这场运动将要从根本上让我们重新思考该如何研究历史上的文本。另一方面，这会带来一个真正的危险：对历史涌现出来的兴趣将会为那些希望压制或抹去过去几十年里一直存在的理论变革的人们据为己有。颇具讽刺意味的是，"新历史"有可能会形成一个反冲现象：要么逃离理论，要么就成了一个制造更多适合二十五页文章和六十分钟课堂的"新读物"的节目。毕竟读物仍是学科领域里学术产物的主要形式，正如许多人所发现的那样，通过粗略地阅读劳伦斯·斯通或者基斯·托马斯的作品可以开拓无数新读物的可能性，这些新读物的取材包括16、17世纪表面的家庭结构、经济困境或是政治动乱。读这些东西本身并没什么错，但是如果这些读物是基于对文学和历史的站不住脚的或是未经核实的假设的话，那么，它们就不过是一种怀旧的形式而已，而不是严肃地尝试去探索这种对后现代历史批评的探究到底意味着什么。

为了评估有关文艺复兴文学的历史研究到底有多新，我想做两件事情。第一，我希望仔细审阅一些直面当今历史批评的理论；第二，我希望较为仔细地考察新历史最好的实践者中的两位的作品，他们分别是格林布拉特和孟酬士。之所以这么做是为了要看看他们如何处理或者忽略研究工作中的错综复杂的情况。如果其新颖之处是实实在在的而非徒有其表的话，那么，通过这样的双重考察，我希望有可能会提出这种批评的发展所要走的一些方向。

二

我相信，要理解构成了或有可能构成了真正的新历史批评的核心内容是什么,就必须从什么是人类本性这个基本问题入手,因为大多数历史探索的焦点都集中在人类这个造物的作品、思想和文化上。当代思潮的一个最为显著的发展趋势是普遍攻击以下这一观点,即人类的存在拥有超越历史的内核。相反,从母性的"本能"到自我概念的构成的任何东西如今都被视为特定话语和社会进程的产物。[1]人是彻头彻尾的历史产物,这是个比以往的认识更为激进的观点。认为人没有本质特性与如下这一观点是有很大不同的,即:尽管在不同的时期人们展现了不同的风俗习惯和社会活动,但他们却拥有使其成为"人类大家庭"的一部分的人类特质这一不变的内核。

这种超历史的人类本质的观点就存在于乔纳斯·巴里斯的研究中,他称之为西方文化的"反戏剧偏见"[2]。在他看来,这一偏见尽管从古至今都呈现略为不同的形式,但却反映了人类思想中天生的或固有的一种恐惧或不信任。巴里斯并没有真正赞同以下这种可能性,即:虽然某一个时期里出现的一个现象**似乎**与另一时期的某一个现象类似,但它可能产生在不同的社会条件中,并在某种文化的权力关系和话语体系中起着不同的作用;因此,这两种现象不能看作是彼此连续或者是某种潜在的人类本性的产物。

---

[1] 例如,南希·周多洛夫在《母性的繁殖:精神分析与性别社会学》(Nancy Chodorow, *The Reproduction of Mothering: Psychoanalysis and the Sociology of Gender*. Berkeley,1978)中指出:"母性"并非与生俱来或是出于生理因素,而是由文化传递的社会构造的心理机制的产物。有关"人"这一概念作为具备内在性和自我呈现特质的自给自治的存在,较晚出现的重要调查研究可参见米歇尔·福柯:《事物的秩序:人类科学的考古研究》(Michel Foucault, *The Order of Things: An Archaeology of the Human Sciences*,1966; New York,1970),尤其是第九章《人与他的双重性》("Man and His Doubles")中的第303—343页以及第十章《人类科学》("The Human Sciences")中的第344—387页。

[2] 乔纳斯·巴里斯:《反戏剧偏见》(Jonas Barish, *The Anti-Theatrical Prejudice*. Berkeley, 1981),第2页。

相比之下，多利莫尔在其关于17世纪悲剧的研究中，将以下这一观点作为其出发点（他认为这一观点早已铭刻在文艺复兴的文本之中了）：人没有本质天性，其特性都是某一特定历史时刻的社会力量的产物。因此，尽管巴里斯认为有一个人性的基本内核，它可以由历史以不同方式加以修改或塑造；而多利莫尔则认为在人类主体由历史**创造**之前，没有任何的存在。因此，以多利莫尔的前提为出发点的历史批评会发现有一大批新话题向历史调查张开双臂；比方说，这些话题包括：情感和我们称之为本能而非只是经济结构或政治信仰的东西所产生的方式，这是一种特别的特定历史的社会形式；当然还有文学以不同的方式参与到这个构造过程中的方法。[1]

尽管人们可能会从理论上接受没有共同的人类本质将当代人和文艺复兴时期的人联系起来这一观点，但是这并不能解决这一问题，即人们如何承认或认识过去的巨大差异性。正如我之前所指出的那样，目前有一种以现在的方式去诠释过去的强人趋势。当代的读者反应论的理论家的观点极大地吸引了文学批评家们的注意力，即阐释者以及他或她的历史时刻出现在早期文学作品之中。[2] 海登·怀特也许是持这一观点的

---

[1] 乔纳森·多利莫尔：《激进的悲剧：莎士比亚及其同时代人戏剧中的宗教、意识形态和权力》（Jonathan Dollimore, *Radical Tragedy: Religion, Ideology, and Power in tho Drama of Shakespeare and His Contemporaries,* Chicago: University of Chicago Press, 1984），第17—19页。

[2] 这种看法以多种方式得以表达。例如，诺曼·霍兰德在《统一身份的文本自我》（《美国现代语言学学会会刊》）中，从美国人的自我心理学的角度出发，认为读者在不断地向艺术作品投射他或她的身份主题（Norman Holland, "Unity Identity Text Self," *PMLA*, 90 [1975], 813–822）。在斯坦利·菲什最新著作《在这个阶级中有文本吗？释意群体的权威》（Stanley Fish, *Is There A Text in This Class? The Authority of Interpretive Communities,* Cambridge, Cambridge University Press, 1980）中，他认为文本的属性及其含义均由读者所属的特定历史的释意群体的常规所产生。而汉斯·罗伯特·姚斯在《通往接受的美学》（Hans Robert Jauss, *Towards An Aesthetic of Reception,* trans., Timothy Bahti. Minneapolis, MD, 1982）中则认为，一个艺术作品的意义将在很大程度上取决于不同的"阅读视野"，这些视野在每个时代会决定读者的文本通道。

历史学者中最有说服力的代言人。在怀特看来，阐释是每个历史学家的著作的一个重要组成部分，这种阐释在很大程度上要给"一系列事件提供一个情节结构，以便它们作为可理解的过程的本质可以通过某种**特别故事**的具象得以揭示"；也就是说，作为一个能让某一特定时代的读者读懂的叙述形式出现。怀特强调，历史学科与纯描述性的科学有很大的不同，而在很大程度上归功于文学艺术，因为文学以其主导修辞和叙述结构，给了"历史"以形态，这一形态的产生在很大程度上借鉴了历史学家从他自己的文化中获取的易懂的模式，也同样借鉴了可能构成了之前的一个时代的易懂的模式。

同样地，茨维坦·托多洛夫有关西班牙征服中美洲的新书的主要关注点是西班牙人如何对待美洲印第安人的他者特性：西班牙人要么把他们看作非人类或是野蛮人——这样的话对他们采取任何形式的种族灭绝的措施都成了公平游戏；要么把他们当作萌芽期的欧洲人，只需要西班牙式的教育和西班牙的宗教去帮助他们成为他们白种"兄弟们"的镜子。无论哪种情况，对于欧洲人来说，印第安人的**差异性**都是不可容忍的，或是用以质疑欧洲人的方式。换言之，印第安人要么不被允许纳入人类的范畴，要么就被西班牙式的有关人类的观点完全同化了。

当代历史批评以一种新鲜的方式承认了为了理解历史和文化的差异性而逃离此刻和当下文化的束缚的困难性，那么当代历史批评又该如何进行呢？米歇尔·福柯对当代历史研究所做的一个主要贡献便是承认有将现在投射到过去的思想趋势，并且要对抗以此为基础构建连续性叙述的趋势。他对抗这种趋势的方式是提出了在历史知识间存在着巨大的断裂的理念。他拒绝寻找连续性，拒绝在以前的时代里寻找某一个时代的先驱，而是通过对特别学科的情境化的话语所做的大规模研究去试着让它们的奇异性和差异性说话。福柯的研究是一个警醒的过程,它产生了不少显著的成效。但它却并没有抹去这一事实,即没有超然的空间可以让人"客观地"感知过去。我们的观点总是来自我们当前的处境;我们看到的物体仅存在于其文本化的不稳定性中。这在我看来并没有否定历史调查项目的意义,而是要求对它采取一个转换的态度。首先,似乎有必要摒弃客观性的神话,承认所有的历史知识都出自一个局部的、处于优势地位的观点。进一步讲,人们不应召唤一个完全统一的受压抑的"历史",而是必须承认存在有"各种历史"。它们由处于社会意义形成过程中的各种主体所创造,受到**当前**需求和**当前**问题的各种截然不同的感受的驱动。而我们则希望这些需求和问题将会通过对过去的研究得以澄清或重新构造。[1]

知识史学专家多米尼克·拉卡普拉在说到发起一个与过去的自觉的"对话"时,捕捉到了当代历史批评的一些困难之处。通过使用"对话"这一术语,他希望承认:一方面不可能恢复历史的"客观事实",另一方面也不需要"通过天马行空的小说化和神话化使得'现世主义倾向'的需求从历史的'负担'中得以解脱"。[2] 拉卡普拉有意使用了精神分析的语言去解释他对于这种转移过程的观点。在这个过程中,过去

---

[1] 特里·伊格尔顿重述了瓦特·本杰明的观点,他认为本杰明断定福柯强调对不连续的历史的需求,这一需求将会破坏连续性的叙述,通过这些叙述,过去的异质性持续地受到压制。然而,本杰明比福柯更加明显地坚持认为,批评家的干预——通过这种干预,过去的蛛丝马迹从一个受到压制的连续的历史主义中得到释放,进而质疑现在的意识形态形式——是一种政治性的,也势必是紧急的干预,因为资本主义体系创造统一的、持续的、历史的压力是巨大的,要想分裂他们也是极其困难的。参见特里·伊格尔顿:《瓦特·本杰明或奔向革命的批评主义》(Terry Eagleton, *Walter Benjamin, or Towards a Revolutionary Criticism*. London, 1981),尤其是第三章《历史、传统和革命》("History, Tradition and Revolution"),第43—78页。

[2] 多米尼克·拉卡普拉:《知识史与文本阅读再审视》,《知识史的再审视:文本、背景及语言》(Dominick LaCapra, "Rethinking Intellectual History and Reading Texts," *Rethinking Intellectual History: Texts, Contexts, Language*, Ithaca, New York: Cornell University Press, 1983),第63页。

和现在既分离却又融合,这是仅从自觉与其他事物的纠缠的过程去理解的方式。当然,这种对话的目的并非是为了在过去的镜子里对现在进行有意的再造,而是坚定地认为,过去并非透明,对历史的追寻既不客观,也不公正。

于是,我认为,作为出发点,新历史文学批评有两个假设:1.人是一个构造,而非本质;2.历史调查者同样是其历史的产物,从不可能以单纯的方式去认清他者,而是一直在某种程度上通过现在的框架去认识。这最后一点将人引到了也许是任何"新"历史批评的关键点上,即人们构想中的历史是什么样子这一问题:到底是一个由可追溯的事实构成的范畴,还是一个由历史学家/事实阐释者用不同的思路拼合起来的文本化的史迹所构成的造物。怀特提出历史是被人创造的,而不是被人发现的。他还指出,用以描绘一个时期的那些合成的历史不过是**个别人**在特定历史条件下的构造,这正点明了争议中的核心问题。他的这种提法对文学批评家们运用"历史"的一种常规方法提出了质疑,也就是把"历史"当作给文学制品提供了貌似多样性和多义性本质的事实范畴。怀特写道:

> 文学理论家们谈到文学作品的"背景"时,习以为常地设想这个背景,即"历史环境",有着具体性和可接近性;而这些特质是作品本身并不具备的。就好像说,感知到从一千份历史文献中归纳出来的过去世界的现实,要比探究摆在埋头研究的批评家们面前的某一个文学作品的深度要容易得多。[1]

---

[1] 海登·怀特:《话语的热带地区:文化批评研究文集》(Hayden White, *Tropics of Discourse*. Baltimore, MN, 1987),第89页。

我认为，比起文学教授们理解历史学家之所为时表现出的单纯幼稚，还有更多危险的事情。当然啦，把历史看作是透明和客观可知的这一理念对文学批评家们而言**大有用途**，因为这个观念可以作为一种途径去弄清楚文学文本中难以处理和麻烦的不透明性，还可以以此来稳定其偏离核心的语言。谈论文学和历史的一个常见方法不过如此：文学**与**历史，文本**与**背景。在这样的二元对立里，如果一个术语稳定且通透易懂，而另一个则以某种方式反映了前者，于是这另一个术语也同样可以变得稳定且明朗化起来。当文本性的概念挑战了文学作品的交际清晰性和模仿本质的传统观点时，这一点显得尤为关键。通过外在因素，也就是文学可能要反映的历史去解释文学，批评家们使得模糊性这一问题消失了。但他们却付出了高昂的代价。其中的一个结果便是，以这种特别形式去看待文学和历史是对文学作品的不可避免的"打压"。第一，文学作品丰富的象征潜力被抽空了，成了别的东西的一个跳板，不过是回溯文本外现实的一个指针，如同文森修公爵被简单地理解为詹姆十一世的代表，而整个《一报还一报》则沦为对这位君王的信仰和行为所做出的评价。于是文学就成了不是用来**阅读**的东西，而是用来**解释**的东西。第二，这种过程很少停下来去质疑为什么某个特定的历史背景会被选来与文学文本进行比照，仿佛这种选择通常并未极端武断和敌对地看待文学作品赖以生存的完整的互文网络。第三，这种行为使得文学沦为了模仿的对象。我认为，任何严肃的历史批评都不能回避这一事实，即这种批评对文学和可能被认为是其外在表象之间的某种关系提出了一些问题。关键问题是：那种关系的本质是什么？这个文本将历史完全理解吸收了吗？它反映了一个外在的事实吗？它带来了真相吗？

面对这些问题，新历史批评似乎越来越不得不接受以下现状。首先,"历史"不是客观、透明、统一或易知的,因此它作为一个概念去定义一个文学文本的意思是极其有问题的;其次,每当我们谈到文学和历史、文本和语境时,我们随意去强调的这种二元对立不过是没有价值和有误导性的。文学是历史的**一部分**,文学文本既以文化和物质生活的其他方面为背景,又是这些方面的一个背景。我们不应抹去文本性的问题,而是必须要将其扩大,为的是认识到社会文本和文学文本**都**不是透明的,而是自我分裂的和可渗透的;也就是说,它们之间是彼此都有互文性的影响的。这一提法意味着赋予文学以真实的力量。文学不是被动地反映外部现实,而是构造文化现实意义的一个媒介。它是更大的象征秩序的一部分,通过它,某个特定历史时刻的世界的概念得以形成;通过它,文化虚构着它与其生存的真实条件之间的关系。简言之,文学与历史之间不是等级关系,它不是历史事实的附属性反映。相反,人们编织了一个复杂的文本化的宇宙,文学在这个宇宙中参与了历史进程和现实的政治管理。

我这里就这些假设举个有代表性的小例子,即韦恩著作中研究的本·琼生戏剧如何辅助了前资本主义时代意识形态的产生。韦恩提出:尽管琼生表面上仍是为较为陈旧封建的、强调集体而非个人重要性的意识形态辩护,但从他的《炼金术士》和《巴托罗缪集市》之类的戏剧中可以看到,他又在自相矛盾地为契约权利做宣传。这些权利保障了个体的权利,包括作者的著作权。很明显,琼生在回应围绕在他周遭的某些社会意义构造——回应新兴的印刷文本作为个人事业的可能性,回应在斯图亚特王朝统治下的共同的国家意识的崩溃,回应清教主义与崛起的伦敦商人和专业阶层所表现出来的创业精神的诱惑力。韦恩的主要观点则是,琼生通过他的戏剧文本也同样在**生产**着某些思维模式。以这种模式鼓励并且在一定程度上制造其他方面的社会变革,以致为社会变革寻找起源或单个原因成了几乎不可能的事。社会构成的很多方面,包括文学文本,都以不同方式和不同速度在运作着,共同创造了我们称之为历史的这个富于变化的实体。[1]

　　因此,新历史批评主义的一个主要特色必须是对文学和历史之间毫无疑问的二元对立提出质疑,并且愿意去探讨文学如何不仅仅是反映其自身之外的背景,还是构成历史的一个创造性力量。事实上,只有人们真正放弃了文学的模仿原理,一直缠绕着文学的历史研究的典型性问题才会销声匿迹。例如,当我们读斯通有关文艺复兴时期家庭的研究成果时,总会饶有兴味地发现一些东西,然后把这些东西与莎士比亚的浪漫喜剧联系起来就更有意思。斯通认为,婚姻,至少在中产和上层阶级中,发生得都较晚,通常由父母安排,大多是出于经济便利的因素而不是爱情,最终导致的结果是婚姻和父母、孩子之间的关系往往缺乏热情和亲切感。[2] 所有这些与我们在莎士比亚喜剧中所看到的浪漫爱情和对父母权威抗争的画面有什么关系呢? 表面上看来,没什么关系;但是这种差异意味着什么呢:斯通弄错了吗? 文学是脱离社会领域而独立存在的吗? 莎士比亚是一位把握了经久不变的真理而不是把握了某个历史时刻的异常现象的全能天才吗? 文学只不过是在公交车上阅读的东西,一种纯粹逃离现实的读物吗? 正是在面对这些形形色色的问题时,人们才意识到需要的不仅仅是一个简单的文学的模仿原理。有关爱情和家庭的

1　D·E·韦恩:《琼生时代的戏剧与社会》,理查德·杜盾主编:《本·琼生研究文集》(D. E. Wayne, "Drama and Society in the Age of Jonson," in *Ben Jonson*. Longman, 1989),第103—129页。

2　劳伦斯·斯通:《英国的家庭、性及婚姻1500—1800》(Lawrence Stone, *The Family, Sex and Marriage in England 1500–1800*. New York: Harper and Row, 1977)。

文化话语不需要，并且可能很少与人们的生活完全相符（在政治、经济或个人身份方面也可以这么说）。在我看来，福柯的一个伟大之处就在于他意识到了，一个时代的话语实践尽管在制造或推动某些行为，却从未与之完全一致。话语所允许的范围与人们所做的之间总会有种差距，虽然"历史"可能从未准确揭开那种差距。重要的是，文化如何以及为什么去制造和归化某些对于现实的特别构造：那种构造压制或揭露的矛盾是什么，他们提出的经济和政治目标是什么，他们展现了何种权力关系。文学是参与文化表现现实的众多元素中的一个，它有助于形成有关家庭、国家和个人的话语，有助于人们了解世界，尽管它并不必要去协助"准确地"表现这个世界。

在任何情况下，要了解文本是如何真实地表现现实的，就意味着要在一个有着相当具体历史特征的互文网络中去看待它。例如，要想知道如何理解文艺复兴时期的妇女，人们不能只是注意社会"事实"，比如她们有几个孩子、她们死于什么疾病、死于多大岁数；人们还必须考虑到医疗、法制和宗教范畴在形成关于女性的话语中的作用，而这些范畴中有关妇女的表述可能与**我们**所看到的有关她们情况的表面"现实"有很大差异。这里要讲的重点就是要抓住话语条件，抓住了话语条件才有可能以一个特定的方式去看待"事实"——甚至才有可能把某些特定现象**看成**现实。只有在那时候我们才会开始理解某一阶段如何将个人塑造成历史主体。要看到文学在这一进程中的作用，我们必须把文学表现置于一个更为宽广的差异领域中，在这个领域里我们才可以看到文学表现**如何**回应或挑战其他方式的现实构造，也可以看到文学表现是**如何**在特定的话语实践和权力关系中确立位置的。

我认为，当我们重新思考文学**在**历史中的位置的时候，大多数以历史方法研究文学批评都能从马克思主义思潮的近期发展中受益。旧马克思主义尽管为历史批评提供了一个理论上相关的方法，但它却受困于其自身的历史／文学的二元论，因为它认为文学和其他"上层建筑"的元素反映了社会生产的主要经济模式及其造成的阶级斗争。换句话说，经济领域被赋予了一个特权，它在各种文化生产和人类意识的塑造中成为决定性因素。这种假设受到了挑战，其中可能最有影响力的挑战来自路易斯·阿尔都塞。他认为上层建筑**相对**独立于其物质基础，并且强调教育机构、文学和其他因素在塑造人类意识中起到了重要作用。简言之，他认为各个层次的文化之间没有同源关系；这样的话，属于上层建筑的意识形态可以以任何简单的方式与经济基础相关联。因此，人们发现因果关系的问题比以前所认为的要复杂得多，正如我早已注意到的关于韦恩对琼森的研究那样；人们必须比以前更加严肃地看待文学的角色，它改变了人类意识，并因而最终影响了其他物质行为——而不仅仅只是被它们所影响。[1]

此外，尽管马克思批评主义一直都极为坚持探索文学与意识形态之间的关系问题，但当代马克思主义却早已发展了比以前更为复杂的方式去着手处理那个问题。虽然意识形态是个有着复杂历史的、让人烦恼的术语，区分其最常见的两个定义仍然有可能是有用的。首先，它是统治阶级强加给劳动阶层的错误意识；其次，它是一种实践，通过这种实践，人们虚构着自己与生存的真实状况之间的关系。这第二个阿尔都塞式的意识形态定义否认意识形态的东西不过是有阴谋权力集团的作品；

---

[1] 参见路易斯·阿尔都塞的重要论文：《意识形态及其国家机器》，《列宁论哲学及其他论文》（Louis Althusser, "Ideology and Ideological State Apparatus," *Lenin and Philosophy and Other Essays*. New York, 1971），第127—186页。

它是到处存在的；它天然存在于每个对于现实的表现以及每个社会实践之中，因为所有这些不可避免地都证实或移植了某种对于现实的构造。因此，意识形态不可能从文学中缺席，更不会从**任何**话语实践中缺席。多利莫尔认为——我也同意：保留意识形态两方面的理解可能是有用的。这样的话，首先可以保留将某些文学看作一个权力组织或阶级企图去控制另一个组织或阶级的有意识的、直接的产物的可能性；同时，还可以认识到，在大多数情况下，权力组织或阶级并非其意识形态构成所暗示的那么自觉，那么铁板一块，也会认识到，一个更复杂的研究意识形态问题的方法则需要承认意识形态的东西具有普遍的、无主的（从承认没有一个起源的意义上来说）而且常常是多样化的本质。

鉴于此，意识形态无处不在，横贯文学以及其他表现方式之中。新的问题就来了：文学有一个特别的方式去处理意识形态的东西吗？这当然是困扰了马克思主义多时的一个问题。在20世纪六十年代，皮埃尔·马奇瑞主张，虽然文学从科学和意识形态中分离出来了，但不可避免地成了意识形态的**戏仿**。这种处理揭示了意识形态的矛盾性，将围绕着意识形态形成的虚假诡计表露无遗，不可避免地让读者疏离了所讨论的意识形态的事物。但是文学真的这样处理意识形态的东西吗？我认为不是这样的，至少不是在所有情况下都如此。[1] 首先，正如托尼·班纳特最近所表示的那样，那种观点有一个前提（核心观点源于20世纪俄罗斯的形式主义），即文学是一种独特的写作形式，有着其自身固有的普遍特性；其中的一个特性是它拥有了与贯穿其间的意识形态内容保持

---

[1] 皮埃尔·马奇瑞：《文学生产理论》（Pierre Macherey, *A Theory of Literary Production*, trans., Geoffrey Wall. London, 1978），第51—65页。

内在距离的方式。[1] 但是任何一个文学历史学家都能说明，文学典籍是个社会建构，而不是经验的给予。当今的一些边缘文学案例说明，有些文本通常被视为是文学，而同时也被看作非文学作品。例如，培根的散文是文学还是哲学呢？日记是文学还是其他什么呢？旅游文学到底是文学，还是历史，甚或是哲学呢？虽然从实用角度谈论文学典籍是有可能的，但要假定那个典籍里的文本是凭借它们共同拥有的某种神秘的内在特质而存在则似乎完全是另外一回事。它们因为各种与权力集团偏好有关的原因而收入典籍，而且它们的"品质"在很大程度上是一代代批评家围绕它们运作的结果。因此，尽管出于战略或实用目的来保留"文学"这个种类可能是有用的；然而，给按照那个标准而收集的文本分派一个趋向于某种意识形态的单一的、通用的立场则似乎是错误的。

事实上，我认为，新历史批评要想最有效地探讨特定时期文学的意识形态功能的话，就只有看某个作品与其他作品的关系，也就是说，通过看它与其他作品及话语在表现方面相比之下的位置。一个作品只有在与其他作品的关系中，至少暂时在战略上看这些关系，才可以说它是否挑战、颠覆、恢复或再造了主流的意识形态（它可能会做这其中的任何一样）。正如我在上述中所说，最有启发的参考方面可能并不只是其他文学作品。回到表现妇女的例子上来：要理解诸如公共剧院的某些戏剧的意识形态功能，非常有必要参照差不多同一时期写作的假面舞剧、道德指南、医学论文和教徒辩论中关于妇女的描写。

此外，文学文本和其他文化作品都不是独白式的、有机的统一体，

---

[1] 托尼·班纳特：《形式主义与马克思主义》（Tony Bennett, *Formalism and Marxism*. London, 1979），第18—43页。

认识到这一点非常重要。只有在它们的异质性受到抱有有机整体思想的批评主义的压制时，它们才有可能揭示一个单一的意识形态观点或通用准则。把它们看作许多文化声音和许多可理解的事物的体系相互作用的场所，可能会更加富有成效。拉卡普拉提出了这一观点。在他的研究项目中他把雅克·德里达和米哈伊尔·巴赫金的研究纳入他的观点之中，从而将解构主义和马克思主义的去神秘化方法结合起来，打破了一元化的文本表象，使人们可以听到作品中社会声音的多样性。在这个项目里，他发现巴赫金的**多声性**和**狂欢化**这两个概念特别有用。因为，第一个概念提出小说化的语言是多样化的，充斥着"非正式的"声音在挑战、颠覆和戏仿主流话语；而第二个概念则认为出现这些"非官方"声音的描写有着革命性的潜力，可以揭露官方构造的现实的专断本质。[1] 但是，记住这一点很重要：对巴赫金而言，不是所有文学都表现有狂欢化功能，也并非所有文学都是对话式的或多样化的。并没有统领我们称之为文学的那些文本的功能的内在法则。因此，面对新历史批评的最大挑战就是找到一个方法，来讨论并区分文学被意识形态所贯穿并制造时代意识形态的方式。

三

至此，本文提出了一些对不愿单纯重述20世纪早期实证主义研究的历史批评有所助益的原则。其中有些观点已经贯彻到新历史批评家关于

---

[1] 关于拉卡普拉的文本多样性及自我分裂性，参见多米尼克·拉卡普拉：《知识史与文本阅读再审视》，《历史与理论》（Dominick LaCapra, "Rethinking Intellectual History and Reading Texts," *History and Theory*, XIX, 3 [1980]），第52—55页，第58—61页。

文艺复兴文学的研究实践中。我想通过观察一些真实的研究工作来结束这篇文章，这就可能会谈到文艺复兴研究中的新历史主义。这么做一方面是为了认识到这项工作的重要性，因为它在某种程度上可以进一步激发理论思考和探究，而在另一方面这么做则是为了从中梳理出新历史批评尚未解决甚至尚未面对的一些理论和方法论问题的准确脉络。

我对新历史批评工作有保留看法，主要在于它没能反观自身。很多这种批评采取解读的形式，因此压制了有关其自身的方法论和假设的讨论。它对于理应公开辩论的诸如此类问题直接给出了假定的答案：为什么某个语境在讨论一个文本方面应该比另一个更有优势；一个艺术作品是否只是反映了，或者在某些基本方面修订、重塑甚至创造了它本应代表的意识形态和社会文本；用于分析文学文本的社会语境自身是否超越了虚构状态。怀着实用想法的人们会因而规避这些问题，因为他们觉得这些问题妨碍他们干实在活，就是做明显会做的常识性事务。比如，找出乔治·普顿汉的《英国诗歌的艺术》或是伊丽莎白时代关于顺从地说某些历史素材，然后把这些东西与伊丽莎白一世和詹姆斯一世统治时期的文学作品以某种方式联系起来。这种工作可以去做，而且可能会很丰富，并能引发一定的争论。但是我想说，最好的批评同时要完成两个任务：解读另一个文本的实际工作与解释如何做出这种解读的批评工作。当一个人在尝试一种新的批评任务时，解释那项任务的错综复杂的情况和前提尤为重要，要说明论者不是在新术语的伪装下只是老调重弹。一种好的解读可以成为一个杰作，但是它往往只是一个孤立的事件。解释了如何和为什么要以某种特别方式去解读作品的论文，既慷慨大度，又极冒风险，因为它们没有通过企望永恒的常识而把自身从论辩中剥离开来，而是揭示在**当下这个**历史时刻"做着学问"的难点在哪里，危险在哪里。

这里我想举两个这方面的例子：路易斯·阿德里安·蒙特罗斯和格林布拉特，考察这两位目前致力于文艺复兴研究的最好的历史批评家的研究。他们二人都将一定程度的方法论的自我意识与仔细阅读复杂文本的明显欢愉结合了起来。我的目的不在于对二位的研究做出一个全面的回顾，而是从他们的批评实践中领会用历史方法研究文艺复兴时期文本的多种可能性和局限性。

蒙特罗斯写了一系列精彩的文章。在这些文章中，他从宽松意义上的马克思主义和人类学的观点，将西德尼、斯宾塞和莎士比亚的文学文本与16世纪晚期和17世纪早期的社会现象联系了起来，尤其是有些早期的文章对特定社会语境下的个别文本做了相对局部的解读。例如，在一篇文章中，他分析了西德尼于1578年或1579年间创作的田园式娱乐读物《五月夫人》。[1] 蒙特罗斯把这本娱乐读物看作西德尼对于伊丽莎白时代的朝臣体系以及他自己在其间所处的位置的复杂点评。护林人和牧羊人这两个人物代表了两类朝臣。护林人跟西德尼一样鲁莽、自立和好斗。牧羊人其实是个酒色之徒，却伪装成一个好沉思冥想的人，习惯于巧妙地贬低过于顺从的朝臣。西德尼觉得，相比自己更为独立热烈的新教徒立场，伊丽莎白要更加青睐这些朝臣一些。这篇文章是对伊丽莎白一世和西德尼之间复杂的社会互动的一个精细解读，此时他们之间的关系正处于紧张状态；它还展示了田园式娱乐活动的一个风格化形式是如

---

[1] 路易斯·阿德里安·蒙特罗斯:《颂扬与暗讽：菲利普·西德尼与伊丽莎白时代的求爱主题》，《文艺复兴戏剧》（Louis Adrian Montrose, "Celebration and Insinuation: Sir Phillip Sidney and the Motives of Elizabethan Courtship," *Renaissance Drama*, N.S. 8, 1977），第3—35页。

何干涉真实生活中的情形和社会关系。

但是在我看来,这篇文章并不能代表蒙特罗斯最重要的作品。朝廷的假面舞会和朝廷的娱乐活动,因为专为极其特殊的观众而设计,容易揭示局部意义,适合从局部的角度做出解读。更重要的是,蒙特罗斯坚持认为,个别艺术作品,甚至像伊丽莎白时代的牧歌这样的整个类型都进行了更加影响深远的社会干预行为。例如,他通过对很多文章的详细阐述,提出了一个观点,即"社会关系的象征性干预是伊丽莎白时代牧歌形式的一个主要功能;社会关系本质上是权力的关系"。[1] 他补充说:

> 它们(牧歌)是象征性的工具,用以应对幸运女神,应对蔓延于充满了竞争和野心的社会生活中的焦虑和挫折。本来用来表达满足感的牧歌,却用来表达**不满**——因此,也许,用来平息不满情绪了。[2]

换句话说,他把这种牧歌文学看作处理某个社会构成所引起的焦虑和矛盾的一种方式。比如,他因此认为《皆大欢喜》讲述了非长子的焦虑,焦虑的根源在于长子继承权。这在英国几乎是一个普遍的现象(实行得远比欧洲大陆有力),是保证财产积累的一种方式;因而也是提高家庭权威的一种方式,尽管颇具讽刺意味的是,这么做的结果是使那个

---

[1] 路易斯·阿德里安·蒙特罗斯:《"伊丽莎,牧人的女王"与权力牧歌》,《英国文学的文艺复兴》(Louis Adrian Montrose, "'Eliza, Queene of Shepheards', and the Pastoral of Power," *English Literary Renaissance*, 10 [1980]),第153页。

[2] 路易斯·阿德里安·蒙特罗斯:《"伊丽莎,牧人的女王"与权力牧歌》,第155页。

家庭的某些成员变得贫穷。[1] 在《皆大欢喜》中,尽管并未提及长子继承权原则,但田园牧歌的乌托邦式冲动却奇迹般地指引小儿子奥兰多去把大公爵当作第二个慈爱的父亲,而这位父亲则赋予了他与长子相符的奖励(妻子、财富和恩惠)。此外,大公爵自己作为兄长的自然权利也在没有经过暴力的情况下,通过他的弟弟突然放弃篡夺的王位而得到了印证。

在这些文章里,蒙特罗斯隐晦地指出:文学承担了意识形态的工作。它隐讳了特定社会结构的矛盾,也有助于让某些组织和阶级利益的武断的社会安排看起来顺理成章。例如,就《皆大欢喜》来说,长子继承权不是作为一个武断的社会安排来呈现的,而是上帝所赋予的一个"自然权力"。当篡权的兄弟们受到神圣真理的感动之时,他们看到了自己以前行为中自私的一面。此外,这种社会安排对家庭中的弟弟所造成的痛苦——尽管在戏剧开始之时由奥兰多坚定地表达了出来,到剧终之时俨然已经得到了抑制。有功的弟弟找到了一个地方、一个妻子、另一个父亲,他的放逐也得到了解救。蒙特罗斯还提出,田园牧歌式的作品让服从和恭顺职责的履行得到礼物、庇护、仁君的恩惠等形式的回报,缓解了高度等级化的社会体系中的不平等所造成的痛苦。[2] 换句话说,俯首听命换来适当的奖励,这种奖励想当然地矫正了权力和威望上的不平等。

---

[1] 路易斯·阿德里安·蒙特罗斯:《〈皆大欢喜〉中兄弟的位置》,《莎士比亚季刊》(Louis Adrian Montrose, "The Place of a Brother," *Shakespeare Quarterly*, 32, 1),第28—54页。

[2] 路易斯·阿德里安·蒙特罗斯:《礼物和原因:皮尔"巴黎的责难"之语境》,《英国文学史》(Louis Adrian Montrose, "Gifts and Reasons: The Contexts of Peele's *Araygnment of Paris*," *ELH*, 47 [1980]),第433—461页。尤其是在第454页,孟酬士提出:在皮尔看来,"等级体系的社会关系是从仪式上定义的,并且在给予和接受礼物的过程中得到了确认"。

认为文学有调解由特定经济和政治机构所引起的紧张和矛盾的作用的观点,依稀算得上是马克思主义的。我之所以说是"依稀算得上",是因为蒙特罗斯是个非常不守教条主义的批评家。只有在他最近的文章里,他才具体解释了他研究文学在历史中的作用问题的模式。他早期著作的马克思主义味道主要体现在某些关键术语,例如他最得意的**调解**,此外他还倾向于将文艺复兴时期的经济结构与阶级和地位体系优先作为文学的解释性语境来看待。

蒙特罗斯著作的优势是善于熟练地处理具体文本的细节,善于识别特定文学体裁的作品之间有何重要的差异,善于巧妙地抓住这些作品里面渗透的意识形态内容。然而,他早期的文章往往没有持续考量自己关于文学在历史中的作用的一些基本假设;准确讲,也没有持续考量意识形态:它是什么?它是如何产生的?文学文本是否逃脱了它的掌控或者至少挑战了它的权威?例如,我怀疑《皆大欢喜》是否有蒙特罗斯所认为的作用;也就是说,无论该剧最后几幕有关转变和退位的描写如何夸张,这个戏剧并没有在很大程度上发挥蒙特罗斯所说的作用,并未消除长子继承权这种风俗的专横和不公正的方面。本质上来说,蒙特罗斯把喜剧形式看作表达的载体,目的只是为了消除某个特定的社会结构的矛盾。我只想说,像《皆大欢喜》这样的文本对和解构想的颠覆性远比蒙特罗斯从中解读出来的要丰富;并且这对解读**表面上**做出社会调解的明显举措的其他文本也有启示意义。

蒙特罗斯的其他文章进一步提出了这种问题。从《表演的目的:莎士比亚人类学的反思》中可以看出,蒙特罗斯受到文化人类学家维克多·特纳和克利福德·格尔茨以及社会历史学家托马斯等著作的影响。他提出,莎士比亚戏剧(用于公共舞台的戏剧)给伊丽莎白时代的社会生活填补了天主教仪式和民间习俗压制造成的文化空白。正如托马斯所说，魔法在一定程度上填补了这个空白；但在蒙特罗斯看来，公共舞台也同样在以哈利王子或是罗瑟琳或是李尔这些人物活动，搬演着各种社会仪式。

[而]这些仪式为人类生存提供了社会形态、秩序和许可。通过转换仪式，社会界限被象征性地强加于生命周期之上，并且可以被安全地跨越；这些仪式调解了它们自己创造的不连续性。[1]

表面上来看，似乎蒙特罗斯的戏剧观没有发生什么变化：它调解了社会问题，调和了不连续性。然而，正如蒙特罗斯似乎时常所暗示的那样，如果这些过渡点被视作人类本质普遍永恒的一面，而不是个别文化形式的产物，那么，把戏剧看作在生命周期里上演人生庆祝仪式则可以将它从历史中完全移除开来。换句话说，蒙特罗斯处在一个理想主义观点的边缘，认为文学处理的问题应该是永恒普遍的问题，而不是某个特定历史时期和物质组织的那些问题。但是这篇文章提出了一个相反立论，认为在伊丽莎白时代，公共舞台成为了挑战传统的正统说教的场所。蒙特罗斯借用维克多·特纳的一个术语，把伊丽莎白时代的戏剧看作"反结构"，把观众从日常的认知结构中解放了出来，使文化创新成为可能。

显然，我们需要的是有关颠覆和争论的一个大讨论。在蒙特罗斯

---

[1] 路易斯·阿德里安·蒙特罗斯:《表演的目的：莎士比亚式的人类学的反思》,《太阳神》（Louis Adrian Montrose, "The Purpose of Playing: Reflections on a Shakespearean Anthropology," *Helios*, 7, [1980]），第63页。

的许多成果中都提出过，文学参与了主流意识形态的传播和确认。但是这篇有关舞台人类学的文章却认为，戏剧至少可以向主流意识形态提出质疑。只有戏剧才有这项潜能吗？争辩的推动力来自哪里？来自语言本身吗？来自写作不可避免地提出的、无法彻底解决的社会结构中的矛盾吗？来自主流表达模式对被压抑声音的边缘化吗？来自作为公共机构的戏剧的边缘性吗？此外，人们还需要知道，那些表面上与主流正统说法决裂的作品在何种程度上以微妙的方式实际参与了社会结构的修复；通过这种修复，主流意识形态只要稍作改变就能确保自身基本价值的复制。

在所有蒙特罗斯的文章中，我喜欢的是文中稳定不变的假设，认为文学或戏剧文本总是在从事社会**工作**。在他最近的几篇文章中，尤其是在《论绅士和牧羊人：伊丽莎白时期田园牧歌形式的政治学》、《"塑造幻想"：伊丽莎白时期文化中性别和权力的成形》和《伊丽莎白时代的主题与斯宾塞风格的文本》这几篇文章中，他更明确地建立了其批评实践的理论体系，并在一定程度上调整了批评重点。[1] 在这些更近期的文章中，我看到了三个尤为重要的理论发展。

第一，蒙特罗斯越来越强调文化产物的相对自主性。在《论绅士和牧羊人》中，他明确表明了他的研究是如何与雷蒙德·威廉姆斯的后期著作相关联的，后者摒弃把文化看作"经济基础在上层建筑中的反

---

[1] 路易斯·阿德里安·蒙特罗斯：《论绅士和牧羊人：伊丽莎白时期田园牧歌形式的政治学》，《英国文学历史》(Louis Adrian Montrose, "Of Gentlemen and Shepherds: The Politics of Elizathan Pastoral Form," *ELH* 50, 1983)，第415—459页；路易斯·阿德里安·蒙特罗斯：《"塑造幻想"：伊丽莎白时期文化中性别和权力的成形》，《表现》(Louis Adrian Montrose, "'Shaping Fantasies': Figurations of Gender and power in Elizabethan Culture," *Representations* 2, [1983])，第61—94页。

映"的认识模式,而推崇"文化在发展过程中具有自主性又在其生产手段和生产关系方面具有物质性"(第419页)这一模式。如果说蒙特罗斯的早期文章坚持从世界转移到文学文本上,因而提出——尽管不够明确——文学写作主要是对外部世界的**反应**。而他后期的研究就真的开始强调了文化的相对自主性及其在社会形成中所起的**生产**作用。这就意味着更多的注意力放到了这一方式上,即文学通过塑造有关"真实生活"的文化话语,成为定义文艺复兴文化中思想和行动的可能性条件的话语行为之一。[1]

第二,蒙特罗斯的文章越来越强调历史学家在自己创造的知识中的重要性,强调批评在构建意义方面的重要性。我觉得,这种认识反映出蒙特罗斯为了给文艺复兴时期英国的社会文本提供一个适当或客观的解释,一定是减弱了以往对克里斯托弗·希尔、斯通、托马斯等学者的综合历史学的无条件的信任。

第三,在更为近期的文章中,蒙特罗斯把注意力越来越多地转移到建立关于自主权和自由问题的理论上去了。虽然他承认主体在很大程度上是由其文化话语所创造的,但他也想探讨主体在这些话语中保留一定程度的自主性的方式;就是说,主体既被话语所利用,又利用话语达到自己的目的。因此,蒙特罗斯在探讨斯宾塞对政治权威的明显屈服时写道:

---

[1] 在《"塑造幻想"》一文的第62页,蒙特罗斯写道:"无论伊丽莎白女王是否亲自出席了《仲夏夜之梦》的首演,她无处不在的**文化存在**已经是这部戏充满想象的可能性的一个条件。这并不是暗示说《仲夏夜之梦》不过是伊丽莎白时代文化的一个呆滞的'产物'。这部戏其实是伊丽莎白时代文化的一个新**成果**,它扩大了文化领域的规模,改变了其中的力量分布。因此,在某种意义上,皇室的出场在这部戏中已经有所表现,可以说,这部戏自此以后决定了女王充满想象的可能性。"

在斯宾塞的文本以及其他地方,我们可以观察到在伊丽莎白时代的主体在其摆出服从官方虚构的姿态中保持了一种抗辩的风格。我们可以称这种抗辩风格是挪用性的,因为这种风格并没有否定关于权力的杜撰,而是在其框架内运作,把它们以言说或写作主体的故事的形式重新放回到文化中去。[1]

蒙特罗斯试图提出,人的能动性发挥了虽然有限却真实的作用。这样,他就首先挑战了格林布拉特有关人的自主性的更为悲观的观点,为进一步讨论打开了重要的新领域。简言之,在蒙特罗斯的研究中,人们可以看到一个相对不那么理论化的批评行为正变得越来越在方法论上自我反思。同时我要说,这种批评行为正坚定地脱离"旧的"历史主义模式,走向一种更配得上"新"这个标签的东西。

在格林布拉特的研究中,人们会发现他的历史主义批评与蒙特罗斯的研究有所差异,且更加多变。但格林布拉特近期的文章也同样令我们最终思考文学在文化中所发挥的颠覆或抗辩作用。在格林布拉特的重要著作《文艺复兴时期的自我塑造》中,他主要关注的是身份的形成。在那本书中,他说明了那个特定历史时刻如何限定了16世纪的英国主体的自我构成的可能性条件。在一系列的仔细分析中,他考察了16世纪的自我的形成与具体权威机构及其对立面或妖魔化的他者之间有着怎样的关系。在众多对这本书的影响中,有拉康的新弗洛伊德学派的心理学,

---

[1] 路易斯·阿德里安·蒙特罗斯:《伊丽莎白时代的主题与斯宾塞风格的文本》,帕特里夏·帕克和大卫·昆特主编:《文学理论/文艺复兴文本》(Louis Adrian Montrose, "The Elizabethan Subject and the Spenserian Text," Patricia Parker and David Quint eds., *Literary Theory/Renaissance Texts*. Baltimore, 1986),第48页。

它假定的不是一个统一的自治的自我，而是作为话语产物一个临时的矛盾的自我。因此，这本书否定了这一人文主义观念，即人作为多才多艺的演员，掌控着自己身份的形成；相反，在格林布拉特著作中，人被表述为在很大程度上对个人控制有抵触的客观的历史动力的产物。

这本书的一个值得关注之处在于它略带勉强地使用当代身份构成理论的方式。即便在格林布拉特直接摒弃自治和有机统一的自我这两个概念之后，但因对自治理念的神秘化，仍对研究个人生活念念不忘。当然，对于本文的目的而言，更重要的是格林布拉特在历史人物（如莫尔和斯宾塞）的生活分析和文学"人物"（如奥赛罗和帖木耳大帝）的分析之间游走的方式。格林布拉特似乎不愿意把这两个领域置于一个对立的关系之中，也不愿意把一个领域作为另一个领域的基础去谈论。他似乎更愿意指出，有关自我的话语没有一个具体的源点，而是不断地进化以响应各种形式的文化权威，同时在文学范例和真实生活的构造中展现它自己。简言之，格林布拉特通过强调他希望"同时探讨文学文本世界里的社会存在和文学文本里的世界的社会存在"[1]，转而用文学文本和社会文本是如何相关联的互动模式去取代镜子和场地的比喻。

我发现他的方法论的这个方面卓有成效之时，同时也发现他的批评实践的另一个维度则有些问题：即他所使用的说明性的例子。他屡次把历史人物和事件当作人物、行动或心理定式的展现。然而，如何认定莎士比亚代表了文艺复兴晚期的很多对权威持顺从式的颠覆立场的英国人呢？谁会去做这方面的统计呢？要引用一系列例子来说明这个策略的无处不在吗？要承认谁都无法知道这个策略到底多么具有代表性吗？然

---

[1] 斯蒂芬·格林布拉特：《文艺复兴时期的自我塑造》，第5页。

而，要争辩说解读莎士比亚——根据如何对权威做出反应的原理——可以给我们一个新的重要的方法去了解文艺复兴后期自我定义的可能性吗？格林布拉特在涉及他自己对这个问题的态度时有点闪烁其词。他谈及某些人物（不可避免的都是男性，大量的批评性关注早已聚焦到了他们身上）时继续使用代表性这个词，认为这些人物高度体现了这一时期自我塑造的典型策略。然而，他并没有真正质疑他对这些人物重要性的认识是因为他们有史以来就一直受到批评家的关注，还是因为他们本质上具备的基本品质；他也从没有认真尝试去证明他们在有可能满足经验主义者根据统计术语的认定的典型性，也没有证明那种认定标准与之不相干，从而某种程度地满足一些人的这样一种认识：历史"事实"主要由某个特别话语的运作或理论性的干涉而产生的。简言之，格林布拉特没有把典型性问题当成真正的问题，而我则把它看成一个至关重要的问题。然而，格林布拉特的批评实践的影响力却如此之大，现在出现了一连串的文章以对某个特别的历史事件、地点或经验的不厌其烦地描述为开始，然后从那个想当然的典型时刻出发，勾勒出一个文化法则。这是个带有人类学烙印的过程，但通常却不考察由能指实践构成的整个文化体系；而这个体系可以允许人们去对被描述的特别事件的重要性和功能做出相关评估。简言之，这个方法的基本原理和所创造的知识的重要性都没有问题；新历史批评家们需要纠正的是理论方面的症结。

然而，现在格林布拉特已经从他早期著作中所关注的那些问题转移到了略有不同的一组问题上了。现在他在研究颠覆这个问题：一个文化如何且为何要制造和应对向其主流意识形态发起的挑战。他越来越受到福柯的影响，因为这项新课题将格林布拉特深深地带入了一个新领域：文化如何通过排除、驱逐或放逐对其主流意识形态或知识形式所造成的挑战来维持自身的发展。他的论点是,文艺复兴时期的那种文学——尤其是专为公共剧院所创作的文学——有意识地制造颠覆,目的是为了将其抑制。[1] 他认为,制造和抑制颠覆的这种特别方式"不是总体的戏剧权力在理论意义上的必要条件,而是一个历史现象,是特定文化的特定模式"[2]。这种模式并没有19世纪那样高度发达的压制和监视的机制,而是依赖"一个统治者,其权力构建于对王者之尊的戏剧盛典,以及对其敌人实施的戏剧暴力"[3]。我觉得,这个提法令我耳目一新的是其关于16世纪的文本如何服务于代表主导意识形态的大多数利益的重要洞见。它与格林布拉特早期的主张有着密切的关系,认为权威是通过一个妖魔化的他者的存在或制造来维持下去的。然而,这里有一个问题,那就是,这种制造并妖魔化外来意识形态的行为在文艺复兴时期到底有多统一呢?例如,似乎有很多文艺复兴时期的文本中的意识形态的正统说法不是仅仅靠制造和驱逐其颠覆性的对立面来维持自身的存在,而是通过复原其对立面——也就是说,通过归化和合并外来元素来使之失去其颠覆性的力量。例如,我想到了《用善意杀死的女人》这部戏中处理非一夫一妻制的性饥渴妻子安妮·法兰克福特的威胁的方法。她潜在地代表了对父权制的挑战,挑战了男人对妻子性欲所有权的整个意识形态,因而也挑战了男人对她所生孩子独享的所有权。但是,她当然不是仅仅只有这一项功能。她为自己的"罪行"感到忏悔,伤心欲绝地死于她丈夫虐待狂式的"善意",成为检验男性统治的正确性的一个确实证

---

[1] 斯蒂芬·格林布拉特:《看不见的子弹:文艺复兴时期的权威及其颠覆》(Stephen Greenblatt, "Invisible Bullets: Renaissance Authority and Its Subversion," *Glyph* 8, 1981),第40—61页,特别是第50—53页。
[2] 斯蒂芬·格林布拉特:《看不见的子弹》,第57页。
[3] 斯蒂芬·格林布拉特:《看不见的子弹》,第57页。

明。简言之,她性欲中的颠覆性元素通过服务于父权制的基督教意识形态得到了修复,这种思想把女人的性独立解释为罪孽和对自然秩序的违背。最终,女人代表了没有意见的服从。

格林布拉特还没有完全回应的另一个问题是,文艺复兴时期文学是否总是或经常掌控或驾驭其可能想当然要制造的颠覆性元素,或者是否有作品真的挑战了正统社会构造或者到达了完全脱离意识形态之外的一个空间。这最后一种可能性似乎成了格林布拉特一篇简短的文章中最后一句话的负担。在这一篇文章里,他探讨了《李尔王》和哈斯尼特论驱魔的论著。他认为,尽管《李尔王》完全陷入莎士比亚时代的"由社会条件、规范和实践构成的网络"之中,然而,

> 这部戏的意识形态和历史情况却造成了摇摆、肯定与否定的并存、持续对其自己主张的削弱和对自己行为的质疑——简言之,质疑了导致我们赞美其普遍性、其文学性及其对所有意识形态的超越性的终极美学自觉。[1]

但是,我们需要知道的是受到意识形态贯穿的作品超越意识形态的准确条件。这是少数伟大文本的一个品质吗?它是被定义为与语言的其他用法有所不同的文学语言的特殊本质的一个结果吗?它是文本产生的物质或制度性语境的一个结果吗?在这篇有关《李尔王》的文章后来的一个扩充版本中,格林布拉特进一步回答了这些问题,并且进一步解释了这

---

[1] 斯蒂芬·格林布拉特:《李尔王与哈斯尼特的魔鬼故事》,《文类》(Stephen Greenblatt, "King Lear and Harsnett's 'Devil-Fiction,' *Genre* 15, 1982),第239页,第242页。

部戏作为为公共舞台上演的一个作品，如何服务于跟哈斯尼特暴力的反天主教辩论所服务的不同的利益阶层。尽管两个作品都揭示了驱魔行为空洞的戏剧性，但《李尔王》却是在戏剧本身的范畴里这样做的。在这里，不仅驱魔仪式失去了意义，信仰"清明的神灵"的所有姿态也失去了意义。因此，虽然莎士比亚忠实地重申了驱魔的正式地位，但他这么做是在一个语境之中，而这个语境令其看起来不是在为取得胜利的新教主义辩护。在我看来，对《李尔王》的这种解读并没有把这部戏置于意识形态**之上**，而是干脆把它放在与其"素材"的意识形态相矛盾或者对立的关系之中，与之做着比较。然而，格林布拉特似乎偏离了伊丽莎白文化中的颠覆要不可避免地受到抑制的立场，而是转而承认通过某些文化实践——例如公共舞台上的戏剧演出等，可以开辟超越符合主流意识形态的空间。这个立场显然需要进一步的阐述。《李尔王》是一个特例，还是说，它代表了伊丽莎白时代公共舞台上演的戏剧令文化中心的意识形态立场失去效力的方式？

此外，在格林布拉特拓展他对颠覆的研究的同时，他似乎也在寻找一种确立特定文学文本的历史处境的途径，通过将文学文本直接放到与其他类型的文化文本的关系中，而不是放到本历史阶段的二手史料中。他经常在讨论一个文化文本——比如杜勒的素描——的时候，直接把它与另一个文本——比如西德尼的《阿卡迪亚》——并列讨论，因为这两个作品都帮助创造了某个特别主题的文化话语，并展现了某些抑制策略。这个方法给了截然不同的文化文本研究很大的契机。当它们作为构造历史的主要文件时，就几乎不会有人再把它们当成历史"背景"的描述了。但是，随着格林布拉特对这个描述性例子的使用，人们再次想了解更多的过程，即通过这个过程，人们如何选择把截然不同的现象加以并置和讨论；对于那些被灌输了"覆盖面"这个概念的人来说，这种并置可能看上去有些武断，因为他们认为，在所有文本和文件都经过考察之前很难断定哪两个文本处于关键的文化位置。格林布拉特的实践含蓄地挑战了这种思维模式，但是，人们希望他挑明自己的异议观点。

四

我刚刚考察了蒙特罗斯和格林布拉特研究的一些方面，因为他们二人似乎都通过文本的实践工作，将文学的历史研究推向了新方向，尽管同样清楚的是，这两种历史实践互不相同，且各自都提出了尚未完全得以深入探究和解决的理论问题。我觉得，两位批评家都是典型的美式风格，因为他们都对贯穿他们批评实践的理论保持缄默。两位都时常给各自的批评行为以自然而然的感觉，因而也就掩盖了他们研究各个阶段涉及的或者被忽视的许多关键理论问题。这就使得我们很难认清，除了坚持指出文艺复兴时期文本的纯粹形式主义的研究方法的不足之外，他们的研究到底新在哪里。很明显，两位批评家的研究工作的的确确有其新观点，但是他们在强调理论上的差异方面踟蹰不前；这样就削弱了他们改变我们思维方式的潜力。而我们要思考的是，当我们说我们想要在后结构主义时代用历史的观点去研究文学时，我们到底意欲何为。

我自己的感觉是，要想真正呈现后结构主义批评特色，对文艺复兴文本的历史批评的新工作就需要采取几个步骤。第一，这项工作必须越来越不以文学为中心，这样做一方面要承认"文学"这个名称的武断本质，同时也因为很明显，我们所谓文学所表现的意识形态意义和历史形势，只能放在与同时代的其他表现模式和话语的实践相关中才能得到理解。

第二，文学评论家运用到文学文本研究上的某些批评技巧似乎有必要也应用于分析社会文本的很多方面以及我们认为没有文学性的写作形式。这些技巧包括揭示文本自我分裂的解构主义解读方法以及揭示这些分裂背后的社会和意识形态元素去神秘化的马克思主义方法。这样做将有助于推翻这一假设，即我们用来阅读并从中获取有关过去的认识的社会文本以及书写文本，要么是透明的有机整体，要么独立于意识形态和权力关系的网络之外。

第三，新历史主义需要在每一个环节上都更加公开地展现对其方法和理论假设的自觉，因为有关文学文本的功能及历史地位的观察在很大程度上受到考察问题的角度以及促成调查假设的影响。这意味着，要公开和直接审视本文第二和第三部分中提出的许多问题，例如，文学是否反映或造成了我们对真实世界的理解？文学如何能最好地与社会意义构成的其他方面相关联？在贴有"代表性"和"重要性"等标签的作品本身只不过是典籍构成的某个特定政治历史产物的情况下，我们如何给孤立的文本或人工制品定位？

最后，在我看来，从历史角度思考的批评家必须越来越愿意承认自己立场的非客观性，承认解释性甚至是描述性行为的不可避免的政治本质。自我消解、中立、公正——这些都是学院派看好的研究特征；然而，宣称拥有这些特点的研究比声称自己的研究不客观、有成见甚至有政治目的的做法就更真诚吗？我不是提议，应该有意带着一个人自身的偏见和关注去看待过去；然而，既然客观性并不可能以任何单纯的形式出现，那就让我们承认那一事实，也同样要承认任何介入历史的行动都是一种**干预**，是企图从此刻进入过去，目的是把过去和现代从毫无意义的陈词滥调中解救出来。人们希望,从过去与现在的这种或许比拉卡普拉的"对话"概念所承认的更为急迫的邂逅中,可以重新审视过去和现在。只是,此等邂逅总有个起始点,那便开始于受到历史构造的批评家的积极干涉。接受这一观点,则更有可能摆脱仍旧抑制新历史的"新颖性"的其他实证主义假设。

(戴丹妮译)

莎士比亚，文化唯物主义与新历史主义

乔纳森·多利莫尔[1]

在英语文学研究领域，"理论"已经取得的诸多成果之一就是促成了一种名副其实的跨学科研究方法（有人亦称之为走出主体的方法），来对主体进行多方面的探讨。实际上，这一直是长期努力的方向。而且，零星的，常常是精彩的论著也时而有之，但是终未成气候。随着众多的结构主义、马克思主义、心理分析、符号学和后结构主义理论的产生，各种阻碍（既有排斥型的，也有包容式的）开始土崩瓦解。于是，许多批评家才解开了一直困扰着他们的难题。例如，怎样才能把历史和哲学从"背景"中重新调用出来，使之成为文学批评内容和全景中的组成部分。同时，哲学和历史学一些新颖观念的加入也为这一转变创造了

---

[1] 乔纳森·多利莫尔（Jonathan Dollimore）：英国苏塞克斯大学荣誉教授，出版《激进的悲剧：莎士比亚及其同时代人戏剧的宗教、意识形态和权力》等著作，与艾伦·辛菲尔德主编的《政治的莎士比亚》影响深远。本文为该文集的开篇文章。译文发表于王逢振主编：《2000年度新译西方文论选》，桂林：漓江出版社，2001年，第229—249页。这里的译文略有修改，比如对于新历史主义的一个术语"containment"的翻译，这里采用相对通用的译法"抑制"，取代了原译文的"包容"。这个词的译文取舍无关对错，主要是为了和本文集中其他地方保持一致。——编者注

条件。我们发现，理论在文学领域中的应用所能开辟的前景远远比它实际引入的东西可观得多。仅此一点，理论都不愧是对知识学术的巨大贡献。但是，并非人人都赞同这种看法。近年反理论的鼓噪也说明了这一点。这里，我们并不想对此细加评论，也不打算对沸沸扬扬的所谓英语文学研究"危机"论多加评说。我们只申明一点：如果真有危机存在，那么这更多的是反理论派造成的，而与理论本身无多关涉。[1]

然而，正如"结构主义"这个称谓一样，"理论"的提法也不妥当。它们都给人某种整体划一的错觉，而实际上其构成却繁复庞杂。我们这里集中讨论近年出现的一种称为"文化唯物主义"的新发展。它先于理论的出现，但从理论中获得了相当的推动"文化唯物主义"一词取自雷蒙德·威廉姆斯的近期著作，其实际应用则在战后英国一些可以宽泛地看作具有折中倾向的文化分析基础上不断扩展。这种文化分析研究包括威廉姆斯本人相当一部分论著。更广义地看，它囊括了文化研究中历史学、社会学、英语文学以及女权主义的一些新发展，同时也汲取了欧陆结构主义的马克思主义和后结构主义的理论，特别是阿尔杜塞、马萨雷、葛兰西和福柯的理论。

用文化唯物主义来研究文艺复兴时期文学还只是近期的事。当然，在这以前，在这个领域中存在着各种不同的，而且是不断扩展的研究内容，例如，把文学文本与以下社会历史内容关联起来：圈地运动和对贫

---

1 参见雷蒙德·威廉姆斯：《唯物主义与文化问题》，伦敦：维尔索出版社，1980年；《马克思主义与文学》，牛津：牛津大学出版社，1977年；《文化》，格拉斯哥：福他那出版社，1981年。珍尼特·沃尔夫：《艺术的社会生产》，伦敦：麦克米兰出版社，1981年。特里·洛弗尔：《现实图景：美学、政治、快感》，伦敦：英国电影学院出版社，1980年。特里·伊格尔顿：《文学理论：引论》，伦敦：牛津：布来克维尔出版社，1983年。托尼·伯内特等：《文化、意识形态和社会过程：文集》，伦敦：开放大学出版社，1981年。艾伦·辛菲尔德：《文学理论和英语文学"危机"》，《批评季刊》，25，3（1983），第35—47页。

苦农民的压迫¹和反抗²；国家权力以及对什么是这个时期的主导意识形态及其反面的激进倾向的重新认识³；巫术、狂欢仪式构成的挑战以及对它的抑制⁴；女权主义对妇女状况的重新揭示以及由此产生的对女性文学的全新的理解⁵；国家内部各阶级派系的斗争以及与此相关的方面，即某种非单一化的权力关系的重要性。⁶

本书的大部分章节明确涉及权力的运作问题，但在美国，研究兴趣大多集中在文艺复兴时期文学中权力的表现。这是另一种重要的研究前景的组成部分。这一研究前景目前已经开始被称作新历史主义⁷，它大

---

1 参见雷蒙德·威廉姆斯：《农村与城市》，伦敦：查图出版社，1973年。
2 参见J·W·利弗：《国家的悲剧》，伦敦：梅休因出版社，1971年；佛朗哥·莫雷提：《奇妙的符号：文学形式的社会学文集》，伦敦：维尔索出版社，1983年，第一、二章。
3 大卫·埃尔斯、鲍勃·霍奇和冈瑟·克雷斯：《英国的文学、语言和社会1580—1680》，都柏林：吉尔和麦克米兰出版社，1981年；马戈特·海内曼：《清教主义与戏剧：托马斯·米德尔顿与早期斯图亚特王朝反对派戏剧》，剑桥：剑桥大学出版社，1980年；艾伦·辛菲尔德：《新教英国的文学1560—1660》，伦敦：克鲁姆·海尔姆出版社，1982年；艾伦·辛菲尔德：《西德尼〈诗辩〉的文化政治》，加里·沃勒和米歇尔·莫尔编：《菲利普·西德尼爵士的时代和我们的时代》，伦敦：克鲁姆·海尔姆出版社，1984年；乔纳森·多利莫尔：《激进的悲剧：莎士比亚及其同时代戏剧中的宗教、意识形态和权力》，芝加哥：芝加哥大学出版社，1984年；玛利亚·埃克斯顿：《都铎王朝面具与伊丽莎白宫廷戏剧》，玛利亚·埃克斯顿和雷蒙德·威廉姆斯编：《英国戏剧：形式与发展》，剑桥：剑桥大学出版社，1977年，第24—47页；格雷厄姆·霍尔德内斯：《莎士比亚的历史》，都柏林：基尔和麦克米兰出版社，即出。
4 参见彼得·斯托尔利布拉斯：《〈麦克白〉与巫术》，约翰·卢塞尔布朗编：《论〈麦克白〉》，伦敦：劳特利奇出版社，1982年，第189—209页；斯托尔利布拉斯和阿龙·怀特：《冒犯的政治学和诗学》，即出。
5 丽莎·贾汀：《还在闲扯女儿的事：莎士比亚时代的女性与戏剧》，布赖顿：哈维斯特出版社，1983年；西蒙·谢泼德：《泼辣女性与女武士：十七世纪中的女权主义种种》，布赖顿：哈维斯特出版社，1981年。
6 艾伦·辛菲尔德：《权力与意识形态：理论轮廓与西德尼的〈阿卡迪亚〉》，即出；乔纳森·多利莫尔和艾伦·辛菲尔德：《〈亨利五世〉中的历史与意识形态》，约翰·德拉卡基编：《莎士比亚别论》，伦敦：梅休因出版社，1985年。
7 参见斯蒂芬·格林布拉特：《英国文艺复兴时期形式的力量》，安阿伯：密西根大学出版社，1982年。关于新历史主义及其与近期著作关系的两篇重要评论，参见乔纳森·戈德伯格：《文艺复兴文学的政治》，《英国文学史杂志》，49（1982），第14—42页；《英国文艺复兴新论》，《英国文学研究杂志》，24（1984），第157—199页。

体研究这一时期国家权力和文化形式'的相互作用；更具体来说，它关注的是田园牧歌、假面舞剧和艺术赞助机构。² 诸如此类有关国家政权与文化最明显地融合一体的文学类型和实践。新历史主义分析早期现代英国的权力，把它看作本身即带有浓厚戏剧化的东西，从而把剧院看成权力得以表现自己和取得合法化的主要的场所，这样便生发出一批关于文艺复兴戏剧和对包括莎士比亚戏剧在内的一些剧本进行具体分析的独到的研究成果。³

按照马克思的观点，人们创造了历史，但不是在随心所欲的条件下创造历史。⁴ 也许，文化研究中最重要的分野就在于，一些人把文化当作历史创造的结果本身来专门研究，而另一些人则集中探讨那些制约并促动这一创造过程的必然性条件。前者注重作为历史创造者的人的因素，突出人的经验，后者则强调那些既先于经验，又在某种意义上决定

---

1 参见斯蒂芬·格林布拉特：《文艺复兴时期的自我塑造：从莫尔到莎士比亚》，芝加哥：芝加哥大学出版社，1980年；乔纳森·戈德伯格：《詹姆斯一世和文学的政治：琼生、莎士比亚、多恩及其同时代人》，巴尔的摩和伦敦：约翰·霍普金斯大学出版社，1983年。

2 参见路易斯·阿德里安·蒙特罗斯：《"伊丽莎，牧人的女王"和权力的牧歌》，《英国文艺复兴文学杂志》，10（1980），第153—182页；《庆典与渐透：菲利普·西德尼爵士与伊丽莎白时期求婚的动机》，《文艺复兴戏剧杂志》8（1977），第3—35页。斯蒂芬·奥格尔：《权力的幻觉：英国文艺复兴的政治戏剧》，伯克利和洛杉矶：加利福尼亚大学出版社，1975年。盖伊·菲奇莱特尔和斯蒂芬·奥格尔编：《文艺复兴时期的文学赞助人》，普林斯顿：普林斯顿大学出版社，1981年。

3 参见斯蒂芬·格林布拉特：《文艺复兴时期的自我塑造：从莫尔到莎士比亚》；乔纳森·戈德伯格：《詹姆斯一世和文学的政治》，第三章至第五章；史蒂夫·马拉尼：《真理般的谎言：文艺复兴时期的猜谜，再现与叛国》，《英国文学史杂志》，47（1980），第32—47页；路易斯·阿德里安·蒙特罗斯：《表演的目的：莎士比亚人类学的反思》，《太阳神》，7（1980），第51—74页；瓦尔特·科恩：《〈威尼斯商人〉与历史批评的可能性》，《英国文学历史杂志》49（1982），第768—789页；史蒂夫·马拉尼：《奇事、大话、异风俗：文艺复兴晚期的文化排演》，《表现》，2（1983）。

4 马克思：《选集》（第一卷），伦敦：劳伦斯和维莎特出版社，1968年，第96页。

经验的、社会的、意识形态结构的文化形成力量，由此也就引发了整个有关自主性的讨论。

新历史主义杰出的代表作、斯蒂芬·格林布拉特的《文艺复兴时期的自我塑造：从莫尔到莎士比亚》一书也肯定了与上述说法大致相同的分界的存在。格林布拉特在尾章中回顾说，他本来的意图是探讨在"自我身份建构中人的自主性的作用"；但是随着论题的展开，论证的焦点却越来越倾向家庭、宗教和国家这些文化机构。"人自身似乎开始不自由，成了一个特定时期权力关系的意识形态产物。"[1]

在这篇导言的其余部分，我将简要地探讨文化唯物主义和新历史主义在文艺复兴研究中其他一些具有共性的重要问题，尤其是本书第一部分讨论的问题。

历史与人类状况

文化唯物主义批评与以往的文学批评的做法不同，它拒绝赋予"文学"以优先权。这正如威廉姆斯这一篇重要文献中指出的：

> 我们不能以如此的方式把文学和艺术形式从其他种类的社会实践分离开来，使它们受制于那些十分专门和特殊的规律。[2]

这种批评方法必然导致一种开放创新的文学互文状态，它消解了文学

---

[1] 斯蒂芬·格林布拉特：《文艺复兴时期的自我塑造：从莫尔到莎士比亚》，第256页。
[2] 雷蒙德·威廉姆斯：《唯物主义与文化问题》，第44页。

与"背景",本文与语境之间的古老界限。艺术"作为实践可以有十分专门的特点,但它不能脱离总的社会过程"[1]。这种对于社会过程的关注有其深远的意义。首先,它引导我们走出唯心主义的文学批评模式,不再去汲汲空求那种主观假想的,并以所谓"人"的本质为印证的普遍真理。而且,历史的存在即使终被认可,也被看成是非本质的,或是在肯定非历史的人类状况的同时被超越了的制约因素。[2]

如果认为唯心主义的批评观至今仍在莎士比亚研究中占有稳固的主导地位,那就错了。事实上,它在理论出现之前就早已衰落多时。最近几十年间,这种批评观的倡导者虽未能大张旗鼓地为之正名,却也在暗中表态,呼之未及。他们为它的明显失落踌躇不安,但却侈谈人生悲剧之说,借此变相地恢复这种作为缺席的批评观念。而人生悲剧的说法并未能高扬人的超越意识,却只能宣教人的忍耐意志和面对超越幻想的求知欲望。简言之,存在主义的悲剧意识与一种更为外在的精神悲剧意识构成张力关系,前者试图与后者决裂,但由于它漫无目的而不能实现;这是一种弱化的形而上学,萎缩变成了自身存在的条件。

唯物主义批评也拒斥那种格林布拉特称之为以往的史学单声道的研究方法。这种方法"致力于发掘一种单一的、据说往往与整个社会知识阶层或全部人口所共通的政治视野"[3]。这方面最典型的例子也许要数E·M·W·蒂里亚德《伊丽莎白世界图景》这部影响久远的著作。该书初版于1943年,至今仍不断再版。蒂里亚德在书中大力阐述了宇宙秩

---

1 雷蒙德·威廉姆斯:《唯物主义与文化问题》,第44页。
2 斯图亚特·豪尔:《文化研究:两种范式》,托尼·伯内特等编:《文化、意识形态和社会过程:文集》,第19—37页。
3 斯蒂芬·格林布拉特编:《英国文艺复兴时期形式的力量》,第5页。

序的观念，认为这一观念：

> 如此被视为当然，早已成为人们集体意识的组成部分，以至于除了在一些明确的教谕式章节以外，几乎未有提及。[1]

蒂里亚德的观点已经遭到来自两个方面的批评：其一指责他错误地为伊丽莎白时代标榜某种形而上学的秩序；其二认为在那个世纪交替之际这样一种秩序已经不复存在。但是，这还不是问题的焦点。按照唯物主义的观点，蒂里亚德的错误在于在"人们的集体意识的名目下"把历史和社会过程混为一谈。采取了这一观点，我们就可以对蒂里亚德所谓的"教谕式章节"做出不同的解释：说教劝谕不是社会集体意识偶尔的表露和言说，而是意识形态斗争的策略。换言之，对秩序的说教式的强调在某种意义上说正是对那些蠢蠢欲动、桀骜不驯，并被视为对秩序构成威胁的下层社会力量的反映。蒂里亚德描绘的世界图景即使一直存在，也并非人皆共有，它是当时社会秩序的意识形态合法化的结果。而且由于社会秩序实际的，包括想象中的、明显的不稳定，这种合法化更显其重要。如果这么说显得过分，我们不妨回顾一下培根1617年对几个巡回法官的忠告：

> 布道以笼络人心，犹如依法以制之，否则，国无宁日。[2]

1　E·M·W·蒂里亚德：《伊丽莎白世界图景》，哈蒙滋沃斯：企鹅出版集团，1963年，第18页。
2　弗朗西斯·培根：《文集》（第十四卷），J·斯佩丁、R·L·埃利斯和D·D·希斯编，斯图加特：弗罗曼出版社，1961—1963年，第213页。

布道并不仅仅是社会集体意识借以宣扬其至上信仰的场合，它的目的在于规约那些不安定分子的思想，使之安分守己，不思反叛。

历史学家研究了当时社会变革及其阻力的现实，描绘了一幅与蒂里亚德世界图景截然不同的图画：

> 16世纪末17世纪初……中世纪世界图景的支柱已坍塌倾倒，重建社会秩序而不遗余力，而成为当务之急。新的教义和社会机构组织纷纷兴起，直接与天主教一统天下的说教和机构分庭抗礼……新的科学发现也动摇了对古代知识权威的一贯信念。不惟此，英国经历了史无前例的发展变化。一时之间，人们的社会活动范围大为扩展，地理观念也随之开阔。这一社会变化改变了上层贵族和职业附层的构成成分和人数，同时也使得成千上万的下层人民从传统的宗法关系和地方局限中抽身而出。[1]

这是一个变化多端的新旧交替时期，充满了同时代人对它的社会转型特点所做的各种理解。要弄清楚这些方面，我们或许可以借助威廉姆斯对于残存文化、主导文化和新生文化所做的重要区分。[2]这样一来，蒂里亚德的世界图景在某些情况下可被视为主导意识形态，而在另一些情况下则成了残存意识形态，二者分别或同时都可能面临着新生的、不断崛起的文化形式的挑战并被取而代之。然而，这种三重的区分并未穷尽多元的文化类型。文化中还有一些可被贴切地称为从属的、被压迫的

---

[1] 劳伦斯·斯通：《英国的家庭、性和婚姻1500—1800》，伦敦：韦登菲尔德和尼科尔森出版公司，1977年，第653—644页。
[2] 雷蒙德·威廉姆斯：《马克思主义与文学》，第121—127页。

和边缘的文化层次。非主导文化因素与主导文化因素相互作用：有时与之和平共处，有时却为之所兼并甚而被彻底摧毁。另一方面，主导文化有时也面临着非主导文化的挑战，受到改良，甚至被取而代之。任何形式的想象，哪怕是文学想象，都不能把文化想象成为一个统一体。

蒂里亚德并非对这一点毫无察觉。他曾在书中写道："知识核心阶层支配着伊丽莎白时代的各种现实信念。"宇宙秩序是"那个时代本身的统治观念之一"[1]。当然，这里蒂里亚德似乎在不自觉中自相矛盾。这是因为，在蒂里亚德看来，意识形态合法化过程本身或多或少正是合法的。在他的书中，对这个过程的肯定态度隐约可辨，甚至比他的伊丽莎白世界图景观念还要强烈得多。此外，蒂里亚德尊奉这个时代。用他的话来说：

"真正的"的伊丽莎白时期（即1580年至1605年这个四分之一的世纪）毕竟是伟大的时代。[2]

因此，他所挑选出来的反映这个时代的代表作构成了研究的合法对象，而那些看上去具有破坏世界图景倾向的文学形式则被贬为没有研究价值的文化，因为它们不具代表性："比起那些反映下层生活的小说和那些只有傻瓜才相信的小册子，'胡克'更能代表伊丽莎白时代文学的背景。"[3] 但是，问题在于这是谁的文学？谁的背景？本书第一部分的所有文章都从不同侧面论述了伊丽莎白时代和詹姆斯时代被边缘化、被

---

[1] 雷蒙德·威廉姆斯：《马克思主义与文学》，第27页，第7页。
[2] 雷蒙德·威廉姆斯：《马克思主义与文学》，第130页。
[3] 雷蒙德·威廉姆斯：《马克思主义与文学》，第22页。

从属化的文化。就某种程度而言，这些文章具有意识形态意义，其研究内容不容忽视，因而值得首先考虑。

意识形态的概念经历了错综复杂的演变。[1]与之相应，也存在着对它各种不同的理解。对于文化唯物主义的批评，有一种理解特别有用，它追溯到意义与合法化的文化联系之中，探究社会观念、社会实践以及社会机构是怎样使占主导地位的社会秩序或社会现状合法化，即主导因素和从属因素的现存关系问题。例如，这种合法性表现在把局部利益表述为普遍利益。统治者实际上在寻求自身及其阶级的利益，但是人们却认为他们，以及他们赖以行使和保持权力的社会机构和职能一直在为社会大众的普遍利益操劳。其次，通过合法化，现存的社会秩序（也是现存的社会关系）被"归一化"。这样就使之显得具有自然规律那种永恒不变的性质。历史也常常被注入某种发展规律（目的论）的解说。这种目的论的历史发展观作为自然规律的对应，"不可避免地"引导出现存社会秩序，同时也就使之加倍地得以合法化。再者，合法性的作用还在于抹杀社会矛盾、社会分歧和斗争。这些因素不论在何时何地无可逃避地表现出自己的存在，大都被丑化为对社会秩序的颠覆企图。因此，如果从现存社会秩序内部产生出的社会冲突一旦被解释为来自外部（异己力量）的颠覆企图，那么这种社会秩序正好得到巩固，其手法便是压制不同意见，同时制造出对这种做法的赞同态度：这就是所谓通过颠覆来确保社会稳定。

---

1 参见当代文化研究中心编：《论意识形态》，伦敦：哈奇逊出版社，1978年；乔治·拉伦：《意识形态的概念》，伦敦：哈奇逊出版社，1979年；郭兰·泰尔博恩：《权力的意识形态与意识形态的权力》，伦敦：维尔索出版社，1980年。关于这一时期还可重点参见乔纳森·多利莫尔：《激进的悲剧：莎士比亚及其同时代人戏剧中的宗教、意识形态和权力》第一章。

上述方面可归纳为，对普遍利益的强调；社会是事物"自然"秩序的"反映"；历史作为一种"合法的"进程，发展到现存社会并为之提供合法依据；对不同意见和他者的丑化。所有这些观念融为一体，正是莎士比亚时代的主要特征。

文艺复兴时期戏剧的政治

以下我试图说明，为什么文化唯物主义批评社会政治见解特别适用于揭示文艺复兴时期戏剧的政治维度。这需要做如下考虑：戏剧是一种社会职能机构，更宽泛地说，文学就是一种社会实践。

文艺复兴时期的文学评论家大多注重文学的社会效果。传统的英语文学研究除了探究文本内在意义外，对其他因素几乎概不过问。这使我们要么看不到，要么忽略或低估了这一事实的重要性。文学的社会效果不是就抽象的单个读者层面而言，而是指具体实在的读者，而且当然包括观众。统治者和布道者不过是两种具有特殊意义的群体，他们决定，规范并且可能充分利用这些社会效果。

至于戏剧的社会效果，存在着两种互相对立的看法。一种观点偏重戏剧对大众的教育功能并且认为其目的常常在于不加掩饰地促使大众保持对上的服从。例如，托马斯·海尔伍德在《为演员一辩》中宣称，戏剧创作和演出"展现了制造骚动煽动叛乱者的可耻下场"，以此教导"人民臣服王上"[1]。另一观点认定戏剧具有打破权威神话，甚而颠覆权威

---

[1] 托马斯·海尔伍德：《为演员一辩》，莎士比亚协会重印，伦敦，1841年，第53页。

的力量。这与海尔伍德的说法正好相反:塞缪尔·加尔福特曾在1605年这样抱怨道:

> [戏剧上演]当今之事,不避国王,直谓国政与教事,其演出荒诞不经,放浪形骸,令人闻之胆寒。[1]

在《国王的礼物》中一段常被人引用的段落里,詹姆斯一世把国王比作"舞台一景,举手投足,皆在众目睽睽之中",其任何"出格"的举止都在臣民之中引起轻蔑之感,而蔑视正是"叛乱和动荡之源"[2]。诚如一位当代批评家在论及莎士比亚的《亨利八世》所言,剧院"即便不使大人物荒唐可笑,也使之为人熟知",这样就在观众心目中怂恿了轻慢态度。[3] 在《国王的礼物》发表一年以后,一位法国使臣在归国时做了这样的记录:詹姆斯在他所惧怕的蔑视中被困,而且戏剧对此事蛊惑有加。[4]

1601年埃塞克斯伯爵反动叛乱前夕曾上演了一部叫作《理查二世》(也许是莎士比亚的剧本)的戏剧,这无疑是利用戏剧颠覆王权的著名例子。伊丽莎白女王事后曾不无忧虑地承认,剧中的理查二世即暗指她本人。女王极为不满地说:"这出悲剧在一些公众大街和屋宇上演达

---

1 转引自V·C·基尔德斯利弗:《伊丽莎白时期政府有关戏剧的规定》,纽约,1961年,第101页。
2 查尔斯·H·麦克伊尔韦恩编:《詹姆斯一世的政治著作》,根据1616年版重印,纽约:卢塞尔出版社,1965年,第43页。
3 亨利·沃顿爵士转引自斯蒂芬·格林布拉特编:《英国文艺复兴时期形式的力量》中斯蒂芬·奥尔格尔同一论题的文章:《大人物大众化》,第41—48页。
4 E·K·钱伯斯:《伊丽莎白的舞台》(第四卷)第一章,牛津:克拉伦顿出版社,1923年,第325页。

四十遍。"[1] 正如格林布拉特所言，女王真正担忧的正是演出的反复次数（观众由此而成倍增加）和反复上演的地点，即"公众大街和屋宇"。在这种场合下，剧院"习惯的合法疆界"变得模糊不清，甚至完全消失。结果，幻觉和现实之间的"安全"分界被混同：

> 伊丽莎白所说的"屋宇"是指公共剧场，还是指其政敌密谋策划其颠覆活动的私人住所？女王的性命既系于一部剧本，此刻所谓"悲剧"还能严格按其字面意义理解？[2]

简·汤普金斯认为，文艺复兴继承了古典时期那种几乎完全忽略文学的内容的做法，另一方面则毫无例外地强调文学的效果。这意味着，最终具有决定意义的是行动，而不是语义，是行为，而不是话语。就某种意义上说，汤普金斯强调效果的观点是有道理的，尤其显得正确和重要的是，汤普金斯接着展示了这种实用的文学观念，使社会政治维度对那个时代具有了明显的意义。[3] 然而，汤普金斯对效果和内容意义的区分即使只针对文艺复兴时期而言也走了极端。效果总是在意义的运作中得以确定和评估的，如果我们忘记了这一点，那么我们就会忽略这样一个事实，即文学的社会政治效用在一定程度上是在对文学的征用过程中，并且通过这种征用运作而实现的。这么说来，伊丽莎白一世深感

---

1 参见P·乌尔编：《理查二世》，伦敦：梅休因出版社，1966年。
2 斯蒂芬·格林布拉特：《英国文艺复兴时期形式的力量》，第4页。
3 简·汤普金斯：《历史中的读者：文学阅读反应的演变》，简·汤普金斯编：《读者反应批评：从形式主义到后结构主义》，巴尔的摩和伦敦：约翰·霍普金斯大学出版社，1980年，第201—206页。

忧虑的倒还不是《理查二世》上演后产生的影响，因为那次事件已经明确查办，而且不管怎样，叛乱未遂，埃塞克斯也被处死。女王为此忧心忡忡的原因还在于这出剧已经被征用这一事实，这意味着，这部剧已经被人出于某种特定的目的，在一个具体的、"公开"的语境中赋予了寓意。因此，对于这个时期，实用文学观念能够说明的是，对文学的有意征用不是滥用实际文学效果，征用本身即是效果。

这种说法对悲剧来说特别有用。传统观点认为，悲剧比之其他文类，更容易超越历史的起点限制，也最适于表现普遍真理。当代文论在界定和说明悲剧性时都一致着眼于其普遍真理性，但同时也显示了坚定的政治性，尤其是那些把悲剧性定义为专制暴政的观点。这些论述，更不用说剧本本身，其实都被有目的地利用，不是作为对权威的巩固，就是作为对权威的挑战。

托马斯·埃利奥特在《统治者之书》中肯定，悲剧应引导读者去"诅咒，憎恶暴君恶劣糜烂的生活"；西德尼也说，悲剧让"国王不敢成为暴君"。普特恩海姆在《英国诗歌艺术》中写到，悲剧使暴政"公之于世"，而暴君的垮台既展示了（或许并非对应地）历史兴亡，"命运无常"，又表明了上帝的既定伦常，即"公正惩戒"。与此相反，福克斯·格雷维尔明确否认说，他写的悲剧并不体现上帝对人间报应的圣律，而是"追溯心怀野心的统治者不同凡响的业绩"，不仅如此，格雷维尔还强调，适合他的剧本演出的"真正舞台"不是剧院，而是读者自己的生活和时代，甚而是"读者生存其中的城邦"。由于这一意识，格雷维尔有一次还因怕受到政治牵连而销毁了一部据他说可能会被视为"影射当政统治者丑行"的悲剧。现在看来这事与埃塞克斯叛乱不无关系。¹ 瓦尔特·雷利也在他的《世界史》中警示天下文人，写当代史须格外小心：如果穷根刨底，当心"不防之中被敲掉门牙"²。看来格雷维尔和雷利这样的人心里都明白，文学被动地反映历史的说法是不足为训的；文学是一种实践，它正是在表现同时代生活的行为过程中参与同时代历史的构成。本书第一部分的文章试图以文本语境化的方法来讨论问题，正部分地体现了上述认识。这里汇集的文章与其说是对莎士比亚文本新的解读，不如说是对这些文本的重新定位，其目的在于，为这些被固守文本整体性的传统批评禁锢了的文本赋予全新的意义。正是基于此，列奥那德·田纳豪斯提出：政治性语言与文学性语言的对立实际上是现代的发明；正如总体的文艺复兴时期的"文学"一样：

> ［莎士比亚的戏剧］在对具体的权力形式进行理想化或非神秘化的同时展现了本身的政治性，而且，莎士比亚成功的审美效果并不是剧本超验性或指涉性的功劳，而是其中政治性表达的结果。³

田纳豪斯的方法也特别令人醒豁，他使得各种对权势的文本表征互为关联，进而使之与伊丽莎白和詹姆斯时代的英国的政治机构和实际的权

---

1 托马斯·埃利奥特：《统治者之书》（Thomas Elyot, *The Boke Named the Gouernour*, vols. 1883），第一章，H·H·S·克罗夫特编，纽约，1967年，第71页。菲利普·西德尼：《诗辩》（Philip Sidney, *A Defence of Poetry*），J·A·冯·多斯藤编，牛津：牛津大学出版社，1966年，第45页；乔治·普滕海姆和格里高利·史密斯编：《伊丽莎白时期批评文集》（第二卷），第二章，牛津：克拉伦顿出版社，1904年，第35页；福尔克·格雷威尔，转引自乔纳森·多利莫尔：《激进的悲剧：莎士比亚及其同时代人戏剧中的宗教、意识形态和权力》，第79页，第121页；另见佛朗哥·莫雷提：《奇妙的符号：文学形式的社会学文集》，第49—56页。

2 参见瓦尔特·雷利：《世界史》（Walter Raleigh, *History of the World*），C·A·帕特里狄斯编，伦敦：麦克米兰出版社，1971年，第80页。

3 瓦尔特·雷利：《世界史》，第110页。

力斗争联为一体。这样做也无须假设文本与现在的实体的某种简单的对应。如此一来,历史的重现便也毫无疑问地成了一种"理论"过程。

巩固、颠覆和抑制

文化唯物主义批评具有三个方面历史和文化的突出特征:巩固、颠覆和抑制。其中第一个特征尤为典型,它指主导权力统治寻求长治久安的意识形态手段;第二个特征指对该主导权力的颠覆;第三个特征指对那些明显颠覆力量的抑制。

关于伊丽莎白时代社会秩序的形而上学的观点前文已做过简略讨论。蒂里亚德的观念立足权力的巩固方面,认为这一时期具有社会聚合力,它在积极肯定的意义上超越社会的局部利益,宣示了一种真诚共同的、以和谐、稳定和统一为特征的文化和宇宙观。与此相对,文化唯物主义批评更侧重权力巩固的意识形态方面。例如,它强调要弄清楚这幅世界图景是怎样渲染现时社会秩序,把它说成自然的、上帝赐予的(因此是永恒不变的),借此强化某个阶级和性别群体的特殊利益。有趣的是这一时期也流行着与上述两种互为映照的立场大致相同的观念。属于第一种观念的例子是伊丽莎白时代的一些布道文。在这些布道文中,现行社会等级被解释为上帝圣律的昭示,社会等级次第与宇宙中不同的层次分明对应,自然与社会一一相应。对于第二种观念,可以举出本·琼生在《塞亚努斯》中的断言为例:

孰为贵人,孰为贱民,不因天分门第,而在地位高低。[1]

---

[1] 本·琼生:《塞亚努斯》(Ben Jonson, *Sejanus*),W·F·波尔通编,伦敦:本恩出版社,1966年,第五幕第11—12行。

文艺复兴时期文学研究的文化唯物主义批评内部也存在明显不同的侧重。其中一派强调权力巩固过程，而另一派则对权力的反面对抗更感兴趣。在这方面，两派的分歧趋于在实际的历史过程与文学的话语表征这两个既泾渭分明，又互有重叠的层面上展开。因此，举例来说，在针对文艺复兴时期的女权主义批评中，有人坚信这一时期存在不断增强的父权压迫，而且，莎士比亚的戏剧也代表了这种限制性的父权结构。凯瑟琳·麦克鲁斯基这样概括这个观点：

> 莎士比亚是……他的时代社会观念的代言人。他对女性的看法不免囿于圣徒传记和厌恶妇女的时代观念。[1]

相反，另外一些女权主义批评家则认为不可一概而论：那个时代也不乏像莎士比亚这样的人，他们的思想和行为超出了这些时代观念，他们身体力行，对这种贬低女性形象的观念进行了有意义的抵制。[2] 然而，后一种观点（起码是其唯物主义的版本）也和前一种观点联合起来，共同拒斥了第三种看法。这种看法认为莎士比亚戏剧中的女性代表着"女性"那种超历史，即普遍的品质，而莎士比亚之所以有这样的表现力，正说明他另一方面的天才：既超越了他的时代，又超越了他的性别。在

---

[1] 凯瑟琳·麦克鲁斯基：《女权主义解构：莎士比亚〈驯悍记〉一例》，《热点学术》（第十二卷），第33—40页。

[2] 请比较西蒙·谢泼德：《泼辣女性与女武士：十七世纪中的女权主义种种》（1981年）；丽莎·贾汀：《还在闲扯女儿的事：莎士比亚时代的女性与戏剧》（1983年）；朱丽叶·杜辛贝尔：《莎士比亚与妇女的本质》，伦敦：麦克米兰出版社，1975年；G·格林等编：《女性的角色：莎士比亚女权主义批评》，乌尔巴那：伊利诺大学出版社，1980年；科波拉·卡恩：《男人的家产：莎士比亚作品中的男性身份》，伯克利和洛杉矶：加利福尼亚大学出版社，1981年；琳达·伍德布里奇：《妇女与英国文艺复兴：文学与女人的天性1540—1620》，布赖顿：哈维斯特出版社，即出）。

本书中，麦克鲁斯基的文章主张重视剧本得以产生的意识形态的物质条件对文学传统的制约关系。以往的女权批评对诸如性别和男权观念做出不同的构说，随后产生的应该是一种把这些观念重新置于历史环境的矛盾关系中来考察的唯物主义的女权主义批评，而不是那种把莎士比亚呼来挥去的简单态度。只有这样，我们才能理解这位父权主义诗人的权威意义并对之做出有效的质疑。

在考察同一历史环境中权力及其反面明显的颠覆力量的某些表征时，我们发现这种关系并非表现出直截了当的对抗，而是一个更为复杂的过程。例如，主导权力秩序不仅设法遏制反抗力量；而且，似乎互相矛盾的是，它实际上还为达到自己的目的制造颠覆因素。只有在这种情况下，颠覆力量才表现得明显。持这种观点的是本书中格林布拉特的重要文章。作者在文中引证了马基雅维利的观点：宗教是统治者反复宣扬的虚假意识，其目的在于使被统治者安分守己。如果统治权力的确依赖这种神秘化手段来取得有效的运作，那么，马基雅维利剥去这种统治过程的神秘外衣也是对统治权力的颠覆。然而，按照托马斯·哈里奥特对第一个弗吉尼亚殖民地的叙述，情况似乎正好相反。

有一个涉及莎士比亚历史剧的颇为精到的论点这样作结：

> 哈里奥特为之效力并体现的权力不仅为自己制造了颠覆力量，而且还积极地把这种颠覆力量作为自身权力建构的基础：在维吉尼亚殖民地，对基督教秩序激进的攻伐不是反面的限制，而是为了建立这种秩序而进行的正面规约。[1]

---

1 卡洛·吉因兹伯格：《奶酪和蛆虫：十六世纪某磨坊主的宇宙观》，伦敦：劳特利奇，1980年，第24页。

就某种程度而言，如果我们把权力视为虽能产生效果，但也是由各种不同的，常常是相互对立的因素组成的非单一化结构，其文化生产方式并非那么直接，而是通过采取征用的手段来实现，那么，上述悖论将不复存在。征用这个概念的重要性在于，它表明了一个生产或变形的动态过程。如果仅仅认识到权力在制造颠覆话语；那么我们不仅将权力实体化，而且还抹杀了权力抑制颠覆因素的过程所预设的文化差别，即文化语境。对抑制过程的反抗也许一开始就存在，也可能产生于抑制过程之中。不仅如此，颠覆力量虽然完全可能被权力出于自己的目的而征用，然而它一旦被置入，就可以既被用来反抗政权，也会被政权所利用。这样说来，伊丽莎白时代的邪恶因素（例如无业游民）正好被毫不含糊地认定为邪恶之徒，以便为权力的行使提供正当的理由。但是，他们的身份一旦被如此确定，其本身也就作为一种需要自我确立身份的社会力量而存在着。当然，他们不会因此成为一股天生的势力。相反，这些无业游民往往首先要经过统治阶级内部的反对派的号召或乘势利用，方能对社会秩序构成威胁。当然，这也不无例外。

然而，征用也可能是反向的。处于从属的、边缘的，或持不同政见地位的社会因素也可能征用占统治地位的话语并且在此过程中照样使之变得面目全非。如前所述，埃塞克斯也许曾试图用《理查二世》来达到其不可告人的目的。最近吉因兹伯格在《奶酪和蛆虫》中还向我们讲述了一个被重新发现的例子。[1] 意大利磨坊主梅诺齐奥是个僻居一方的异教徒，有一次竟慷慨激昂，不无挑衅地讲解起似乎极为正统的正教教文，从中构想出有关宇宙的颇为激进的唯物观点。吉因兹伯格在书中着

---

1 参见卡洛·吉因兹伯格：《奶酪和蛆虫：十六世纪某磨坊主的宇宙观》。

重指出了梅诺齐奥解读的"片面和随意",认为他之所以这么解读,根源在于他所处的那个口头化的、分散的,同时又是不思信仰、唯利是图、讲究实际理性的农村文化。正是由于这种文化(而绝不是那些正教教文的内在性质)使梅诺齐奥以一种反叛者的姿态去征用这些教文,其颠覆之意赫然,后来招致酷刑,最终被送上焚烧异教徒的火刑柱。

关于颠覆和抑制之间关系的争论所以重要,还有其他原因。这在某种范围还是一个概念或理论问题。举例来说,判断颠覆因素和那些导致实际变革的因素的标准是什么?这里格林布拉特提出了一个有用的功能性定义:激进的颠覆性不仅表现为企图夺取现政权,而且还是对现政权赖以生存的原则的挑战。[1] 尽管如此,我们仍必须对以下的区分做出解释:对必然性的理论分析涉及历史的探讨,反之亦然。而且,探讨什么类型的问题还与更为广泛的问题密切相关。例如:什么样的探讨?谁来探讨?为什么在特定时期表现出来的颠覆力量会被看成过去某个时期推动历史进步的关键?对此还可做什么其他的解释?更为深入的问题是,为什么同样的颠覆行为被后人做不同的理解:要么是对革命性社会变革的促动力量,要么成了无政府的分裂行为?

在具体的历史事件发生之前,颠覆性至多只是一种潜伏的力量。在这个意义上,任何事物都不具备内在的或本质的颠覆性;换言之,它并不是一种脱离言语表现、历史语境和社会认可而独立存在,具有本身规定性的优先因素。这么说来,仅仅存在于思想中的激进观念并不意味其本身的颠覆性。它不过是颠覆性话语表现的典型语境关系,这包括这种观念针对谁而言、多少人在何种条件下持有这种观念等因素。我们还

---

[1] 斯蒂芬·格林布拉特:《看不见的子弹:文艺复兴时期的权威及其颠覆》,第40—61页。

可以进一步认为，这种观念不仅需要被转载传播，它还必须被具体地用来拒斥权威，或被权力看中，并加以可能的利用。因此，不加限定地侈谈"颠覆性思想"容易引人误入歧途；我们所关注的对象的确是一个社会过程；显然，对宗教的所谓"马基雅维利式"的非神秘化的思想在马基雅维利前的几个世纪中就有传闻，但它在文艺复兴时期才具有了现实颠覆性。究其原因，这种观念在初起时仅限于少数人知晓，而在文艺复兴时期则广为人所接纳；即便在这种情况下，我们仍须就其深层问题刨根问底。我们必须解释人们为何提起这个观念；而在这么做的同时，我们几乎无可规避就这一观念促成的历史巨变做出判断。因此，明确自己的研究视野和方法成了文化唯物主义批评必不可少的条件。这对于上述研究内容，尤是如此：文本的、历史的、社会的和理论的分析一旦聚集一团，批评中的政治因素便自然凸现。

　　田纳豪斯、保尔·布朗和多利莫尔的文章都倾向论述颠覆性。其中田纳豪斯更多地探讨莎士比亚有关亨利国王的历史剧和《仲夏夜之梦》中权力与那些无法无天、寻欢作乐的人物之间错综复杂的关系。布朗和格林布拉特一样，集中讨论《暴风雨》中的权力以及殖民话语的复杂性，其中有关权力构建威胁性的"他者"的方式的论述尤其具有启发意义。制造他性的说法对殖民主义至关重要但也充满内在矛盾。这是因为，"权力每次试图施展其魅力的同时恰恰也在他者身上制造出了反抗的可能性"[1]。殖民主义陈规老套根本的模糊性，还有殖民计划不可缺少的文明野蛮对立关系的不稳定性，都有助于突出剧本政治无意识的意识形态矛盾。可见，如果正如乔纳森·戈德伯格所言，矛盾正好是权力达

---

[1] 斯蒂芬·格林布拉特：《看不见的子弹：文艺复兴时期的权威及其颠覆》，第59页。

到其目的的手段,那么,权力也制造出一种不稳定性,它可能成为权力的掘墓人。

多利莫尔以性越轨行为为例论述了构建他者的问题。在文艺复兴时期,离经叛道、标新立异被普遍视为严重的颠覆行为。然而,对权威明显的挑战似乎仍然是权力一手造成的结果。这在《一报还一报》中尤是如此。国家出现明显的危机,责任在那些不遵纪守法的人。但他们的越轨行为非但没有削弱权力的统治,反而使权力能够重新证明自己的合法地位。与此同时,那些引起下层反抗的压迫势力却从来不须言说表白,他们沉默无言,概不露面,但却无时不存在于人们的言谈和颂扬声中。

本书中所有的论者都会赞同弗兰克·伦特里契亚的以下观点:

> 占统治地位的文化不管如何显要,但它都不能代表文化整体。因此,重新解读文化,张扬那些被统治的、被剥削压迫的、被打入另册边缘化话语,赋予它们长期有利的地位,正是反正统的批评家们面临的任务。[1]

伦特里契亚这里引用了威廉姆斯的话,恰当地强调了这一立场:文化主流不是一个静止不变的实体,而是一个充满对抗、不断更新的过程。诚如威廉姆斯所言:

> 据从属地位的政治文化因素,还有众多形式的对立和抗争,

---

[1] 弗兰克·伦特里契亚:《批评与社会变革》,芝加哥:芝加哥大学出版社,1983年,第25页。

不仅具有自身的重要性，它们的重要还在于能够突出地表明那些称霸的权力过程实际上怎样运作以实现其控制的。[1]

然而，"对不同的话语和传统加以简单多元化的做法（这也是目前颇为流行和打动人心的批评姿态）也欠妥当。因为我们把被压制的声音和主导权力的话语加以联系所最终展现的应该是历史的锦标角逐，是永久的阶级冲突关系"。[2] 可以设想，任何非正统的批评，如果忽略了统治力量的外在势力、运作策略以及灵活多变的复杂性，都将难以自圆其说，招致彻底的破产。[3]《一报还一报》中下层生活的性关系问题说明，我们绝不可能在次文化中找到既能颠覆统治权威，同时又能自我确立的他者势力，因为这是最为子虚乌有的幻想。当然，有时我们也可以从下层入手重现历史。但是，我们拼接这些历史残片最终所能发现的不是自我确立的他者，而是对从属身份具内在规定性，同时也延续从属地位的自我分裂。有时我们也曾试图在"历史"中听到这些下层社会的声音或追寻它们的踪迹，但最终仍是枉费心机，因为他们从未被正式纳入史册。仍以17世纪那些性关系不轨的人为例，我们通过历史所能知道的，更多的还是那个规定谁是罪犯的社会，而不会是那些被斥为不法分子的人。但是，仅仅承认这个事实也涉及一个近期发生的认识上的革命性转变；这就是，如果我们觉得（正如本书一些论者那样）有必要揭示意识形态抑

---

1 雷蒙德·威廉姆斯：《马克思主义与文学》，第113页。
2 弗兰克·伦特里契亚：《批评与社会变革》，第131页。
3 与此相反的例子，即乐观直面当代历史悲剧性状况的批评，可参见雷蒙德·威廉姆斯：《现代悲剧》（伦敦：查图出版社，1966年；伦敦：维尔索出版社，1979年修订再版），重点参见《悲剧与革命》一章和再版中增订的那篇具有清醒预见性的《后记》以及威廉姆斯在《政治与文坛：新左派评论访谈录》（伦敦：新左派书屋，1979年）中对自己的著作所做的思考。

制过程的有效性和复杂性。这绝不意味着一种认为权力抑制终究不可避免，一切反抗都毫无希望的宿命态度。相反，揭示这种过程的愿望本身就是与之对立的，并且也出于这样一种认识，即权力抑制尽管难以匹敌，但从历史的眼光来看，它也只是偶然的、不全面的；它绝非永恒不变，一统天下；过去如此，现在也是如此。

（黄必康译）

《麦克白》：历史、意识形态与知识分子

艾伦·辛菲尔德[1]

人们常说，麦克白的主题是"邪恶"。但是我们对此还可做如下更为谨慎的区分：即经国家权力认可合法的暴力和未经其认可的暴力。麦克白杀了邓肯国王，我们说他是一个十恶不赦的凶手。但是当他手刃麦克顿瓦尔德这个"叛逆"（《麦克白》，第一幕第二场第10行）时，却得到了邓肯的赞赏：

> 因为勇敢的麦克白，不负尚武英雄的名分，不顾命运的降临，挥舞着热血尽染的刀剑，就像勇力的化身，杀开一条血路直逼叛贼；两人逼近紧贴混战一场，誓死不肯罢休，直到麦克白一刀从脐到腭给他开了肚膛，斩下首级高悬在我们城堡的雉堞上。
>
> 邓肯：呵！勇武的至亲，高贵的贤人！（《麦克白》，第一幕第二场第16—24行）

---

[1] 艾伦·辛菲尔德（Alan Sinfield）：英国苏塞克斯大学教授、文学理论家，出版《莎士比亚、权威、性：文化唯物主义未竟之业》等专著及编著十部。本文首次发表于《批评季刊》28.1—2，第63—77页，中文译文发表于《国外文学》4（1998年），第41—49页。

在邓肯眼中，顺应权力绝对意志的暴力为善，忤逆权力意志的暴力为恶，现代国家发展中至关重要的正是对合法性暴力的垄断性占有。这种占有一旦成功，大多数国民自然就会把国家暴力视为在本质上不同于其他暴力的行为，或许他们压根儿就没有想过国家暴力。这里我们只需要考察一下警察、军队以及法律机关的所作所为和与之相对的偷儿、示威者、罪犯以及恐怖主义者的行为，即可不言自明。《麦克白》集中地表现了一些主要的权力策略，国家正是用这些策略在紧要关头重申其合法暴力占有权的。

概言之，16世纪的欧洲正处于从封建主义社会向极权国家发展的时期。在封建制度下，国王在贵族和与其同等地位中享有权威，其权力往往不过虚名而已，或略高于此。国家的权力也分配于教会、庄邑、各级议会以及地区和城镇这些重迭设置的非国家性机构中。在极权国家条件下，君王集大权于一身，成为正统法令的唯一策源。当然，从一种制度到另一种制度的转变不仅遭到贵族和农民阶级的反抗，同时也受到了绅士阶层和城市中产阶级的抑制。前者感受到自身的传统权力在制度转变过程中受到威胁，而后者却在更为多元化的经济和政府体制中看到了权势新的拓展空间。特别是由于后一种因素的影响，极权国家从未在英国得以完全确立。或许可以这样说，君王和个人权威被亨利八世推至极顶，而查理一世重振王权的企图却导致英国革命。其间，伊丽莎白一世和詹姆斯一世，还有那些相信自己与君王志同道合的人则极力维护王权，压制异己。后一种人范围广泛，既包括1569年北方叛乱的诺森伯兰伯爵和西摩兰德伯爵——1571年密谋拥戴苏格兰的玛丽女王以取代伊丽莎白的诺福克公爵，也包括那些拒绝国教的教士；既包括支持天主教并在议会发难的贵族绅士，还包括那些刊印文章、抨击国家政策的作家和印刷商以及那些抱怨食品价格上涨、不满圈地的芸芸大众。

行使国家暴力以镇压异端，取决于使合法性达到一定的程度，也就是说必须让大众接受这样一个信念，即赞同国家暴力起码是在两恶当中择其善者的做法。实现这一目的的主要途径就是宣扬极权主义的意识形态，把英国描述成一个金字塔，任何动摇它的企图都会带来大灾难。此外，还需不断强化"君权神授"的意识，这个极权制度被说成是"自然的"、"上帝"圣定的体制；它是"美好的"，对它的动乱和破坏则是"邪恶的"。这个极权主义体制也正是有些莎士比亚学者所颂扬的公正和谐的"世界图景"。为此，我们可以比较一下佩里·安德森（Perry Anderson）对此所做的归纳：

> 极权主义在本质上是一部经过再次调配后重新开足马力的封建统治机器。这部机器被设计出来钳制占人口大多数的农民，迫使他们回到传统的社会地位中去。[1]

那么，国家为什么需要暴力和宣传呢？这是因为这个国家制度在体制上一直面临着持续的困难。正如那个时期的许多戏剧一样，《麦克白》面临着极权意识形态和保护伞下暴力横行所带来的困扰。这里，必须弄清楚两方面的问题。其一，如果君王软弱无力，在一国之内不能掌握生杀予夺大权，那么合法性和权力就有分离的危险。在从封建制度向极权主义国家转变的时期，这种分离极易出现。欧洲大多数国家中各强

---

[1] 佩里·安德森：《绝对主义国家的系谱》（Perry Anderson, *Lineages of the Absolute State*. London: New Left Books, 1974），第18页。

权贵族之间出现的混战正说明了这一点。在英国,由于1601年埃塞克斯叛乱,这个问题尤为突出。埃塞克斯曾在加迪斯大展英国人击败西班牙人的业绩,这位自命不凡的伯爵很容易忘乎所以,把女王的合法性抛在脑后,自以为能够成为一个比起年老色衰、优柔寡断的伊丽莎白女王更出色的统治者。莎士比亚笔下的理查二世曾向国王拥立者诺森伯兰伯爵预言说,他最终必定会向波林布鲁克的统治发难:

你必会思忖
虽然他(波林布鲁克)平分国土,与你一半江山,
这又算得了什么?因为你为他赢得了一切。(《理查二世》,第五幕第一场第56—61行)

乔纳森·多利莫尔和本文作者曾在另一些文章中指出,莎士比亚的《亨利五世》写于埃塞克斯权势鼎盛时期。剧中亨利国王非凡的王权神话力量来源于在这个君王身上合法性和实际权力奇迹般的结合。《麦克白》一开场,我们看到邓肯国王统治的国家的安危明显系于一位最杰出的武士,这就造成了一种危险的动荡局面。这部剧的原始材料也说明了这一点。在第一幕第七场的开场独白中,麦克白坦白地承认了邓肯的全部合法性:他本人是邓肯的亲属、臣子,此时还是邀请人;国王一直"为政清廉";一旦想到将废黜这位国王,麦克白心中不禁唤起了天使、下地狱和带翅膀的小天使这些意象。但是,国王能够独立于麦克白以外的权力无非就是这些东西,它们面对的是汹涌"狂暴的野心",是麦克白渴望把自己的实际权力转变为王权的驱动力。合法性和实际权力之间的分裂一直是极权国家道路上的潜在阻力。另一个问题虽然没有那

么引人注目,却是一个更为持久的老问题,这就是:极权主义与暴政有何区别?这使我们想起了当时的有些事件。比如,1572年法国的圣巴索罗缪大屠杀;1590年至1591年在苏格兰逮捕了一百多名女巫,其中不少人死于酷刑;还有英国军队对爱尔兰人的血腥镇压。在合法性暴力问题上,与《麦克白》有直接联系的历史事件就是1605年的议会爆炸阴谋案。这次旨在颠覆国家政权的暴力事件引起了国家对罗马天主教的长期暴力镇压。这表现在极权国家力图彻底控制宗教机构,对那些四处活动、不肯就范的天主教徒处以罚款、监禁酷刑及至处决的惩罚。请看1598年对简·怀斯曼的判决:

> 兹判决如下:该被告简·怀斯曼将被囚禁于英国高等法院所属马萨西监狱。在狱中,该犯除下身可穿上布物外,应全身裸露,仰卧地上,头下掏空,头即置于空穴之中。在该犯身上各部位均应压上其能承受或更沉重的石块和铁块。只要该犯不死,其所食应为狱中最次等的面包,其所饮为狱中最劣质之水。食用之日不得水,饮水之日不得食。如此苟活直至其毙。[1]

这样的刑罚据说是为了"招安、扶助和纳养众教士",也是针对那些严刑拷打下宁死不出卖同谋,也不肯服罪告饶的人。本文论及的国家暴力绝无抽象性或理论性可言。如果把这个问题与莎士比亚戏剧联系起来看,麦克白的统治与当时欧洲君主们的所作所为岂不如出一辙?

詹姆斯国王曾企图驳斥这些相关的问题来捍卫极权国家。在《国

---

[1] 约翰·杰拉德:《伊丽莎白时代的自传》(John Gerard, *The Autobiography of an Elizabethan*, trans. Philip Caraman. London: Longman, 1951),第52—53页。

王的礼物》(1599)中,他坚持对"合法的英明国王"和"篡位的暴君"做出明确区分:

> 一类国王既蒙上帝恩赐治国安邦之大任,则为国尽责,自知为民而立。另一类顽信臣民为其所生,任其暴虐贪婪之心所役使,或仰其王恩而滋甚。如是,其治既本末倒置,则其行,或曰其所依之治国之法,亦不达也。[1]

显而易见,詹姆斯意在否认极权君主与麦克白之流有任何实质的共通之处。在上述的段落中,詹姆斯的辩护显示了三个特别明显的方面。第一,他的出发点是指出两类不同的、泾渭分明的统治者。这种两分对立的做法是极权主义意识形态的典型方法,被用来扫除封建制度权力分配的繁复构成,以便建立一个非君则民的、一目了然的社会结构。新教主义也常常用类似两极分明的方法来区别对待"精神方面"的身份。詹姆斯本人是这样解释魔鬼的作用的:

> 魔鬼既与上帝分庭抗礼,则欲知上帝,必以知其对立者为通法。[2]

所以说,必须区分出两类不同的统治者。其中一类的恶行似乎正

---

[1] 查尔斯·H·麦克伊尔韦恩编:《詹姆斯一世的政治著作》(*The Political Works of James I*, ed., Charles Howard McIlwain. New York: Russell and Russell, 1965),第18页。

[2] 詹姆斯一世:《恶魔学》(*King James the First, Die Monologie (1597), Newes from Scotland (1591)* (London: Bodley Head, 1924),第55页。

好保证了另一类的贤德品性。第二，詹姆斯把合法的英明国王与篡位暴君作严格区分，这样就否定了合法继位的君王也会成为暴君的可能性。于是，它就可以通过坚持合法贤明君主的特殊地位来对付合法性和实际权力可能的分裂，同时也可以表明合法君主的所作所为都是唯一合法的，以此来抵制人们对这样的君王所行使的暴力提出的质问。第三，我们可以看出，詹姆斯所做的整个区分，不是以合法英明君主和篡位暴君的行为为准，而是基于他们的动机。这样一来，对极权的君主实际统治的任何评价似乎都显得毫无意义了。根据上述观点，对现存权力关系结构的任何反抗行为都与上帝和人民为敌，而任何有利于社会现状的暴力都是合法正确的。这自然也包括对怀斯曼的合法虐杀。事实上，对合法君主和暴政统治所做的区分最终还是站不住脚的，这即使在詹姆斯的论述中也是如此。因为，对国家的责任最终促使他为在位君王的暴行辩护。

我们常常可以这样设想，《麦克白》也像詹姆斯国王一样担负着同样的使命，即试图匡正极权国家的意识形态，让它显得既和谐一致，又令人信服。用詹姆斯的观念来解读这部剧的理由极为明显，这里仅提一点：据信这部剧是特意为詹姆斯国王所作。剧中每一个重大场合，麦克白都被意识形态剥夺正统资格，而他的反对者却正好相反，得到了意识形态的认可。为了表示对麦克白这个篡位暴君的否定，剧中出现一整套有关自然和超自然的对立结构（这也是主导意识形态为了树立自己的地位常用的观念）："自然"斥责麦克白（第二幕第四场）；麦克白夫人欢迎"自然的罪恶"的到来（第二幕第五场第50行）；麦克白希望看到：

自然的生命种子被统统搅乱

直到毁灭占据一切。(第四幕第一场第59—60行)

善恶完全体现在忏悔者爱德华和女巫身上,天堂和地狱的语言贯穿于整部剧中:麦克白夫人召唤着"掌管杀戮的天使"(第一幕第五场第50行);麦克白也意识到"干掉他(邓肯)难逃永下地狱的诅咒"(第一幕第七场第20行)。这一切似乎都安排妥当,以证明詹姆斯观点的正确,都在说明今生来世合法明君和篡位暴君最终的结果不可同日而语。在叙述所谓爱德华国王能治愈"邪恶病"(实际上是淋巴结结核病)的那段叙述中,这种表现善恶的策略得到了充分的体现,那是"这位贤明君王最奇特的本领"(第四幕第三场第146—147行)。詹姆斯本人知道,这不过是迷信活动,而且拒绝效法。但是,后来,他最终相信了从事这种活动将有助于在公众眼中加强他的王位合法性。正如弗兰西斯·培根所言,超自然的观念有助于让人默然顺从,也就是说,善于追逐权力者往往把自己的成功"归功于神圣的天命和福分,从不夸耀自己的德行和政令"[1]。比起莎士比亚的其他剧作,《麦克白》更为频繁地引用这类天意观念。这出剧一直在表明,麦克白是出现在一个和谐有序的国家内的重大干扰,从而掩盖了一个观念,即这个社会体制会出现这样或那样的运转失灵。这出剧还表明,麦克白施展的暴力都是邪恶的,而合法君主行使的国家暴力则可另当别论。

用詹姆斯君王观念来解读《麦克白》还涉及如何解释麦克白最终被废黜和被杀的问题。在这里,上述政治策略更是必不可少。按照极权

---

[1] 参见弗兰西斯·培根:《文集》(Francis Bacon, *Essays*, introduction by Michael J. Hawkins. London: Dent, 1972)。

主义的意识形态,即便是暴君也不应受到反抗。然而又绝不可能让麦克白成为最终的胜利者。于是,剧中出现了两种解决办法。其一,麦克白的败亡看上去不是人为的结果,而是顺应自然或是超自然的结局。这似乎是一场善恶斗争的必然结果:

麦克白
是熟透的果子正待摇落,上苍之力
已准备就绪。(第四幕第三场第237—239行)

最巧妙的是,剧中对于伯那姆森林的移动和麦克道夫的不凡出生虽然都加上了人为的解释,但是与此同时,仍然留有余地让观众相信自然和超自然的力量在起作用。于是,这出剧对观众起到的效果犹如女巫之于麦克白。其二,如果权且认为麦克白的败亡是人为的结果,那么该剧也煞费苦心地暗示出,麦克白在被推翻之前很难说是个在位的君王。编年史中麦克白统治颇见成效的几年被抹去,麦克道夫和马尔康也从未向麦克白宣誓效忠。戏剧情节匆匆之间,麦克白似乎从未真正称王即被翦灭。即使如此,矛盾也根本不可能完全消失。按照詹姆斯的君王观念来解读,有必要让麦克白扮演成一个十足的篡位暴君以便衬托出合法的贤明之君。同时,他也根本不应该是个君王,这样就可顺理成章地废除其权力并结果其性命。全剧开头,麦克白杀了一个叛逆和一位国王。显而易见,这是两种完全不同的暴力行为。这里反映的是极权主义的意识形态。麦克道夫杀死了麦克白,也相当于杀死了一个叛逆和一个国王,只不过此处二者同为一人。这类矛盾最终难以消解,妨碍着用詹姆斯的君王观念来解读《麦克白》这部剧作。

批评界常常想当然地认为，用詹姆斯君王观念解读《麦克白》无非是以历史为参照；而且，除此而外，莎士比亚及其同时代人不可能有其他的国家意识形态观念。但是，情况远非如此，有些论述完备的理论站在贵族一边，为其反抗君王的行为张目。而且，詹姆斯的理论显然也未能让议会爆炸案的阴谋者们俯首称臣。更能说明问题的是苏格兰人乔治·布坎南的理论，因为我们可以根据事实推理出，詹姆斯1584年在苏格兰确立了个人统治后试图压制布坎南的文章。在《国王的礼物》中，詹姆斯告诫儿子说：对那些"卑鄙的造谣中伤者"应"绳之以法"。詹姆斯既然这样不遗余力地夸大其词，如此操纵遥控，我们不禁要问，他这么做到底要压制什么样的非正统观念和立场呢？赞同极权主义的观点构成了《麦克白》意识形态的一个方面，就是说文本使一系列的观念和态度发挥了作用；而布坎南的《国王之法》(1579年)和《苏格兰史》(1582年)也许标志着另一方面。在布坎南看来，君王源于民又与民同在，违背民意乱用权力的国王就是暴君，应予废黜。苏格兰的问题不是臣民犯上作乱，而是群王争权夺利：

> 人民虽有不满，然叛乱多起于当权者，他们妄图把这个具有法制传统的王国拖入极权和无视法律的专制之中。[1]

布坎南的观点实际上与詹姆斯的立场正好对立；它最终成了推翻詹姆斯的儿子查理一世的合法依据。

---

1 《玛丽·斯图亚特的暴政》(*The Tyrannous Reign of Mary Stewart, George Buchanan's Account*, trans. and ed., W. A. Gatherer. Edinburgh: Edinburgh University Press, 1958)，第49页。

布坎南的《苏格兰史》通常被认为是《麦克白》的来源之一。布坎南用它来证明他的理论并为1567年推翻苏格兰的玛丽女王提供合法依据。在这本史书中合法明君与篡位暴君的二元对立不再成立，因为玛丽是合法统治者，但同时也是一个暴君；夺取王位者虽然是篡位者却也算得上合法。玛丽被赋予麦克白的许多品性。据说她仇视忠良，沉湎巫术占卜，喜好使用外国雇佣军，在政敌家中安插密探，威胁贵族生命；玛丽战败投降后在爱丁堡的大街上被当众羞辱，这也正是麦克白所担心的。传说她如果能够抓到她的儿子，将毫不含糊地把他处死。把玛丽描述成如此的大暴君使詹姆斯十分难堪，这也许就是为什么女巫要向麦克白展示刚好八个国王的缘故（第四幕第一场第119行）。不管怎么说，玛丽的暴君形象在新教的宣传和斯宾塞的《仙后》中得以牢固树立，议会爆炸案也对此起到大肆渲染的作用。由于玛丽是合法君主，对她传说中的暴虐的任何回顾都会让人察觉极权主义意识形态的矛盾，都会妨碍对《麦克白》做常规的阐释。我们一旦觉察到这一干扰因素，对这个剧作詹姆斯观念式的解读就变得漏洞百出了。

其中一类问题与宗教善恶和神谕有关。这些观念旨在对麦克白的暴力和国家合法行使的暴力做出区分。在其他文章里，笔者曾论述过宗教改革派的基督教试图防止那种自相矛盾地把大权和善的观念集于一尊所做的显著努力。这里对此仅做大致的描述。《麦克白》一如极权主义意识形态和宗教改革派的做法，坚持"善恶"的两极划分。与此同时，该剧也效法当时盛行的信条，执着地认为人事皆由天意裁决。这两种互依共存的观念都谴责并镇压"邪恶"，但也共同造就了一位怂恿"邪恶"的神。正统的教义，即总体上的加尔文教对这一结论丝毫不会持有异议。例如，詹姆斯在他的《魔鬼论》中认为堕落的天使是"上帝之刽子手，秉承上帝旨意而执行其务"。然而，文学对于这一观念的虚构加工往往指向其难堪之处，揭示出一种难以克服的困惑。传统的批评对《麦克白》中这个两难因素也有触及，这表现在对下列问题无止境的争论中：女巫的出现在何种程度上使得麦克白的行为或多或少地得到原谅以及麦克白在何种程度上掌握着自己的命运。把政治问题投射到假想的超自然维度上的做法似乎认可了极权国家，但也预示着会给当时的意识形态带来另外一系列的麻烦。

读过布坎南的文章而变得精明谨慎的读者也将在《麦克白》中发现一系列直截了当的政治问题。这些问题往往打破詹姆斯所依赖的有关篡位暴君和残暴的合法君王之间的两极划分。批评家们已经注意到许多这类问题，但是这往往仅限于这些问题顺应于某单一剧本自圆其说的解读之中。这些问题中为首的是，邓肯的地位并不明朗：他有多大的实际权限，我们不得而知；他处事并不机敏；在他统治下的王国早在麦克白起而反叛之前就已是一片混乱。G·K·亨特在企鹅版导言中也谈到了麦克白杀死麦克顿瓦尔德"残暴和血腥"场面引起的不安，马尔康的地位也显得含糊不清。邓肯既然封他为"坎伯兰德王子"（第一幕第四场第35—42行），这正好印证了编年史中所说的：王位继承并非都是世袭的。还有，麦克白似乎也是由各氏族领主推举为王的（第二幕第四场第29—32行）。

本文作者曾说过，《麦克白》可被看作为推翻篡位暴君所做的具体的合法证明。然而，剧中班柯举棋不定的行为却把这个观点的两难境地揭示出来。在原材料中，班柯与麦克白结为同党。但是如果将此照搬到剧中无疑会给詹姆斯国王的家族抹黑并且减弱了戏剧一时之间那震撼人心的爆发力。莎士比亚采取了让班柯无所事事的折中办法。班柯怀疑麦克白"为此干尽了大恶事"（第三幕第一场第3行），但对女巫预言一事守口如瓶。相反，他却指望女巫能"置我于希望之中"（第三幕第一场第10行）。如果说，马尔康和麦克道夫最终推翻麦克白是正当的，那么就应该让班柯采取更为明确的行动。

再者，如果我们一旦带着布坎南更为现实的政治分析论断来阅读此剧，那么，麦克道夫的最终地位就显得有不祥之感，终场时，麦克道夫与马尔康的关系相当于开场时麦克白之于邓肯的关系。麦克道夫此时已是合法君王所依靠的国王拥立者，在此我们感到同样的事件将再次发生（在演出中，让麦克道夫与女巫相遇，即可表明之一点）。要对这个剧本做詹姆斯观念式的解读，就必须让人感到，麦克白是"美好"社会体制中一次独特的"邪恶"大爆发。而麦克道夫在马尔康统治下的国家所扮演的角色却促使我们意识到向极权主义过渡时期中权力关系实质上的不稳定，因此也就可以意识到国家有权力合法地行使暴力这种说法的有效性是值得怀疑的。毫无疑问，麦克白是杀人凶手，也是暴虐的统治者。然而，他不过是极权统治者的一种类型，而不是其极端的对立者。

马尔康在一次试探麦克道夫的对话中也提出过一些极为相关、具体涉及暴政的实质问题。按照布坎南的说法，苏格兰贵族曾有一时根据"只要对国家的利益不构成威胁"，"更隐秘的罪行"可以得到宽恕的原则，给予玛丽及其丈夫"证据不足而假定无罪"[1]的处置。请看麦克道夫已筹划好了不少对苏格兰国家的威胁：

---

1 《玛丽·斯图亚特的暴政》，第88页。

纵欲无度是本性的暴虐，它让欢乐王位早早空缺，让众多国王身败名裂。可是不要彷徨犹豫去摘取那本来就属于你的一切；你尽可私下花天酒地，尽兴销魂，但是表面却道貌岸然，以此避开世人耳目：宫中自有争宠斗艳的女人，只恐你情欲虽高，却没有那饿鹰般的胃口，来吞下那么多攀附风雅、委身帝王的女人。

（第四幕第三场第66—76行）

本性中的暴虐指比喻意义上内心情欲世界中的骚动不安。但是在这个语境中，读者很容易理解为实际的王国中刚愎自用造成的结果。麦克道夫意思是说，这种行为不仅是篡位者倒台的原因，也是国王（即"欢乐的王位"的占有者）败亡的根源。尽管面临这种危险，麦克道夫仍怂恿马尔康去得到"本来就属于你的一切"（这本身就是不祥的说法），这既意味着马尔康对王位总的继承权，又指他对女人进行引诱和施暴的权利。所幸对于后者无须施加暴力，因为，自有"争宠斗艳的女人"。这里，麦克道夫已经把女人的肉体和灵魂（剧本的意识形态意义上的灵魂）抵押给一个被设想为合法明君的怪物。显然，这并不会引起什么麻烦，因为可以蒙上人民的眼睛。这样，麦克道夫让我们看到，詹姆斯企图赋予极权君主的美德不过是一种意识形态策略罢了。而且，只要有这种美德的幻觉也许就足以使这种社会体制保持不变。

更糟的是，马尔康扬言要干更多的恶事。按照麦克道夫的说法，这是"比淫欲更加根深蒂固的贪婪"（第四幕第三场第84—85行）。马尔康也许不仅会糟蹋人心，还会败坏财产关系。然而，这也会得到宽恕的。当然，马尔康实际上并非如此。但是问题在于，他完全可能如此。正如麦克道夫所说，许多国王都这么干过，而且这些都是无可非议的。

此外，甚至马尔康最终的洗清卖白都不能掩盖住他一直在说假话这个事实。他这样说道：

> 我第一次说假话
> 就是刚才的自我毁谤。（第130—131行）

这话也许千真万确，但是它也说明了这种对合法贤明君王和暴君都十分有用的心计。在霍林希德的叙述中，马尔康在这里自称的最大罪过是说谎。但是莎士比亚用一段激越的、召唤绝对暴政的笼统文字来取而代之。这是否因为开头马尔康的自我谴责太过分了？整段对话的内容从麦克白空前的具体暴行开始，但在对话过程中却明确地表明，暴君和明君的品质不乏相通之处。

《麦克白》为两种截然不同的阐释模式都提供了可能性：詹姆斯观念式的解读为极权主义歌功颂德；与此相对，我们根据布坎南的观念则使这种解读不可能顺利继续下去。后者也表明宗教是怎样被用来支撑着国家意识形态；同时宗教也可用来削弱这样的观念，即在位君王的地位不容动摇和颠覆，而国家暴力根本上是特殊的和合法的。普遍认为，批评的任务就是要解决这些阐释问题，就是要联系原材料，联系其他剧本、剧院习俗、历史语境等来阅读文本，同时判断出剧本究竟站在哪些立场观点得以传世并对相反的依据加以解释和排除。然而，这既不是一种恰当的批评程式，其论述也不符合总体客观事实。

为了论述方便，可以权且设想，我们目前所能理解的詹姆斯观念式的解读更适合《麦克白》及其詹姆斯时代的语境。这样就会出现两个问题：上述由于引入布坎南观念而造成的对这种解读的干扰究竟处于何种状态？以往惯常的批评坚持这种解读，其结果如何？

对于第一个问题，本文提出三点。第一，布坎南观念的干扰已不可避免地存在于剧本之中。即使我们相信莎士比亚曾经试图掩盖极权主义意识形态的矛盾，他也必须解决那些有碍于他随意添加内容的焦点问题。只有这样，他的工作才能达到一定效果。这些焦点问题必须得以清晰地呈现以便加以解决。而且，问题一旦被揭示出来，就容易被读者和观众捕捉到并引起注意，形成那种不容分说的解读以外的另一种读法。一种立场往往预设它的对立面。甚至詹姆斯的论述在这种分析面前也显得软弱无力。例如，他在文中曾十分牵强地引用一段圣经故事：先知塞缪尔及时警告以色列人不要推选国王，因为，国王会对他们实行暴政。这是一个不可忽略的著名故事，因此詹姆斯引用它借以说明，塞缪尔是在教导人民安分守己，顺从耐心。然而，塞缪尔的这番宣告一旦昭然于詹姆斯文中，读者就有了对国王具有倾向的故事诠释提出质疑的余地。想要阻止读者具有这个自由度几乎是不可能的，因为哪怕捂得最严实的封闭体系都会被挑出毛病。于是，我们开始认识到，文本并不提供一种供人们去发现的统一和谐的意义，而是在解决一连串能够引发最丰富的想象，因而也是难以驾驭的关键问题；文本无法控制阅读过程中产生的纷然杂陈、相去甚远的种种解说。

第二，布坎南观念的干扰在本文中是由于笔者对詹姆斯观念的意识形成提出质疑以及笔者对现实政治问题的关注而引发的。可以想象，《麦克白》的众多读者将会持有同样的观点。不管怎样，这个问题的理论意义也值得一提：如果上述观点广为接受，以往有关《麦克白》的老生常谈就会发生转变，布坎南观念异说将会成为讨论这个剧本显而易见、顺理成章的方法，这也正是恰当的文本分析的观念之所以得以确立的过程。我们可以从女巫的经历中简要地看到这一过程。对于詹姆斯时代的许多观众来说,女巫是一种社会和精神现实。她们的真实存在正如忏悔者爱德华的存在,甚至有过之而无不及。由于人们对超自然力量,特别是魔鬼力量在现实世界中的作用开始发生怀疑,女巫摇身一变,利用新颖的场景、歌舞,精致的服饰的一些飞动装置,实地实效,大出风头。这些手法经过了威廉·达维南德爵士的一次改编,竟成了1674年至1744年戏剧演出的唯一舞台形式。此后,达维南德的巫术场景虽被弃置,但在1888年以前,女巫的广告宣传仍在舞台上演出。后来,人们采取其他方式对待女巫,这当然是因为他们一直不能像当年莎士比亚的大多数观众那样,把她们想象成荒野中不期而遇的现象的缘故。肯尼斯·穆尔这样说道:

> 人们开始不再相信魔鬼的客观存在,但是魔鬼和它们的活动在人们的心目中仍然象征着邪恶的运作。(新阿登版《麦克白》,第lxx页)

近期的批评论著和舞台演出发明了各式各样的手法,意图让女巫为我们的时代"服务"。这些从特定的立场出发对剧本某个方面的不断包摄显得花哨浮浅,但也证明了,尽管正统的批评观念标榜自己是对文本唯一的评判,但在某种程度上,这种说法其实大谬不然,因为它只是在现实公认的参照范围内对文本的重写。布坎南的观念干扰并不见得会永远是詹姆斯观念解读剧本的边缘注解。

第三,我们可以设想,布坎南的君主观念在这部剧最初的一部分观众中也引起了一定的共鸣。但是说到底,我们无法估计当时有多少人倾向于布坎南对王权所做的分析。我们只能通过当时对国家权威各种形式的反抗来猜测出这部分人的存在。众所周知，这些反抗在英国内战（革命）中到了登峰造极的地步。几乎可以断定，当时一定有一些人用反抗詹姆斯的眼光来解读《麦克白》。由于这样的解读具有历史有效性，它就可以粉碎詹姆斯观念式解读的优先地位。我们必须正视各不相同、富于创造的观念，激发文本中各式各样的含义。此外，我们也可以为自己开拓类似的阐释自由。从一开始，这个剧本就在其意识形态场中占有复杂的位置。我们今天能够指望看到的也只会有增无减。

经过这番有关布坎南观念干扰状态问题的讨论，以往的批评为什么一贯坚持詹姆斯观念解读的问题就似乎成了批评的政治问题。正如其他文化生产，文学批评有助于影响人们对世界的思维方式。这就是为什么本文极力提倡在文本和国家政权之间作互为对立的理解和缘故。显然，大多数批评不仅复制而且赞成詹姆斯式的意识形态，这样就有碍于对国家暴力的合法性做出审视。而《麦克白》则能促进这种审视。我们这里讨论的是现实的焦点问题。这一点从议会爆炸阴谋案和1984年的布莱顿爆炸案二者难以置信的相似，以及事后提出的有关国家暴力和其他形式的暴力等等相似的问题即不难看出。本文的结论部分讨论一些有关《麦克白》解读的主流批评的政治问题。为此，笔者划分保守派和自由派两种立场，二者都倾向于用"悲剧"这个令人肃然的字眼来界定自己的论述。

保守派认定这部剧的主题是"邪恶"。穆尔为此列数出一连串的断言：《麦克白》"反映了莎士比亚对邪恶观念最深沉，也是最成熟的看法"；"整部剧可以作为毁灭与创造的较量而记录下来"；正是"有关邪恶的一次陈述"；"这是总体战争中一场特殊战役的画面"；"这部剧包含了莎士比亚善恶的关键性取向"。[1] 这些说法不过是詹姆斯观念的意识形态的扩展形式：杀死麦克顿瓦尔德是"善"，谋杀邓肯为"恶"；而且，展现于极权主义意识形态之中的等级社会被等同于自然、超自然状态以及"人类状况"的必要条件。这一观点往往被阐述发挥，形成据说是莎士比亚本人阐述过，经过批评家含蓄地赞同的社会政治批评模式。无怪乎穆尔认为：

[这是]一个秩序井然、结构严整的社会，与麦克白首次犯罪（即谋杀邓肯，而不是麦克顿瓦尔德）后带来的社会混乱形成对比。剧中强调了这种有序的合自然规律性和麦克白打破秩序的非自然性⋯⋯（新阿登版《麦克白》，第 li 页）

欧文·里比内也说，福利恩斯"象征着建立在承认自然规律基础上的未来。当邪恶耗尽能量，未来将不可避免地返回根本，重建上帝的和谐秩序"[2]。

保守派对詹姆斯观念意识形态的赞同并非是要认同现代国家。正如许多20世纪文学批评一样，他们把目光投向过去，呼唤着一种早期的，据信是更为可取的社会状态。罗杰·斯克鲁顿就这样说过：

如果说保守主义者同时也是复辟拥护者，那是因为他们的生

---

1 威廉·莎士比亚：《麦克白》，新阿登版，肯尼斯·穆尔编（William Shakespeare, *Mecbath*, ed., Kenneth Muir, the New Arden. quoting G. Wilson Knight, L. C. Knights, F. C. Kolbe, Derek Traversi），第xlix页。

2 欧文·里布纳：《莎士比亚悲剧的模式》（Irving Ribner, *Patterns in Shakespearean Tragedy*. London: Methuen, 1960），第159页。

活贴近社会，内心深深体验到动乱的恶疾给社会造成的危害。因此，他们怎么能够不把目光投向那个人类堕落之前的思想社会？[1]

这段话与许多批评家评论《麦克白》的言辞大同小异。在他们看来，他们召唤的詹姆斯观念的社会秩序在剧终得到了恢复。这也正好说明了他们希望我们这个多灾多难的社会有个大团圆结局的渴望态度。然而，由于保守派的讨论对政治和社会的分析认识不足，因此不能找到国家权力的主要决定因素。

自由派不轻易直接地苟同于任何国家权力，因为他们在麦克白身上找到一些尚可进一步讨论的优点：

> 我们最终对他没有完全丧失同情。
> 我们对罪犯也不能丧失同情心。[2]

这种观点认为，国家并非完善无暇，它不能考虑到每个思想微妙和个人的特殊意识。麦克白的想象力与那种刻板单调的惟名的传统格格不入。尽管他有这么多的越轨行为，也许正是这些行为，使他能够超越那些被他破除的戒律。用约翰·贝利的话来说：

> 麦克白出众的地方在于他对常人生活、时令变迁和事物轻重

---

[1] 罗杰·斯克鲁顿：《保守主义的意义》（Roger Scruton, *The Meaning of Conservatism*. Harmondsworth: Penguin, 1980），第21页。

[2] A·C·布拉德雷：《莎士比亚的悲剧》（A. C. Bradley, *Shakespearean Tragedy*, 2nd edn. London: Macmillan, 1965），第305页。

缓急有着丰富的情感体验。这种感受能力正是剧中其他人所不自觉或视为当然的。通过悲剧规定他必须完成的行为，麦克白不仅最终认识了自己，同时也认识了生活的本来面目。[1]

本文作者把这种看法叫作"自由派"，因为它不论极权国家还是现代国家，总是在关注着这个对个人情感不屑一顾的国家形式，而且试图在某种程度上为那些桀骜不驯的个人正名。然而，自由派由于不愿对此做出政治分析而流于肤浅。这类批评讨论麦克白的反叛时总带有保留余地并对叛逆的最终毁灭抱有如释重负之感。这表现了这样一种认识：一切人为皆为徒劳，万事命中注定，人类状况正是如此。这种回避政治分析和政治行为可能性的态度与保守派的阐释几乎没有什么两样，它们都没有对国家做出认真的剖析。

莎士比亚善于预见未来的一切可能性，这样的说法世人皆知，但未必可信。文学批评的知识精英们企图在那些不安分于人类局限的"高于"的悲剧主人公的经历中证明自己对宇宙敏锐的直觉，这种想法实在有些荒唐；他们最终会尝到宏伟想象之后的迷茫。保守派和自由派的批评家在《麦克白》那两个医生的人物形象中似乎最能找到他们需要的范例。英国医生上场台词只有四行半（第四幕第三场第141—145行）。他说爱德华国王即刻驾到，恭候他的是那些身患绝症，令最高明的医生也束手无策的病人。爱德华将用神医法治好他们的"邪恶"病。未来将成为国王的马尔康应道："谢谢大夫。"这个医生正是那些保守主义者，他

---

[1] 约翰·贝利:《莎士比亚与悲剧》(John Bayley, *Shakespeare and Tragedy*. London: Routledge, 1981), 第199页。

们宣扬对那种曾有利于国家，代表着理想等级的神秘化偶像保持恭敬，祈求于"邪恶"、"悲剧"、"人类状况"等神灵来实际促成对国家政权的默默服从。

在第五幕第一场和第三场中，苏格兰医生实际上被请来诊治君王的统治结症和国家动乱的根源：

> 大夫，假若能行，抽取这个国家的小便，找出她的病根。（第五幕第三场第50—51行）

然而，正如不愿做深层剖析的自由派知识分子那样，这位医生说道：

> 此病非我之医术能治。（第五幕第一场第56行）

> 我心里明白，却不敢说出。（第五幕第一场第76行）

> 看来病人必须好自为之。（第五幕第三场第45—46行）

> 但愿我能远远离开邓西那。
> 此处赏钱再高，我也不会再来。（第五幕第二场第61—62行）

这位医生在国家暴力证据面前为难地互相扭动两只手，用旁白来掩护自己的良心表白。这样的举动正像自由派知识分子，明知这个制度从根本上出了毛病，却不愿另辟道路，根除弊端。此外，他们为了认可这种态度,去莎士比亚的戏剧中寻找"悲剧"和"人类状况"的说法,用以解释那些逾矩犯上者在劫难逃的灭亡。

(黄必康译)

瓦解性别差异
——莎士比亚喜剧中的意义与性别

凯瑟琳·拜尔西[1]

一

索绪尔认为，意义是差异带来的结果。索绪尔的示意图似乎表明，每个语言单位、每个能指，都只有一个意义。即使说后结构主义已超越了索绪尔的示意图，它也并未抛弃索绪尔理论最根本的原则，即意义的建立与所指无关，也与意图无关；与之相关的只是某个语言中一个词语与其他词语之间的差异的关系。之后，我们逐渐开始认为，意义是不固定的，总是处在变化之中，总是有不止一个。这个结论首先来自于对语言的一种分析，这种分析认为，语言本身就是种种互不相同的话语（或知识），是一组组词语，是包含特定世界观的词语之间的关系。其次，这个结论考虑到这样一个论点，那就是，在单独的句子中，意义不会充分体现，反而总是会被延宕，总是暂定的，就是因为意义的确定，靠的是这一词语与构成这种语言但并未同时出现的所有其他词语之间的差异

---

[1] 凯瑟琳·拜尔西（Catherine Belsey）：英国斯旺西大学教授，出版《理论与实践中的莎士比亚》、《莎士比亚与伊甸园的失却》等莎学专著。本文选自约翰·德拉卡吉斯主编《莎士比亚别论》，伦敦：梅休因出版社，1985年，第166—190页。

的关系。

我们所学到的——并且学着去生成的——那些意义的问题在于，它们似乎定义并界定了我们可以想到的一切、可以想象出的一切以及所有可能的事物。将意义固定下来，结束意义的变化，去除其多义性，这些做法事实上就束缚了可能性，将其变为事实。相反，破坏意义的恒定性，就是在探看意义的其他可能性。保守的文学批评在作品中寻找我们熟知的、浅显的常识性意义，因而再次肯定了我们已知的东西。然而，激进的文学批评关注的是通过揭示其他可能的意义，破坏那些确保事物具有恒定意义的差异，来质疑已有知识，给出阐释。这种文学批评的目的，不是要用一种权威的文本阐释来取代另一种，而是提供多种方式，来解读文本，以便拓展那些可想到的、可想象的以及可能发生的一切事物的范围。

我想提出，我们可以认为莎士比亚的喜剧破坏了性别差异，对于那些假定雄性与雌性、男人与女人之间的对立不可避免的词汇，莎士比亚喜剧对这些词汇之间的关系提出了质疑。不过，为了达到目的，我首先需要将注意力放到这种破坏发生的语境，也就是16、17世纪家庭的两个不同含义之间的对立。与今天一样，那时对女性的定义是与男性相关的，是根据她们与男性的关系来定义的。对家庭含义的质疑，就是对这些关系的质疑，因而也是对女性含义的质疑。

二

画的布景是家庭内部。[1] 后面的墙上挂着一只漂亮的钟。雕花的餐

1　Hans Holbein the Younger, *Sir Thomas More, 1478–1535, and His Family*, 1527.

柜上摆放着盘子,窗台上放着几本书,旁边有一个水壶。前景中的地板上,也有三四本书,还有一只矮凳。这幅画画的是英国大臣托马斯·莫尔爵士,身边围着他的家人。画家将这幅画送给伊拉斯谟,后者写信给莫尔:

> 当画家荷尔拜因将这幅画着你全家人的画送给我时,我的愉悦难以言表。这幅画画得如此成功,以致就算我跟你们在一起,我也不会看到你们比画上更漂亮。[1]

这幅画是(或者是)另一幅画的草稿,那幅画高八英尺,宽十三英尺,完成于1527年,现已遗失。[2] 由伊拉斯谟所言可知,其画法是现实主义的,也就是说,有先见之明。画作下方记录的那些名字和年龄显示,这幅画画的是莫尔家中的一个特殊时刻,可能是托马斯爵士的五十岁生日。画中家庭成员的姿势各不相同,相对而言比较随意。莫尔的养女玛格丽特·吉格斯打开一本书在给老法官莫尔看什么东西。大臣最忠诚、最有学识的大女儿玛格丽特·罗珀坐在地板上,怀里放着一本打开的书。她看着妹妹伊丽莎白,伊丽莎白也在看着她。年轻的约翰,即莫尔的继承人,正在专注地看书。托马斯爵士的第二任妻子黛姆·爱丽丝,而非这些孩子们的生母,出现在画面最右边,跪在祈祷台上。塞西莉手持一本书和一串念珠,朝她的方向看着。可能除了小丑亨利·帕藤

---

[1] 蒲伯—轩尼诗,1966年,第99—100页。本次收录中,并未在参考文献中查到此书名。——主编注

[2] Stanley Morison(斯坦利·莫里森),*The Likeness of Sir Thomas More*. London: Burns & Oates, 1963, pp.18-28.

森之外,没有一个人在看着画作观赏者。我们处在画作中与世隔绝的世界之外,这个家庭不知道我们的存在,并未向我们诉说什么。

托马斯·莫尔的家是个亲密、随意又充满爱意的家庭。这幅画展示出这个家庭所处的私人世界,充满生活气息,家人虔诚而好学。同时,这也是一个王国。托马斯·莫尔爵士佩戴着勋带,坐在中间,右边是他的父亲,左边是他唯一的儿子约翰。在画面背景中的是安·克莱萨克,她即将嫁给约翰,以确保家族的延续。在16世纪和17世纪早期,家庭的这两个含义——既是一个王国,又是一块温馨、美好的私人领地——都在发挥着作用,事实上又在互相争斗。在1527年以及之后的许多年里,家庭的主流含义就是一个王国。荷尔拜因的这幅画作与许多表现托马斯·莫尔爵士那一阶层的画作一样,似乎预示了后来的家庭的含义。

在1593年,这位英国大臣的孙子托马斯·莫尔第二委托罗兰·劳基参照荷尔拜因的画再画一幅。[1] 在劳基这幅画上,家庭内部的装饰已更换过,符合当时的潮流。那只钟还挂在老地方;不过,墙壁镶板上罩着绿色帷幔。鲁特琴和插花替换了原来的水壶和水盆。莫尔、他的父亲、孩子们以及儿媳被移到画面左边。他们是按照原画的样子画上去的;不过在这里,伊丽莎白坐在了玛格丽特身后,所以她们俩不再互相望着对方,而是空洞地望向远处。玛格丽特·吉格斯、爱丽丝·莫尔和小丑被移除。墙上有一幅莫尔的儿媳安·克莱萨克的肖像画,约作于1560年。因此,在劳基的这幅画中有两个安,一个十五岁,一个四十八岁。她的肖像画的两边都是盾形纹章。纹章之下,略显拘谨地坐着她的儿子托马斯·莫尔第二、他的妻子玛丽以及他们的两个儿子约翰和克莱萨克。他

1　Rowland Lockey, *Sir Thomas More, 1478–1535, With His Family and Descendants*, 1593.

们手持弥撒书。四个人都挑衅地望向画作观赏者。他们与前面提到的拷贝自荷尔拜因原作的那三代人形成了奇怪的反差,因为虽然经过调整人物位置和移除两位在莫尔家族族系中不存在血亲关系的成员,那种亲密感和相互关联感已被去除,但是这个家庭的早期成员显然仍未意识到有人在观看他们,而他们的后代显然正襟危坐,让人为他们画像。他们之间没有互动,这两组人之间也没有互动。

更有甚者,他们坐在那里,怀着些许蔑视。在16世纪的整个宗教纷扰过程中,莫尔家族一直默默而坚定地信仰着天主教。在1582年,托马斯第二次入狱,于1586年获释,但仍处于被监视的状态。在这幅他委托画家创作的画上,莫尔家庭既是一个王国,又体现了他们的意识形态。对一个随意而私密的家庭时刻的幻想让位于一个历经五代人从未破裂的忠诚于天主教的宣言。这幅画何时创作已不可辨。托马斯·莫尔爵士去世近六十年之时,这位天主教殉道者的子孙后代——始终面临着威胁的天主教信徒们——就这样证明了家庭是 个王国。

劳基这幅画是一个常见的16世纪绘画主题的有趣变体。老托马斯·莫尔的女儿们围绕在他身旁,同时玛格丽特处于画面的最前方。托马斯·莫尔第二则未在画面中为女儿们分配任何空间,尽管她们的名字和年龄被记录在题铭中,写在画面的左下角。在16世纪的英格兰,被画肖像画的大多当属男性——富有的男人们,或他们的子嗣,或富有的男人们及其子嗣(国家肖像画廊中的那幅沃尔特·拉雷爵士及其大儿子的画像就是个非常吸引人的例子:那个孩子约莫九岁年纪,惟妙惟肖地模仿着他父亲的姿势)。女性只有拥有至高无上的权力,其本人才具有重要性,这一点伊丽莎白那许多画像可提供佐证。否则,她们主要只是作为妻子而具有重要性,保证了家族王国的延续。在劳基的画中,安·克莱萨克在两个地方出现；不过，无论在哪个地方，她都未能靠近画面的前方。

在为莫尔家庭画完画像十年之后，荷尔拜因创作了亨利八世及其家人的壁画。在这幅壁画上，亨利身形巨大，两腿分立，"既像静立不动，又像在昂首阔步，将两者奇妙结合"[1]，站在整体看上去更为超凡脱俗的他的父亲亨利七世之前。这位手握王权的王子的身体被认为是其权力所在，也是其权力的证明。根据这幅壁画的一个幸存的17世纪副本来看，在石头祭坛的另一边，珍·西摩站在亨利母亲——约克的伊丽莎白——前面，双手端庄地握在身前。珍没有自己的王朝。她之所以能出现在画面上，是因为她的角色——她生下了王位继承人。这位继承人并未出现在壁画上，因为重要的是他将成为什么人，而不是父母与孩子之间的亲情（请对比20世纪王室照片中的威廉王子和哈利王子，他们是那样受到宠爱、亲抚和逗弄）。事实上，在这幅壁画被画在怀特霍尔宫内室时，珍本人可能已去世。但这无关紧要。亨利七世与妻子伊丽莎白王后也已去世。这三个人都已完成自己确保都铎王朝延续下去的任务。在另一幅可能作于1545年的亨利八世的家庭画像中，爱德华王子坐在国王亨利八世的右侧。当时珍·西摩去世已有八年左右了，在这期间亨利八世已前后另娶过三位妻子，但她仍出现在他的左侧。[2]她才是王位继承人的母亲，而不是当时的王后凯瑟琳·帕尔。

在荷尔拜因这幅壁画上，亨利八世的眼睛望着观赏者——命其服从。亨利七世望向远方，或许是在想象他的后代，子子孙孙一直延续到命运的尽头。两位王后看着她们的丈夫。无论就性别还是政治而言，王

---

1 Roy Strong（罗伊·斯特朗），*Holbein and Henry VIII*. London: Routledge & Kegan Paul, 1967, p.39.
2 Oliver Millar（奥利弗·米拉），*The Tudor, Stuart and Early Georgian Pictures in the Collection of H. M. the Queen*, 2 vols. London: Phaidon, 1963, p.64.

子的身体都明确表现出服从,亨利八世是一个绝对王权的形象,同时也是一个绝对父权的形象。

在王国式的家庭里,女性的位置一目了然,众所周知;同时,在《驯悍记》中凯瑟丽娜最后那一番话语中体现得淋漓尽致:

> 一个女人对待她的丈夫,应当像臣子对待君王一样忠心恭顺。
> (《驯悍记》,第五幕第二场第156—157行)[1]

婚姻中的统治权就像国家的统治权,两者都属于绝对权力。在《错误的喜剧》中,露西安娜解释道:男人"是他们女人的主人,是她们的君主"(《错误的喜剧》,第二幕第一场第24行)。妻子"注定要侍候男人、爱他们、服从他们"(第五幕第二场第165行)。完美的妻子是"温柔而耐心的",是"顺从而忠贞的",就像海伍德在《被仁慈杀死的女人》第一幕第37—41行中描写的那样。完美妻子的榜样就是那个沉默寡言、从不抱怨的格里塞尔达。在16世纪及17世纪早期,她的故事不断被重述,[2]并且可能被应用在《冬天的故事》中,该剧中的赫米温妮同样

---

1 本文所引莎剧中文译文为译者参照朱生豪等的翻译并根据内容需要做了部分改动。——译者注
2 参见约翰·菲利普:《佩兴·格里赛尔》,R·B·麦克凯洛和W·W·格莱格编(John Phillip, The Play of Patient Grissell [1558-1561], eds., R. B. McKerrow and W. W. Greg),牛津:马隆协会出版社,1909年;托马斯·戴克:《佩兴·格里赛尔》,弗莱森·鲍尔斯编:《托马斯·戴克戏剧作品》四卷本(第一卷)(Thomas Dekker, *Patient Grissill* [c. 1599], ed., Fredson Bowers, *The Dramatic Works of Thomas Dekker*, 4 vols),剑桥:剑桥大学出版社,1953年;《佩兴·格里赛尔久远、真实、可敬的故事》(1619年),J·P·考利尔编,《早期英国诗歌》(第三卷)(*The Ancient, True and Admirable history of Patient Grisel* [1619], ed. J. P. Collier, *Early English Poetry*),伦敦:培西学会出版社,1842年;托马斯·狄龙尼:《佩兴·格里赛尔与高贵的侯爵》(1631年印)及《佩兴·格里赛尔的美好甜蜜历史》(约1630年印),F·O·曼恩编:《作品》(Thomas Deloney, "Of Patient Grissel and a Noble Marquesse" [printed 1631] and *The Pleasant and Sweet History of Patient Grissell* [printed c. 1630], *Works*, ed., F. O. Mann),牛津:克拉伦登出版社,1912年。

在丈夫的暴虐行径下失去了她仅有的两个孩子；她耐心地承受着这些痛苦，最终与家人团聚，虽然在这最终的团聚中，弗洛里扎尔代替了马米留斯。

但是，正如荷尔拜因给莫尔家庭画的那幅画中所表现出的，16世纪开始出现了家庭的另一个含义。随着工作与休闲、公开与私密、政治与家庭上的一系列区别的出现，家庭成了一个亲密的、充满温情的领域。在这个领域里，女性和孩子的位置得到了新的定义。家开始被看作一个独立的单位，是一个可以让你从外部世界的冲突中退回其中的小世界，同时也是一个拥有良好学科的学院，在那里妻子与丈夫合作，谆谆教诲他们的孩子们学会去爱，恭谦有礼，拥有美德。充满温情的婚姻必须是建立在和谐一致的基础上的。正如《被仁慈杀死的女人》中一位宾客对那位开心的新郎所说的：

> 在这和谐一致中有音乐存在，它为你带来妻子，以及对无尽喜悦的憧憬。（第一幕第69—70行）

1628年的一幅画[1]表现了新型家庭的一些含义。在不甚清晰的自然背景上，或许是铺满落叶的林中空地，白金汉公爵坐在妻子旁边。如果她的手不是正抱着怀中的孩子的话，从他们肩膀的位置来看，我们能够判断他们的手应该可以拉在一起。一岁的乔治微笑着，身体朝着姐姐玛丽探出，玛丽则从围裙中拿出花朵递给他。既是妻子又是母亲的凯瑟琳身穿黄色丝绸衣服，居于色彩鲜艳的画布中央，虽然公爵离我们更近

1　Gerard Honthorst, *George Villiers, 1st Duke of Buckingham, 1592−1628, and His Family*, 1628.

些，身形也更高大。公爵夫人在文学中的典范不是格里塞尔达和赫米温妮，而是迈克达夫夫人和马尔菲公爵夫人，她们是家庭中的慈母，她们的清白和慈爱成为观众的证据，证明了那些杀死她们之人的荒唐暴行。如果画面上的夫妻俩没有看向观赏者的话，那么这个家庭同样可以属于19世纪，在这个伟大的时代里，家庭回归本真、充满温情；或者事实上同样可以属于20世纪，在这个世纪，家庭又一次成为战场，成为保守主义者与女性主义者的战场。

这幅画就是证据，证明了家庭的新含义既不是纯粹"清教徒"式的，也不是纯粹贪图享乐的：即使是白金汉公爵最大的敌人，也不能指责他属于两者中任意一个范畴。我并不想暗示家庭的另一个含义的出现与宗教改革和商业资本主义的崛起毫无关系。事实正相反。但是，与思想史或传统马克思主义经济学的通常研究相比，历史考据，也就是关于意义的历史，是个更加复杂、充满更多矛盾的体系，与整个的社会形成的历史更加深入地交织在一起。我在这篇文章中主要是想尝试追溯这些意义本身的复杂性及其暗示，而不是去确定它们的起源。或者也许只是追溯这些意义中的一个。家庭的新含义牵涉到重新定义夫妻关系，以及重新理解女性在家庭中的位置。

家庭的新含义甚至比其旧含义更不需要详细描述，因为，从不计其数的19世纪小说，到20世纪的早餐谷片广告，都让我们熟悉了家庭的新含义。我们大多数人实践了或者心存内疚地未曾实践过的，就是家庭的意义。它包括浪漫爱情基础上的婚姻，还包括夫妻协同将孩子们抚养长大，把他们培养成幸福的、有益社会的、有责任心的社会成员。因此，现在在这种充满温情的家庭里，女性是丈夫的伴侣，与他一起"共享生活"¹，是弥尔顿后来所称的"恰当而愉快的交谈"²的源泉。在王国一般的专制婚姻里，女性与男性截然不同：沉默、服从、软弱。在真心相爱的婚姻里，浪漫的爱情不再只是青春年少的意乱情迷，而是一生婚姻的黏合剂。这种婚姻中的男性与女性非常相似——正如邓恩在一次有关婚姻的布道中解释的：

> 肤色可以不同，年龄可以不同，财富可以不同，出身可以不同，但要心灵相通，性情相投，同样爱着上帝，彼此同样爱着对方。³

当然，二元对立中新的一元就要出现了。在1640年左右，柯内留斯·约翰逊为第一代卡贝尔男爵亚瑟及其家人绘制了一幅肖像画。⁴他们坐在一扇开启的窗前，穿过窗户，我们可以一瞥他们家产之丰。这幅画在某些方面与白金汉公爵家庭的那幅画非常相似：男爵与妻子的手是可以拉在一起的，不过她手正抱着怀里的婴儿；其中一个小女孩正将手中花篮里的花朵递给小婴儿。不过，虽然男爵面向观赏者，但他妻子伊丽莎白却在看着他。在这个充满温情的家庭里，父权制度再次显现。或许两颗真心的结合从不意味着对女性的平等，而只不过如托马斯·泰勒（Thomas Taylor）所认为的那样，是新的一种变通：

---

1 Henry Smith（亨利·史密斯），*A Preparative to Marriage*. London, 1591, p.9.
2 John Milton（约翰·弥尔顿），*The Complete Prose Works*, vol. 2, ed., Ernest Sirluck. London: Oxford University Press, 1959, p.235.
3 John Donne（约翰·多恩），*The Sermons*, 10 vols. ed. George R. Potter and Evelyn M. Simpson, vol. 3. Berkeley and Los Angeles: University of California Press, 1957, p.247.
4 Cornelius Johnson, *Arthur, 1st Baron Copel, 1604−1649, and His Family*, c.1640.

妻子必须让自己做到在所有合法的方方面面都有助于丈夫，将自己的想法表现得与他的相仿……妻子，之所谓人妻，其角色是没有尽头的，只能让自己适应丈夫的想法和做法。[1]

渐渐地，我们认识到的这对矛盾给性别差异带来新的含义。女性再次与男性产生天壤之别——这一次，她们关爱家人，抚育孩子，凭直觉行事，缺乏理性——并且，她们能产生影响的范围就只是那个被重新定义的、可以从工作和政治的公众世界退回其中的地方。"温馨的生活"、"家庭的温暖"，这些词汇唤起了温情。它们同样能够将女性封闭在家庭的私人领域中，这块领地被认为处于政治斗争之外，因此也就没有权力的行使。

三

意义因差异而存在，意义的确定就是对作为对立物的差异的确定。德里达将这种把差异等同于对立的做法称作是**形而上的**[2]。人们通常认为语言是一个命名过程，是给那些不可改变、不可避免的存在物加上的一套标签，无论它们存在于这个世界上，还是我们的脑海里。这里的确定意义的过程与这种对语言的通常认识相结合，给我们提供了一系列的二元对立，它们定义了什么是某一事物。这些定义也是价值观的体现。在"我／你"、"个人／社会"、"真实／虚构"、"男性／女性"等二元对立

---

[1] John Halkett（约翰·海尔开特），*Milton and the Idea of Matrimony*. New Haven: Yale University Press, 1970, p.46.

[2] 文中黑体为作者所加。

中，一个词汇总是处于优势地位，而另一个总是居于从属地位，永远**不能算作**事物本身。

因此，强调意义是单一的、不变的、指定的，就是在重申现有的价值观。相反，意义的多元性得到极大强调的那些时刻，同样也是现有价值观的秩序出现危机的时刻。为意义而进行的争论破坏了我们认为理所当然的差异体系，将二元对立以及帮我们建立对事物的理解的价值观抛入一片混乱之中。16、17世纪发生的家庭的不同含义之间的较量破坏了性别差异，并且，在这两组含义之间，也就是截然不同的旧含义与新含义之间的空间里。这一时期的虚构作品中出现了一些模式，或者也许是幻觉，它们干扰了将女性定义为非男性——也就是说，不积极、不健壮、不理性、没有权威……没有力量——的二元对立。女性被精确定义为一个**异于男性**的性别，且其"证据"，即这一对立的所在，就是繁衍的过程。因而，家庭作为这一过程的正当来源，作为繁衍后代的地方，就成为决定性别差异的含义的主要因素之一。家庭含义的变迁从根本上来说具有不连续性；从任何意义上来看，这种变迁都不能算作进化。这种根本性的不连续性造成一个缺口，透过这个缺口，我们可以暂时看到女性的其他存在模式的定义。莎士比亚戏剧时期也是对亚马孙族、女战士、咆哮女郎[1]以及女扮男装的兴趣大爆发的时期。

对于女扮男装的兴趣，当然不只限于文艺复兴时期，至少从奥维德那个关于伊菲斯（Iphis）和易安苔（Ianthe）的故事[2]到20世纪的哑剧中都存在。但我们难以想到，在任何时候这个主题会如此往复出现。莎

---

1 Simon Shepherd（西蒙·谢泼德）, *Amazons and Warrior Women: Varieties of Feminism in Seventeenth-century Drama*. Brighton: Harvester Press. 1981.

2 奥维德：《变形记》（Ovid, *Metamorphoses* IX），第666—797行。

士比亚的五部有关爱情和婚姻的喜剧中，就有三部出现这一主题。在英国及欧洲文艺复兴时期的诗歌和戏剧中，许多女主人公乔装改扮成男性，以逃脱对女性的束缚，并摆脱女性自身的脆弱。这些女主人公包括尼罗尼斯、西拉和加拉西亚、莱利亚、吉奈芙拉、维奥莱塔和菲利斯梅娜。相应地，罗瑟琳和薇奥拉、鲍西亚、茱莉娅和伊摩琴就成了这一系列女主人公的直系后裔。

这些虚构作品绝大部分是爱情故事，讲述男女之间的关系。作品中常常描绘的，是希波吕忒与彭特西勒亚之间的爱情故事，而不是他们的战斗。在《仙后》中，通往基督教婚姻的浪漫爱情具体体现在女骑士布丽托马身上，她为了占有阿西高而与拉蒂冈战斗。莱利亚、西拉、维奥莱塔以及《维洛那二绅士》中的茱莉娅特意伪装自己，来追随她们爱上的男人。或许，最引人注目的例子就是《杰农的弗雷德里克》的故事。这个故事在15世纪的德国和荷兰为人所熟知，并于1518年被译为英语。在这之后，另一个版本也很快就出现了，然后第三个版本出现在1560年，这一点证明了这个故事当时在英国颇受欢迎。[1] 一位商人误以为妻子对自己不忠，他妻子遂女扮男装从热那亚逃往开罗。在开罗，她很快从国王的养鹰者变成骑士，然后又成为一位勋爵。一次，国王离开了，将她留下来管理王国。她率兵胜利击退了一支入侵者，最终成为王国的护国公。直到十二年之后，她才拿着证明自己清白的证据，说出了自己的真实身份，并与丈夫团聚。爱情与婚姻因违背了二人根本的二元对立而得到拯救。

---

1 G. Bullough（G・布洛夫），*Narrative and Dramatic Sources of Shakespeare*, vol. 2, *The Comedies*. London: Routledge & Kegan Paul. 1958, pp.15-16.

对婚姻的重新定义，涉及对女性的重新定义。想象格里塞尔达能带来恰如其分、令人愉快的交谈并非易事。她的性情与丈夫截然相反，并不相像。似乎是为了找到一种方式，将女性看成男性的伙伴，所以16世纪的爱情故事常利用英勇狭义的男性友谊这种古老传统——派拉蒙和阿瑟提、达蒙和费西亚斯、第图斯和吉西帕斯。茱莉娅、罗瑟琳和薇奥拉女扮男装，变成她们爱着的男人的伙伴，并且自相矛盾的是，她们成了这些男人的同盟，与他们联合起来抵抗爱情的残酷。鲍西亚为巴萨尼奥打了那场官司，并且打赢了。在《维洛那二绅士》中，两种常见的爱情和友谊并列出现。在故事中，因为对西尔维娅的爱情，普洛丢斯背叛了他的两个朋友瓦伦丁及其情人茱莉娅。如果说爱情与友谊之间的均衡因茱莉娅女扮男装成西巴斯辛而被打破，那么当瓦伦丁作为和解的象征将西尔维娅送给他的朋友时，这种均衡就暂时出现了危机。不过，或许只是因为茱莉娅扮成了男孩，她的出现以及昏厥同时再次肯定了她的女性特质，引起了普洛丢斯的彻底悔悟，既修复了爱情，又恢复了友谊，带来了双重结合的完美结局。（第五幕第四场第170—171行）

这种女扮男装的主题的效果难以明确。首先，理所当然的是，这一主题使我们了解了这一时期的父权主义假设。

美貌比黄金更容易引起盗心。（《皆大欢喜》，第一幕第三场第106行）

女性的脆弱被视为显而易见且自然而然。但是从另一方面看，女性的脆弱又不是本质性的，也不是无法避免的，只是一种表面现象。强奸的发生，不是源于女性本身的特性，而是源于男性认为她们是什么样的。罗瑟琳这样对西莉娅说：

> 我们要在外表上装出一副雄赳赳气昂昂的样子来，就像那些外表上冒充好汉的懦夫一样。（《皆大欢喜》，第一幕第三场第116—118行）

并非所有男性都一样勇敢，不过他们都没有女性那么脆弱，因为他们看上去仿佛可以保护得了自己。同样，鲍西亚行使自我意志的权力也有赖于她那身律师的长袍；并且可以认为，这段插曲使我们看到了一种不公平，即女性的自主权只有在她们看起来是男性的时候才能获得。女扮男装的传统虽然再次肯定了父权制，但是它也正是通过搅乱了赋予父权制合法地位的男女分类方式，从而对父权制发起挑战。

四

但是我想提出这样一种看法：精读这些文本，可以通过破坏性别差异本身，对父权制价值观产生更加根本性的挑战。当然，这些女主人公的女扮男装可以带来充分的戏剧性反讽和双重含义，因而能给观众带来知晓真相的乐趣，而这种对真相的知晓是建立在了解性别差异的基础上的。不过，也可以这样理解：女扮男装不时破坏了人们对性别差异的理解，表明至少在虚构作品中，不完整、不统一、非性别化的主体也是有可能发出自己声音的，借此使人们对性别差异产生怀疑。换句话说，可以认为这些戏剧在某些关键时刻提出了这个虽然简单，但在喜剧作品中却意料不到的问题："是谁在说话？"

在《皆大欢喜》的结尾处，罗瑟琳边向前走边对观众说：

让这位女士来念收场白似乎不大合适。(《皆大欢喜》，第五幕第四场第198行）

再往后面一点，她接着说：

假如我是一个女人，我愿意亲吻你们，只要你们的胡子让我满意。(《皆大欢喜》，第五幕第四场第214—216行）

这里的"这位女士"指的不是女人。在这些评论文章的第二篇的一个脚注中，阿登（Arden）版为当代读者指出了这个暗迷的答案："说这些话的是一个扮演女角的男童。"就在这部戏的空白之处，一个角色直接跟观众说话，并且坦陈刚刚发生的是一场表演，借此在一定程度上恢复了演员的身份（不过，当然只是一定程度上，因为这收场白也是剧作者写的，用来让演员表演的一段话）。在这种情况下，在那个女角色由男演员扮演的时代，说话者性别的不确定性是构成喜剧的一部分。说话的是个男演员，但是好笑的是，在说话的同时，他看上去就是个女人，是那位女士，穿着结婚礼服（正如她所言："穿得并不像个叫花子。"《皆大欢喜》，第五幕第四场第207行），并且他/她将对观众行屈膝礼，以感谢观众的掌声（《皆大欢喜》，第五幕第四场第220行）。正在说话的是一个男演员**和**一个女角色。

戏剧角色是在故事中还是故事之外说话，这种不确定性带来的喜剧场面，最早在麦德威尔（Medwall）的《弗尔金斯和鲁克利丝》（约

1500年）中可见。在这部戏开始时，仆人A和仆人B从观众中走出，并互相保证他们绝不是演员。《皆大欢喜》的收场白通过混淆性别角色，只不过加剧了这种不确定性，并因而加强了喜剧性效果，以至于"是谁在说话"这个问题无法得出简单或唯一的答案。但是这段收场白的喜剧性引起的共鸣应归功于它为反复探寻一个问题所创设的情境，这个问题就是："当主人公说话时，是谁在说话？"并且在这里，这种不确定性不仅有赖于男演员扮演女角色这一事实。即使在最魔幻的现代剧场，观众们虽然知道那个演员并不**真的**是那个角色，知道他们曾看过那个演员扮演其他角色，也知道那个角色其他演员也曾扮演过，他们仍会非常轻松自如地观看表演。可以推断，女性角色由男演员扮演的传统在文艺复兴的舞台上同样被认为是理所当然的。在戏剧虚构的世界中，"是谁在说话？"这个问题变得很复杂，更多的是因为剧中主人公的性别，而不是演员在文本之外的性别。

并不是扮作盖尼米德（Ganymede）的罗瑟琳成了男人，或忘记了她正爱着奥兰多（Orlando）。相反，文本略带讽刺意味地反复强调她的女性身份：

我理应是个女人。（《皆大欢喜》，第四幕第四场第175行）

哎呀，我这一身男衫短裤可如何是好？（《皆大欢喜》，第三幕第二场第215行）

我可以把你治好，假如你愿意叫我罗瑟琳，每天到我的草屋里来向我求爱。（《皆大欢喜》，第三幕第二场第414—415行）

但是在其他时候,这个声音却并非明显是女性的声音,且观众的乐趣也并非嘲讽的产物。当他们来到阿登森林,扮作爱莲娜的西莉娅累得走不动了。(《皆大欢喜》,第二幕第四场第61行)因此,与柯林商讨找地方食宿的是扮作盖尼米德的罗瑟琳:

> 这里有位小姑娘赶路疲乏,快要晕过去了。(《皆大欢喜》,第二幕第四场第72—73行)

我们在这一场先前已看到罗瑟琳向盖尼米德的心理转变:

> 我心里只想辱没这身男人的扮相,像个女人一样大哭一场。可我必须得安慰一下这个柔弱的小姑娘,穿男衫男裤的,应该向穿裙子的展示自己的勇敢。所以,鼓起勇气吧,好爱莲娜。(《皆大欢喜》,第二幕第四场第3—7行)

这种喜剧场面给观众带来的乐趣,是来自于盖尼米德在脱离了罗瑟琳的女性身份后而带来的限制。

在《辛白林》中,当伊摩琴女扮男装成斐苔尔,毕萨尼奥对她说:

> 您必须忘记自己是个女人,将发号施令变成恭顺服从[她是位公主],将(所有女人如影随形的,或者更确切地说,女人本身的)胆小和善良,变成诙谐的勇气。(《辛白林》,第三幕第四场第156—159行)

这里的文本强调,胆小和善良(一丝不苟、过分讲究)是女性的本质:是"女人本身",是她的属性。但是文本中的动词却与女性固有的特质相矛盾:"您必须忘记自己是个女人……变成……"伊摩琴的回应正体现了这些动词所隐含的移动性:

  我明白你的意思,我已经几乎变成一个男人了。(《辛白林》,第二幕第四场第168—169行)

此时并非喜剧场景,并没有与观众拉开距离的戏剧性讽刺来指向伊摩琴这句话的荒诞性。文本提出,做女人就意味着要善良、胆小;但正如该剧所展现的,这也意味着能够产生否定这些决定性特征的极端不连续性。伊摩琴总结道:

  我要像个战士一样去尝试,我要用士子般的勇气来忍受。(《辛白林》,第二幕第二场第184—186行)

  伊摩琴表现出战士和王子的特点的情境,是一次旅行,将把她带到丈夫身边。
  扮作盖尼米德的罗瑟琳为奥兰多重现了世俗对女性的恶意抨击,使西莉娅感到震惊:

  你那喋喋不休的情话简直侮辱了我们女人。我们一定要把你的男衫和短裤从你头上脱下来,让人们看看这只鸟对它的巢做了些什么。(《皆大欢喜》,第四幕第一场第191—194行)

当这位主人公嘲笑女人时，说话的到底是谁？看着每个对话前面指明的人物名字来读的话，从始至终说话者都是罗瑟琳，在这样阅读的过程中，这个问题多多少少被消解了。而且，在现代表演中，扮作盖尼米德的罗瑟琳都是由女演员饰演的，因此这个问题也或多或少不存在了。难怪大多数权威的20世纪批评都认为这种男扮女装容易识破，并总是强调罗瑟琳的女性特质。[1] 但是，如果我们想象一下这个角色是由男演员扮演的，我们就有可能将一些自主权归因于盖尼米德在这里发出的声音，并且在这有限的感觉中，我们可以认为演员在文本之外的性别意义重大。无论看上去还是听上去，演员都不会强调扮作盖尼米德的罗瑟琳的女性特质，而是令这个问题悬而未决，使观众有可能模糊地感觉到对性别差异的破坏。

这个16世纪故事的来源，即洛奇（Lodge）的《罗瑟琳》（*Roselynde*），在这个地方很有启发性。该作品使用的第三人称叙事不得不找出适当的名字和代词来叙述故事，这一点戏剧就不需要。这种叙事通常认为女扮男装的女主人公就是盖尼米德，且会使用指代男性的代词。这就在我们接受身份断裂的基础上，带来了大量喜剧效果：

> 你会看到（盖尼米德说）女人有多疯狂。她们的心有时是石头做的，没有什么可以将其触动；有时又是蜡做的，可以化作任何形状；有人向她们求爱她们会很开心，然后她们又忸怩作态还

---

[1] John Dover Wilson（约翰·多佛·威尔逊），Shakespeare's Happy Comedies. London: Faber & Faber, 1962, pp.161-162; C. L. Barber（C·L·巴伯），*Shakespeare's Festive Comedy*. Princeton, NJ: Princeton University Press. 1959, pp.231-233; William Shakespeare, *As You Like It*, ed., A. Latham. London: Methuen. 1975a, p.lxxiii.

> 因此自鸣得意……我恳求你（爱莲娜说），如果脱掉你的衣服，你是什么做的，你怎么能如此恶毒地挖苦女人？这难道不是一只下流的鸟在玷污［他］自己的巢吗？……那么（盖尼米德说）我要保持端庄有礼，现在我以爱莲娜的骑士的身份，而不是格里斯蒙德女儿的身份来说话：如果让我穿上裙子，我就会最坚决地反对把女人说成恭谦有礼、始终如一、善良贤德等等诸如此类的。[1]

当然，这是荒唐的，也是逗人开心的，但这种开心源于一种身份上的便利，这种便利使罗瑟琳——盖尼米德能站在异性的角度来说话，能违反性别差异的准则。令人开心的是，通过化身盖尼米德，罗瑟琳逃脱了单一身份、单一视角、单一声音的局限。这个故事把它的核心人物叫作"少女—少年"[2]，并赞美了这一名称带来的多义性。

在《皆大欢喜》中，罗瑟琳伪装得如此之好，以至于重点就在于违反性别差异中隐含的快乐，而不是危机。其他女主人公就没有这么幸运了。在伊曼纽尔·福德（Emanuel Forde）的《帕里斯莫的著名历史》（1598年）中，乔装改扮成阿都尼斯的维奥莱塔晚上睡在她爱着的帕里斯莫和爱着她的勃利帕斯之间，这就扰乱了故事的人称指代：

> 这个可怜人儿挨着帕里斯莫的后背躺着，对他身体的轻柔触碰似乎都令她狂喜不已；另一方面，因为并不认识这些家伙，所以，带着一种令人愉悦的担心，她似乎（可以说）彻底改变了……早上，阿都尼斯起床了，害怕暴露她的身体，却又迅速给

---

[1] G. Bullough, *Narrative and Dramatic Sources of Shakespeare*, p.181.

[2] G. Bullough, *Narrative and Dramatic Sources of Shakespeare*, p.233.

他自己穿好衣服，并非常妥善地准备好一切，以免这两位骑士起床发现破绽，因而他们俩都很赞赏他的行为……[1]

巴纳博·里奇（Barnabe Riche）的希拉乔装改扮成西尔维奥。她在被指控为朱莉娜孩子的父亲时，不得不说出了真相。身份的隐藏和暴露之中隐含的双重危机同样扰乱了故事的叙述：

> 他把衣服全部脱到腰上，给朱莉娜看他的乳房和娇美的乳头，肌肤比雪还白皙。他说：喂，夫人！看看这儿这个你怀疑是你孩子父亲的人。看到了吧，我是女人……[2]

巴特在巴尔扎克的《萨拉金》中发现，每当需要用到代词来指代那位被阉割的男演员时，《萨拉金》的叙事就迫不得已变得含糊其辞。而这里，这些例子中发生的与巴特的例子有所不同。读者也并非像在读现代主义文本一样不明白"真相"是什么。事实是，主人公统一的主体性并非叙事的焦点。我们专注于身份的真相，并不如我们从破坏性别差异所带来的危机中获得快乐（在这些例子里是某种刺激）那么重要。

在《第十二夜》中，这些危机是浪漫而非情色的，[3] 它们构成了情节本身——对观众来说，这也就意味着会出现某些悬念并且一定会有解决方法。在剧中薇奥拉对观众如是说，既制造了一个谜团，又表明这个

---

[1] G. Bullough, *Narrative and Dramatic Sources of Shakespeare*, p.367.

[2] G. Bullough, *Narrative and Dramatic Sources of Shakespeare*, p.361.

[3] 男孩演员是"同性恋"，参见Lisa Jardine（丽莎·贾汀），*Still Harping on Daughters: Women and Drama in the Age of Shakespeare*. Brighton: Harvester Press, 1983, pp.9-36. 这种观点并不能完全说服本文作者。

谜团一定会解开：

> 这是怎么回事？因为我是男人，我绝无希望得到主人的爱；因为我是女人（唉，天啊！），可怜的奥莉维娅又要浪费多少叹息？噢时间呀，你一定要理清这一切，而不是我。对我来说，这是个难以打开的结。（《第十二夜》，第二幕第二场第35—40行）

在所有莎士比亚喜剧中，在主要人物的身份上冒了最大风险的或许就是《第十二夜》。薇奥拉就像罗瑟琳一样是个女人，这一点剧本不断强调（第一幕第四场第30—34行；第三幕第一场第160—162行），并且西萨里奥也如盖尼米德一般是个诙谐机智的漂亮仆人。但是只在《第十二夜》中，主人公说："我不是我自己。"（第三幕第一场第143行）在这句话中，如果用上"似乎"同样也符合格律，并且还能保持主体的统一。

权威批评在理解"极其忍耐之人"这段话上毫无困难，认为这段话描述的那个苦苦思念之人就是薇奥拉本人，那么**从某种层面上来说**她就是。[1] 但这个层面并非没有问题。比较一下《维洛那二绅士》中的一

---

[1] 也有例外。C·L·巴伯将佩兴斯这个人物身份推定为"薇奥拉内在的一种对立面"（C. L. Barber, *Shakespeare's Festive Comedy*, p.247）。在其他例子中，做这样的身份推定则明显带有某种不安。薇奥拉描述的是"她的妹妹"，但其形象却"取自她自己的经历"。参见 Alexander Leggatt（亚历山大·莱加特），*Shakespeare's Comedy of Love*. London: Methuen. 1974, pp.236-237。根据阿登版编者（们）的看法，这段话描述的是"西萨里奥的妹妹对一个男子的从未言明的爱"。一则脚注做了补充："因此，出于简洁的考虑，我把这点说明了。奥西诺就是这样理解这一点的：但是薇奥拉说的每一点都能直接运用到她自己身上。"（William Shakespeare, *Twelfth Night*, ed., J. M. Lothian and T. W. Craik. London: Methuen. 1975b, p.lxviii）肯尼斯·穆尔成功地避开了非常具体地确定说话者身份这一点："西萨里奥讲了一个想象中的妹妹的故事……但是我们知道，薇奥拉足够智慧，有足够好的平衡感，不会走上她'妹妹'的道路。"参见 Kenneth Muir（肯尼斯·穆尔），*Shakespeare's Comic Sequence*. Liverpool: Liverpool University Press, 1979, p.98。

个平行片段（第四幕第四场第108行及后），这些问题就显现出来了。在这一片段中，乔装改扮成西巴斯辛的茱莉娅正代表普洛丢斯向西尔维娅求婚。这里的讽刺意味显而易见，既尖锐又令人开心。西巴斯辛向西尔维娅要她的画像给普洛丢斯；西尔维娅说那被抛弃的茱莉娅的画像可能更合适。西巴斯辛要送给西尔维娅一只戒指，西尔维娅拒绝了，因为那是茱莉娅的戒指。然后令她惊讶的是，西巴斯辛说："她很感谢你。"西尔维娅问道：茱莉娅"长得好看吗"？西巴斯辛回答：她曾经很美，直到被普洛丢斯抛弃之后，她就不再重视她的美貌："现在她就像我一样黑了。"西尔维娅问："她有多高？"西巴斯辛回答：

> 跟我差不多高，因为在一次五旬节，当我们上演所有令人愉快的戏剧时，我们那儿的年轻人让我扮演女人，拿茱莉娅小姐的衣服给我穿上，所有人都说她的衣服我穿着正好，像是专门给我做的似的。所以，我知道她跟我差不多高。那一次我演的是一个悲惨的角色，令她流下很多眼泪。小姐，我演的是阿里阿德涅，因忒修斯的虚假誓言和逃避而悲痛欲绝。我泪流满面，演得栩栩如生，以至于我那可怜的小姐随即为之动容，哭得悲不自胜；除非我是个死人，否则不会感受不到她的悲伤。（《第十二夜》，第四幕第四场第56—70行）

在这些交谈中，讽刺意味的出现有赖于观众可以知道而西尔维娅却不知道的一系列身份辨识。茱莉娅长得像西巴斯辛，她的衣服西巴斯辛穿着合身，西巴斯辛扮演的因爱情背叛而哀伤的阿里阿德涅如此令人信服，并且西巴斯辛能感受到茱莉娅的悲伤，因为西巴斯辛就是茱莉娅，而茱莉娅遭受了爱情背叛。观众在这里感受到的乐趣来自于，他们认出这个一时分饰二人的说话者是茱莉娅，同时也发现这段话是精心编造的谎言，在该剧虚构的世界里详述了我们了解的真相。

在《第十二夜》的（大致）相应片段里，情况却并非如此。奥西诺正给西萨里奥讲男人的爱比女人的深：

薇奥拉：哦，不过我知道——

公爵：你知道什么？

薇奥拉：我非常清楚女人对男人的爱是什么样的。真的，她们像我们一样真心真意。我父亲有个女儿，她爱上了一个男人，正像假如我是个女人，也会爱上大人您一样。

公爵：她的过往如何？

薇奥拉：我的大人，一片空白。她从未说出她的爱，而是让心中的秘密像花当中的虫子一样，啃噬了她光洁的脸颊。她因思憔悴，在微微的忧郁中，静坐如极其忍耐之人，对着悲伤微笑。这难道不是爱吗？（《第十二夜》，第二幕第四场第104—116行）

在这个例子中，观众该怎样分辨人物呢？西萨里奥是薇奥拉，西萨里奥父亲的女儿是佩兴斯（Patience，意为"忍耐"），她也是薇奥拉。但是，当说到"她的过往如何""一片空白"之时，两者的等同瞬间瓦解。薇奥拉的过往正是我们在观看的这部剧，当然不是一片空白，而是发生了许多事情。她也并非从未说出过她的爱。在这一场中她曾说过一次（第《第十二夜》，第二幕第四场第26—28行），而且在这里她又在明显暗示她的爱，甚至在奥西诺得到另一条线索时他都能想起这回事（《第十二夜》，第五幕第一场第265—256行）。纵观全剧，她从未陷入沉思，也未静坐不动，大家都会看到她起劲地跟奥莉维娅说话，跟费斯特互相调笑；而且，她非但没有对着悲伤微笑，还在这里痛惜那没有回应的爱带给她的忧伤。

那么，如果说这些虚构情节说出了某种事实，那我们又该如何理解呢？我们可以这样理解：我们要认识到，说话的这个薇奥拉与她谈论的那个薇奥拉并非同一人。如果薇奥拉就是佩兴斯，如同佩兴斯·格里塞尔达一样沉默寡言，那么这里说话的这位就不是薇奥拉。扮作西萨里奥的薇奥拉否定了女性在男权世界的含义——忍耐，不过，这一含义出现在西萨里奥的这段话里，同时也存在于性别差异之中，正是这种差异，将西萨里奥定义为奥西诺的患难之交，将薇奥拉定义为一个女人。

奥西诺问："但是你妹妹是否殉情而死？"为了回答这个问题，两人的交谈以一个谜结束："我父亲的女儿只有我一个，我的兄弟也只有我一个，可是我并不知道。"（《第十二夜》，第二幕第四场第120—122行）在剧情层面，此谜的谜底一直到剧终才揭晓：薇奥拉没死；她嫁给了奥西诺，但是对细心的观众来说，另一个谜出现了：是谁在讲述薇奥拉父亲那个憔悴的女儿那一片空白的历史？答案既不是薇奥拉，也不是西萨里奥。在这一刻，这个说话者既非男亦非女，破坏了身份的概念，以展示主体性的差异，以及存在于**这种**差异中的独特性。

当然，这种差异无法维持。在每一个故事的结尾处，女主人公都脱下男装，退而成为妻子。故事要想结束，就需要终结刚刚为人领悟的对性别差异的超越，恢复清晰定义的性别差异。但是，这些戏剧并未就此完结，且这些女主人公要想嫁为人妻，首先必须被塑造得更为独特——因其更具多元性。

五

在最初发表于1979年的一篇法语文章中,朱丽娅·克里斯蒂娃对两"代"(虽然这个词并不表示她们在年代上是连续的)女性主义做了区分。[1]第一代关注的是女性在公共事务和政治上的平等权(选举、机会平等、同工同酬)。她认为,这里的危机在于,在这些方面取得成功的女性主义者逐渐认同了主流价值观,充当了现有秩序的维护者。第二代女性主义者坚持认为女性身份不可简化,是男性身份的对立物,她们接受父权制的理论结构和意识形态结构,但是反对父权制的价值观。这就导致了极端的、主张独立的女性主义。我感觉,这样的区分经不起历史分析,不过却提供了女性主义信念的两种模式,从这两种模式中,克里斯蒂娃区分了第三代女性主义,或者,也许是第三种可能性。她说:"我强烈提倡"这第三种可能性,"我设想"在这种可能性中,"男性/女性作为两个敌对阵营的二分法可以被理解为只属于形而上学"。[2]如果身份本身不存在的话,就不会存在特定的女性身份。在后结构主义分析中,主体性并非单一的存在,也不是统一的存在,而是一系列话语的交点,随着主体占据能指系统的一系列位置并呈现出语言所具有的意义的多样性,这些话语得以出现并再现。克里斯蒂娃的第三种可能性提出,在身份中,包括性别身份,社会符号契约形成中产生的分离的内化,即差异本身的内化,是意义形成的基础。[3]内化的结果,将会带来"每个人都可能拥有的身份的多样性"以及男性和女性的社会符号存在和生物

---

1 Julia Kristeva(朱丽娅·克里斯蒂娃),"Women's Time", *Signs* 7, 1, 1981: pp.13–35.
2 Julia Kristeva, "Women's Time", p.33.
3 Julia Kristeva, "Women's Time", p.34.

学存在的相对性。[1]

性别身份的断裂有利于这种流动性和多元性，解构了所有男女之间可能存在的形而上的对立。这并非雌雄同体的问题。不过，在去除性别倾向的过程中，基于性别差异形而上学的异性"标准"已失去其地位。这也不是有人提出的两个极端之间的平衡，不是文学批评通常认为罗瑟琳和薇奥拉所典型具有的"平衡性"或"复杂性"。[2]问题的关键不是要创造某种消除所有差异的、统一的、雌雄同体的第三种性别身份，也不是要否定性别本身，而是通过对差异的内化，来为性别差异中处于边缘地位（形而上的性别对立经常忘却的那些边缘地位）的每一个人明确其所处位置的多元性及其可能的存在状态的多元性。

这最后的一个例子可能能够表明这里提出的那种流动性。《仲夏夜之梦》在剧情的外围向我们展示了一种男斗士和女斗士之间的婚姻：

> 希波吕忒，我用我的剑向你求婚，用武力的侵凌赢得了你的芳心。（《仲夏夜之梦》，第一幕第一场第16—17行）

文本在这里使用了类比，我们可能会期望发生一些不同的事情。尽管如此，除了他们共同的投身血腥杀戮的责任之外，忒修斯和希波吕忒在他们商量的所有事情上都持不同意见。忒修斯嘲讽月亮时，希波吕忒却生发出通常的诗意意境（《仲夏夜之梦》，第一幕第一场第4—11行）；当忒修斯满腹怀疑，认为恋人们受到迷惑时，希波吕忒却对此表示惊奇，

---

[1] Julia Kristeva, "Women's Time", p.35.
[2] C. L. Barber, *Shakespeare's Festive Comedy*, pp.234-235; Alexander Leggatt, *Shakespeare's Comedy of Love*, p.202.

以此来反击忒修斯冷静的推理（《仲夏夜之梦》，第五幕第一场第2—27行）；但是，当希波吕忒感觉那些"工匠"上演的是"我听过的最蠢的东西"时，反而是忒修斯生发出这样的想象：

> 最好的戏剧也不过是人生的缩影；最坏的只要用想象弥补一下，也不会坏到哪里。(《仲夏夜之梦》，第五幕第一场第207—209行）

探讨人物和探讨人物固定身份的文学评论在这里就会遇到困难，因为，认为男性偏理性而女性偏想象的偏见时而得以保持，时而被颠倒。这是一出关于爱情的戏剧，在很多方面的人物塑造都有赖于偏见，作为这样一出戏剧边缘的一种合唱，忒修斯和希波吕忒表现出"音乐上的不和谐"，这种不和谐破坏了意义的固定性，却没有模糊二者的区别。差异与多样性共存，与爱共存。

六

在这篇文章中，我关注的是多种含义，并且探讨了可能存在的那些含义。虚构文本既不能反映真实世界，也无法描绘出理想世界。但是，它们确实能够进行定义和再定义，这就是我们有可能重新理解一个我们认为理所当然的世界。后结构主义理论将意义从"真相"、"事实"中解放出来，但它也暗示出意义与实践之间存在某种关系。新的意义释放出新实践的可能性。

莎士比亚喜剧最终似乎都再次确认了性别对立，就此而言，这些喜剧都有一个圆满的结局，但从女性主义视角来看，这一点并不尽然。同样从女性主义视角来看，可以肯定的是，16、17世纪在家庭含义上的竞争并没有圆满结局，虽然在这一点上还有待进一步探讨。我一直在尝试证明的是，竞争暂时性地解除了现存的差别体系，在这一过程产生的空白中，我们得以看到一种可能存在的含义，一种存在模式的意象，这种存在模式并非无性的，也不是雌雄同体的，而是破坏了两性偏见赖以存在的性别差异体系。

我认为，男女关系的故事的剩余部分最终是否会有一个圆满结局，这有待我们去决定。

（乔雪瑛译）

历史差异
——厌女症与《奥赛罗》

薇拉莉·韦恩[1]

一

在现有的新历史主义批评中,卡洛琳·波特(Carolyn Porter)的论文《我们做到历史地看问题了吗?》可谓不同凡响。在我看来,文章似乎最充分地说明了,在某些新历史主义者的研究实践中颠覆性因素如何受到了抑制,以及边缘性因素如何受到了压制、支配和排斥。

问题在于……[新历史主义研究]把界限划定于一套话语——即构成主导性意识形态的话语——并将这种界限具体化,似乎这种界限可以与总体意义上的话语的界限同日而语。构筑话语领域正是新历史主义者亟待解决的问题。[2]

---

[1] 薇拉莉·韦恩(Valerie Wayne):美国夏威夷大学英文教授,发表莎士比亚研究以及近代英国文学研究论文十余篇,主编莎士比亚研究文集《差异之事:唯物主义女性主义莎士比亚批评》,伊萨卡,纽约州:康奈尔大学出版社,1991年。本文选自该文集。

[2] 卡洛琳·波特:《我们做到历史地看问题了吗?》,《南大西洋季刊》(Carolyn Porter, "Are We Being Historical yet?" *South Atlantic Quarterly*, 87 [1988],第769—770页。另见卡洛琳·波特:《历史与文学:新历史主义之后》,《新文学史》(Carolyn Porter, "History and Literature: After the New Historicism," *New Literary History*, 1990),第253—272页,波特在此文中做了补充论述。

本文将探讨这个问题,考察《奥赛罗》文本如何呈现了一系列相互作用的关于女性与婚姻的意识形态。这里我将沿用本人另文阐述的一个假设:在英国文艺复兴时期的文化中同样也存在着有关这些话题的多种话语。[1]《奥赛罗》文本中有一个明显的地方,我们从中能够找到至少一种互斥的话语,而这个部分在近些年来的演出版本中难得一见——就是那个困扰了许多现代编剧和导演以致他们抱怨之余将其从演出本中删除的部分。这个部分就是第二幕第一场里伊阿古与苔丝德蒙娜之间有关女人的对话。

对这段对话最为反感的当属瑞德里(M. R. Ridley)。他把这段对话称为"莎剧中最不尽人意的部分,因为这段话有违苔丝德蒙娜的本性,而且她与伊阿古之间这么一大段不咸不淡的闲聊也令观众倒胃口"。[2]瑞德里的评论表明他为苔丝德蒙娜的"粗俗"而恼火,正如贾汀(Lisa Jardine)指出的那样,瑞德里的评论话语也试图为(苔丝德蒙娜)确立一种诠释性的纯洁,这样任何反对意见就成了"闲扯",而闲扯总是"不值钱的"[3]。瑞德里在解读莎剧以及同时代其他文本时,为了确保所编作品的纯洁性,他拒不接受莎翁作品中的糟粕,其中也包括那些贾汀简要地与《奥赛罗》联系起来的探讨女性的文本。这种做法存在一种思想

---

[1] 参见埃德蒙·蒂尔尼:《引论》,《友谊之花:文艺复兴时期的一个探讨婚姻的对话》,本文作者编辑(Edmund Tilney, *The Flower of Friendshippe: A Renaissance Dialogue Contesting Marriage*),伊萨卡,纽约州:康奈尔大学出版社。

[2] 威廉·莎士比亚:《奥赛罗》,M·R·瑞德里(M. R. Ridley)编,伦敦:梅休因出版社,1958年,第二幕第一场第109—166行注释;斯坦利·卡维尔:《六部莎士比亚戏剧中的拒绝知识》(Stanley Cavell, *Disowning Knowledge in Six Plays of Shakespeare*),剑桥:剑桥大学出版社,1987年,其中也谈到"[苔丝德蒙娜]和伊阿古那段拿奥赛罗和彼此开玩笑的含讥下流的对白"(第136页),他引用的就是瑞德里的阿登版。

[3] 丽莎·贾汀:《还在闲扯女儿的事:莎士比亚时代的女性与戏剧》(Lisa Jardine, *Still Harping on Daughters*),布赖顿:哈维斯特出版社,1983年,第120页。

上漂白的冲动：瑞德里在处理奥赛罗这个人物时就有"把埃塞俄比亚人洗白"的冲动。关于漂白问题，纽曼（Karen Newman）曾在她有关该剧的文章中探讨过。贾汀和纽曼都反对瑞德里的性别歧视和种族歧视，二人也都论及纽曼称为文艺复兴文本的"历史偶然性"[1]议题。

然而，在有关历史的断言并揭示奥赛罗在剧中是如何看待怪异事物时，纽曼摆出了全面阐述的姿态，使用的方法却是描述体现在伊阿古、洛特利哥和勃拉班修身上的"白人男子标准"[2]。在这样一篇拓展我们对西方文化中种族歧视知识的重要文章中做出的这种姿态，也以令人不安的频率出现在更不成熟的女性主义批评中——表现在将父权制作为唯一不变的现象来使用，表现在认为男尊女卑的形式在各种文化中通行的假设中，还表现在一种认为对女性的压迫在不同历史时期的感受和抑制的方式都是大致相同的兼容假设中。如果新历史主义文本中使用的非常全面阐述的方法都将女性边缘化了，那么我们作为女性主义批评家需要提防那些试图全面化、具体化男性的对应姿态，这样才能使我们自己的批评实践摆脱我们试图批评和抵制的行动的复杂性。波特指出，"我们不需要的"——这里的"我们"指的是女权主义者和历史批评家——"是那种把已经被主流话语边缘化和无权化的声音再度他者化的批评"[3]。我们也不需要那种将白人男子本质化的批评。

无论是对发自其他种族或阶级的边缘声音，对发自女人的声音，

---

1 卡伦·纽曼：《"将埃塞俄比亚人洗白"：〈奥赛罗〉中的女人味与魔怪》，吉恩·霍华德和马里昂·奥康纳主编：《莎士比亚之再造》（Karen Newman, "'Wash the Ethiop white': Femininity and the Monstrous in *Othello*," *Shakespeare Reproduced*），伦敦：梅休因出版社，1987年，第141—162页，引自第153页。
2 卡伦·纽曼：《"将埃塞俄比亚人洗白"：〈奥赛罗〉中的女人味与魔怪》，第153页。
3 卡洛琳·波特：《我们做到历史地看问题了吗？》，第780—781页。

还是对发自如伊阿古一样恶毒的男人的声音，波特的审慎都适用。因而在此，我不想仅仅通过《奥赛罗》中的种族、阶级或性别差别来寻求替代性话语，不将伊阿古视为父权制或者邪恶的原型，而是将其视为英国文艺复兴文化中一个边缘话语的发出者，这种话语在那个时期和现在都与主流话语保持着一种特别不稳定的关系。我将具体论证第二幕第一场里伊阿古与苔丝德蒙娜的谈话，把他与文艺复兴时期参与的厌女症话语具体联系起来。通过伊阿古对奥赛罗的影响，苔丝德蒙娜作为贞洁女性的文本被替换了。接下来，这个文艺复兴时期厌女症文本被书写到了她的身体上。本文聚焦该剧对文艺复兴时期探讨女性问题的写作的引喻，[1] 聚焦具体历史思想意识的定位以及由此定位和有关婚姻问题话语引发的性别差异，但同时还想评论一下我们当今青睐的有关文艺复兴时期文本的话语是如何影响了我们对该时期话语的批评的。

厌女症作为一种思想意识，经改头换面或者被误作他物时发挥了更多的作用，而且确实在有关《奥赛罗》的探讨中，还遭到广泛的误读，仿佛莎士比亚本人都不可能明白他自己创作的到底是什么。赖默（Thomas Rymer）把本剧混同于"一出滑稽剧，里面充斥各种小把戏、噱头和糟粕，连和心上人在一起的乡村厨娘都受不了"。瑞德里引用了他的观点并评论说："不免要同情赖默，尽管他的表达令人遗憾地粗犷奔放，但有时的确一语中的。"[2] 然而，"一语中的"是哪个（性别的）的？在赖默的评论中，伊阿古关于性别的话语被抹杀成甚至对厨娘来说

---

[1] 伯纳德·斯皮瓦克：《莎士比亚与邪恶比喻》（Bernard Spivack, *Shakespeare and the Allegory of Evil*），纽约：哥伦比亚大学出版社，1958年。书中探讨了伊阿古性格的另一面，也把这个人物与中世纪戏剧传统相联系。当中世纪邪恶人物与厌女人物结合时，厌女症就更被当成一种罪恶来看待，而不单单是轻微的性格缺陷。

[2] M·R·瑞德里版《奥赛罗》，1958年，第二幕第一场第109—166行。

都过于低劣的阶级话语；用瑞德里的话说，连那个批评家都变得"粗犷"了。斯塔利布拉斯（Peter Stallybrass）在论及《奥赛罗》的文章中指出：被压迫群体成员有时会通过"厌女性话语"的表达来"把……女性弱化为一个无差别的群体"[1]，从而否认阶级界限。在关于该剧的这种批评话语中存在着一种尽管相反但却相关的运作：瑞德里肯定赖默把性别与阶级置换的做法，这样就改变了该剧中有关女性的问题，同时瑞德里谴责赖默的说法，认为赖默的探讨下九流的主题表露出了下层社会风格，这样等于是重申了赖默可能违背的批评话语的阶级界限。这样就造成了精英批评话语维持性别边缘化的同时，又主张阶级在风格和内容上的首要地位。鉴于这样的置换常见于文艺复兴时期戏剧及其批评中，并导致性别问题的双重失声，评论界往往不把厌女症作为一种表达对女性的猜疑和仇视的话语来对待。然而厌女症以未加置换的形式在中世纪和文艺复兴时期的文学中非常普遍。

中世纪以厌女症而闻名，因此布洛克（Howard Bloch）在他的《中世纪厌女症》一文中评论说，他这篇文章的题目都是多余的：

> 因为厌女症这个话题……涉及一种实际上等同于中世纪这个词汇的残余的恐怖，也因为支配我们对中世纪认识的假设之一就是病毒一样存在的反女权主义……厌女症话语在整个中世纪文学中无处不在。[2]

---

[1] 彼得·斯塔利布拉斯:《父权领地》，玛格丽特·弗格森主编:《重写文艺复兴》(Peter Stallybrass, "Patriarchal Territories: The Body Enclosed," *Rewriting the Renaissance: The Discources of Sexual Difference in Early Modern Europe*, ed., Margaret Ferguson)，芝加哥：芝加哥大学出版社，1986年，第133页。

[2] 霍华德·布洛克:《中世纪厌女症》,《表现》(Howard Bloch, "Medieval Misogyny," *Representations*, Vol. 20 [Fall, 1987])，第1页。

皮桑（Christine de Pisan）在马蒂奥洛斯（Matheolus）的书中读到了有关厌女症的内容。恼怒之余她写下了《妇女之城》这本书作为回敬，并引发了法国文学女性问题论战。乔叟通过列入詹瑾（Jankyn）的《坏女人之书》和《巴斯妇人序言》两个故事的文本为中世纪厌女症提供了很好的参考书目。弥恩（Jean de Meun）续写的那部分《玫瑰传奇》让故事人物贾乐思（Le Jaloux，意为"嫉妒"）抨击女性的激烈言论为广大中世纪和文艺复兴时期的读者所熟知，但是这些读者在《圣经》里、教会领袖的著述中、在有关宫廷爱情的书中以及在众多谚语中也能找到厌女症的言论。[1] 这些文本增加了解读的复杂性，但它们对女性的指责并无实据。这样的指责非常无耻：

> 你们所有女人都是，将会是，并且一直都是妓女，要么实际上如此要么有此欲望，因为，即使没有付诸行动但你们无法约束欲念。所有女人都有受欲望的主宰的先天条件。体罚或教化都不能改变你们的心，但是能够改变你们的心的男人就会主宰你们的肉体。[2]

这样的一段话的目的是劝人拒绝婚姻和女性，布洛克认识到："所有厌

---

[1] 关于中世纪厌女症资料，参见《反女性主义传统》，R·P·弥勒编：《乔叟：素材及背景》（"The Anti-Feminist Tradition," Robert P. Miller. ed., *Chauser: Sources and Backgrounds*），牛津：牛津大学出版社，1977年，第399—473页。另见凯瑟琳·罗杰斯：《文学中的厌女症历史》（Katherine Rogers, *The Troublesome Helpmate: A History of Misogyny in Literature*），西雅图：华盛顿大学出版社，1966年。

[2] 让·德·弥恩（Jean de Meun）：《玫瑰传奇》，查尔斯·达尔伯格（Charles Dahlberg）译，普林斯顿：普林斯顿大学出版社，1971年，第165—166页。

女症文学的鲜明修辞特征"就是"都排斥婚姻"[1]。

在文艺复兴时期,厌女症没有消失,而是因一些具体人物的关联表面上得到了遏制。卡斯提里欧尼（Castiglione）所著《朝臣》里的盖世保爵爷、蒂尔尼所著《友谊之花》里的高特先生、佚名作者所著《弥散格纳斯》里的那些名字成了一类事物代名词的人物或者博蒙特与弗莱彻（Beaumont and Fletcher）合著的《厌女者》。这些人物在书中表达抨击婚姻和女性的观点，但是遭到故事中其他人物的指责。在莎剧《奥赛罗》的创作来源的钦齐奥（Cinthio）所著《寓言百篇》里也有一个厌女者，一个叫庞齐奥的人。在故事集开头的一段辩论中他反对法比奥对婚姻的赞美，理由是"女人是危险的动物"。庞齐奥引用了源自米南德尔的话："与其娶一个女子不如活埋了她"；源自那不勒斯国王阿尔方索二世的话："夫妻之间如果想平静的话，那么丈夫肯定是个聋子，妻子是个瞎子。"他还引用了源自其他作者的话来证明他的立场。[2] 在《妇女与英国文艺复兴：文学与女人的天性1540—1620》一书中，琳达·伍德布里奇（Linda Woodbridge）探讨了三十多个厌女症舞台人物，其中包括伊阿古，她所描述的这些人物代表了所有的对女人的疑虑、恐惧和仇恨的"滑稽功能"。所以，一旦这样的厌女症人物被改变了、驱逐了或者杀死了，对女性的这些反应似乎也随之而去了。[3] 到1612年威廉·古执

1　霍华德·布洛克:《中世纪厌女症》，第18页。

2　乔治·布罗夫主编:《莎士比亚的叙事及戏剧素材》（第七卷）（Geoffrey Bullough, *Narrative and Dramatic Sources of Shakespeare*），伦敦：劳特利奇出版社；纽约：哥伦比亚大学出版社，1978年，第239页。

3　琳达·伍德布里奇:《妇女与英国文艺复兴：文学与女人的天性1540—1620》（Linda Woodbridge, *Women and the English Renaissance: Literature and the Nature of Womanhood, 1540-1620*），阿尔贝娜：伊利诺大学出版社，1984年，第290页。

（William Gouge）出版他的《论家庭职责》的时候，人们甚至可以指控宣讲婚姻义务的清教徒神职人员有厌女症。尽管古执推崇妻子对丈夫的服从，但是他也反对滥用夫权。所以，他抗议说，妻子们抱怨他的建议没道理；"在此我被迫做出道歉，（某些人已经在指责我）我本不该被视为厌女者"[1]。古执并不喜欢被打上厌女者标签，尤其是这样的批评思想可能暗示，对于婚姻他支持的不是基督教或清教徒的立场，而是罗马天主教的立场。由于厌女症经常用于指责，这个词逐渐变成了一种威胁用语，这就像用"悍妇"来形容不顺从丈夫的妻子一样。

厌女症已经被这些文艺复兴文本遏制或摧毁这个幻觉，对于一个几乎经常要被矫正的人物来说非常重要，因为只把厌女症态度加之于他，会掩盖其他人物的类似想法以及他们为女性所做的辩护。盖世保和高特遭到女性参与者威胁，险些被逐出他们栖身的上流社会的谈话圈子；他们得以留在圈子里是因为他们克制了厌女言论。文本中存在厌女者，从现代角度来看，并不能因此就确定其对于女性的立场，因为作为一种显性的意识形态，厌女症在文艺复兴时期的存在有多种原因。虽然厌女症作为被主流话语搁置的残余思想意识呈现出来，但16—17世纪文本中有关女性的探讨，才是厌女症在文化中得到充分强化的一种手段。威廉姆斯（Raymond Williams）用这个词来确定一种"过去已经有效形成，但是……现在仍然活跃于文化进程中"[2]的思想意识，从这种意义上说厌女症是残余的思想意识。文艺复兴时期里，厌女症话语有自己的历史渊源并且继续创造着历史。

1　威廉·古执：《论家庭职责》（William Gouge, *Of Domestic Duties*），伦敦，1622年；1972年重印。
2　雷蒙德·威廉姆斯：《马克思主义与文学》（Raymond Williams, *Marxism and Literature*），牛津：牛津大学出版社，1977年，第113页。

厌女症在文艺复兴文本中的频繁识别，将其与主流意识形态区分开来，通常暗示着这样一种意味，即后来的作家拒绝这种过时的思维方式就显得更优于前人。但是厌女症仍然在文学作品中不断出现。例如，1596年一位非常传统的传奇小说作者C. M.（可能是Christopher Middleton）就通过谈及厌女症在文化中的残余地位的方式来为其作品的标题进行辩护。《女性的本质》讲述的是一对双胞胎兄弟的故事，这对兄弟"拥有世间无比的财富，但是却摊上了两位恶劣的妻子……两人都很恶劣，因为她们都是女人"。这两个女人成了两兄弟与他们孩子之间的不和谐因素，在经历了树林里发生的种种荒唐事件之后，两个妻子承认了自己的过错，于是大家和好了。对于不明白故事标题的读者，C. M. 在故事第二部分的序言中解释说，他是"不想明言"真正的意图，所以采用了现在的标题："尽管这样不能满足所有读者各自的期望，但是我觉得没有比这个标题更好的方式了，其中只包含了两个泼妇令人厌恶的做法。"他的标题确实容易误导读者，但是就其有关厌女症的文本而言也并非言之无物。他接着解释了这样做的原因："如果文中有冒犯之处，敬请见谅，先假装迎合有所谓新内容的新时尚，之后再遵循所谓过时的旧传统。"[1] "旧传统"此处是指文学中的厌女症，就是传奇小说类别中的C. M. 模式；新内容指的就是对女性更为积极的呈现，这样的呈现可以从"女性的本质"这样明显的中性用语中显现出来。现在我们可以把这样的用语解读为对于女性的另外一种并非中性的构建；但在1596

---

[1] C. M.:《女人的天性上部》(C. M., *The First Part of the Nature of a Woman*)，1596年，安阿伯：大学胶片库，sig. F1;《女人的天性下部》(C. M., *The Second Part of the Nature of a Woman*)，1596年，安阿伯：大学胶片库，sigs. A2–A2v。

年,至少在C. M.看来,把女性与低劣联系在一起的厌女症的最露骨形式显然是迂腐的。他觉得为他创作这样一篇厌女症文本致歉倒是不过时或不相干:他只是为文本内容和标题之间的不一致致歉。

在《生活话语与艺术话语》一文中,瓦洛辛诺夫/巴赫金(Volosinov/Bakhtin)明确解释了厌女症作为残余思想意识在文化中为何表现得比主流思想意识更为抢眼的原因:

> 如果一种价值判断实际上受限于既定群体的存在,那么这种价值判断就成了教条,想当然的观念,不足为论。与此相反,一旦某种基本价值判断经过语言表达出来并认定合理,我们可以确定这种价值判断已经含混模糊,失去了与既定群体存在条件的联系。[1]

文艺复兴时期厌女症话语的存在表明了当时厌女症观点并不稳定。不是说当时人们不再把女性与低劣联系在一起,而是指厌女症这种思想意识仍存争议,并非当时文化中不受质疑的或既定的一种假设。许多探讨文艺复兴时期的文本对这种思想意识是持反对立场的。艾略特的《为好女人辩护》里安排了一个名为坎蒂德斯的人物,专门和坎尼涅斯作对,他"总是像咕咕叫的鸽子一样对女性的状况说三道四";坎蒂德斯并不是

---

[1] V·N·瓦洛辛诺夫:《生活话语与艺术话语》,《弗洛伊德主义:马克思主义批判》(V. N. Volosinov, "Discourse in Life and Discourse in Art," *Freudianism: A Marxist Critique*),纽约:学术出版社,1976年,第101页。这篇文章从1926年起被当成了巴赫金的文章,关于著作权的争议,参见卡特利纳·克拉克和迈克尔·霍尔奎斯特(Katerina Clark and Michael Holquist):《巴赫金》,麻省、剑桥及伦敦:哈佛大学贝尔克纳普出版社,第146—170页。

个确定无疑的女权主义者,[1]但是坎尼涅斯却显然是个反女权主义者,而且挑起了有关女性价值的人文主义的抗辩。文艺复兴文本中的厌女者引发的争议是针对那种意识形态的而非针对信条:他们质疑厌女症的同时让它活了下来。

这种话语还把读者的注意力从厌女症关于女性天生弱点和不足的假设上转移开来,父权制社会在历史上经常用不同的形式和模式宣扬这样的弱点和不足。不太明显的厌女症和针对妇女的性别歧视形式在文艺复兴时期很少遭到质疑,所以有人认为坎蒂德斯在《为好女人辩护》里为女性开出的家庭化、理想化的处方也限制了女性的能力,或者认为卡西奥以类似于伊阿古的方式将女性视为他者。鉴于那两个人物使用的言语迥异于伊阿古,所以这样的观点意味着必须打破那个时期不同话语之间的界限。同样,固执不认同外界将其视为厌女者这件事从言语角度来说也是合理的,因为他并没有把女性与低劣混为一谈。可是那些指责他为厌女者的女性论者,很可能会认为他的女性从夫的理由不是基于一种明确表达出来的仇恨,而是基于要求女性在神学和社会结构上处于从属地位的结构需要,这也表现出对女性的深深的不信任。那么我们如何才能将仍然存在于我们身边普遍的却又不太明显的厌女症同那些仅通过言语就能辨别出来的具体的厌女症区别开来呢?在文艺复兴时期,独立话语的存在令后一种厌女症形式容易为人所见,同时也遮蔽了作用于当时

---

[1] 本文作者曾经探讨过如何解释托马斯·艾略特的《为好女人辩护》以及其他人文主义者关于女人写作的问题,参见卡罗尔·列文与简妮·沃森主编:《模棱两可的现实:中世纪及文艺复兴时期的妇女》(Carole Levin and Jeanie Watson ed., *Ambiguous Realities: Women in Middle Ages and Renaissance*),底特律:韦恩州立大学出版社,1987年,第48—65页;以及埃德蒙·蒂尔尼:《友谊之花》的引论部分。

的文化并且延续到我们的文化中的其他"诸种厌女症"[1]的能见度。对古执的指责表明了某种可能性，即在他那个时代的文化中某些人可能透过言语上的厌女症这道屏障，看到了作用于许多个人和社会语境里的指责和束缚女性的一些其他方式。

厌女症在文化中不同的表现形式，因而我们必须对瓦洛辛诺夫/巴赫金关于这个问题的原则进行某种改良才能具体应用，这是因为厌女症作为一种支配权力与关系的结构性原则并没有"停止构筑生活或者失去与既定群体存在价值的联系"。父权制结构为强化厌女症创造了各种各样的机会，所以厌女症话语与其他父权制压迫形式之间的关系并不和谐。16、17世纪本地化并且残余的厌女症因而可以为主流话语再次征用：把提倡女性贞洁作为遏制女性欲望的另一手段的婚姻观是它的补充，而不是它的对立面。由于两种观念都仍然活跃于文化进程中，所以主流话语能够在排斥的同时宣扬残余的厌女症观念，从而达到继续强化女性在文化中的从属地位的目的。

我们的确需要一种识别话语中的厌女症的方法，尤其是对中世纪和文艺复兴时期文本中的厌女症，因为它在文本中的突显令它成了那些时期的一种文学手法。然而如果我们现在对这种手法放任的话，那么各种各样可能产生严重后果的其他奴役和抹黑女性的方式就会每天影响我们。文学理论及批评实践常常将有关妇女的问题边缘化，降低其重要性。学术界内部的很多势力有效地确立了男性的精英统治地位，并同时贬低女性的作用。作为女权主义批评家，我们要应对这些问题，要抵制文本中及其他实践中针对女性的边缘化做法，还要聚焦其他批评家要么

---

[1] 参见琼·史密斯：《厌女症》(Joan Smith, *Misogynies*)，伦敦：法波尔出版社，1989年。

忽视要么宁愿视而不见的性别问题。我们要从当下的角度来阐释《奥赛罗》剧中长期以来遭到抹杀的意义，比如，我们可以考察该剧如何将伊阿古与厌女症的关联，考察该剧如何利用了文艺复兴时期有关女性的话语。并非是历史的偶然性导致我们无法清楚地了解那些争议，而是历史上对女性的压迫将那些争议边缘化了，并且这种边缘化在当代批评实践中得以延续。所以本文的分析试图审视该剧中的两种差别——由文艺复兴时期有关婚姻的争论和文本构建出来的支持和反对女性立场的历史差别，以及由这些话语勾勒出来的性别差别。

二

在《奥赛罗》第二幕第一场中，观众听到了卡西奥和伊阿古各自大相径庭的女性观，这样的女性观与文艺复兴时期有关女性的争论中对女性的赞美和诋毁相呼应。甚至早在苔丝德蒙娜还没出现在舞台上的时候，卡西奥就赞美她是一位超越了所有其他文字描述的女性的典范：她是一名淑女：

> 她的美貌才德，
> 胜过一切的形容和盛大的名誉；
> 笔墨的赞美不能写尽她的好处，
> 没有一句适当的言语
> 可以充分表现出她的天赋的优美。[1]

---

[1] 威廉·莎士比亚:《奥赛罗》，诺曼·桑德斯（Norman Sanders）编，剑桥：剑桥大学出版社，1984年，第二幕第一场第61—64行。本文后面使用的本剧的引文皆出自这个版本。

这段内容对苔丝德蒙娜所言甚少，更多的篇幅描述一位天才的艺术家如何不惜笔墨赞美她，同时将注意力引到接下来的一百行关于女性的言语描述上来。当她真的来到塞浦路斯，苔丝德蒙娜受到了卡西奥满是骄傲的华丽辞藻的欢迎：

> 祝福你，夫人！愿神灵
> 在你前后左右周遭
> 呵护你！(《奥赛罗》，第二幕第一场第85—87行)

苔丝德蒙娜此时非常在意的是丈夫的安危，况且或许她一路过海而来，旅途劳顿，所以这样的问候是随意胡侃；但是卡西奥的热情不只限于对苔丝德蒙娜的赞美之词，他还吻了爱米丽娅。

> 这样的"礼貌客套"勾起伊阿古的第一反应就是：
> 老兄，要是她向你掀动她的嘴唇，
> 也像她向我掀动她的舌头一样，
> 那你就要叫苦不迭了。(《奥赛罗》，第二幕第一场第100—102行)

这里，这个厌女者给他妻子扣上一顶悍妇的帽子，这种做法当时很常见，并不算巧妙。尽管苔丝德蒙娜注意到爱米丽娅没有说话，很可能因惊讶于他的做法而沉默了——"唉！她又不会多嘴"。(《奥赛罗》，第二幕第一场第103行)伊阿古回答说，他的妻子"太会多嘴了，每次我想睡觉的时候……"(《奥赛罗》，第二幕第一场第104行)他指的是

"枕边风",妻子们据说在夫妻俩都躺在床上的时候总是向丈夫们抱怨。[1]既然女人不说话都会给伊阿古描述成"多嘴",他的抱怨也变了味道:"她在心里骂人。"(《奥赛罗》,第二幕第一场第106行)然而,他才是那个想在心里骂人的人,因为他把自己的不满投射到了她的身上。爱米丽娅于是为自己辩护:"你没有理由这样冤枉我。"(《奥赛罗》,第二幕第一场第107行)伊阿古通过对女人泛化的指责来表明他的"理由":

> 得啦,得啦,你们跑出门来像图画,走进房去像响铃,到了灶下像野猫;害人的时候,面子上装得像个圣徒,人家冒犯了你们,你们便活像夜叉;叫你们管家,你们只会一味胡闹,一上床却又十足像个忙碌的主妇。(《奥赛罗》,第二幕第一场第108—110行)

这里伊阿古还是旧调重弹:他说的这些都是些司空见惯的对女性的攻击。[2]但是他这段话表明爱米丽娅的过错只是因为她是女人。在这类女人劣迹清单中,还有虚荣、多嘴、记仇、懒惰和任性。

苔丝德蒙娜听到他这样评价女人,回应道,"呸!你这诽谤他人的家伙!"不管她怎样用开玩笑的口气说出这句话,其中都蕴含着严厉的指责,其后果要比"厌女者"这样笼统的指责要深远得多。诽谤者和厌女者这两个词是相关的,因为厌女者经常诽谤女性,按照伍德布里奇的

---

[1] 参见卡罗尔·堪登:《伊丽莎白时代的妇女》(Carroll Camden. *The Elizabethan Woman*),纽约:保罗·阿贝尔出版社,1975年,第126—128页。

[2] 诺曼·桑德斯版《奥赛罗》,第二幕第一场第108—111行注解。

解释就是:"厌女者诽谤全体女性;诽谤者抹黑女性个体的名节。"[1] 针对具体女性的污蔑,如果发生在公共场合,在文艺复兴时期也构成可以控告的罪行。就诽谤这个主题而言,贾汀把宗教法庭有关诋毁名誉的案件同《奥赛罗》剧中的事件相关联的做法尤其令人豁然开朗。例如,贾汀描述了在公共场合称呼某人为妓女的后果:被侮辱的一方提供证言,"证言一经法庭证实,那么诽谤者要当众忏悔,支付罚金,或者(在极端的案例中)被逐出教会"[2]。除了贾汀引自达类姆法庭记录的案例之外,还有一个莎士比亚自己的女儿,苏珊娜的例子,她就像《圣经》里同名的人物那样,也遭到了诽谤。[3]

1613年7月15日,苏珊娜·莎士比亚·豪在伍斯特教区宗教法庭控告小约翰·莱恩诽谤。"大约五个星期之前被告[莱恩]讲述原告[苏珊娜]有淋病并且在约翰·帕默家与拉夫·史密斯有染。"根据肖恩博姆的解释,"肾脏流脓"指的是"患有淋病"("reins"等于肾脏或生殖器)[4]。莱恩指责说苏珊娜有性病而且道德败坏,或与拉夫·史密斯"举止不端":这句"与某人行为不端"就暗示了通奸罪名,人们一下子

---

[1] 琳达·伍德布里奇:《妇女与英国文艺复兴:文学与女人的天性1540—1620》,第288页。

[2] 丽莎·贾汀:《为什么他叫她娼妇:毁誉与苔丝德蒙娜的案子》,M·图道-科雷顿和M·华纳主编:《回应富兰克·柯莫德:批评与阐释了论文集》(Lisa Jardine, "Why Should He Call Her Whore?: Defamation and Desdemona's Case," M.Tudeau-Clayton and M. Warner eds., *Addressing Frank Kermode: Essays in Criticism and Interpretation*),牛津:布莱克威尔出版社,1991年。

[3] 关于另外一个苏珊娜及其与莎士比亚的关系,参见乔伊斯·恒戈尔·塞克斯顿《〈无事生非〉中的诽谤主体与加特尔的〈苏珊娜〉》,《语文季刊》(Joyce Hengerer Sexton, "The Theme of Slander in *Much Ado about Nothing* and Garter's *Susanna*," *Philological Quarterly*, 54 [Spring 1975]),第419—433页。出现在《圣经》伪本中的关于苏珊娜的故事也见录于日内瓦版的《圣经》。

[4] 萨缪尔·肖恩博姆:《威廉·莎士比亚:小型文献生平》(Samual Schoenbaum, *William Shakespeare: A Compact Documentary Life*),纽约:牛津大学出版社,1977年,第289页。

能够联想到一个女人到底能够有多疯。¹ 莱恩并没有出庭,而且不到两周,他被逐出教会。肖恩博姆从苏珊娜当时的邻里环境推断出她打官司的必要性:"斯特拉特福德是一个联系紧密的社会,丑闻——传播极为迅速——必须尽快平息下去。"在她关于这样的案件更为概括的讲述中,贾汀指出:"这样的诽谤,如果听之任之就会成了'真有其事了'。"因为诽谤不但通过流言蜚语,也通过法庭上认可的诽谤指控传播开来。² 因此,无论出于个人还是出于法律的原因,当时苏珊娜都应该主动为自己辩护。

《奥赛罗》剧中也表达了女人面对诽谤要为自己辩护的需要,因为该剧无论从诽谤还是杀妻事例来说,都令人联想到言语诽谤及其造成的"严重"后果。当奥赛罗把苔丝德蒙娜说成一个娼妇时,爱米丽娅就怀疑这样的诽谤是"一个万劫不复的恶人"干下的勾当——"一个爱管闲事、谄媚讨好的无赖""造出这样的谣言来诽谤苔丝德蒙娜"就"为了自己升官"。(《奥赛罗》,第四幕第二场第129—132行)这个行动与伊阿古之前试图"煽动奥赛罗的企图是一致的/他[卡西奥]和他的妻子看上去太亲热了"(《奥赛罗》,第一幕第三场第377—378行),也与奥赛罗对伊阿古的威胁是一致的,奥赛罗表示,如果伊阿古"毁坏她的名誉,使我受到难堪的痛苦"(《奥赛罗》,第三幕第三场第369—370行),那么他就"再不要祈祷了"。这是剧中一宗大罪,是伊阿古针对苔丝德蒙娜犯下的唯一的罪孽:我们早在第二幕第一场就耳闻目睹了这宗罪

---

1 《牛津英语大词典》:naught,形容词,词义2.c:(与某人)行为不端。另见《理查三世》第一幕第一场第99行:"你同休亚夫人干过好事?我说,老兄,同她干好事,除一人而外,最好独守秘密。"这里的意思是通奸。

2 萨缪尔·肖恩博姆:《威廉·莎士比亚:文型文献生平》,第290页。

孽。在这些事例中,这样的诽谤足以视之为一项重罪:多兰(Madeleine Doran)认为:"在莎剧中诽谤是最恶劣的罪行之一;是一种我印象中从未得到过宽恕的罪行。"[1]当伊阿古在该剧尾声表示"从这一刻起,我不再说一句话"(《奥赛罗》,第五幕第二场第301行),他为了避免自露马脚的这种手段确保了他不会再进行诽谤了。

爱米丽娅对伊阿古关于女性的泛化指责的回应,把他的诽谤与构成了文艺复兴争论的一个方面的厌女症立场具体地联系了起来,因为她拒绝给丈夫随意编排她的机会,她说:"我再也不要你给我编什么赞美诗了。"(《奥赛罗》,第二幕第一场第115行)这句话禁止了伊阿古的随意编排,但他却轻易同意了——他当然不会去赞美自己的妻子。但是这样的话也隐含着对任何他可能写出的赞美之词的拒绝。爱米丽娅暗示了如果出自像伊阿古这样的人之手,那么甚至对女性的赞美也能够带有指责的含义,所以她不给他这样的机会。苔丝德蒙娜不如爱米丽娅了解这个男人,因而也不大清楚成为伊阿古描写对象的危险性,所以她让他不要指责而用言辞来赞美她自己:"要是叫你赞美我,你会怎么编排我呢?"她这样等于是在请求他在文艺复兴争论中采取反方的立场。尽管她的请求似乎不明智而且有点孤芳自赏,但是的确迫使伊阿古来赞美女性。同时,她参与这个玩笑本身说明她并非如卡西奥描绘的那样完美,或者并非像瑞德里希望的那样。

伊阿古不确定他自己是否能够应付苔丝德蒙娜的挑战,所以他一开始委婉地拒绝了,甚至当他开始赞美时,他也承认自己不擅长这样的

---

[1] 麦德林·多兰:《〈奥赛罗〉中的好名声》,《1500—1900英国文学研究》(Madeleine Doran, "Good Name in *Othello*," *Studies in English Literature, 1500—1900*, 7 [1967]),第203页。

话语：

> 我正在想着呢；可是我的诗情
> 粘在我的脑壳里，用力一挤
> 就会把脑浆一起挤出的。我的诗神可在难产呢
> 有了——好容易把孩子生出来了。(《奥赛罗》，第二幕第一场第124—127行)

格林布拉特认为，这段话是"对伊阿古给别人设套能力的隐秘的喝彩"，把捕鸟胶，这种用来捕鸟的胶状物同伊阿古自己的灵感联系起来[1]；但是这段话也可以解读为伊阿古公开承认自己不适合这样的创作。把捕鸟胶从粗糙的羊毛上剥离出来，就粘掉一部分羊绒；伊阿古试图赞美女性的时候，他必须绞尽脑汁，所以也会把他的脑浆一起挤出来。赞美女性的方案就像捕鸟胶——这个方案可能把女性和鸟都捉住；伊阿古的思维就像是损失了羊绒的羊毛。伊阿古担心完不成苔丝德蒙娜交代的事情。这暗示了他对女性的诋毁是坦诚的、信手拈来的，而赞美女性要冥思苦想，需要他不具备的灵感。他的力有不逮比较令人惊讶，因为在该剧的其他部分，伊阿古可是颇善辞令的。但是，正如布洛克解释的那样："厌女症作家是把辞令作为否认厌女症，进而作为是否认女人的一种手段。"[2] 让伊阿古去像卡西奥一样说些不切实际的华丽辞藻暴露出他

---

[1] 斯蒂芬·格林布拉特：《文艺复兴时期的自我塑造：从莫尔到莎士比亚》(Stephen Greenblatt, *Renaissance Self-Fashioning: From More to Shakespeare*)，芝加哥：芝加哥大学出版社，1980年，第233页。

[2] 霍华德·布洛克：《中世纪厌女症》，第19页。

是反对花言巧语的。这等于是让他不能把话说"到家",用卡西奥自己的话来说就是说大实话(《奥赛罗》,第二幕第一场第161行),这样的大实话揭示了伊阿古酸溜溜的抱怨的家常特性。

当他试图赞美女性或至少做出个要赞美的样子时,伊阿古开始的深思只表达出标准的厌女症做法:通过四种办法接近女性并展现她们在这四个方面的不足,这四种办法源自提奥夫拉斯特斯的著名厌女症作品《婚姻金书》,这篇作品先后为杰罗姆神父的书信集《反驳乔维年》、《玫瑰传奇》和《巴斯妇人序言》所引用。[1] 每个故事里呈现的妻子无论贫富美丑,都是笨手笨脚,惹是生非。但是伊阿古宣称有四种不同类型的荡妇:要么漂亮要么聪明得到夫君的宠爱,要么丑陋要么愚蠢无论怎样也能达到同样的效果。

漂亮或是丑陋,聪明或是愚蠢,女人对他来说都是娼妓。苔丝德蒙娜认为他这种"痛苦的赞扬"就如同"酒店里""骗傻瓜们笑笑的古老的歪诗"(《奥赛罗》,第二幕第一场第136—137行),但是就是这样一个极尽挖苦的滥诗,用各种例子详述了女性被视为性欲对象,随之又出于既定话语的需要被斥责为娼妓的状况。莎士比亚以精准的笔法改良了厌女症辞令,并将其植入与厌女症争论和剧情都如此相关的语境中,因而这样的处理并不能算作这种话语的一种"令人不满"的版本。

这样的对话非常适合剧中这样令人不安的时刻,并让伊阿古与他的思想立场相一致,这种思想立场与伊阿古和奥赛罗未来的行动相一致并预示了他们未来的行动。这样的对话具体把伊阿古的诽谤定性为针对

---

[1] 洁若米所引的泰奥弗拉斯托斯部分出自罗伯特·米勒:《乔叟:素材》(Robert Millier, *Chaucer: Sources*),牛津:牛津大学出版社,1977年,第412—413页。引文在456页,米勒还引用了《玫瑰传奇》的部分。

女性的言语暴力行为，这种行为在后来的剧中导致了针对一个女人的身体暴力。所以，这个场景通过唤起文艺复兴文化中有关女性文本的立场，确立了两个男人所犯罪行的性别化特征。如果就因为我们无法理解而删掉或忽略它，我们就抹杀了该剧文本中引发的对性别的关注。[1]

在这件事上苔丝德蒙娜是共谋，她坚持再次要求伊阿古再赞美一次：对于一个贤惠的女人你又怎么赞美她呢？就连天生的坏蛋——就像伊阿古刚刚表现出来的那样的坏蛋——看见她这么好，也不由得对天起誓，说她真是个好女人？（《奥赛罗》，第二幕第一场第141—142行）她的坚持最终得到了回报，因为接下来的每一行，除了最后一行，可能都是最虔诚的人文主义者写就的赞美女性之词：

> 伊阿古
> 她长得美，却从不骄傲，
> 能说会道，却从不叫嚣；
> 有的是钱，但从不妖娆；
> 摆脱欲念，嘴里说"我要！"
> 她受人气恼，想把仇报，
> 却平了气，把烦恼打消；
> 明白懂事，不朝三暮四，
> 不拿鳕鱼头换鲑鱼翅；
> 会动脑筋，却闭紧小嘴，

---

[1] 劳伦斯·奥利弗（Laurence Olivier）的《奥赛罗》于1963年首次演出并拍成了电影，删除了第二幕第一场第115—162行台词（里面有伊阿古关于四种女人的评论）。庄纳森·米勒为英国广播公司系列排演的这部剧也删掉了这段台词。

有人盯梢,她头也不回;

要是有这样的女娇娘——

苔丝德蒙娜

要她干什么呢?

伊阿古

去哺乳傻孩子,去记油盐账。(《奥赛罗》,第二幕第一场第145—157行)

伊阿古在这里的确展现出些口才。在这段描述里,女人可以漂亮,但不慕虚荣;能说会道,却从不叫嚣;身家不菲,却从不炫耀;克制欲念,却把握得当。她不记仇;她不红杏出墙——就是说,她不会见异思迁[1];她自有主见,虽遇登徒子亦不为所动。与出现在伊阿古对女性的攻击中同样的策略也出现在这里,但是却以倒置方式出现。这就是为什么这段描述经常被视为消极的,因为它大部分讲的是鉴于男人们的指责,女人不能做一些事情,这样才能成为好女人。为了达成那种主要通过行为约束而得到的好品行,莎士比亚在这段文字里用了六个"从不"。接着最后一行破坏了整段构思,这一行表明这样的女人只存在于假设中——

---

[1] 伊阿古所看重的女人在性方面是受禁闭的,所以她拒绝抛此阳具而换彼阳具。他认为,这样做的女人在智慧方面有欠缺。因此伊阿古明确反对女人换男人,而男人却可以换女人。桑德斯对于第152行的注解将 "to change the cod's head for the salmon's tail" ("拿鳕鱼头来换三文鱼尾") 解释为 "to exchange something worthless for something more valuable" ("拿毫无价值的东西换来有价值的东西"),指出这里的性暗示"鳕鱼头"指阴茎、"三文鱼尾"指女阴。另见埃瑞克·帕特里奇:《莎士比亚的淫猥用语》(Eric Partridge, *Shakespeare's Bawdy*),纽约:E. P. 杜顿出版社,1969年。书中把尾巴解释为阴茎,第196页。关于不同的阐释,参见霸尔兹·恩格勒:《〈奥赛罗〉第二幕第一场155行:拿鳕鱼头换三文鱼尾》,《莎士比亚季刊》(Balz Engler, "*Othello*, II, I, 155: to change the cod's head for the salmon's tail," *Shakespeare Quarterly*, 35 [1984]),第202—203页。

这样就再次宣扬了伊阿古的怀疑并且也暗示了要想通过一系列约束性行为来使个人的身份得到认可是多么不容易。

然而，如果这样的女人真的存在，那么问题就不是本性的问题，而是文化的问题：那么在日常方面和性方面到底可以允许她做些什么呢？考虑到当时那些赞美女性的人——人文主义者和新教改革者——为女性生活划定的严格的界限，伊阿古对苔丝德蒙娜问题的回答还是恰当的。这一幕的第61至162行从争论的两个方面呈现了这些问题：不只是厌女者指责全体女性，就连女性的支持者，例如古执和艾略特笔下的坎蒂德斯，他们也为女性规划了一种受到严格约束的生活。他们表明争论女性问题这种消遣从一开始就是可疑的，因为这意味着要采取攻击或维护的立场，而无论何种立场都把女性定义为简单的他者，从而可以对她们的美德和劣行进行归类。这都是因为女人天生就不如男人，比男人简单得多。只有接受男人对其行为约束的女人才配做人，这话暗示了女人、摩尔人与"白人"有多大差别。可是苔丝德蒙娜拒绝接受任何男人都可以指挥他的妻子：伊阿古说完他的"赞美"之后，她对人文主义者的建议反驳说："爱米丽娅，不要听他的话，虽然他是你的丈夫。"（《奥赛罗》，第二幕第一场第159—160行）她也注意到了伊阿古最后这段话是"最蹩脚最差劲的结尾"，言语中暗示任何不能赞美女人的男人不配做她们的丈夫。这场争论的言辞因其与情感和行为的联系再度被解读为超出其字面意义和文本意义：苔丝德蒙娜从伊阿古的身体上读出了意义。[1]

---

[1] 因为中世纪为了支持禁欲的牧师，厌女话语受到禁止；因此，苔丝德蒙娜所说的修辞与性无能之间的联系有可能某些人听到会高兴，虽然限制对于女人的欲望有让这种欲望转向男人的危险。

整个争论的都取决于女人的直觉,爱米丽娅后来在剧中对这种直觉产生了怀疑:

他们厌弃了我们,别寻新欢,是为了什么缘故呢?是逢场作戏吗?

我想是的。是因为爱情的驱使吗?

我想也是的。还是因为喜新厌旧的人之常情呢?

那也是一个理由。那么难道我们就不会对别人发生爱情,难道我们就没有逢场作戏的欲望,难道我们就不会喜新厌旧,跟男人们一样吗?(《奥赛罗》,第四幕第三场第 92—97 行)

当男人们"另寻新欢"时,允许男人通奸而不许女人通奸的双重标准的依据就是认定女性性意识有别于男性的观念。而关于女性的争论就是构建这种差别的一个方法。异性相吸的他性成了认定性欲差异的依据:女性被认定性欲要么比男性弱,要么比男性强,要么比男性更不贞洁,要么比男性更贞洁,因为两性在其他方面不同。当爱米丽娅肯定女性也有与男性类似的欲望时,她质疑的是关于女性种种看法的主观臆测性,她有关我们女性的思考也有别于剧中任何其他人物。

甚至苔丝德蒙娜在成为自己的丈夫那个男人挑动下也曾表白自己的欲望,她在第一幕里还肯定自己对奥赛罗爱得"不顾一切"(《奥赛罗》,第二幕第三场第245行)。虽然她的欲望的强度可能让关注婚姻的人文主义者和新教徒作家感到不适,甚至剧中的奥赛罗也对她的表白感到不适,但是关于道德规范的书籍通过强调妻子的自我牺牲行为,将人妻之爱约束住,只能对丈夫一心一意。只要妻子的爱是给丈夫的,那么这些书的作者就不反对:当蒂尔尼文本中的厌女者谈到朱莉娅应该建议女人们"让你们家里已婚的女子保持节制",而后者回答说:"不要啦……在爱方面我才不要什么节制。"妻子与丈夫跳崖殉情,或丈夫死后割腕殉夫等毁灭性的行为,作为女性爱情的典范得到鼓励。服务于婚姻和谐的女性自虐行为,不但得到某些文艺复兴时期有关婚姻话语的容忍,而且得到积极的鼓励。[1]

格林布拉特认为,新教和天主教的婚姻观都唯恐婚内"性欲过度"[2],但他忽略了天主教和新教思想意识的重要差别,也忽略了两种教派看待女性和男性在欲望方面的差异。前一种差异正如一位新教徒声明的那样,根本没有发生过:是伊拉斯谟第一次把婚姻中的性关系视为自然而然的事情,他认为肉体的快乐尽管是婚姻的各种快乐中最为次要的,但是对"人"来说也不是毫无益处的:

> 在此我也不会和你具体描述肉体之乐,然而那是自然赋予人的最高快感,但是那些智者把肉欲隐藏,掩盖(我说不明白如何掩盖),然后完全蔑视。然而真正称得上有智慧之人又怎能这样愚钝或者缺乏感性呢,竟然不为快感所动!就是说,有身体欲望之智者并不冒犯神或人,也无碍于他的判断能力。实话说,我真不把这样的人当人,而纯粹是石头一块。尽管肉体之乐是婚姻种种好处中最为次要的,但是你千万不可忽略这种快乐,以为其不值

---

[1] 埃德蒙·蒂尔尼:《友谊之花》(*The Flower of Friendshippe*),伦敦:亨利邓翰出版,1568年,sig. D7. 本人在蒂尔尼版引论的第二部分充分讨论了此问题。
[2] 斯蒂芬·格林布拉特:《文艺复兴时期的自我塑造:从莫尔到莎士比亚》,第249页。参见理查德·斯特里埃对于该书的评论:《都铎时代英国的身份与权力》,《界限》(Richard Strier, "Identity and Power in Tudor England," *Boundary*, 2 [1982]),第383—394页。关于这一点,斯特里埃不同意格林布拉特的观点(第393页)。

为人所为；如果没有了肉体之乐，我们确实枉有做人之名，虽然这是婚姻好处中最为次要的一项。[1]

这种人文主义的观点，连同伊拉斯谟所有其他的著述一起，于1559年被列入《禁书名录》中"最高级的异端邪说"并且遭到特利腾会议的谴责。1563年11月特利腾会议公布禁令，禁止任何人宣扬结婚比贞洁或禁欲好。特利腾会议之后，关于婚姻的人文主义立场就主要和新教徒和清教徒联系在一起了。[2] 例如，在写作于16世纪九十年代并以英语出版于1609年的《基督教经济学》一书中，威廉·帕金斯（Perkins）认为，天主教庭的反宗教改革不会有效果。他说："教廷把婚姻和贞洁对立起来，但实际上干脆认定婚姻中不存在贞洁。"帕金斯把这些天主教观点与罗马教廷之前视婚姻中的性关系为"肉体的肮脏"和"不洁"的观点联系在一起，并且补充说明就是通过这样对性行为的指责，"使得一些人开始厌恶和仇视女性"。[3] 为了从其清教徒立场出发对天主教进行抵制，他断言，特利腾会议之后的天主教，厌女症及对婚姻中性愉悦的挞伐之间存在关联。虽然各派新教徒并未禁止无节制的婚姻性行为，同时，他们对性欲也并非毫无恐惧，然而维持婚姻中的贞操也给他们提供了一种有别于罗马教廷的禁止欲望的立场选择。

格林布拉特忽略了天主教与新教婚姻立场差异，因此他指责苔丝

---

1 参见伊拉斯谟著作的英译本，转引自托马斯·威尔逊（Thomas Wilson）：《修辞艺术》，纽约及伦敦：贾蓝德出版社，1982年，第126—167页。

2 玛格·托德：《基督教人文主义与清教社会秩序》（Margo Todd, *Christian Humanism and the Puritan Social Order*），剑桥：剑桥大学出版社，1987年，第206—210页。

3 威廉·帕金斯（Willian Perkins）：《帕金斯选集》（第三卷），剑桥：坎特莱尔出版社，1618年，第689页。

德蒙娜"在情欲上的屈从态度",他认为:

> 这种对肉欲的坦然接受和对她配偶的肉欲的屈从,与伊阿古的诽谤一样是导致苔丝德蒙娜死亡的原因,因为它唤醒了奥赛罗心中性焦虑的激流。[1]

婚姻中情欲之乐的危险被提升到与中世纪厌女症相得益彰的高度,这使得格林布拉特把对伊阿古和奥赛罗言语和行为的指责都转移到了苔丝德蒙娜身上。他把残余话语当成主流话语呈现出来,并且基于这种联系对苔丝德蒙娜在她自己死亡中的作用进行了一种与厌女症观点一致的解读。换言之,对伊阿古诽谤指责的转移替代导致了一位批评家在其对苔丝德蒙娜的评论中与这种诽谤形成了共谋的关系。我并不是认为,这种解读是格林布拉特有意为之,但是这种解读的确源自于他不愿区别残余话语和主流话语,源自于他不关注女性与男性的历史方面的差别,以及他用"武断的联系"[2]把文学与非文学文本相联系的做法。这样做法的结果就是苔丝德蒙娜这个人物又一次遭到了一位正在重新构建文艺复兴时期批评方法的优秀批评家的诽谤。残余的厌女症话语仍然面临重新为主流话语征用的风险。爱米丽娅对于欲望的主张的变通方式就是不主张男女的差别而是主张男女之间在"爱情,逢场作戏的欲望以及喜新厌旧的弱点方面"的相似性,这样的主张构成了这个时期正在形成的一

---

[1] 斯蒂芬·格林布拉特:《文艺复兴时期的自我塑造:从莫尔到莎士比亚》,第250页。
[2] "武断联系"是沃尔特·克恩的用语,用来评价新历史主义所假定的迥异文化版本之间的关系。参见沃尔特·科恩:《莎士比亚的政治批评》(Walter Cohen, "Political Criticism of Shakespeare"),吉恩·霍华德和马里昂·奥康纳编:《莎士比亚之再造》,第34—38页。

种思想意识。主流话语主张差别和不平等(例如古执会就认为,人与人之间的差别中总体上……一点"小的不平等",在夫妻之间不会有什么不同),¹ 而服务于女性利益的新兴话语则依据两性之间的相似性争取平等。蒂尔尼笔下的伊莎贝拉就主张:

> 女人有媲美男人的灵魂,媲美男人的智慧,而且比男人更擅长养育后代,那么还有什么理由去束缚这些上天创造的自由之人呢?²

莎士比亚笔下的爱米丽娅也是基于同样的相似性原则讲道理的,但是她提出的问题对那些支持婚姻的人来说要更加咄咄逼人,因为主流话语把婚姻视为包含了女人欲望的一种关系。在这部莎剧中反对婚姻的厌女症,作为一种残余思想意识,通过伊阿古并最终由奥赛罗表达出来,而对婚姻总体上的支持,则作为主流思想意识由苔丝德蒙娜表现出来。爱米丽娅所表达的新兴立场主张女性的欲望不应再为男性束缚,从而质疑了将女性视为他者的观念。她的立场挑战了在某些(尽管不是全部)一夫一妻制说法中模糊存在的双重标准并质疑了许多关于欲望的说法中具体针对另一性别的行为。爱米丽娅没有肯定女性与男性之间的对立,而是提出女性同男性一样不该由她们的配偶来掌控性关系。她这种观点的新兴特征尤其难以为我们现代人所读懂,因为我们自身形成中的话语要求我们对性别之间的差别以及性别内部的差别保持警惕;但是在文艺复

---

1 威廉·古执:《论家庭职责》,第271页。
2 埃德蒙·蒂尔尼:《友谊之花》,sig. D8。本文作者在另外一篇文章中讨论了爱米丽娅的话对于悍妇式言辞的肯定性修正,参见薇拉莉·韦恩:《重塑悍妇》,《莎士比亚研究》(Valerie Wayne, "Refashioning the Shrew," *Shakespeare Studies*, 17[1985]),第159—187页。

兴时期,主张与男性的相似性是当时女性把自己的一些主张合法化的一个重要手段。与剧中爱米丽娅的立场截然对立的是,主张身份是与他者完全不同而且对立的观点。

伊阿古在第二幕第一场中就是基于这个原则构建他自己的身份的。因他的所有污蔑女性的言辞,苔丝德蒙娜称他为诽谤者。他回答说:

> 不,我说的话儿千真万确,不然我就是那土耳其人
> 你们起来游戏,上床工作。(《奥赛罗》,第二幕第一场第113—114行)

伊阿古对女性的曲解是为了确保他自己的威尼斯人身份,但是如果女性不是他说的样子或者娼妓,那么唯一的选择就是他是他者,他是土耳其人,因为在他的世界里总要有人做他者。奥赛罗最终自杀时说他杀死了一个"殴打威尼斯人并诽谤威尼斯"的"缠着头巾的土耳其人",他杀死的是他因伊阿古的精神毒药而产生的心魔;但是,他也杀死了该剧唯一的种族意义上的他者。更确切地说,他出于对威尼斯的爱国精神而杀死的是那个或是土耳其人或是摩尔人的作为他者的自己。正像一个女人可以因为听从男人的要求约束自己的行为而被伊阿古称赞为"白人",奥赛罗因而也通过消灭了作为异类的自己而成为白人——无论从道德还是威尼斯意义上。这也是某些形式的话语中自我确立的一种方式,即通过与内在自我和外在自我的对立,通过否定"他们的"来主张自己的自由的方式。批评话语也能通过整体构建他者群体来参与这样的实践。本剧描写的威尼斯和他其他剧中所描述的一样,不是一个能包容差异的地

方：能活着留在舞台上的人物只有白人。

但是留在舞台上的白人并不相同，而关键在于伊阿古的厌女症话语是他这个人物特有的，之后又通过口头或听觉上的欺骗蔓延到奥赛罗。在第四幕第二场中，奥赛罗的关注点是苔丝德蒙娜的身体，特别是她身上的"那地方"：

> 可是我的心灵失去了归宿，
> 我的生命失去了寄托，
> 我的活力的源泉枯竭了，
> 变成了蛤蟆繁育生息的污池！（《奥赛罗》，第四幕第二场第56—61行）

桑德斯注意到了这段文字的词汇源自《圣经·箴言》5:15—18。《圣经》中这一章建议人们不要嫖娼并把男人年轻时的妻子比作"你自己的井"或"福佑之泉"。女人的子宫用生命之水滋润她的丈夫，如果弃之不用则将死于干渴。可是这样的水不是每个人都可以享用的："但让这些水成为你的，甚至只是你的，而不是你身边的陌生人的。"[1] 正是这段经文催生了奥赛罗对子宫的替代性想象，即当子宫不再为他独享的时候，它就成了一个肮脏生物的繁育地。子宫要么是个特权独享的地方，要么就是繁育兽性的地方。这两种情况下，子宫的滋养和生殖功能可以让妻子们做个自然生育的母亲，这样的母亲可以把每个丈夫变成一个"年纪轻

---

1 《日内瓦圣经：1560年版影印本》，麦迪逊：威斯康星大学出版社，1969年，第268页；另见诺曼·桑德斯版《奥赛罗》第四幕第二场第58—61行注解。

轻唇色红润的天使"(第四幕第二场第62行)[1]。

奥赛罗心里构筑的苔丝德蒙娜是一个处于俄狄浦斯情结发展之前的欲望强烈的妓女,他因此认定她是已经自造了自己身份的人:

> 这一张皎洁的白纸,这一本美丽的书册,
> 是要让人家写上"娼妓"两个字的吗?犯了什么罪恶!
> 啊,你这人尽可夫的娼妇!(《奥赛罗》,第四幕第二场第70—72行)

在苔丝德蒙娜莫须有的通奸之前,她的身体在此被比作了一本簿子,就是那种文艺复兴时期学生们用来练习写作、翻译和抄写的空白练习簿。奥赛罗想象到她通过通奸的方式在簿子上面写下了"娼妓"两个字。但是苔丝德蒙娜在该剧中从来没在簿子里写过任何字,因此她无论在文字上还是行为上都没有"犯罪"。剧中任何写作都是和男性有关;反倒是女性的言辞是伊阿古所担心的。所以奥赛罗没有弄清楚话语的作用:他没有注意到是谁在书写,是谁干的。[2] 在这一幕里,是奥赛罗在苔丝德蒙娜的"书里"书写厌女症话语。

爱米丽娅对这样的行为了然于心,于是用了一个动词"bewhored"(被骂娼妇):

---

[1] 爱德华·斯诺认为,这段话中表明奥赛罗"对于更古远的母性的背叛的原始想象",参见爱德华·斯诺:《〈奥赛罗〉中的性焦虑与男性秩序》,《英国文学的文艺复兴》(Edward Snow, "Sexual Anxiety and the Male Order of Things in *Othello*," *English Literary Renaissance*, 10[1980]),第404—405页。

[2] 在16世纪,《牛津英语大词典》将动词"commit"定义为:致力于书写、写作,并保存下来。

> 唉！伊阿古，将军口口声声骂她娼妇，
> 用那样难堪的名字加在她的身上，
> 稍有人心的人，谁听见了都不能忍受。(《奥赛罗》，第四幕第二场第114—116行)

"被骂娼妇"这个词标明了这段话与苔丝德蒙娜的身体之间的关系，因为被称为娼妇，苔丝德蒙娜就成了娼妇。爱米丽娅在剧中还有三次出言反对奥赛罗用这个词来说苔丝德蒙娜(《奥赛罗》，第四幕第二场第119行、第126行和第136行)。当苔丝德蒙娜求伊阿古转告她丈夫，无论是在思想上还是在行动上(《奥赛罗》，第四幕第二场第151—152行)她都没有"背弃"他的爱，这是伊阿古不可能去做的事情，她的请求表明了思想、言语和行为之间的关系。对她而言，这几者之间的关系太过密切了，她自己也承认了，就在她自相矛盾时说："我不愿提起'娼妇'两个字，一说到它就会使我心生憎恶。"(《奥赛罗》，第四幕第二场第160—161行)她无法把言语与她的身体分开——"憎恶"再度肯定了这种关系——斯塔利布拉斯提醒我们："语言和身体之间没有简单的对立，因为身体勾勒出文化的轮廓而也为文化所描绘。"[1]对于苔丝德蒙娜来说，这没有什么区别，因为当这样的言辞出自她丈夫之口时，她无法抵制这样的言辞。相反，她认为他可能是对的：

> 我应该受到这样的待遇，全然是应该的。
> 我究竟有些什么不检的行为

---

[1] 彼得·斯塔利布拉斯：《父权领地》，第138页。

哪怕只是一丁点儿的错误,才会引起他的猜疑呢?(《奥赛罗》,第106—108行)

当她不反对厌女症话语时,奥赛罗的话就"猜疑"到苔丝德蒙娜的身体上,也成了她思维的一部分。她的反应表明了厌女症是如何在文本和文化中传播的,因为厌女症通过语音发挥作用时,它虚构出了苔丝德蒙娜没做过的想法和行为。

剧中作为补充的另外一个标志物就是手帕。纽曼评论道:"随着手帕在字面上和批评意义上的转手,手帕上积累了无数的联想和意义。"[1] 我想把这些联想与文艺复兴时期有关女性的主流思想意识联系起来,以说明为何手帕的遗失成了苔丝德蒙娜被指责为妓女的一个重要先兆以及手帕是如何体现女性活动、体现她们的工作的。斯诺发现了这个手帕在剧中存在两个家谱:母系家谱记述了手帕从一位埃及魔术师传到奥赛罗的母亲再到苔丝德蒙娜的传承过程,三个女人因此彼此交融在一起;而手帕作为家传的信物在父系这里从奥赛罗的父亲传到了他的母亲手里。他认为第一个故事是在叙述第二个故事情节里缺失的部分,即讲述儿子是如何从他母亲那里继承了他父亲性权力的象征并因此继承了他确立对他妻子性权力的方式。他接着补充说:"尽管尝试分辨故事的真假有点跑题,但是第一个故事版本明显更深地涉及了奥赛罗的想象,并且他为之付出的精神也要大得多。"[2] 手帕的父系起源也延伸到手帕上绣着的字:延伸到"在预言力狂发"之间"绣了这些字"的女巫,延伸到吐出

---

[1] 卡伦·纽曼:《"将埃塞俄比亚人洗白":〈奥赛罗〉中的女人味与魔怪》,第156页。
[2] 爱德华·斯诺:《〈奥赛罗〉中的性焦虑与男性秩序》,第404页。

丝线的神蚕以及用"处女之心"炼成的丹液，据说这样的丹液有疗效并形成了手帕的红色（《奥赛罗》，第三幕第四场第66—71行）。[1] 我认为布斯的想法是正确的，即从苔丝德蒙娜童真的证据看出点缀着草莓的手帕是[苔丝德蒙娜与奥赛罗]完婚的视觉证据，这就像点缀着处女血迹的婚床一样[2]：从处女之心提炼出来的用来给绣字染色的染料似乎也为手帕染了色，因为第70行的"它"可能指的是"绣字"（《奥赛罗》，第三幕第三场第168行）和整个手帕，就好像染料从图案中流到整个布面上一样。手帕因而成了证明苔丝德蒙娜婚前和婚后身体状况的暗喻和借喻。[3]并且在起到这种作用的同时，手帕还是女人的文本象征——女人们做的活计的象征，因为在剧中女人们不是书写书籍而是充当被书写的肉体。

在钦齐奥的《寓言百篇》里，手帕没有什么渊源，也没有什么具体图案，但是"有着精细的摩尔人风格的刺绣"。相当于卡西奥角色的上校的家里的一个女人在一块布料（亚麻布或棉布）上绣出非常漂亮的图案，并且她"在手帕找回来之前开始制作一个类似的"[4]复制品。莎士比亚把对复制手帕上的图案的强调进行了升华：当爱米丽娅亚找到手帕

---

[1] E·A·沃利斯·巴吉讨论了"木乃伊"的医学用途。参见E·A·沃利斯：《木乃伊：埃及葬礼考古手册》（E. A. Wallis Budge, *The Mummy: A handbook of Egyptian funerary archaeologa*），1893年；第二版1925年；重印版，伦敦：劳特利奇及凯根·保罗出版社，1987年，第201—209页。

[2] 琳达·布斯：《奥赛罗的手帕》，《英国文学的文艺复兴》（Lynda Boose, "Othello's Handkerchief: the recognizance and pledge of love," *English Literary Renaissance*, 5 [1975]），第363页。另见卡罗尔·托马斯·尼利：《〈奥赛罗〉中的男人与女人》，《莎士比亚戏剧中的破碎的婚姻》（Carol Thomas Neely, "Women and Men in *Othello*," *Broken Nuptials in Shakespeare's Plays*），纽黑文：耶鲁大学出版社，1985年，第128页及后；斯坦利·卡维尔：《六部莎士比亚戏剧中的拒绝知识》，第135页。

[3] 彼得·斯塔利布拉斯：《父权领地》，第138页。

[4] 乔治·布罗夫主编：《莎士比亚的叙事及戏剧素材》，第249页。

的时候,她说:"我要把花样描下来。"(《奥赛罗》,第三幕第三场第298行)卡西奥对比安卡说:"帮我把这式样描下来吧。"(《奥赛罗》,第三幕第四场第174行)

> 那花样我很喜欢,我想乘失主没有来问我讨还以前,
> 把它描了下来。
> 请你拿去给我描一描。现在请你暂时离开我。(《奥赛罗》,第三幕第四场第183—185行)

比恩卡后来返回来拒绝了复制图案的活:

> 我来描那个式样?……这是哪个骚娘们送你的信物,我来描那个式样?拿去,还给你那个相好的吧,随你从什么地方得到这方手帕,我可不高兴描下它的式样。(《奥赛罗》,第四幕第一场第145—149行)

这一段文字的重点从复制一个像苔丝德蒙娜一样的手帕转移到复制手帕的图案。整件事中反复使用的一句话就是"描出式样"。这个用法可能源自于《寓言百篇》的法文版,[1] 以含混的方式表达出一种威胁,即一旦图案描好了,手帕就被拿走了。爱米丽娅和比恩卡都没有如原来故事中那个女人那样把图案描出来:爱米丽娅自己描不出来,在她能描出来之前就把手帕给了伊阿古,而比恩卡则拒绝描。所以虽然诸般强调复制手

---

[1] 参见诺曼·桑德斯版《奥赛罗》,第3页。

帕，但手帕最终仍是唯一的一件。

手帕在此属于女性文本，因为只有女性才与这样的物件及对它的复制有关。在文艺复兴时期，刺绣是女人的活计，因为只有女人才做；但相对于阅读和写作，刺绣也是女人们被告诫去做的事情，因为刺绣可以让她们忙于做事而不会过于活跃。笔与剑是与男性相联系的，而女红与针则是与女性相对应的。在《颠覆性的针码》一书中，帕克（Rozsika Parker）解释说："针线活被视为保持女性贞洁的首选活动……没有什么其他活动能够如此成功地提升文艺复兴时期急于定义性别差别的男人希望从妻子身上体现的素质。"[1] 这个由女性制作的苔丝德蒙娜肉体的象征成了女性幸福的象征：埃及魔术师告诉奥赛罗的母亲：

> 当她保存着这方手帕的时候，它可以使她得到我的父亲的欢心，享受专房的爱宠。（《奥赛罗》，第三幕第四场第55—56行）

它让丈夫放心，他的妻子——没日没夜地——忙着做着家里自己该做的事情，因为不只是伊阿古个人主张女人就是"上床去工作的"（《奥赛罗》，第二幕第一场第14行）。

因为手帕是已婚女性贞洁的证据，所以不能被爱米丽娅和比恩卡复制。作为苔丝德蒙娜肉体的象征，它不能流通，因为她的肉体是不允许流通的：手帕的传承是严格遵循家谱的，不能传给外人。这一限制通常也适用于女性文本，因为她的工作是私人的，专为她的家人所做，并

---

[1] 罗斯卡·帕克：《颠覆性的针码：刺绣与女性特征形成》（Rozsika Parker, *The Subversive Stitch: Embroidery and the Making of the Feminie*），纽约：劳特利奇出版社，1984年，第74页，第64页。

主要供他们使用的。钦齐奥的叙述中,单单女人在窗旁刺绣的身影就会让摩尔人相信她不守妇道,¹ 因为,"随便什么人从街边经过就会看到"她。体现在手帕里的已婚女性贞洁的价值,支持了一些女性去批驳谋求对已婚女性的性控制权的厌女症主张的价值和目的。贞洁是一件宝物。埃及魔术师明白,"如果她弄丢了或者送人了",奥赛罗的父亲和任何丈夫就会变得厌女——他会"对她产生厌恶,他的心就要另觅新欢了"(《奥赛罗》,第三幕第四场第56—59行)。当苔丝德蒙娜丢了手帕,她就失去了得到丈夫欢心的手段,失去了她在做她自己私人、属于家庭内部的、床上工作的证据。她失去了文艺复兴时期观念赋予她的属于她自己的文本。

婚姻于是就成了对文艺复兴时期厌女症的历史回应:赞美婚姻的人与捍卫女性并主张婚姻是圣洁的,女性有足够的美德足以成为婚姻伴侣的人遥相呼应;但从保持童贞向已婚女性贞洁的转变仍然取决于对女性性行为的控制。始终围绕这个转变的是爱米丽娅提出的关于女性欲望的问题以及奥赛罗更早之前在剧中提到过的问题:

啊,结婚的烦恼!
我们可以在名义上把这些可爱的人儿称为我们所有,
却不能支配她们的爱憎喜恶!(《奥赛罗》,第三幕第三场第270—272行)

令人不快的是,奥赛罗的台词非常接近贾乐思对女性的指责:"你们所

---

1 乔治·布罗夫主编:《莎士比亚的叙事及戏剧素材》,第249页。

有女人都是，将会是，并且一直都是妓女，要么实际上如此要么有此欲望，因为，即使没有付诸行动但你们无法约束欲念。"在说出这些话之前，奥赛罗说出了一个令他困扰的问题："我为什么要结婚？"(《奥赛罗》，第三幕第三场第244行) 到该剧剧情发展到中间的时候，奥赛罗已经吸收了伊阿古的厌女思想，这样残余话语已经感染了主流话语。然而，这样的转移并不单单因为伊阿古对自己恶念的出色发挥：主流话语内部的矛盾使得这样的转移更加容易。[1] 婚姻思想意识允许丈夫们把妻子唤作"我们家的"，而且允许他们在妻子的肉体上书写，但是却无法控制妻子们的欲望。由于男性对女性的占有并不完全，于是嫉妒就从占有与欲望的矛盾诉求间产生了。在该剧中，文艺复兴时期的婚姻产生了伯克（Kenneth Burke）称为"最深刻意义上的三位一体的悲剧性占有制，即基于恋物心理的占有，对人类情感的占有，而占有者自身则为自己的沉迷所占有"。[2] 手帕就成了通过婚姻达成的苔丝德蒙娜商品化的物化象征，可是对她妒火中烧的丈夫来说，她就像手帕一样不可能完全被占有。苔丝德蒙娜与奥赛罗不是凤凰和斑鸠：当个体的物性不再错乱，他们的关系就解体了；然而，婚姻却允许占有权的部分也是可怕的主张。

剧中的女性文本实际上与这种思想意识形成了共谋：非但不去质问，反而只意图证明妻子们的"贞洁以博得丈夫们"的好评。这样的文

---

[1] 参见玛丽·本·洛斯：《心灵的代价：英国文艺复兴戏剧中的爱与性》(Mary Ben Rose, *The Expense of Spirit: Love and Sexuality in English Renaissance Drama*)，伊萨卡，纽约州：康奈尔大学出版社，1988年。洛斯指出：《奥赛罗》中，"婚姻的豪壮行为从内部解体，因为其本身无法克服的矛盾而解体"。本文作者基本同意这个论点。

[2] 肯尼斯·伯克：《〈奥赛罗〉：一篇阐述方法的论文》，《哈德逊评论》(Kenneth Burke, "*Othello*: An Essay to Illustrate a Method," *The Hudson Review*, 4 [Summer 1951])，第166—167页。

本无法在女人之间复制或传递，因为这种文本的产生取决于男性：婚床的点点血迹需要男人的主宰权，女人们的刺绣维持不了她们，文本唯一的安全传递方式是在父系家族内部。然而，手帕象征在剧中的出现及其与厌女症的历史反映之间的联系并不代表女性的完全缺失地位，正如一些当代批评所表述的那样：这并不是一方空白的手帕，因为女性已在上面书写了。它是奥赛罗曾在其上书写"娼妓"字样的苔丝德蒙娜肉体的空白书页的解毒剂。它没有将女性视为一种缺失的存在，反而把贞洁体现为她们的护身符，必须珍视以防遗失。一旦遗失，手帕就代表了文艺复兴时期女性痛苦的意外事件，因为她们的名节可以轻而易举地为某些男性文本所替代。

因此，由女性和婚姻话语勾勒并在该剧中再现的性别差异体现了男性书写者和女性肉体被书写者。女性更积极地通过言语和针线活来表明自己的主张（《泰尔亲王配力克里斯》中的玛丽娜表示她并非娼妓时说："我能唱歌，能编织，能缝纫，能跳舞。"[1] 甚至奥赛罗诬陷苔丝德蒙娜的时候，他还表示："她的针线活儿是这样精妙。"（第四幕第一场第177行）但是这些活动没有创造出公认为对历史有贡献价值的话语内容的文本。女权主义批评家提出倾听"织机之音"的意义，这样的声音可以通过菲洛米拉的故事听到，菲洛米拉就是通过编织来提供特雷斯强奸她的证据。[2] 在乔叟版的《好女人传》里，菲洛米拉确实在编织披肩的时候用"字母"形式把自己的遭遇"写"入了披肩，因为她被囚禁无

---

[1] 威廉·莎士比亚：《佩利克里斯》，《河畔版莎士比亚全集》，波士顿：米夫林出版社，1974年，第四幕第四场第183行。

[2] 帕特里夏·焦普林：《梭子的声音属于我们》，《斯坦福文学评论》（Patricia Klindienst Joplin, "The Voice of the Shuttle is Ours," *The Hudson Review*, 4 [1984]），第25—53页。

法弄到笔写字:"她会阅读和写字,但是她没有笔来写字。"[1] 因为女人的手在奥维德和乔叟的笔下讲述了她们被压迫的故事,所以莎士比亚笔下的拉维尼娅遭到强奸时也失去了双手:她用棍子在沙子上写出的字形成了一种更加转瞬即逝的文本。言语短暂的本质和缝或织出来的字的默默无声的状态在某种程度上类似于拉维尼娅的字:鉴于它们短时性和形式的不同,它们并不经常成为得到认可的产生历史的文本。就如同有关女性的争论一样,女性的书写在下一轮历史复制的高潮中被洗掉了。

然而,对特定历史时刻存在的变通的话语和各种与之相联系的文本形式保持警惕,可以让我们更了解在我们自己的时代重建历史和政治时可以获取的资源。《奥赛罗》中的男性文本表明男性有权为了自己的目的占有并书写女性,有权毁灭她们或者把她们"归零"。而女性文本则经常与这些企图共谋,而不去抗争。在女性被告诫保持沉默和顺从的文艺复兴时期,占有性书写的风险很高;现在这样的书写风险也高,因为我们是书写一段沉默的无法反驳的过去。通过主流话语探求过去只会令那种占有并阻止我们分辨可以获取的思想意识的风险加倍。正是从这种以及其他意义上来说,"了解真相成为可能,而真相是靠不可分割的异质性而非一致性所保留"[2],因为没有仔细审视过既定文化内部的种种立场,任何人都无法掌握主流或非主流话语。我们不应把文艺复兴视

---

1 杰弗雷·乔叟:《河畔版乔叟全集》(*The Riverside Chaucer*)(第二卷),第三版,牛津:牛津大学出版社,第2356—2358页。

2 这种德里达式的观察出自盖亚特里·斯皮瓦克。参见盖亚特里·斯皮瓦克:《次等人群的文学表现:一个来自第三世界妇女的文本》,《他者言论:文化政治论文集》(Gayatri Spivak, "A Literary Representation of the Subaltern: A Woman's Text from the Third World", *In Other Words: Essays in Cultural Politics*),纽约和伦敦:劳特利奇出版社,1988年,第254页。

为随我们任意书写的被动的肉体,我们可以对它的文本中的多样性加以利用——允许它们中不一致的内容,允许它们发出自己的声音。这样,它的文本就可以成为另一种把过去重构成一种可以感知的存在的方式。

(李盛译)

莎士比亚研究中的家庭；或莎士比亚研究者对家庭的研究；或政治的政治

琳达·布斯[1]

在文艺复兴戏剧的规程以及都铎王朝宫廷的礼仪里，信使都是一份非常危险的差事。信使的职责就是准确传达消息，但往往因为传达了谁都不愿听到的消息而难免冒着触怒权势的风险。我要分析关于文艺复兴时期文学中的家庭、婚姻和性别的研究现状，恐怕会把自己置于扮演信使这一角色的危险之中。然而，如果不冒冒失失径直介入莎士比亚学者"家庭"内探讨政治话题，就无法考察有关莎士比亚家庭主题研究的趋势。本文标题用时兴的解构主义式的重复法以及最时髦的标题用词"什么什么的政治"加以点缀。不过，本文的最终目的是既要实现对于这个标题的解构，又要达到本文的最终目的，即探讨"政治的政治"这个终极话题。

莎士比亚之外的文艺复兴文学领域中已经明显产生了大量重要著

---

[1] 琳达·布斯（Lynda Boose）：美国达特茅斯学院英文教授，主要研究成果均为关注莎士比亚与性别、莎士比亚与电影等方面，出版《莎士比亚与电影：莎剧在影视上的普及》(*Shakespeare, the Movie: Popularizing the Plays on Film, TV, and Video*)（与理查德·伯特合编）。本文选自《文艺复兴季刊》(*Renaissance Quarterly*, 40 [1987])，第707—742页。

作，而我所指的政治趋势甚至在非莎学领域也适用；但我还是把焦点局限在了这么一个作者身上，因为很简单，没有哪一个作者或哪一个文本能像莎士比亚以及他的剧本那样毫不含糊地为英语文化的主导价值定位。鉴于莎士比亚在美国学术界所处的地位如此之高，莎学研究领域讨论的特定社会问题以及有关这些问题的学术争辩从范围上讲绝不"仅仅关乎学术"，而是不可避免地关乎政治。在大学的英语系里，莎士比亚的特殊地位明显表现在如下方面：莎士比亚不仅实际上定义了文学标准和文学专业，而且"莎士比亚研究者"在"中世纪研究者"、"浪漫主义者"、"19世纪美国问题专家"等诸如此类的系科学者分类中卓尔不群；"莎士比亚研究者"得到以这位作者的权威名头命名的职位，因而在这个独有的领域里，统领英语学科其他方面的关于历史定位或者文学背景的假定似乎突然蒸发了。然而，我们当中可以在这一名头之下炫耀的人也知道，令我们得益的莎士比亚大名所具有的绝对潜能也同样阻止我们独享其惠。所谓莎士比亚的普遍性，从某种意义上说，就像一纸普遍授权——即类似自由市场，大家都觉得不仅在这儿有权练摊儿，而且几乎觉得有这个职业要求而要在这个市场上占有一席之地。近来，甚至连研究文学理论的人文学院院长杰弗里·哈特曼（Jeffrey Hartman）都进了这个场子来发表定调性质的《莎士比亚的理论问题》。

莎士比亚就是这样的竞技较力场，因为他是个巨大的文化能量场。如是，他不仅是一个触手可及的，同样也是一个险象环生的所在。在这里，挪用、替代、抹杀以及文化和学术特权的体制化等手段都无所不用，并都倾注了特殊的能量，使得这一领域内的政治变得更易辨别，同时或许也令辨别这种政治更为重要。

所有学科的所有批评家在审视任何一个新兴的学术潮流时，也许都常常需要一个提示。特伦斯·霍克斯（Terence Hawkes）在其有关莎士比亚和学术界的机智论述中准确阐明了这个提示。这就是，无论每一代的学者写了什么，他们其实都在写他们自己。考虑到莎士比亚的特殊地位，莎士比亚研究事实上等同于一个文化意义上的罗夏克墨迹测验，上面涂满了问题、意识形态、张力以及限定了特定历史时刻（也包括我们自己的时刻）的先入为主的思想投入的辩论术语。19世纪晚期和20世纪早中期的批评家——他们本身要么开创了英国学术界的精英堡垒，要么急于证明他们继承了那一传统——找到的"莎士比亚的意义"不会脱离由所有有关"正确原因"以及那些肯定了他们业已受到威胁的社会控制感的"自然"等级的正统说教所构筑的苑囿。这是当年的普遍做法，而当今时代更加俯拾皆是的也许是对家庭及家庭中的性别角色突然产生的浓厚兴趣——这些话题对于早期批评家而言似乎显然不是什么问题，因而不需要什么关注，更不要说是审视了。但是无论在给予莎士比亚文本以特权的当代文艺复兴文学研究中，还是在优先考虑非文学的、文本之外的历史具体性的研究中，近来的主要兴趣都在于解构父权制的核心家庭，并去除其神秘性。而且，本文还要论证，这种解构使用的可能甚至自诩为"公正"的策略，也许秘而不宣地重构并重新神秘化了20世纪的我们从文艺复兴继承来的等级范式的结构及其内部机制。

在北美，这种有关家庭和性别的新兴的学术论述正在两个外部社会现象构成的政治背景中进行着，这种论述与这两种现象有着密不可分的关系。这两种现象就是，美国妇女运动及为这场运动在全国的合法化而采取的斗争。与此同时，出现了政治上的新保守派，时不时近乎歇斯底里地进行全国性的宣传，打着"挽救家庭"的幌子实则维护现状，将国家存亡的赌注押在把传统家庭安排简单化为普遍品德这个最后壁垒之上。同时,在大西洋的另一边,不是来自牛津和剑桥,而是来自苏塞克斯大学的新一波马克思主义学者已经发动了一个颇有影响力的英国阵线,开始重新定义并公然抨击莎士比亚为英帝国主义遗产在文化上的父权的主要代表;这些英国人传播的是一种阶级意识上的文化唯物主义——经由雷蒙德·威廉姆斯的影响力得以更新的一种马克思主义——似乎强调历史的具体性并体现出鲜明的"英式"特征,而与其相对应地表现出鲜明的"美式"特征的流派,则似乎没有那么明确的意识形态目的。

尽管婚姻、性和家庭不仅在文学里,而且还在研究文艺复兴的其他学科里成了特别关注的话题,文学角度的研究却尤为复杂也饶有活力,都是因为整个文学理论学科的现有模式经历了巨变,同时也因应新兴的欧洲方法论而进行着激进的重塑。在文学研究中,被这种新的后结构主义理论体系所挑战的是公然漠视政治的,本质上(如果是温和的)却是保守的"新批评"实践——即通过仔细的文本解读来发现"意义"的形式主义模式。这种模式仍然在很大程度上指导着美国学术界如何进行文学教学。尽管后结构主义理论渗透到围绕莎士比亚的造神军团相对较晚,但近年已开始申明主张。[1] 此外,人们可能会认为,这种在英国文艺复兴研究中发起的方法论的争论比在其他文学领域里表现为更坚持其政治化导向——我想把这种趋势归因于在危急关头把莎士比亚揽入论争的更大诉求以及英国批评家在这一领域所做出的更大的投入。从最近出现的趋势来看,我感觉有关方法论的争论——以及与其直接关联的意

---

1 参见约翰·德拉卡吉斯主编:《引论》,《莎士比亚别论》(John Drakkakis, ed., *Alternative Shakespeares*),伦敦:梅休因出版社,1985年。

识形态上的争论——正在形成并恰好发生在今年美国文艺复兴协会年会的大会发言决意要探讨的领域里：即性、家庭和婚姻。也许所有的主题，无论从历史上看有多遥远，都与发掘它的那个时代有本质上的"政治性"关联；当然对于这三个相互关联的主题而言，当代学术争论的每个维度——它包含了什么主题，它使用了什么术语，它的参与者的投入，还有这种争论在体制内处于何种状态——无一例外都涉及政治。因此，虽然下到莎士比亚研究的赌注一向居高不下，但似乎可以准确地说，没有哪一个领域的赌注会比这更高，而且这种赌注以空前的、自觉意识满满的诉求形式出现。这个诉求就是要在独家占有莎士比亚研究这个无比重要又有着浓重政治氛围的领域占有一席之地或者独家据守。

说某人做有关"莎士比亚作品中的家庭研究"，听起来平淡无奇，不痛不痒。要想领会这种学术在过去十年里所做研究的实质上激进的本质，我们有必要对照其曾经挑战过的传统及其曾经威胁过的尸位素餐来衡量其成就。因此，我首先翻回我们大多数人记忆中的研究生院时代被灌输的界定家庭的智慧。直到差不多十年前，所谓"家庭"的含义仍然局限在蒂里亚德（E. M. W. Tillyard）这样的批评家所给的适合其位的定义。蒂里亚德早在多年前就已经从伊丽莎白时代的等级话语中做出了毫无争议的推断，并且将之公布为毫无疑问的真理，由于它仍然有着坚实的证据，因而也是"合乎自然"的。作为"宏观世界—微观世界"这个旧的认识模式中的小名目，家庭很少处于分析的焦点，且从未被当作一种认为构建而遭到质疑。也许是因为神秘化的过程依赖于某种文化弱视（忘了自身视力就是不健全的），只要任何社会体制的主要受益人仍然是独家观察者，他们就会自动去想象这个机制有机的，而不是政治的。如果这些过程被看作是有机的，就没有什么过程要去解构了。因此，尽管蒂里亚德有关宏观世界（假定为唯一的政治范畴）中伊丽莎白时代秩序的运行的其他见解多年前遭到了怀疑性修正，但那些有关婚姻和家庭的（大概是非政治性的）论点仍然保留了其原始完整性，暗地里得到了未加质疑的假设的保护。这些假设认为，无论是莎士比亚时代还是我们自己的时代，婚姻、家庭和性是社会的"自然"特征，而不是根据意识形态的错误路线来从文化上构建并复制的社会机制；意识形态路线是为武断的政治特权服务的——这个特权本身所依据的基础是我现在要提到的"性别"而不是"性"。

直到最近，界定我们受训的学术机构的人绝对想不到，我们需要用新的话语来区分性身份（"性别"）的文化意义和生物学特征鉴别（"性"）。但是直到那个话语作为一个概念性工具出现时，直到语言给了我们一个"性/性别体系"的概念（于1975年由人类学家盖尔·鲁宾做出了明确的表达）时，婚姻、家庭和"性"仍然沿袭毫无争议的既定说法。而这些说法，由于缺乏一种语言去揭示其构建性质，被神秘化了，其地位也就定格了。没有哪个20世纪晚期的学者会依赖文艺复兴时期的认为男尊女卑是神授"自然的"这样的话语来将家庭角色的等级性别合理化。

然而，同样的体系在大约四百年之后仍然根深蒂固。关于父亲主导的和以父亲命名的核心家庭的思想意识，作为定义家庭单位的话语出现在16世纪，如今，这种话语几乎没有什么变化，因为权力的分布依然原封未动。早年参照《创世记》神话认定的等级制度在一个后达尔文学说的世界里，只是通过科学自然的功能主义得以合理化了，该功能主义预先注定女人，正如安哲鲁在《一报还一报》中所说，要"穿上命中注定的服装"成为母亲——这些母亲只有亦步亦趋地穿上丈夫/主人名字的"服装",成为父系家族产物的仆人,才能为她们自己和她们的孩子的"合法"权利去赢得社会的接受。[1] 因此,在"出身即是命运"的含义得以按照社会性别来加以审视之前,莎士比亚的女性角色以及限制她们的家庭单位都在莎士比亚批评中尽职地扮演着他们的角色;因为,以前人们认为家庭构造是特定的,女性角色是无可争议的。只有当麦克白夫人或克里奥佩特拉之类的角色,通过打破男性政治领域的正常运作而走出别人给她们的界定时,她们的形象才真正得以提升到引起争论的阶段。

做文本评价的"旧历史主义"学派的学者们并非没有注意到英国文艺复兴时期的文学和非文学文本中显而易见的厌女症。只是,在莎士比亚研究界的这种温和的英式偏狭视域之内,厌女派的论辩不管数量多少,也只不过是让人脸红的历史行为,给男性骑士精神抹了点黑而已,顶多就是早期教父式教条不合时宜的残留或清教狂徒的过火表现。正如琳达·伍德布里奇(Linda Woodbridge)有关1540—1620年间文学中女性本质的研究所指出的那样,维多利亚时期及后维多利亚时期的学者在处理"文艺复兴时期厌女观这个大仓库"时,通常会小心回避或者打发到脚注里面。在女性主义学者重新提起这个问题之前,厌女症"激起的现

---

[1] 为了与同时出现的封闭的核心家庭的思想意识保持一致,英国文学开始在文艺复兴时期特别创作了一种新的流氓形象——私生子,他们基本上都是男性,其"非法性"被看成不仅对家庭的界限造成了威胁,而且对国家的尊严也造成了威胁。当一个私生子被贴上"非法"的标签这一法律概念时——这一术语显然在大约15世纪末或16世纪初进入了语言范畴——它创造了一个肯定和否定的语言编码,通过将出生在父系家族之外的孩子与那些"合法的"孩子分离开来的方式,有助于保护父权制的自生能力。关于这个语言侮辱体系保护社会特权的最著名的探讨,当然是《李尔王》中私生子/悲剧流氓埃德蒙顿在第二场对观众直接说的开场台词中的"好词,'合法的!'"也可参阅菲利斯·莱金的文章《反历史学家》中有关莎士比亚的历史剧以及妻子地位、母亲身份和私生子身份与父权制构造之关系的评论。

代评论者的回应顶多是挑一下眉毛"[1]。如此这般,厌女症在以前的研究中被看作伊丽莎白时代文化文本的边缘现象,或是被打发到脚注里,而没有被当作构建了婚姻和家庭神圣不可侵犯的围墙的一个核心话语来看待。那么,这样的莎士比亚研究所发挥的作用就是默默充当了这些社会体制的护教士和复制工具的角色。马克思主义批评家向社会体制的阶级性发起了挑战,因而揭露了之前很多批评的利己主义偏见。但是直到最近,社会机制的性别问题——以及在此机制中延续的家庭模式——仍未在莎士比亚研究中受到挑战。结局好一切都好——20世纪七十年代之后,学界终于看到了诸如《一报还一报》和《终成眷属》之类剧目早已提出的关于婚姻和家庭的问题,而在七十年代以前,婚姻和家庭的社会体制因为是界定学者们**自己**[2]有关社会和个人幸福的文化构造的基本前提。所以,批评研究界似乎无法关注到这些体制的问题。莎士比亚的批评研究一直起着和伊丽莎白时代辩护士一样的作用,为家庭秩序辩护;而到20世纪七十年代中期,突然间时代秩序大乱了。克里斯托弗·希尔(Christopher Hill)注意到了16、17、18世纪的历史研究中突然兴起的家庭研究趋势。他对实际上在整个文艺复兴研究中普遍存在的历史批评的转向做出了评价。然而,希尔在语言表达上的轻描淡写的语气冲淡了其观察的中肯程度。希尔回顾劳伦斯·斯通(Lawrence Stone)1977年的书《英国的家庭、性及婚姻1500—1800》做出了如下评论:

---

[1] 琳达·伍德布里奇:《妇女与英国文艺复兴:文学与女人的天性1540—1620》(Linda Woodbridge, *Women and the English Renaissance:Literature and the Nature of Womanhood, 1540–1620*)(厄巴纳:伊利诺伊大学出版社),第2页。伍德布里奇的观点"文学与生活的关系是个非常不稳定的主题"以及可能是"文学主题的显著性反对其作为真实生活的代表的案例"(3),引导她最终构想出了一篇更有争议的论文。伍德布里奇参考了大量文艺复兴时期有关女性本质的辩论素材,得出结论说,文艺复兴文学中歧视妇女的长篇大论属于文学风俗,与真实生活无关;因此,这些论述最终不能被看作表现了作者或文化对女性的态度。

[2] 黑体为本文作者所设。

家庭作为突然变得流行的一个机构，也许是妇女解放运动的一个副产品。[1]

更为准确地说，今天这三个处于焦点位置的相关联的范畴随着女性主义批评和女性主义学者的出现，几乎同时入侵了莎士比亚研究和其他文艺复兴领域。这两项研究课题——一个是女性主义，另一个则聚焦于婚姻、家庭和性别——同时通过1976年现代语言学会年会中关于莎士比亚的专题而成为"新时髦"领域。直到最近，这两项课题仍然绑定在一起。有关婚姻和家庭的研究不仅暗合女性主义对性别的关注，而且还弹射到了莎士比亚的堡垒之中，在第一代精力充沛的女性主义莎士比亚研究者出现之前，已经成为正规的研究领域。这一领域的北美先驱包括詹妮特·阿德尔曼、雪莱·加纳（以前用"S·N·加纳"的名字发表文章，这一做法与我在读研究生的时候得到的建议相同）、盖尔·格林、科波拉·卡恩、卡罗尔·托马斯·尼利、玛丽安·诺维、克拉克·克莱本·帕克（Clark Claiborne Park）、菲利斯·莱金、梅瑞迪斯·斯库拉、马德隆·施普伦格内特尔（戈尔克）（Madelon Sprengnether）、卡洛琳·斯威夫特（伦茨）、琳达·伍德布里奇（菲茨）等学者。

大多数这些女性主义学者采取的方法都是精神分析的方法。[2]美国的女性主义者的焦点摆脱了弗洛伊德的男性话语中心的范式，而把性别

---

[1] 劳伦斯·斯通：《英国的家庭、性及婚姻1500—1800年》（Lawrence Stone, *The Family, Sex and Marriage in England 1500-1800*），纽约：哈珀与罗出版公司，1977年，第450页。

[2] 我把列在这一组里的名字定义为第一代美国女性主义的莎士比亚研究者，我要为遗漏了任何名字而道歉。尽管可以准确地概括说，其中大多数人都是精神分析的批评家，但当然还是有例外——其中著名的有菲利斯·莱金和琳达·伍德布里奇（菲茨）。

形成中的母性问题纳入研究,这方面有代表性的理论家是梅勒妮·克莱恩、D·W·温尼科特、南希·霍多洛夫、多萝西·丁纳斯坦等。事实上,正是这些新观点让精神分析批评法恢复了活力,使其摆脱了20世纪七十年代早期的坏名声,从而自八十年代早期开始,在莎士比亚研究中为人熟知。但是到了八十年代中期,随着后解构主义对历史性的推崇——这里的历史性是指马克思主义和福柯理论中主导个人、社会单位和文本产生的历史条件——女性主义对精神分析法的依赖受到了诟病,因为这种方法令女性主义分析陷入到了文本里面,陷入越来越遭到质疑的关于主体和主观性构造的概念里,也陷入一种批评研究的泥沼。这种批评,尽管包含了历史话语而且肯定并非"无视历史"(最近就遭到这样的指控),但其关注的重点仍然是家庭关系,而这种家庭模式的理论,从根本上却仍然奉行弗洛伊德学说所认定的家庭单位及其超越历史本质的主体实在论,抑或秘而不宣地接受这一理论。正如朱迪恩·基根·加德纳(Judith Kegan Gardiner)所指出的那样,由于"精神分析法打算要告诉我们性别意味着什么——也就是说,人是如何成为心理上的'女性'或'男性'"[1],于是女性主义就转向精神分析,把它作为一种探究性别产生的方式;而精神分析法则反过来把这种探究引回到了家庭。拉康的观点对于当代法国女性主义、英国电影研究以及盖洛普(Jane Gallop)等重要美国学者的成果则有着深远的影响;而在莎士比亚研究中,以精神分析法建立理论基础的女性主义却从未真正接受过拉康的观点。一旦用曾经缺失的母系极点修缮了精神分析法的用法,从事莎士比

---

[1] Judith Kegan Gardiner(朱迪斯·基根·加德纳), "Mind Mother," G. Greene and C. Kahn, eds., *Making a Difference: Feminist Literary Criticism*. London: Methuen, 1985, p.114.

亚研究的女性主义学者可能就不愿意再回到"父权法典"（拉康）中去了。在莎士比亚研究中，女性主义考量与精神分析的家庭研究相结合是通过一个父亲式的人物，即已故的 C·L·巴伯（C. L. Barber）而得以实现的（巴伯影响深远的成就最后以他与理查德·惠勒1986年合著的《全部旅程》作结）。

莎士比亚的女性主义研究从一开始就陷于其自身的边缘地位带来的种种矛盾。美国高校英语系里的女性主义研究以19、20世纪为中心倒也合乎逻辑，因为聚焦这个时期的女性作家和作品的研究业已建立起了自己的权利基地，确保了女性主义在文学机构中的地位。想想看，你就会发现，即便是"莎士比亚的女性主义研究"这个术语本身就是一种矛盾修辞法。正当羽翼未丰的女性主义文学批评开始尝试建立自己的理论之时，它首先就明确宣称逐步向女性批评立场转移，而反对将女性主义精力用于对文学大师的解读上（即使是修正解读也不行）。[1] 但是，对于那些把知识兴趣、毕业文凭以及来之不易的职位都早已投入到英国文艺复兴时期的历史领域里去的女性主义的文学学者而言——这些时期几乎没有留下什么有关妇女存在的记录，而女性自己写下的文字则更少——这种立场却显然产生了孤立的效果。而当玛格丽特·汉内、玛丽·兰姆、玛格丽特·弗格森（Margaret Furguson）、安·罗瑟琳·琼斯、约瑟芬·罗伯茨、玛丽·贝丝·罗斯、南希·维克斯（Nancy Vickers）等

---

1 安妮特·科罗德尼（Annette Kolodny）认为："顽皮的多元论"是"唯一与当前较大的妇女运动状态相符的批评立场"；而伊莱恩·肖沃尔特的观点则与之相反，她首次创造并表明了"女性批评的"立场，以此作为女性主义应该创立理论的方向。参见伊莱恩·肖沃特：《荒野中的女性主义批评》（Elaine Showater, "Feminist Criticism in the Wilderness," *Critical Inquiry*, 8.2 [1981]），第112页及以后。自此，女性主义批评也更多地往回移向了一个包含男性作家在内的、以男性为主的极点平衡状态。

学者致力于复原现实存在的女性作家无声的历史及其被遗忘的文本之时，[1] 伊丽莎白和詹姆斯一世时期女性声音很大程度上只能在男性作者的虚构作品中再现，特别是在戏剧，尤其是莎士比亚戏剧中。出于政治和个人的双重原因，研究文艺复兴的女性主义学者觉得把女性主义批评局限于女性作家，从而疏忽对早已界定了的（因而当然是男性的）文学典籍的研究实则是自我毁灭。女性主义的莎士比亚研究者通过发起对典籍的修正解读来实现其坚韧目标——这种解读模式采用了最终适用于男女同校的教育体制的共同性别视角，对莎士比亚教学带来了直接的影响。女性主义解读虽然运用仔细阅读的形式主义模式，却发现了新问题，并让莎士比亚文本释放了心理—社会层面上的新意义。

由于最初女性主义文艺复兴研究最有力的研究目的就是理解或者解释被早期批评家推到后台的男性的厌女症，因此，卡恩和詹妮特·阿德尔曼（Janet Adelman）等的女性主义家庭研究就在男性身份和女性身份构建投入差不多的精力，甚至在男性身份构建上投入更多的精力，而特别关注母亲（不管是否在场）在身份形成中的作用。女性主义批评的优势在于它率先把研究焦点放在性别身份的社会生产上，并将这种生产置于家庭内部。这些莎士比亚研究的新声音不断发表成果，推进新议题，有效地开辟了一个崭新的学术主脉，并以此为基地，第一代女性主义批评家们大张旗鼓地提出了参与到莎学这个文学最珍贵的领域中去的诉求。随着接踵而至的女性主义学术淘金热，大家都整装上路了；于

---

[1] 除了玛丽·贝丝·罗斯（Mary Beth Rose）及玛格丽特·哈尼（Margaret Hannay）最近主编的文集，近年来关于女性作家的研究，参见《英国文学的文艺复兴》(*English Literary Renaissance*, 14 [Autumn, 1984]）关于文艺复兴时期妇女的特刊。本期包括了伊丽莎白·哈格曼以及乔瑟芬·A·罗伯茨在这一领域的新近研究成果。

是，女性主义的假设就可以由"利己主义的宽宏大量"思想来定义了：女性主义在政治上需要、欢迎并且积极鼓励男性学者加入进来，因为家庭主要是女人的领地的假设其实就是作为政治运动的女性主义正在努力改变的假设。此外，由于家庭构造的基石与性别特权的不对称分布紧密相连，于是有关家庭的进一步研究逻辑上讲就会提高人们对于这些偏差分布的警觉性。一旦意识到了这种偏差，唯物主义批评家们就会间接受到促动，开始重新思考社会阶级这个概念，并最终承认性别本身就是一种隐而不露的等级区分，但其实它却横贯了马克思主义理论所提出的仅限于男性的范畴。[1] 至少这才是符合乐观想象的思考轨迹。

的确，20世纪在七十年代晚期和八十年代早期，围绕莎士比亚的有关性别、婚姻和家庭研究的近乎狂喜的状态中，这种探究似乎不仅要保证把迟来的对文艺复兴时期妇女的发掘工作带入到当代对话中，使这个对话终于把女性纳入其中，而且还要确保晚期文艺复兴的男性有一个全新的解放空间——在这个空间里，他可能会超过仅作为士兵、学者和诗人身份的阶段，而勇于探索其作为儿子、兄弟、父亲和丈夫的权利。对这个领域的兴趣迅速发展到了这样一种地步：对这些相互关联的主题的研究很快就支配了莎士比亚研究的学术产出。从纯学术的角度来看，甚至可以说这些主题变得**太**流行了，因为商业和学术出版社都开始出版这一类的成果；但是，这些出版社的辨识能力远不及它们的热情。结果是，出版数量巨大，但质量参差不齐。我要说的是，随着这个议题取得

---

[1] 然而，英国马克思主义女性主义者（或者也许是女性主义的马克思主义者）凯瑟琳·贝尔西（Catherine Belsey）探讨文艺复兴戏剧的研究似乎含蓄地强制执行了这种对传统马克思主义类型的重新思考；同样地，杰奎琳·罗斯对戏剧和电影的研究也应该有所提及。在所有各式各样的英国学术科目里，电影研究似乎是一直坚持把重点放在修改马克思主义，使之迎合而不是继续忽视女性主义关注的唯一领域上。

主导地位，那些最早提出话题以及名字仍然与之有显著联系的女性主义者们便努力在学科内培养出一个非竞争性的合作分享的环境——这点以一种吸引人的方式不仅极大地反映了性别的社会建构性，更反映了这种建构如何间接地影响了源于这种建构的政治。

学科研究日益看中理论，而把文学批评蔑视为阐释活动的多元群体。女性主义文学批评在这样的学科内存在，就时常被定义成更像是一个"方法"，而不是一个连贯的可定义的"理论"，并且要不断在这个问题上自我纠结。有些人认为，定义一个足够理论性的立场既对生存至关重要，又是学科内一个成熟的标志。然而，还有些人则认为，"理论"有着毫无生气的男性特征，他们认为女性主义批评最基本的定义与多元化解释以及对自我理论化的抵制决然不可分割。[1] 在所有这些内部争论中，自由派的美国女性主义似乎最担忧的是理论的笼统化趋势——这种担忧是争论的动因并且把文学专业变成了争斗交火的所在。然而，学术的争论模式日益成型，却是在这件事例上有了苗头。那就是，在圣路易斯举行的中部地区文艺复兴大会（1987年3月）上，女性主义莎士比亚学者遭到了主讲者的攻击，主要是因为女性主义学者还没有做到相互攻击。不过，美国的女性主义批评不愿意接受这种为了权力和统治权而进

---

1 在来自整个文学学科方法论的推进这一持续不断的外部压力之下，在女性主义内倡导一个清晰的方法论的提议最近似乎已经获得了支持。然而，也有非常明确的反对呼声来自德高望重的安妮特·科罗德尼等人（参见伊莱恩·肖沃尔特：《荒野中的女性主义批评》，第10—14页）。更加明显地看到具体影响了莎士比亚女性主义研究的文字，参见由莎士比亚研究学者盖尔·格林和科波拉·卡恩共同编著的《改变：女性主义的文学批评》（Gayle Greene and Coppelia Kahn, Making a Difference: Feminist Literary Criticism）。尤其关注格林和卡恩有关女性的社会构造的文字；艾德丽安·慕尼黑（Adrienne Munich）关于找到一个在男性作者和女性读者之间并未受阻的关系的论述；科拉·卡普兰（Cora Kaplan）有关主观性、阶级和马克思主义/社会主义政治学的论述；安·罗瑟琳·琼斯（Ann Roseland Jones）有关新法国女性主义的论述；朱迪思·基根·加德纳有关精神分析和女性主义的论述。

行的不断抗争的辩证模式,这不仅仅是一种与社会形成中的性别过程完全一致的抵抗。它同样是一个表达差异的政治宣言,旨在肯定那些被文化标注为"女性化"的特别行为。在莎士比亚研究中,女性主义者鼓励家庭研究要以一种类似有着共同利益的不断壮大的家庭方式来运作。因此,在女性主义者发起的一连串现代语言学会的分组会中,经过严格遴选并邀请的发言者中既有相当数量的新人又有相当数量的男性和女性学者。在很多由此而出版的成果中——例如,1980年出版的文集《女性的角色:莎士比亚的女性主义批评》(*The Woman's Part: Feminist Criticism of Shakespeare*)、1982年出版的《再现莎士比亚:新精神分析论文选》(*Representing Shakespeare: New Psychoanalytic Shakespeare*)以及1985年出版的《中世纪和文艺复兴时期的女性》(*Women in the Middle Ages and the Renaissance*)——重点都放在了协作上,而不是单个声音的权威性上。似乎可以准确地说,有关家庭构造的研究就是在这样一种氛围之下产生的;这种氛围,用精神分析的术语来说,具有明显的培育性和明显的母仪性。具有讽刺意味的是,可以讲,这种批评的发展环境却是女性主义研究所批判的世代相传的性别和家庭模式。

莎士比亚的女性主义研究与有关婚姻、家庭和性别的莎士比亚研究互相绑定,齐头并进,维持了大约十二年的亲密关系,其间不无彼此亲近导致相互束缚的隐忧。当第一本探索文艺复兴时期女性地位的书,即英国学者朱丽叶·狄森伯莉(Juliet Dusinberre)的《莎士比亚与女人的本性》(*Shakespeare and the Nature of Women*)出版时,狄森伯莉解读了新教徒和清教徒的婚姻概念及其对婚姻的重视,把这种概念和重视看成女性历史上一个肯定性的、解放性的趋势。因此,她把莎士比亚对那个制度和女性角色的表面肯定看作稳定器,因而表明莎士比亚具有值得赞赏的对原型女性主义的同情。随后的女性主义研究努力避免了这种使得狄森伯莉的书易受攻击的过度热情。然而，除了少数几个例外，这种研究的总方向都保持着类似的肯定观点，而这个观点得以维持大概是因其无意识地回避了与其尚无力应对的学说进行正面交锋。例如，在女性主义批评喜剧结尾让人联想到的婚姻结构时，趋向于把重点放在导致喜剧结局的颠覆性的解放行动上，而忽视了喜剧结尾所强化的家庭机制的等级从属关系以及喜剧女主角的静默。此后若干年，女性主义者才开始感到，必须要超越在作品再现的家庭范围内分析人物关系的做法，要进一步细致考察家庭自身的构造了。

颇具讽刺意味的是，精神分析理论——它假定了家庭单位的超历史本质——对女性主义探究者而言，似乎是极为适合用来探索莎士比亚戏剧的指南针，因为莎士比亚戏剧中的家庭与我们的现代家庭似乎非常相像。甚至现在基督教的结婚仪式跟在莎士比亚戏剧中提到的结婚仪式相比即使有所变化，但这种变化也是微乎其微。[1] 那种明显的熟悉感首先就为女性主义批评家提供了学术行业真正不可缺少的奖赏——个人获得的知识的喜悦得到了强化。女性主义从文本中走出，转向对体制的批判，而不是分析体制内的关系。然而，此时同样的熟悉感却更像是一副见证了女性束缚史的镣铐。对女性主义批评家们而言，即使是婚姻和家庭最明显的历史模式也不会纯粹是（和只是）历史性的。作为讨论话题，它们不会这样是因为它们承载了尚未解决的、非常矛盾的女性压迫史。因此，他们倡导的研究使得女性主义批评家们意识到这些体制的父

---

[1] 关于文艺复兴时期的婚姻仪式，参见琳达·布斯:《莎剧中的父亲与新娘》(Lynda E. Boose, "The Father and the Bride in Shakespeare," *PMLA*, 97 [1982])，第325—347页。

系特质越多，那种提出解决个人和政治愿望之间冲突的自由女性主义梦想也就越多——这个梦想就是到达冲突不复存在的那个假想空间。抵制而不是扩展他们自己的压迫史意味着对婚姻和家庭的继承形式采取反对立场。这么做简直就意味着采取一种与女性主义学者们自小就被教导要去珍惜的女性实现模式对立的立场。为了呼吁在莎士比亚研究中有一个更加政治性的女性主义，英国批评家凯瑟琳·麦克卢斯基（Kathleen McCluskie）至少注意到了代表此问题的特别冲突。因为随着女性主义学者对文艺复兴时期家庭组织所做的研究，最后的问题正如她所说：

> [就是我们自己]在家庭里的社会化，也许更重要的，是我们作为性别主体的心理发展，因此想变革不是简单的事。变革涉及对于被一直当作无情世界里唯一避风港的爱情和家庭这些安乐窝的解构。[1]

如果说种族、民族性和宗教问题为《奥赛罗》里的黑人和《威尼斯商人》里的犹太人的研究划定了差额投入的领地，性别构建则总是需要在涉及莎士比亚全部典籍的许多问题上有高比例的女性主义投入。在最近出现的一次论辩中，由于各方投入过于高昂，讨论的问题本身差点变成某种宣誓效忠的目标，以致女性主义批评家们觉得有必要就此表明自己的忠贞不贰。这个麻烦的新问题涉及莎士比亚自己对父权制以及女

---

1 凯瑟琳·麦克卢斯基：《女性主义批评与莎士比亚：〈李尔王〉和〈一报还一报〉》，乔纳森·多利莫尔和艾伦·辛菲尔德主编：《政治的莎士比亚》（Kathleen McLuskie, "The Patriarchal Bard: Feminist Criticism and Shakespeare: *King Lear* and *Measure for Measure*," in *Political Shakespeare*, eds., Jonathan Dollimore and Alan Sinfield），曼彻斯特：曼彻斯特大学出版社，1985年，第106页。

性在制度上的从属化地位的态度——或者至少是他的文本在再现与复制那个制度上所支撑的态度。这个问题所带来的难题也许并不在于问题本身，而是它引发的一个假设，即莎士比亚典籍的丰富性和多样性无法给出一个一致的答案。只要这些戏剧被解读为毫不含糊地模仿现实，其中的人物被假想成是心理主体，就总可以推断出一个系统化的模式。颇具讽刺意味的是，正当批评理论放弃了模仿论的模式而转向一个更复杂的戏剧解读方法时，它突然要被迫回答一个也许再也无法回答的问题。对莎士比亚的女性主义研究而言，这个问题涉及对于个人、政治、教学法等方面都极为重要的领域。由于过去这十二年里的女性主义研究，莎士比亚对女性认可的看法早已广为接受，而这个问题通过把这一看法置于危险境地，同样可能会无意中将莎士比亚女性主义研究在美国大学教学中争得权益所依据的基础置于危险之中。

从狄森伯莉1975年为女性主义事业而对莎士比亚所做的热情洋溢的挪用来看，讨论这个问题的学术方向已经以缓慢却又不断上升的势头转变了，转而认为莎士比亚戏剧中时常出现的性别地位逆转和女性权力的模式其实只不过起到巩固男性等级制度现状的作用罢了。美国和英国女性主义所探讨的方向十分相似。然而，各自的立场却有很大的不同，这说明了这两个国家都受主流政治激发，本应有着共同志趣的女性主义莎学研究，却明显有着某些基本的也是重要的差异。

在反对把莎士比亚看作现代女性主义者的运动中，至少我们应该提到施普伦格内特尔、路易斯·阿德里安·蒙特罗斯（Louis Adrian Montrose）和克拉克·克莱本·帕克等名字。但是，在探讨莎士比亚性政治的美国学者的此类研究中，最应该提到的则是彼得·埃里克森（Peter Erickson）的女性主义研究著作《莎士比亚戏剧中的父权结构》。

埃里克森构造了一个不断挖残暴的父权制墙角的莎士比亚,但他其实只不过在不断地肯定其仁慈的一面。在埃里克森看来,莎士比亚授予了他的女性人物以不寻常的力量,这种力量也是批评家们在她们身上所发现的;但是女性角色又总是受到莎士比亚的社会和谐需要男性统治的这个主导信念的限定。如果我们想象在任何一个批评家的特定观点背后有一个意识形态议程(有意识的或无意识的),那么从埃里克森的结论中节选的如下几行文字就似乎总结了美国女性主义莎学研究的主流政治部署的几个重要方面:

> 既质疑又肯定关于莎士比亚艺术发展的线性和成熟性的概念是很重要的。在我看来,《冬天的故事》在莎剧的总体格局中有着十分重要的价值……以悲剧中男人和女人之间的毁灭性的对立为背景,莱昂提斯和赫美温妮所推进的恢复和谐关系的可能性是不可思议的。然而……庆祝《冬天的故事》中积极方面的合理需求是不应该允许……掩盖其消极因素的。我会公平对待莎士比亚的进步性和局限性,我也珍视这种局限性,并把它看作我们精确传递文化传统的正当的也是珍贵的一部分。莎士比亚的艺术发展过程是个有起有伏的复杂图景,其中的得与失都不可忽视。[1]

统领这几行文字的是一个重复出现的修辞平衡,这个平衡坚持"两方面"的观点,心照不宣地拒绝将莎士比亚的父权主义论证扩展成

---

[1] 彼得·埃里克森:《莎士比亚戏剧中的父权结构》(Peter Erickson, *Patriarchal Structures in Shakespeare's Drama*),伯克利:加利福尼亚大学出版社,1985年,第171页。

排他性的定义。一方面，为了承认莎士比亚的进步性，把逻辑引入到了以下这个立场，即把他的（父权制的）局限性同样"珍视"为我们传播的"文化传统的正当的也是珍贵的一部分"时，那个承诺就可能会把这种修辞带入到偶然的——和不确定的——肯定之中。另一方面，通过同时坚持"既质疑又肯定"任何一个观点的复杂性，这个论证暗自摒弃了控制读者的概括冲动。这是一个到处都打上了其民主自由主义来源印记的批评，像大多数美国政治立场一样，这个批评并没有明显意识到自身反映了某种具体的意识形态。然而，它却精明地意识到了，并悄然论及了美国学术境况的危急实情。其政治取向也昭然若揭：当埃里克森关注对于莎士比亚的父权主义的揭露时，他也小心避免通过排除妇女的做法而让自己参与到父权主义之中。因此，他没有把莎士比亚典籍定义为男人专用的游乐场，这使得文本的乐趣和莎士比亚权威的力量或多或少地仍然普遍有效。最终，埃里克森的立场中可以被解读为谨慎的地方就是一种实际的政治意识，即意识到自己已经触及临界点，过了这个点，得与失的可能大致相当。

英国女性主义者麦克卢斯基同样关注对于莎士比亚的父权主义的揭露。但是，她的结论却与埃里克森的大相径庭，因为麦克卢斯基的结论明显是政治女性主义，战术上采用"非此即彼"的马克思主义策略以及不给他人留余地的论证模式。麦克卢斯基的策略——由谴责其美国对手的自由观点开始——坦率地将女性读者从带有莎士比亚态度的主体身份概念中分离出来，或从他的剧中戏剧手法的比喻性收纳中剥离开来。在麦克卢斯基看来，莎士比亚戏剧将观众置于完全男性化的视角，对女性主义读者敞开的唯一可行的立场就是激进的抵抗：把莎士比亚想象成一个支持者不过是试图笼络莎士比亚权威的自作多情的企图，这样做却忽略了他在剧中常支持和引出的厌女观点。

> [因此，这部/任何一部] 戏剧的女性主义批评都局限于暴露了其自身被排除在文本之外这一现象。女性主义批判无从进入其中，因为叙述的两难困境以及要讨论的性意识完全都是用男性术语构建出来的。

美国（虽然不是英国）英语系的标准做法是按照具体的领域雇用教员来教授这个领域的课程，不会大范围重新结构课程及教学安排。因此，很难想象如果用教学的术语解释这个职位而不会最终让人提出这个疑问：为什么女性主义者愿意一学期接一学期地在一个会把她们"局限于暴露其自身被排除在文本之外"的领域里从事教学。用麦克卢斯基的话来说，成为一个女性主义者就是要彻底放弃莎士比亚作品中的乐趣，转而信奉思想正确性所带来的严谨的安慰。"当一个女性主义者接受了"莎士比亚戏剧所提供的"叙述性、戏剧性和知识性的乐趣"时，"她是用男性的方式，而不是作为女性主义批评活动核心的一部分，来接受的"。因此，她劝告女性主义者，要有意避开那些诱惑，适度地将精力投入到宣扬"抵抗的力量中去，颠覆而不是配合这位父权主义诗人的主宰"[1]。如果莎士比亚会遭到指控，说他通过复制父权制参与了这项制度的具体化过程，那么，麦克卢斯基在这里同样也肯定参与了以下这个复制过程——如果不是制造的话——即她所坚持的女性主义排斥。然而，

---

[1] 凯瑟琳·麦克卢斯基：《女性主义批评与莎士比亚：〈李尔王〉和〈一报还一报〉》，第97页，第98页，第106页。

这样的话,她所呼吁的对莎士比亚做出对抗性的女性主义反应则依赖于对女性的统统排斥,结果是除了颠覆性的抵抗之外女性主义者没有了其他回旋余地。麦克卢斯基的论点很清楚地表明,谁也不可能既服务于女性主义,又服务于莎士比亚。然而,美国自由派的女性主义一直不明白的是,如何能同时做到服务于女性主义和马克思主义,而又不使用同样的拉拢手段,又不触及莎士比亚的女性主义同情者受指控掩盖或回避的同样的矛盾。

麦克卢斯基的论点是强硬的、清楚的、不妥协的,有着明显英式论点。通过其谴责莎士比亚的决心的程度来看,这个论点处处体现出其属于新近活跃起来的马克思主义政治批评的特点,在这个批评里——如果最近英国莎士比亚的研究成果的分量是一个衡量指标的话[1]——废除这位英国诗人的特权地位以及英国莎士比亚崇拜的帝国主义残留显然是绝对优先的考虑。如果说埃里克森的修辞碰到的问题是因为承诺要保持来自其隐晦政治的平衡,那么,麦克卢斯基的观点也遇到了问题,则是因为承诺要实现受到政治所启发的两极分化。将女性主义置于"乐趣"修辞对立面的论点源于劳拉·马尔维(Laura Mulvey)对电影媒介的广受认可的分析。她认为,电影围绕着男性乐趣、男性观众和女性客体来完成视觉上的建构。但是在借用马尔维的异议时,麦克卢斯基的论点却

---

[1] 两本重要的文集——约翰·德拉卡吉斯主编的《莎士比亚别论》以及乔纳森·多利莫尔和艾伦·辛菲尔德主编的《政治的莎士比亚》——在过去两年里从英国马克思主义学者中涌现了出来,而且,《政治的莎士比亚》(二)显然也正在编纂之中。规定强调这些英国文集的组织原则的就是将它们与典型的美国文集区别开来的特质;组织特性本身概括了这两个学术机构内文学学者对主流政治的忠诚度。美国学界的自由政治趋向于产出普遍多元化的文集,其中的文章分享着在考虑之中的共同主题,却不必带有任何有意识的、一致的或明显是政治性的观点。这些英国的莎士比亚新文集的显著特征就是读者对所有文章都说起的共同政治观点的意识。

没有为女性读者和观众在莎士比亚作品中已经和正在获得的乐趣提供任何解释（除了明显的受虐狂现象之外）。[1] 尽管马尔维——一个女性主义电影制作人——并没有写很多文字来叫我们停止享受电影，而是开辟一个积极的途径去考虑女性主义电影人如何能重现和重建电影的活力，进而创造一个女性乐趣的美学思想，使之将女性变成主体，而麦克卢斯基则只能警告我们要远离莎士比亚；换句话说，就是警告我们要远离乐趣。

从逻辑推理上来看，莎士比亚肯定只是个开始：如果出于父权主义而要放弃莎士比亚，那么人们必须还要放弃大多数西方戏剧（马梅特、谢泼德、斯托帕德、拉贝，等等，多了去了）以及就此而言的大多数西方文学所带来的乐趣。

通过在女性主义和乐趣之间建立一个语言上的对立面，使之不可能接触马尔维所能提供的替代物，麦克卢斯基的两极对立说再次唤醒了与清教徒思想重新结盟的女性主义政治中潜在的无意识的幽灵，最终得出的女性乐趣的定义中乐趣一开始就受到了限制，使得正当的女性主义"乐趣"只能通过久已熟稔的主动放弃才能得到。然而，麦克卢斯基将这场争论带入极端的选择之中，并且她不愿把危急当中的个人问题看成没有处理好理想化的家庭神话内部的关系。她坦诚地拒绝任何不同观

---

[1] 由于劳拉·马尔维1975年的文章中所阐明的（广为认可的）重点除了受虐狂现象之外，没有为女性乐趣做出任何解释，因此她的作品在电影研究中引发了密集和持续的努力去为女性观众建立理论学说，其中还包括许多马尔维随后在访谈和其他评论中所表达的思想。这一主题所引发的理论多种多样，多到难以统计编录。不过，参阅英国电影期刊《银幕》(Screen)，可以找到许多那种回应和进一步的参考。此外，还可以参看美国电影学者 E·安·卡普兰（E. Ann Kaplan）和马鲁·安·多恩（Maru Ann Doane）的成果。所有这些电影方面的研究正如麦克卢斯基所敏锐意识到的那样，都与性别和舞台重现的因素有着特殊的关系。不过在我看来，出于不同媒介的考虑，转移思想的适用性则没有那么直接了。

点，这种做法将强硬的新政治意识带入莎士比亚研究中的家庭话语。这也挑战了这个话语，毫不含糊地给其注入了当代意义。

纵览此刻的氛围，似乎可以准确地说，女性主义研究正站在一个政治性和知识性兼备的十字路口。就政治成就的外部特征来讲，起初由一群学者（那时大多数没有高校工作）领头的女性主义探究，在仅仅十二年里，对美国英语系的模式和教学内容做出了大量的改变。有关莎士比亚戏剧的当代教学讨论和关于莎士比亚的"意义"的正统说法所要突出的东西已经有了很大的转变，以至于甚至高校本身的构成——因此无疑地，其所传之道——都岌岌可危：因为一旦性别问题成为教室里关注的主要问题，莎士比亚教学人员中有关这个问题的一边倒的表述就开始成为高校自己所做出的——并且关于其自身的——一个含蓄的评价。因此，许多院系甚至开始……至少在考虑……是否有可能……或者至少想想……也许可以在莎士比亚骨干中……至少……雇一名女性。相比之下，这种考虑并没有真正进入到其他同样缺乏权威女性作家的文学领域的用人之争。但它已经进入了莎士比亚领域。一旦在某种程度上这种推动力成为一个既成事实，这个决定所认可的就是在教育史和性别史上十分激进的东西。因为当剑桥和牛津的一些最有威望的大学仍在争论是否应该让女性进入高校之时，美国学界正觉得有必要至少想象一下让女性担任英语语言的最神圣、最标准的文本代代相传的智慧的权威传播者。无可非议的是，这种智慧被一代精力充沛的研究者做出了极大的改变，成为一个因其非政治性而随后遭到忽视的领域——那个与家庭有关的"微观世界"——也就是那个经过这些年的学术研究有可能不再被厚颜无耻地称为"男人小世界"的世界。

然而，女性主义学者**不**想要发生的事正好是现在有理由害怕的事，而此事正在不知不觉中发生着：婚姻、家庭和性关系的假定性"微观世界"曾经一度被带入学术的中心，使之与假设的"宏观"主体相等同，如今已经被心照不宣地变成了一个学术贫民窟，一个"女人的小世界"。在这里，女性主义问题可以逐步遭到限制及再度边缘化；而男性研究则以新方法论的名义回归了其权力和朝廷政治的旧研究之中，并且有效地重建了一个20世纪八十年代版本的伊丽莎白时代的世界景象，而早在几年前，文艺复兴学者就已经着手去颠覆这幅景象了。然而，这种微观—宏观的隔离与旧的以性别为基础的权力不对称的回归，正是在1984年波士顿举行的莎士比亚学会年会上堂而皇之如期戏剧般上演了。在分隔大会的核心研讨会与同步研讨会上钢幕的一侧，几个主要的女性主义精神分析批评家们受到邀请，在一个题为"精神分析批评的局限性"的论坛上去坦陈他们的缺陷。在这个屏障的另一侧——几个主要的新历史主义批评家们在一场名为"新历史主义的蕴含"的权威秀上滔滔不绝——卡恩在第二个座谈小组中从反常的立场出发，指出研讨会组织方似乎在大肆渲染这种令人不安的分割。卡恩似乎因此成为第一个公开对初期的分裂做出评论的人，也是第一个呼吁要有意识去制止这种行为。

当新历史主义随着1980年斯蒂芬·格林布拉特（Stephen Greenblatt）名至实归影响深远的《文艺复兴时期的自我塑造》（*Renaissance Self-Fashioning*）一书的出版，出现在文艺复兴时期的文学批评中时，在共享这个事件的兴奋之中，女性主义批评家们假定——也许有点天真——新历史主义及其英国对应物文化唯物主义的理论框架将会通向一个自然的联姻。转述一下尼利有关这三种批评方法的共同点的观点，就是尽管唯物主义批评家们比大多数美国自由派女性主义者们更进一步否定了所有主体性、内在和身份（这些特性穿越时光一直持续存在，不纯粹是父权制思想的建构），但这些批评就像女性主义批评一样，把性别角色看作是文化和语言上的建构；也和女性主义一样，这些批评主要关注的是文学表现和批评反应中的权威分配。[1] 就此而言，唯物主义宣言实际上重复了很多女性主义早在20世纪七十年代就已经阐明的原理。但接下来发生的并非是与女性主义的联姻，而似乎更像是通过若干（尽管我要强调，不一定是有意识地）批判性置换手段将女性主体逐步根除。

在1986年西柏林举办的世界莎士比亚大会上的一个关于"莎士比亚中的政治批评"的研讨会上，美国马克思主义批评家沃尔特·科恩（Walter Cohen）做了一个演讲。在柏林这座城市里，莎士比亚批评家们中日益增长的政治上的紧张不安，明显开始呈现出了与这个被分裂的城市自身差不多的特性。[2] 对此，科恩做了些不同寻常的事。他没有只是将美国新历史主义和英国文化唯物主义进行比较，而是把女性主义也包括了进来。科恩这样做了，并指出盛行的"对女性主义或者甚至是性别的共同冷漠"概括了美国和英国马克思主义的特点，也诠释了新历史主义者们随时拾起这个话题时所发生的性别对权力的一贯服从。[3] 他含蓄

---

[1] 参见卡罗尔·托马斯·尼利（Carol Thomas Neeley）在纽约市立大学研究生中心举办的探讨"莎士比亚和新政治"的大会上所发表的一篇文章（1987年3月28日）。在尼利有关新历史主义的评述中，她同样注意到了我后来指出的那个永恒的男性话语的父权主义和独裁主义本质的观点，新历史主义者们反复选择这个观点作为一个明确的镜头，并透过这个镜头去解读莎士比亚。

[2] 在这次柏林研讨会上选择和编辑的文章被收入由研讨会组织者吉恩·霍华德和马里昂·奥康纳主编的《莎士比亚之再造》（Jane Howard and Marion O'Connor, eds., *Shakespeare Reproduced*）中。然而，不仅仅是（或者也许主要是）在有关莎士比亚和意识形态的霍华德研讨会期间，女性主义和新历史主义之间的冲突在柏林以这个爆炸性话题出现；显然这个冲突几乎也成了由尼利和贾汀共同主持的"莎士比亚中的性别和权力"研讨会上参与者交换意见的副主题。

[3] 瓦特·科恩：《莎士比亚的政治批评》（Walter Cohen, "Political Criticism of Shakespeare"），吉恩·霍华德和马里昂·奥康纳主编：《再造莎士比亚：历史和意识形态中的文本》，第36页。

地承认了两年前卡恩指出的日益增长的分裂,但这个分裂直到柏林才成为爆炸性话题,而那时的每个人仍然坚决保持沉默。当性别在唯物主义评论中不再遭到忽视时,它就不断以被置换成其他问题而告终——通常是种族或阶级——妇女被默默地从文本中剔除出去,只留下一个性别作为考虑的因素。这种置换和剔除——实际上是当代社会所发生的又一次沉默,正如正在讨论中的文艺复兴的沉默策略那样——是像科恩一样的唯物主义者/历史主义者彼得·斯塔利布拉斯（Peter Stallybrass）似乎强烈意识到的。在斯塔利布拉斯论述社会关系如何映射到身体上的文章里,他发现,尽管在文艺复兴时期,"身体的概念在映射性别的问题上与映射阶级同样重要",但在当今学界有关身体政治的研究中,性别问题呈现出了一种消失的方式。现在的情况就是,即便是像巴赫金和伊莱亚斯这样的学者也"在这个问题上保持沉默,假想只有一个'无性别的'或言外之意单性别的——男性身体"[1]。

　　证实和凭经验判断这种"无性别"或明确是单个性别的（因而是男性的）身体的唯一存在的愿望,在西方学术传统中有着令人神往的历史。这个历史始于《创世记》,通过亚里士多德（Aristotle）和伽林（Galen）进入文艺复兴时期的医学领域,又再次作为一个明显防御式的幻想,定期出现在从中世纪到现代的权威文本中。而这种幻想则是由一个深度歧视女性的传统所产生和复制的。跟伽林一样,把女性生殖器官看作反向和隐藏的,因而也就是男性生殖器官的劣等版本,或者像弗洛伊德一样,认为女性的外生殖器不完整,于是就成为男性生殖器阉割后

---

[1] 彼得·斯塔利布拉斯:《父权的领地》,《重写文艺复兴》(Peter Stallybrass, "Patriarchal Territories: The Body Enclosed," *Rewriting the Renaissance: The Discourses of Sexual Difference in Early Modern Europe*, ed., Margaret Ferguson）,芝加哥:芝加哥大学出版社,1986年,第125页。

的残留物。这两种观点如果有什么可说的，那就是告诉我们大量有关精神历史学的内容。这个历史一方面为了展现男性优势而制造了性别差异，同时也为了证明这同一件事而试图消除生理上的性差异。但是文艺复兴时期的性论述是吸引人的，这恰恰是因为性其实是多种论述的混合物——从来源上来看，有的是医学上的，有的是民俗上的，有的是神学上的。它没有普遍统一的单个愿景，也没有什么方法可以得知这些学术原理在何种程度上可以在社会上散播，使之足以构成任何像是流行文化的标准信念一样的东西。如果学术传统的论述应该要符合任何专门特权的话，那么它的特权主要就在于从文本上和专业上再现自己的能力，从而把它关于妇科学的个别思想偏见传播给后世。就这样打造一个强有力的模板，通过这个模板，有关消灭女性的更广泛的文化论述就一个世纪接一个世纪地得以复制，而医学论文也不可避免地变得政治化了起来。因此，当我们自己文化的最权威的声音唤起并再次使用这些研究时，它们似乎更成问题，在政治上没有质疑也不做评价，仿佛它们在解读文学话语上已经成了透明胶片。

莎士比亚的女性主义研究者们早就希望格林布拉特能把他深刻的分析扩展到强有力的男人模式之外，并开始考察文艺复兴时期的妇女和性别的制造。但是当他最后在"虚构与冲突"中真的这样做的时候，性别在生物性别差异化的范畴之下消失了，接着性差异在提到1601年报道法国鲁昂的一个雌雄同体者的医学论文时被删除了，接下来——通过一个比新历史主义通常会挑战的更广泛的一次联想的飞跃——所有这些都成了语境模板，通过这个模板，格林布拉特在三页纸里，解读了喜剧女主人公的异装癖、男童演员的传统、《第十二夜》中的性话语以及所有莎士比亚戏剧（也暗指所有英国文艺复兴时期的戏剧）中的性话语。

> 莎士比亚笔下的女人是……他笔下男人的再现，是戏剧所揭示的男性自我分化的镜像投射，是在女人衣服之下的男人（男童）身体的呈现，也是最终的性真相。因为在舞台上其实只有一种性别，那么，在不同的个体之下或之内就是单个的结构，即可辨识的男性，这个身份的公开秘密在字面上表现得很清楚了——是表现，而不是再现，因为这个戏（情节、人物以及他们所给予的乐趣）如果没有了两个不同性别的虚构存在，以及他们之间的矛盾，是不能继续的。[1]

突然，在莎士比亚戏剧里只有一个性别，没有女人了。根据格林布拉特的观点，我们以此为基础可以得出这个推理性的结论：英国文艺复兴戏剧只表现男性；而且，正如科恩所注意到的那样，"女人于是不再是历史的演员或主体"。她们可能的确以散漫的再现形式存在于舞台之上，但即便是那种存在也完全是为了服务于男性情节，她们帮助推动这些情节，不管男性本人是否呈现在舞台之上，她们都没有单独的身份。

不仅女性问题在新历史主义里趋向消失，一同抹去的还有家庭微观世界的领域。当新历史主义将话题凌驾于家庭、性和婚姻之上时，家庭空间的文字舞台就开始通过它的名字失去其原本的居所，变成了描述性的他者。在十分危险地接近复制文艺复兴政治策略解析的一个批评实践里，历史主义批评最近把"家庭"当作了一个话题来研究，只是为了给它重新定义，通过对家庭的策略性占据、边缘化和改变，使之成为国家权力机关的工具，把它作为政治国家建立自己权力的所在地。伊丽莎

---

[1] 斯蒂芬·格林布拉特：《虚构与冲突》，《重构个人主义：西方思想中的自主、个性与自我》（Stephen Greenblatt, "Fiction and Friction," *Reconstructing Individualism: Autonomy, Individuality and Self in Western Thought*），帕罗奥多：斯坦福大学出版社，1986年，第52页。

白和詹姆斯一世时代的"家庭"因此就被重新定位为伊丽莎白和詹姆斯一世时代国家的一个比喻,而学术焦点也因而从字面上的家庭及其复制品,变回了父权制国家及其自生模式。又一次,性别被消除了,女性被消除了,而历史主义批评家们则忙着回去重建和再造一个专制主义朝廷及其男性权力策略的学术微观世界。我们还可以补充说,"家庭"又一次被统治精英所利用。

考虑到科恩所称的新历史主义"对专制主义朝廷的着迷",考虑到伊丽莎白四十五年统治如此清楚地占据历史核心地位,朝廷政治为历史主义者所敞开的最有趣的渠道似乎是捡起性别和权力之间的关系这个话题,而不是将其搁置或者绕道而行。由于新历史主义实践的一个中心行动是将某个特定的文学文本与另一个文化文本(通常是非文学的,但也不尽然)并置研究,接下来就是展示文学作品如何从与之并置的文化作品中衍生,这个文化作品又是如何创造文学作品的。那么,选择什么样的文化文本来并置就显然是至关重要的了。正如爱德华·佩奇特(Edward Pechter)所指出的那样:因为新历史主义宣言坚持对文学文本和社会文本赋予平等地位的理论,所以在实践中,文学作品不可避免地会被视作完全由其思想和历史背景所决定和制造。[1] 由于新历史主义不

---

[1] 爱德华·佩奇特:《新历史主义及其不满:文艺复兴戏剧的政治化》(Edward Pechter, "New Historicism and Its Discontents: Politicizing Renaissance Drama", in *PMLA*, 102 [1987]),第292—303页。佩奇特在文章中同样指出:尽管新历史主义的一个中心前提是为文学和文化知识赋予平等和相互启发的地位,但这个实践却"远不是文化和文本共同生成的解释……文本据称是由其思想和历史状况所产生的;它毫无疑问是从属的,而文化则是明确的决定性因素"(第293页)。佩奇特对新历史主义的前提、策略和矛盾所做的评价总的来说是十分尖锐的。然而,在分析新历史主义政治时,他却被他自己的保守观点所引导,把超出马克思的东西强加给马克思。出于相同原因,他假定在"信仰女性主义信条的左翼学术团体"(第299页)的总范畴之内的所有方法论之间存在某种隐式联盟,这种假定令他无法注意到新历史主义的举措拉开的与女性主义的实际距离,新历史主义的这些举措似乎是在给自己远离女性主义下的定义的一个尝试。

断选择通过明显有限的话语以及聚焦于其他和不寻常事务的话语来解读时代，越来越多经过艰苦努力复原出来而现在已经可用的女性文本，似乎可以提供一个异类声音的丰富的新宝藏。但是新历史主义者更重视的是文化文本而不是文学文本，而所选择的文化文本始终不过都令人懊恼地可归为一类：即便它们可能集中于在某种程度上的文化异类主题上。所选的文本总是带有难脱俗套的特点：男性权威—等级秩序—父权制。通过在那种选择性的"历史"幻象之内的莎士比亚戏剧的情境化，即便是莎士比亚对女性所发出的声音也沉默了。女性又一次滑入了沉默的隐形之中，又一次被挑选出来作为（至少是某人的）"历史"的权威叙述来使用的文化文本所压制。

然而，一反大家的一般看法（女性主义批评家们习惯于这样看），即把莎剧中女性的沉默解读为她们权力丢失的标志，乔纳森·戈德伯格（Jonathan Goldberg）在《莎士比亚与理论问题》中用权威的声音谴责此类女性主义解读。书中有关女性主义批评部分的最后，他提到了性别差异这一话题；他坚持认为，既然沉默之于伊阿古和亨利五世之类人物的是一个伸张权利的策略，那么，沉默同样可以表示女性权力的伸张。虽然，连戈德伯格也承认，女性通过沉默获得一定权威的例子几乎无处可见，但是也许就连从性别角度赋予声音和沉默的那些颇有差别的含义都有可能会遭到彻底消除，只要倒向格林布拉特的观点：莎士比亚的舞台上完全没有女性，而只有一个不可分割的男性性别整体。戈德伯格的文章——题目颇有意味：《莎式题写：权力的发声》——就不仅仅是替换或抹杀文本内的性别问题以及文本外的女性主义问题，而是走得更远。他把琳达·班贝尔（Linda Bamber）挑选来当成女性主义批评的执鞭人并无厘头地把她的地位拔高为女性主义莎士比亚学者的代表，然后谴责她把莎士比亚文化看作父权制文化,谴责她想象莎士比亚在他的戏剧中复制了那种态度(埃里克森、麦克卢斯基或者蒙特罗斯才是叫嚣最响的这个论点的代言人,真正应该受到谴责的是他们而不是班贝尔)。虽然戈德伯格向我们保证他并非抨击女性主义,而只是抨击所有那些(未点名的)**像**他正在鞭笞的班贝尔之类的女性主义批评家;但他的文章一开始就否定了女性主义着力关注的性别区分这个压制性的问题范畴,宣称"必须通过"性别对立的整个概念,还"必须超越这个概念来看,才能迎接一种真正的女性主义话语的产生"。他在结论中提出:

> 我们没能发现莎士比亚反映其文化想当然父权主义和男性至上主义,是因为舞台上所展现的文化其实就是舞台下的现实文化。[1]

压制性的性别区分和父权制——在舞台上以及在莎士比亚的文化里——不仅仅是消失了;它们还被认定,如果女性主义要想得到作为"一个真正女性主义话语"的认可的话,莎士比亚女性主义已经是必须停止讨论的主题。我们不禁发现,戈德伯格的声音实际上是放在了一部莎士比亚批评文集的女性主义部分中,而这本文集收录的文章作者没有一位其主要研究方向为莎士比亚(或英国文艺复兴)女性主义的批评家。因此可以说,这种安排的效果就是文本安排层面的消音,正像帕特里夏·帕克(Patricia Parker)和哈特曼那十分引人注目的编者引言中将女性排除在外一样。所谓权力的发声,说到底,其实成了发声的权力!

---

1 乔纳森·戈德伯格:《莎式题写:权力的发声》,《莎士比亚与理论问题》(Jonathan Goldberg, "Shakespearean Inscriptions: the Voicing of Power," *Shakespeare and the Question of Theory*),伦敦:梅休因出版社,1985年,第118页,第134页。

在过去几年里,美国莎士比亚女性主义者的研究已经成为抨击的焦点,这些抨击是令人不解的,同时也令人感到有点麻木的熟悉感。其中最耳熟能详的指责是,女性主义研究运用一种被认为是"非历史的"方法,以至于没有认识到产生性别和家庭的精神和社会结构的历史具体性。如果脱离了其背景,该指控就有了公认的效力。其效力绝不能完全脱离一个明显具有讽刺意味的情形来考虑。这就是,唯物主义/历史主义批评在毫不脸红地责备女性主义的疏忽遗漏。这项指控进而催人要问一个合乎事理的问题,准确说就是,这里所提出的"历史性"理念到底涵盖了什么——例如,到底是方法论的过程还是因为其名字与历史学家定义的"历史性"吻合而自动得名为"历史主义"批评。最后,这项指控也不禁让人对其所包含的显然是无意中赋予历史的特权产生更深的质疑。

在选择突出何种文本维度时,女性主义解读从未完全摒弃历史语境,既没有将历史主义语境看得比文学文本更有价值,也没有将它凌驾于文学文本之上,而这种厚此薄彼是典型的新历史主义者和文化唯物主义者解读的特点。虽然女性主义偏重文学文本,但从未假定文本是个自为的实体,也从未认为它可以完全脱离历史过程。女性主义者还认为,一个历史文本凭借其历经重大社会变革仍能流传而且还可以依然让一个现代读者着迷的能力,也完全可以用当代思想来认识——而这些思想也不会被看成是从现时反投给历史的概念。即便一个社会观点可能没有在文本产生的那个历史时刻很清晰地表达出来,但就像望远镜发明后新近才被发现的行星一样,那些观点也有可能被设想是潜伏在较早时代的完全可以在当下表达出来的话语。本质上来说,给予文学文本或历史的相对权重代表了两种哲学上认识人类的方法——是一个记录了某些超越历史的普遍规律的存在,还是一个完全由其历史文化所创造的实体。但是除了这个定义之外,对历史或文本的不同喜好也暗示了一层不那么容易触及的,与沿着性别轴线分割开的"历史"经验上的关联的意义。虽然莎士比亚的女性主义研究确实从未在历史方面投入批评,但那个选择似乎不应作为诟病的原因,也不是方法论方面优先考虑的判断基础,倒不失为思考女性与历史之间的关系的立足点。如果唯物主义批评家们将历史定位为是无所不能的制造者,而且怀疑主体性概念(除了认为主体性是历史的产物)的话,那么,女性主义在历史方面中的投入——或者至少在有记录的以及传统上认为**是**历史的方面——不仅要最小,而且投入的旨归是怀疑"历史"的产生、定义以及价值定位。

由于西方历史基本上是上层阶级白人男性的传输记录,各类被这种记录忽略的社会团体可能不会——从历史的角度来说也不应该——自动地信赖"历史"的权威性。"历史"这面旗子**自身**就有为既得利益集团的权力巩固而服务的漫长历史。被边缘化的团体很可能不会对1066年的英国史及其相关记录的正确性表示毫无疑问的肯定。这样的话,"历史"需要改写以便把它们都包括进来。新历史主义所做的实际上是否就是通过改写来重现历史——虽然这件事还尚且存疑,但是这个向"历史"的最新转向,是否延伸了有关社会特权的传统论调,这个有如福斯塔夫所提的"不必问的问题",才正是**要**问的问题。在新历史主义研究中,蒙特罗斯的成果必然值得单独一提,因为他的研究对性别问题有所关注,也因为他意识到了漠视性别问题到底意味着什么。与新历史主义形成对照的是,马克思主义的历史原理则是以一丝不苟地扩大特权的需求为前提。但是,除了像英国马克思主义者凯瑟琳·贝尔西一样的少数几个女性主义者之外,马克思主义令人失望地——像新历史主义一样——尚未从理论上阐述一种将女性包括在内的历史。因此,尽管最近莎士比亚研究中的论述低估了过去十年里有关家庭、性和婚姻的女性主义分析，指责这些分析不够"历史化"，而是以精神分析和文本为基础，但是考虑到我要称之为这个辩论的潜台词的东西——考虑到女性主义与"历史"非同寻常的**历史**关系，主流女性主义的莎士比亚阐释的确将历史的东西边缘化了，取而代之的是把重点放在了文学文本上。这似乎与将妇女**从**历史中解放出来的女性主义宗旨完全相符。这个文本至少包含了对于女性的再现，因而可以被用作一面镜子。在这面镜子里，现代女性和男性可以认识到——并且着手改变——里面反映出来的压迫性的性关系及家庭关系的历史。

目前，莎学中的女性主义处于学界称之为第二阶段的状态，而且有迹象表明要开始向多个潜在的新方向发展。许多主要的莎士比亚女性主义研究者已经开始重新调整他们用于性别和家庭研究上的精神分析法，以期平衡文本和历史语境，从而让女性主义脱离深受弗洛伊德的本质决定论影响的性别观念，并容许对过去的女性顺从史进行解构——而不是无意识地将其复制。[1] 但也许人们能看到的更为有趣的现象是，对女性主义"非历史化趋势"的责难，规避了其自身的权威性问题。它不

---

[1] 在《莎士比亚之再造》一书的引言部分，吉恩·霍华德（Jean Howard）给这场运动下定义时抛弃了精神分析法，而是采取了历史的方法，这呼应了"一种必然趋势，即，假若要规避压制性的普遍人性论或者永恒不变的女性特征的思想，就必须用历史的方法分析性别构建"。戴维·卡斯坦（David Kastan）在美国莎士比亚学会"莎士比亚与新女性主义"（1987年3月）分组发言也类似地把这个运动看作一种手段，通过这种手段，女性主义可以"否定那种认为性别差异是固定不变的，不是人为构造的，也不受人控制的观念，并且是一种用以想象出替代我们现有的社会关系结构的手段"。然而，在有关"莎士比亚与新政治"纽约市立大学的研讨会上，尼里（Carol Thomas Neely）指出，完全摒弃主体性诉求以换取性别被解释为完全是特定历史文化的意识形态产物的这一模式可能会为女性主义方法论带来的问题跟它能解决的问题一样多。她注意到：美国自由女性主义者不愿意将一切主题性全部否定，即，不愿意否定未经意识形态构造的身份，她于是解释说："女性主义者已经假定了某个并不是严格意义上的生物学的女性特征方面，这使得女性话语有可能产生女性文学史，有可能让女性主义批评超越无可挽回的压抑的一味哀怨。"

经意间同样采用了与它所批判的女性主义中有关社会发展的本质化观点。它就如此这般，默认为美国女性主义不受其自身历史的影响，也不受其赖以发展的时间、地点和性别的历史条件的制约。所需要的其实是历史化的观点，那才是新历史主义对莎士比亚批评以及普遍意义上的文学方法论所做的真正贡献。如果不研究美国女性主义的背景，就不可能找到其政治定位，也不可能，比方说，去认清美国女性主义采取了何种有别于其英国或法国同道所尊崇的文学政策和文学方法。

当女性主义首次进入美国莎士比亚堡垒时，采用精神分析法来研究家庭、婚姻和性别，这在当时可能是它所要的文本分析的最合适工具。但是，学术界的女性主义含蓄地抗拒将自己置身于更公开地采用意识形态的方法的学术圈内。在我看来，又似乎半自觉地参与了，或者至少配合了发生在国家政治层面的另一个议程。如果学术界采纳的精神分析法使得女性主义始终将研究重点放在父权制家庭结构内的特定关系上，而不是走出这个结构去寻求对结构自身的颠覆上，那么，也许就是这个方法的局限性起了作用，让学术界的女性主义者跳不出其参与其中的全国妇女运动的默认的界限。然而，这些策略，无论运用得对还是错，都在平等权利修正案辩论的年代小心翼翼地使用过，尽可能以不激进，也不危及社会的面目出现。

由于美国女性主义的政治赌注不仅仅是理论上的，也是非常真实的，又由于在公民投票的那些年间，实现赢得赌注的最实际的策略是循循善诱而不是正面交锋，所以学术界的女性主义一直都是以两面派的面目出现；女性主义有别于其他批评模式，因为它采取的实用政治策略从未与批评之外的现实政治脱离。因其性别曲折性，这些策略，顾名思义，有别于那唯一的社会变革模式（即关于男—男冲突的独白式叙述让我们想象的历史模式），也的确不能用这种模式来衡量。即便是20世纪七八十年代学术上的女性主义也必须放到当时那个"美国"的文字上以及方法论上的立法背景中去理解。在那些年里，女性主义参与的将平等权利修正案兜售给投票民众的活动，而他们的活动受制于特有的——既反对普遍意义上的"主义"也反对任何带着"意识形态"标签的特定"主义"的——美国式偏见。平等权利修正案在七十年代早期对投票者没觉得有什么问题，而到了八十年代则遭到了挫败，不是因为它本身的谬误，而是因为舆论上所谓的**真相**。在学术界内，女性主义教师的研究和教学都集中在婚姻、性别和家庭问题。而在学术界之外，这些同样的话题则日渐成为意识形态的战区，平等权利修正案就是在这个战区遭到了挫败——一旦舆论给这些画上等号，就注定失败了："女性主义"，即有"思想"的女性主义去识别女性运动时，以及当思想意识被定义为是颠覆性地"将婚姻政治化"并"试图破坏传统美国家庭"的"主义"。

但是，也许自由女性主义和新历史主义——对当代学术方法论所做出的两个明显美国式的贡献——都需要放到历史背景中去审视，这样至少能提出某种认识二者之间的差异的视角，也可以认识新历史主义为何一再断言的公众和政治问题的研究应该优先于私人和家庭层面的研究。在这两个方法论当中，女性主义不是在文学之父们的庄园里出生的孩子，而是诞生在那个庄园之外，而且它也没有学术上的女祖先；但这样也许让它天生具有女儿的独特边缘性地位，使之能获得怪异的自由度去构建它自己。相比之下，新历史主义，这个合法的儿子，这个不仅在学界内生长，而且特别是在文艺复兴研究的领域内发展的继承人——是在女性主义之后不久，但在马克思主义之前呱呱坠地。然而，这个继承人似乎在哲学层面上没那么自由，天造地设地命定要承担某种毫无用处却又不可逃避的责任，就是要反复地讲述它习惯性地解读为历史的唯一遗产的压制性的权力斗争。

要从女性主义和历史主义彼此关系上审视二者的观点，我想借助一个似乎是利亚·马库斯（Leah Marcus）首先提出的观察发现。霍华德和科恩也曾谈到过这个观察，认为它无形中隐含在美国莎士比亚批评研究的意识形态维度的形成中。那就是，现在异军突起的这一代学者就是吵闹着挑战界定20世纪六十年代的保守意识形态的那代大学生。这一代人的经历可能不仅在美国历史中表现独特，而且对美国历史而言也是独一无二的。此外，这一代人在罗纳德·里根执政的保守派反攻期间执掌了学术权力。对霍华德而言，这个背景的意义在于它引导了当代学者信奉公开的政治方法论：对六十年代的政治运动缺乏理论上的论述这个现象的认知，让人们认识到用美国旧的老生常谈的方法看待政治的做法的不足，也带来了一场朝向更理论化的社会变革模式的运动。同样对于科恩而言，"20世纪八十年代政治批评背后的动因在于六十年代的政治运动"；在科恩的心目中，这种批评的要旨无形中发端于以"越战"限定的这一代人的幻灭。

我要提出一个推测，来反映我自己这一代学者的社会构造以及看起来是普通经验的两个方法论之间扩大的差距。社会激进主义的那些年总是在回顾中被想象成是学生激进主义者男男女女一起工作的岁月。但可能，仅仅是可能，那些年对男人和女人有很不同的心理和道德上的影响，在他们身上留下了不同的记号，教给他们很不同的教训，这些教训最终在文学理论中变成了两个不同的立场。因此，尽管这两个立场在那个时代坚定的叛乱中分享了它们共同的起源，但是它们可能已经脱离了那些年代，无意识地获得了在有关颠覆和统治、反抗和权力的关系上根本不同的信念。

　　我的推测是，六十年代运动出身的女性被赋予了新的可能性，即自我解放和担当的新意识以及乐观的社会理想主义。美国女性主义在六十年代反战和民权抗议期间唤醒了第二次生命，其形象可以用街边顽童来描绘，在伴着"我们必胜"歌声的和平游行期间诞生。它的乐观主义就是它根本的也许是唯一的资源；它就是即便在面对政治挫折时也能充满活力的东西，也是它无法失去的东西。学术界的女性主义总体上，当然也在莎士比亚研究上，一直秉持自由的而非激进的或者马克思主义的策略——根据定义，它必定相信对统治话语的反抗和颠覆可以、必须而且必将胜利。因为它不能设想通过激进革命的途径赢得未来，它还因此必须相信，统治机构是可以改变的；也必须相信，超越绝对、不均衡权力意志的动机也的确是存在的——这一动机如果不是出于善行，那么至少是出于合理的私利考量。平等权利法修正案的失败是否将会促成那种信念的丧失，以及是否后促成对政治自由主义的背弃还尚未可知。

　　当批评家们试图描述新历史主义的精神时，启用的术语显著不同，大体上更加悲观。按照新历史主义的历史观，任何文化上的颠覆行为或者挑战统治秩序的行为，都不可避免地要遭受失败，因为权力是最终的也是唯一的流通货币。科恩这样描述：

> 新历史主义如果不是最终提出类似极权主义模式，那么至少最终的结论也是穷人、无辜者和受压迫者的无以逃避的挫败意识……[下层阶级]的志向必须要么粉碎，要么就表现出服务于国家利益的样子……关键点就是，除非你是贵族，否则一切都是白扯。

在科恩看来，最好将那种极权主义/贵族倾向最终解释成一种左派幻灭的形式。同时，新历史主义著作给佩奇特留下深刻印象的是，通过把自己与颠覆力量相隔离，并使之臣服于某个独裁主义的文化脚本。它们似乎需要非常强制性地将莎士比亚文本的颠覆力量控制住——然而，与此同时，这些著作非常频繁地营造出一种自身受到弱化和围剿的氛围，即传递这样一种意识：它们"被敌对的他者所包围，陷入危及其自由的复杂势力的围堵之中"[1]。同时，新历史主义不像女性主义那样，它不是社会变革的激进主义政治；也不像马克思主义那样，它也没有将什么想象中的社会变革模式理论化。新历史主义坚持认为，反抗不免遭到粉碎；反抗总会被收编，因此毫无疑问是徒劳无用的；权力意志决定一切。我认为，激励这种论调的露骨的反动性的动因，同时也是给它赋予强大的当代美国魅力的东西，乃是它从二十年前那段历史中复原一个令人不满意的叙述，抑或一段成长经历的方式。它的幻灭感呼应了那段同样惨痛的教训：一代大学男生本来基于道德理想主义抵制着美国在越南发动的战争，却发现自己因为阶级和种族的优势被免于上战场了。这痛苦的教训就是发现抵制力量被当权者收编了。根据定义，越南战争及其强加于美国应征年龄男性身上痛苦的自我挫败的"选择"，为这个抗议的时代的政治经历打上了不可磨灭的明显具有性别含义的烙印。这些含义也许不仅能建构可见的，还能建构不可见的议题，而这些议题奠定了那个时代涌现出来的两种批评的要旨。

　　如果要指责女性主义批评家，说他们根据心理的本质主义和超历史的主体性这两个潜在的相互矛盾的概念去解读莎士比亚，而这两个概

---

[1] 参见爱德华·佩奇特：《新历史主义及其不满：文艺复兴戏剧的政治化》，第301页。

念为解释过去的压制创造了一个无意识的框架，同时却为女性/自我主动决定未来留出通道，那么我们也同样能够指出，新历史主义批评家无意识地架构了一种透过核心文化的创伤及其在界定作家经历上的残留来解读莎士比亚的方法。在历史方面的特别投入产生于"越战"给20世纪六十年代受过最好教育的美国男性留下的难以为继的空间。鉴于此，新历史主义对权威的必然青睐及其选择主导文化话语与特定文学文本相并置（或者凌驾于文本之上）的武断做法，看来就不显得武断了，而是契合了将当代历史嵌入对于过往道德挫败的重写的方法。从这个角度来考虑的话，新历史主义原理为成功复原一个无可适用的过去，必定要完成两项必要的操作：讲述一段反抗、收编和挫败的历史；与此同时，又通过与体制权威结盟从而挪用压迫者对于批评家/自我的主宰权，把挫败消弭掉。历史主义批评家把莎士比亚本人看作被国家正统权威收编的奴仆，因此他们使用背景研究方法所探讨的也许主要并不是历史上的莎士比亚，而更多的是借助莎士比亚讲述他们自己的历史文学批评家如此这般剥夺了莎士比亚的权力，通过将自己凌驾于英语文化最强有力的文学权威之上，来恢复自己的文化权力。儿子通过废黜父亲并接管这个父权制的位置来证明他对全能父亲遗产的继承权。这样讲也许更合适，这种恢复活动应该自己发生在象征斗争和挫败的场所；也就是说，不仅格林布拉特——新历史主义的主要缔造者和创始人——而且新历史主义期刊《表现》的大多数编委会成员都应该出身于伯克利。

然而如果政治上的挫败就这样消弭了，那么也许精神上的幻灭就没那么容易消弭了。如果获得主导地位要付出代价的话，那么这个代价可能就在于那种对于渗透新历史主义实践之中的激愤理想主义的尴尬意识。但是对于女性主义而言——要在学术界内直面日渐占据主导地位的新历史主义方法论,遵守新历史主义固守的完全由男性主宰的机制,看着自己日益成为被抹杀的主体和被攻击的客体——它却越来越难把新历史主义有关权力的前提假设看作政治上不偏不倚了,也越来越难把这些前提的应用局限于单纯的文艺复兴研究上了,尤其是因为这两个姊妹批评学派都坚持承认,批评本身具有意识形态的本质。根据定义,由于女性主义是个反抗主流话语的颠覆性场所,那么,这个新历史主义(福柯主义)前提——任何颠覆反抗都必然遭到主导体制挫败或收编——又能得出什么结论呢?从这个观点出发——对抗权威的反叛其实往往为文化所创造并暗地里得到支持却最终被收编——制造又能得出什么结论呢?在最近一次文艺复兴研讨会的莎士比亚戏剧专题组上,两名男性学者发表了按照新历史主义话语模式精心写作出来的论文,两人都没有提到任何女性人物(因此甚至还忽略了女性人物实际上对他们论点阐发有助益这个相关性)。这种情况下,论文作者是针对什么样的文化信息做出的回应呢?为什么这种忽略 好像毫不经意而为之 突然发生得越来越频繁呢?当这两名学者接着分别为他们的忽略做辩解时是这样说的:既然女性主义早已"赢得"战役,于是他们就合乎逻辑地认为,再也没必要一定要提到女性主义关注的典型问题了。那么,这又把未来置于何处了呢?因为,如果学术研究到了任何人都臆断"女性主义关注已经青史留名,因而就不再需要再提"这个地步,那么女性主义就什么都没留下:女性主义作为一场政治运动,作为一种批评学术,作为美国学界内外的一个伦理体系,永远不要再发生了。

  1982年,正当大家觉察到文艺复兴文学研究领域的观点日渐分裂时,女性主义学者弗格森、莫林·魁里根(Maureen Quilligan)和维克斯通过在耶鲁大学召开的一个重要会议,试图将设想的共同利益带回到学术界。我们可以说，她们试图缔造和命名一个新的创世记：结果她们就创造了"文艺复兴时期的女人与文艺复兴时期的男人"这样一个题目。这次会议的论文集于1986年出版，取了个新书名，叫作《重写文艺复兴》。尽管（或者也许因为）观点的分裂在会议论文中已经很明显了，但这本书的标题仍然非常清楚，非常直率，而且非常乐观地指出了文艺复兴女性主义学者的政治目的到底是什么。此外，这个标题还固执地继续设想，在20世纪八十年代，**所有**学者都明显**有意**改写文艺复兴，为的是能把被文艺复兴时期的历史学家和随后的学术史料编撰者们遗弃到历史边缘的静默的女人们包括进来。因此，我想提出这样的问题作为本文的收尾：既然我们这些研究文艺复兴的学者——现在既有男性**又有**女性——成了**有关**文艺复兴时期的新的史料编撰者，我们在有关谁和什么要写进我们的文本里是有共同的想法，还是有相互排斥的想法呢？我们是着手解构父权制并解除其神秘性，还是重复旧的父权式消音法借以重构父权制呢？归根结底，我们是来改写文艺复兴，还是仅仅重复它呢？简言之——我们是来埋葬凯撒，还是来赞颂他呢？

（戴丹妮译）

"你所谓的爱情"[1]
——《奥赛罗》中的欲爱悲歌与社会悲剧

盖尔·格林[2]

一

你的丈夫就是你的主人、你的生命、你的所有者、你的头脑、你的君王……他希望你贡献给他的,只是你的爱情,你的温柔的辞色,你的真心的服从……应当长跪乞和的时候,她却向他挑战;应当尽心竭力服侍他、敬爱他、顺从他的时候,她却企图篡夺主权,发号施令。(《驯悍记》,第五幕第二场)

真是一位顺从的夫人。(《奥赛罗》,第四幕第一场)[3]

---

[1] 原文为"This that you call love"(《奥赛罗》,第一幕第三场第331行),朱生豪译为"你所称为'爱情'的",梁实秋译为"你所谓的'爱情'",译者此处取梁实秋译。文中所引莎士比亚戏剧,若无特别说明,则都取自朱生豪译,只在文中标注"幕"、"场"和"行"。参见《莎士比亚全集》(第五卷)《奥赛罗》,朱生豪译,北京:译林出版社,2012年;《莎士比亚全集》《奥赛罗》,梁实秋译,北京:中国广播电视出版社,2002年。——译者注

[2] 盖尔·格林(Gayle Greene):美国斯科瑞普斯学院教授,发表有关女性主义莎士比亚研究论文十余篇,出版多部理论著作。本文选自《妇女文学研究期刊》,1.1(1979):16—32。

[3] 《河畔版莎士比亚全集》,布莱克莫·埃文斯编,波士顿,马萨诸塞州:霍顿·米夫林出版社,1974年。本文中引用的莎剧的原文均出自这一版本。

苔丝狄蒙娜遭丈夫辱骂和残害的场景着实令人感到痛苦，他"残暴的憎恨"（第三幕第三场第449行）是那样冷酷无情，激起憎恨的疑心是那样暴虐可怕，她的反抗却又是那样软弱无力。爱米丽娅谈及人际关系时说：

　　好的男人一两年里头也难得碰见一个。男人是一张胃，我们是一块肉；他们贪馋地把我们吞下去，吃饱了，就把我们呕出来。（第三幕第四场第103—106行）

这一说法尽管不完善，却是对我们所目睹的场面的确切描绘。伊阿古将爱情，或"你所谓的爱情"（第一幕第三场第331行）重新定义为"肉体的刺激和奔放的淫欲"（第一幕第三场第334行），现在听来依然掷地有声。尽管这些观点都不足以阐明爱情中所蕴含的错综复杂及多种可能性，但这部剧中的爱情不可避免地和残暴联系在一起；奥赛罗在最后一幕中实施的暴行直接源于他对苔丝狄蒙娜的过分赞誉；这赞誉有多高，其暴行就有多残忍。这种强大的毁灭性力量一旦释放，所向无敌，摧毁一切。

　　自始至终，本剧都以爱情为关注的焦点。从最开始因爱私奔，到最后，因爱成了"床上一双浴血的尸身"（第五幕第二场第363行），这张有着字面义和比喻义的床，贯穿了整部剧。奥赛罗和苔丝狄蒙娜之间的爱情蔑视时世，冲破社会藩篱，罔顾父亲反对，莎士比亚的伟大诗句使他们的爱情神圣无比，将这种情感表露无遗：

　　啊，我的心爱的人！要是每一次暴风雨之后，都有这样和煦的阳光,那么尽管让狂风肆意地吹……要是我现在死去,那才是最幸福的;因为我怕我的灵魂已经尝到了无上的欢乐,此生此世,再也不会有同样令人欣喜的事情了。(第二幕第一场第182—193行)

G·威尔逊·奈特称这一幕中的二人为"纯粹的男性与纯粹的女性"。他说:"奥赛罗是英雄中的佼佼者,苔丝狄蒙娜闪耀着女性神圣的光辉,二人都是理想化的典范。"[1]然而他们的爱是"爱之死"(Liebestod)[2],正如罗密欧与朱丽叶的爱情一样,与死亡紧紧相连:一场戏还没完,奥赛罗便听信诽谤,要"证明她是一头没有驯服的野鹰"(第三幕第三场第260行),他那"全部的痴情"成了"残暴的憎恨"(第三幕第三场第445—449行),他原本口若悬河地表达爱意现在却说"我要把她碎尸万段"(第三幕第三场第431行),"我要把她剁成肉酱"(第四幕第一场第200行)。然而,毁灭他们的却不是带有敌意的社会秩序——这一藩篱在第一幕中就得以冲破——也不是源于时机的巧合,更不是《特洛伊罗斯与克瑞西达》和十四行诗中所谓的爱情的劲敌:时间的拖延及浪费,导致毁灭的罪魁祸首正是蓄意谋害自己爱人的奥赛罗。虽然奥赛罗是因为受了伊阿古强烈的煽动,但其得以起效正因为这暗合了他心中所想:

> 我对他所说的话,已经由他自己证实了。(第五幕第二场第176—177行)

---

[1] G·威尔逊·奈特:《火轮:莎士比亚悲剧解析》(G. Wilson Knight, *The Wheel of Fire: Interpretations of Shakespearean Tragedy*)(1949年;伦敦:梅休因出版社,1970年),第111页。

[2] 原文为德语词,"Liebe"意为"爱","Tod"意为"死亡"。《爱之死》是瓦格纳创作的歌剧《特里斯坦与伊索尔德》的最后一个唱段。用作文学术语时,指"爱的死亡"这一主题,即某对恋人的爱情要在死亡中才能得到圆满。——译者注

莎士比亚的悲剧视野在《罗密欧与朱丽叶》与《奥赛罗》间隔的十年中得以成熟精进，我们必须从爱侣自身，从男人与女人自身及其爱情上寻找致命伤。正如奥赛罗的内心活动预示的，他们的爱情游走在毁灭的边缘，这份爱的"绝对完满"让他联想到死亡。

二

苔丝狄蒙娜的温柔和隐忍顺从历来为批评家所赞赏："素来胆小的女孩子，她的生性是那么幽娴贞静。"（第一幕第三场94—95行）她无私忘我，对丈夫体贴入微，不惜牺牲自己，对于她"夫主"的"妄念"绝对顺从："您随意吧，任您怎样想，我总顺从于您。"（第三幕第三场第88—89行）她被树为女性气质的典范。布拉德雷这样赞赏她那"无力抵抗的顺从"："她无可奈何。她甚至无法用语言反击……她的无力抵抗缘于她极其温柔的天性和纯洁无瑕的爱情。"[1] 罗伯特·海尔曼发现她"在爱情神秘的影响力下，性格是动态发展的，其外向性的爱变得成熟完满，对此亦可称之为性格的神奇转变"[2]。而我们能做的，便是义愤填膺地读完此剧的后半部分，为奥赛罗的暴行感到惊恐不已。他的妻子是一件被"弄脏"或"玷污"（第五幕第一场第36行）的"东西"（第三幕第三场第272行），将她杀害难道不是"正义"（第五幕第二场第17行）使然吗？正是这种想法激发他实施了暴行。毫无疑问，我们定会谴责他，

---

[1] A·C·布拉德雷：《莎士比亚的悲剧》（A. C. Bradley, *Shakespearean Tragedy*）（1904年；克利夫兰，俄亥俄州：世界出版社，1963年），第147页。

[2] 罗伯特·B·海尔曼：《绢网中的魔力：〈奥赛罗〉中的行动与语言》（Robert B. Heilman, *Magic in the Web: Action and Language in* Othello），莱克星顿：肯塔基大学出版社，1965年，第214页。

但我们必须自省这义愤的缘由和限度，反思对于符合剧情的行为做出如此"现代的"反应是否合理。我们知悉，莎士比亚内心十分传统保守，对于在他所处时代已成为历史的等级秩序仍坚信不疑。他是否认为这位诗意地走向死亡的女人苔丝狄蒙娜（几乎与奥菲莉亚一样），是他笔下最无力保护自己的女人，并一如众多批评家所想，是女性的典范呢？

我们在奥赛罗的性格中寻找他易受伊阿古损害的原因时，也必须在苔丝狄蒙娜的性格中寻找她面对奥赛罗时软弱的根源。她是一个有缺点的悲剧人物，其缺点与奥赛罗的一样。他们不单单是受害者，更是施害者，因为他们对加害者积极响应，并与其合谋。这种认为他们自身应对其命运负责的观点，使其形象更加光辉。从某种程度上来说，正是奥赛罗的高贵使得他易受损害：他是个"坦白直爽的人"，"对貌似忠厚的人他也以为是忠厚的"（第一幕第三场第339—340行）。如特伦斯·霍克斯所言，这部剧探讨了何为男人行事的标准与典范。他认为奥赛罗即是这种他曾用华而辞藻描绘的典范的缩影，只因在伊阿古的影响下，他那"男子气概的语言"才失势，变得或恶语相向，或缄默不言，不过到剧末又得以复归。[1] 我却认为，这种以奥赛罗为代表的"男子气概的典范"与用来称颂它的辞藻一样，从一开始便有待商榷。他时时提及自己的高贵，不过是出于自吹自擂的习惯，出于将人生经历化为冒险小说的癖好，出于将自我形象英雄化的考量。他说：

我就把我的一生事实，从我的童年时代起，原原本本地说了

---

[1] 特伦斯·霍克斯：《莎士比亚笔下能言善道的动物：社会中的语言与戏剧》（Terence Hawkes, *Shakespeare's Talking Animals: Language and Drama in Society*），托托瓦，新泽西州：罗曼和利特菲尔德出版社，1974年，第133页。

出来。(第一幕第三场第132行)[1]

奥赛罗在为其婚姻辩护时提及的"故事"、"我生平的阅历"、"我所经历过的战争、围城,以及各种的祸福"(第一幕第三场第129—131行),显示出他的天真烂漫,它们看似美好却暗藏危险。此外,从"从不"、"所有"、"永远"这些字眼中,我们发现他偏爱绝对,表明他无法忍受任何的模棱两可或意义不明,反讽对他来说绝不能接受。他对于他们的爱情给出的解释——"她为了我所经历的种种磨难而爱我,我为了她对我所抱的同情而爱她。"(第一幕第三场第167—168行)——清楚地表明他更关心苔丝狄蒙娜为何会爱上他,而不关心他为何会爱上苔丝狄蒙娜;也表明他依赖于海尔曼所谓的"确信的支撑"[2]:即是说,他的自我意识取决于别人对他的尊重,这从他关心荣誉,认为荣誉即"名声"显而易见。[3] 奥赛罗动荡冒险的一生并不利于他应对将要面临的复杂人性。从某种程度上说,这种复杂人性与勃拉班修在这一幕提到的"模棱

---

[1] 海尔曼从这些方面探讨了奥赛罗的开场白。参见罗伯特·B·海尔曼:《绢网中的魔力:〈奥赛罗〉中的行动与语言》,第139—140页。同时参见F·R·利维斯:《恶魔的智者和高贵的英雄:〈奥赛罗〉注解》(F. R. Leavis, "Diabolic Intellect and the Noble Hero: A Note on Othello," *Scrutiny*, 6 [December 1938]);D·A·特拉弗斯:《莎士比亚导引》(D. A. Traversi, *An Approach to Shakespeare*),加登城,纽约:双日出版社,第133—135页。

[2] 罗伯特·B·海尔曼:《绢网中的魔力:〈奥赛罗〉中的行动与语言》,第139页。

[3] "名声"绝不仅仅是荣誉的唯一内涵。在《皆大欢喜》《特洛伊罗斯与克瑞西达》《裘力斯·恺撒》中,将名声作为军人荣誉的典范遭到了莎士比亚的批判;在《亨利四世(上篇)》中,他将有着局限性和戏剧性的霍茨波与代表着成熟、自知等美好品质的哈利王子相对。文艺复兴时期有关"荣誉"的其他观点,参见柯蒂斯·沃森:《莎士比亚与文艺复兴时期的荣誉观》(Curtis Watson, *Shakespeare and the Renaissance Concept of Honor*),普林斯顿,新泽西州:普林斯顿大学出版社,1960年;露丝·凯尔索,《十六世纪英国绅士的准则》,《研究》(Ruth Kelso, "The Doctrine of the English Gentleman in the Sixteenth Century," *University of Illinois Studies*, 14 [April 1929])。

两可"(第一幕第三场第217行)的语言息息相关。作为白人社会中的黑人,困扰自我的中心问题便是不安全感。尽管他是外乡人,但这个"到处为家、漂泊流浪的异邦人"(第一幕第一场第135行)仍显示出传统意义上属于"男子气概"特征的某些本质与极致:他目空一切,在行动中展现本性,当他感到威胁时便用暴力还击,这是由他军人的"职业"所决定的。由于受到这种性格与行为典范的局限,奥赛罗欠缺了认识自我和判断他人的能力。

在爱情与悲剧程度上,苔丝狄蒙娜与他相对应。和他一样,对于这个世界来说,她过于高贵,她的软弱缘于她的善良,对于奥赛罗的指责她无从理解,因为她无法设想加之于她身上的罪恶,她也无力挑战他的权威,因为她早已习惯了服从,一直"是一位顺从的夫人"(第四幕第一场第248行)。她的无力抵抗是她作为女性行为典范的职责所在,这使得她在爱情与毁灭中与奥赛罗合谋,他是"纯粹的男人",而她是"纯粹的女人"。莫德·博德金称他们为"男性和女性的原型幻想",[1]谁知这幻想后来竟演变成噩梦。在莎士比亚的所有悲剧中,这部剧中的女人以及她们之间的关系发挥了空前重要的作用:每个男性角色都与女性相关,他们之间的关系会用"有妻子"(第二幕第一场第60行),"有女人"(第三幕第四场第194行),"骂为娼妇"(第四幕第二场第115行)等动词来加以强调说明。这部剧既关心何为男子行为的标准,同样也关心何为女子性格与行为的典范,关注何谓女人,女人可能是什么样子以及应该是什么样子等等问题。这一典范由三个女性形象之间的相互作用展现出来,且如男性典范一样,部分由其反面形象表现,部分由语言使

---

[1] 莫德·博德金:《诗歌中的原型模式:对想象的心理学研究》(Maud Bodkin, *Archetypal Patterns in Poetry: Psychological Studies of Imagination*),伦敦:牛津大学出版社,1974年,第219页。

之明晰，并关乎能否存活下来（这同样与男性典范类似）。男女主角悲剧性的软弱深深植根于他们加之于对方身上的理想与幻想，这既催生爱情，终又摧毁爱情。这两种典范与对于男女的传统观念紧密联系——在莎士比亚看来，这些观念都是谬见。困扰奥赛罗的"荣誉"一词有着显而易见的反讽意味，它贯穿整部剧，对于男人和女人来说，却有着截然不同的意思，它牵涉的错误不仅仅是个人的：莎士比亚在其中暗含着对这两种典范的批判，即：男人的价值在于其"荣誉"，女人的价值则在于其"贞洁"。

三

从剧情和主题来说，《奥赛罗》是一部关于男人误解女人的剧。自始至终，我们可以听到男人如何描述女人，但最令人印象深刻的是，他们的定义中存在着诸多不完善。无论是将女人赞誉为女神，还是辱骂她们为娼妇，他们的一概而论让我们更加了解男人自身，而不是他们所描绘的女人。伊阿古的诽谤简单明了，却无所不包，既中伤了女人，又中伤了男人：女人都是娼妇，男人都是恶棍。在等着奥赛罗凯旋回塞浦路斯时，伊阿古和苔丝狄蒙娜聊起天来，他那些"酒馆里的歪诗"将女人最大程度地扁平化了：

> 你们跑出门来像图画，走进房去像响铃，到了灶下像野猫；害人的时候，面子上装得像个圣徒，人家冒犯了你们，你们便活像夜叉……（第一幕第二场第109—110行）

无论这女人是又美又蠢，还是又丑又笨，抑或是"真值得称赞的女人"

（第一幕第二场第145行），都免不了"去奶傻孩子，去记油盐账"（第一幕第二场第160行），在养儿育女与操持家务中消磨一生，她们在床上也大差不差：

> 叫你们管家，你们只会一味胡闹，一上床却又十足像个忙碌的主妇。（第一幕第二场第112行）

凯西奥对女人的态度要更复杂一些，不过仍有违人类的现实情况：有些女人是娼妇，有些则是女神。他将苔丝狄蒙娜完全理想化，这正与伊阿古对她的贬低截然相反。在伊阿古看来不过是"一艘陆地上的大船"（第一幕第二场第50行）的苔丝狄蒙娜，对凯西奥来说，则是"船上的珍宝"（第二幕第一场第83行），他对这一理想型的描绘流于宽泛抽象："她的美貌才德，胜过一切的形容和盛大的名誉"，她是"神圣的"（第二幕第一场第61—62行，第73行），是"一位人间无比的佳人"，"真是十全十美"（第二幕第三场第18行，第28行）。然而，凯西奥对"另一类"女人则恶语相向，如对那个和他关系暧昧的女人，"他一听见她的名字，就会忍不住捧腹大笑"（第四幕第一场第98—99行）。尽管比恩卡对他十分钟情，甚至愿为他牺牲自己，凯西奥仍心安理得地称她为"贱人"（以及"娼妇"、"猴子"、"臭鼬"等，第四幕第一场第108行，第119行，第127行，第146行）。此前，我们听说凯西奥是"一个几乎因为娶了娇妻而误了终身的家伙"（第一幕第一场第21行），对这种不明所以的说法，莎士比亚将原材料进行了改动：在钦齐奥[1]的笔

---

[1] 莎士比亚是根据意大利作家钦齐奥1565年的《寓言百篇》中的《威尼斯的摩尔人》改编了这部《奥赛罗》。——译者注

下，凯西奥已结过婚，但莎士比亚却让他和一个妓女暧昧不清，还让他做出上述的评价。

凯西奥将女人分为苔丝狄蒙娜和比恩卡这两种类型，让奥赛罗困扰的却只有一个女人，即他的妻子。毫无疑问，奥赛罗深爱着她：

> 我的心灵失去了归宿……我的活力的源泉枯竭了。（第四幕第二场第57—60行）

然而，他是否全心全意地爱她仍值得商榷——从人的角度来说他是否真的爱她：她是一个理念、一个典范、一个象征。因此他对她的赞誉不过是以自我为中心的，他更在乎的是由她激起的情感——"我的灵魂"、"我的满足"——而不是苔丝狄蒙娜本身。他用来形容她的许多词都是陈旧老套：如"玫瑰"、"甘美的气息"（第五幕第二场第13行，第16行）等意象，还常用"甜蜜的"、"美丽的"等形容词来表达某种过于简单的、纯粹身体上的印象。莎士比亚在早前的罗密欧的话语中及某些十四行诗中，会运用这些彼特拉克风格的词语来表现不成熟的爱恋和自恋，这种爱是对自我投射的想象，而不是对于被爱者做出的回应。[1] 奥赛罗的赞誉在很大程度上揭示了人类的现实情形，如莫德·鲍德金所言：

---

[1] 罗莎莉·科利用彼特拉克诗歌准则中的"非隐喻"来分析《奥赛罗》一剧："在批评其虚假性的同时，莎士比亚利用这部剧以……重申并复兴了文学中的爱情传统中处于核心的、有关心理事实的道德体系，从而揭示这一传统中存在的问题，并在全新、重大的语境中重申那遥不可及的典范的美好。"参见罗莎莉·科利：《莎士比亚的生活艺术》（Rosalie Colie. *Shakespeare's Living Art*）（普林斯顿，新泽西州：普林斯顿大学出版社，1974年），第167页。我赞同这部剧用戏剧化的方式表现了彼特拉克式的爱情中的核心价值观，但我认为这部剧更强调爱情的否定性方面：它并不是为了"复兴"或"重申"这些价值观，而是批判它们的缺陷不足及其毁灭性的力量。

> 如果一个男人同他幻想中的女人结了婚……那他作为一个天生有着各种冲动的人……只要一想到现实中的女人就会变得无比疯狂盲目。[1]

将苔丝狄蒙娜视为这种"类型"与将她视为另一种"类型"其实并无太大差异——只不过是视角的转换而已。伊阿古即转换了视角,变赞誉为辱骂中伤。

奥赛罗的语言同样表明了他对于性爱问题的矛盾心理。在诸如"不朽的石膏像"(第五幕第二场第5行)及"完美的绿宝石"(第五幕第二场第145行)等意象中,暗含着特拉弗斯所谓的"极度的性冷淡"[2]。在谈起性爱问题时,奥赛罗从来都感到不自在:他用的词语都反映出某种紧张或自觉,他不是将爱情理想化,就是将它简单化,使其要么成为"绝对的满足",要么不过是身体上的琐事。他说的一些话也不够得体:

> 我们已经把彼此心身互相交换,愿今后花开结果,恩情美满。[3]
> (第二幕第三场第9—10行)

他对苔丝狄蒙娜的爱称,如"爱人"(第二幕第一场第204行)和"亲爱的"(第二幕第三场第253行),与略带嘲弄的"乖乖"一词(第四幕第二场第24行)没有什么区别。与奥赛罗不断地为自己辩解相比,

---

1 莫德·博德金:《诗歌中的原型模式:对想象的心理学研究》,第222页。
2 D·A·特拉弗斯:《莎士比亚导引》,第129页。
3 这段引文中出现了"purchase","profit"等商业用语,表明这份爱在奥赛罗看来更像一场交易。——译者注

苔丝狄蒙娜在表达愿追随他去塞浦路斯时，则十分坦率，对于这一份爱情她要比他更感到心满意足。她简单直接地表白了她的钟情和追随他的愿望：

> 我先认识他那颗心，然后认识他那奇伟的仪表；我已经把我的灵魂和命运一起呈献给他了。所以，各位大人，要是他一个人迢迢出征，把我遗留在和平的后方，过着像蜉蝣一般的生活，我将要因为不能朝夕侍奉他，而在镂心刻骨的离情别绪中度日如年了。让我跟他去吧。（第一幕第三场第252—259行）

奥赛罗的话却是在声明，他让她前去"并不是为了欲望的享乐，也不是为了热情的需要"；"生翼的爱神之轻佻的游戏"以及"欢娱"都不会"蒙蔽了我的灵明的理智"，否则"就让贱妇人把我的战盔当锅用"（第一幕第三场第268—273行）。这一段话实际上是在否认爱情神圣的力量，而诸如"热情"、"欲望"、"贱妇"这些看来是伊阿古才会用的词，却早在他说出之前，奥赛罗就已经想到了。

奥赛罗的言语中暗含着他对于性爱以及男女忠贞的怀疑，伊阿古则轻而易举地将这一怀疑转变为憎恶。伊阿古其实根本无须费尽心机让他去相信那些恶意中伤，因为奥赛罗立即对伊阿古的话坚信不疑，正如莱斯利·菲德勒所言："这怀疑本就在他脑海中萦绕，他和伊阿古同出一门，实为一家。"[1] 伊阿古谩骂女人时找来这样的例子：

---

[1] 莱斯利·菲德勒：《莎士比亚笔下的陌生者》（Leslie Fiedler, *The Stranger in Shakespeare*），纽约：斯戴出版社，1972年，第158页。菲德勒声称：莎士比亚有着"摩尔人的妄想症"（第165页）；但他的解读是基于对女性的误读：整部剧是为了批判这种妄想症，并恢复在《特洛伊罗斯与克瑞西达》中遗失的信仰。

>在威尼斯她们背着丈夫干的风流活剧，是不瞒天地的。（第三幕第三场第201—203行）

他还类比动物交配的情景来加强他对女人的中伤："她们像山羊一样风骚，猴子一样好色……"（第三幕第三场第403行）奥赛罗自己也总结说：

>啊，结婚的烦恼！我们可以在名义上把这些可爱的人儿称为我们所有，却不能支配她们的爱憎喜恶！（第三幕第三场第267—269行）

而且他的言语中也"出现"（第一幕第三场第403行）了令人厌恶的、象征情欲的"山羊和猴子"（第四幕第一场第263行）。我们知道，出现这种情况绝不仅仅是受了伊阿古的影响，因为最早勃拉班修对女人就表明这样的态度。他在听闻苔丝狄蒙娜私奔后，深感背叛，警告道：

>做父亲的人啊，从此以后，你们千万留心你们女儿的行动，不要信任她们的心思。（第一幕第三场第191行）

他甚至"宁愿抚养一个义子，也不愿自己生男育女"（第一幕第三行第191行），可见他以作为她的生父为耻。正是因为认同这些男性的成见，才使得奥赛罗坚信伊阿古"诚实可信"，苔丝狄蒙娜却并非如此。

对于伊阿古的暗示，奥赛罗感到这一切无疑印证了他此前的猜想："那顶倒霉的绿头巾"是"不可逃避的命运"（第三幕第三场第275—276

行)。他会这样想,只可能因为他从一开始就对女人抱有疑心。他认为伊阿古十分聪明——"你是个聪明人,你说得一点不错。"(第四幕第一场第74行)——因为他证实了自己思虑良久的事情。奥赛罗需要一探"究竟"——"我一定要知道究竟。"(第三幕第三场第385行)——这个在以下18行中一连出现五次的词表明,奥赛罗迫切地想找到证据。然而,在证实他内心最深处的恐惧的过程中,这一"究竟"完全取代了苔丝狄蒙娜身上看似从未有过的完美。从前连表达爱意都十分冷淡的言语现在因妒火变得热烈,冷淡老套的情话变为激烈的痛斥:

> 啊,是的,就像夏天肉铺里的苍蝇一样贞洁,一边撒它的卵子,一边就在受孕。(第四幕第二场第66—67行)

只有当奥赛罗意欲毁灭一切,并确信自己一败涂地时,他的语言才生动有力。

正是因为他深信女人的不忠,他才如此强烈地想要占有她,但他知道这种占有并不稳固——"我们可以在名义上把这些可爱的人儿称为我们所有,却不能支配她们的爱憎喜恶!"——无论是爱着她时,还是要毁灭她时,他都没有把她当成一个女人,而是将其视为自己的所有之物,对她这样的"东西"他有着专属的特权:

> 我宁愿做一只蛤蟆,呼吸牢室中的浊气,也不愿占住了自己心爱之物的一角,让别人把它享用。(第三幕第三场第270—273行)

提到她时,他用了"交易"(第一幕第二场第25—28行)、"购买"(第一幕第三场第9—10行）等词，说她是被"抢夺去了的"（第三幕第三场第342行）东西，是他"不愿出售"的物品；后来他逐渐意识到是自己将她"丢弃"的（第五幕第一场第146行），这一动词虽表明他已承认自己的过失，但还表明，他依然将她看作自己可以任意丢弃的物品。他杀人的动机里混杂着不可被冒犯的虚荣心；她让他成了"被人戳指笑骂的目标"（第四幕第二场第54行），这让他十分在意，因为这关乎他的名声：

对我不忠？（第三幕第三场第333行）

叫我当乌龟！（第四幕第一场第200行）

跟我的部将通奸！（第四幕第一场第202行）

奥赛罗之所以如此轻信伊阿古的话，或是因为他从未将苔丝狄娜当作独立的个体，或是因为他对自己的局限认识不清。用苔丝狄蒙娜的话来说，男人对女人的误解都是"古怪的念头"（第四幕第二场第26行），投射出他们自身最糟糕的恐惧与失败。男人将女人定义为"他者"，即西蒙·德·波伏娃所说的："他在她身上投射其欲望、恐惧、爱情与憎恨。"[1] 奥赛罗仅有一次试着"说她是怎么样的一个人"（第四幕第一场第187行），可他认为事实"太可惜啦"（第195行），这种痛苦让他无法认清她的真实面目。在临终之言中，他又恢复了往日自我辩白时的华丽辞藻，并追忆起自己英雄的过往——"照我本来的样子叙述"（第

---

1 西蒙·德·波伏娃：《第二性》（Simone de Beauvoir, *The Second Sex*），纽约：兰登书屋，1974年，第223页。

五幕第二场第343行）——而对被他杀害的爱人却丝毫未予提及。他言语中透露出的是，他更在意自己的悲剧，她的悲剧不值一提。另一方面，女人们却试着理解男人并迎合他们对女人的想象。爱米丽娅曾思考男人"嫉妒的心"以及他们嫉妒的"理由"（第三幕第四场第159—160行），苔丝狄蒙娜也试着为奥赛罗的暴怒找托词："我们不能把男人当作完善的天神。"（第三幕第三场第148行）她对别人体贴入微，却独独忘了关心自己：

> 一定是威尼斯有什么国家大事……扰乱了他的清明的神志；人们在这种情形之下，往往会为了一些些小事而生气，虽然实际激怒他们的却是其他更大的原因。（第三幕第四场第140—145行）

然而，从未有一个男人这样去理解女人；仅有一次，奥赛罗试图改变他对女人的认识和"想象"，以符合人的真实情形。

四

剧中三个女人的性格互相揭示了对方的其他方面，爱米丽娅和比恩卡为苔丝狄蒙娜提供了其他性格和行为的可能。在这种对比参照中，苔丝狄蒙娜与比恩卡之间联系通过遗失手帕与"妓院"这两幕戏表现出来。二人的相似点在于，男人们都无情地将自己的"妄念"强加于女人身上。比恩卡上场时，伊阿古正设计让凯西奥一提到她，便一如既往地不禁大笑；她自作主张地前来把那方手帕还给凯西奥，因为她认定手帕定是他从别的女人那儿得来的，但最后还是恳请他一起回她家去，这事刚好成了奥赛罗认为妻子与凯西奥通奸的"证据"。然而这看似轻松嬉笑的一幕却为不那么轻松的下一幕埋下伏笔。正如凯西奥称比恩卡为"贱人"、"娼妇"（第四幕第一场第108行，第119行）一样，奥赛罗也将这样的"妄念"加诸苔丝狄蒙娜身上，将深爱着他的女人贬斥为"妓女"、"娼妇"（第四幕第二场第81行，第83行，第85行，第89行），只有这样的角色才能使他对她的辱骂合情合理。尽管比恩卡与苔丝狄蒙娜在纯真无邪与人生阅历方面几乎毫不相似，但她们都处于屈从地位，她们的钟情挚爱都只换来了诽谤谩骂，这既是她们的美德，也是她们的荒唐之处。

随着剧情的发展，我们看到，苔丝狄蒙娜在剧中扮演了一系列传统上属于女人的角色：一开始是父亲拒不承认的女儿，接着被赞誉为爱人和妻子，后来又被中伤为娼妇，直到最后被剥夺了所有的指称。在社会秩序中，她一开始被准确地定义为女儿和妻子；她说自己正因父亲与丈夫两种"分歧的""义务"而左右为难，这正是她的处境的象征。她用来说明两者关系的词——"义务"、"责任"和"应当"（第一幕第三场第182—188行）——表明正是这些根深蒂固的顺从的观念，最后将她一步步勒到窒息。（奥赛罗本想毒死她，但他立刻接受了伊阿古说要勒死她的建议："那是一个大快人心的处置。"第四幕第一场第210行）只有在表达对奥赛罗的爱时，她才会说出稍带主动意味的词，如"暴雨"、"暴力"（第一幕第三场第294行）、"挑战"（第一幕第三场第188行）。然而，尽管她的私奔是对社会秩序的挑战，这种反抗却仍具有局限性，因为她不过是从父亲手里逃离到丈夫手里，依旧囿于原有的轨迹。她一直称呼其丈夫为"我的夫主"；当然，这种类似于父女间的关系是由他们之间的年龄差距所决定的。虽然她对奥赛罗的爱已足够感人至深、勇敢无畏且浪漫美好，她仍幻想着两个人应该达到灵魂的交融——"我的心灵完全为他的高贵的德性所征服"（第一幕第三场第250—251行）——此处的动词"征服"一词用得十分准确，诚如波伏娃所言，这样的理想典范要求她必须摒弃自我：像凯瑟琳一样，说出"我就是希斯克利夫"[1]，从而才能合二为一。

由男性界定，并处在与男性关系中的女性，她们的身份很不确定。这种不确定性从勃拉班修要与苔丝狄蒙娜断绝父女关系的一幕中即可窥见。他拒不承认她是自己的女儿："她对于我是死了。"（第一幕第三场第59行）"我把那个给你。"（第一幕第三场第193行）因为她背叛了他，她便不再是他的女儿，甚至连人也不是，只是"那个"（因此，奥赛罗也称她为"东西"，第一幕第二场第71行）。这剔去人格的称谓说明，在我们已经意识到的种族与性别成见上，两人有着相似性。勃拉班修警告道：

> 留心看着她，摩尔人，不要视而不见；她已经愚弄了她的父亲，她也会把你欺骗。（第一幕第三场第292—293行）

尽管事实并非勃拉班修所想的那样，确也暗示了苔丝狄蒙娜与父亲和丈夫两者之间的关系存在着相似性。奥赛罗也要与她断绝关系，并将她重新定义——她不再是他的妻子，而是"那个嫁给奥赛罗的威尼斯的狡猾娼妇"（第四幕第二场第89—90行），这一定义剥去了她的身份，并最终剥夺了她的生命：

---

[1] 西蒙·德·波伏娃：《第二性》，第725页。

> 我的妻子？……我没有妻子。（第五幕第二场第97行）

尽管苔丝狄蒙娜的"分歧的义务"可能代表着伊丽莎白时代的正统准则，但正因为她全盘接受了这些术语和成见，使得她无法理解自己的处境，更不用说知道如何应对了。我们见证她对奥赛罗的爱情发展过程——从单纯的崇拜，到困惑（"我应当怎样重新取得我的丈夫的欢心呢？"，第四幕第二场第149行），到想方设法地为他辩解（"一定是威尼斯有什么国家大事"），并为自己辩解："您不该这样侮辱我。"（第四幕第二场第82行）"我没有错处，您不该这样对待我。"（第四幕第一场第241行）我们见证她如何竭力压抑自己的羞愤，抑制自己的抗争，不惜牺牲自己，一心只考虑他的喜怒（"您的眼泪是为我而流的吗，我的主？"，第四幕第二场第43行）。后来，她甚至与他站在一边来反对自己：

> 我是那么喜欢他，即使他的固执、他的呵斥、他的怒容，在我看来也是可爱的。（第四幕第三场第19—21行）

> 不要怪他，我甘心受他笑骂。（第四幕第三场第52行）

到了最终，她坚信一切应归罪于自己：

> 谁也没有干；是我自己……替我向我的仁慈的夫君致意。（第五幕第二场第124—125行）

她的无力抵抗一方面是因为她的天真，另一方面则是语言上的原因：她说不出口"娼妇"这样的词——"我不愿提起'娼妇'两个字,一说到它就会使我心生憎恶。"(第五幕第二场第161—162行)当奥赛罗"用那样难堪的名字加在她的身上"(第四幕第二场第116行)时,她几乎不能理解他在说什么:"请您告诉我您这些话是什么意思?"更不用说为自己辩解:"我知道您在生气,可是我不懂您的话。"(第四幕第二场第31—32行)独具慧眼的批评家海尔曼为此称赞她:

> 她并没有为维护受到侵犯的自尊而陷入激烈的争吵,[或者]超脱于这令人痛苦的惊骇,并温柔地逆来顺受……而是找人来担起这个责任,她试图为奥赛罗那难以置信的行为找借口,并因怪罪他而深深自责……但是她没有……让自哀自怜与自我辩白居于钟情挚爱之上。[1]

尽管理论上来说这种温柔可能很有感染力,但是根据我们对最后几幕戏的感受,我们实难赞许这种温柔;苔丝狄蒙娜与她那暴虐的丈夫会面时,她无法超脱这"令人痛苦的惊骇",此时引起的紧张和绝望情绪,亦令人无法赞许这种温柔。一开始的"男性和女性的原型幻想"现在成了另一种"与其互补的神话幻想"。在菲德勒看来,"男人的噩梦是出现不能容忍的背叛,女人则幻想着逆来顺受会得到回报"[2]。苔丝狄蒙娜需要的恰恰是"自爱自怜"与"自我辩白",她应反抗奥赛罗加于身上的恶名;我们期待能听到她提问、质询、回答、驳斥、呐喊,期待发现

---

[1] 罗伯特·B·海尔曼:《绢网中的魔力:〈奥赛罗〉中的行动与语言》,第208—209页。
[2] 莱斯利·菲德勒:《莎士比亚笔下的陌生者》,第148页。

一种声音，她可以用这种声音来表达自己的清白无辜，为自己辩护。可正因为她全盘接受他用的词汇——并非仅指"娼妇"一词，而是指那些说她是"下等东西"的前提和预设——才使得她无力反抗，笨口拙舌。在"分歧的义务"中她独独忘了对自己的义务，奥赛罗的讽刺正揭示了这样残忍的事实：

她是非常顺从的，正像您所说，非常顺从。(第四幕第一场第225—226行)

尽管对于他的问题——"你是什么人"，她答道："我的主，我是您的妻子，您的忠贞不贰的妻子。"(第四幕第二场第33—34行)但除此之外，她却找不到更明确有力的话来打消他的"妄念"。她还一个劲儿地为凯西奥求情，这种不合时宜的做法对她自己最为不利，她的求生欲望似乎更证明了自己的罪行：

明天杀我，让我活过今天！(第五幕第二场第80行)

当她说出那最易激怒他的话——"他〔凯西奥〕不会这样说的。"(第五幕第二场第71行)和"唉！他被人陷害，我的一生也从此断送了！"(第五幕第二场第76行)——的时候，我们读者也不禁颤栗。她不明就里地成了"娼妇"，"在半醒半睡之中"(第四幕第二场第96行)枉死。

是否如她所言，也正如她的名字所暗示的，一切不幸皆因她"命运不济"？(第四幕第二场第128行)从某种意义上来说，这是她作为一个女人、一个出类拔萃的女人，作为她父亲的"宝贝"（第一幕第三场第195行）、她丈夫的"珍珠"（第五幕第二场第347行）的必然命运。她虽是珍宝，却也是他们的所属之物，她却心甘情愿地接受这样的定位，从而使得她无力反抗。然而在她的处境下，她必须进行反抗，无论在伊丽莎白时代还是在现代这都是可能实现的，这一点莎士比亚在谋杀一幕的结构安排中就已表明。该幕中，我们听到了期盼已久的反抗之声，并看到了另一种行为方式。爱米丽娅突然出场，要和奥赛罗"说句话儿"（第五幕第二场第90行），是她发出了振聋发聩的抗议：

> 你说谎，一个可憎的、万恶不赦的谎！凭着我的灵魂起誓，一个谎，一个罪恶的谎！（第五幕第二场第180—181行）

这声声的抗议与她的女主人的沉默形成鲜明的对比，同时也是一味"解毒剂"。从一开始，爱米丽娅总能在非常的时刻一语中的、一针见血。她虽站在自己的立场，却道出了人的真实境况：

> 照我想来，妻子的堕落总是丈夫的过失……我们也是有脾气的，虽然生就温柔的天性，到了一个时候也是会复仇的。让做丈夫的人们知道，他们的妻子也和他们有同样的感觉：她们的眼睛也能辨别美恶，她们的鼻子也能辨别香臭，她们的舌头也能辨别甜酸，正像她们的丈夫们一样……那么难道我们就不会对别人发生爱情，难道我们就没有逢场作戏的欲望，难道我们就不会喜新厌旧，跟男人们一样吗？所以让他们好好地对待我们吧；否则我们要让他们知道，我们所干的坏事都是出于他们的指教。（第四幕

第三场第92—103行)[1]

剧中的男人却不能接受这样简单的事实:女人既不是女神也不是娼妇,而是一个有着"弱点"、欲望和观点,既"优雅"又"粗鲁"的普通人。爱米丽娅的这一观点在现实生活中已经根深蒂固,但并不是说我们要完全归因于她,而是说她的立场是对苔丝狄蒙娜的一种补充,代表着她所缺少的性情和坚韧:

> 世界是一个大东西……世间的是非本来没有定准;您因为干了一件错事而得到整个的世界,在您自己的世界里,您还不能把是非颠倒过来吗。(第四幕第三场第69—83行)

这种相对主义自有其力量所在:像反讽一样,它承认各种观点的合理性,苔丝狄蒙娜和奥赛罗不幸的是,他们不能理解这种反讽;不过,从爱米丽娅毫不犹豫地牺牲自己这一举动中,我们看不到这种相对主义的印记。如果要试图分析她的性格的话,我们或许可以推测,她所处的社会阶层使得她能看得透彻:虽然她与苔丝狄蒙娜一样,对于丈夫的"妄念"(第三幕第三场第299行)过于宽容忍让,但她从未被人赞誉,也不是谁的"宝贝",她有洞察力,不会陷入无谓的幻想。是她说出了苔丝狄蒙娜所不能说的话,打破了梦魇般的谎言:

---

[1] 比较波伏娃对于女性关系的分析以及她们对男性的虚伪和男性价值观的质疑:"女人知道男性的准则对她并不适用……因此,她召集其他女性一起制定了一套'局部准则'……一套只针对女性的道德准则。"(西蒙·德·波伏娃:《第二性》,第605页)她感到"自我处境的模糊性","她拒绝落入刻板严肃和因循守旧的圈套",并质疑起"现有的价值观"(西蒙·德·波伏娃:《第二性》,第403页)。

我必须说话。（第五幕第二场第184行）

让我有一个说话的机会。（第五幕第二场第195行）

让天神、世人和魔鬼全都把我嘲骂羞辱，我也要说我的话。（第五幕第二场第221—222行）

她简洁明了的拒绝正表达出了我们一直想要听到的抗争：

照理我应该服从他，可是现在却不能服从他。（第五幕第二场第196—197行）

五

剧中三个女性中，有两个被她们的丈夫骂为娼妇，并被杀害；那第三个女人比恩卡似乎才真正是个娼妇。虽然她活下来了，但并非是通过她自己的力量活下来的，只不过是因为她没那么重要，没有被卷入伊阿古的诡计中。女人由男人所定义，她们"被动勉强"（第三幕第四场第201行），是男人"可怕的妄念"的对象，这些妄念正是他们自己最深处的恐惧与失败的投射。她们或被辱骂或被赞誉，被抬得有多高，就被辱骂得有多低。她们被男人诅咒、杀害。好人如何保护自己？这一问题或许应该这样问：女人如何保护自己免受男人的伤害？莎士比亚将《杨柳歌》[1]中的第一人称"我"从男性改为女性，从而又为这部剧增添了

---

[1] 《奥赛罗》第四幕第三场苔丝狄蒙娜唱的歌。——译者注

一个被损害的女性形象。[1] 从这些被男人投射自身的女性角色身上,我们看到了人类的真实境况,即女人努力去理解她们的男人并努力生存下来。伊阿古那"最蹩脚、最松劲的收梢!"[2](第二幕第一场第152行)中表现了他对女人的成见,但这根本不能用来描述苔丝狄蒙娜和爱米丽娅,而奥赛罗的悲剧正是在于他认为苔丝狄蒙娜理应如此;正如伊阿古认为爱米丽娅不过是"一件不值钱的东西"(第三幕第三场第302行)却忽略了她的道德品性一样,这也正是他策略上的失误。由此可见,女人并非是男人想当然的样子;尽管对此全盘相信是女人的悲剧所在,而男人对女人不完善的定义恰恰也是整个社会的缺陷所在。

在喜剧、浪漫爱情剧及《安东尼与克莉奥佩特拉》中,女人们表达出自己的想法;但在那个悲剧世界中造成悲剧的一部分原因是,她们不能接受男人强加给自己的具有局限性的角色。正是对男人的"妄念"不顺从,才使得自己惨遭摧残直到毁灭。喜剧中,奥赛罗和苔丝狄蒙娜可以找到像克劳狄奥与希罗那样不那么极端的对照。在《无事生非》中,克劳狄奥也像奥赛罗一样,轻信对妻子的诽谤,显示出他在智识和爱情上的不足;尽管如此,莎士比亚还为我们呈现了贝特丽丝和培尼狄克这一对更加美好的恋人,他们代表着一种基于自我认知和互相理解的爱情,这使得他们的爱超越时空而存在。一位塑造了贝特丽丝、克莉奥佩特拉以及罗瑟琳的剧作家,竟会将苔丝狄蒙娜塑造为批评家们所谓的女性典范,这完全不可理解。但我们也无须离开这部剧去另寻一种行为模式,因为在《奥赛罗》这部剧中,假若毁灭近在咫尺,女性是敢于挑

---

1 《奥赛罗》,新集注本,贺拉斯·霍华德·弗尼斯编,纽约:多佛尔出版社,1963年,第276—267页。
2 指的是伊阿古前一句"去奶傻孩子,去记油盐账"。——译者注

战男性的特权和成见的，那么也就有可能带来喜剧范式的解决方法。莎士比亚笔下的女性在最佳状态中能够拥有男性无法理解的勇气，并像爱米丽娅一样敢于接受来自"天神、世人和魔鬼"的挑战。尽管是男人杀了女人，可遭受更加悲剧性摧残的也正是他们。

比恩卡反映出了苔丝狄蒙娜本来该成为的样子，爱米丽娅则是她可能成为的样子：成为一个能够用清晰有力的语言表达自己真实所想的独立个体，而这种语言之所以清晰有力就在于它源自内心。苔丝狄蒙娜求诸内心的越多，依附于外界的就越少。正如她的无力抵抗可以用"女性的"温顺来解释，奥赛罗的局限性也可以追溯到与其"职业"密不可分的"男性的"性格与行为典范。被背叛的经历使得李尔王、哈姆莱特以及安东尼这些悲剧角色都质疑起自己的身份；但与他们不同的是，奥赛罗认为通过实施暴力并毁灭所爱之人便能重建自我。我们不禁要和爱米丽娅一起呼号：

像你这样一个蠢材，怎么配得上这样好的一位妻子呢？（第五幕第二场第232—233行）[1]

况且，相较于苔丝狄蒙娜的少不更事，奥赛罗的成熟年长也使他更应受到谴责。尽管如此，我们必须意识到，是他们俩的合谋才造成了自身的毁灭：互不理解使得两人渐行渐远；他们说着两种完全不同的语言，她

---

[1] 参见卡洛尔·托马斯·尼利:《〈奥赛罗〉中的男人与女人:"你这样一个蠢材，怎么配得上这样好的妻子?"》,《莎士比亚研究》(Caro Thomas Neely, "Women and Men in Othello: 'What should such a fool / Do with so good a woman?'", *Shakespeare Studies* [Spring 1978])。尽管她对苔丝狄蒙娜的解读及结论与我的不同，但她也认为悲剧源于男人与女人间的相互误解。她的文章极大地启发了我对这部剧的理解。

无法进入他的世界，而他也同样束手无策。但因为苔丝狄蒙娜不敢反抗，才终导致了二人的毁灭。她死前承认，她的罪恶正是"我对您的爱情"（第五幕第二场第40行）时，她或许已经意识到自己也是这出悲剧的同谋。

奥赛罗以为"男子气概"就是他所谓的"诚实"，就是将名声当作荣誉的典范（这让他深感苔丝狄蒙娜非死不可），就是对她"贞洁"的质疑。这一切都大错特错——不单指这件事情本身，更是指整个观念；不仅是奥赛罗个人的过失，更是整个社会的过失。即便到了最后，奥赛罗仍抱着这样的念头，辩称自己是"出于荣誉的观念"杀人的"正直的凶手"（第五幕第二场第294—295行）。莎士比亚表明，女性的美德除了贞洁——"为我的主保持这一个清白的身子"（第四幕第二场第83行）——以外，还应有一些更主动、更积极的品质；而奥赛罗不惜杀人以求得的"荣誉"不过是比"泡沫一样的荣名"（《皆大欢喜》，第二幕第七场第152行）更不值一提的东西。这部剧最终想表现的男性及女性的行为典范并不是由苔丝狄蒙娜或奥赛罗所代表的那种，而是更接近于男子气概与女性气质的结合：这种典范莎士比亚在其他地方也有提及，那就是最优秀的女性身上有着一些男性的气概，最优秀的男性身上有着一些女性的气质。[1]

---

[1] 朱丽叶·狄森伯莉指出："莎士比亚相信，要成为男人而不是男孩，正如要成为女人而不是女孩，他的灵魂必须是男性与女性的结合。"朱丽叶·狄森伯莉：《莎士比亚与女人的本性》（Juliet Dusinberre, *Shakespeare and the Nature of Women*），纽约：巴诺书店，1975，第291页。卡洛琳·海尔布伦认为，莎士比亚"比任何人都要关注雌雄同体这一理想典范"。卡洛琳·海尔布伦：《对雌雄同体的认同》（Carolyn Heilbrun, *Toward a Recognition of Androgyny*），纽约：克诺普夫出版社，1973年，第29页。弗吉尼亚·伍尔芙称莎士比亚的心灵为"雌雄同体的，是具有女性气质的男性"。弗吉尼亚·伍尔芙：《一间自己的房间》（Virginia Woolf, *A Room of One's Own*），纽约：哈考特出版社，1957年，第102页。

当然这并不意味着这部复杂的悲剧就简化为对女性这一主体的探讨。掩卷之后，一阵悲伤讶异袭来，我们感受到杀死心爱之人的吊诡，体味到剧中人物的伟大之处——他们的信念和对信念的绝对奉行——亦是他们的毁灭之因。但是体味到他们之间爱情的壮丽时，我们不禁要问，是什么最终导致了爱的死亡，难道它必得是一出"爱之死"，爱不可避免地要走向毁灭吗？或许我们最终必须接受，在生活中，爱与死的紧密相连是不可抗拒的宿命，正如阿瑟·基尔施研究这部剧时，引入了弗洛伊德关于男人对自己母亲有着最原初的欲望这一观点，以解释男人对于女人厌恶的由来。[1] 然而在过去的五十年中，人们将弗洛伊德所认为的"不可抗拒"因素溯源到社会环境，并认为所谓"纯粹的"男性和女性并不"纯粹"，而是由社会所决定的。男人质疑自己是否错看了女人，从中可以看出他对于女人的矛盾情感：他为女人定下了双重的标准，对此她并不知情也不认可，还认为女人必然会以背叛的方式来报复自己。[2] 这部剧的社会维度突出地表现在奥赛罗的黑皮肤，以及对其他角色背景、阶层和"职业"的细致刻画中。这个从不内省的行动者和他顺从的夫人，在古老的爱与死的仪式中紧密相连。苔丝狄蒙娜比奥赛罗更能认清人类的现实，并能相应地调整自己对男性典范的看法，尽管如此，他们的婚姻并不是两颗真心的结合，也没有基于相互的理解，这种爱情虽令人动容称奇，却存在着致命的弱点；毁灭他们两人的是海尔曼

---

[1] 阿瑟·基尔施：《莎剧中欲爱的两极分化》（Arthur Kirsch, "The Polarization of Erotic Love in Shakespeare's Plays"）（未出版），莎士比亚协会会议论文，1977年4月，新奥尔良。

[2] 通奸是报复的一种方式。波伏娃对于嫉妒起因的探讨颇有启示性："通奸是女人证明自己不是属于任何人的私有物品的唯一方式……这就是为何它能迅速地让丈夫妒火中烧……这就是为何嫉妒永远不知餍足。"（西蒙·德·波伏娃：《第二性》，第213页）

所谓的"爱的神奇转变"。通过对社会中某些根深蒂固的观念提出尖锐的批评,莎士比亚试图表明,有关男性及女性行为典范的成见是对人类现实的扭曲和破坏,两性关系应基于更加理智和确实的基础之上,而不是"你所谓的爱情"之上。

(吴亚蓉译)

欲望之表演

斯蒂芬·奥格尔[1]

首先,我要质疑一下关于英国文艺复兴戏剧的一些基本信息。莎士比亚时代的舞台完全是男性专属领地,这是老生常谈,但戏剧历史学家往往并不对此加以研究,似乎这仅仅是种实用的安排,并无深意。[2] 然而,实际上这里有许多含义,既包括文化方面的,更包含性别方面的:欧洲剧场普遍不赞成女演员演出,对此,这种男性公共剧场代表了一种独特的英国式解决方案。当时欧洲大陆公共剧场并未将戏剧舞台限于男性,因此若将英国文艺复兴戏剧置于欧洲语境下,那么第一个疑惑就是为什么对于英国人来说这似乎是令人满意的解决方式,但对于其他国家来说却并非如此。

第二,我已质疑过所谓英国男性剧场一事,指出一个全由男性构

---

[1] 斯蒂芬·奥格尔(Stephen Orgel):美国斯坦福大学教授,出版《扮演:莎士比亚时代英国性别之表演》、《地地道道的莎士比亚》、《想象莎士比亚》等著作。本文选自《扮演:莎士比亚时代英国性别之表演》(剑桥:剑桥大学出版社,1996年),第10—30页。

[2] 对这个问题的精彩论述,最近最重要的例外,参见菲利斯·拉金:《雌雄同体,拟态与英国文艺复兴时期舞台上扮演女性的男孩的婚姻》,《美国现代语言协会会刊》102(1987),第29—41页。

成的公共舞台至少需要一些严格的界定条件。英国文艺复兴时期的商业剧场演出公司无疑是男性的专属领地；但是，即使在这样的情势下，剧场却并非男性专属。在这个时期，剧场对女性来说是格外自由的地方。英国妇女既无人陪伴也未遮面就去剧场看戏，而且观众中一大部分是妇女；对此国外游客曾加以评说。这令人十分困惑，为什么一个在生活其他领域如此严苛约束女性的文化，在剧场这个场合却暂时搁置起对女性的约束？大部分观众是女性这个事实肯定对英国流行戏剧发展具有重要影响。这意味着任何戏剧演出的成功都十分依赖于女性观众接受的程度，这也意味着戏剧舞台上的表现——无论是男人和女人的表现，还是其他任何方面的表现——其成功与否很大程度上都依赖于妇女的接受度。在伊丽莎白时代的戏剧里，有些对女性的描绘有损女性形象，当我们看到这些时，往往会认为是男性的臆想，并会用单一男性舞台来加以解释；但是，这不可能正确——戏剧的成功有赖于对观众需求的满足。这种贬抑女性的描述至少代表了一种文化臆想，并且女性也像男性一样牵涉其中。[1]

再者，正如我所指出的，英国公共舞台专属男性，这样的说法从某个重要方面来看也不大确切。至少直到16世纪三十年代，一直都存在各种各样的公共演出——市民的露天表演与行会戏剧——显然包括妇女在内。伊丽莎白时期的剧团公司没有女性演员，但意大利剧团是家庭产业，从来都有妇女参与。他们时不时会去英国，不仅在宫廷演出而且也在整个国家范围内演出。当这些剧团随同王室出巡，并因而受到女王资

---

[1] 这一主题的开创性作品是吉恩·霍华德：《早期现代英国的异性着装、戏剧与性挣扎》，《莎士比亚季刊》39:4（1988），第418—440页。

助时,剧场便成为宫廷的延伸。因此也可以说,在这些场合,这种有女性参与的剧场演出总是与王室的出现相关联的。那么,伊丽莎白时代的英国,的确会时常见到女性在专业舞台上出现。显然,他们在舞台上看不到的只是英国女性;他们所坚守的区分并非男人与女人,而是在"我们"和"他们"之间——对外国人合适的对英国人来说却并不合适,舞台上的女性日益与罗马天主教联系在一起。

通过探问是否英国文艺复兴时期戏剧中的女性被看作"她们"而不是"我们"——被看作他者,我们可以了解人们怎样看待性别问题。有一个例子解释这个问题颇为适宜:在莎士比亚戏剧中有很多涉及男性之间的亲密关系,被伊芙·赛奇维克称作同性社交;像《温莎的风流娘儿们》和《奥赛罗》当然是有非常大的男性反女性的因素,但是,如果我们以这种方式来思考这些戏剧,则根本分不清谁是"我们",谁是"他们"——《温莎的风流娘儿们》中的男性轻易地败在女性手下。对《奥赛罗》的观众来说,剧中颇有深意的两性关系方面的矛盾观点也是声名在外,令人烦恼。[1] 爱米丽娅对两性关系做了如下表述:

> 好的男人一两年也难见一个。他们都是胃,我们是食物。他们饿了就狼吞虎咽,饱了就把我们抱怨。(第三幕第四场第103—106行)

> 嫉妒的人不会这样回应;他们并不因为什么事情嫉妒,而是

---

[1] 尼里做了精彩的论述,参见卡罗尔·托马斯·尼里:《莎士比亚戏剧中被打断的婚礼》,纽黑文:耶鲁大学出版社,1985年,尤其是第105—135页。

因为他们有嫉妒的禀赋。(第三幕第四场第159—161行)

她这样说,当然不是作为局外人在讲话。在《奥赛罗》的语境中,这是一个期待读者认同的标准观点。但在更宽泛意义上,我们不得不说,在这部戏剧中有许多他者存在,各种类型的他者;事实上,伊丽莎白时代的戏剧经常会依赖他者演绎。喜剧是意大利的、法国的,或乡村的;悲剧是西班牙的、斯堪的纳维亚的,或古代的,田园牧歌以此类推当然发生在别的地方。将喜剧设置在当代伦敦的德克、琼森、米德尔顿则被认为是在创新。在英国剧场,他者与女性同属异质——奥赛罗与鲍西亚都被看作他者,尽管经由不同的角度。从广义来看,这些人物都是戏剧自身的换喻,戏剧本身就是个大型他者,在社会中既是威胁者,又是庇护者。[1]

但是,正如戏剧是一个他者、来自自我同时也表达了自我一样,文艺复兴时期舞台上的女性也一定像男性一样,自然表现出那种自我。在文艺复兴文化中,男性与女性经常是被作为二元对立的双方加以呈现,相互对立又相互补充;但是女性与男性有多大不同?乔治·威尔金斯的戏剧《强制婚姻之痛》(1607年)中的一个求爱场景讲的就是这种定位男女差异的困难。一位名叫斯卡鲍尔的腼腆的求婚者与克莱尔——他希望结婚的对象——第一次会面。他本来认为她会先打开话题,她却没说话,他对她的沉默感到窘迫,他觉得那不是女性特质的表露:

斯卡鲍尔:请告诉我:您不是女人吗?

---

[1] 在伊丽莎白时代的舞台观念中,作为一种真实的移植,参见史蒂文·缪拉尼:《舞台之地》(芝加哥:芝加哥大学出版社,1988年),见于各处。

克莱尔：我也不知道，除非我对男人更熟悉。

斯卡鲍尔：您怎样才能熟悉一个男人呢？

克莱尔：去辨别他和我有什么不同。

斯卡鲍尔：哦，我就是一个男人。

克莱尔：那我可不清楚，先生。

斯卡鲍尔：为了证实这一点，我来亲吻你。

克莱尔：根据这个证据我岂不也是一个男人，因为我也亲吻你了？[1]

这只是恶搞，但是其可笑的地方依赖于一个事实：在这种文化中女性通过与男性的关系被界定，然而性别的区分却是动态的、模糊的。

在文艺复兴时期，妇女经常被描述为商品，她们的婚姻是为男性得到益处或方便而安排的——这个男性或者是她们的父亲，或者是她们家庭或未婚夫家庭里的男性权威人物。就当时来说，这是正确的说法，但是这并未将女性与男性区分开来：通常情况下，联姻既是为儿子，也是为了女儿安排的——这里的区别是父亲或监护人与孩子之间的区别，而非性别间的；早期现代英国是父权制社会。莎士比亚笔下对自由的想象是以逃离的方式出现的，即从长者的暴虐中逃离到孩子们可以创造自己社会的世界，这通常意味着他们能够在那里安排自己的婚姻——享受男权结构的利益，而不是在其责任下受苦。这种逃离无论最终带来令人愉悦的美好结局——正如在《仲夏夜之梦》、《皆大欢喜》、《第十二

---

[1] 乔治·威尔金斯：《强制婚姻之痛》（1607年），格伦·H·布雷尼编辑，马隆协会重印版，1963年，第208—215行。这一段已经译成现代文体。

夜》、《冬天的故事》中那样，还是灾难性后果——像在《奥赛罗》和《罗密欧与朱丽叶》中一样，逃离对于男性和女性都是有用的手段：关键问题在于严苛的父亲、兄长、监护人，而非孩子的性别。一旦独立自主，罗瑟琳和奥兰多、洛伦佐和杰西卡就会自由地互相选择；而勃特拉姆之于海丽娜的婚姻所受到的束缚并不比朱丽叶被强制嫁给帕里斯伯爵的少。问题在于父亲、国王，或权威的结构，并不在于个人的性别。

这并不是说，在文艺复兴时代做一个男性不是更具优势：显然男性更有优势；尽管莎士比亚喜剧中的妇女基本上得到了她们想要的，然而，《皆大欢喜》和《威尼斯商人》的幸福结局允诺给奥兰多、巴萨尼奥和洛伦佐的益处比给他们妻子的要多得多。罗瑟琳与鲍西亚尽管足智多谋、机智、富有魅力，对于她们一文不名的丈夫来说，她们不仅意味着良好的交流，也意味着地位和财富；杰西卡更是被坦率地与和她一起获得的钱财相提并论。若妻子不富有，这里的婚姻哪个还能够有幸福的结局？这些情形下父权制的挫败仅仅导致其复现；可以这么说，这些年轻人能想到的追求自由的唯一选择就是婚姻——这是可以寻获的所有自由了，也就是将儿子变成另一个家长。整体来说，在这个文化中男性的优势既不是没有限制，也并非恒久不变（儿子的优势远远小于父亲，对于不是长子的儿子来说就更没有优势）；父权制也不是单一不变的：丈夫的权利与父亲、长子的权利存在冲突，教会的权力与国王的权力也存在冲突。

让我们联系代际关系问题，来考虑一下性别问题。在讲到对自由的想象时，《冬天的故事》里有一种特别具有颠覆性的描述——回到童年时代。里昂提斯在第一次疯狂的嫉妒发作之后，向赫米温妮和波力克希尼斯以这种方式解释他的心烦意乱：

> 看看我这孩子脸上的线条,我觉得我好像回到了二十三年前,看见我自己不穿裤子,罩着一件绿天鹅绒的外衣,我的短剑套在鞘子里,因恐它伤了它的主人,如同一般装饰品一样,证明它是太危险的。(《冬天的故事》,第一幕第二场)

回到童年被表现为退出那个由出鞘短剑所代表的成年世界的性与危机。里昂提斯看到自己"没穿裤子",还没有到穿裤子的年纪:伊丽莎白时代的孩子无论男女都穿裙子,一直到七岁左右。男孩子"穿上裤子"就是正式告别无性别差异的孩童世界——那个在外表上都是女性,基本上由女性控制的世界,进入男性世界。传统上,在这一重大事情上家庭是要举行一场盛大仪式的。

里昂提斯想象自己回到的孩童世界,在他的王室贵宾、亲密无间的儿时伙伴波力克希尼斯的描述中,是一个伊甸园般的、性区分之前的世界:

> 我们就像是阳光中欢跃的一对孪生羔羊,向着彼此咩咩地叫唤。我们各以一片天真相待,不懂得做恶事,也不曾想到世间会有恶人。要是我们继续过那种生活,要是我们脆弱的心灵从不曾为激烈的情欲所激动,那么我们可以大胆地向上天说,人类所继承的罪恶,我们是无份的。(《冬天的故事》,第一幕第二场)

这是一个没有罪恶与诱惑的世界,即使原罪也不存在。重要的是,里面没有女性,只有最好的朋友,感情上的孪生子。

这个时候里昂提斯的王后赫米温妮进入了想象世界,发表了中肯的见解：

> 照这样说来，我知道你们以后曾经犯过罪了。(《冬天的故事》，第一幕第二场)

波力克希尼斯表示同意，从圣恩中跌落就意味着落入情欲之中：

> 啊！我的圣洁的娘娘！此后我们便受到了诱惑；因为在那些乳臭未干的日子，我的妻子还是一个女孩子，您的美妙的姿容也还不曾映进了我的少年游侣的眼中。(《冬天的故事》，第一幕第二场)

赫米温妮对此既同意又反对：

> 哎哟！您别说下去了，也许您要说您的娘娘跟我都是魔鬼哩。可是您说下去也不妨；我们可以担承陷害你们的罪名，只要你们跟我们犯罪是第一次，只要你们继续跟我们犯罪，而不去跟别人犯罪。(《冬天的故事》，第一幕第二场)

无论他们的打趣如何温和，赫米温妮提出的结论都是合乎逻辑的——"您的娘娘跟我都是魔鬼"。她开玩笑说，婚姻是恶魔挑唆下持续的罪恶状态，这一点重申了男性幻想中蕴含的性观念。

这种男性幻想对于这部戏剧来说是关键，是之后悲剧的决定性特征。两百年来，评论家们断言无法解释里昂提斯妄想狂式的过度猜忌，但是里昂提斯做了那个关于孩子的含义的梦。在这个梦境的语境中，里昂提斯的行为不仅可以理解，在某种程度上说也无可避免。不需要特定的话语或姿态就能激发里昂提斯过分的猜忌；亲密的朋友化为危险的对手，贞洁的妻子变为荡妇，这种变化隐藏在男性幻想中，可以说其最糟糕的脚本正是复制了莎士比亚在致黑夫人的十四行诗中已详细设想过的情景。这是女性介入男性友谊的后果。当里昂提斯从此退却，他逃离的不仅是女性和性：他逃离的是他在家庭中的位置。他的家庭是莎士比亚笔下为数不多的由父亲、母亲和孩子组成的标准家庭。莎士比亚剧作中的大多数家庭都只有一方父母，而极少的父母齐全的家庭中往往只有一个孩子。在莎士比亚剧作中，当这种家庭构造出现的时候，正如里昂提斯的婚姻那样，它们常常会给孩子带来极大的危险：想一想朱丽叶和她的父母亲、迈克达夫及其夫人、科利奥兰纳斯和维吉利娅、伊摩琴和辛白林及其王后，还有争论是否要正式指控儿子叛国的约克公爵和公爵夫人。《温莎的风流娘儿们》中的培琪一家除外，这种家庭结构从未出现在喜剧中。

在莎士比亚剧作中，婚姻是危险的。总是有人告诉我们，喜剧以结婚结尾，那是标准范式。莎士比亚的一些喜剧是如此，但是更具莎士比亚特点的结尾往往是在婚姻前夕，有时候——像在《爱的徒劳》和《第十二夜》中，还会伴随着完全出乎意料的延宕或推迟。有些戏剧在超越喜剧结束的节点上继续，守旧者被击败，快乐婚姻缔结。在此之后这些戏剧描绘的完全是灾难性情形，例如《罗密欧与朱丽叶》和《奥赛罗》。可能这才真正是莎剧的标准样式。莎士比亚笔下更为持久的婚姻多数也同样令人沮丧，喜剧中的标准元素是泼辣、妒忌和操纵他人，悲剧中的则是真正的毁灭：奥伯伦、泰坦尼亚、快乐的妻子们（温莎的风流娘儿们）、凯普莱特及其夫人、霍茨波和妻子、克劳狄斯与乔特鲁德、麦克白和麦克白夫人、辛柏林和他的王后、波斯特莫斯和伊摩琴、安提戈涅斯和宝丽娜。布鲁托斯与鲍西亚之间那种坦白的、相互信任的婚姻几乎是绝无仅有的例外；在一个充斥着巫术的世界，麦克白与麦克白夫人的爱情带来的是女性主导和阴柔之气；唯一特别呈现为两性欢愉的婚姻是克劳狄斯与乔特鲁德的婚姻——一个谋杀者与一个通奸者的乱伦的结合。这是将婚姻与父权制制度化的这一文化的阴暗面——莎士比亚所描写的光明面如此之少，这一点颇为引人注目。所有开心之事都只发生在求爱过程中，而婚姻之后，在丈夫与妻子之间、父母与孩子之间发生的一切都是悲剧的主题。

事实上，莎士比亚对男女之爱显示出强烈兴趣，但总的说来，不是丈夫与妻子之间的爱。我们也许可以接下去说，这种爱心甚至不总是在男人与女人之间发生的：许多戏剧要求女性变身为男性，使求爱发生。在性爱情形中女性的危险无论是什么，都可以由女扮男装来解除，正如在戏剧舞台上女性的危险（无论是什么）都可以由男演员男扮女装来解除一样。性别相互转换无论在虚构还是在事实层面，都是戏剧的假定条件。

那么性别之间的区分到底是什么？在莎士比亚舞台上，我们认为这种区分完全是表面的，是戏装与言谈举止的差别；然而，这种外表产生了一种绝对差异——在戏剧中性别伪装几乎无法被识破。[1] 事实上，这种传统在戏剧《热情似火》和《亲密无间》中正像在《第十二夜》和

---

[1] 莎士比亚戏剧中的例外是《温莎的风流娘儿们》中伪装成老女人的福斯塔夫，这个例外比较醒目。

《艾披科尼》中一样,十分强大。戏剧中的性别传统与文化及生理学上的相关度如何?对我们来说,似乎它们彼此根本没什么关系:戏装下面的人物是真实的存在,并没有多余的男孩演员饰演女性的拙劣表层——穿着异性服饰的关键在《热情似火》和《亲密无间》中恰恰是想要观众看穿这是扮演的,尽管角色无法识破这一点。我们的戏剧是由指定的、知名的、性别明确的男演员(这一点对于本文的论述目的最为重要)表演的;被性别伪装严重欺骗令我们非常不安,就如经典恐怖片如《惊魂记》中的那样。我们愿意相信,性别问题已有定论,是个生物学领域的问题,由性征来决定;我们还声称我们对是男是女一清二楚——我们的生殖器官,那些不可回避的事实,排除了任何最终的含混。因此,在尼尔·乔丹的《哭泣游戏》中,杰伊·戴维森的完美女性气质在其露出阳物的那一瞬间被摧毁殆尽。影片中那一刻之后他就只穿男装了(正如影片中含糊表述的,这是"为了保护";但是是为了保护谁,是保护他还是保护我们?),这个角色的关键元素是,这是杰伊·戴维森的第一部电影——他的名字性别区分度不大,他能够饰演这个角色,因为他完全不为人知,这一点在这部影片中明确意味着观众不知道这个演员的性别。性征对我们来说就是底线,是性别的最终真相。

或者说,我们自称是这样的。然而,一个现代父亲催促其腼腆儿子要"做个男子汉"是完全可以理解的,尽管事实是,这种常见的劝告假定了男子气概并非通过生物特征达到,却是通过意志上的努力建构的。在这一点上说,我们完全是文艺复兴时代的后嗣:早期现代道德主义者不断提醒人们男子气并非自来之物,而是一个需要努力才能得到的能力,并且只有通过经常的警示方可维持,而且即使这样也是极其困难的。性别总是包含一种关键的、与任何生殖器官无涉的行为要素。[1]

但对于文艺复兴时代的生理学,即使两性的区别也会模糊起来,有时候甚至模糊到令人惊恐的地步。妇产科医学论文提供了对于性别的病因学的五花八门的描述,都提到了两性的相对相似性,但无一给出任何定论。然而,从伽林时代开始的医学和解剖学思想流派都一以贯之地提到两性生殖器官结构上的异体同形,说明了男性和女性不过是同一单元类型的不同版本而已。[2] 以这种性学视角观之,女性生殖器只不过是男性生殖器的倒置,朝内伸延而非朝外伸延。男女性器官内的体验被认为是相同的;在交媾时不仅都有兴奋感,也都有液体流出。女性分泌的液体中含有女性的种子,正好满足怀孕需求,正如男性射精一样。男性与女性的种子都出现在每一个胚胎中;若男性的种子占主导地位,胎儿就成为男性而不是女性,并产生足够热量将生殖器向外压出——就是说,如果胎儿更有力量——这里的力量被设想为热量。[3]

---

[1] 现代生物学和生理学对性假设的重要讨论,参见唐娜·哈拉维:《普莱米特幻景》(伦敦,纽约:劳特利奇出版社,1989年)。科波拉·卡恩在《男人的家产:莎士比亚作品中的男性地位》(伯克利:加利福尼亚大学出版社,1980年)中分析了文艺复兴时期固有的对男性观念的焦虑。在性别与性别特质之间不确定的关系方面,尤其参见瓦莱丽·特劳布:《早期现代英国的女同性恋欲望的(不)重要性》,苏珊·齐默曼编:《性政治》(伦敦,纽约:劳特利奇出版社,1992年),第151页及以后几页;朱迪斯·巴特勒:《性别困扰》(伦敦,纽约:劳特利奇出版社,1990年),第6—17页。

[2] 在詹姆斯一世时期的英国,解剖学和性知识的权威纲要是海尔基亚·克鲁克的《米科普柯库珀可,男性身体描述》(伦敦,1615年)。我对文艺复兴时期性生理学的概述主要是基于克鲁克的观点——因而是标准的权威论点的综合。我也参照了伊恩·麦克林:《文艺复兴时期的女性观念》(剑桥:剑桥大学出版社,1983年);奥德利·埃克尔斯:《英国都铎时期与斯图亚特时期的妇产科学》(肯特,O. 1982年);托马斯·里克尔:《性别的产生》(剑桥:剑桥大学出版社,1990年),特别是第三章和第四章。

[3] 这样的病因学在自然中并非闻所未闻。短吻鳄的性别是由卵子孵化的温度决定:如果温度在华氏90度或以上,就是雄性;若温度在华氏87度或更低,则成为雌性。在华氏88—89度它们会成为两性体,权威对此报以沉默。

在这种版本的解剖学史中，我们起初都是女性，男性从女性发展而来，由女性中游离出来。[1] 因此能够推测，从罗马时代以来，医学材料通过记录无数女性完成这个生理过程，在某种强大力量或兴奋的作用下转变成男性的案例，证实了这个理论。16世纪医生安伯罗斯·佩尔的文章囊括了几个现代的案例。最著名的案例是一位名叫杰美恩·加尔尼的牧羊人本来是一位女性，名叫玛丽。一直到十五岁那年，有一次她在追赶一些猪，她的生殖器翻出来，使她从女性变成了男性。[2] 加尔尼在蒙田的时代仍旧活着，尽管在佩尔的故事中仅仅是作为生理学案例，蒙田却在其中看到了超越生理学的因素，将它作为《想象的力量》这篇文章中的例子。在谈到他是否实际上遇到过加尔尼的时候他表现得含糊其辞，尽管从一篇1580年游记中很清楚地证实他根本没见过加尔尼，[3] 但是他简短地描述了这个人的样子（"胡须茂密，没结婚的老先生"），概述

---

[1] 这听上去像文艺复兴时期意识形态的幻想，但是这却是一直持续到1933年的被人们坚定地认为是正确的说法。1933年，现代生物学的遗传学家最终发现了女性的基因因素。《纽约时报》对此进行过报道：

> 新的作品与原来性别决定因素的陈述相抵触，原来认为，有缺陷的胎儿即为女性，加上男性基因就会将最初的胎儿性别由女性转变为男性。依照这种观点，女性的形成是个被动的过程，是在缺少某个特定信号的时候出现的。形成男孩需要"男性基因"（SRY）的注入。（1994年8月30日，第C1页）

[2] 安布罗斯·佩尔：《怪物与奇迹》，詹尼斯·L·帕利斯特译，芝加哥：芝加哥大学出版社，1982年，第31—32页。

[3] 法语是"je peuz voir"，意思是"我能够看到"或者"我本来能够看到"加尼尔。多数英语译文（尽管不是唐纳德·弗雷姆最近的版本）认为蒙田本意是前者。对于弗洛里欧的伊丽莎白时代译文读者来说，蒙田的意思"碰巧与加尼尔吻合"。这则游记直到蒙田去世之后两个世纪才发表，被收录在《蒙田全集》中，唐纳德·M·弗雷姆译，斯坦福：斯坦福大学出版社，1948年。玛丽·杰美恩的故事是在第870页。帕特里夏·帕克对该节及其隐含意义做了精辟分析，参见帕特里夏·帕克：《性别观念，性别转化：以玛丽·杰美恩为例》，《批评性探索》，19（1993年冬季号），第337—364页。

了他的故事以及镇里人对他的描述。这位随笔作家对这个故事的态度相当超然,但丝毫未显出他怀疑加尔尼是冒牌货或者怀疑这种转变的真实性的痕迹。事实上,他毫无顾忌地将其视为自然,认为"这种事情司空见惯"。[1]

海尔基亚·克鲁克的《微宇宙图》(1615年)是最简要的文艺复兴时期解剖知识的综合介绍,突出证明了这个时期性科学的模棱两可。因为此书目标读者是医生,所以克鲁克详细讨论了性同源说。他接受此说法,只是稍有保留;接下去则是完全矛盾的提法,说女性根本不是男性的倒置,而是的确不同,有自己的完美结构,为人提供营养物质,正如男性为其提供外形一样。两种理论背后都有悠久的历史,都可以追溯至亚里士多德,尽管同源论主要和伽林有关。[2]因此,在论述男性生殖器一章中,克鲁克解释说,女性是不完整的男性:

> 男性中的睾丸更大些,性质偏热,在男性体内热量很多,遂将它们推出体外;而女性体内热力存于内部,因其热度减轻不足以将其推出体外,从而留在体内。[3]

于是得出结论说:

---

[1] 蒙田:《想象的力量——随笔集1》,《想象的力量——随笔集2》,《蒙田全集》,唐纳德·弗雷姆译,第69页。

[2] 相互矛盾的经典理论被叫作《渐成说》,认为性别差异是胎儿发育的产物;以及《预成论》,认为性别在形成胚胎那一刻已经注定,是由注入的精子的性质所决定的。对于古老论争的总结,参见迈克尔·勃艾拉:《伽林的胚胎理论》,《生物学历史杂志》,19:1(1986年春季号)和安东尼·普罗伊斯:《伽林对亚里士多德胚胎理论的批评》,《生物学历史杂志》,10:1(1977年春季号),第65—85页。

[3] 克鲁克:《米科普柯库珀可,男性身体描述》,第204页。

> 很多事例说明了很多女性体内更活跃、更强烈的热量将睾丸推到外面,女性就成为男性……[1]

数十页之后,克鲁克又开始论述女性生殖器,克鲁克对于解剖学上异体同形的神圣智慧颇为狂热:

> 女性热量比男性的热量少得多、弱得多,因此女性比男性不完美得多;然而……正是这种不完美转变成完美;因为,如果没有女性,人类根本无法只通过那个更完善的性别完善自身。[2]

但是再过五十页,克鲁克干脆否认了男女器官的异体同源说:"我们一定不要认为女性是不完善的男性,仅仅在生殖器官的位置上有所差别。"[3] 尽管如此,伽林反过来又说,解剖学显示出阴蒂与阴茎十分不同,"也没有……任何子宫底部和阴囊倒转的外观"。至于突发的性别转变事例,他现在声称:"那些都是畸形"——也就是说,是事实但并非正常过程的一部分——"并且有一些并不可信……"[4]

这个时期的模棱两可绝不罕见,克鲁克觉得没有必要去调停相互冲突的科学争论,这也是事实。实际上,它提到的一个理论聚焦于男性,另一个聚焦于女性,尽管后者与前者相抵触,但在后启蒙时代,人们的眼中应该是后者排除了前者;而在克鲁克的描述中,却并未否认前

---

1 克鲁克:《米科普柯库珀可,男性身体描述》,第204页。
2 克鲁克:《米科普柯库珀可,男性身体描述》,第216—217页。
3 克鲁克:《米科普柯库珀可,男性身体描述》,第271页。
4 克鲁克:《米科普柯库珀可,男性身体描述》,第250页。

者或是取而代之。解剖实验证据在他解释女性形成的条件时充当了决定性论据，而并未对其男性构成的解释毫无用处：选择证据的相关性是出于其论点的需要，而非相反。现代读者无法相信，克鲁克在前面几页还说："事实是……男儿身……由女儿身生成。"这里却言之确确地宣称："那都是畸形，有些不可信。"然而，文艺复兴时代的论点很少像我们想的那样干脆，符合逻辑。两种理论都颇具权威性，都在阐释这个话题中各自发挥了作用，而且都不是性理论的抽象推导综合，而是在讨论生理机能与行为的过程中适时提出。

同样地，像克鲁克一样，另一位从业医师托马斯·布朗爵士在实践中相信性别之间存在着绝对差异。他在《基督教道德》中写道："男人和女人各有各的美德与恶习，甚至不同性别的孪生子不仅仅在子宫里有不同的包衣，出生后还有不同的品质及美德。"这使他呼吁在社会中保持性别差异性：

> 切莫颠倒他们的特质，切莫混淆他们的区分。[1]

在《流行的错误观念》一书中，他声称其解剖学实验知识使他确信，伽林关于男性和女性器官是彼此的倒置这种说法是错误的，"在女性体内这样的位置不可能突出去；子宫颈内找不到雄性器官内才有的构件"[2]。

然而，我们从《流行的错误观念》中同一章里可找到与这种性别的完整性和稳定性观点完全相对的同样坚定的看法：

---

[1] 参见托马斯·布朗：《基督教的道德》，第一部分第三十一节，1845年。
[2] 托马斯·布朗：《流行的错误看法》，杰弗里·凯恩斯编：《托马斯·布朗爵士作品集》，（第一卷），伦敦，1928年，第246页。

至于性别的变异，或者从一种性别转变为另一种性别，我们无法否认这些怪人的存在，这在人类中是可以见到的现象。关于这一点，除阿克拉加斯或者提瑞西阿斯说的之外，还有一些案例：尽管数量很少，或者说并没有男人变成女人的案例，然而有许多人或出于敬重，或出于事实，虽然是女性，却绝对无误地是男子汉……不仅人类，其他许多动物也存在变性现象，我们不会否认这种现象，或者认为它根本不可能。

在这一段边上，布朗加了旁释：

> 变性，就是假定女性变成男性，的的确确。[1]

的的确确！女性在出生前即使在子宫内就与男性根本不同，她们的生殖器官"没有外突"，但她们转变为男性的可能是不言而喻的。关键的问题是，这个过程是否可以颠倒，男人变成女人。关于这一点布朗是明智而审慎的：不是完全没有可能，而是很罕见，完全可以忽略。（例子"很少，或者根本没有"）那些当作科学依据的变性案例仅限于单向，即从女性变成男性，这被看成是向上的、趋向完善的变化。但是这些对布朗来说都是事实，这是步了蒙田、安布罗斯·佩尔以及海尔基亚·克鲁克（多数时候如此）的后尘。

海尔基亚·克鲁克对性别还有另外的看法，认为女性并非男性的翻版而是有自己的发展方式，同样是完整的存在。这听上去像是争取自

---

[1] 托马斯·布朗：《托马斯·布朗爵士作品集》，第243—244页。

由的一击；然而，因其经验主义及现代意识，这一观点的科学性没有比同源理论显得先进多少：两种理论皆借助于亚里士多德的权威论断，关键性的实验证据并非来自克鲁克自己的解剖实践，而是来自他的一个关键的现代源头——法国解剖学家安德烈·杜·劳伦斯的报告。克鲁克小心且频繁地用括号加以说明"劳伦斯曰"，而很少会斗胆讲"我认为"。很显然，这是一个把权威看得比实证经验重得多的科学家。无论如何，对女性不完善的否认在文艺复兴权威结构框架下对女性的益处相当有限。在本质上，女性仍旧是被牢牢置于等级制度下层的性别。整个文艺复兴时期，尽管解剖学研究证据不断增加，但在专业科学界之外，异体同形说依旧占优势——例如，在《喧嚣女孩》中，喜欢穿异性服装的摩尔·卡特珀斯被描述为"她来到世上/在完全成形之前"：她的女性气质和想要成为男性的欲望是由于她的不完善在起作用。[1]

不消说，异体同形说与科学无甚联系。文艺复兴时期的观念将女性根据男性来界定是有其利益所在的；目的是由此建立以男性为准的标准，而非以女性为准。这就是为什么克鲁克在转向女性解剖学细节的时候抛掉同源论的原因——界定女性的本质并无用处。正如我们所见，这两种理论在科学上的真伪并不是问题的关键——两种说法代表两个不同观点——它们并非彼此竞争的对象。当然，所有这些观点不单单具有科学性，也隐含着政治意图（正像所有时代的，也包括我们时代的科学论点）。从伽林以来的异体同形说仅仅是属于解剖学的；女性是男性的翻版这种观点并不比女性解剖学上是独立的这种观点更具有平等意识。在伊恩·麦克林编的《文艺复兴时期的女性观念》中，多数学者的观点

---

[1] 托马斯·米德尔顿和托马斯·德克：《喧嚣女孩》，雷维尔斯戏剧版。保罗·马尔霍兰编，曼彻斯特：曼彻斯特大学出版社，1987年，第一幕第二场，第129—130页。

是假定异体同形说的正确性，然而却强调男女之间的差异，而非其相似处。这些都毫无例外充满偏见——女性不那么聪明，更容易被情绪支配，更缺乏对情绪的控制力，等等。完美度的差异实际上变成了种类的重大区别，而且异体同形说被用来证实所有男性对女性统治的合理性。在这种推理路线中的主体性总是男性化的——实际上，朱迪斯·巴特勒观察到男性与女性二元对立"本身就是男性单方的精心设计"[1]。

然而，对于文艺复兴时期的人来说，目的论的可怕之处恰恰在于其逆反想象，即布朗所说的"很少，或者根本没有"的情况，也就是相信男性能够转变成——或被转变成——女性；或者可以更确切地说，担心变回为女性，这样就失去了使男性潜能得以实现的力量。在这类医学资料的阐述中，开始时全都是女性，当时的文化也确认了这种说法——让所有孩子都穿裙子，一直到七岁左右。到这个年龄，正如里昂提斯回忆的，男孩子才"穿上裤子"，不再接受女性照料，开始被作为男性来训练。[2] 从这个时间点开始，男人与女性的接触就越来越危险——不仅女性感觉如此，对男性来讲更是如此：性欲望使男人变得女气，令男人无法实现男子汉的抱负；因此，人们普遍把爱情与战争对立起来看待。托马斯·赖特在《激情总论》中警告人们爱情的危险，他写道：

> 一个有魅力躯体的身体常常与危险的灵魂相联。战场上勇猛的上尉多半会受到家中柔弱情感的侵害。[3]

---

[1] 朱迪斯·巴特勒:《性别困扰》，第18页。

[2] 这并不是说在穿裤子之前男孩与女孩的服装没有差别，只是男孩进入男人的阶段含从穿裙子到穿裤子的转变。

[3] 托马斯·赖特:《激情总论》，W·W·纽博尔德编，纽约，1986年，第237页。

这种柔弱情感就是他对女性的激情,罗密欧就受到这种情感影响。他因为不愿伤害提伯尔特而责备自己,喊道:

噢,亲爱的朱丽叶,你的魅力使我变得懦弱,磨钝了我勇气的锋刃!(《罗密欧与朱丽叶》,第三幕第一场第118—120行)

此类公式在这个时期并非不言自明,而其中的"女人气"这个词一次又一次地发挥解释性作用。女性对于男性来说是危险的,因对女人的情欲会使男性变懦弱:这是一个厌女时代,爱女人会威胁到男性身份的完整性。罗伯特·伯顿以少有的间接方式阐释这个问题:爱情"充满恐惧、焦虑、怀疑、忧虑、动怒、猜疑,它将男人变成女人"[1]。对女性化的恐惧是构成这个时期"真正的男子汉"讨论的中心元素,从女人到男人自然转变的逆变幻想构成这种观念的基石,这也以更清楚地以病理学方式强化了这个时期教堂神父发动的反对戏剧舞台表演的小册子所宣扬的标准论点。在这种语境下,戏剧本身就是对男性气质和社会等级稳定的威胁,因为无人陪同的女性与没有妻子相伴的男性自由交往,(接下去)就彼此打情骂俏,脱衣上床;这些论调中,戏剧与性的关联绝对是压倒一切的。

但是在英国,谈之色变的性比这些提示更具颠覆性,恰恰是因为舞台上的异性装扮。首先提出的理由是扮演女性的男孩将会进入角色,在真实生活中扮演女性角色。这种观点有其柏拉图式学说基础,而在清

---

[1] 罗伯特·伯顿:《忧郁的剖析》3.2.4.1,伦敦,1660年,第510页。

教徒的小册子里又夹杂了恐惧——惧怕社会界限和性界限的模糊，惧怕角色和戏装令天赋的品性变得不纯。乔纳斯·巴里斯对清教的反对戏剧活动材料有透彻的不可或缺的研究。他认为当时对异妆演员的敌意与中世纪禁止奢靡的律法的复兴有关联，是为了防止某个社会阶层的成员穿戴成另一阶层人士的样子（因此商人被禁止穿丝绸）。他援引威廉·珀金斯的话，大意是说："无度以及过格的装束……扰乱了神授的等级界限。"巴里斯评论说：

> ［服饰的区分］尽管对于我们来讲只是外在的、表演性的，但对于珀金斯来说，却实际上是属于本质的东西，并且是不容改变的。[1]

这当然是论辩者对这种问题的认识方式；但这恰恰是这个本质就是问题之所在。到底神授的本质是什么？它可以被我们所穿的衣服改变吗？菲利普·斯塔布思在一篇直接探讨穿异性服装演员的问题的文章中强烈反对时下的（不断重复出现的）男性穿女装的时尚。他说：

> ［我们的服装］是我们作为性别的特别标志，因此一个穿异性服装的人就进入了异性角色，就混淆了自己性别存在的本质。因此这些女性被称作雌雄同体也许不是不合适，也就是说，是两性兼具的怪物，一半是男人，一半是女人。[2]

1　乔纳斯·巴里斯：《反戏剧偏见》，第92页。
2　乔纳斯·巴里斯：《反戏剧偏见》，第92页。

上面这个论调的假定条件,就是我们的脆弱性或者我们本质的极不稳定性,以及我们有罪的本质的变形的特性。这个时期,奥维德的作品极其风行的现象也反映了这种渴望和最深的恐惧。

但是对演员穿异性服装的反对观点提出了一个比男孩变成双性怪物更令人恐惧的变性现象。这种观点认为,男性观众将被这种装扮所引诱,失去其理性变得女人气,这就意味着他们不仅会对戏中女性有所渴求——这已经够糟糕了,而且他们还会追逐女性戏装下的青年演员,从而自己进入女性的角色。劳拉·莱文敏锐地剖析了这种恐惧。[1] 弥漫于清教宣传册的这种恐惧,与各种现代意味的性焦虑截然不同,值得玩味。

约翰·罗纳德说男性着女装刺激了特别的同性恋欲求:

> 将女性服装加于男性身上会激起怎样的肉欲的火花,催生不洁的情感,正如尼禄对斯普鲁斯、黑利阿迦巴鲁斯对自己所表现的那样;某些人虽然自己没有达到如此过分地步,但让他们的男孩子像女人一样留起长发,就是在支持这么做。

他继续说,经文对无论是男性还是女性卖淫都加以谴责,"特别憎恶男妓,称他们为狗"。他在结束语中强烈呼吁我们:

> 根据经文的要求管控那些让男性演变为狗的方式和场合,杜

---

[1] 劳拉·莱文:《着女装的男人:反戏剧与女性化,1579—1642》(剑桥:剑桥大学出版社,1994年)。在接下来的论述中,我部分地总结了莱文的观点。

绝所有鼓动兽性的，或者更确切地说比兽性有过之的猥亵活动。[1]

页边注释向读者提到《圣经》和古典文学中鸡奸、同性恋施虐及同性婚姻的事例。这里明确提到了从女性化向兽性的滑落，让我们想起在这种文化里女人特质并不与驯服等价——相反地，在女性身上的可怕之处是她们狂野的无法控制的欲望。

罗纳德接下来引述了苏格拉底，将穿异性服装的男孩激起的同性恋反应比为毒蜘蛛的螯刺：

> 他们哪怕只是用嘴接触男性，就让男人感到奇妙的痛苦，令其发疯；因此，漂亮男孩的确以吻为刺，并偷偷地将毒液注入。[2]

在这里，男人被漂亮男孩吸引被作为不言自明的真理对待。但实际上，这仅仅是对剧场表演唤起的性欲进行更激烈的指责的序曲，这种情欲并不根据其目标的性别加以甄别：

---

[1] 约翰·罗纳德：《舞台戏的颠覆》，米德尔伯格，1599年，第11页。"以色列的女儿们不能做妓女，以色列的男孩也不能鸡奸。你不要带妓女的酬金，也不要带狗的酬金到上帝面前发誓：因为这些是上帝深恶痛绝的。"参见钦定《圣经》英译本，《申命记》23:17—18。原文涉及神殿里的卖淫者——这些被翻译为"妓女"和"鸡奸者"的词在希伯来的《沃迪什》和《凯蒂什》中皆源于"神圣的"一词；这是反对以色列人参加异教崇拜的一系列禁令之一。译者对詹姆斯时代学者译成的"鸡奸者"分歧很大，这不是始终不变的，或者甚至是经常地用来暗示同性恋关系。《日内瓦圣经》写道："以色列的女儿们不要做妓女，以色列的儿子也不会容留妓女"。在拉丁文《圣经》中这个词是"scortator"，是指嫖客或私通者。至于狗，《圣经阐释》注释说，这是"从语境判断，这显然是骂神庙男妓的话"（第二卷，第471页）。人们会注意到，即使在伦纳德的解读中，这个章节也并不禁止屈尊俯就娼妓，无论男女，它只禁止以色列人从事这个行业——卖淫一直保留给非犹太人。
[2] 约翰·罗纳德：《舞台戏的颠覆》，1599年，第18页。

当经验显示（正如明眼人所观察到的）男人来到剧场看了戏之后变成了通奸犯和一切贞操的敌人的时候，当看到演员的表演让观众触目动容、春情愉悦、心旌荡漾的时候，当看到女气的舞台演员假装恋爱脸上挂着爱情的伤痕，明眼人还能相信演员在角色中并无放荡吗？

这里提到的女人气的舞台演员成了普遍意义的女人气的元凶。威廉·普林更进一步定位并详细阐述这种性兴趣。他在《希斯特瑞欧马斯提克斯》中指出舞台异装癖尤其危险，因为女性服装是同性性欲的特别刺激物："推崇维纳斯的男人"为了满足他们的同伴，那些"佛罗里达被动的兽性鸡奸者"穿上女人衣服，这样"更易于诱发、刺激、实施和粉饰他们违逆天性的令人厌恶的不洁行为"[1]。在这里，异性恋只是个引子，是为真正的同性恋反应服务的。在这种关系中异装癖并非被动的因素，这一点很重要。

这些观察就是罗纳德、普林和其他反对戏剧活动的作者提供的戏剧经验模式。对于这些作者来说，女性被禁止上舞台揭示了戏剧活动的病根：戏中"真正"吸引观众的是无差别的性欲，这种性欲不将男人与女人区分开来，并将男人降为女人。这是反戏剧派最深的恐惧，较对观众中的女性会变成妓女的恐惧还深，是一种对普遍女性化的恐惧。在这种焦虑中，异性装扮的男孩其实只是偶然因素；真正有问题的是整个模仿艺术概念，即这种让男人变女气的艺术。欲望随着戏剧感受而上升是一种危险的进程：戏剧刺激了观众，观众回到家中情戏自"演"。结果

---

[1] 威廉·普林：《希斯特瑞欧马斯提克斯》，伦敦，1633年，第209页。

是与妻子放纵；或更经常与随便可以上手的女人放浪（剧院中的所有女性都是可以考虑能将上手的）；或者最糟的是，观众先渴求戏中女角，最终却和"她"的男儿真身媾和。对这种焦虑，菲利普·斯塔布斯给出了特别清晰的陈述："戏剧的果实与插曲"是在散场之后，"每个人在回家路上都带上另一个趣味相投之人，并且在他们的幽会之所偷偷地实施鸡奸或更糟"[1]。这里，鸡奸可能并非指同性恋，因为在小册子中别的地方斯塔布斯用鸡奸一词来指称异性通奸。然而，乔纳森·戈德伯格认为同性恋行为远远超出斯塔布斯的想象力范畴，却也令人信服。[2] 但是，普林却做出了进一步推断，他把斯塔布斯的话作为舞台上特有的同性恋的证据来引述：

> 对的，见证……斯塔布斯先生的《恶习的剖析》……文中证实了演员与追逐戏剧的人在秘密幽会处鸡奸，举例说明这类人迷恋着女装的男童演员不能自拔，用言语、用书信追求他们，甚至实际上占有他们……我听到过可靠消息说，贝里欧学院的一名学生就干过这事，我对此并不怀疑，我怀疑干过这种事的人多了去了。[3]

---

[1] 斯塔布斯先生：《恶习的剖析》，1585年，sig.L8v。
[2] 乔纳森·戈德伯格：《鸡奸者：文艺复兴文本，现代性取向》（斯坦福：斯坦福大学出版社，1992年），第121页。那么"或者更糟"暗示什么——比鸡奸更糟的是什么？如果这里的鸡奸实际上是指同性恋，那么被鸡奸，这种行为中被动的一方，比鸡奸者更糟。戈德伯格说明被鸡奸与鸡奸的差别，并无多少说服力；他还提出："鸡奸是无底的堕落……或者其边界只是一个补充的姿态而已——这个观点更有助益。"我想象那种情形，更简单地说，斯塔布斯说出了他所能想象的最糟的情形，但是却给未能想象到的更糟的事情留下了空间。
[3] 威廉·普林：《希斯特瑞欧马斯提克斯》，第211—212页。

这里的假定首先是观众对戏剧表演的基本反映形式是情色的。其次，戏剧无节制地刺激色欲。其三，所激起的男性性兴奋的基本形式是同性恋的——实际上，女性仅仅是男性的遮掩。尽管普林提出的假设很清楚是病态的，是反戏剧陈词滥调反证法的一种，但也清楚地与文化系统之内伴随男性特征机构化而来的所有的焦虑有关，还与受到约束的、在男性关系中起到重要作用的同性性欲有关。

（杨秀波译）

话语与个体
——《暴风雨》中的殖民主义案例

梅瑞狄斯·安妮·斯库拉[1]

对《暴风雨》一剧多年来盛行着的理想主义解读,都是将普洛斯彼罗理解为永久人类价值的典型。这种解读强调,他用来之不易的魔力对失事船只上的意大利人进行再教育,从而治愈内斗造成的创伤;更重要的是,通过宽恕敌人,他克服了自己的报复欲;这种解读还强调,他成就了一个通过和解而变和谐的新世界,虽然这个世界称不上到处都"精彩"。然而,在过去几年中,许多批评家对这种阅读范式提出了异曲同工的批判。最近出版的三部文选——《莎士比亚别论》、《政治的莎士比亚》和《莎士比亚之再造》——中各有一篇关于《暴风雨》的文章,另有一篇收录在《重写文艺复兴》论文集。《暴风雨》是美国莎士比亚学会1988年"莎士比亚与殖民主义"会议的焦点论题,也是福尔杰

---

[1] 梅瑞狄斯·安妮·斯库拉(Meredith Anne Skura):美国里斯大学教授,出版《莎士比亚:演员与表演目的》(1993年)等著作,发表莎士比亚研究论文十余篇。本文选自《莎士比亚季刊》,40.1(1989),第42—69页。

研究所1988年关于莎士比亚研究新动向的研讨会的首要关注点。[1] 总之，修正论者共同倡议一种动议，即要批驳某些对《暴风雨》的"高度脱离历史的解读"[2]。因此，这部戏剧现在不再被简单地理解为一则关于永恒[3]或者关于普世性经验的寓言，而是被看成一种文化现象，这种现象源于"历史"事件，同时也影响了尤其是英国殖民时代的历史进程。近年的这些《暴风雨》研究属于"新历史主义批评"的一部分，虽说总体而言

---

[1] 属于这类批评的最早的两篇文章写于1960年之前，但是当时均未发表。一篇是乔治·拉明：《怪物、孩子奴隶》（1960年），《流放的欢愉》，伦敦：阿尔森—巴斯比出版社，1984年；另一篇是詹姆斯·史密斯：《暴风雨》（1954年），E·M·威尔逊编：《莎士比亚及其他》，剑桥：剑桥大学出版社，1974年，第159—261页。接下来的两篇20世纪六十年代的文章淡化了政治色彩。一篇是菲利普·布劳克班克：《暴风雨：艺术传统与帝国》，J·R·布朗和B·哈里斯编：《晚期莎士比亚》，伦敦：爱德华·阿诺德出版社，1966年，第183—201页；另一篇是D·G·詹姆斯：《新世界》，《普洛斯彼罗的梦幻》，牛津：克拉伦登出版社，1967年，第72—123页。

最近的一组研究成果回到了政治视角，有斯蒂芬·格林布拉：《学会诅咒》，福莱迪·奇亚佩里主编：《美洲的最初意象》（第二卷），洛杉矶：加州大学出版社，1976年，第561—580页；布鲁斯·埃尔利奇：《莎士比亚的殖民隐喻》，《科学与社会》，41（1977），第43—65页；劳瑞·赖宁格：《解码〈暴风雨〉》，《布克维尔评论》，25（1980），第121—131页；彼得·休姆：《加勒比飓风》，弗朗西斯·巴克等主编：《1642：17世纪文学与权利》（艾塞克斯大学文学社会学研讨会论文集），库切斯特：艾塞克斯大学出版社，1981年，第55—83页；保罗·西格尔：《〈暴风雨〉中的历史反讽》，《莎士比亚年鉴》（德国魏玛），119（1983），第104—111页；弗朗西斯·巴克与彼得·休姆：《〈暴风雨〉的话语背景》，约翰·德拉卡吉斯主编：《莎士比亚别论》，纽约：梅休因出版社，1985年，第191—205页；特伦斯·霍克思：《英国文人的养成》，《莎士比亚别论》（纽约：梅休因出社，1985年），第2646页；保罗·布朗：《〈暴风雨〉与殖民话语》，乔纳森·多利莫尔和艾伦·辛菲尔德主编：《政治的莎士比亚》，曼彻斯特：曼彻斯特大学出版社，1985年，第48—71页；彼得·休姆：《殖民冲突》（伦敦：梅休因出版社，1986年，第89—134页；托马斯·凯恃里：《普洛斯彼罗在非洲》，吉恩·哈沃德和马里昂·奥康纳主编：《莎士比亚之再造》，纽约：梅休因出版社，1987年，第99—115页。此外，我还要考虑斯蒂芬·奥格尔的两篇文章，虽然在焦点上有所不同但却相关：《普洛斯彼罗的妻子》，玛格丽特·弗格森等主编：《重写文艺复兴》，芝加哥：芝加哥大学出版社，1986年，第50—66页；《莎士比亚与食人者》，玛乔里·加勃主编：《食人者、女巫及离婚》，巴尔的摩：约翰·霍普金斯大学出版社，1987年，第40—66页。

[2] 彼得·休姆：《殖民冲突》，第94页。

[3] 参见保罗·布朗：《〈暴风雨〉与殖民话语》，第48页。

新历史主义开始受到了质疑,但是许多从历史视角对此剧进行的重新阐释本身仍然值得引起重视。[1] 这正是本文下面将要阐述的主题。

在评定"新"历史主义者对这部剧的观点的时候,有一点很重要,即在此需要认识到:虽然新历史主义更加重视历史但其对历史的强调本身并不新鲜。自从19世纪早期,《暴风雨》就被放在新世界的历史背景中看待。弗兰克·柯默德援引早期学者的话,在20世纪五十年代提出,关于英国在北美殖民的特定事件的报道给这部戏剧提供了主题大方向。[2] 1609年,九条船驶离英国前往弗吉尼亚詹姆斯敦去建立殖民地,其中运送所有殖民地官员的"海上冒险号"船只消失了;但是,这艘船上的乘客在一年之后却出现在弗吉尼亚——他们奇迹般地得救了。他们在百慕大遭遇沉船,百慕大在当时被认为险如魔窟;不过,现在人们发现这里有如天佑,气候温和、果实丰富。此事件的报道恰好出现在《暴风雨》前一年,长久以来,除了极少几位批评家之外[3],大家都认为这是与该剧相关的背景。这些早期历史视角阐释一般都是将该剧及其直接来源置于航海话语背景中,突出在旧世界及新世界进行探索发现的浪漫色

---

[1] 事实上,爱德华·派克特在这类研究文章的最早的一篇中援引了几篇最近关于《暴风雨》的文章,认为它们很有问题。参见爱德华·派克:《新历史主义与其不满:文艺复兴时期戏剧的政治化》,《美国现代语言学协会会刊》,102(1987),第292—303页。也可以参见霍华德·菲尔普林:《使它"复活":新历史主义与文艺复兴时期的文学》,《文本实践》,1(1987),第262—277页;吉恩·霍华德:《文艺复兴研究中的新历史主义》,《英国文学的文艺复兴》,16(1986),第13—43页;安东尼·B·道森:《〈一报还一报〉:新历史主义与戏剧权力》,《莎士比亚季刊》,39(1988),第328—341页。

[2] 《暴风雨》,《阿登版莎士比亚》,弗兰克·柯默德编,伦敦:梅休因出版社,1954年,第xxv页。更早些时候探索该剧与这些文献之间联系的学者的叙述,参见柯默德编:《奥赛罗》,第xxv—xxxiv页,以及查尔斯·弗雷:《〈暴风雨〉与新世界》,《莎士比亚季刊》,30(1979),第29—41页。

[3] E·E·斯托和诺斯罗普·福莱是我们见过被引用的仅有的例外情况。

彩与异国情调。甚至这些论述中的"事实性"报告,也如查尔斯·福莱所注意到的那样,被涂上一层浪漫色调,姑且不论是好是坏。因此,对《暴风雨》的传统观点是,该剧以风格化的寓言凝练了所有航海经历中的浪漫精髓。[1]

传统评论也并未完全忽视普洛斯彼罗的缺点,[2]或者说没有忽视这些缺点与欧洲在面对他者时暴露出的阴暗面的关联。柯默德将凯列班看作这部戏剧的"核心"或"基础",因为欧洲与这个"未开化"之人的奇异代表的遭遇提示我们,这部戏剧重新审视了"文明"的本质。哈里·莱文、莱斯利·菲德勒、列奥·马克思以及其他一些人认为,为了理解这些具有"未开化"本性的新世界的代表们,普洛斯彼罗像其他一些欧洲人一样,将旧世界(及新世界)的那些天真、怪异等固有看法加诸印第安人身上,他们的希望与恐惧扭曲了他们的感觉。[3]其中菲德勒的著作具有里程碑意义,它实际上将《暴风雨》置于一系列关于他者(在1972年著作中称之为"陌生者")的莎剧背景下,非常具有启发意义。菲德勒指出,凯列班与莎剧经典中被妖魔化的妇女、摩尔人以及犹太人有相似之处。欧·马诺尼补充道:在这个过程中,普洛斯彼罗暴露出殖民者的心理状态,就是将其已抛弃的人格特征移植到新世界土著居

---

[1] 最近有人重新强调该剧的浪漫因素。参见加里·斯密德格尔:《〈暴风雨〉和〈普利梅伦〉:一个新来源》,《莎士比亚季刊》,39(1986),第423—439页,尤其是第436页;罗伯特·威登堡:《〈暴风雨〉中的"埃涅阿斯纪"》,《莎士比亚概览》,39(1987),第159—168页。

[2] 参见哈里·伯格的重要文章:《神奇的竖琴:对莎士比亚的〈暴风雨〉的一种解读》,《莎士比亚研究》,5(1969),第253—283页。

[3] 哈里·莱文:《文艺复兴时期黄金时代的神话》,布鲁明顿:印第安纳大学出版社,1969年;莱斯利·菲德勒:《莎士比亚笔下的陌生者》,纽约:斯坦因和第埃出版社,1972年;列奥·马克思:《莎士比亚的美洲神话》,《花园里的机器》,伦敦、纽约:牛津大学出版社,1964年,第34—72页。

民身上。[1]

那么，为什么最近会出现这么多文章呢？在某种程度上说，它们仅仅是在转换重心。修正论者声称，有关新世界的素材不仅存在于该剧中，而且是该剧的核心内容，应该得到远远多于评论者们愿意给予它们的关注。他们认为，驱逐了普洛斯彼罗的米兰内讧，仅仅是意大利王朝更迭争端中的一个小插曲，与跨大西洋的殖民行动比起来不过是小巫见大巫。[2] 他们还证明，剧中的爱情故事是如何受到了普洛斯彼罗的政治操控，从而确保他重新得到米兰的权力。[3] 另外，凯列班对米兰达未遂的强奸，放在殖民的背景下，也可以被看作不单单是性的表述，也是对领土贪欲的表达。[4]

然而，这些最近的批评家不是单单重复从前的观点，他们还做了一些重要的区分。首先很清楚，他们并不唤起人们对历史泛泛的注意，而是唤起人们对历史中的一个方面的关注——即权力关系以及给权力关系编码的意识形态。[5] 修正论者关注的并非剧中的新世界素材，而是看该剧对新世界中权力关系的影响。重要的不仅仅是那些在剧中有所反应的百慕大介绍手册，更是那被称作"英国殖民主义"的"虚构与生活现实的总和"——如今人们认为殖民主义为该剧提供了"主导的话语语

---

1 欧·马诺尼：《普洛斯彼罗与凯列班：殖民心理》，帕米拉·帕沃思兰德译，纽约：普拉泽出版社，1950年第一版，1964年重印。
2 彼得·休姆：《殖民冲突》，第133页。
3 彼得·休姆：《殖民冲突》，第115页；弗朗西斯·巴克和彼得·休姆：《〈暴风雨〉的话语背景》，第201页；斯蒂芬·奥格尔：《普洛斯彼罗的妻子》，第62—63页。
4 斯蒂芬·奥格尔：《莎士比亚与食人者》，第55页。
5 正如保罗·威尔斯汀在宣布尼希米人道主义组织的宣传册中的《莎士比亚批评新动向》（福尔杰莎士比亚图书馆，1988年）所写的："今天要欣赏《暴风雨》，我们必须了解殖民主义话语、权力和合法性。"

境"¹。(尽管"殖民主义"这个术语也许暗指整个新世界范围内的活动，但在这些文章中这个术语常常特指权的使用，指欧洲人对新世界及其居民的掠夺和自圆其说行为——我将采用此词意。)如果凯列班是该剧的中心，并不因为他在该剧封闭性结构中的角色，甚至不因为他显示的人类妖魔化"陌生者"的永恒倾向，而是因为在那个时候欧洲人正在掠夺世界上真正的凯列班们，《暴风雨》正是这个进程中的一部分。

  仅仅认为欧洲人在试图理解印第安人已经远远不够了；相反，现在的重点是欧洲人如何征服了印第安人，更多地去利用他们创造意义、秩序和金钱，而不是去理解他们、为他们创建秩序或金钱。²

修正论者认为，当英国人谈起这些新世界居民的时候，他们不仅仅是单纯地在后者身上套用固有的刻板印象或是投射其恐惧：他们这样做还会达到一些特殊效果，无论是否是存心如此。各种歪曲都是话语策略，其政治意图是将新世界放入为殖民主义辩护的框架中。³因此，修正论者将重点放在该剧及所有殖民论述中共同的话语策略，还重点关注《暴风雨》本身是如何不但展示了歧视，还同时通过将普洛斯彼罗对凯列班的权力神秘化或合理化等手段，来促进甚至"呈现"了殖民主义。⁴新观

---

1 弗朗西斯·巴克和彼得·休姆：《〈暴风雨〉的话语背景》，第198页。
2 特伦斯·霍克思：《英国文人的养成》，第28页。
3 因此，固有的刻板印象是作为"话语策略"的一部分，"……去将殖民地他者定位或者'固化'成下等人……"(第58页) 这是保罗·布朗针对爱德华·萨义德对东方主义的修正而言。
4 实际上，这一点也是强调的重点所在。R·R·考利（《莎士比亚在〈暴风雨〉中对航海者材料的使用》，《美国现代语言学协会会刊》，41［1926］，第688—726页）和柯默德以及其他一些人已经注意到的，该剧对凯列班的观点与殖民者出于自私目的而采取的辞令歪曲之间的相似性未能引起人们的重视。持修正态度的人认为这是十分重要的观点，不容忽略。

点主张《暴风雨》是一出政治剧。

其次，这种对阐释目标的态度转变牵涉到了有些模糊却极端重要的一步——脱离之前那些对该剧所做的心理学阐释。心理学阐释之所以早前看上去适用（甚至对被诋毁者来说也是如此），很大程度上是由于其核心人物正像莎士比亚一样，操控整个表演。早期对普洛斯彼罗的批评关注他所持的"偏见"，而近年来修正论者则谈论"权力"与"委婉化"。因此，1980年一个评论者提出：《暴风雨》的"寓言式的和新柏拉图式的表象掩饰了西方文明的偏见，这种偏见最具破坏性"[1]；但是到了1987年，这个表述发生了改变："《暴风雨》……牵涉进了权力运作'委婉化'，即消弭权力运作痕迹的全过程"；而这些"编码了斗争与矛盾"的权力运作，极力维护殖民叙事的正当性，或者说正是因为有了这些运作，殖民叙述才具有了正当性。[2]

往好了说，对这部剧作的心理学批评也是扰乱视听。例如，最近一个评论者开篇就提出：我们需要在历史语境中理解《暴风雨》，这个历史语境是"不受那些貌似真实的关于'莎士比亚的想法'的推测干扰破坏的"。[3]甚至在论辩性不那么强的事例中，"政治无意识"经常用来取代其他无意识，而非对其补充；因此，对文化、政治的注意与对个体、主观经验的含蓄质疑相关联。这样的立场与将20世纪假设应用于分

---

[1] 劳瑞·赖宁格，《解码〈暴风雨〉》，第122页。

[2] 保罗·布朗：《〈暴风雨〉与殖民话语》，第64页，第66页。布朗也认为：《暴风雨》"是……一个历史危机时刻的典型。这场危机是一次斗争，意在产生一个足以满足英国殖民主义初起阶段复杂要求的连贯话语。"（第48页）

[3] 彼得·休姆：《殖民冲突》，第93页。后来他确实同意给心理批评一点空间，承认他们"完全谬误"地将普洛斯彼罗等同于莎士比亚的看法"在一半的意义上抓住了关键点：普洛斯彼罗……是剧作家，是戏剧效果的创造者"。（第115页）

析16世纪主体的批评大相径庭，也与那种完全漠视心理因素赖以存在的文化语境的心理学阐释背道而驰。弗雷德里克·詹姆逊在一部影响了此类具体研究的著作中提出：政治无意识源于人们超越个体心理的渴望，因为弗洛伊德的心理学一直被"锁定于个人主体范畴"[1]。现在强调的重点是：作为文化产品，心理自身即是一种政治结构；心理概念自身被看作文艺复兴中演化出的文化关系的产物。实际上，精神分析本身并不是用来理解文艺复兴心理的一种方式，而是这种文化关系的边缘化的、更晚近时期的产物。[2] 因此，詹姆逊与修正论者也许会寻找一种"政治无意识"，并充分利用弗洛伊德对"梦的逻辑"[3]——移置、浓缩、欲望管理等概念[4]——的洞见，只是他们并不接受弗洛伊德对于产生那种逻辑的思想或主体的臆断。[5] 移置或管理的媒介并非个体，而是"集体或联想"意识；有时又似乎是被看作独立于任何个体创造者之外的"里比多

---

[1] "从政治阐释学观点来看，比照'政治无意识'的要求，我们一定会得出结论，心满意足的概念一直深锁于个人主体的悬疑之中……这仅仅是间接地于我们有用。"对于心满意足的异议是，它"总是存在于时间、叙事"和历史之外。"从当下视角看来，更具有破坏性的是，欲望……一直被深锁于个体主体内，即使在欲望中个体采取的形式不再是自我或自身，而是个体的身体……超越个体范畴及阐释模式的需要在许多方面对于政治无意识的原则来说都是基本问题。"（弗雷德里克·詹姆逊：《政治无意识：作为社会象征行为的叙事》，伊萨卡，纽约州：康奈尔大学出版社，1981年，第66页，第68页。）

[2] 斯蒂芬·格林布拉特：《心理分析与文艺复兴时期的文化》，帕特里夏·帕克和大卫·昆特编：《文学理论／文艺复兴时期的文本》，巴尔的摩：约翰·霍普金斯大学出版社，1986年，第210—224页。

[3] 弗雷德里克·詹姆逊：《政治无意识：作为社会象征行为的叙事》，第12页。这样的话，弗洛伊德的《阐释指南》也可用作政治批评。（第65页）

[4] 《诺曼·霍兰的富于暗示性的术语》，弗雷德里克·詹姆逊：《政治无意识：作为社会象征行为的叙事》，第49页。

[5] 弗雷德里克·詹姆逊：《政治无意识：作为社会象征行为的叙事》，第67页。参见保罗·布朗："我使用弗洛伊德的术语并不意味着我支持他的关于心理发展的非历史模式、欧洲中心模式及性模式等观点。但是，唯物主义批评如果缺少了诸如移置、浓缩之类的概念将会导致无法进行阐释。"（《〈暴风雨〉与殖民话语》，注释35，第71页）

机制"或"欲望机器"[1]的文本自身。

修正论者的推动已成为近些年纠正新批评"无视"历史与意识形态现象的良药。G·威尔森·奈特在20世纪颂扬普洛斯彼罗，称他为英国人的代表，他们"开拓殖民地，尤其是其将野蛮种族从迷信、嗜血的牺牲、禁忌、巫术及相伴而生的恐惧与奴役中解放出来，提升他们，使他们得到教化"[2]。借此，修正论者的推动尤其显示出该剧如何从19世纪起就被"重写"、被设计用来为殖民政治服务。但在这里，当批评家们都在提议进行新历史主义研究的时候，新历史主义研究也处于滋养自身盲目性的危险中。忽视了1611年的政治形势，认为《暴风雨》只是某个自在自为的人的一个自成体系的工程，这种观点的谬误自当别论，而当下的某些评论似乎也有问题，这些问题不仅仅是任何创新性批评运动都特有的过度修辞。最近的批评不仅仅将文本削平塞入殖民话语模型，并排除了明显的"莎士比亚风格"特征，以突出"殖民主义者"形象。然而矛盾在于，这些批评虽然让我们对于今天所说的"殖民主义"看得更清楚，却使该剧处于进一步脱离1611年英国特定历史背景的危险中。

如果对早期殖民话语的细节不做更多了解，就很难从奈特的殖民话语推断出17世纪的殖民话语。最近的文章所缺失的，是没有将对"权利"、"语域"等文化现象的新洞察，与关于文本、文本直接来源、独立作者以及作者心理等方面的传统观点联系起来。话语如何与个体创作者产生联系，这并不重要，即使个体创作者是参与到话语其中的。下面的讨论将显示这样的关系是如何被构想出来的。本文第一部分和第二部

---

1 弗雷德里克·詹姆逊论阿尔图塞和格雷马斯（《政治无意识：作为社会象征行为的叙事》，第30页，第48页）。

2 G·威尔森·奈特：《为生命加冕》，1947年；纽约：巴恩斯和尊贵出版社，1966年，第255页。

分简短说明新历史主义研究提出的有关《暴风雨》文本的问题，以及该文本与历史语境的关系问题；第三部分和第四部分继续阐述，对该剧特质及莎士比亚特质的认知，与对当时历史语境的理解并不冲突，相反会丰富对历史语境的了解。也许通过检视个案，我们可以避免那种假定"殖民主义"在一些文本中存在，然后又因此在这些文本中"发现"殖民主义的循环界定现象。

一

我们如何知道《暴风雨》"呈现了"殖民主义而并不仅仅是暗射新世界？我们如何知道凯列班是"殖民话语"的一部分？问这样的问题也许看上去无理取闹，太天真，但是这出戏剧以其复杂享有盛名。例如，对凯列班就有许许多多种解释。[1] 其中，当代后殖民版本认为凯列班是一个弗吉尼亚州的印第安人，也有人认为凯列班是一个黑奴或是人类进化中"缺失的一环"（穿着"一半是猴子，一半是椰果"[2] 的戏装）。这些阐释援引了当时热议的事件，即援引了借由文化而发生作用的话语语境之后，按照"美国白人对原始人的不断变化的态度"清晰表述出来。[3] 最近，一位教师提出，《暴风雨》是适合大学预科教授的戏剧，因为那里的学生们很容易认同凯列班。

---

1 参见特雷弗·R·格里菲斯：《论凯列班与殖民主义》，《英国研究年鉴》，13（1983），第159—180页。
2 特雷弗·R·格里菲斯：《论凯列班与殖民主义》，第166页。
3 弗吉尼亚·梅森·沃恩：《"丰富与怪异的结合体"：凯列班的戏剧变形记》，《莎士比亚季刊》，36（1985），第390—405页，尤见第390页。

尽管有人声称这部戏剧介入了英国殖民主义，[1]我们却并没有外部证据表明17世纪的观众认为这部戏剧指涉新世界；因此，阐释在这里就更成问题了。在一个将现实的航行当作寓言阅读的时代，像普洛斯彼罗这样寓言式的航行，其意义也许会倍加含混，尤其是在像《暴风雨》这样的戏剧中，为普洛斯彼罗的经历提供了博大的语境，将其呈现为不同寻常的一系列经典的、圣经般的、具有浪漫色调的放逐、发现及对抗。[2]该剧最初的接受情况怎样？想要找到证据当然异常困难，但在我们确实了解的两个可以说是当代对凯列班的理解中，至多可以说有模糊的证据能证明是殖民主义的理解。

在《巴塞罗缪节》(1614年)一剧中，琼森挪揄地描写了一个"妖仆"，并且在对开本演员表中将凯列班描述为一个"野蛮而畸形的奴仆"[3]。"妖怪"和"野蛮"这两个词汇早在关于旧世界的野人的话语中都已经根深蒂固，而"野蛮"当然也被用于新世界的土著人身上。换句话说，这两个17世纪的反应倾向于暗示凯列班现象的普遍含义而非个别含义。最近有一项对该剧的历史研究认为：

> 如果说莎士比亚极尽拐弯抹角地想要用凯列班象征美洲土著人，那么他的意图显然几乎完全失败了。[4]

1　布鲁斯·埃尔利奇：《莎士比亚的殖民隐喻》，第49页；保罗·布朗：《〈暴风雨〉与殖民话语》，第48页。
2　圣保罗甚至在其旅行中（在该剧中有所呼应）也遇到了像凯列班一样将他认作神的土著人。
3　休姆从演员表中摘出这四个词作为证据，也许莎士比亚这样写了，但也许他并没有这样写（《加勒比飓风》，第72页）。
4　奥登·T·沃恩：《莎士比亚笔下的印第安人：凯列班的美洲化》，《莎士比亚季刊》39（1988），第137—153页。他认为，这个意图不仅仅在当时失败了，而且在接下来的三个世纪都未成功。他还说："相反地，从王政复辟直到19世纪九十年代晚期，在舞台上和文学批评中，凯列班作为几乎所有形象出现过——除了印第安人。"（第138页）

尽管缺乏当代的证据，但之所以我们仍感觉这部戏剧"有"殖民主义内涵，比大约同时期写成的《冬天的故事》或《亨利八世》更具有这样的特征，明显的原因当然是其情节与英国殖民历史中特定事件及态度酷似：欧洲人到达新世界，认为他们可以占有本属于新世界他者的一切，而他者随之被"清除"了。二者的相似之处一目了然、令人信服——比许多新历史主义解读更令人信服。然而问题是，虽然在《暴风雨》和殖民主义虚构及实践之间也存在着许多不同，不过相似点如此令人信服，不同点就被忽略了。由此，当印第安人在新世界旅行者报告中出现的时候，尽管有许多细节将凯列班与印第安人区别开来，凯列班还是被人们当成就"是"美洲土著人。[1] 不过，尽管凯列班接近自然、单纯质朴、崇拜魔鬼、喜欢欧洲酒类，并且最主要是他有"背叛行为"——这些在当时的文字中都是与印第安人相联系的特质；然而，凯列班却缺乏许多新世界报告描述的几乎所有决定性的外部特征——没有超人的体格、没有赤身裸体或动物毛皮加身（真的，他穿的是英国"华达呢"）、没有羽毛装饰[2]、没有箭、没有烟斗、没有烟草、没有纹身，

---

[1] 休姆在注意到凯列班的"畸形特质"的时候，将这种畸形看作另一种殖民策略："在意识形态术语中，（凯列班是）一种折中的产物，正像其他类似事物一样，是以扭曲为代价形成的。"（《加勒比飓风》，第71页，第72页）这就回避了一个问题：如果凯列班的创造是为了代表某类人，那么他只能是"失真的"。但这就是问题所在——他是要代表美洲土著人吗？西德尼·李注意到，凯列班建堤坝捕鱼的方法正是印第安人的方法。尽管后来的作者经常把这作为论证相似性的权威加以引用，但其余的证据并不令人信服（《西方的呼唤：美洲与伊丽莎白时代的英国》，弗雷德里克·S·博厄斯编：《伊丽莎白及其他时代的文章》，牛津：克拉伦登出版社，1929年，第263—301页）。G·威尔森·奈特有一篇关于凯列班与印第安人之间关系的主观文章（《作为红种人的凯列班》，1977年，菲利普·爱德华兹、英格—斯蒂娜·奥班和G·K·亨特编：《莎士比亚的风格》，伦敦：剑桥大学出版社，1980年）。休姆列举了凯列班与加勒比人的相似处（《加勒比飓风》），柯默德援引了新旧世界航程中拜访的当地人所描述的细节。

[2] 那些出现在查普曼1613年假面剧中的印第安人满是羽毛装饰，参见R·R·考利：《航海者与伊丽莎白时代的戏剧》，波士顿：D·C·希斯，伦敦：牛津大学出版社，1938年，第359页；斯蒂芬·奥格尔：《莎士比亚与食人族》，第44页，第47页。

并且——正如莎士比亚着意强调的——他并不喜欢那些没用的小饰物。没有谁会把他误认为是《亨利八世》中一带而过的那个"带着大工具的印第安人"的刻板形象。实际上,凯列班更像斯特彻期待在百慕大岛屿发现的恶魔(但他却没看到),而不像探险家们在弗吉尼亚发现的印第安人——尽管他也并不很像探险家们瞎编的故事中描绘的怪物。[1]

人们也会用其他方法来假设相似处很重要但差别不重要;因此普洛斯彼罗的魔法占据了"在殖民历史上火药的作用"[2];或者,当普洛斯彼罗让精灵夹住凯列班的时候,他展示出一种与"烘烤或活埋奴隶"的海地奴隶主[3]"相似的施虐狂"的特征;或者,当普洛斯彼罗和爱丽儿用狗精灵追猎凯列班时,他们被等同于用狗猎获美洲土著人的西班牙人。[4]只要有相似内核,差别就不相干了。这种差别事实上被认为是殖民意识形态发挥效用的证据,使权力或其他不经意的失误合理化并委婉地表述出来。只要认为普洛斯彼罗确是个好人,只要认为凯列班有些方面确实很糟糕——他的确曾经试图奸污米兰达——或者认为他本人被发现试图篡改过去,否认强奸企图,将自己说成普洛斯彼罗暴虐的无辜牺牲品,那么殖民主义案例的意味就更浓了。普洛斯彼罗的好处与凯列班的坏处被合理化,成为普洛斯彼罗暴虐的正当理由。即使该剧似乎是反殖民主义的,以至于该剧表现了凯列班的美德,以此来限制普洛斯彼罗对他的

---

[1] 显然,莎士比亚钻研过畸形人形象。参见R·R·考利:《莎士比亚在〈暴风雨〉中对航海者材料的使用》,第723页;查尔斯·弗雷:《〈暴风雨〉与新世界》,多处。但是,他拣出这些固有形象不过是为了逗乐招徕(斯蒂芬诺和特瑞库洛关于凯列班身份的许多令人怀疑的猜测),或者悬置这些疑案(普洛斯彼罗将凯列班看作"魔鬼")。

[2] 彼得·休姆:《加勒比飓风》,第74页。

[3] 彼得·休姆:《加勒比飓风》,第98—99页。

[4] 彼得·休姆:《加勒比飓风》,第97页;布鲁斯·埃尔利奇:《莎士比亚的殖民隐喻》,第49页。

蔑视，或者说普洛斯彼罗似乎实现了对自身殖民主义的某种超越，因为在剧尾普洛斯彼罗说：

> 这个坏东西我必须承认是属于我的。[1]

普洛斯彼罗对凯列班的承认被视为一个错误，是一瞬间漫不经心的同情或真相显露，这个时刻太短暂，不足以反驳普洛斯彼罗潜在的殖民主义倾向：尽管他在承认凯列班时吟诵出虚伪的诗句，声音洪亮，实际上他并未真的去做什么去实践其诗意表述的意愿；[2] 甚至有人说普洛斯彼罗称凯列班是"我的"，简直是在声称他对凯列班的所有权：

> 仿佛在人群的一阵骚乱后，一个奴隶主说："那两个人是你的，这个黑鬼是我的。"[3]

然而，除了这些已经被视为合理化的差别，也有许多其他差别，这些差别共同提出了一些问题：什么算作"殖民话语"？如果有的话，什么才可能算作相关的"差异"？因此，例如，任何将普洛斯彼罗和凯列班作为典型殖民叙述中的演员（在这种典型的殖民叙述中，一个欧

---

[1] 这部剧作也被看作具有反殖民倾向，因为它包含了斯蒂芬诺和特瑞库洛的滑稽片段，显示出殖民主义"赤裸裸的贪婪，牟取暴利，也许甚至是毫无意义地这样行事"；但这也可以被看作一种文过饰非："这种殖民主义的低调版本被用来取代有可能带来不良影响的指控……指控他们不肯将合理的公民权威给予那些已经被文明排泄出的产品——那些没有主人的人。"（保罗·布朗：《〈暴风雨〉与殖民话语》，第65页）

[2] 斯蒂芬·格林布拉特：《学会诅咒》，第570—571页；劳瑞·赖宁格：《解码〈暴风雨〉》，第126—127页。

[3] 劳瑞·赖宁格：《解码〈暴风雨〉》，第127页。

洲人掠夺和压榨了一个未被破坏的世界中原本自由的——事实上居于统治地位的——土著人)的企图都被其他两个人物(西考拉克斯和爱丽儿)复杂化了。西考拉克斯是凯列班的母亲,凯列班正是通过母亲声称自己对岛屿的所有权。她不仅是个女巫、是个罪犯;而且她本身还来自旧世界,或至少是来自东半球的阿尔及尔。[1] 她的存在提示,凯列班仅仅是半个土著人,他对岛屿声称的权利并不像美洲土著人声称权利一样,更像是新世界中的第二代西班牙人声称自己的权利。[2] 而且,当普洛斯彼罗来到岛上的时候,凯列班并非独自一人。爱丽儿有可能是与西考拉克斯一起来到岛上的,也有可能当西考拉克斯来到岛上时他就已经居住在岛上了——他才是岛屿真正的领主[3]——西考拉克斯到来后,他立即遭到奴役;所以,西考拉克斯成了第一个殖民者,那个在普洛斯彼罗登上岛屿之前就已经建立了统治并消灭土著人的人。几乎所有修正论者都注意到某些差异之后却又刻意忽略了差异,尽管他们对差异的价值的看法并不一致:例如,这些差异是否为殖民话语中的意识形态矛盾的"表征",或者是否为莎士比亚的"洞察超越了同情"[4]?然而,不管

---

[1] 正如菲德勒的书所暗示的那样,与其说她像美国人,不如说她像法国的圣女贞德。贞德也曾声称她怀了一个私生子来试图解救自己逃脱刑罚,只是贞德没有像她那样取得成功。参见莱斯利·菲德勒:《莎士比亚笔下的陌生者》,第43—81页,尤其见第77页。

[2] 参见菲利普·布劳克班克:《〈暴风雨〉:艺术传统与帝国》,第193页。当然,即使是这些细节也会被认为是将殖民合理化的表现而加以漠视。例如,布朗认为西考拉克斯的存在即是将殖民合理化的表现。他指出:莎士比亚通过贬损她那邪恶的魔法,而使普洛斯彼罗看上去显得比实际更好。参见保罗·布朗:《〈暴风雨〉与殖民话语》,第60—61页。休姆注意到西考拉克斯也许是普洛斯彼罗编造出来的。他指出:我们从未见过她存在的任何直接证据。参见彼得·休姆:《殖民冲突》,第115页。奥格尔则将凯列班宣称生来对小岛享有主权这一点与詹姆斯一世联系起来。参见斯蒂芬·奥格尔:《普洛斯彼罗的妻子》,第58—59页。

[3] 参见莱斯利·菲德勒:《莎士比亚笔下的陌生者》,第205页。

[4] 布鲁斯·埃尔利奇:《莎士比亚的殖民隐喻》,第63页。

他们如何解释这些差异,这些差异还是被刻意忽略了。有些批评家的兴趣只集中在反对早期对该剧中潜在的种族主义和意识形态元素的视而不见。对于这些批评家而言,忽略此类差异是可以理解的。对于这些批评家来说,只要指出《暴风雨》有一种"政治无意识",并且该剧以某种方式与殖民话语相联系,并不用进一步详细陈述,他们的目的就已经达到了。

但是,如果人们的目标是理解殖民主义,而不只是简单地识别或谴责它,那么就要详细阐述并注意殖民因素是如何被合理化的,或是如何整合到该剧的世界观的,这些就很重要了。否则,提取该剧的政治无意识会导致与弗洛伊德在其职业生涯之初将个体无意识当作独立实体治疗时面对的同样问题。弗洛伊德认为,应该通过催眠去除"防御"机制,像外科手术那样从有意识的话语中将个体无意识萃取出来。不过,正如人们所熟知的,弗洛伊德发现有意识的"防御"是一种基本机制——也是成问题的机制,正如被认为存在于它之前的无意识的"愿望"一样,并且有意识的"防御"所起的作用绝不是限制。[1] 的确,自从弗洛伊德开始的大多数精神分析实践中,无意识——或者更确切地说是无意识精神状态——被认为存在于文本之中,而非作为被具体化的本我而存在,并且,对无意识的阐释总是必须回到文本。

在个体无意识情形中,政治无意识仅仅存在于文本中,其"防御"或合理化手段必须纳入考虑范畴。否则,阐释不仅破坏作为独特艺术作

---

[1] 而且,这种趋势是要脱离像"压抑"或"审查机制"之类的拟人化术语,这些术语源自政治术语,弗洛伊德将其提取出来为己所用。正如弗洛伊德也从"科学的"水力学术语中提取词汇,来描绘能够流动及筑堤控制的里比多概念一样,旧的术语正在被当下的术语所取代;当下的术语更适用于描绘意义或阐述之间的冲突,而不是描绘简单的"赞同"和"反对"之争中存在的不同人格化力量之间的冲突。

品的文本——这里指《暴风雨》，把它当成殖民话语中主要情节或主要策略的又一范例，从而使其失去光彩；阐释还会破坏该剧作为独特文化制品、作为殖民话语中一个独特声音而存在的证据。殖民话语形形色色，无法简单地加以描述，甚至在存有明显主题联系的一组文本中也是如此。殖民话语范围很广，从西班牙殖民者用狗猎杀新世界土著居民，到巴塞洛缪·拉斯·卡萨斯"真实"地描述如何悔恨并揭露那种猎杀的罪恶，[1] 到莎士比亚在《暴风雨》中对那种猎杀的影射（普洛斯彼罗与爱丽儿放精灵狗追逐凯列班），再到更早些时候莎士比亚在原本不涉及殖民的《仲夏夜之梦》中所做的影射——或可能做出的影射（本身来自印第安人的迫克用虚幻的动物追逐那些粗鲁的希腊手工艺人，从而引起了整个英国的冲突）。同样的"殖民主义者的"追捕充满了完全不同的虚构与实践，其中有些呈现了殖民主义，有些却在颠覆它，还有一些需要完全不同的类别去描述其效果的特征。

将《暴风雨》和殖民主义话语之间的一些联系进行分门别类并不容易。就凯列班的名字来说，这个名字看上去十分简单，却并非那么回事。修正论者肯定地强调，这个名字暗示了作为西方种族中心殖民话语中他者的自动标识的食人族形象，[2] 并且既然普遍认为莎士比亚起的名字"凯列班"（Caliban）实际上是"食人者"（Cannibal）一词字母重新排列

---

1 他写道：西班牙人"教他们的猎犬、恶狗去将印第安人撕成碎片"（巴塞洛缪·拉斯·卡萨斯：《西班牙人毁灭印第安人简述》，1542年？塞缪尔·珀切斯：《珀切斯朝圣记》，第二十卷，格拉斯哥：麦考豪斯出版社，1905—1907年，第十八卷，第91页）。这显然是一个老生常谈，在伊登翻译的彼得·玛特的《新世界几十年》（1555年）中也可看到，也收在伊登的《特劳艾拉的历史》（1577年）里面，为了写《暴风雨》，莎士比亚读了这些内容。格林尼和德洛尼也使用过这些材料（R·R·考利：《航海者与伊丽莎白时代的戏剧》，第383—384页）。

2 彼得·休姆：《加勒比飓风》，第63—66页；也见于斯蒂芬·奥格尔：《莎士比亚与食人者》中的《新世界的老生常谈》一文中。（第41—44页）

组合而成，那么许多人在阅读这部剧作的时候，在这个名字的暗示下，就认为似乎他是个食人者。但是，字母颠倒得到的词并非食人者，莎士比亚对食人族固有形象的使用也并非是不假思索的。[1] 凯列班绝非食人者——他几乎不碰肉食，其食物仅限于根茎类和浆果，偶尔吃点鱼。的确，他与岛上自然食物资源共生的和谐是他最吸引人的特征之一。他的名字更像是对固有形象的嘲讽，而非怪物的标志。在我们匆忙地证实文本之外的"食人者"与"印第安人"之间有某种联系的时候，我们却忘记了在文本之内，凯列班是如何将这两者联系起来的。[2] 虽然没有谁能够否认，凯列班与被冠以"食人族"之名的新世界土著人之间存在着某种关系，但是那种关系究竟如何尚不明了。

列举《暴风雨》与"殖民话语"之间的差异并不是要将对戏剧的讨论降格为计数竞赛，使相似处与差异处竞争。相反，这样做是要表明，存在于任何将该剧作为殖民话语的分析内部是一种特殊假设——一种有关文本与话语之间关系的假设，一种有关一个人的虚构与集体虚构之间关系的假设，或者也可能是有关一个人的虚构与我们所认为的"事实"之间关系的假设。这种关系不仅对试图将文本从语境中脱离开来的新批评家们很重要，对试图将文本放回其语境的新历史主义者（或者仅仅是历史主义者）也很重要。这种关系对于像审查、调查这些现存的实践来说也十分重要，并且对于在这些分析中到底什么是重要的这个问题，看法还存在分歧。这种分歧需要得到承认和研究，在充分理解那种

---

[1] 在那篇被认为是该剧来源的文章中，这两者都不是蒙田所言。学者仍旧在争论蒙田对食人族的态度，尽管所有人都一致认为他对欧洲人的批判态度在文章中清晰可见。

[2] 这种新旧世界特征的混合，早些时候被看作新世界话语的特征，被许多持修正论观点的人所承认，但是却被视为用于控制印第安人的修辞策略之一。

将《暴风雨》看作殖民话语的观点之前,解读这些分歧的方法尚需进一步明晰。

二

相似的问题也困扰着"话语"本身的定义,即如何区分围绕1611年"英国殖民主义"活动的话语中的虚构与"真实"成分。鉴于英国殖民主义在过去的三百五十年中产生的影响,1611年的殖民话语是什么样子这个问题可能又是一个异常幼稚的问题。1611年的殖民话语与1911年甚至1625年的都有所不同。1625年,塞缪尔·珀切斯影射弗吉尼亚印第安人"背叛"时曾发问:"豹子能改变它身上的斑点吗?野蛮人能够保持野蛮状态而同时变得文明吗?"珀切斯在发表被莎士比亚援引为《暴风雨》的素材的1610年文献时加上了这个评论。珀切斯的话被作为"殖民话语"例证引用。[1] 珀切斯的确展示了掠夺动机与自我辩护修辞——"权力的隐身"[2]——的独特组合,修正论者在《暴风雨》中发现后者并认为这是殖民主义。但人们可能有理由提出质疑:1611年莎士比亚写作时的话语语境与十四年后珀切斯添加这段旁注时的语境是否相同?[3]

---

[1] 威廉·斯特莱奇:《一个真实的报告……》,《珀切斯朝圣记》,第十九卷,第62页。珀切斯作为殖民主义者的引用,参见彼得·休姆:《加勒比飓风》,第78页,第21条注释。.

[2] 保罗·布朗:《〈暴风雨〉与殖民话语》,第64页。

[3] 这个问题与另一个问题完全不同。这另一个可能会被问到的问题是:一方面是珀切斯的言论,被从他编辑、审查的旅行者故事集中摘取出来,用以证明其殖民主义典型行为;另一方面是一部剧作,这两者有多大的可比性?在《珀切斯朝圣记》中,理查·莫润斯特拉斯说:"阐释的多样性调整、加强了单一的意识形态体系。同样的话却不能应用于……《暴风雨》。"参见理查·莫润斯特拉斯:《莎士比亚世界的新视角》,珍妮特·劳埃德译,剑桥:剑桥大学出版社,1985年,第169页。本书有整整一章论述《暴风雨》,这是对"伊丽莎白时期意识形态的某些方面和……这些方面在莎士比亚作品中的运用方式"(第1页)的精彩研究。

似乎在1611年已经存在各种各样我们所谓的"新世界话语"，有多种多样的观点、动机及影响，而其中珀切斯这样的评论并不像修正论者表明的那样普遍。这些话语是"殖民主义"的说法只在最一般的层面上成立——在这一层面上，所有种族中心主义的文化都被认为是"殖民主义"：自恋地追求其目标，却忘记了他者的渴望、需求甚至存在。也就是说，如果这种新世界话语是殖民主义，那么首要的就是因为它忽视了印第安人，暴露了欧洲中心思想，认为除了欧洲，尤其是英国上层阶级白人男性外，其他人都不重要。因此，它表达的针对"陌生者"的态度并非属于特定的历史时期，而是一贯的、普遍的态度，这种态度菲德勒在许多莎剧中都描述过。我们也许可以把这种话语作为严格意义上的殖民主义的先声[1]，紧接其后的就是对新世界土著居民真正的、而非象征性的殖民。但是，假设殖民主义已经植入1611年的特殊历史条件中，就削弱了修正论者在理解莎士比亚写作《暴风雨》时的历史特定形势上所付出的努力。描述1611年的形势并非轻而易举之事。一方面，西班牙长期以来致力于建构修正论者在《暴风雨》中发现的那种"殖民话语"，甚至当时的英国也存在直接参与殖民项目并期待从中渔利者的殖民话语案例（如果还未尝见于当时的实践，那么至少是在修辞意义上的存在）。第一次开发弗吉尼亚浪潮的官方广告以及弗吉尼亚项目失利的一系列辩护，听上去很像委婉语，常常表明其保证弗吉尼亚土著居民世俗与精神福利的声言背后潜藏着是其本质上的贪婪与含蓄的种族主义。[2]（"我们

---

[1] 珀切斯认为这种"条件"真的是先决条件，因为它被认为在逻辑上（如果不是时间顺序上的话）处于优先位置。它被认为具有那种与"伊丽莎白时代世界观"一致的阐释功能。参见塞缪尔·珀切斯：《珀切斯朝圣记》，第297页。

[2] 例如，参见《主要关于北美发源、殖民及进展的资料》（四卷本，彼得·福斯编，1836—1847年；纽约：彼得·史密斯出版社，1947年再版）一书中重印的当时的小册子；R.I.：《布
（转下页注）

从他们那里买来地上的珍珠,出售给他们天堂的珍珠。"¹)这些文献隐藏的不仅是权力,还有大部分实际问题,他们将艰辛浪漫化,称之为神圣的磨砺。²为夺取印第安人土地的行为作合法性辩护,在这些话语中随处可见,其精神与腔调颇似《巴萨罗缪集市》中为自己吃猪肉而辩护的拉比。(这也与文艺复兴时期反对戏剧的批评家的论调异曲同工,也颇似殖民主义者布道词的腔调,说教中不时把"戏子"与魔鬼、天主教徒相提并论,称他们是弗吉尼亚开拓事业的死敌。)³

(接上页注)

里塔尼亚的新星:通过在弗吉尼亚垦殖来提供最完美的硕果,让所有人盼望来年再丰收》(1609年),第一卷第六部分;《弗吉尼亚被充分估价》(1609年),第四卷第一部分;《关于弗吉尼亚殖民地财产的真实的陈述——对使如此可敬事业蒙羞的诽谤的驳斥》(1610年),第三卷第一部分;希尔·乔丹:《巴姆沃达斯——现称索姆岛的清晰描述》(1613年),第三卷第三部分。

在《美洲创世记》(二卷本,亚历山大·布朗编,纽约:卢梭出版社,1964年)中,还可参见罗伯特·格雷:《到弗吉尼亚的最佳速度》(1609年),第一卷,第293—302页;《关于弗吉尼亚肇始之种植业的目的和结果、其达到的程度及发展途径的真正、真挚宣言;以及国王议会对那块殖民地下的定论……直至在主的慈悲下它有丰硕的收获敬献天国以及英联邦》(1609年),第一卷,第337—353页;《弗吉尼亚议会关于其种植园的公告》(1609年),第一卷,第354—356页;R·里奇:《弗吉尼亚消息:失落的辉煌……》(1610年),第一卷,第420—426页。

1 《关于弗吉尼亚殖民地财产的真实的陈述——对使如此可敬事业蒙羞的诽谤的驳斥》,第6页。
2 亚历山大·布朗:《美洲创世记》重印本摘自下面的相关文献:威廉·西蒙兹:《弗吉尼亚:白教堂的布道……》(1609年),第一卷,第282—291页;丹尼尔·普莱斯:《对言谈不恭的人应予严厉斥责——指责所有诽谤可敬的弗吉尼亚种植园、迫害基督徒、职责的创作》(1609年),第一卷,第312—316页;最重要的是威廉·克拉肖的布道文:《给弗吉尼亚的新年礼物》,正如其扉页上声称的,这次是在"弗吉尼亚总督德拉华及议会其他成员"面前布道的:"……主题是总督……前往弗吉尼亚……其中不仅这一行为的合法性得到了维护,并且其必要性也得到了证实,与其说是出于政治因素,不如说是出于人道、平等和基督教义。"(1610年,第一卷,第360—375页)
3 这些文献中的两个可参见亚历山大·布朗书中威廉·克拉肖:《给弗吉尼亚的新年礼物》,1610;《给亚历山大·维特克的"来自弗吉尼亚的好消息"的献词》,1613年,第二卷,第611—620页。还可参见《当今弗吉尼亚产业的真实记述》第三部分,1615年,弗吉尼亚州立图书馆出版;里士满:弗吉尼亚州立图书馆出版,1957年。

另一方面，这些文献不仅仅随处强调这一点，也不时有矛盾的说法。例如，百慕大沉船事件的官方记载《真实的陈述》只一次提到印第安人是"人兽"，却在第24页用一个段落记载了"贪婪的劫掠者"波瓦坦和他的抢劫行为。其他地方又写到，一些英国定居者"用自己的暴力行为将印第安人变成了我们的死敌"。实际上该文件中对定居者中懒惰的"人渣"的抨击远远超过对于印第安人的妖魔化，称这些人渣从内部破坏了殖民地。[1]

总的说来，这种掠夺性与自我辩护的花言巧语只是复杂的新世界话语的一个元素。实际上大部分时间里，新世界的主要冲突不是白人与美洲土著人之间的，而是西班牙和英国这两个国家之间的冲突。像德雷克（1577—1580）那样的航行就是由这种国际冲突、追寻探索的浪漫与财富的诱惑所引发的——却并非因为殖民。[2] 1584年雷利取得第一份在新世界定居和贸易的授权，有必要进一步接触美洲土著人；他在16世纪八十年代建立了临时定居点。甚至在此时，他在剧作中描写这些定居点很大程度上只是名望与财富的象征，并非是突出从当地人手中夺取大片土地的企图。[3]

---

1 《关于弗吉尼亚殖民地财产的真实的陈述——对使如此可敬事业蒙羞的诽谤的驳斥》，第16页，第17页。

2 这一时段的历史参见大卫·比尔斯·奎因：《英国与美洲的发现，1481—1620》，纽约：阿尔弗雷德·A·克诺夫，1974年。亚历山大·布朗的《创世记》确认了殖民历史中相似的动机变化。这些航行因被经常反复刊印而闻名，尤其是在理查·伊登和理查·哈克鲁特的集子中，莎士比亚写《暴风雨》就参照了这两本文集。在这些文集的引言材料中，正如在这些航行本身一样，对自己利益的关注很明显，并掺杂着兴奋与乌托邦式的愿望，密切关注与西班牙的竞争；因而相形之下，与印第安人的关系就显得微不足道了。

3 如果他未能成功建立定居地，他就会失去授权。他显然并未寻找他失去的殖民地，这件事显示出其兴趣是在授权而不是殖民地。参见大卫·比尔斯·奎因：《英国与美洲的发现，1481—1620》，第300页。只要还有殖民者存在的希望，他就可以保有授权；很清楚，对雷利来说，这种希望比殖民地更有价值。

只有与西班牙的战争结束（1604年），船只又恢复了自由的时候，殖民才真正开始；接着"美洲和弗吉尼亚挂在了所有人嘴边"[1]。但是这种新世界话语还是很少反映出对于其居民的兴趣。讨论的更多的是其他事情。例如，新世界政府会是什么样子？詹姆斯会把他的权力拓展到美洲吗？他会这样做吗？这才是最刺激比如亨利·赖奥思利的事情，赖奥思利是莎士比亚的赞助人南安普顿伯爵，他是伦敦弗吉尼亚委员会中"爱国者"派别的领袖，极力提倡给美洲更大的独立空间。[2]（至于有关詹姆斯自己的"殖民话语"，似乎更多的是对它将如何影响他与西班牙之间的关系担忧[3]，以及对飞鼠和其他新世界"玩具"的需求[4]。）对为数众多的真正冒险家或幻想冒险家来说，能使他们立刻感兴趣的也许是那些关于新世界财富的报道，这些财富最初在弗吉尼亚广为人知，是破产者、挥霍无度者以及狂野梦想家的避难所。在这些报道之后，随之而来的是那些从殖民地逃出的人们所描述的饥饿、叛乱和艰难。现在问题演变为："这样做值吗？"官方对未来收益的乐观宣传很快受到那些不那

---

[1] 马修·P·安德鲁斯：《民族魂：弗吉尼亚的建立与新英格兰的规划》，纽约：思科瑞博纳出版社，1943年，第125页。风行的文学样式发展起来，如此的来势汹汹，以至于约克大主教抱怨道："弗吉尼亚有这么多文字，关于神的、人的、历史的、政治的，或随你喜欢叫什么，以至我没法奢望更多的才智。"（第125页）

[2] 就是这个事件，而不是殖民主义，激起了关于《暴风雨》中新世界素材的早期政治评论。参见查尔斯·M·盖利：《莎士比亚与美洲自由的缔造者》，纽约：麦克米兰，1917年；A·A·沃德：《莎士比亚和弗吉尼亚的创造者》，《英国学术进程》，9（1919）；还可参见E·P·库尔：《莎士比亚与美国创立者：〈暴风雨〉》，《文献学季刊》，41（1962），第123—146页。

[3] 促成相互矛盾的话语混乱状况的部分原因是西班牙大使写给西班牙的大量信件。信中他坚持认为，保留像詹姆斯敦这样毫无利益可言的殖民地的全部目的在于为海盗袭击西班牙殖民地建立一个基地，这个观点并非没有道理。

[4] 转引自1609年12月15日南安普敦写给索尔兹伯里伯爵的信件。参见亚历山大·布朗：《美洲创世记》，第一卷，第356—357页。

么乐观的嘲笑者的激烈反对,他们质疑这整个计划的价值——花费了金钱、人力与船只,却经常遭遇灭顶之灾,几乎毫无收益。[1]

甚至那些真的与新世界当地人生活在一起的定居者——出于完全非利他的原因——也还没有完全参与到修正论者界定的"殖民话语"中。在1611年,他们还没有足够的权利要去委婉描述——他们需要维护的东西还不多。他们太忙于与叛变、疾病和伦敦政务会的愚蠢做斗争,几乎没什么精力剩下来对付印第安人。的确,没有哪个作家将美洲印第安人视为与自己平等的人,与他们对待摩尔人、犹太人、天主教徒、农民、妇女、爱尔兰人甚或法国人一样。旅行者洋洋自得地记录诱拐当地人到伦敦展览的情形,似乎土著人根本就没有任何权利。[2] 他们的一些描述受到他们对旧世界野人或食人族的刻板印象的扭曲,尽管这些描述通常只限于早期一些殖民地建成之前的探险者故事。[3] 或者,更为隐晦的是,这些描述被那些关于天真、高尚的未开化野蛮人的固有形象所歪曲——当欧洲移民不得不意识到印第安人正如这片土地本身一样,无法满足他们对唯英国人津津乐道的黄金世界的梦想时,这些固有形象会不可避免地走向幻灭。这些"高尚野蛮人"的固有形象因此激起了对印第安人背叛的一再谴责,这不仅是对印第安人的真实背叛行为做出的反应,同时也是欧洲移民梦想破灭之后做出的反应。这种反应不仅是对真

---

[1] 这种反对有多少?性质又是怎样的?这些基本上未能保留下来。这里是根据回答这些问题所必需的那许多辩护的性质来推断的。

[2] 如果斯丹法诺和特林鸠罗表明了这种现象,那么莎士比亚并不会对此表示赞赏。

[3] 正如被杰弗里·布洛引为可能是凯列班原型的两个怪物。参见杰弗里·布洛:《莎士比亚故事与戏剧发源》,八卷本,纽约:哥伦比亚大学出版社,1958年,第八卷,第240页。当然也有例外,参见乔治·珀西:《弗吉尼亚……种植园……观察》(1606年),《珀切斯朝圣记》第十八卷,第403—419页。

实背叛的¹,同时也反映出定居者的幻想。本文在讨论《暴风雨》时将会回到这个问题上来。

但是,鉴于对新世界原住民的种族偏见以及对所有"他者"偏见具有普遍性,这个运动在早期却意在淡化这种偏见带来的问题,而非让人们充分意识这种从旧大陆带来的偏见。对这种长期的与美洲土著人面对面的遭遇的描述可能比当时对摩尔人和犹太人的反应更加多样,与摩尔人和犹太人的遭遇常常是在白人自己的领地,在那里,这种暴露是有限的、可控的。随着对土著人的不同的描述日渐增多,甚至互相矛盾,从旧大陆舶来的描述土著人的那些名称——"野蛮人"或"自然人"——开始渐渐失去了原有内涵。这些报道从哈里奥特用十分尊敬的态度看待土著人的比较科学的、客观的、到处再版的报道(1588年),到史密斯不那么可信的、即使在当时也受到珀切斯质疑的冒险故事(1608—1631年),范围很广。

尽管这些绝对无法达到我们非殖民话语的标准,但是他们典型的态度是一种谨慎的好奇,时常有点居高临下,却又生动或故作生动,而不是像后来那样成为殖民话语标志的那种掠夺性质的清除。只要冲突很少,美洲土著人就被视为与这些故事作者一样的存在;²而且,部落被依

---

1 参见凯伦·库珀曼:《与印第安人共处:1580—1640英国与美洲印第安文化的相遇》,托托瓦,新泽西州:劳曼与利特费尔德出版社,1980年,第127—129页。认为印第安人会背叛这种看法几乎是普遍存在的。其缘起当然很复杂,从英国人随时准备将自己的恐惧映射到任何受害者上面,无论是印第安人还是水手(他们在这些叙述中也经常被指责叛变),到盛行的他者模式、特定的英国人的挑衅行为,以及内在于这种情形下的一般的矛盾。我不准备论证其中的任何一个,只希望表明"殖民话语"的概念将复杂的形势简单化了。

2 他们甚至被当作白人原型,他们的皮肤被说成是晒黑的而不是生来如此,等等。参见凯伦·库珀曼:《与印第安人共处:1580—1640英国与美洲印第安文化的相遇》,以及斯蒂芬·奥格尔:《莎士比亚与食人者》。

据不同的管理形式、阶级结构、服饰特点、宗教、语言等进行区分。[1]当冲突的确引发了一再出现的"背叛"指责时,那些作者也从未将印第安人当作可笑的凯列班加以呈现,而是将他们视为相当能干的强大敌手——能够挑战定居者的智力与技巧的人。

西班牙人早已以殖民名义进行恐怖渗透;英国人不学这些——或者可能是学得太好了——他们将很快开始他们自己的恐怖渗透。不过那是后来的事情。在《暴风雨》写作的时候,新世界对于大多数英国人来说,意味着一种可能性,以及对即将在新世界发现的奇迹的一系列矛盾幻想。这些可能是殖民主义的先决条件——正如对许多其他事物一样——却还并非殖民主义本身。

将殖民话语设定在尽可能精确的时间段(正如强调《暴风雨》和殖民话语之间的差别)并不是要将讨论降格为数字游戏。这里面临的问题并非是对历史顺序的吹毛求疵,而是要推定我们所说的"相关话语语境"指的是什么,我们在这个定义上如何达成一致意见,以及我们如何限制其所指范围。到底什么才是重要的,在这一点上也存在观点的差异,我们需要承认这些差异,对其检视并予以说明。

---

[1] 在研究白人怎样用语言将印第安人"殖民化"的过程中,格林布拉特强调白人在很大程度上假装印第安人没有语言。尽管他注意到有些例外,但是他使这些例外听上去似乎很罕见,基本上限制在"在遥远海滨上进行物物交换,换取小件金饰品的粗鲁、不识字的老水手"中,而不是"那些我们会去读他们写的故事的船长或上尉"。参见斯蒂芬·格林布拉:《学会诅咒》,第564—565页。相反,即使是最早的旅行者也常常在他们的报告中收录印第安人的词汇,例如,在伊登翻译的玛特的《数十年》(1555年)的导言中的词汇表,以及各种后来在《珀切斯海外旅行故事集》(1625年)上重印的一些英语报告中;在仔细阅读珀切斯仓促编就的集子的时候,人们会被许多作者自觉尊重印第安人语言的做法所打动。加布里尔·阿彻在其1602年的旅行描述中提及一种可能更具有象征意味而非真实意味的关于印第安人"缺乏语言"的评论势力。在这里,是英国人而非印第安人在这方面有所缺乏:他们"说各种不同的文明词汇,似乎比我们知道的多得多。我们缺乏相应的语言去理解他们"。参见加布里尔·阿杜力:《格斯诺德船长的旅行》,《珀切斯朝圣记》,第十八卷,第304页。

三

　　本文将通过详述促成殖民话语的独特思维，来详细论述莎士比亚与殖民话语的确切的语言层面关系和时间关系。这并不是要否认这部戏剧与其语境之间有任何关系，而是要表明这种关系是有不确定性的。如果急于把凯列班认定是殖民主义者所呈现的又一个他者，我们就无法认识这样一个凯列班的存在有多么不寻常。在1611年的英国并没有对新世界居民的文学描述，当然也不会有虚构的殖民话语的事例。[1] 在《暴风雨》一剧中，确实以某种方式影射了与一个新世界土著人的相遇（这篇文章剩下的篇幅将以此为前提），这是第一次在文学作品中对新世界土著人有所反映。在非文学话语中也许会出现印第安人，他们被或多或少地妖魔化了。然而，在莎士比亚之外，直到《暴风雨》出现两年之后，印第安人才开始出现在文学作品中，戴着面具、装饰着羽毛，等等。[2]

---

[1] 参见R·R·考利：《航海者与伊丽莎白时代的戏剧》，多处；以及《未探索的水域：航海者对伊丽莎白时代文学影响研究》，普林斯顿，新泽西：普林斯顿大学出版社，1940年，第234—241页。考利这两本论述航海者对当时英国文学影响的书在引述1611年之前的资料段落的时候均未超过几行文字。的确，在16世纪八十年代，马洛的戏剧不再描写去往新世界以及旧世界的航行所开拓的一般意义上的广阔前景与可能性。此外，德雷顿写了《弗吉尼亚航海之歌》，可能是特别为在1606年前往詹姆斯敦定居的人们所写；在塞缪尔·丹尼尔的《莫索菲利斯》中有一行文字有殖民意味，他说："放出我们语言的财富……用我们的储存去充实未知的国度。"还有一点毫无疑问，琼生、马斯顿和查普曼合著的《向东方去啊》（1605年）以一种迥然不同的精神，拿那些涌向弗吉尼亚的时髦青年男子开玩笑；这些人怀有的期待之高犹如上了《炼金术士》中菲斯与萨波托的当，巴望他们会给他们灵丹妙药。但是，虽然马洛曾表现过与航行及寻宝相关的浪漫冒险精神，而《向东方去啊》则对之报以嘲讽，但两者却都未论及新世界，也都未提及新世界土著人。

[2] 这三个例外指向了西班牙人对印第安人的残酷，这些都发表在与西班牙停战之前。文具店登记的清单上列着：《西班牙人对印第安人的残暴——民谣》（1586年）和《西班牙人的暴行》（1601年），现在文本已经遗失。罗伯特·格林顺带提及西班牙人用狗追逐印第安人，而英国人对待土著人"很有礼貌，使他们认为英国人是神祇，而无论是按照规则还是良知来说，西班牙人都算得上是半个魔鬼"。参见罗伯特·格林：《西班牙假面（1589年）·生活与……作品》，亚历山大·B·格罗萨特编，十五卷本，伦敦及艾尔斯伯里：私人印制，1881—1886年，第五卷，第282—283页。另参见R·R·考利：《航海者与伊丽莎白戏剧》，第385—386页。

并且,莎士比亚在创造凯列班上费尽周折、不遗余力:斯特雷奇叙述的发生在荒凉的百慕大群岛上的海难故事是莎士比亚新世界材料的主要来源,故事里当然并没有荒岛土著人。[1] 因此,莎士比亚必须寻找斯特雷奇的其他材料或描述过弗吉尼亚大陆殖民地的其他人的资料。莎士比亚第一个向我们展示了我们中的一员虐待了土著人,第一个从心理上来表现土著人,第一个允许土著人在舞台上抱怨,第一个使我们与新世界的相遇充满各种问题,问题多到足以引起现代人对这部戏剧的关注。

要论证莎士比亚的独特性,并不是要论证作为虚构作品的《暴风雨》是超越于政治之上的,或者说作为虚构作品的作者莎士比亚超越了意识形态。然而,这样的论点的确隐含了这样的信息:如果这部戏剧是"殖民主义性质的",那么它必须被看作"预言性的"而不是描述性的[2]。那么,这部戏剧的地位立刻就会引发重大疑问。为什么是莎士比亚——一个没有在殖民化过程中获取直接利益的人——第一个在其虚构作品中描述新世界属民?为什么是在那个时候?在创作《暴风雨》之前,莎士比亚从未显示出对新世界的兴趣,尽管当时在那些确实获得了利益的人们之中,殖民活动已经开展了几年了,而且一些殖民主义措辞也已出现好几年了。殖民现象是如何延伸开去的?

如果仓促之间就认为莎士比亚与殖民主义相关,似乎这不是一个问题,而是一个结论,那么我们就会失去有可能得到的关于殖民主义和话语如何运作的最重要的一点数据。正如去臆测一个人的思想也许是不可靠的,臆测整个民族或整个时代的话语就更成问题了。赋予这么大范

---

[1] 当斯特雷奇完成了关于百慕大情节的叙述,转而开始描述弗吉尼亚之后,他的确有一句话说到了印第安人的背叛。

[2] 参见查尔斯·弗雷:《〈暴风雨〉与新世界》,第31页。

围的概括以实质性内容的一种方式,是尽可能详细地去追溯它们所依据的细节资料。这些细节材料包括那些产生及再现大的文化话语的个体——尤其是像莎士比亚那样几乎比其他任何人都更多地吸收并构建了这个时期各种相互冲突话语的人。

要做到这一点,正如我一直主张的,就有必要去全盘考虑整个戏剧,而不是贸然地断定这个"纯属歪曲"那个"毫不相干"。另外,我们还必须留意《暴风雨》的另一个语境,这个语境与殖民话语一样与该剧密切相关,并且或许首先就对于表现《暴风雨》中殖民主义的存在来说,也就是说对于莎士比亚自己早期的"话语"语境来说,比殖民话语更重要、更基本。只有那时,我们才能看到两个领域的话语是如何交叉的。在使用新世界词汇和意象的时候,在某种程度上,莎士比亚尽量使用耳熟能详的比喻进行描绘——这样的手法在当时司空见惯:琼森将伦敦妓院区称作"百慕大"[1];唐恩在他情妇的臂弯里发现了他的美洲,称其为他的"新发现的领地";达德利·卡莱顿的伦敦来信中提到索尔兹伯里大人要忍受一位女士的"暴风雨"般的指责;拉尔夫·温伍德爵士试图"和妻子在这里安定下来开创一个新世界"[2]。

写作《暴风雨》之前很久,莎士比亚就已经写过一部关于爱读书胜于爱江山的统治者的戏剧。《爱的徒劳》中的那瓦国王的书院不是岛屿,但是却像岛屿一样,应该与世隔绝,不受领地谈判的烦扰。那瓦国王不懂什么是殖民问题,尽管肯定不免带有永久的贵族偏见,但他带来

---

[1] 在弗兰克·柯默德编辑的《暴风雨》版本中,他注意到这个与《巴塞洛缪集市》(第二幕第六场第76—77行)类似的一点:"看向城市的各个角度,(异性恋者的,或者说百慕大的部分)……"(第24页,第223条注释)。

[2] 1607年8月卡莱顿写给张柏林的信件,转引自亚历山大·布朗:《美洲创世记》,第一卷,第111—113页。

陪他读书的亚马多和考斯塔德，就是爱丽儿和凯列班的翻版。像普洛斯彼罗一样，他让翻版的"爱丽儿"为他准备庆典，并且囚禁了企图"搞"村妇的翻版"凯列班"。他与这两者的关系并非殖民性质的，而只是摆摆架子并在冷嘲热讽中接受现实。比如，在想象力丰富又脾气火爆的亚马多与粗俗、好色的考斯塔德发生冲突时，那瓦国王也被迫认识到自己身上的一些东西。[1] 许久之后，这种模式才渐渐演变为"殖民"性质。

《暴风雨》的许多方面都不仅与《爱的徒劳》有联系，也与莎士比亚的其他作品有联系，不断有评论家证明这一点；[2] 考察每种情形下非殖民话语结构与殖民话语是如何产生联系的，这才具有启发性。的确，修正论者认为，标志着"该剧与殖民话语开始重叠的戏剧节点"[3]的那些

1　还有许多其他相似处将《暴风雨》与这部较早时间创作的戏剧联系起来，包括一些原来被认为是表明《暴风雨》聚焦于新世界的相似之处。例如，斯丹法诺在第一次见到凯列班的时候叫道："你叫野蛮人和印第安人来给我们捣乱吗？"（第二幕第二场第58—59行）但是布朗尽管植根于旧世界，却采用相似的异域风格类比米描述罗瑟琳在他同伴身上激起的热情。他说：

　　　　他看她，
　　　　那情形，（像一个粗鲁野蛮的印第安人），
　　　　在第一次开发动人的东方的时刻，
　　　　并不低下他奴仆的头……（《爱的徒劳》，第四幕第三场第218—220行）

参见弗兰克·柯默德编辑的《暴风雨》中这一行的注解。

2　这里的副线情节与其他一些戏剧中的情节之间明显的相似之处已经引起了人们注意（谋杀阿隆佐的情节与《麦克白》相似，腓迪南追求米兰达的情节与《罗密欧与朱丽叶》相似，等等）。参见阿尔文·B·克南的《世界大集市与大洋岛屿：〈巴塞洛缪集市〉与〈暴风雨〉》，J·利兹·巴罗尔、亚历山大·莱格特、理查·豪斯利和阿尔文·克南编：《英语戏剧狂欢史》八卷本，伦敦：麦休恩，1975年，第三卷，第456—474页。奈特已经描述过在莎士比亚《暴风雨》中神秘暴风雨发生的场所。更令人浮想联翩的是，菲德勒追溯了更为隐晦的为该剧提供语境的私人虚构。利用一些不重要的细节，他展示了该剧对弥漫全部莎剧的那些主题的关注，例如，种族通婚就在这里并非偶然地拉开了该剧的帷幕。他的研究是我写作的起点。

3　弗兰西斯·巴克和彼得·休姆：《〈暴风雨〉的话语背景》，第198页。

细节，是对殖民时期之前的戏剧中相似剧情的改造。在余下的篇章里我会聚焦于修正论者认为是证明了普洛斯彼罗虚伪的最好证据的剧情时刻——当隐藏的殖民计划公然出现的时候[1]，当"政治无意识"曝光的时刻[2]。这个时刻就是凯列班图谋干扰普洛斯彼罗为腓迪南和米兰达举行盛会的时候，普洛斯彼罗盛怒，米兰达说她从未见过他这么生气。对此的解释是，倘若心理因素确实重要，那么这里普洛斯彼罗的愤怒就像从前凯列班试图奸污米兰达时他的愤怒一样，源于殖民政治。它显示出普洛斯彼罗在岛上政治方面的忧虑："一种有关他"在小岛上"统治的合法性之基础的潜意识中的焦虑侵入到他的意识所引起的不安"[3]。

但是该剧的语境与在这一节中政治占首位的假设相抵触。像凯列班一样，普洛斯彼罗与殖民政治剧中的模式化的"真实"人物有重大区别。普罗斯彼罗并不像那些坚定的殖民入侵者，他是被流放的人，是一个父亲。戏剧开始的时候，普洛斯彼罗的宿敌——那些放逐他的人以及他女儿的未婚夫一行人——的到来，再度激活了他的这两个角色，这时戏剧行为方才启动。在普洛斯彼罗愤怒之时，他刚刚将女儿许给敌人的儿子腓迪南，[4]并且正在举行盛会以作为结婚礼物，同时还将三重关于贞洁的警告赠予女儿。[5]如果普洛斯彼罗想要把他的遗产传给下一代，他必须在此刻压抑他对回国复仇及对权力的欲望，也要压抑任何对米兰达

---

1 彼得·休姆：《殖民冲突》，第133页。
2 保罗·布朗：《〈暴风雨〉与殖民话语》，第69页。
3 弗兰西斯·巴克和彼得·休姆：《〈暴风雨〉的话语背景》，第202页。
4 上一次普洛斯彼罗盛怒以致米兰达不得不向他道歉是在腓迪南开始追求米兰达的时候。
5 参见A·D·那托尔对《暴风雨》中殖民张力与性的张力的混合状态的论述：《两个无法同化的男人》，《莎士比亚喜剧》，《斯特拉福研究14》，伦敦：爱德华·阿诺德出版社，1972年，第210—240页，特别是第216页。

的性欲望。[1] 这两种欲望都被轻易投射到面无表情的、生殖崇拜的凯列班身上，他是普洛斯彼罗自己"坏东西"的活翻版。凯列班不仅已经试图奸污米兰达，他现在还想要杀死普洛斯彼罗以便将米兰达交给斯丹法诺——"她会给您生下出色的小子来。"凯列班甚至不感到一点内疚。凯列班作为普洛斯彼罗心理的活生生的投射幕功能，也许有助于解释为什么凯列班的罪恶并不在于同类相残——人们会假定普洛斯彼罗从未对食人族感兴趣，而是在于普洛斯彼罗自己被压抑的关于无限权力和贪欲的想象。[2] 当然，普罗斯彼罗还因为凯列班现在威胁到他在岛上的权威以及这种权威的合理性而生气；不过普洛斯彼罗超常的愤怒表明了一种心理情绪与政治情绪的交汇。

心理与政治因素的交汇不仅出现在《暴风雨》这里，在莎士比亚此前写的戏剧中的普洛斯彼罗似的人物身上也多有出现，数目惊人，为《暴风雨》提供了一个富于暗示性的语境。在所有这些作品中，人们都会发现一些人物从喧闹的生活中逃离到某种充满田园气息的隐秘之处，从权力与纷争中走出——通常也离开了情欲，从所有被禁绝的、会产生权力、纷争、情欲的幻想中离开。但是，虽然每一个人都处于一种超脱状态，似乎已退居幕后，但人人都将生活视为一场戏剧，以某种方式操纵着仍在台上的人——那种方式暗示出他们仍迷恋于那些他们已经拒绝接受并转让给"他者"的东西。每个这样的角色都有自己的"凯列班"。当他们的"凯列班"威胁他们即将跨越那条将其与"普洛斯彼

---

[1] 这一情景内含的乱伦冲动在莎士比亚早期浪漫剧中更清晰；像其他一些人一样，菲德勒和那托尔在作为戏剧背景的广阔的浪漫文学语境中都探索过这些。也见于马克·泰勒：《莎士比亚更阴暗的意图：乱伦问题》，纽约：AMS出版社，1982年。

[2] 莱斯利·菲德勒：《莎士比亚笔下的陌生者》，第234页。

罗"分开的、标示其为"他者"的界限时，他们都会勃然大怒。在这样对峙的时刻，界限受到可能消失的威胁，亦即等级制度受到了威胁。在每一部早期戏剧中，这个时刻都是内心冲突的表征，因为早期的"普洛斯彼罗"式人物面对的是既无财产也无权殖民的人，他们的威胁基本上是象征性的。在所有这些戏剧中，莎士比亚处理的不仅是权力关系，也是控制心理，还有个体心理与政治权力相互作用的复杂方式。

早在16世纪九十年代中期，就有两个人物形象呈现出与普洛斯彼罗类似的特征。威尼斯的商人安东尼奥将世界看作"每个人都必须表演的舞台，/我演的是悲哀的角色"（第一幕第一场第78—79行）。他几乎热切地接纳了自己的被动命运，声称要放弃利益和爱情。但是，正如玛丽安·诺维所说的，在他对巴萨尼奥的被动的但却兼具攻击性的声明中隐含着被压抑的自我意志，这种自我意志在他恶意抨击夏洛克的贪婪与一意孤行时表露无遗。这种恶意正像普洛斯彼罗对凯列班的一样，在其他地方他从未表露过。[1] 他承认自己称犹太人为狗，还说：

> 我还想再这样叫你，
> 并把口水吐到你身上……（第一幕第三场第130—131行）[2]

---

1 玛丽安·诺维：《爱的辩词：莎士比亚作品中的两性关系》，查普山和伦敦：北卡罗来纳大学出版社，1984年，第63—82页。

2 所有莎士比亚的引文都出自《河畔版莎士比亚》，G·布莱克莫尔·伊文斯编，波士顿：霍顿米夫林出版社，1974年。一些早期曾指出安东尼奥行为中的种族主义的评论家也提出了与近期对凯列班的看法相同的主张。这两者的情形的确类似。尽管两者都可以被看作"殖民主义"的例证——这里的"殖民主义"一词用的是此词在当下的宽泛含义，指任何剥削性质的对他人利益的侵占——但是更具历史特殊性的"殖民话语"似乎对夏洛克而言并不合宜。

一个与此相关并同样令人质疑的场面出现在大约一年之后创作的《亨利四世》中。剧中正进行角色扮演的哈利王子暂时退出权力斗争，在福斯塔夫的酒馆里过着田园式生活。当他获得王位之后，却要面对也从酒馆里跑来、想在新王国中谋个一官半职的福斯塔夫。这时候哈利突然变脸，像普洛斯彼罗迁怒于凯列班一样，冷酷残忍地拒绝了福斯塔夫，而且也和普洛斯彼罗一样过分："老头子，我不认识你。"（第五幕第五场）在这两个例子中，尽管他们与普洛斯彼罗的相似点很清楚，却与历史上特定的殖民主义没有什么关系。

在《皆大欢喜》（1599年）和《一报还一报》（1604年）两部戏剧中出现了两个被放逐或自我放逐的公爵，他们离开家——一个去"篡夺"林中的鹿的权益（《皆大欢喜》，第二幕第一场第21—28行），另一个去"篡夺"维也纳街头的乞丐的权益（《一报还一报》，第三幕第二场第93行）。他们与普洛斯彼罗颇为相似。在《皆大欢喜》中，老公爵被放逐到田园般的阿登森林，在那里他声称自己十分满足于既无权力也无女人的生活（他快乐地称之为"悲哀的盛会"）（《皆大欢喜》，第二幕第七场第138行）。他的坏兄弟很合时宜地忏悔并将王国交回他手中，从而省却他为王权而战的麻烦（这与莎士比亚所取材的情节不同）。但是正当杰奎斯从忧郁的退隐中回来，声称宁愿做小丑以随意讽刺社会弊端——要"清洁被污染的世界的脏污的躯体"[1]的时候，这个最温和的人却严厉斥责杰奎斯，这里至少表明了他对性取向的矛盾心理。公爵说："呸，去你的吧！"

---

[1] 那托尔注意到了公爵爆发的奇怪之处。事实上，杰奎斯要求获得小丑的执照，这"动摇了公爵的地位"。

> ……你自己本就是个浪子，
> 曾像野兽般粗野淫荡，
> 所有臃肿的恶疮，溃烂的恶病，
> 你都要向全世界播散。(《皆大欢喜》,第二幕第七场第65—69行)

似乎杰奎斯触到了他的痛处。在其他地方，杰奎斯代表林中野鹿讲话，很像凯列班在荒岛上为自己宣示所有权。杰奎斯抱怨公爵"篡夺"了这些"身着天鹅绒的朋友"的权力，他甚至"恶毒谩骂"了一番，犹如凯列班学会了诅咒。正如在凯列班的例子一样，我们无法像公爵那样对此种诉求一笑置之。但是杰奎斯的抱怨似乎更像是对公爵内心的洞察，而并非是针对野鹿的评论——无论如何，后来杰奎斯把鹿杀掉了。

在这些普洛斯彼罗的前身中，最动人的是《一报还一报》中的文森修，他与普洛斯彼罗最为相似。文森修也同样喜欢学习胜过喜爱江山，遂将自己的权力交给安哲鲁，声称：

> [我]不愿在众人面前展示自己。(《一报还一报》,第一幕第一场第68行)

但是，之后他却躲到幕后操纵。像普洛斯彼罗一样，文森修将自己的操纵视为教育任性臣民贞洁、悔悟、仁慈温良的无私手段；但似乎这种行为也更是为满足自我界定的个人需求。因为这种行为首先使他能够像"听人忏悔的神父"那样否认自己的任何侵略性或性方面的动机，然后他还能够最终出来重新掌管国家并要求得到伊莎贝尔，以此来要求得到权力和性方面的回报。[1] 文森修的"凯列班"是好色多嘴的卢西奥，他不仅纵容自己的欲望，还公开指责公爵耽于此道；因此，这里异常清晰地表明了本剧中的"凯列班"形象代表的是公爵自己不敢公开承认的情欲。卢西奥对公爵"僭越"了他的乞丐位置的谴责，像杰奎斯为野鹿讲话时一样，他在这里并非要维护乞丐的权益，而是要揭露公爵的矛盾的欲望。公爵被卢西奥的不驯服所刺激，以从未对任何人有过的严厉态度斥责他，威胁说要给他一个比准强奸杀人犯安哲鲁或真的杀人犯巴纳德更严厉的惩处。

在所有这些"普洛斯彼罗"们的案例中，我们很难把对"凯列班"的抨击看作特定殖民策略的一部分，或者看作掠夺他者的方式；即是说，他要自圆其说的并非其对他者权益的非法僭越，而是"普洛斯彼罗"自身的难以告人的东西。对于一个讲逻辑的观察者来说，普洛斯彼罗式的攻击似乎最多不过是缺乏理由而已——这样就更令人恐惧。这种攻击缺乏政治依据。"政治"进攻总是发生在戏剧的旧世界之外，在角色退隐到另一个世界之后。新世界不过影射了那些令旧世界变得无法居住的冲突，并且将其夸大、颠倒或极端化。在每一个早期的"普洛斯彼罗"案例中，这些冲突似乎既是内在的，也是外在的，所以当他离开旧世界遇见他的"凯列班"的时候，他总是在遇见他自己。政治放逐也表现为自我疏离，即一种表现在社会和地理分割中的自我危机。在每个例子中，无论是阿登森林的田园化生活，还是夏洛克的在威尼斯做替罪羊，或是福斯塔夫在酒馆里的狂欢骚乱，或是文森修的维也纳的戏剧化

---

[1] 参见理查·P·惠勒在《问题喜剧和莎士比亚的发展：转变与反转》（伯克利和洛杉矶：加利福尼亚大学出版社，1981年）中的分析。

了的监狱,或是普洛斯彼罗对一座乌托邦似的荒岛的"殖民",不管这种安排以什么形式出现,莎士比亚都揭露了如上诸种做法的脆弱方面。

无论每个早期"凯列班"作为另一个世界或二等世界的居民所扮演的政治角色怎样变化,每一个似乎都体现了相似的心理特质。在每一个例子中,他都展示了一种自我决断,这种自我决断是那些已退隐或正在退隐的"普洛斯彼罗"所不能——或不希望——展示的。对莎士比亚来说,这一点似乎是他者的标识。每一个"凯列班"都是莎士比亚在其他作品中所称的"意志"[1]的缩影(也许存在于他自己用双关语表现出的矛盾心理中,犹豫要不要承认这是他自己的意志)。这种"意志"包括一系列被禁止的欲望和嗜好,通常被认为是他者所具有的,并且总是与"脏污的躯体"相联系——杰奎斯如是称之;或者与食欲旺盛的肥胖身体相联系——哈利如是描绘福斯塔夫的形象;或者与仅仅作为血肉之躯的身体相联系;或者沿袭巴赫金的说法,与我们也许可以称为"怪诞"之身相联系。这种意志的定义对立于"普洛斯彼罗"们所具有的"慈悲"、"荣誉"、"贞洁"等高尚美德。

"凯列班"们的"意志"隐含着某些原始的口欲上的贪婪,正如夏洛克渴望用一磅人肉来"喂肥"其复仇、福斯塔夫的贪吃,或在凯列班的名字中体现的那样。或者,这种"意志"还出现在猖獗的对性的贪欲上,像福斯塔夫的那样,像杰奎斯的过去或者卢西奥的那样,甚至可能出现在夏洛克与羔羊产子的财富增长奇迹中,当然也在凯列班自身中体现出来。但是在这些戏剧中,自我决断或"意志"中最不寻常的部分表现为一种原始的强烈报复心。这种强烈报复心与婴儿期那种对控制与

---

[1] 首先当然表现在十四行诗里,不过也表现在戏剧中。参见诺维对夏洛克的自我意志的讨论。

主导的需求相关,与污秽的粪便意象相关——与对总有失控倾向的肮脏的物质世界的反感相关。因此,夏洛克复仇的动因与"肛肠"活动特点有联系("缚得牢,跑不了"),与其粪便色的金子有联系,也与他家那紧关起来的开口有联系("堵住我的房子的耳朵,我是说我的窗子。")(《一报还一报》,第二幕第五场第34行)。也因此,老公爵描述杰奎斯"倾泻"他"突起的疼痛",意味着他在将自己对"被污染世界的肮脏躯体"的反感投射到杰奎斯身上,他害怕杰奎斯的"倾泻"物会淹没他的疆域而不是将其清洁干净,杰奎斯的名字将他与这一粪便意象联系起来。用特林鸠鲁和斯丹法诺的话来说,时时想着复仇的凯列班也表现出肛恋的污点。斯丹法诺看到凯列班与特林鸠鲁躲在长袍下面,认为凯列班是个怪物,以为他的第一个动作就是要"排出"一个特林鸠鲁——一个巨大的排泄动作;在另外一处,特林鸠鲁抱怨凯列班带他们去了一个"臭湖",比他们的脚还要臭,直到他们闻上去也"全是马尿味儿"[1]。

因此,尽管凯列班在他的"他者性"方面像新世界土著人,但至少他也与莎士比亚早期作品中的"凯列班"形象有着同样紧密的联系。努力理解《暴风雨》在其他方面独特之处的十分有趣的地方在于,莎士比亚通过凯列班第一次展示了"意志"或自恋式自我决断就像孩童最初的"夸口"或"自大"一样,呈现出最纯净、最简单的方式。[2]这是第一次,莎士比亚将这个代表着身体存在的人物塑造成一个孩子一样的角色,借用弗洛伊德的术语,就是说孩子的自我是一种"身体自我",即

---

[1] 凯列班后来与这两个宫廷仆役一同说着恰如其分的、与粪便意象有关的、有猥亵含义的双关语。

[2] 诺曼·霍兰德:《凯列班的梦》,M·D·法布尔编:《内部设计:用心理分析方法研究莎士比亚》,纽约:科学屋出版社,1970年,第521—533页。

是一个用身体来定义"自我"的"主体"。凯列班的性欲中有一种孩童式的不属于道德范畴的、几乎与性无关的喜悦("哦，噢，哦，噢，那个本来不会发生！"说起他试图强奸的那件事时他这样说)(《暴风雨》，第一幕第二场第349行)；并且，在他梦想报复时有着孩子式的夸张：

打破他的脑袋
……或者用原木
猛敲他的脑壳，或者拿棍子剖开他的肚肠
或者用刀割破他的喉咙。(《暴风雨》，第三幕第二场第88—91行)[1]

像一个孩子那样，他常常想到他的妈妈[2]，因为她已离去，所以他梦到了财富从天而降，渴望再做一次这样的梦；他像一个孩子一样被传授语言，被指示去看月亮里的人。[3] 他像一个乖张的小孩子，当他的空中楼阁没有出现的时候他就会暴怒。他因为普洛斯彼罗对他又是打又是罚表示嗔怒，他称是"自己的国王"(《暴风雨》，第一幕第二场第342行)，反对被人当成臣民。他的嗔怒是每个孩子都会做出的反应——每个孩子出世时都被母亲"宝贝皇上"般照料，之后却要受到由父亲所代表的社会责任的约束。[4] 在童年时代，任何人——甚至包括最有权势的伊丽莎白时代的贵族——都会体验到主人与奴隶关系中奴隶一方的感受，伴随

---

1 可以对比安东尼奥打算杀死阿隆佐时的冷酷算计行为。
2 虽然是以"我妈会来找你算账的"的方式。
3 A·D·那托尔:《两个无法同化的男人》，第225页。
4 也因此，任何孩子都可能会抱怨他以前被人教会说话的，结果现在他"在这方面得到的好处"就是陷入了语言的牢笼。

着羞辱及逆转和复仇之梦。所有这些特点（同凯列班本人一样）对婴儿来说都是合适的、可接受的，但它们"随年深日久（而更趋）丑陋"（《暴风雨》，第四幕第一场第191行），并且变得更加危险。

凯列班的孩童特质被当成一种防御机制而遭到忽视，这是对普洛斯彼罗不合法权利的另一种合理化处理。[1] 但是，如果说这是一种防御，那么这种防御自身就很能说明问题。凯列班的孩童特质是一个标示他者的维度，莎士比亚似乎对此颇感兴趣。[2] 这种孩童特质既是凯列班的明确特征的主要来源，也是他与普洛斯彼罗紧张关系的主因（而非无关紧要）。凯列班孩童式的天真似乎是起初他吸引普洛斯彼罗的特点。现在，凯列班孩童式的不服约束则激怒了他。对于像普洛斯彼罗那样一生都在学习自律却并不能完全称得上自律的人来说，凯列班可以看作必须要受到约束的孩子；同时，他也像个孩童一样，对于受到约束而凶狠地大发雷霆。普洛斯彼罗对待凯列班正如他对待自己身上存在的那个任性孩童一样。

这里将要引用最后一个《暴风雨》之前的例子，来说明孩童特质

---

[1] 这种观点最有力的代表见劳瑞·赖宁格：《解码〈暴风雨〉》，第125页；也可参见保罗·布朗：《〈暴风雨〉与殖民话语》，第63页。

[2] 在这里，莎士比亚似乎也不同寻常。直到我们这个以孩童为中心的后弗洛伊德时代，我们才发现作家们如此直接地将我们广阔银河系边界的外星人表现为孩童——无论是像史蒂芬·斯皮尔伯格的E.T.那样的天真的人，还是像他的小魔怪那样的原始人。其他一些人将原始人与具有隐喻性的孩童时期联系起来：德·布莱1590年版的哈里奥特的《简单真实的报告》和后来珀切斯版本的"斯特雷奇"将原始的印第安人与英国民族的童年期相联系。一些作者谈及印第安人时称他们为"小兄弟"。参见卡伦·奥戴尔·库珀曼：《与印第安人共处：1580—1640英国与美洲印第安文化的相遇》，第170页。莎士比亚的不同寻常之处在于他对情绪化的和具有认知能力的孩童特性的细致刻画与强调。利亚·马库斯在另一种语境里提出：处于17世纪混乱迷茫的文化语境中的英国人特别容易梦想黄金时代——也容易接受合乎他们心境的对童年所具有的完整性的描写。参见利亚·马库斯：《孩童期与文化绝望》，匹兹堡，宾夕法尼亚州：匹兹堡大学出版社，1978年。然而，大多数这样的描绘直到20世纪末才出现。

在定义凯列班上的重要性。这个先例预示了普洛斯彼罗承认凯列班就是他自己身上的坏东西的深层原因；并且在这个先例里，那个"凯列班"式人物就是个孩童。这个人物是《泰特斯·安德洛尼克斯》中的一个人物。剧中一个被称作"魔鬼"和"奴隶"的私生子被母亲抛弃但是被父亲救下。父亲发誓要在洞穴里将他养大，用浆果和植物根茎喂养他——父亲的话预示了凯列班在《暴风雨》中的形象。[1] 这里的父亲是摩尔人艾伦，那个淘气的小孩子正是他自己的黑人儿子——他痛苦地承认了这一点。这幅野蛮人父子画面中引人注目的是，艾伦的爱是这个戏剧世界里唯一很单纯的父爱；而文明的白种人，例如泰特斯，会依照自己的原则杀害自己的孩子。顺便说一下，这是一个在莎士比亚剧作中唯一包含真正的（就算是无意为之的）食人者——孩子的白人母亲——的世界。艾伦不像泰特斯，他能够爱自己的孩子，因为他能够与他认同；作为一个"未开化"的黑人，他能够接受他自身里那个贪婪、性感、无法无天的孩子：

> 这就是我自己，我年轻时强健的样子。（《泰特斯·安德洛尼克斯》，第四幕第二场第108行）

艾伦在承认自己亲骨肉方面自然表露出的这种爱，在《暴风雨》中变成了普洛斯彼罗紧张而艰难地认可了一个部落他者，这个他者的邪恶正刻画出他自己的邪恶。

---

[1] 爱德华·A·阿姆斯特朗:《莎士比亚的想象》，林肯：内布拉斯加州大学出版社，1963年，第52页。

围绕艾伦发生的类似情况不仅显示出普洛斯彼罗与凯列班之间家族史上的共同之处，也显示出在这里莎士比亚正在改变其早期对权威的看法。在这部早于《暴风雨》的戏剧中，是白人泰特斯——像普洛斯彼罗那样——放弃了自己的权力，并遭到背叛；但是却是艾伦被污蔑成了渴望复仇的恶棍。泰特斯一直保持着这种黑白区分，即使在残忍地展开复仇时也是如此。但是在《暴风雨》中，这种区分已经变得不那么严格了。莎士比亚融合了他关于一个"白人"（但却是被放逐的、有些神经质的清教徒式的）公爵的想象与一个邪恶（却是慈爱的）"黑人"父亲的想象，第一次在普洛斯彼罗这个角色上展示了一个父亲般的领导者形象，他通过承认而非否认自身的"邪恶"夺回了权力。正如几位修正论者指出的那样，普洛斯彼罗也许最后没有为凯列班做多少事情；然而事实上他所说的十分重要，因为当他起初将凯列班定义为他者的时候，他最初的侵犯既是身体侵犯，也是心智侵犯。当普洛斯彼罗最后承认凯列班的时候，尽管离承认种族上的"他者"的平等还很遥远，但是他已经比莎士比亚笔下任何其他的"普洛斯彼罗"们更接近于承认自己内心的那种产生了所有种族主义的他者性——并且他比任何人都更接近殖民话语。普洛斯彼罗承认孩子气的凯列班是他自身的映射，尽管他并未因此废除等级制度，但是他第一次趋向于从内心里接受这个孩子而不是（与那些到处都有却脆弱的人一道）试图控制和清除那个孩子，从而建立自己成年人的权威。

因此，正如修正论者声称的，尽管莎士比亚也许在一定程度上再现了普洛斯彼罗对荒岛的殖民想象，但是这部戏剧复制荒岛上的殖民景象的着眼点却不在于为其辩护，而在于分析殖民统治的起源，这在莎士比亚之前的戏剧中就有了先例。这部剧作坚持让我们依据普洛斯彼罗的过去来审视普罗斯彼罗目前与凯列班之间的关系,将这种"殖民"冲突牢牢控制在普洛斯彼罗家族历史故事的框架中。尽管那历史并未回溯到普洛斯彼罗自己的童年,但它却始于家庭关系以及米兰达的记忆——她记得在她和普洛斯彼罗认识那个他者之前的"过去时光的幽暗的深渊"(《暴风雨》,第一幕第二场第50行)。那个时候,普洛斯彼罗认为,他是与他的世界和他自己完全和谐的——退隐到图书馆的乐园里快乐地生活着;他认为他的一个"亲爱的"兄弟使他免于面对现实,这个兄弟与他和他的欲望关系如此紧密,以至于普洛斯彼罗对他有着"无限的、没有边界的信任"(《暴风雨》,第一幕第二场第96—97行)。米兰达那时肯定也这样信任过那些"照料"她的妇女。只有当安东尼奥的背叛瓦解了这种信任,普洛斯彼罗被从乐园中逐出之时——刚刚意识到自己的兄弟是他者,而他自己是与此相对的任性的自我,他才"发现"了荒岛和凯列班。那么在某种意义上说,凯列班是从普洛斯彼罗和安东尼奥之间的裂隙中诞出的,[1] 正如爱丽儿是从西考拉克斯的松树缝里钻出来的一样。一旦兄弟显示出他与自我不同,将自我的自恋式渴望反射回来,他就变成了他者——并且同时唤醒了自身中渴望报复的他者。在《暴风雨》中,一个"殖民主义的"普洛斯彼罗加之于自我与他者之间的距离来自于从最亲近关系的退却;这种退却实际上将"远"与"近"、公开与私有——政治与个人——定义为不相关的领域。当普洛斯彼罗承认凯列班的时候,他就以这种方式部分地平息了他看到荒岛之前就早已出现的全部内心动荡。

---

[1] 这兄弟俩通过互相对立而定义了自己。或许这一点影响了莎士比亚对其名字的选择:普洛斯彼罗和安东尼奥?

四

当莎士比亚创造出孩童气的"凯列班"的时候,他自己正在完成一种动态过程,这种动态过程早在创作《泰特斯·安德洛尼克斯》的时候就已出现。我们永远都无从"了解"为什么莎士比亚给他最后这个流放故事在本地安了一个包含了殖民话语诸多方面的家;但是,答案不仅存在于殖民话语之中,也存在于作者及其心中所想。莎士比亚与剧终时的普洛斯彼罗的相似之处,激发了关于莎士比亚所想的某些最"似是而非"的臆测:已经过了人生顶点,将要退休,三分之一的思想转向坟墓。然而,用不着费力去做这种似是而非的臆测,我们似乎就可以肯定地说,莎士比亚在若干年前就已经相当关注衰老、损失、必死的命运及死亡等问题了,这些问题在那些他彼此时所读和所写的作品中不断重现。在这个层面上,无论是该剧还是其语境都在关注个体自我以及自我所在的主体与身体的终结。这种终结是与童年的自我发现相关的一切事物的终结,是凯列班所代表的一切的终结——因此,这种终结是自从这个婴儿帝王第一次被废除权力时起就有的婴儿期自恋面临的最大威胁。

约翰·本德指出:1611年该剧的首场宫廷演出时间据推测是在万圣节,这个节日是冬季盛会,是季节性庆祝的时刻,庆祝与冬天相关的最终的终结与死亡。[1]本德表明,这部戏剧作为庆祝活动的一部分,所起的作用是建构一种大众对死亡唤起的不断重现的"季节心理"的反应。不管是否如此,这种在社会群落与季节中"不断重现"之事对个体来说却只有一次;《暴风雨》是莎士比亚本人从《仲夏夜之梦》到《冬天的

---

[1] 约翰·B·本德:《〈暴风雨〉的日子》,《英国文学史》,47(1980),第235—258页。

故事》写作的"季节性"变化进程的最后阶段,因此这部剧可以解读为搬演了最终的"自我危机"以及此前的流放剧中就开始关注的背叛危机——只是这一次危机达到了登峰造极。[1] 对那些对生命之光即将消逝感到愤慨的人来说,这是一个危机,这次危机唤醒了婴儿期对无法满足的自恋主义的需求,也唤起了针对那个拒绝给予这种满足的世界的自恋主义的愤怒和强烈的报复心。[2]

对于一个就要从旧大陆退隐的人来说,新世界是让婴儿期自我最后复苏的一个合适舞台。我们想当然地认为,历史条件在该剧之外的航海者报告中产生了乌托邦的幻影。剧中凯列班孩童式的存在表明,对莎士比亚来说,对这样的乌托邦——金色世界与不老泉——的渴望的根源不仅存在于"历史"中,也存在于个人成长的过程中。这种渴望是由最局部的,也是由最大的、集体的、物质的约束塑造出来的——弱小的生命降生在一个由高大强壮、有其自身问题的人们把持的世界中,降生在一个"有性别的、终有一死的躯体"中;而这个躯体必然会以某种方式成为社会与语言群体的一部分。[3] 凯列班所描述的充满甜美声音和从云端倾泻下珠宝的乌托邦(《暴风雨》,第三幕第二场第137—143行)非常直接地利用了婴儿期的隐性特质,这种特质为哥伦布第三次航行归来的报告增添了色彩——他深信:"新发现的半球就像女性的乳房,这个尘

---

[1] 它也标志着莎士比亚从《爱的徒劳》中活跃生活的退隐——不过这一次有所不同。这部早期剧作显示了年轻人希望通过发誓抛弃躯体及其所代表的一切来战胜死亡;《暴风雨》则展示了一个老人承认身体及其所代表的一切,从而与死亡达成和解。

[2] 埃利奥特·雅克借用克莱因的词汇,给出了有关婴儿期需求和婴儿期情感的作用的相关描述,以便能与死亡达成和解。参见埃利奥特·雅克:《死亡与中年危机》,《国际精神分析学杂志》,46(1965),第502—514页。

[3] 约翰·福里斯特:《是精神分析还是文学?》,《法国研究》,35(1981),第170—179页,尤见第172页。

世的天堂正位于相当于乳头的最高点上。"¹ 但是,这部剧作中其他人的"乌托邦"梦想也凭借于此。贡萨罗的乌托邦更加社会化:

> 大自然会带来,
> ……所有的丰饶,
> 养育我的淳朴的人民。(《暴风雨》,第二幕第一场第163—165行)

普洛斯彼罗的盛宴乌托邦更加虚幻——一个由谷物女神色列斯护佑的没有冬天的世界;但是,像凯列班的乌托邦一样,他们重新创造了与一个丰足慷慨的自然母亲的聚合。而且,正像孩子的乌托邦一样,这里的每一个乌托邦都是脆弱的造物,很容易被怒火和暴力摧毁(怒火和暴力构成了充满凶狠复仇的反乌托邦,反乌托邦是乌托邦的替代物,能帮助定义乌托邦),普洛斯彼罗的盛会受到的打扰仅仅是一系列此类打扰事件的最后一个。² 每一个乌托邦都是幼稚的头脑产生的想法,这种幼稚的头脑只会用二分法来思考:好妈妈/坏妈妈、爱恋/狂怒、弟兄/他者。

莎士比亚迷恋于新世界的乌托邦部分,这可以从最直接地促成(这是柯默德用的一个富于暗示性的词汇)了该剧写作的新世界话语的特定片段中一见端倪——这就是记录着"与美洲的开端相联系的可能最浪漫的事件"的百慕大的宣传册。³ 吸引莎士比亚的是一个关于"慈悲

---

1 转引自哈里·莱文:《文艺复兴时期黄金时代的神话》,第183页。
2 关于该剧如何总是在做梦之后出现暴力的探讨,参见约翰·B·本德:《〈暴风雨〉的日子》:暴力并非荒岛上出现的问题的原因,而是结果。
3 马修·P·安德鲁斯:《民族魂:弗吉尼亚的建立与新英格兰的规划》,第126页。

的上帝"——亲爱的慈父般的保护者——从某次死亡中拯救出整船人的故事；这个故事报道了被恰如其分地命名为"夏日岛屿"的那片群岛的不可思议的丰饶景象，这样的故事足以对抗关于冬天的愁思。

那些使莎士比亚接触殖民话语成为可能的问题，后来在其他作品中可能也发挥了作用。在分析来自政治动机的殖民话语时，很重要的一点是不要忘记与来自另一套不同动机的乌托邦话语相联系。即使不将殖民主义降格为"仅仅是主观的，仅仅处于心理投射的地位"[1]，人们仍旧可以考虑其中的幻想与动机，这些幻想与动机尽管现在被认为是次要的，或者是与政治无关的，但是仍有可能以我们尚未理解的方式与政治动机产生相互作用。不过，只要我们转移注意力，试图将心理学降格为政治，或者将政治降格为心理学，那么我们就无法理解这种方式。例如，婴儿期乌托邦想象的二元动态机制有助于解释为什么失意沮丧的欧洲移民会如此轻易地接受了对北美土著人的双重的刻板印象：既把他们当成天真的、会欢迎并支持欧洲移民的原始人，同时也把他们当成无可救药的他者。他们可以充当提醒者，提醒人们对友情和兄弟之情的渴望可能会像掠夺的渴望一样具有毁灭性。参考非理性的、过时的婴儿期需求的特点，可帮助解释为什么欧洲移民一旦真正开始了殖民化进程，就着手彻底"强制地"让野蛮人归顺。这个过程正如詹姆斯·阿克斯特尔所描述的：

在欧洲人眼中，没有哪个土著人的特点太无关紧要而无须改

---

[1] 詹姆逊引用了"非常贴合（他）当前作品之精神"的德鲁兹和瓜塔利的关注点，"来重申日常生活和个体幻想的政治内容的特殊性，并将其从被降格为仅仅是主观的、仅仅处于心理投射的地位中拯救出来"。参见弗雷德里克·詹姆逊：《政治无意识：作为社会象征行为的叙事》，第22页。

变，没有哪种习惯太无害而无须消除。[1]

这种行为似乎已经超越了任何直接的政治或物质动机，并且似乎是为了满足更为普遍的、与土著的冲突引起的心理需求。最近对殖民者明显的物质贪婪和利己主义——或阶级利益——的强调已经毫无必要地掩盖了这些不大明显的、可能更具潜在危害的荒谬动机与想象的作用。

莎士比亚对历史性殖民话语元素的吸纳，既不能完全摆脱他用之嫌，也不能摆脱他用的影响。不过，莎剧中的"殖民主义"不仅与莎士比亚间接参与了某种政治掠夺和清除的意识形态相关，而且与他直接描写了孩童在成人世界里不可避免地经历了掠夺与清除后的心理影响相关。他不仅在复制一个先前已存在的话语，也使它与其他话语发生交叉、改变、放大、歪曲并质疑它。我们对《暴风雨》参与了"殖民话语"的认识应该具有足够的灵活性，要将这些交叉因素考虑进去；实际上，我们对于此类话语结构的看法应该具有足够的灵活度，要考虑文本的所有方面，全面考察这部首例探讨殖民话语的英国虚构作品。[2]

（杨秀波译）

---

[1] 詹姆斯·阿克斯特尔：《内部侵袭：北美的文化竞争》，牛津：牛津大学出版社，1985年，第54页。

[2] 这篇文章最初的版本是在一次主题为"精神分析与文艺复兴时期的历史"的会议中呈现的。1987年这次的现代语言协会年度会议是由理查·惠勒主持的，现在的版本在很大程度上得益于珍妮特·阿朵曼、安妮和罗布·戈布尔、卡罗尔·托马斯·尼利、玛丽安·诺维、马丁·威纳以及其他几个读者的细读。

抓住书本，为我所用

阿妮娅·鲁姆巴[1]

遭污染的文本

用莎士比亚的《暴风雨》作为本书的结尾也许是恰当的，该剧多样化的舞台表演和批评历史已清晰地突出了对主导文化的挪用问题。这一历史不仅显示了针对文本真相和价值的争论，也提醒我们注意"将作品为我所用"之类的问题；因此，下面这些讨论并不是"结论"，而更像是针对这些难题中的某些方面所做的思考。

研究莎士比亚的麦克卢斯基引用了研究意识形态的伊格尔顿的话：

> 美的东西太过宝贵，不应该没经一番斗争就交托给资产阶级美学家，同时也被资本主义意识形态污染得太严重，而无法按现状来挪用。[2]

---

[1] 阿妮娅·卢穆巴（Ania Loomba）：美国宾夕法尼亚大学教授，出版《性别、种族、文艺复兴戏剧》（1989年，1992年）、《莎士比亚、种族与殖民主义》等著作，主编《后殖民莎士比亚》等学术文集。本文选自《性别、种族、文艺复兴戏剧》（1989年），第142—159页。

[2] 凯瑟琳·麦克卢斯基：《女性主义解构》，《红色信笺》，12（1981），第33页。

正是这种污染,使得对文本的挪用,而非随便进行普通阐释,成为必要;给这两个词语划分界限,在某种意义上是行不通的,因为两者互有重合,不过这样的界限划分标志着在两种批评方式之间进行区分:一种批评明确承认自己存在偏见;另一种则辩称自己是客观的,并非"专门为了某些特定目的"的,而引号中的话正是《牛津图解大词典》对"挪用"一词下的定义。

因此,通常我们为达到特定目的而迈出的第一步,就是揭露别人的特定目的——将广为接受的解读也看作挪用:

> 如果莎士比亚可以被这些保守派的观点挪用的话,那么对立派别也就有介入的空间了。[1]

《暴风雨》就很容易陷于这种状态。[2] 这部戏剧在西方的评论和舞台表演与《奥赛罗》不同,不同之处在于这些评论和舞台表演更早地,也更清楚地承认这部戏剧存在殖民主题。出现这一区别的一个原因是,凯列班的地位(人物列表称其为一个"野蛮、畸形的奴隶",这一点由此得到确认)不会威胁到常人意识里对黑人和奴隶的概念,而《奥赛罗》所强调的奥赛罗的高贵和英雄主义则不然。批评者付出大量努力来证明奥赛罗在血统上并非黑人,并且在道德上与白人并无二致——尽管也有大量文献涉及他的黑人出身;但是,虽然《暴风雨》对于凯列班的肤色和

---

[1] 艾伦·辛菲尔德:《再造》,乔纳森·多利莫尔和艾伦·辛菲尔德:《政治的莎士比亚》,曼彻斯特:曼彻斯特大学出版社,1985年,第132页。

[2] 我要感谢弗兰西斯·巴克和彼得·休姆以及保罗·布朗和罗伯·尼克松关于《暴风雨》的著作,是这些专著使我能够完成这一章的撰写。

种族交代得还不如奥赛罗清楚，人们却不像关注奥赛罗那样关注这个普洛斯彼罗口中的"黑不溜秋的东西"到底有多黑。在英国舞台上，直到1934年开始，凯列班才被表现为黑人；不过，在此之前的大多数表演都将他表现为动物一般的角色，并且在1859年达尔文的《物种起源》出版之后，他被表现成一个人猿，肢体畸形，面目可憎，类似于"半是猴子半是椰子"，代表了两者之间缺失的联系；或者半是海豹半是人，像条鱼一样，等等，不一而足。同时，他被一致刻画为被殖民的土著，尽管在描述上不尽相同。[1] 这些显而易见的社会达尔文主义者、种族主义者以及帝国主义者排演的作品表明，凯列班的**政治**肤色毫无疑问是**黑色**。[2]

事实上，该剧与"新世界"的联系（早在1808年就已得到承认）被归为背景资料，不允许成为该剧的意识形态语境和历史语境，[3] 这种情况在西方评论界直到近期才有所转变。随着这种局面的终结，人们不得不承认了对这些资料的忽视，并开始积极利用这些被正统评论排斥的资料。因此，在科莫德为该剧写的简介中，举例来说，原始资料被煞费苦心地去除，使我们无法得到；我们只知道该剧主要关注的是自然与艺术之间的对立（正如所有严格意义上的田园诗那样）；并且，"假使美洲没有被发现，那么，《暴风雨》理念结构里那些基本的东西中没有什么是不可能存在的"[4]。有人致力于将该文本从巴克和休姆所称的"语境损

---

[1] 参见特雷弗·R·格里菲斯：《论凯列班与殖民主义》，《英国研究年鉴》，13（1983），第163—169页。

[2] 黑体字为本文作者所加。

[3] 参见弗兰西斯·巴克和彼得·休姆：《〈暴风雨〉的话语背景》，约翰·德拉卡吉斯主编：《莎士比亚别论》，纽约：梅休因出版社，1985年，第195页。

[4] 科莫德：《〈暴风雨〉序》，《阿登版莎士比亚》，弗兰克·柯默德编，伦敦：梅休因出版社，1954年，第xxv页。

害"中隔离出来,对于这种努力的政治纯洁性我们可能抱有一些幻想,但是任何这样的幻想以下这段话都能驳斥:

> 亚里士多德说:"有些人……比别人低劣,正如身体比灵魂低劣一样……他们天生就是奴隶,并且对他们来说,总是处于被统治的状态是于他们有利的。"如果亚里士多德是正确的……那么皮肤黝黑、肢体残缺的野蛮人类一定是欧洲绅士的天生的奴隶,更不必说博学的普洛斯彼罗的那个野蛮、畸形的凯列班了。[1]

科莫德的文本在印度广为使用,这并非偶然。同样并非偶然的是,在那个文本的语境中,明显的偏见被植入人们的观念中,将该剧看作浪漫剧,看作一部神秘的令人着魔的戏剧。虽然对文本的各种利用不断出现,但是在这个文本的每一个阅读或舞台表演的过程中,只有当这种利用具有颠覆性质时,有关真实性的那些问题——历史或主题的"正确性"——才会猛然浮出水面。

例如,一代又一代的白人饰演的奥赛罗都是允许的,而仅仅一位黑人饰演的安东尼就引起了轩然大波。在一封写给《卫报》的信中,碧姬·拉莫引用了该报对她启用黑人饰演安东尼的非难:

> 真实性是如何被侵害的?安排一个意大利式的、穿着宽袍的安东尼和一个男孩饰演的克里奥佩特拉就叫真实吗?如果出现一个类似海伦·米伦那样的金发碧眼的克莉奥佩特拉,或凡妮

---

[1] 科莫德:《〈暴风雨〉序》,第xlii页。

莎·莱德格雷夫那样高大的克莉奥佩特拉，就会歪曲其真实性吗？[1]

从《戏剧与演员》杂志的一篇题为《多种族欺骗》的社论中可以明显看出，剧场的真实性是紧紧抓住失去的帝国的一种途径：

> 英国文化是欧洲最复杂、最具一致性、最独特的文化之一，但是感到过意不去的英国人不但不为此骄傲，反而非常欢迎（大多数情况下是假装的）将具有不同适应性或相关性的新元素嫁接到本土事物上。我们猜测，相对艺术而言，这跟政治的关系更大；相对质量而言，这跟指标关系更大。[2]

文章接着提到黑人演员休·夸西，在他谈到一个加勒比演员将爱诺巴勃斯演得"非常绝妙"时，评论员继续说：

> 太对了，休。让一个中国侏儒裸体并穿上轮滑鞋，也能演得非常绝妙，而且同样切合实际。当然，让这样的安排合理存在的剧场表演也是可能出现的（从皇家莎士比亚剧团毫无创意地沉迷于用不怎么样的新作品替换不怎么样的旧作品来看，任何一天都有可能）。[3]

---

[1] 碧姬·拉莫：《卫报》，1987年5月30日。
[2] 《多种族欺骗》，《戏剧与演员》，7（1986），第2页。
[3] 《多种族欺骗》，第2页。

这篇社论在末尾提到了其他一些不同的剧场演出，称之为"新殖民主义"。我在德里的英国文化协会的图书馆发现这篇评论文章并非偶然；同样并非偶然的是，几天后，德里的一位著名英国文学教授在介绍一次有关莎士比亚的访谈时声称，她是个"顽固的保守主义者"，她对莎士比亚的热爱使她远离那些"新奇的理论和作者"；而不幸的是她的学生们似乎对此非常感兴趣。

让我们回到《暴风雨》。社会达尔文主义将凯列班描述成猿人，作为对此种描述的致敬，有些人惊叹莎士比亚有如先知般地预言了达尔文的科学分析。虽然如此，但是在乔纳森·米勒将该剧排成一出反帝国主义的戏剧之后，《金融时代》杂志提出异议：

> 殖民主义，一个种族（不同于国家）对另一个种族的统治，这种东西莎士比亚闻所未闻。[1]

凯列班比奥赛罗更清楚、更自觉地站在主导文化的对立面。因为这个原因，《暴风雨》更容易被曲解以迎合反帝国主义的目的；从20世纪五十年代早期开始，非洲和加勒比地区的知识分子：

> 选择利用（它）……作为策略，以便（用乔治·兰明的话来说）"从（西方）历史成就的古老陵墓下"解脱出来。他们抓住《暴风雨》这个文本，来放大他们要求在主导文化的范围之内去殖民化的呼声。[2]

---

[1] 特雷弗·R·格里菲斯：《论凯列班与殖民主义》，第178页。
[2] 罗伯·尼克松：《加勒比和非洲对〈暴风雨〉的盗用》，《批评研究》，13（1989），第557—558页。

普洛斯彼罗认为，凯列班天生下贱，"教养也改不过他的天性来"（《暴风雨》，第四幕第一场第188—189行），西方的解读之所以承认凯列班是"全剧的核心"，只是为了迎合普洛斯彼罗的看法。虽然如此，但这另外一部历史却抓住凯列班来说出它自身所受的束缚和反抗；与此同时，它也开启了一场有关被殖民心理的辩论。值得注意的是，在英国被迫从英属黑非洲帝国撤出之后的若干年里，因为利用该剧表现反帝国主义的做法变得频繁起来，所以英国戏剧舞台上几乎没出现该剧的表演。[1]

因此，《暴风雨》的发展史清晰地显示了一场针对文本真相与价值的争论，并且揭示出主流的莎士比亚评论只是这场争论的一个组成部分，而不是某些无可辩驳的核心意义的卫道士。对于该剧来说，种族主义和反殖民主义阐释与普通阐释并存，这一现象并不能证明相悖的意义可以同时成立；多元主义致力于歪曲这样的一个事实：

> 不同的解读为了文本的立场而互相争斗，一切可被看作一个文本的知识的东西，不管其存在多么短暂，都来自于这种话语冲突。[2]

但是，是什么使得《暴风雨》的这些不同解读成为可能呢？近期，托马斯·卡特里在其文章《非洲的普洛斯彼罗》中指出，某一具体文本的一些独特解读之所以会出现，与文本本身并非毫不相干。卡特里围绕

---

[1] 特雷弗·R·格里菲斯：《论凯列班与殖民主义》，第176页。
[2] 弗兰西斯·巴克和彼得·休姆：《〈暴风雨〉的话语背景》，第194页。

恩古吉·瓦·提安哥的《一粒麦种》展开论证，认为这位肯尼亚作家将普洛斯彼罗与康拉德笔下的库尔兹结合在他的核心人物汤普森身上，借此将二者联系起来，指出这种联系并非对该剧的误读，而是被历史证明是正确的——帝国主义者的"理想主义"不可避免地坍塌成高压暴行。我们也许可以将普洛斯彼罗与前者相提并论，而后者则在库尔兹身上无比清晰地呈现出来。将普洛斯彼罗表达高尚意图的辞令与他的高压行为相结合，正是后来的殖民主义者也采用的策略。

近来，该剧的评论关注的是文本中的一种由历史原因决定的模糊性；保罗·布朗经过深刻分析并得出结论，认为《暴风雨》"是一个有限文本，其中的殖民语言的标志性作用也许能被分辨出来——作为剥削的工具、围困的语域以及极端模糊性的表达方式"[1]；巴克和休姆已经指出："普洛斯彼罗之剧与《暴风雨》并不一定得是同一件事情。"[2] 卡特里的文章认为，在使《暴风雨》成为"殖民语言发展史中的一部享有特权的文本"这一点上，这一模糊性一直是重点所在。他认为，既然该剧并非"仅仅是反殖民主义的"，并且赋予普洛斯彼罗以一定的特权地位，那么，该剧"对于后续的种种解读和重写就是有责任的，因为对该剧的解读是透过殖民地意识形态进行的，因而一定程度上促成了殖民地意识形态的发展"[3]。所以，该文本至少算是伊格尔顿所说的意识形态污染的部分来源。

然而对我来说，卡特里似乎只强调了这种态度所包含的部分含义

---

[1] 保罗·布朗:《〈暴风雨〉与殖民话语》，乔纳森·多利莫尔和艾伦·辛菲尔德主编:《政治的莎士比亚》，第68页。

[2] 保罗·布朗:《〈暴风雨〉与殖民话语》，第199页。

[3] 保罗·布朗:《〈暴风雨〉与殖民话语》，第100—101页。

以及近期对《暴风雨》的部分评论。如果该剧的模糊性与该剧在构建后来的家长式殖民主义上的有效性有关，那么这同样的模糊性与反殖民主义阐释之间是否没有联系？卡特里的文章表明，只有联系《暴风雨》的原始语境才可能对其进行各种不同解读，但是后来该剧的历程展现了它潜在的帝国主义因素：

> 汤普森和恩古吉对该剧的接受是认为它是殖民主义的，然而《暴风雨》在创作之初所包含的态度并不一定就是殖民主义的态度。[1]

但是毫无疑问，我们这里谈论的只是一种主流的、制度化的接受观点。除此之外还存在其他一些接受观点，我在详述那些熟知的非洲和加勒比地区对该剧的利用的特点时已表明了这一点。由于卡特里忽略了这些东西，所以他在该剧的原始语境和后续语境之间假设了一种太过戏剧性的对立：

> 对恩古吉来说，在《暴风雨》创作之初就将其孤立看待的任何在历史性或批判性上"正确"的解读，都不过是表现了一种古文物研究的兴趣，记录了一种所谓的对殖民主义语篇的"介入"，这种介入没有为殖民实践的后续发展带来任何可识别的积极影响。从另一方面来看，他自己的种种历史真实更多地关注该文本对其历史意义的附属关系，而非该文本作为历史决定了的文学艺术品的地位。

---

[1] 保罗·布朗:《〈暴风雨〉与殖民话语》，第106页。

如果我们将这些反殖民主义阐释所引起的问题与我们在衡量"该剧创作的最初时刻"中出现的问题一起考虑,那么任何对文本的"历史性正确的解读"都不必与其确定其"历史意义"的行动针锋相对:根本性的解读并非将那些根本不存在的东西赋予文本。相反,我们是否可以说,如果一个文本本身是复调作品,那么为阐明其意义就要付出更大的努力,并且文本内部的矛盾与其不同阐释之间的斗争是相互联系的?这将意味着在看待利用该剧时的那些困难时,应该同时观照该剧的"根本模糊性"的局限性。进一步说,人们无法将所有观点对立的解读的政治利益都看作一致的,即使是那些同时出现的解读。这两个前提需要同时考量,而且我也将这样做,将研究一些方法,这些方法使得《暴风雨》中对性别的表现为今天在第三世界语境中对该剧的利用加上了局限。

"不朽的帝国"

该剧在印度的发展史提醒我们注意,不要认为第三世界读者与白人文本的相遇都是一样的。最近在德里舞台上演的一场《暴风雨》致力于剔除其帝国主义主题。这个表演详细表现了普洛斯彼罗渴求的"魔幻"效果,以便观众中的凯列班们将在恍惚之间共同谋划作为该剧矛盾之一的殖民的终结,试图通过这种方式让观众将自己等同于普洛斯彼罗而非凯列班。对于相对而言为数不多的城市精英来说,这样的一些表演大多都被看作半业余的、没水准的剧场表演而遭到忽视,但是它们却能揭示一些路径,通过这些路径,被殖民的民族带着不同的历史观念与西方文学相互碰撞。如果说非洲和加勒比观众强烈地感觉自己就是凯列班,那是因为他们自己的黑皮肤和人种区别在殖民法规里得到了蓄意凸显。正如我在第一章里指出的，在印度，雅利安神话被用来掩盖英帝国的种种纯粹的种族主义行为；同时，印度读者/观众原本就有着渗透在印度种姓和公民政治中的强烈的肤色偏见，并且不幸地认为自己的肤色并没非洲人那么黑；于是，雅利安神话也被用来让他们认为事实上他们更接近高贵的、白皮肤的普洛斯彼罗，而不是丑陋的、黑皮肤的凯列班。

而且，莎士比亚最后创作的几部戏剧——特别是《暴风雨》——一直是东方学学者拿莎士比亚与最著名的古梵语剧作家迦梨陀沙做比较的重点文本。印度莎士比亚评论界继续将二者进行对比研究，这种对比研究将印度的原型定义为一个崇高的精神的国度，同时也产生了认为艺术具有普遍性的一些主流论断，将印度的文学成就定格在遥远的过去，不考虑当下状况的相关性（或不相关性），将两者的戏剧都从各自的历史语境中脱离出来。莎士比亚和迦梨陀沙（以及一切伟大的艺术家——通过暗示可知）都重点探讨了秩序、苦难以及被动承受：

> 主题或多或少是一样的，家庭幸福遭到破坏，家人离散，历经苦难，最终达成和解，家人团聚。在所有这些戏剧中，都存在默默承受苦难并耐心忏悔进而获得重生的情节……在诗歌历史上最辉煌的阶段，民族与民族之间的障碍消失，艺术的统一性以及诗歌历程本身的一致性等核心要素得以彰显。[1]

早期有一本印度人H·H·安妮亚·高达和英国人亨利·威尔斯合著的

---

[1] P. B. Acharya, *Tragicomedies of Shakespeare*, New Dehli: Meharvhand Lacchmandas, 1978, p.xii–xiii.

书，对莎士比亚的后期戏剧和一些印度经典戏剧进行了比较研究，并据此号称是"纪念大洋两岸人民的一座丰碑"。对这一类的著作做一番综合评论是一件很诱人的事，但却超出了我这里讨论的范围。然而，他们将东方学中的印度观（"这里可能要排除埃及这个孕育了神话的重要国度"[1]）与将女性等同于本能、男性等同于理性的父权制观点：

> 沙恭达罗和米兰达都代表着与自然的本能和谐；她们各自爱着的国王豆扇陀和腓迪南只不过添加了一些对本能的理解。[2]

并且，一种本质先于存在的唯心主义论（这些戏剧写的是"人类境遇中那些基本的、突出的现实"[3]）结合起来的方法值得关注。

有人可能会认为这些作品都是些极端例子，但这些却是印度教室里的标准观点。1987年的印度观众会被告知要将《暴风雨》理解为一部关于宽恕、耐心和魔法的戏剧。德里大学的研究型学生被要求将这部戏剧作为英国文学的"浪漫传统"的一部分来学习，而在此之前则要先研究《达弗尼斯和克洛伊》，以抹去其殖民主题。这种时候，这些书本——比如威尔斯和高达那本——背后那些复杂的历史事件也起了一定作用。然而，关键在于这些历史事件和教学传统以不同的复杂程度强调了该剧的殖民历史：它们共同发挥作用，来证实一位评论家曾坦率承认的一点："不朽的莎士比亚帝国将永远跟我们在一起。"[4]

---

1 P. B. Acharya, *Tragicomedies of Shakespeare*, p.30.

2 P. B. Acharya, *Tragicomedies of Shakespeare*, p.122-123.

3 P. B. Acharya, *Tragicomedies of Shakespeare*, p.65.

4 C. D. Narasimhaiah, ed., *Shakespeare Came to India*. Bombay: Popular Prakashan, 1964, p.v.

黑皮肤的强奸犯

《暴风雨》与当代第三世界政治的相关性不断下降，原因之一已被确定为：

> 在这个第三世界的反抗越来越多的时期，从该剧中费力寻找女性反抗或女性领导角色是困难的。考虑到凯列班没有一个与之相当的女性人物被他压迫或起而反抗，再加上非洲和加勒比地区在利用该剧的基础上的极具自传性的投射，自然而然所有曾从《暴风雨》中挖掘一种对其命运的表达的作者都应该是男性。[1]

如果我们说的"利用"指的是对文本中反殖民主义声音的放大，那么该剧确实对女性主义者，特别是一个非西方的女性主义者对其的利用造成了一个问题。但是这样的困难的出现并不仅仅因为剧中缺乏一个强有力的无论肤色是白是黑的女性人物，还因为该剧表现了黑人男性的情欲。

凯列班抗议的是普洛斯彼罗对他怎样来到岛上的描述，但不是对他试图强奸米兰达的指控。保罗·布朗看出了普洛斯彼罗的指控的政治作用，认为"这里的问题不在于凯列班到底是不是强奸者，因为凯列班接受了这一指控"[2]。相反，我认为这一接受在评定该剧的殖民主义阐释和非殖民主义阐释上意义重大。一篇写于1892年的后来被格里菲斯称作"凯列班的标准辩护"的文章将这一强奸说成是"一次冒犯，不可饶恕

---

[1] 罗伯·尼克松：《加勒比和非洲对〈暴风雨〉的盗用》，第577页。
[2] 保罗·布朗：《〈暴风雨〉与殖民话语》，第62页。

的冒犯，却是**一次他注定要进行的冒犯**"[1]，并进而认为凯列班身处不幸，深受压迫，但"就像所有这些底层人民一样，容易被误导"。这就意味着性暴力是黑人男性低劣天性的一部分，这一观点将种族主义者对黑人男性性行为的通常认识混同于兽性，同时也表明性别歧视者将强奸看作失意男性性欲的必然表达。

这些观点被复杂地运用到影响深远的《殖民心理学》(1948年)一书中，作者奥克塔夫·马诺尼[2]在书中严肃地重新评价了该剧，以提出一个关于被殖民者心理的不同观点。马诺尼宣扬了"凯列班情结"这一概念，认为这是一种土著者表现出来的希求从属于他者的欲望。凯列班（以及马达加斯加人，他们在1947—1948年间的暴动为该书提供了写作动力）反感的并不是奴隶制，而是普洛斯彼罗对他的抛弃。马诺尼分析了第二幕中凯列班的话，得出结论，认为"凯列班没有抱怨被剥削：他抱怨的是被背叛"。正如其他一些加勒比和非洲知识分子指出的，马诺尼假定凯列班是自己被殖民过程的积极参与者。[3] 最重要的是，马诺尼认为种族主义的根源是性罪恶感。凯列班与普洛斯彼罗之间的敌意取决于米兰达这个岛上唯一的女性。相应地，对殖民者心理或者马诺尼所称的"普洛斯彼罗情结"的一种定义，就是基于这样一种观点，即种族主义是一个具有虚假合理性的概念，目的是将性罪恶感合理化。

这种解释将从属欲和种族主义两者与性欲的政治联系了起来；不过，这种联系的方式保留了将情欲排除在经济状况之外的父权制考量，同时也保留了一种种族主义的假设，认为凯列班的从属地位自然会使他

---

1 保罗·布朗：《〈暴风雨〉与殖民话语》，第166页。
2 参见奥克塔夫·马诺尼：《殖民心理学》，纽约：弗雷德里克·A·普拉格出版社，1956年。
3 罗伯·尼克松：《加勒比和非洲对〈暴风雨〉的盗用》，第562—565页。

渴望得到（进而强奸）米兰达。几乎每一个帝国主义国家都推进了这种假定存在的土著民众希求得到欧洲殖民者照顾的渴望。马诺尼的理论可以用来使殖民行为合法化，这一点经由菲利普·马森的《普洛斯彼罗的魔法：关于阶级和种族的一些思考》一书于1962年的出版得到了证实。[1] 马诺尼因其心理简化论而受到严重的批评，其中一些来自弗兰茨·法农，他指出在马诺尼的解释中，经济方面的掠夺动机被忽略了。

法农在《黑皮肤，白面具》一书中对黑人男性与白人女性之间的性接触做了阐释，这方面的阐释在分析《奥赛罗》时已被引用过，他的这一阐释将关于性的不安全感和种族主义的愤恨都归结到那个被女儿的黑人情人视为敌人的白人父亲身上。法农还描述了一些方式，通过这些方式，那些已将白人社会价值体系内化的黑人男性可能会将他与白人女性的私通看作得到接受的途径，而我也曾用这种阐释来描述奥赛罗对苔丝狄蒙娜的爱。[2] 法农式的对于黑人男性对白人女性的欲望的阐释只在满足某些条件的一些具体情况下才有用。首先，如果将这种阐释扩展到所有黑人男性的意识，就等于是"太过轻易地"认为"黑人男性必然已经接受了白人男性的世界观"。[3]第二，在法农的解释中，白人女性只是黑人男性性欲渴求的**客观对象**；她自己的主体性显然是空缺的。这是法农书中的一个严重局限，因为种族主义的常识（虽然从一个完全不同的角度来看）同样认为黑人男性渴望得到白人女性，并且同样抹去了白人女性的欲望。通过这种做法，种族主义从黑人男性的欲望转到了他的兽

---

1 菲利普·马森：《普洛斯彼罗的魔法：关于阶级和种族的一些思考》，牛津：牛津大学出版社，1962年；另参见罗伯·尼克松：《加勒比和非洲对〈暴风雨〉的盗用》，第564—565页。

2 参见弗兰茨·法农：《黑皮肤，白面具》，第二章，伦敦、悉尼：冥王星出版社，1986年。

3 参见埃罗尔·劳伦斯：《无外乎简单常识》，《当代文化研究中心》，1982年，第71页。

性，推断认为黑人男性将设法强迫白人女性与他们发生关系。因此也就出现了对黑人强奸者的虚构。在《奥赛罗》中，这种虚构萦绕在勃拉班修的指责的边缘，却被苔丝狄蒙娜本人清晰有力地说出的对奥赛罗的欲望削弱了。

在《暴风雨》中，普洛斯彼罗对强奸行为的指控以及凯列班对此的进一步证实支撑起了这样的虚构。它来自于这样一种看法：黑人男性知道他们向白人女性求欢所造成的损害，所以他们都怀有"对白人女性的独特欲望"[1]。当然，强奸已被黑人激进分子称为一种武器：艾尔德里奇·克利弗尔称其为一种反抗白人社会的"起义行为"。艾玛姆·巴拉卡写道：

> 来吧，虚无主义的黑人兄弟们。去强奸那些白人女孩。去强奸她们的父亲。把那些母亲的喉咙割断。[2]

如果说各种不同的女性主义思想有种族主义之嫌，那么无须赘述，性别歧视者的反种族主义说法也大量存在。其结果强化了这一虚构，使其常常以黑人兽性的"事实"呈现出来。苏珊·布朗米勒在其颇有影响的对强奸的研究著作《违抗我们的意志》[3]中提出，黑人男性在历史上受到的压迫已将许多男性霸权的"合法"表达置于他们无法企及之处，结果导致了他们公然的性暴力。安吉拉·戴维斯引用了简·麦克凯勒写的《强

---

[1] 埃罗尔·劳伦斯：《无外乎简单常识》，第71页。
[2] 转引自安吉拉·戴维斯：《妇女、种族和阶级》，伦敦：妇女出版社，1982年，第197页。
[3] 苏珊·布朗米勒：《违抗我们的意志：男人、女人与强奸》，伦敦：塞克和沃伯格出版社，1975年。

奸：诱饵与圈套》[1]，据该书所言，美国有报道的强奸案中，百分之九十是黑人男性犯下的。安吉拉·戴维斯指出，即使是联邦调查局的官方数据也显示这一比例高达百分之四十。[2] 这里要说的不是黑人男性不会犯下强奸罪，而是黑人强奸者在虚构作品中的大量存在，就为对女性与黑人性行为的男权制想象和种族主义想象赋予了合法性。

戈达·莱纳肯定地说：

> 对强奸白人女性的黑人强奸者的虚构，是对黑人坏女人的虚构的一种转化——两者都是用来为继续剥削黑人男性和女性略表歉意并为之排除障碍。[3]

至于白人女性，可以这样说，构建黑人强奸者这一形象的同时，也构建了被动的白人女性形象；由此，白人女性潜在的对黑人男性的欲望就被抹杀了。因此，在《暴风雨》中，我们必须将凯列班的贪婪与西考拉克斯作为黑人女性的放荡淫乱以及米兰达无须选择的纯洁放在一起去理解，而米兰达本人的欲望，就如鲍西亚一样，印证了其父亲的意志。虽然可以认为米兰达从普洛斯彼罗那里"溜走"[4]了，但是她的溜走并未像苔丝狄蒙娜对奥赛罗的激情那样伤害到父亲的权威。而且，将米兰达、西考拉克斯和凯列班三者并置，可以让我们关注到被马诺尼抹除的经济因素和对该剧的其他一些利用中忽略掉的性别政治。

---

1 简·麦克凯勒的《强奸：诱饵与圈套》为口述材料，出自安吉拉·戴维斯：《妇女、种族和阶级》，第179页。

2 转引自安吉拉·戴维斯：《妇女、种族和阶级》，第179页。

3 转引自安吉拉·戴维斯：《妇女、种族和阶级》，第174页。

4 参见保罗·布朗：《〈暴风雨〉与殖民话语》，第67页；莱斯利·菲德勒：《莎士比亚笔下的陌生者》，纽约：斯戴出版社，1972年，第206页。

西考拉克斯

马诺尼引用了凯列班对普洛斯彼罗来到岛上的描述的开头几句，这一点意义重大：

这个岛是我的，我母亲西考拉克斯传给了我，
却被你夺了去。(《暴风雨》，第一幕第二场第331—332行)

这几行曾引出了有记录以来1904年首次对该剧进行的反帝国主义阐释。这种阐释发现，在这两句话中，"土著民众反对外来文化侵略的过程从头到尾都用戏剧的形式呈现在我们眼前"。[1] 这两句话也成为后来加勒比和非洲利用该剧的重点。不过，虽然有些利用揭示了许多社会在沦为殖民地之前所具有的母系特征，但反殖民主义的知识分子却没有抓住性别并将其看作种族压迫的一个重要部分。

西考拉克斯的存在，不只是可以用来证明凯列班对小岛的所有权，同时还可以用作一个强有力的米兰达的对照物。普洛斯彼罗和凯列班两人都能证明西考拉克斯的威力；前者用厌恶女人和种族主义的语言，将她描述为一个"邪恶的女巫"(《暴风雨》，第一幕第二场第258行)，后者借助她的力量，来表达对主人的憎恨。(《暴风雨》，第一幕第二场第321—323行，第339—340行)

普洛斯彼罗对西考拉克斯的描述既强调了她并非欧洲血统——她"来自阿吉尔"——也强调了她的生殖能力——"这个蓝眼睛的巫婆是

---

1 罗伯·尼克松：《加勒比和非洲对〈暴风雨〉的盗用》，第561—562页。

怀着孩子被押来这里的。"（第一幕第二场第265行，第269行）她同时还"如此强大，能控制月亮，制造潮汐，且无需发力，只需命令"（第五幕第一场第269—271行）。因此，她与那个白色皮肤、童真温顺的米兰达完全相反。她们拆解了父权主义想象中的白皮肤女巫的女性原型——处女与娼妓、女神（米兰达曾被腓迪南误认为女神）与女巫。

但是，西考拉克斯也是普洛斯彼罗的"他者"；普洛斯彼罗不断比较他与西考拉克斯的不同魔法以及二人在岛上的不同领地。他用这些比较来证明自己道德更高尚，力量更大，更具有人性，因此也使他对小岛及岛上生物的占有显得合情合理；但是，这样的比较也泄露出他的焦虑——西考拉克斯的魔法并未被完全驱除，凯列班仍在用她的法力来反抗：

> 让西考拉克斯的所有魔力、癞蛤蟆、甲虫、蝙蝠都显现在你身上！（《暴风雨》，第一幕第二场第339—340行）

正如乔治·兰明在《流亡的愉悦》所指出的，虽然米兰达像许多非洲奴隶的孩子一样从未见过她的母亲，"《暴风雨》中真实的凯列班却有着一个优势，知道母亲西考拉克斯的意义和威力"。[1]

普洛斯彼罗对小岛的夺取，不仅是种族之间的掠夺，也是向**父权制社会**的转化。前文已讨论过女巫与具有犯罪倾向的女人之间以及资本积累过程中的女巫审判与殖民统治下土著女性在经济、意识形态和性方

---

[1] 乔治·兰明：《流亡的愉悦》，伦敦：艾莉森和巴斯比出版社，1984年，第111页。

面的从属地位之间的关系。[1]

殖民地经济的重建不仅包括将原材料出口到英国的工厂，还包括对男性工作和女性工作的重新界定，这在经济上扰乱了女性的地位，在土著文化中强化了父权制倾向。[2] 例如在缅甸，英国殖民者承认缅甸妇女拥有财产以及在英国从未听说的性权利。因此，缅甸的英国殖民政府政治官菲尔丁·豪建议，为了使缅甸人"变得文明"：1. 必须教育缅甸男性为英殖民者战斗。2. 女性必须为了男性的利益放弃自己的自由。[3] 殖民地妇女还遭受着不可言说的性骚扰、强奸、被迫成婚以及堕落，既处于直接奴役之下，又受到其他压迫。西考拉克斯的未婚怀孕与米兰达的贞洁和处女之身形成鲜明对比。这使我们想到，将非欧洲血统的女性说成喜欢滥交，是为了使对她们的性侵犯合法化，同时也为了将她们与白人女性区分开。

因此，作为殖民者的普洛斯彼罗巩固了白人和男性特有的权利，将西考拉克斯说成黑色皮肤、刚愎自用的邪恶女巫，以便他的权利具有合法性。如果凯列班对以往事情的说法使我们开始质疑普洛斯彼罗的故事，那么这一质疑就应该包括重述西考拉克斯的故事。一代又一代的评论者在普洛斯彼罗的"白魔法"与西考拉克斯的"黑魔法"之间划清界限，这只是证实了普洛斯彼罗的陈述。非洲人利用该剧时强调了普洛斯彼罗之"理性"的野蛮性，以及这种"理性"在历史上对黑人文化的压制，但他们没有提出这些术语的性别价值；他们读到的是一个关于殖民

---

[1] 参见乔治·兰明：《流亡的愉悦》，第一章和第三章。
[2] 参见埃罗尔·劳伦斯：《社会学与黑人"病态学"》，《当代文化研究中心》，1982年，第113—114页。
[3] 玛丽亚·麦斯：《父权制与积累》，伦敦：泽德图书出版社，1986年，第19页。

和被殖民的男人们的故事，而不是关于殖民和被殖民的女性的故事，岛上只出现了米兰达一个女性，这一点也说明了这个事实。

米兰达接受的教育

在德里最古老的为女性开设的学院中，有一个学院被叫作"米兰达之家"，是取该大学的殖民创始人毛里斯·加埃尔爵士之女的名字命名。这一点颇具讽刺意味，却也并非完全不恰当。在《暴风雨》中，米兰达受到的教育表明了白人女性在殖民冒险过程中所处的矛盾境况。保罗·布朗曾探讨过"性话语"如何"为殖民话语的不同领域提供了关键联系"[1]，还探讨过普洛斯彼罗对他行使权力的对象的性的控制如何对他行使权力产生至关重要的作用。父权制轮流强调其知识（父亲的智慧：普洛斯彼罗的魔法、他对米兰达的教育、对凯列班的文明驯化），其人性（父亲的关爱：普洛斯彼罗反复重申他"关心"米兰达、他解放了"我的爱丽儿"，以及他"慈悲地"因凯列班而感到痛苦），其权力（父亲的权威：米兰达毫无选择，必须服从普洛斯彼罗，他可以折磨凯列班和爱丽儿），并常常三者同时强调（普洛斯彼罗对反叛者说他将"不再讲故事"，这句话既表明他知道他们的计划，又是对他们的帮助，同时还是一个警告）。在殖民情境中，父权制对其"自己的"女性提出了非常具体的、通常又是实际上相互矛盾的要求。

米兰达是一个最孤独的文艺复兴女性人物，在一个只有男性的舞台上走来走去——

---

[1] 保罗·布朗:《〈暴风雨〉与殖民话语》，第51页。

跟我同一性别的人，我一个也不认识；

也不记得任何女人的脸庞。(《暴风雨》，第三幕第一场第48—49行）

在这个舞台上只提到了三个其他女人的名字。她暗示出，在殖民舞台，女性显然是被排除在外的，但是同时，她们实际上又危险地存在着，与剧中其他的女性意象一起，推动着该剧的叙事，即使被假定为不存在。米兰达为普洛斯彼罗的每个行为都提供了意识形态上的合理性；在该剧开头部分，他告诉她，他的"艺术"来自于对她的关心：

我做的一切都是为了你。(《暴风雨》，第一幕第二场第16行）

接下来，在同一幕中，他声称他之所以要奴役凯列班，是因为他曾试图强奸米兰达（《暴风雨》，第一幕第二场第345—348行）。后来，他将米兰达描述为"我生命中的一部分，我是为她活着的"（《暴风雨》，第四幕第一场第3—4行）；因此，在她结婚之后，他将"回到我的米兰，在那里等待我长眠的一天"（《暴风雨》，第五幕第一场第310—311行）。

普洛斯彼罗对安东尼奥的抱怨是他"重新创造了本属于我的创造物，我是说，或者改变了他们，或者重新塑造了他们"（《暴风雨》，第一幕第二场第81—83行）。他自己所做的与此如出一辙，而米兰达则是他最成功的作品。

[十二年来]我，你的老师，使你得到了比其他公主都要丰富的知识，她们的很多时间都浪费了，她们的老师也没我这么认真。

(《暴风雨》,第一幕第二场第171—174行)

这样教育的主要目的有两个,各不相同。一方面,这样的教育让她学会服从;普洛斯彼罗曾骄傲地宣称,米兰达"不知道你是谁,也不知道我从哪里来"。尽管普洛斯彼罗讲的故事十分诱人却并不完整,但她只是默默服从,在父亲的教导下从不去质疑为什么:"我从未曾想过要知道得更多些。"(《暴风雨》,第一幕第二场第17—22行)因此,她已做好准备接受他对过去的讲述(与提出质疑的凯列班不同)。对父亲的感激中掺杂着自我贬低,她不断将自己看作他的累赘(《暴风雨》,第一幕第二场第63行,第151—152行)。但是,普洛斯彼罗并不认为自己理所当然地拥有这种掌控力,总是怕她没在认真听,怕她不服从。在讲述那个故事的时候,他不断插入一些命令,诸如"坐下"、"听话,认真听我说"、"你在认真听吗?"(《暴风雨》,第一幕第二场)米兰达不断接受命令:睡吧、醒来吧、快来、看到了吗、说吧、安静些、听话、别说话、安静、闭嘴。她是他的财产,在父亲和丈夫之间被交换:

　　那么,作为我的礼物,你挣得的奖赏,接受我的女儿吧。
(《暴风雨》,第四幕第一场第13—14行)

另一方面,米兰达所受的教育号召她积极参与到殖民冒险中去。虽然她并不"乐意看到"凯列班,但她一定被教给过当时情况下的经济账:

　　我们不能没有他:他给我们生火、捡柴,我们用得到他做各种差使。(《暴风雨》,第一幕第二场第311—315行)

对于那一段以"可恶的奴才"(《暴风雨》,第一幕第二场第351—362行)开始的米兰达对凯列班的责骂,《暴风雨》的编辑者们总想将其归给普洛斯彼罗;因为,米兰达如此柔弱,还不足以冷静到如此程度,能说出这么尖刻的话。[1] 相反,这些话突出显示了米兰达也参与了殖民过程。她被教育,要厌恶凯列班("可恶的奴才");要相信他生性卑劣("你那粗鄙的种族")并且本性难移("善良留不下半点痕迹");要可怜这个低等的土著("我同情你")并且要努力提升他("费尽心思教你说话");以及要完全同意他"活该"被囚禁。就这样,米兰达遵从着主流文化对女性的要求:通过承担白人男性的一些负担,白人女性只不过证实了她自己的从属地位。

"米兰达之家"是一所为印度女性开设的学校,它的名称并不是殖民者精心谋划的。我不愿忽略这种机构的种种矛盾,并且其中也存在着不同选择的空间;但是,这个名称透露出殖民地女性教育中潜藏的一些假设,并且暗示出要致力于创建一个本土**女性**知识界,使其受到教育,能够忽略其性别和种族导致的从主流现状中的疏离[2]。《暴风雨》还提到另外两个女性,涉及她们的内容强化了种族上和性别上的权力关系。其中第一个是米兰达的母亲,她作为"美德的化身"(第一幕第二场第56行)被抛弃,之所以被记起,只是因为她能保证米兰公爵的纯正血统。之后我们听说了克拉丽贝尔,她是那不勒斯国王阿隆佐的女儿,被嫁给

---

[1] 参见科莫德:《〈暴风雨〉序》,第32页。
[2] "米兰达之家"的英语系一直致力于(在德里)开创印度英语学习的批判性考察;该系还开设论坛,定期探讨批判性理论及其在印度课堂上的可应用性以及德里各大学讲师发表的女性主义批评。这一点也许可以证明我的论点——学习英语的女性越来越多,而这一学科主要关注的却不是她们。考虑到这种情况,一种第三世界女性主义批评将在印度大举兴起的英语学习中扮演重要角色。

了突尼斯国王。在他们参加完婚礼返航的途中,那场暴风雨摧毁了他们的船。当阿隆佐为儿子之死伤心的时候,有人对他说:

> 陛下,这场大祸是拜你自己所赐。你不肯把女儿赏赐给我们欧洲,却宁可失去她,将她嫁给一个非洲人。(《暴风雨》,第二幕第一场第117—119行)

因此,女性和黑人男性,特别是二者的结合,被看作灾祸的缘由。我们还了解到克拉丽贝尔本人——"那个美人儿"——也在对这场婚姻的"厌恶"和对父亲的"顺从"之间摇摆不定(《暴风雨》,第二幕第一场第123—124行)。她的婚姻是反常的,是背运的开始,但是作为一个真正的欧洲女人,她屈从了父亲的意志。提及这场婚姻的另一个目的,是用以区分不同的非欧洲人,区分突尼斯国王和凯列班,强调了阶级地位、权利和生活区域的不同可以改变种族区别的意思。在这方面,我们可能还会想起,虽然克莉奥佩特拉的地位允许她坦然承认自己的黑色肌肤——"想想我吧,一个被福玻斯的热情的眼光烧灼得遍身黝黑之人。"(《暴风雨》,第一幕第五场第27—28行)——而赞可作为一个地位低下的女仆,却只能用"十万皇冠"的嫁妆,来"把这个阿比西尼亚人洗成白色"[1]。

---

1 《白魔》(*The White Devil*),第五幕第三场第256行,第259行;另见卡伦·纽曼:《将埃塞俄比亚人洗白》中的女人味与魔怪》,伦敦:梅休因出版社,1987年,第142页。在提到其他女性时,都会提到女性与种族,就像在看上去微不足道却"从未得到正确解释"的取笑狄多这个细节上一样。这种替换既区分了非洲的突尼斯与居于旧世界中心的迦太基,又引入了这两个世界本是一个的观点:"这个突尼斯,先生,就是以前的迦太基。"(第二幕第一场第78行)

注定出现的矛盾统一？

那次"强奸"增强了这个注定要出现的矛盾,这个矛盾在凯列班**能用殖民者的语言**来诅咒这一点上就可见一斑。这一点极大地激发了人们利用该剧表达反殖民主义的兴趣,成为一个象征,既象征着这个非洲和加勒比知识分子对那些欧洲价值观的内化,又象征着他(她是不被考虑的)对它们的颠覆。乔治·兰明在《流亡的愉悦》中指出,

> 语言这个"馈赠"并非英语本身,而是说话和思考的方式……(这)正是囚禁凯列班的监狱,他的种种成就都得靠它来实现,并受到它的约束。[1]

按照凯列班的说法,他强奸的目的是"让这个岛到处都是凯列班"(《暴风雨》,第一幕第二场第350—351行)。但是,即使凯列班认为他自己值得复制,凯列班的反抗也是事与愿违,只能证明强势文化对他的影响力。兰明感到奇怪,为何凯列班这么确信米兰达给他生的孩子会像他,而不是像米兰达或普洛斯彼罗。但他并未考虑凯列班的信心中体现的逻各斯中心主义,也未思考他的逻各斯中心主义如何具有讽刺意味地被他低下的种族地位削弱。而且,他不断将凯列班和米兰达的形象简化:

> 凯列班具有一种普遍性。他就像大地,永远在那里,慷慨地馈赠,无法回避,却又有点多余、木讷……凯列班永远无法达到

---

[1] 乔治·兰明:《流亡的愉悦》,第109—110页。

完美状态,哪怕是那种米兰达颇具优越感的无知表现出的完美状态。[1]

普洛斯彼罗指责凯列班强奸,凯列班对此表示接受,这样安排的政治效果就是使这个潜在的革命者成为强奸犯;并且,我也曾试图指出,这一点与其他通过殖民话语的界限来限制凯列班的发展空间的方式具有重要的相关性。虽然兰明提示了凯列班的语言反抗与性行为反抗之间的关联,但他没有充分展开讨论;许多利用该剧表现反殖民主义的实践及对该剧的批评都无视性别问题的存在,这一缺失正是他们无视性别的典型表现。

在《暴风雨》允许凯列班存在的领土之外,他还能够存在吗?女性主义者觉得文艺复兴戏剧中那些无法无天的女性的"男人般的意志"不那么令人满意,我也曾试着表明,她们身陷男性竞技场,不可能有纯粹的女性主义意识。霍米·巴巴写道:

> 殖民欲望的表达,总是与他者所处的位置分不开的:某种程度上,那就是对"所有物"的幻想空间,这个空间没有哪个自我可以单独占有,也会使人梦想着角色倒置。[2]

这里涉及的既有殖民者,又有被殖民者:虽然在殖民状态下去想象这样一个矛盾之外还有空间,这有点理想化,但是两者之间的相互关联

---

[1] 乔治·兰明:《流亡的愉悦》,第108—110页。
[2] 霍米·巴巴:《引言》,《黑皮肤,白面具》,第xv页。

在后殖民现实中越来越令人不满。即使在殖民斗争中，唤醒本土文化也是很重要的——例如，艾梅·塞泽尔试着将他笔下的凯列班放在本土空间——他扎根于非洲宗教与文化，凭借的是那些未被殖民主义损害的传统。

在这里，《暴风雨》把我们带到了一个围绕当前殖民话语理论的重要论战的核心部分。贝妮塔·帕里认为，这一领域的近期著作集中研究了殖民话语的复杂性、模糊性以及杂糅性，付出的代价是掩盖了法农所说的"两个主人公之间残忍、决绝的斗争"[1]。托马斯·卡特里已确认《暴风雨》中有这一问题存在。在我前面提到的一篇文章里，他将两种不同意见对立起来：一些人"认为《暴风雨》并非说着掠夺成性的殖民地语言"，而"另一些非西方的解读却认为《暴风雨》长期以来一直就是殖民设想的化身"。在他看来，"普洛斯彼罗与凯列班的关系已形成传统的固有模式的评论"，第一组人"使这一传统固有评论成了问题"，而第二组人则"复原赤裸裸的主人/奴隶结构"[2]，也是对这一传统评论的抵制。

的确如此，《暴风雨》的"极端模棱两可"的局限性明确表现在将凯列班囚禁在殖民者构造的空间这一点上；该剧不允许他想象帕里所谓的"帝国主义之外的另一种情境"。但是，我们认为，只有在布朗指出的紧张关系与模棱两可得到缓解和消除，该剧才能发挥作为"殖民设想的化身"这一作用，这样我们就可以质疑简单地将卡特里发现的两组人对立起来的做法。我们说的"赤裸裸的主人/奴隶结构"是什么意思

---

[1] 贝妮塔·帕里：《当代殖民话语理论问题》，《牛津文学评论》，1—2（1987），第43页。
[2] 托马斯·卡特里：《非洲的普洛斯彼罗》，吉恩·霍华德和马里昂·奥康纳主编：《莎士比亚之再造》，纽约：梅休因出版社，1987年，第101页。

呢？这两个对立者之间的任何一个在态度和心理上都肯定不是简单的或一成不变的吗？如果忽略对手的复杂性，殖民冲突的严峻性就无法得到强调。

本项目一直努力联系我们自己与欧洲语境的遭遇来强调这一点，包括留出日程来对它另外进行教学。殖民冲突与许多其他因素相互交织——那些阶级、性别、种姓以及种族因素，同时，"殖民主体"并非一个简单存在。而且，三个世纪的殖民历史已经形成了许多复杂机构，如印度教育系统，这些机构无法废除，除非我们考虑到殖民权力结构、本土权力结构和父权权力结构之间的互相渗透。但是，正是在这一点上，帕里的批评非常关键：她认为对"杂糅性"的关注源于"这样一个机制，其标志是使用殖民话语却相应地对那些提供培养途径的社会经济及政治机构和其他社会实践形式毫无兴趣"[1]。虽然在《暴风雨》中凯列班只是被留在他的岛上，但我们知道在现实中，普洛斯彼罗几乎不可能就这样扬帆远去。用"你的语言"来诅咒（《暴风雨》，第一幕第二场第362行）不是在用欧洲的语言盗用欧洲文本，也不是将我们自己限制在欧洲文本允许的空间之内。它不仅将重点揭示西方文本的相似性和不同之处以及有用性和不相关性，还必须扩展到我们的学术实践存在于其中的经济、社会政治和公共机构的现实领域。

（乔雪瑛译）

---

[1] 贝妮塔·帕里：《当代殖民话语理论问题》，第43页。